Von Heinz G. Konsalik
sind als Heyne-Taschenbücher erschienen

Die Rollbahn · Band 01/497
Das Herz der 6. Armee · Band 01/564
Sie fielen vom Himmel · Band 01/582
Der Himmel über Kasakstan · Band 01/600
Natascha · Band 01/615
Strafbataillon 999 · Band 01/633
Dr. med. Erika Werner · Band 01/667
Liebe auf heißem Sand · Band 01/717
Der rostende Ruhm · Band 01/740
Entmündigt · Band 01/776
Zum Nachtisch wilde Früchte · Band 01/788
Der letzte Karpatenwolf · Band 01/807
Die Tochter des Teufels · Band 01/827
Das geschenkte Gesicht · Band 01/851
Privatklinik · Band 01/914
Ich beantrage Todesstrafe · Band 01/927
Auf nassen Straßen · Band 01/938
Agenten lieben gefährlich · Band 01/962
Zerstörter Traum vom Ruhm · Band 01/987
Agenten kennen kein Pardon · Band 01/999
Der Mann, der sein Leben vergaß · Band 01/5020
Fronttheater · Band 01/5030
Der Wüstendoktor · Band 01/5048
Ein toter Taucher nimmt kein Gold · Band 01/5053
Die Drohung · Band 01/5069
Eine Urwaldgöttin darf nicht weinen · Band 01/5080
Viele Mütter heißen Anita · Band 01/5086
Wen die schwarze Göttin ruft · Band 01/5105
Ein Komet fällt vom Himmel · Band 01/5119
Straße in die Hölle · Band 01/5145
Ein Mann wie ein Erdbeben · Band 01/5154
Diagnose · Band 01/5155
Ein Sommer mit Danica · Band 01/5168
Aus dem Nichts ein neues Leben · Band 01/5186
Des Sieges bittere Tränen · Band 01/5210
Die Nacht des schwarzen Zaubers · Band 01/5229
Alarm! — Das Weiberschiff · Band 01/5231
Bittersüßes 7. Jahr · Band 01/5240
Die Verdammten der Taiga · Band 01/5304
Das Teufelsweib · Band 01/5350
Liebe ist stärker als der Tod · Band 01/5436
Haie an Bord · Band 01/5490
Niemand lebt von seinen Träumen · Band 01/5561
Das Doppelspiel · Band 01/5621
Die dunkle Seite des Ruhms · Band 01/5702
Der Gentleman · Band 01/5796
Konsalik — der Autor und sein Werk · Band 01/5848
Der pfeifende Mörder / Der gläserne Sarg · Band 01/5858
Die Erbin · Band 01/5919
Die Fahrt nach Feuerland · Band 01/5992
Der verhängnisvolle Urlaub / Frauen verstehen mehr von Liebe · Band 01/6054
Glück muß man haben · Band 01/6110
Der Dschunkendoktor · Band 01/6213
Das Gift der alten Heimat · Band 01/6294
Das Mädchen und der Zauberer · Band 01/6426
Frauenbataillon · Band 01/6503
Heimaturlaub · Band 01/6539
Die Bank im Park / Das einsame Herz · Band 01/6593
Die schöne Rivalin · Band 01/6732
Der Geheimtip · Band 01/6758
Russische Geschichten · Band 01/6798
Nacht der Versuchung · Band 01/6903
Saison für Damen · Band 01/6946
Das gestohlene Glück · Band 01/7676
Geliebter, betrogener Mann · Band 01/7775
Sibirisches Roulette · Band 01/7848
Tödliches Paradies · Band 01/7913
Der Arzt von Stalingrad · Band 01/7917
Schiff der Hoffnung · Band 01/7981
Liebe in St. Petersburg / Heiß wie der Steppenwind / Liebe am Don · Band 01/8020
Bluthochzeit in Prag / Straße ohne Ende / Wir sind nur Menschen · Band 01/8021
Die verdammten der Taiga / Natascha / Der Himmel über Kasakstan · Band 23/25

HEINZ G. KONSALIK

DIE VERDAMMTEN DER TAIGA

Roman

WILHELM HEYNE VERLAG
MÜNCHEN

HEYNE ALLGEMEINE REIHE
Nr. 01/8055

Der Titel erschien bereits
in der Allgemeinen Reihe mit der
Band-Nr. 01/5304

20. Auflage
1. Auflage dieser Ausgabe

Wilhelm Heyne Verlag GmbH & Co. KG, München
Printed in Germany 1990
Umschlagfoto: IFA Bilderteam/Diaf, München
Autorenfoto: Wolf Diepenseifen
Umschlaggestaltung: Atelier Ingrid Schütz, München
Satz: Schaber, Wels
Druck und Bindung: Elsnerdruck, Berlin

ISBN 3-453-04781-8

Nur wer die Taiga kennt,
versteht die Ewigkeit …

Altes russisches Sprichwort

I

Er wachte auf, weil ihm die Sonne ins Gesicht schien.

Igor Fillipowitsch Putkin empfand das als unangenehm und merkwürdig, es war eine gemeine heiße Sonne, die ihn voll traf, und er konnte sich in der Erinnerung, die jetzt langsam wieder einsetzte, nicht erklären, wieso er mitten in diese blanke Hitze geraten war.

Putkin wollte die Augen aufreißen, aber irgendwie gelang das nicht. Die Umwelt blieb dunkel, er kämpfte gegen die Schwere seiner Lider wie gegen zwei Zentnersäcke, die man wegdrücken will, seine Zähne begannen zu knirschen, und ein Zittern durchlief seinen Körper. Was ist das? dachte er und blieb starr liegen. Um mich ist es hell, die verdammte heiße Sonne brennt mir ins Gesicht, aber die Welt ist dunkel für mich. Natürlich muß alles hell sein, denn hat man schon eine Sonne gesehen, die im Dunkeln scheint? Großer Gott, meine Augen! Ich habe keine Augen mehr! Plötzlich habe ich keine Augen mehr! So etwas gibt es doch nicht ... man legt sich hin, macht ein Nickerchen, und wenn man aufwacht, schwupp, sind die Augen weg! Großer Gott ...

Putkin rührte sich nicht. Die Hitze blieb auf seinem Gesicht, und als er wieder mit den Zähnen knirschte und die Fäuste ballte, kam ein Teil seiner Erinnerung zurück. Er hörte Bäume rauschen, murmelnde Stimmen, Geräusche, als wenn Metall auf Metall schlägt, alles sehr merkwürdige Dinge, nach deren Sinn er krampfhaft suchte.

Plötzlich, wie ein Stich, der sein Gehirn traf, war die volle Erinnerung wieder da. Putkins Körper zog sich zusammen wie im Krampf und versuchte dann, sich hochzuschnellen. Es gelang sogar; er kam auf die Beine, die

Dunkelheit zerriß, die zentnerschweren Lider klappten hoch, er starrte in einen fahlblauen, wolkenlosen, vom Sonnenglanz überzogenen Himmel, und als er das sah, brach aus seiner Brust ein lautes Stöhnen, mehr schon ein dumpfer Schrei, der den Pfropfen löste, der ihm wie er spürte — mitten im Herz saß.

Das Flugzeug! Verdammt ja, das Flugzeug! Bevor er zu einem Schläfchen eingenickt war, befand sich Igor Fillipowitsch hoch über der unendlichen, herbstlich flammenden Taiga in der Luft, in einer kleinen, zwanzigsitzigen ›Antonow‹-Maschine, die ihn von den Versuchsbohrfeldern bei Suchana am Olenek nach Irkutsk zur Zentrale des Ölforschungskombinats ›Neue Welt‹ bringen sollte. Da oben — man wäre viertausend Meter hoch, sagte Makar Lukanowitsch, der Pilot, ein vorzüglicher Flieger, früher Hauptmann der Luftwaffe, ein Held des Friedens — also dort oben schwankte die Maschine wie ein Betrunkener, mal links, mal rechts, mal mit der doppelten Propellerschnauze nach unten, und der lange, dürre, geradezu unanständig krank aussehende Professor Morotzkij hatte gesagt: »Genossen, ist das ein Wind hier oben! Man kann das erklären: unten die warme Taiga, oben die kalte Luft, das gibt extreme Strömungen!« Und die herrliche Jekaterina Alexandrowna hatte mit ihrer tiefen Samtstimme gelacht und den Rauch ihrer Papyrossa durch die Nase geatmet. Eine klassische Nase, sage ich euch! Schmal, gerade, genau in der richtigen Größe, und das in einem Gesicht, das einem Mann die Hosen von den Hüften reißt.

Ja, es war eine gute Stimmung in dem Flugzeug. Nur er, Putkin, war müde, hatte sich zurückgelehnt, bezwang mit Mühe den Abgang eines bohrenden Windes, weil neben ihm die zierliche Lehrerin Nadeshna Iwanowna saß, und war eingeschlafen. Das war alles, woran er sich erinnerte.

Und plötzlich liegt man auf der Erde, die Knochen

schmerzen einem von der Hirnschale bis zum Zehennagel, man war einen Moment blind, hat einen Kloß statt eines Herzens in der Brust und tappt auf dem weichen Waldboden herum wie ein schlaftrunkener Bär beim ersten Frühlingsahnen.

Man denke nicht, Igor Fillipowitsch Putkin wäre ein dummer Mensch, und in seinem Gehirn seien die Windungen anders herum gelegt. Im Gegenteil: Er war ein auffällig großer, geradezu gewaltiger Mann mit ausgeprägten Muskeln, die er gern im Strandbad nach der Art der Athleten rollen und kugeln ließ, um den Mädchen zu zeigen, was greifbare Männlichkeit ist.

Er hatte ein kluges Köpfchen, anerkannt von der Akademie der Ingenieure, gelobt von seinen Vorgesetzten — ein Mensch mit Zukunft, vor allem hier in Sibirien, wo man nur in den Boden zu greifen brauchte, um zu verstehen, was der Spruch bedeutet: Das Glück liegt in deiner Hand. Er war ein Fachmann auf seinem Gebiet, der Bohrtechnik, und zweimal hatte er brüllend vor Stolz in dem stinkenden, fettigen schwarzen Ölgeiser gestanden, der aus dem Bohrloch zum erstenmal heraussprudelte ... seine Entdeckung, eine neue Ölquelle im Herzen Sibiriens. Neuer Reichtum für Mütterchen Rußland.

Putkin sah sich um. Sein Blick war jetzt klar geworden, der Schock, oder was es gewesen war, das ihn unbeweglich und blind gemacht hatte, fiel von ihm ab wie Sandkörner, die man wegklopft.

Er stand auf einer Lichtung, einem sogenannten Windbruch, umgeben von den turmhohen Lärchen, Birken und Kiefern der Taiga. Sein Anzug war an vielen Stellen zerrissen, ein Schuh fehlte (das erklärte auch, warum es am linken Fuß kitzelte, wenn er auftrat), aber das war nicht das Schlimmste. Vor ihm lag, zerplatzt und über die ganze Lichtung verstreut, das Flugzeug, als sei es ein Käfer gewesen, den der Schuh eines Riesen zertreten hatte. Makar Lukanowitsch Benerian, der Pilot, saß an einen der vom Sturm geknickten Baumstämme gelehnt, den Kopf auf der Brust und noch immer ohne Besinnung. Der deutsche Ingenieur Andreas Herr hockte auf einem anderen Baumstamm, und die Ärztin Jekaterina Alexandrowna Susskaja tastete ihn ab, von oben bis unten, und suchte anscheinend einen Bruch. Sie tat es gründlich, und in jeder anderen Situation hätte Putkin dieses Abtasten als eine verflucht erotische Handlung klassifiziert. Professor Semjon Pawlowitsch Morotzkij war schon verbunden ... ein dicker Verband umschlang seinen schmalen, asketischen, ja schon fast unästhetischen Totenkopfschädel. Die Brille in diesem Hungergesicht wirkte jetzt noch clownhafter als sonst ... sie balancierte auf dem langen Nasenrücken wie ein Seiltänzer auf dem Drahtseil. Man war versucht, zu rufen: »Paß auf, Semjon Pawlowitsch, beweg dich nicht ruckartig ... die Brille fällt!«

Putkin zog die heiße Sommerluft keuchend in die Lungen und spreizte die Finger. Sie klebten aneinander, und als er sie ansah, waren sie mit geronnenem Blut überkrustet. Er machte wieder ein paar tappende Schritte in Richtung auf die Ärztin Susskaja und starrte auf die weit verstreuten Trümmer des Flugzeuges und der Ladung, die beim Aufprall herausgeschleudert worden war.

Wo ist die Lehrerin?, dachte Putkin. Sie saß neben mir. Ein zartes Vögelchen, zerbrechlich wie Chinaporzellan. Wenn sie einen ansah mit ihren großen kullernden Kinderaugen, juckte es einem immer in den Fingern, und man mußte sich bezwingen, sie nicht sofort zu streicheln. Himmel, wo war sie?

Putkin drehte sich. Nadeshna Iwanowna Abramowa war hinter ihm. Sie kniete vor einem großen, verdorrten Ast, der aussah wie ein Kreuz, und betete. Tatsächlich, sie kniete da und betete, eine aufgeklärte, sozialistische Lehrerin. Ganz versunken war sie in dem Blödsinn. Durch Putkin fuhr ein eisiger Schreck, er drehte sich, so schnell es seine geprellten Muskeln zuließen, nach der Ärztin Susskaja und hob beide Arme.

»He!« schrie er. Nanu, was habe ich für eine Stimme, dachte er erschrocken. Sie klingt, als wenn man auf einen rostigen Blechtopf schlägt. »He! Jekaterina Alexandrowna! Ihr Patient aus Deutschland hat den Kopf noch auf den Schultern. Wenden Sie sich mal anderen zu, die es nötiger haben!«

»Sie sind gesund!« schrie die Susskaja zurück und beendete das Abtasten. Andreas Herr zog sein Hemd wieder an, griff dann nach einem nassen Tuch, das neben ihm auf dem Baumstamm gelegen hatte, und klatschte es sich in den Nacken. »Ich habe Sie als ersten untersucht, Igor Fillipowitsch. Sie lagen genau neben mir, als ich aufwachte. Einen Schädel haben Sie wie ein Eisentopf und Knochen wie ein Mammut!«

»Sehen Sie die Lehrerin an!« Putkin zeigte nach hinten.

»Sie hat's auch gut überstanden.«

»Ihr Gehirn ist durchgeschüttelt! Sehen Sie doch! Sie betet!«

»Warum nicht, Genosse?« Jekaterina Alexandrowna kam näher. Sie sah trotz ihrer zerfetzten Kleidung, dem mit Öl verschmierten Gesicht und den blutverkrusteten Beinen herrlich aus. So etwas bringt nur Rußland hervor, dachte Putkin völlig sinnlos in dieser Situation. Das ist die sichtbare Verschmelzung Europas mit Asien.

»Warum nicht?« äffte er die Susskaja nach. »Jawohl, warum wohl nicht? Ist Lehrerin, lehrt die Kinder die marxistische Welt … und betet! Sie ist verrückt geworden!«

»Sie haben niemanden, dem Sie danken können, daß Sie noch leben?«

Putkin wurde unsicher. Er schielte die Susskaja mit gesenkten Augen an und versuchte, seine blutverkrusteten Hände an der Hose abzuwischen. Morotzkij, der Professor, kam nun auch näher, er schwankte etwas und schien große Schmerzen in seinem umwickelten Kopf zu haben.

»Wir haben alle überlebt«, sagte er. Morotzkij hatte trotz seiner langen Dürre eine angenehme, warme Stimme. Niemand traute sie ihm zu. Aus diesem Gerippe erwartete man ein hohles Schnaufen.

»Alle?« fragte Putkin und sah sich wieder um.

»Alle! So viel Glück ist unheimlich.«

»Ob das ein Glück ist ...« Putkin zeigte auf den an den Baumstamm gelehnten Benerian. »Und Makar Lukanowitsch?«

»Steht noch unter Schockeinwirkung.« Die Susskaja strich sich die verschwitzten und mit Dreck und Laub durchsetzten Haare aus dem Gesicht. Eine Wolke schwarzen Gespinstes, in das sich der Sonnenglanz verirrte und nicht mehr herauskonnte. »Ich habe ihm eine Herzinjektion und Kalzium gegeben ... mehr habe ich nicht im Koffer.«

»Die Medizin des 20. Jahrhunderts!« sagte Putkin giftig. Er wußte selbst nicht, warum er so aggressiv war ... vielleicht kam es daher, daß Nadeshna beten konnte und er wirklich nichts hatte, an dem er sein inneres Glücksgefühl abreagieren konnte.

»Sie benehmen sich flegelhaft!« sagte die Susskaja. »Aber Sie fielen mir schon in Suchana auf, als Sie über den kleinen Flugplatz kamen. Das ist ein Mann, dachte ich, der dreimal auf den Boden stampft und dann denkt, jetzt wächst dort Weizen.«

»So etwas braucht Sibirien, Jekaterina Alexandrowna!« Putkin wurde rot wie ein gescholtener Schuljunge, und das ärgerte ihn noch mehr. »Soll ich mir einen Gott zulegen, um Ihnen genehm zu sein? Verdammt, ziehen Sie die Lehrerin von dem Ast weg! Ich kann es einfach nicht sehen.«

Er wandte sich ab, schwankte an der Ärztin vorbei, die ihm nicht aus dem Weg ging, nein, er mußte um sie herumgehen, und traf auf Andreas Herr, der, den nassen Lappen im Nacken festhaltend, langsam zu der Gruppe kam.

»Beten Sie auch?« brüllte Putkin.

»Nein. Noch nicht.«

»Sie werden mir sympathisch, gospodin.« Putkin wischte über sein Gesicht — es war aufgedunsen. Wer weiß, wie lange ich in der prallen Sonne gelegen habe, dachte er. Keiner hat mich weggeholt. Haben mich einfach da braten lassen. Eine unmenschliche Gesellschaft! Da denkt nur jeder an sich selbst, und über fünfzig Jahre sowjetischer Erziehung fällt von ihnen ab, wenn sie am nötigsten ist. Eine Bande, sage ich, eine richtige Bande!

Putkin setzte sich auf einen der niedergebrochenen Bäume, starrte über die Flugzeugtrümmer und blickte dann zu dem Deutschen hoch. Man hatte sich auf dem Flugplatz von Suchana gegenseitig vorgestellt, man war ja ein gebildeter Mensch. So eine kleine Fluggesellschaft in Sibirien ist immer interessant, man lernt die seltsamsten Menschen kennen, ja es ist, als sei Sibirien ein Sammelbecken extremster Individualisten, die hier von der grandiosen Natur, der unendlichen Weite und dem Gefühl der eigenen Winzigkeit zusammengeschweißt werden. Jeden hier hatte er noch nie gesehen, nur der Deutsche Andreas Herr war ihm nicht fremd. Aber das ging keinen etwas an, am wenigsten den Deutschen selbst.

»Wissen wir schon, wo wir sind?« fragte Putkin.

»Nein. Benerian ist noch ohnmächtig, Jekaterina Alexandrowna hat zwar eine alte Karte in den Trümmern gefunden, aber wir kennen ja den Flugweg nicht.« Andreas Herr sprach das merkwürdige Russisch eines Deutschen, das so klar war wie geputztes Glas. Für einen Russen klang es so faszinierend wie das Deutsch für einen Deutschen, wenn es ein Russe spricht. »Wir vermuten, daß wir mitten in der Taiga abgestürzt sind, fast genau auf halbem Weg, wenn man die Uhrzeit zugrunde legt. Sie haben nichts gemerkt, Igor Fillipowitsch?«

»Nichts.« Putkin schüttelte den Kopf. Er schielte zu Nadeshna. Die Lehrerin hatte ihr Gebet beendet und kam auf die Lichtung zurück. Ein Wesen wie aus einer Feder gemacht, durchsichtig und schwerelos. Aber doch so viel Frau, daß durch die zerfetzte Bluse, die sie vorn zusammenklammerte, die Wölbungen der Brüste deutlich hervorstachen. »Ich habe geschlafen wie ein Biber. Drei Teller Bohnen vorher, das macht müde. Ich esse Bohnen für mein Leben gern. Mit Bohnen bin ich großgezogen worden. Bohnen und Kartoffeln. Meine Eltern waren kleine Kolchosebauern in Sassowo.« Er atmete tief auf und blickte hinüber zu der Susskaja. Sie kontrollierte den Verband von Professor Morotzkij und beugte sich dann zu dem noch immer unansprechbaren Benerian. »Wie ist das eigentlich passiert?«

»Das kann nur der Pilot erklären. Plötzlich sackten wir ab und fielen wie ein Stein. In der Luft noch brach die linke Tragfläche ab.«

»Und trotzdem leben wir?« Putkin holte seufzend Luft. »Ein Wunder.«

»Wollen Sie jetzt auch beten?«

»Ihre Witze sind abgestanden, Andrej!« Putkin erhob sich und blickte in den wolkenlosen, strahlenden Himmel. »Man wird uns suchen ...«

»Sicherlich. Man wird die Flugroute abfliegen. Was aber, wenn wir vom Weg abgekommen sind?«

»Andrej, denken Sie so etwas nicht!« sagte Putkin heiser. »Sie sind Deutscher, ein Gast hier ... Sie kennen dieses Land nur als Besucher, waren nur einige Wochen am Rande der Unendlichkeit ... Sie wissen nicht, was es bedeutet, wenn man uns hier nicht findet und herausholt.«

»Sie dramatisieren, Igor Fillipowitsch.« Andreas Herr blickte hinüber zu der Wand der Riesenbäume. Eine Mauer in flammenden Farben, durchsetzt mit dem ewigen dunklen Grün der Kiefern und Fichten. »Das ist ein Herbstwald, und er ist auf der Erde, nicht auf einem anderen Stern.«

»So kann nur ein kindliches Gemüt sprechen!« Putkin machte eine weite Handbewegung. »Wald! Ja. Wald! Aber was für ein Wald! Wald, der im Unendlichen anfängt und im Unendlichen endet. In zwei Wochen ist Winter! Wissen Sie, Andrej, was das bedeutet? Das kommt plötzlich ... auf einmal schneit es, auf einmal fegt ein Eiswind übers Land, und dann erstarrt hier alles, und Ihr schöner Herbstwald, die ›Flammende Taiga‹, wird zur ›Toten Taiga‹. Und wir, wir sitzen mittendrin. Ohne Wintersachen, ohne eine Waffe, mit den bloßen Händen! Und da sagt er, ich dramatisiere! He! Warum stehen wir herum wie die Hennen, die einen Hahn suchen? Man sollte etwas tun, Genossen! Wie wär's mit einigen großen Feuerchen, die auf uns aufmerksam machen?«

»Der Wald knackt vor Trockenheit.« Morotzkij, der bisher nur mit seinem Kopf beschäftigt war, bückte sich ächzend und hob einen Ast hoch. Er zerbrach ihn ... das Holz war so trocken, daß es staubte. »Sollen wir alle verbrennen? Sie werden das Feuer nicht unter Kontrolle halten können. Haben Sie Wasser zum Löschen?«

Putkin starrte den langen dürren Menschen an, und plötzlich begannen seine Lippen zu zittern.

»Wasser ...«, sagte er leise. »Das ist ein heiliges Wort. Haben wir überhaupt Wasser zum Trinken?«

»Wir wissen es nicht.« Die Susskaja schüttelte Dreck und Laub aus ihrem langen Haar. »Ich habe nur einen Kanister gefunden und ihn für die Wunden verbraucht ...«

»Was haben Sie?« stammelte Putkin. »Sie haben das einzige Wasser ... Sie haben einfach ... so für die Wunden ... zum Waschen ... das letzte, wertvolle Wasser ... Jekaterina Alexandrowna, das sprechen Sie so gelassen aus ...?«

»Ich habe als Ärztin als erstes an die Versorgung der Wunden zu denken.«

»Damit wir später alle verdursten!« schrie Putkin auf. »Wasser! Man kann sich die Wunden auch sauberlecken wie ein Hund. Katja, die, denen Sie heute die Wunden ausgewaschen haben, werden Sie in vier Tagen verfluchen und in zehn Tagen aufhängen!«

»Die Taiga ist voll von Flüssen und Bächen«, sagte Andreas Herr unsicher.

»Aber hier, hier? Wissen Sie, ob auch hier?« brüllte Putkin. »Sagte es nicht der Professor: Der Wald ist wie Staub so trocken? Wann hat's hier zum letztenmal geregnet? Wann wird es wieder regnen? Wer krepiert ist, braucht kein Wasser mehr.«

»Wir werden die Birken anzapfen ...«, sagte die Lehrerin Nadeshna sanft. »Birkensaft kann man trinken. Ich habe es mit meinen Kindern im Ferienlager einmal aus Spaß gemacht ...«

»Die Birken! Die vor Trockenheit nicht mehr rascheln können! Wasser muß her, zum Teufel!«

»Jetzt rufen Sie doch nach Gott!« sagte Andreas ohne Spott. Ihm war kotzelend zumute. Putkin fuhr herum wie in den Hintern gestochen.

»Ich sagte: Zum Teufel!«

»Der Teufel ist ein gefallener Engel ... fragen Sie Nadeshna.«

Putkin kniff die Lippen zusammen. »Reizen Sie mich nicht«, sagte er tonlos. »Mein verehrter Deutscher, reizen Sie mich nicht! Wir müssen jetzt alle nur einen Gedanken haben: Durch den Wald zur nächsten menschlichen Siedlung! Warum wissen wir nicht, wo wir sind? Katja, wecken Sie Makar Lukanowitsch auf. Was ist das für eine ärztliche Ausbildung, die noch nicht mal einen Schock behandeln kann? Wir müssen wissen, wo wir sind! Nur Makar kann uns das sagen. Tun Sie doch etwas, Jekaterina Alexandrowna!«

»Es ist alles getan worden«, sagte die Susskaja dunkel. »Halten Sie den Mund, Putkin! Mit bloßem Gebrüll hat noch niemand die Taiga besiegt. Wollen Sie jetzt losrennen? Fühlen Sie sich stark genug?«

»Ja!«

»Wir nicht. Wir bestehen nicht nur aus Muskeln wie anscheinend Sie. In zwei Stunden ist es Abend.«

»Wir sollten planvoll vorgehen.« Morotzkij setzte sich neben Andreas auf den umgestürzten Baumstamm. »Zuerst das Wasserproblem. Keiner hat bisher die Trümmer durchwühlt. Vielleicht finden wir etwas. An Bord waren vier Kisten Konserven.«

»Eingewecktes Wasser, was?« schrie Putkin gequält. »So eine Dummheit!«

»Wenn es Gemüsekonserven sind, enthalten sie Wasser, natürlich«, sagte Morotzkij, ohne beleidigt zu sein. »Wir sollten uns um die Trümmer kümmern ...«

Sie ließen den noch immer besinnungslosen Benerian zurück und gingen hinüber zu dem auseinandergeplatzten Wrack. Von dem Flugzeug war nicht viel übriggeblieben, und das Wunder, daß sie noch lebten, wurde immer größer, je mehr sie die Zerstörung begriffen. Nadeshna schlug ein Kreuz vor der Brust, was Putkin zu einem gefährlichen, wolfsähnlichen Knurren reizte.

Die Kisten enthielten Fleischkonserven und tatsächlich Gemüse. Karotten und Gurken. Außerdem fand man den unversehrten Wassertank, der Kühlwasser für die Propellermotoren enthielt. Eine stinkende, ölige Brühe schwappte in dem Blechkasten.

»Verdursten werden wir also nicht«, sagte Andreas Herr laut. »Das Problem ist gelöst. Verhungern auch nicht. Die Welt wird bewohnbarer, Putkin, was meinen Sie?«

»Ich denke an den Winter.«

»Ich denke, man wird uns suchen? Wenn wir heute abend nicht planmäßig in Wiljuisk zwischenlanden, wird man Alarm schlagen.«

»Es kann sich wirklich nur um Stunden handeln«,

sagte auch Morotzkij zuversichtlich. »Was meinen Sie, Katja Alexandrowna?«

»Ich habe gar keine Angst.« Die Susskaja wühlte in den Trümmern, holte eine zerrissene Decke heraus und hängte sie sich über den Arm wie einen wertvollen Teppich. »Nur der Genosse Putkin muß immer durch die Gegend spucken! Lassen wir ihn — es ist seine Art, sich zu vergnügen.«

»Sechs Menschen ...«, sagte Putkin dumpf. »Sechs Menschen sind jetzt auf Gedeih und Verderb zusammen, und davon müssen fünf Idioten sein. Es ist zum Kotzen! Mein Pech verfolgt mich. Als ich neun Jahre alt war, begann's. Ich fiel vom Traktor und brach mir beide Beine, weil der Traktorist ein besoffener Idiot war. Von da an nur Unglück, als wenn man am Schwanz des Teufels hängt. Nein, nein, ich sage nichts mehr. Ich schweige jetzt. Aber ihr werdet sehen, wie sich alles entwikkelt, was aus uns wird ... jeder von uns muß es ausfressen ...«

Die Nacht war lau. Tausend Geräusche füllten den Wald, Nachtvögel flatterten über den Windbruch, es roch nach süßlichem herbstlichem Sterben, als atmeten die Riesenbäume ihren jährlichen Tod aus. Sie hatten das Feuer kleingehalten, um es unter Kontrolle zu bekommen. Die Flammen prasselten aus dem pulvertrokkenen Holz und gaben Licht, aber keinen Rauch. Doch gerade der wäre nötig gewesen, denn kaum brach die Dunkelheit herein und das Feuer brannte, verwandelte sich die Luft in eine summende Wolke. Myriaden von Mücken umschwirrten das Feuer und setzten sich wie Staub auf die Menschen. Morotzkij ertrug es mit der Sturheit eines Gelehrten, der weiß, daß man Naturereignisse nicht ändern kann. Dafür begann Putkin, wieder wie ein Fuhrknecht zu fluchen, schlug sinnlos um sich, schwenkte flammende Hölzer um seinen Kopf und benahm sich geradezu grotesk. Natürlich half das gar nichts. Die Mücken kümmerten sich nicht um seine feurigen Scheite. Sie fielen ihn dort an, wo er gerade nicht Funken um sich versprühte.

»Satan noch mal!« sagte die Susskaja mit ihrer tiefen Stimme. »Was haben Sie für einen ordinären Wortschatz, Putkin! Nehmen Sie Rücksicht auf Nadeshna.«

»Als ob das Vögelchen nicht wüßte, was eine Hure und ein Stinksack sind!« schrie Putkin. »Wir brauchen Rauch, um die Biester zu vertreiben! Feuchtes Holz.«

»Zaubern Sie mal, Igor Fillipowitsch!«

»Ich werde es!« Putkin sprang auf. Massig stand er im Flammenschein und packte sich an die zerfetzte Hose. »Die Damen bitte umdrehen!«

»Igor, was haben Sie vor?« fragte die Susskaja ruhig.

»Drehen Sie sich um, meine Dame!« schrie Putkin. »Oder schauen Sie hin, wie's beliebt! Ich pisse in die Flammen — das gibt Rauch!« Er blickte hinunter zu den anderen Männern. »Genossen, wer schließt sich an? Schluß ist's mit der Pensionatsmoral! Sollen wir bei lebendigem Leib von den Mücken gefressen werden? Wer gerade kann, ran an die Flammen und hinein! Das stinkt zwar, aber es wird Wunder wirken! Keine Mücke mehr weit und breit ... ich garantiere!«

Er knüpfte die Hose auf und spreizte die Beine. Nadeshna Iwanowna wandte den Kopf tatsächlich weg und starrte in die Finsternis, Jekaterina Alexandrowna zögerte noch, aber als Putkin rücksichtslos sein Wasser strahlen ließ, blickte auch sie weg.

Es zischte, Qualm wallte auf, und es stank erbärmlich. Aber die Mückenwolke lichtete sich. Es war, als bliebe sie entsetzt in der Nachtluft stehen, ehe sie abdrehte.

»Was sage ich?« rief Putkin voll Triumph. »Der Mensch ist doch der Größte! Es lebe der Geist der Improvisation! Genossen, ziert euch nicht. Heran!«

Morotzkij zögerte, aber dann erhob auch er sich, stellte sich ans Feuer und schlug sein Wasser ab. Ihm folgte

Andreas Herr … mit einem Seitenblick auf die Susskaja, die sich umgedreht hatte, entleerte auch er sich und setzte sich schnell wieder. Nur Putkin stand noch, ganz Triumphator.

»Eine neue Form von Blutsbruderschaft«, sagte er genußvoll. »Ich danke euch, Brüder. Wenn wir alles weitere so gemeinsam machen, kommen wir durch.«

Er wartete auf eine Antwort, aber als nichts kam, setzte er sich schulterzuckend. Nadeshna Iwanowna hatte beide Hände vor den kleinen Mund gelegt und würgte. Der Gestank des verdampfenden Urins war bestialisch, aber die Mücken blieben weg.

»Unserem Täubchen dreht sich der Magen wie ein Kreisel«, sagte Putkin und grunzte wie ein gestreichelter Hund. »Wir werden uns an noch mehr dreckige Dinge gewöhnen müssen. Haben Sie nicht bemerkt, daß kein Flugzeug gekommen ist? Wir sind längst überfällig, aber nichts rührt sich von Wiljuisk aus. Sechs Menschen und eine alte Maschine sind weg … was ist das schon? Jede Suchaktion ist teurer, als wir bei denen im Wert stehen. Sechs Namen ausstreichen … das ist bequem, einfach, mühelos, kostet keine Kopeke. So ist das, Genossen. Wir sind Dreck, der vom Himmel gefallen ist.«

»Ihre Ungeduld ist schon pathologisch«, sagte die Susskaja. Sie reichte Nadeshna eine geöffnete Konservenbüchse mit Karotten hinüber, damit sie den Saft trinken konnte und dadurch ihren Ekel hinunterspülte. »Warten Sie doch ab … morgen, übermorgen … man sucht uns schon.«

»Soll ich Ihnen sagen, Katja, was morgen und übermorgen ist?« schrie Putkin aufgebracht. »Wir werden hier sitzen und warten. Und in Wiljuisk und Irkutsk werden sie auch sitzen und warten und in die Sitzkissen furzen und nichts tun! Bist du in Sibirien, dann hilf dir selbst … das ist der einzige wahre Satz, den jeder hier in diesem Land im Hirn tragen sollte. Aber bitte, warten wir ab. Starren wir in den Himmel, ob sich ein

Propellerchen dreht. Und dann ist plötzlich der Schnee da.«

»Der Schnee kommt bestimmt ...«, sagte Morotzkij gleichgültig. »Dem laufen Sie nicht davon, Igor Fillipowitsch. Da spielen zwei, drei Tage keine Rolle mehr.«

»Wir sollen also nichts tun?« sagte Putkin ganz entgeistert.

»Wir sollten etwas mit Planung tun.« Morotzkij holte mit den Fingern drei Karotten aus der Büchse. Nadeshna hielt sie ihm hin, und er aß sie schmatzend. »Es steht außer Zweifel, daß wir zu Fuß weitermüssen. Nur — in welche Richtung?«

Putkin wollte etwas Unanständiges sagen, als er, genau wie die anderen, zusammenzuckte. Jemand hatte mit schriller Stimme geschrien. Zunächst nur einen Laut, aber jetzt brüllte es: »Mutter! Mamuschka! Halt mich fest, Mamuschka, bei Gott und allen Heiligen, halt mich fest! Mutter!«

Morotzkij zog den Kopf in die Schultern, als friere er. Putkin saß mit offenem Mund, und seine Augen glotzten in die Dunkelheit. Nadeshna begann zu weinen und lehnte sich an Andreas Herr. Nur die Susskaja sprang auf und spreizte die schönen, langen schlanken Hände.

»Benerian ist erwacht ...«, sagte sie gepreßt. »Ich gehe zu ihm.«

»Mutter!« schrie der Pilot wieder. Seine Stimme überschlug sich und zerbrach. Dann folgte ein Greinen, als habe man einen Säugling ausgesetzt. Jekaterina Alexandrowna nahm ein flammendes Scheit mit und rannte zu dem Baumstamm, an den man Benerian gelehnt hatte. Die kleine Sanitätstasche hatte sie neben ihm abgestellt, um ihm sofort helfen zu können, wenn er aufwachte.

Putkin — wie konnte es anders sein — war der erste, der die Sprache wiederfand. »Von Makar Lukanowitsch werden wir auch nicht erfahren, wo wir hier sind«, sagte er mit Sarkasmus. »Solange er nach seiner Mamuschka brüllt, kann man von ihm keine navigatorischen Angaben erwarten. Meine Lieben, ich ahne, Benerian ist so vollkommen auf seinen Schädel gefallen, daß wir mit ihm nicht mehr rechnen können.«

»Sie haben eine ekelhafte Art, Putkin, Wahrheiten auszusprechen«, sagte die Susskaja. Sie kam wieder in den Feuerkreis zurück. »Ich habe Makar eine neue Injektion gegeben. Er ist wach, aber er dämmert dahin. Sein Schock ist massiv, und er ist nicht ansprechbar. Ich befürchte, er hat den Verstand verloren.«

»Aber das kann sich ändern, nicht wahr?« fragte Morotzkij leise.

»Ich weiß es nicht.« Die dunkle Stimme der Susskaja war plötzlich spröde. »Benerian wurde jetzt in das Stadium eines Kindes zurückgeworfen, eines unberechenbaren, bösartigen Kindes. Wir ... wir sollten ihn zu seiner eigenen Sicherheit festbinden. Er war eben dabei, sich selbst zu erwürgen ...«

»Als ob wir nicht Probleme genug hätten.« Putkin nickte Andreas zu. »Kommen Sie, Andrej. Bindfäden liegen genug herum in den Trümmern.«

Sie suchten ein paar Stricke in dem Haufen der zerplatzten Kartons, gingen zu Benerian und banden ihm die Fußknöchel zusammen, spreizten seine Arme und banden sie mit den Handgelenken an starken Ästen fest. Zur völligen Sicherheit schlangen sie noch einen Strick um seinen Leib und klopften mit einem dicken Rohrstück zwei lange Nägel in den Stamm, um die sie die Strickenden wickelten. Kopfschüttelnd stand dann Putkin vor dem wimmernden Benerian und hielt dessen Schädel fest, der unentwegt, wie ein Uhrpendel, hin und her schwang. Dabei stieß Benerian ausgesprochen kindische Laute aus und seiberte wie ein Säugling.

»Hauptmann Makar Lukanowitsch ...«, sagte Putkin gepreßt. »Held des Friedens mit vier Orden. Und endet so in der Taiga, mit einem leergeblasenen Gehirn. Andrej, sehen Sie, welch ein Mist das Leben ist?«

In dieser ersten Nacht, vor einem stinkenden Feuer,

schlief niemand. Die Taiga schien jetzt in der Finsternis mehr vom Leben erfüllt zu sein als unter der Sonne. Große Mäuse huschten über die Lichtung, Wiesel und Marder, einmal sogar, sehr vorsichtig witternd, ein kapitaler Fuchs und dann ein Rentierpaar, stolz und langsam, sich nicht um die Menschen kümmernd. Mit einer deutlichen Würde zogen sie als große Schatten über den Windbruch. Morotzkij rieb sich die Hände, als das stolze Paar im Wald wieder verschwunden war.

»Ich weiß, wo wir vom Himmel gefallen sind«, sagte er. Putkins Kopf fuhr herum.

»Aha!«

»Wir sitzen in einem Gebiet, in dem die Tiere noch keinen Menschen gesehen haben. Ihre Verhaltensweise ist geradezu paradiesisch.« Morotzkij rückte seinen Kopfverband zurecht. Es war schon eine Kunst, an diesem dürren Schädel einen festen Verband zu installieren. »Wir leben hier in der vollkommensten Einsamkeit ... vom Menschen aus gesehen.«

»Und das sieht er am Verhalten der Tiere!« röhrte Putkin spöttisch. »Da watscheln zwei Rentiere vorbei, und schon hat er den Atlas im Kopf.«

»Ja.« Morotzkij schlang die Arme um die angezogenen Beine. »Ich bin Professor für Verhaltensforschung. Spezialgebiet Nagetiere.«

»Der Himmel straft uns hart.« Putkin warf neues Holz in die glimmende Glut. »Was sind Sie?«

»Ich beobachte Tiere.«

»Und damit wird man Professor? Wozu soll das denn gut sein, ob man weiß, wieviel Kügelchen ein Schaf am Tage scheißt? Da habe ich einen nützlicheren Beruf. Ich bohre Öl und schmiere damit unsere Wirtschaft.« Putkin blickte von einem zum anderen. Die Susskaja lauschte in die Dunkelheit. Dort wimmerte Benerian wieder und rief leise: »Mama! Mamuschka. Halt mich doch fest, Mama ...« Seine Seele war zerstört. Sie blieb in der Luft hängen von dem Augenblick an, wo er den

Absturz seines Flugzeuges nicht mehr aufhalten konnte.

»Wir sollten uns näher kennenlernen, meine Lieben«, sagte Putkin jetzt. »Wir werden eine lange Zeit zusammenbleiben und jeder auf den anderen angewiesen sein. Da sollte man sich kennen. Seien wir ehrlich zueinander. Die Masken weg. Wer sind wir? Semjon Pawlowitsch, fangen wir bei Ihnen an — Sie haben schon etwas von sich losgelassen. Wieso kommen Sie als Tierpsychologe in das Drecknest Suchana? Allein! Um dort die Biber und Ottern zu beobachten?«

Morotzkij starrte in die Flammen. Sein dürres Gesicht mit der randlosen Brille wirkte wie eine ausgewickelte Mumie. »Freiwillig bin ich in Sibirien«, sagte er langsam. »Jeder Mensch trägt etwas mit sich rum, das ihn krumm macht. Soll ich lange erzählen?« Er holte tief Atem. »Ich habe meine Frau getötet.«

Plötzlich war das Knistern der brennenden Äste wie das Krachen von Schüssen. Die anderen starrten Morotzkij an und schwiegen betroffen. Morotzkij nickte mehrmals. Seine Stimme blieb aber so warm und doch so gleichgültig wie vorher.

»Ich habe sie ermordet. Nicht mit Raffinesse, sondern ganz einfach mit einem langen Küchenmesser. In den Rücken gestoßen. Zu Ende war's. Wie das so ist — ich kam einmal früher als sonst aus dem Institut nach Hause, und wer liegt im Bett? Nastja mit meinem besten Assistenten. Eine Woche später war Nastja tot, und Waska Diogenowitsch, den Assistenten, hat man verhaftet, des Mordes angeklagt und zu lebenslanger Strafarbeit nach Workuta verurteilt. Gut hatte ich das eingefädelt, mit wissenschaftlicher Gründlichkeit ... Waska hing in einem Indiziennetz und mußte darin umkommen. Freunde, was soll ich das alles erzählen? Er ist in Workuta gestorben, aber ich bin daran zerbrochen. Das Gewissen, meine Lieben. Ich hätte nie geglaubt, daß das Gewissen einen so aushöhlen kann. Da war Sibirien für mich das richtige ... hier konnte ich mich in der Weite verlieren, hier stieß mein Gewissen nirgendwo an ...«

»Und Sie, Andrej?« fragte Putkin heiser vor innerer Erregung. »Sie sind Diplom-Ingenieur, Fachmann für Bergbau, nicht wahr?«

Andreas Herr sah Putkin verblüfft an. »Woher wissen Sie das? Ich kann mich erinnern, Ihnen nur meinen Namen gesagt zu haben.«

Putkin grinste breit. »Wir sind ein mißtrauisches Volk, Andrej. Warum? Seit Jahrhunderten droht man der Welt mit dem Teufel und den Russen. Das färbt ab. Was von draußen zu uns kommt, wird unter die Lupe genommen. Was will er hier? Was tut er hier? Wo wandern seine Augen hin? Was denkt er über uns? Für uns ist jeder Fremde zunächst eine lebende Lüge. Natürlich, ganz natürlich, daß man ihn heimlich beobachtet, auch wenn er mit noch so friedlichen Absichten gekommen ist. Sie, Andrej Herr, sind nach Rußland gekommen, um auf Einladung des Bergbauzentralrates neue Methoden der Untertageabräumung zu erklären. Soll ich aufzählen, wo Sie überall waren? Seit Sie in Sibirien sind, bin ich Ihr Schatten. Eine dämliche Aufgabe, aber sie mußte sein. Ich bin Ihr drittes Ohr und drittes Auge.«

»Mit anderen Worten ...«, sagte Andreas rauh, »Sie haben mich überwacht.«

»Erraten.« Putkin lächelte breit.

»Und was haben Sie an mir gefunden?«

»Politisch nichts. Als Mann aber sind Sie ein potenter Bursche. In neun Wochen fünf Liebschaften ... meine Gratulation! Und herrliche Weiber, meine Freunde, sage ich. Man konnte neidisch werden. Ich hatte immer das Zimmer nebenan, und wenn das Bett knackte, als schlage man es mit einem Hammer zusammen, verfluchte ich meinen Auftrag.« Putkin zeigte auf Nadeshna, die verlegen auf der Unterlippe kaute. »Und Sie, mein zartes Täubchen? Lehrerin? Natürlich. Aber in Suchana? Nein!«

»Ich habe Verwandte besucht«, sagte Nadeshna Iwanowna leise. Aber plötzlich warf sie den Kopf in den Nacken, und ihre großen Kinderaugen blitzten, daß Putkin ein Kribbeln unter den Haaren spürte. Es war, als wenn sich eine Schlange zum Angriff aufrichtet und zu zischen beginnt. »Nein!« sagte sie laut. Ihre Stimme klang voller und härter. »Ich habe Bibeln verteilt! Ich habe den heimlichen Christen in neunzehn sibirischen Dörfern Bibeln gebracht ...«

»Was haben Sie?« stotterte Putkin entgeistert. »Bibeln?«

»Fragen Sie den KGB.« Nadeshna Iwanowna Abramowa stemmte die zierlichen Füße in den Waldboden. »Man hat dafür in Moskau eine eigene Abteilung: Bekämpfung der illegalen und verbotenen Einfuhr von Bibeln in die UdSSR. Aber sie kommen auf geheimnisvollen, dem KGB unbekannten Wegen herein. Direkt aus Rom. Dort gibt es eine Dienststelle, die diesen Transport organisiert. Und nicht nur Bibeln kommen heimlich nach Rußland, auch Priester, gut ausgebildete Priester. Ich habe zwei von ihnen in Sibirien zurückgelassen.« Sie sah die anderen kampfeslustig an, eine völlig veränderte Nadeshna. Kein zartes Vögelchen mehr, eher schon ein verkappter Adler mit scharfen Krallen. »Das bin ich! Sie sagten doch, Igor Fillipowitsch, wir sollten ehrlich sein, ohne Maske.«

»Verteilt Bibeln und Priester!« schrie Putkin und hieb die Fäuste gegeneinander. »Teufel auch, was sind wir für eine Bande! Ein Mörder, ein Spitzel, eine Agentin des Vatikans, ein Deutscher, der russische Weiber wie Bonbons vernascht ... und Sie, Jekaterina Alexandrowna? Was bieten Sie uns an?«

»Nichts!« sagte die Susskaja. Ihre dunkle Samtstimme schwang wie eine verhängte Glocke. »Gar nichts.«

»Wollen Sie als einzige von uns behaupten, daß Sie normal sind?« schrie Putkin.

»Es scheint so, Igor Fillipowitsch.«

»Sie enttäuschen, Katja! Los, suchen Sie einen dunklen Fleck! Wir können keinen schneeweißen Engel in unserer Mitte gebrauchen. Irgend etwas ist auch mit Ihnen los. Heraus damit!«

»Lassen Sie mich in Ruhe, Putkin!« Die Susskaja erhob sich und ging hinüber zu dem greinenden, festgebundenen Benerian. Aber bevor sie in der Dunkelheit untertauchte, sagte sie noch: »Nur wenige Menschen sind schön, wenn sie nackt sind. Warum wollen Sie alle nackt sehen, Putkin?«

Später hörte man sie, wie sie sich mit dem stammelnden Benerian unterhielt und wie er immer wieder: »Rajetschka! Rajetschka!« rief … den Namen seiner Mutter. Anscheinend verwechselte er die Susskaja mit ihr und klagte ihr sein unmenschliches Leid.

Das Feuer prasselte bis in den Morgen hinein. Die Menschen saßen wie leblose Puppen da. Was sollte man noch sagen? Es war alles gestanden worden, was zu gestehen war. Nur einmal sagte der unentwegte Putkin leise und nickte zu der entfernten Susskaja hin:

»Und sie hat *doch* ein Geheimnis, Freunde. Ein dicker Hund muß es sein, daß sie darüber schweigt. Aber wir bekommen es heraus, sage ich. Wir bekommen es noch heraus.«

2

Der neue Tag war heiss wie der vergangene. Die Taiga leuchtete wie ein wogendes Flammenmeer und brannte bis in den wolkenlosen blauen, unendlichen Himmel hinein. Kein Suchflugzeug war bis jetzt zu hören gewesen. Die Reisighaufen, die man zusammengetragen hatte und die man anzünden wollte, wenn man Motorenlärm hörte, blieben unberührt. Putkin verfluchte alle Welt, belästigte jeden mit seinen groben Worten, spielte mit den zerplatzten Kartons Fußball und strich immer in der Nähe von Nadeshna herum. Es war klar, daß er sie attackieren wollte ... wer heimlich Bibeln und Priester nach Rußland schleppt, war für ihn ein Objekt, das man zermalmen durfte.

Es war um die elfte Morgenstunde, als Putkin seinen Zorn platzen ließ. Katja und Andreas sortierten aus den Trümmern alles Nützliche heraus, und das war eine Menge guter Dinge, Morotzkij schrieb in sein Tagebuch einige Bemerkungen, und Nadeshna baute, um Putkin zu ärgern, aus Kisten einen Altar, als Putkin plötzlich dumpf aufschrie und mit drei gewaltigen Tritten seiner muskelstarken Beine den Altar vernichtete. Nadeshna flüchtete wortlos, denn Putkins Aussehen verbot jede Diskussion. Wie ein Stier rannte er herum und stampfte auf die Trümmer des Kistenaltars.

»Sie macht mich verrückt, diese Betschwester!« brüllte er. »Baut Altäre und singt fromme Lieder! Und das mitten in der Taiga! Ist das zu ertragen? Warum bekehrt sie niemand? So einfach ist das doch! Was braucht sie denn? Einen dicken pulsenden Knüppel zwischen die Beine, das genügt! Da hat noch jedes Weibsbild eine andere Melodie gesungen als Kirchenlieder ...«

Von den Trümmern kam Andreas herüber. Er nickte Nadeshna zu, schob sie zu Katja Alexandrowna und ging weiter. Mißtrauisch blickte ihm Putkin entgegen.

»Sie sind ein Schwein, Putkin!« sagte Andreas, als er zwei Meter vor ihm stand. »Eine Riesensau! Sie entschuldigen sich bei Nadeshna Iwanowna.«

»Entschuldigen? Oho!« Putkin lachte hart auf. Seine Muskeln spannten sich. Unter dem dünnen Hemd sah man es deutlich. Sie waren alle in der Hitze so wenig wie möglich bekleidet und schwitzten trotzdem wie in einer Banja. »Ich nehme kein Wort zurück! Wie ist's mit Ihnen? Sie Frauenkenner! Erbarmen Sie sich doch der kleinen Nadeshna und treiben Sie ihr den Christus aus. Ich wette, sie hat's gern und lang ...«

»Putkin«, sagte Andreas dunkel. »Noch ein Wort, und ich ohrfeige Sie.«

»Sie mich? Ein Deutscher einen Russen? Fängt die Germanenhoheit wieder an?« Er bückte sich blitzschnell, riß einen dicken Knüppel vom Boden und streckte ihn vor. Von den Trümmern schrie Nadeshna auf, und die Susskaja rief:

»Igor! Sie Idiot! Legen Sie den Ast hin!«

»Auch das noch!« sagte Morotzkij und griff sich an den Kopf. »Schlimmer als die Ratten. Wir haben sechshundert oder tausend Werst Neuland vor uns, und sie prügeln sich.«

Andreas starrte den vor Zorn bebenden Putkin an. Es gab kein Zurück mehr ... jetzt wurde entschieden, wessen Wort in der Gruppe galt. Ein Schritt nur rückwärts ... und Putkin würde, mit Morotzkijs Worten, das gnadenlose Leittier des Rudels werden.

»Was nun?« brüllte Putkin mit geschwellter Brust.

Andreas bückte sich langsam und nahm ebenfalls einen dicken Ast vom Boden. Er wog ihn in der Hand, sah dann wieder Putkin an und erschrak. Die Augenhöhlen des Mannes begannen rot zu werden. Es war, als sickere Blut durch die Haut. Nackte Vernichtung lag in dem Blick, das blanke Töten, an dem jedes weitere Wort verbrannte.

»So ist das also?« sagte Putkin mit schrecklicher Dumpfheit.

»Die Knüppel weg!« schrie die Susskaja und lief mit Nadeshna hinzu. Aber es war vorauszusehen, daß sie zu spät kamen. Morotzkij stand wie erstarrt.

»Sie sind ein Tier!« sagte Andreas leise. »Ein gefährliches, reißendes Tier ... jetzt sieht man es.«

»Nur heran!« Putkin wippte mit dem dicken Knüppel. In seiner breiten Brust rumorte die Mordlust, der Atem brodelte durch die Lungen. »So wahr es mir in den Fingern juckt, ich schlage dir den Schädel ein! Nur heran!«

Sie duckten sich gleichzeitig und hielten sich mit den Blicken fest. Der allererste Schlag, das wußte jeder von ihnen, war der wichtigste.

Wenn zwei Bären sich gegenüberstehen, um für die Herrschaft in ihrem Revier aufeinander loszugehen, dann ist ihr mienenloses Gesicht noch starrer, noch kälter, noch rätselhafter als sonst. Nur die Augen bekommen einen kalten Glanz und jene Starrheit, die Erbarmungslosigkeit bedeutet.

Nicht anders war es bei Putkin. Er musterte Andreas, wartete auf ein Zucken des Gegners, auf jenen unbedachten Angriff, dessen Richtung sich vorher immer im Blick spiegelt. Das ist ein alter, aber nie versagender Trick: Blick deinem Gegner nicht auf die Fäuste, sondern in die Augen ... dort entscheidet sich alles!

Es war Morotzkij, ausgerechnet das dürre, mit Haut überzogene Gerippe, das dem sinnlosen Spiel ein Ende bereitete. Er warf von der Seite, gut gezielt, dem lauernden Putkin sein Tagebuch ins Gesicht und nutzte die sekundenlange Verwirrung, um ihn mit einem mächtigen Tritt in den Hintern nach vorn zu schleudern. Putkin, darauf nicht vorbereitet, stolperte, fiel nach vorn, stützte sich mit den Armen ab und blieb schnaufend auf den Knien liegen.

Jetzt waren auch Nadeshna und die Susskaja heran, rissen Andreas zurück und stellten sich wie eine kleine, armselige Mauer vor ihn. Putkin brüllte, sprang auf und zitterte vor Wut.

»Nicht Makar Lukanowitsch ist verrückt, sondern Sie!« sagte Jekaterina Alexandrowna. Ihre feste dunkle Stimme hatte eine verblüffende Wirkung. Putkin ließ den dicken Knüppel fallen und wischte sich mit beiden Händen über das verzerrte Gesicht. »Wollen wir uns zerfleischen, noch bevor wir die ersten Schritte aus diesem Wald getan haben? Igor Fillipowitsch, wir werden in den nächsten Wochen noch viel Gelegenheit haben, uns gegenseitig bis in die tiefste Seele zu hassen. Sparen Sie sich Ihre Kräfte dafür auf.«

»Sie haben recht, Katja. Wie recht Sie haben!« Putkin schüttelte den Kopf. »Aber ich kann es nicht ändern, auch wenn ich es wollte. Es sitzt zu tief da drinnen.« Er klopfte mit den dicken Fäusten gegen seine muskelgespannte Brust. »Wenn ich jemanden beten sehe, wenn ich vor einem Altar stehe, ja, wenn ich nur einen Kirchturm sehe oder eine Glocke läuten höre ... mir zerreißt es das Gehirn! Ihr müßt das wissen, Genossen.« Er blickte mit seinen blutunterlaufenen Augen um sich, und plötzlich spürten sie alle, daß sie Mitleid mit Putkin empfanden. »Auch ich hatte eine Mutter, auch wenn ich nicht dauernd wie Makar danach schreie. Als sie nach dem Großen Vaterländischen Krieg allein zu Hause blieb, als sie wartete und wartete, ob Väterchen wieder zurückkommen würde, und er kam nicht, lag irgendwo in der Erde, wer weiß wo, in Polen, in Deutschland, er blieb einfach weg ... da wurde sie — verdammt noch mal — wie Nadeshna. Sie begann zu beten, kniete in den Kirchen, kannte nichts als Gott, die Popen, Kerzen und fromme Gesänge, bis man sie mir eines Abends nach Hause brachte, total verrückt, mit Engeln sprechend und Tichon — das war mein Vater — zärtlich zuflüsternd, als läge er neben ihr im Bett. Nach vier Wochen starb sie, an einer Hirnentzündung, sagte der Arzt.« Putkin riß sein Hemd vor der Brust auf, als beenge ihn selbst dieser dreckige, zerfetzte Stoff. »So ist das, Freunde. Und ich bitte, ich flehe Nadeshna Iwanowna an, nie mehr in meiner Gegenwart zu beten oder Altäre zu bauen ...«

Man respektierte seinen Wunsch, denn man hatte jetzt auch anderes zu tun. Wie Lastesel schleppten sie alles, was man gebrauchen konnte, aus den verstreuten Trümmern in die Mitte des Windbruchs und häuften es dort auf. Kisten und Kartons, Werkzeuge und Eisenstangen, Bleche und die vier dicken Gummiräder des

Flugzeuges, die noch an den unversehrten Achsen hingen. Putkin untersuchte die Überreste der Kanzel, fluchte gotterbärmlich, als er den Funkapparat unbrauchbar vorfand, aber dann kam er mit zwei Taschen zurück und setzte sich neben den noch immer festgebundenen Benerian. Der Pilot hatte sein kindisches Greinen aufgegeben ... er sah mit abwesenden Augen um sich; rief ab und zu, wie der Kuckuck in einer Kukkucksuhr: »Rajetschka! Rajetschka!«, aber darum kümmerte sich schon keiner mehr. Man hatte sich schnell daran gewöhnt und wurde nur unruhig, wenn Benerian zu lange Pausen zwischen seine Mutterrufe einlegte.

»Er war ein stilles Säuferchen, unser Hauptmann und Held«, sagte Putkin und öffnete die Taschen. »Seht einmal her ... Hier ...« Er hob einige Flaschen heraus und hielt sie in die Sonne. »Der schwarze Muskat ›Massandra‹. Wer kennt ihn? Keiner? Ungebildetes Volk. Ein Krimwein, granatrot, mit einem leichten Aroma nach Schokolade. Und hier — der herrliche rosa ›Jushnobereshnyi‹. Der duftet, sage ich, der schmeckt wie eine Teerose von Kasanlyk. Und hier: Zinandali, Gurshaani, Aleatiko ... Makar Lukanowitsch, du warst ein Kenner!« Er hielt Benerians hin- und herpendelnden Kopf fest und hob das Gesicht zu sich hoch. Benerian glotzte ihn an. Er erkannte seine Welt nicht mehr. »Warum können Sie ihm nicht helfen, Katja«, fragte Putkin heiser. »Warum studiert man so lange Medizin, wenn man nachher wie ein Bettnässer hilflos vor dem nassen Bett steht?«

»Das menschliche Gehirn wird das einzige Wunder sein, das dem Menschen noch bleibt«, sagte die Susskaja langsam. »Wenn Makar den Verstand verloren hat, muß er ihn sich selbst wieder suchen.«

Putkin ließ Benerians Kopf los ... er pendelte weiter hin und her. »Ich wußte gar nicht, daß Sie so voller Sarkasmus stecken, Katja«, sagte er.

»Sie wissen gar nichts über mich, Igor Fillipowitsch.«

»Das stimmt. Warum nicht? Was verbergen Sie? Haben Sie auch, wie der Professor, einen umgebracht? Nicht mit dem Küchenmesserchen, sondern mit Pillchen und Spritzen?«

»Das steht mir noch bevor.« Die Susskaja sah Putkin ruhig an. Ihre schwarzen Augen waren das herrlichste, was je aus einem Gesicht herausgeleuchtet hatte. »Sie sollten vorsichtiger sein, Putkin.«

»Oho! Ist das eine Drohung?« Seine Stimme wurde unsicher. Man hörte es deutlich.

»Eine Feststellung, Igor Fillipowitsch. Sie werden verrückt, wenn Sie beten hören oder Altäre sehen ... ich hasse Spitzel des KGB. Ich wäre bereit, alles zu tun, um Männer wie Sie zu vernichten.«

»Das ist eine klare Sprache«, Putkin blickte sich um. Die anderen umstanden ihn und starrten ihn düster an. Sogar der lange Morotzkij machte keine Ausnahme, obwohl er als frei herumlaufender unbekannter Mörder keinen Grund dazu hatte. »Alle gegen mich! Alle gegen einen! Und dabei sollte es jetzt heißen: Einer für alle, alle für einen! Freunde, ich versichere: Ich bin kein Spitzel gewesen. Ich hatte nur diesen einen blöden Auftrag, den Deutschen Andreas Herr nicht aus den Augen zu lassen. Ist das ein Verbrechen, he? Zur Sicherheit unseres Vaterlandes war es! Sind wir nicht alle Russen? Lieben wir nicht unsere Heimat? Na, Freunde?«

»Ich werde Sie in ein paar Wochen an diese Liebe erinnern, Putkin«, sagte die Susskaja und wandte sich ab. »Dieser Wald verlangt mehr Liebe, als ein Mensch geben kann ...«

Es schien so, als habe die Susskaja wieder einmal recht.

In den Trümmern fand man endlich eine genauere Karte, aber natürlich nicht die Flugroute. Man konnte sie nur ahnen, wenn man den geraden Strich von Suchana bis Irkutsk zog. »In Sibirien gibt es keine Luftstraßen«, sagte Morotzkij und legte seinen Zeigefinger auf einen Punkt der Karte. »Unten und am Himmel ist Platz genug. Nehmen wir an, Makar ist den geraden Weg geflogen, dann sitzen wir jetzt hier. Genau hier. Nördlich des Wiljuj, südlich des Olenek, irgendwo in der Nähe des Quellgebietes des Tjunjan oder der Tjuna. Es kann auch bei der Lindja sein ... jedenfalls hier. Das bedeutet ...«

Morotzkij schwieg. Er sah Nadeshna an ... als Lehrerin verstand sie etwas von Geographie. Sie wußte, was er sagen wollte. Putkin sprach es aus.

»Ein menschenleeres Gebiet. Einsamer als wir konnte man gar nicht abstürzen.«

»Um uns liegen Tausende Quadratkilometer unbewohnten Landes. Ja!« Morotzkij legte die Karte auf den Waldboden. »Wenn wir auf Menschen treffen, dann nur auf Jäger und Geologen oder nomadisierende Jakuten.«

»Das reicht doch«, sagte Andreas hoffnungsvoll.

»Wenn wir sie treffen. In spätestens zwei Wochen setzt der Winter ein. Die Herbstjagd ist vorbei, für die Winterjagd ist es zu früh. Wir leben in einem luftleeren Raum. Wir können nur eins, Freunde: Laufen! Laufen und laufen! Und wenn nicht mehr aufrecht, auf allen vieren! Es gibt nur ein Ziel: so nahe wie möglich an menschliche Siedlungen heranzukommen!«

»Sag ich es nicht?« rief Putkin triumphierend. »Davon rede ich seit zwanzig Stunden. Aber nein, erst muß das ein Professor sagen!«

»Und wo finden wir Menschen?« fragte Katja Alexandrowna.

»Im Süden.« Es war Nadeshna, die es sagte. Sie wies mit ihren zarten Fingerchen auf die Karte und fuhr mit ihnen das zerknitterte Papier hinunter. »Nur nach Süden. Dort wird das Land dichter besiedelt, auch die Taiga. Glaubt es mir, ich habe doch Erdkundeunterricht gegeben.«

»Natürlich!« schrie Putkin. Immer, wenn Nadeshna etwas sagte oder tat, fuhr er aus der Haut. »Vor allem, auf welchem Weg Bibeln nach Rußland kommen.«

»Putkin«, sagte die Susskaja warnend.

»Ich schweige, schöne Dame, ich schweige. Also nach Süden! Von mir aus. Stimmen wir ab: Wer will nach Süden?«

Sie hoben alle die Hand ... hatte man eine andere Wahl? Was Nadeshna sagte, leuchtete jedem ein: Im Süden lagen die Siedlungen. Der Mensch sucht Wärme.

»Einstimmig«, stellte Putkin fest. »Und nun an die Arbeit. Wir werden ins Schnaufen kommen: Hügelland, Schluchten. Sumpfgebiete ... Auf nach Süden!«

Das war ein Ruf, der von jetzt an in ihren Herzen blieb. Eigentlich gab es nichts anderes mehr. Nach Süden!

Sie ahnten nicht, daß kaum 100 Werst östlich von ihnen eine Pelzjägerstation lag, die Faktorei Jakutarsska. Vier Tage Fußmarsch durch die noch trockene, flammende, hitzeflimmernde Taiga über einen Boden, der noch staubte und fest war. Vier Tage nur, bei denen man den Wettlauf mit dem Winter gewann ... denn fiel der erste Schnee und fegte der erste eisige Wind durch die Baumkronen, war das Jahr für sie alle zu Ende. Dann wurden sie ein Teil der weißen Unendlichkeit und würden nur noch um das nackte Überleben kämpfen müssen.

Aber wer konnte das ahnen? Auf der Karte stand nichts von der Faktorei Jakutarsska. Warum auch? Wo käme man hin, jede Pelzjägerstation einzuzeichnen? Und wen interessiert das schon?

Eine Stunde später — Putkin ordnete die Proviantvorräte und starrte nachdenklich auf die vier dicken Gummiräder des Flugzeuges mit den daranhängenden Achsen — kam Professor Morotzkij von einem kurzen Ausflug in die Umgebung zurück. Er wollte Tiere beobachten und daraus erkennen, ob Wasser in der Nähe war. Gab es hier zum Beispiel Biber oder Bisamratten, gab es hier auch Wasser.

»Der Winter ist näher, als wir denken«, sagte er und machte sich einige Notizen in sein Tagebuch. Er saß neben Benerian auf dem Baumstamm. Benerian schlief endlich, ermattet von seinen Rajetschka-Rufen. »Ich habe einen Hasen gesehen.«

Putkin schnaufte durch die Nase. »Der hat Ihnen berichtet, daß er bereits den Schnupfen hat, ha?«

»Nein, aber er war weiß. Er hatte schon die Schneefarbe. Begreifen Sie nun, Igor Fillipowitsch?«

Putkin nagte an der Unterlippe. Nadeshna und die Susskaja ordneten das gefundene Werkzeug: ein Beil, eine Axt, ein paar Zangen und Schraubenschlüssel, einen Blechkasten mit Nägeln und Schrauben, einen Drillbohrer, zwei Hämmer ohne Stiel, zwei kurze Handsägen ... wertvolle Dinge in der Taiga. Von den entfernteren Trümmern kam jetzt Andreas zurück. Er schwenkte etwas über dem Kopf und sah sehr fröhlich aus.

»Ein Geschenk des Himmels!« rief er schon von weitem. »Ich habe ein Gewehr gefunden! Seien wir ehrlich ... ein halbes Gewehr. Der Kolben ist abgeschlagen, aber Lauf und Schloß sind funktionstüchtig.«

»Einen Kolben kann man schnitzen!« schrie Putkin und klatschte in die Hände. »Und Patronen?«

»Die finde ich noch.« Er wollte das Gewehr Putkin geben, aber die Susskaja war schneller und riß es ihm aus der Hand. Putkin knurrte gefährlich und spreizte die Finger.

»Was soll denn das nun wieder, Katja Alexandrowna?« fragte er mühsam beherrscht.

»Das Gewehr behalte ich, Igor Fillipowitsch.« Sie drückte es gegen ihre volle Brust, und einen Gedankenblitz lang beneidete Putkin das verdreckte Metall. »In Ihrer Hand wäre es eine Waffe gegen uns. Es würde Sie unangreifbar machen. Ihre Gedanken stehen viel zu deutlich in Ihren Augen.«

»Und wer wird damit das Wild schießen, he?« fragte Putkin und knirschte mit den Zähnen. »Morotzkij? Der fällt vom Rückschlag um. Nadeshna? Die hält den Lauf verkehrt rum, das dumme Luder. Andrej? Er ist keine Gefahr, was? Das blonde Bärchen, haha!«

»Ich werde schießen!« Die Susskaja legte beide Hände über das Gewehr, als sei es ein Kind, das an ihrer Brust trinkt. »Ich kann schießen, Putkin. Wie ein sibirischer Scharfschütze. Auf fünfzig Meter treffe ich Ihr linkes Ohrläppchen. Wenn Sie's probieren wollen, Igor Filipowitsch ...«

»Ist das ein Zipfelchen Ihres Geheimnisses, Katja?« fragte Putkin stockend.

»Nehmen Sie das, wie Sie's wollen ...« Sie wandte sich ab und ging zu Nadeshna zurück. Andreas blickte ihr betroffen nach. Putkin rieb sich die kräftige Nase und stemmte die Beine in den Waldboden.

»Das ist das herrlichste Luder, das je von der Sonne beschienen wurde«, sagte er. »Glauben Sie es mir, Andrej ... in dieser Frau stecken Himmel und Hölle wie eineiige Zwillinge.« Er zeigte auf das abgerissene Fahrgestell des Flugzeuges. »Das da beschäftigt mich pausenlos.«

»Die Räder?«

»Ja. Vier schöne, kräftige, profilierte Gummiräder an zwei intakten Achsen. Auch ein Geschenk des Himmels.«

»Putkin! Machen Sie einen Bogen um Gott ...«

»Ein Geschenk der Hölle, von mir aus!« schrie Putkin. »Aus vier Rädern und zwei Achsen kann man einen herrlichen Wagen bauen. Wir haben Bleche, Bretter, Nägel, Schrauben, Werkzeuge. Wir sollten einen schönen Wagen bauen, mit dem wir so viel mitnehmen können, daß jeder sibirische Winter uns am Arsch lecken kann! Na? Sie sind doch Ingenieur! Konstruieren Sie einen Wagen.«

»Ich bin für Bergbau zuständig.«

»Und ich bohre. Zum Teufel, bekommen wir denn keinen Karren zusammen? Wieviel Zeit brauchen wir dafür?«

»In zwei Tagen müßte er rollen können.«

»Haben wir zwei Tage Zeit, Professor?« brüllte Putkin über den Platz.

Morotzkij, der ächzend mit einem Messer die Bezüge der Flugzeugsitze abtrennte, damit Nadeshna daraus Decken für den Winter nähen konnte, hob die knochigen Schultern.

»Genau betrachtet, haben wir keine Minute Zeit.«

»So kann nur ein Professor antworten«, sagte Putkin böse. »Andrej, wir fangen sofort mit unserem Karren an. Die Bodenplatte aus Flugzeugblech, die Seiten aus Holz. Dann kann man zur Not Nägel hineinklopfen und noch was dranhängen. Einverstanden, Andrej?«

»Natürlich.« Andreas ging zu den dicken Gummirädern und trat dagegen. »Und wo kriegen Sie die Pferde her, die das bewegen?«

»Die Pferde sind wir!« Putkin lachte rauh. »Unsere Vorväter haben ganze Schiffe an den Schultern die Ströme hinaufgezogen ... sollen wir da vor einem kleinen Karren kapitulieren?«

Sie bauten genau drei Tage an dem Fuhrwerk, dafür wurde es aber auch ein schönes Gebilde. Stabil, mit viel Laderaum und — als sich Andreas in die Deichsel stellte — auch im Verhältnis zum Gewicht gut zu bewegen.

»Taufen wir es«, sagte Morotzkij in einer elegischen Anwandlung. »Putkin, opfern Sie dafür eine Flasche Ihres rosenaromatischen Weins. Der Karren hat's verdient.«

Sie waren alle in einer freudigen, fast ausgelassenen Stimmung. Drei Tage hatten sie gemeinsam geschuftet und an dem Wagen gebaut, es hatte keinen Streit gegeben, auch nicht zwischen Nadeshna und Putkin, selbst wenn sie Hand zu Hand arbeiteten. Es war eine Harmonie zwischen ihnen, die schon rätselhaft zu werden begann. Und auch jetzt lief Putkin davon, holte aus den Segeltuchtaschen den besten Krimwein und schwenkte die Flasche beim Laufen über dem Kopf.

In diesem Augenblick war auch vergessen, daß man an den Abenden, am Feuer, wo man nasses Holz brannte, getränkt mit dem schmierigen Kühlwasser des Motors, und tatsächlich die Mücken damit in erträglichen Grenzen hielt, voll Enttäuschung geflucht hatte. Kein Suchflugzeug hatte sich hören lassen, obwohl doch jetzt deutlich war, daß etwas passiert sein mußte mit den sechs Menschen und der Antonow-Maschine. Aber nein, nichts regte sich in der Luft. Die Taiga rauschte im Wind, die Blätter wehten gegen den blauen Himmel, die Tiere, vor allem Füchse, Hermeline und Marder, huschten ohne Scheu über den Windbruch.

»Eine Gesellschaft, zu faul zum Scheißen!« hatte Putkin in seiner groben Art gesagt. »Aber wenn ich hier herauskomme ... ich gehe in die Amtsstuben, das sage ich euch, Genossen, spucke den Beamten ins Gesicht und pinkele ihnen über die Akten! Und eine Beschwerde werde ich loslassen, eine Beschwerde bis Moskau! Die sollen sich wundern!«

Am dritten Tag meinte Morotzkij, Motorenlärm zu hören, aber er hörte immer etwas, was die anderen nicht hörten — daran hatte man sich auch gewöhnt. Man lauschte ein paar Sekunden und hämmerte, bohrte und klopfte dann weiter an dem Wagen. Und doch hatte Morotzkij recht. Seit drei Tagen suchte man sie, mit Hubschraubern von Wiljuisk aus, und was der Wind herüberwehte, war tatsächlich Motorenlärm und nicht das Knurren eines unterdrückten Furzes, wie Putkin ärgerlich zu Morotzkij sagte. Nur suchte man weit entfernt von ihnen, auf der Linie, die Benerian hätte fliegen müssen. Daß er abgekommen war vom Weg — wer wußte das?

»Wie nennen wir den Wagen?« fragte Andreas jetzt.

»Nadjesda, Nadjesda ist das russische Wort für Hoffnung«, sagte Nadeshna Iwanowna.

»Nicht Jesus Christus?« brüllte Putkin.

In diesem Augenblick nahm man ihm das nicht übel, nein, man lachte sogar darüber. Irgendwie waren sie alle in diesen drei Tagen anders geworden, hatten sich gewandelt und waren einander ähnlicher geworden. Vor ihnen lagen 600 oder 1000 Werst unbekannte Taiga, vor ihnen lag — wenn sie keine Jäger trafen — möglicherweise ein Winter von sieben Monaten, wenn er hart wurde, auch neun Monaten. Es war alles möglich in der Taiga, und der Mensch mußte sich allem klaglos beugen.

»Nadjesda!« rief Putkin und warf die Flasche gegen den Karren. Sie zerbrach, und der rosa Muskateller floß an dem Kistenbrett herunter und tropfte in den Waldboden. Plötzlich waren sie alle still und sehr ernst ... es sah aus, als blute der Wagen und ihr Weg beginne mit einer Spur aus Blut ...

»Es ist knapp drei Uhr ...«, sagte Andreas. Man hatte im Armaturenbrett eine noch unversehrte, nicht elektrisch, sondern auf Federwerk laufende Uhr gefunden — ein Rätsel, wieso sie dort eingebaut war — und hatte sie herausmontiert. Morotzkij trug sie an einem Strick um den Hals wie ein großes Medaillon und pflegte sie mit Hingabe. »Sollen wir noch losziehen?«

»Natürlich!« Putkin spuckte in die Hände. »Beladen und nach Süden! Jeder Meter ist ein Stück Freiheit. Freunde, ich gestehe, daß ich glücklich bin.«

Sie beluden den Karren mit den ausgewählten Dingen, vor allem den Konserven, Werkzeugen, Decken, zwei Zeltplanen und einigen Flugzeugblechen, aus denen man später — wie Andreas erklärte — allerlei Dinge formen konnte, vor allem ein Ofenrohr. Ganz oben, auf zwei umgeklappten Flugzeugsitzen, legte man den unverändert verrückten Benerian und band ihn fest, damit er nicht wegrutschte.

»Fertig!« sagte die Susskaja. Sie blickte sich zu den Flugzeugtrümmern und dem Aschenhaufen des Lagerfeuers um. »Wer zum Abschied weinen will, soll's jetzt tun.«

»Ich brauche meine Körperfeuchtigkeit zum Schmieren der Muskeln«, sagte Putkin. Er spannte sich in die breiten Zugschlaufen, die sie aus den Sitzgurten genäht hatten, und winkte Andreas und Morotzkij zu. »Los, ihr Zugochsen, ins Geschirr! Die Dämchen drücken hinten. Blut und Schweiß ... daraus ist Rußland erbaut worden, und damit laufen wir jetzt unserem Leben nach ...«

Andreas und Morotzkij warfen die anderen Schlaufen um ihre Schultern, Nadeshna und Jekaterina Alexandrowna stemmten sich gegen die Rückwand des Wagens. Obenauf begann Benerian wieder sein schauriges »Rajetschka! Rajetschka!« zu brüllen, als wolle er damit Tempo und Rhythmus angeben wie früher die Sklaventreiber auf den Galeeren.

»Ziehet an!« rief Putkin. »Zie-het aaan ...«

Der alte Ruf der Flußschlepper. Ins Mark dringend und dort sich einbrennend.

»Ziiie-het aaan ...«

Putkin, Andreas und Morotzkij legten sich in die breiten Leinenschlaufen. Sie stemmten die Beine in den Boden, ihre Oberkörper schwebten fast waagerecht im Geschirr. Irgendwo in dem Wagen knirschte es laut, es konnte aber auch Benerian sein, der begonnen hatte, mit den Zähnen zu klappern wie eine kastilische Tänzerin mit ihren Kastagnetten.

Der Karren bewegte sich, die dicken Gummireifen drehten sich, der mörderische Zug ließ nach. Man konnte aufrechter gehen und ziehen. Von hinten hörten sie Nadeshnas Stimme.

»Mein Gott, wir kommen weg!«

Putkin nickte Andreas zu, der neben ihm über den Waldboden stampfte. »Jetzt gönne ich ihr ihren Gott«, sagte er rauh. »Genau betrachtet braucht jeder Mensch jemanden, bei dem er sich abladen kann. Da ist Gott immer noch am geduldigsten. Hoijo! Wir kommen gut voran!«

Sie zogen und schoben den massigen Karren schnell über den Windbruch und tauchten in die hier noch ziemlich lichte Taiga ein. Der Wald nahm sie auf wie Mutter und Geliebte ... oder wie ein Moloch, der sie langsam und genußvoll verschluckte. Es kommt darauf an, ob man das Leben romantisch oder realistisch sieht ...

Sie keuchten eine Stunde durch den Wald, eine ganze schreckliche Stunde, die alle Kraft aus ihnen herauspumpte, als sei jedes Bein ein Pumpenschwengel und jeder Schritt ein Pumpenschlag.

Der Karren war ein Meisterwerk, aber die Taiga war, das zeigte sich jetzt schon nach dieser Stunde, bei aller herbstlich-flammenden Schönheit eine Mißgeburt der Natur. Ihr Boden war wellig ... mal ging es hinab, das war leicht, dann ging's wieder hinauf, da japste man sich die Lunge aus dem Hals. Vor allem Morotzkij begann zu pfeifen wie eine Rohrdommel und übertönte sogar den unruhigen, festgeschnallten Benerian oben auf dem Wagen.

»Das ist natürlich«, sagte Putkin ächzend mit bitterem Humor. »Man überlege: Soviel Luft braust über die blanken Rippen, da müssen sie klingen wie ein Xylophon. Semjon Pawlowitsch, können Sie die Weise von der ›Jungfrau und der Frosch‹ pfeifen? Als Kind war's mein Lieblingslied ...«

Nach einer Stunde war man zunächst am Ende. Andreas schlug eine Rast vor, da, wo man gerade stand. Putkin schrie: »Leinen locker!« und dehnte sich, Andreas richtete sich knirschend aus der Zughaltung auf und spürte, wie sein Rückgrat knackte, Morotzkij ließ sich einfach fallen und blieb wie tot liegen. Von hinten kamen Katja und Nadeshna langsam nach vorn, auch sie nur noch ein Bündel Schweiß und aufgeweichtes Fleisch.

»Das ist langsamer Mord«, keuchte die Susskaja. »Putkin, Ihre Idee ist Mist. Wie sehen wir nach einer Stunde aus ... und was liegt vor uns? Dieser Karren bringt uns um.«

»Es ist alles nur eine Frage der Gewöhnung«, sagte Putkin. Er lehnte sich gegen den Wagen und trank aus einer Konservenbüchse, die ihm Nadeshna hinhielt, drei Schlucke Karottenwasser. »So hat Jermak Sibirien erobert.«

»Reden Sie keinen Blödsinn, Putkin!« schrie die Susskaja. Ihre dunkle Stimme war vor Zorn heller und klang wie geschlagenes Metall. »Wir sind nicht Jermak, leben nicht 1581 und haben auch keine achthundert Mann neben uns! Wieviel Meter sind wir gelaufen mit dem Hundekarren?«

»Meine Dame, Ihr Ton wird vulgär.« Putkin grinste müde. Auch er war am Ende, aber er war zu stolz, es zuzugeben. Auch er sehnte sich nach einem Lager und beneidete Morotzkij, der sich einfach auf dem Boden hinstreckte wie ein wundgelaufener Hund. Selbst Andreas hatte sich gesetzt und sein Gesicht auf die angezogenen Knie gestützt. Seine Schultern zitterten; die Nerven revoltierten. »Gut. Machen wir für heute Schluß. Schlagen wir das Lager auf. Hier?«

»Hier auf der Stelle! Ich gehe keinen Schritt mehr weiter«, sagte die Susskaja.

Nadeshna Iwanowna war unterdessen über die Deichsel auf den Karren geklettert und gab dem lallenden Benerian etwas zu trinken. Putkin starrte sie fassungslos an.

»Sie ist nicht müde!« sagte er und zeigte auf die Lehrerin Abramowa. »Kann man das begreifen? Knöchelchen wie ein unterernährtes Hündchen, aber zäh wie Elchleder. Oder schwebt sie? Katja, Sie müßten es gesehen haben. Ist sie etwa ein Engelchen?«

»Was muß noch kommen, ehe Sie Ihre Schnauze halten?« antwortete die Susskaja. »Hier ist ein guter Platz. Man kann die Planen an die Bäume binden. Es gibt sogar genug große Steine, um ein eingedämmtes Feuer zu machen. Nadeshna wird uns eine Borschtsch kochen. Wir haben Rote Rüben in den Konserven und opfern eine Fleischdose. Wir haben es alle verdient.«

»Schon fängt die Verschwendung an.« Putkin hob die breiten Schultern. »Aber bitte, meine Dame, wie Sie befehlen! Wenn wir an den Nägeln kauen müssen, sorgen Sie für Fleisch. Sie haben das Gewehr.« Er starrte Andreas an und kratzte sich beidhändig über die behaarte, schweißtropfende Brust. »Das haben wir ja ganz vergessen, Andrej. Wie ist's mit den Patronen? Haben Sie welche gefunden?«

»Eine Pappschachtel mit hundert Stück.«

»Das ist ein Schatz. Katja Alexandrowna, Sie wissen, was das bedeutet? Jeder Schuß muß sein Ziel treffen! Hundert Schuß für sieben Monate! Nadeshna! Wenn der erste Schnee fällt, dürfen Sie noch einmal beten, daß uns kein Wolfsrudel in den Weg läuft.«

Sie schlugen das Lager auf, sammelten große Steine und bauten eine funkensichere Feuerstelle, denn das trockene Unterholz würde wie Zunder brennen, hoben dann den armen Benerian vom Wagen und legten ihn mit seinen gefesselten Händen unter die aufgespannte Zeltplane. Morotzkij, der die erste halbe Stunde zu nichts zu gebrauchen war, nicht einmal zum Steinesammeln, öffnete die Konserven mit Zange und Meißel und trug sie zu Nadeshna, die an einem Eisenstab den Kochtopf aufhing, den Andreas vor zwei Tagen aus einem durchgeschnittenen Ölkanister gehämmert hatte. Den Ölfilm hatte man ausgeglüht, aber man war sich darüber im klaren, daß in den nächsten Tagen jedes Essen noch einen widerlichen Ölgeschmack haben würde.

Als Morotzkij zum Wagen zurückkam, blieb er plötzlich auf halbem Wege stehen und starrte stumm in den

Wald. Putkin stieß Andreas an und winkte der Susskaja zu.

»Hören Sie wieder Flugzeuge, Semjon Pawlowitsch?« rief er. »Welch ein musikalischer Mensch! Erst pfeift er auf den Rippen, jetzt donnert er mit dem Magen.«

»Wir werden beobachtet ...«, sagte Morotzkij ruhig. »Bewegen Sie sich alle ohne Hast ... noch weiß er nicht, wer wir sind und was wir wollen ...«

»Wer?« brüllte Putkin.

»Ruhe!« Morotzkijs Stimme klang so scharf, daß Putkin vor Erstaunen den Mund aufriß. »Rechts von mir, hinter dem Multebeerenbusch ... der Herr der Taiga ...«

»Sein Hirn ist weggeschwitzt«, sagte Putkin rauh.

Jekaterina Iwanowna sah es nun auch. Sie rührte sich nicht und blieb steif dort stehen, wo sie gerade arbeitete. Sie suchte vom Wagen die Decken zusammen. »Igor Fillipowitsch ...«, sagte sie leise. »Von mir aus gehen Sie weiter und vertrauen auf Ihre große Schnauze. Hinter dem Busch steht ein Bär.«

»Ein Mordsknabe ...«, sagte Morotzkij bewundernd, wie nur ein Tierpsychologe so etwas aussprechen kann. »Ein Prachtkerl. Ein kluges Jüngelchen. Guckt durch ein Loch in den Zweigen und beobachtet uns. Wenn Benerian jetzt bloß nicht sein füchterliches ›Rajetschka‹ brüllt! Das kann ihn erschrecken.«

»Vielleicht hat Katja Alexandrowna etwas Baldrian zur Beruhigung im Koffer?« schnaubte Putkin. Auch er hatte jetzt den Bären entdeckt. Er stand hoch aufgerichtet hinter dem dichten Beerenstrauch und starrte mit seinen kalten kleinen Augen auf die ihm fremden Menschen. Daß er auf den Hinterbeinen stand, gefiel Putkin gar nicht. Er war zwar kein Tierpsychologe, aber er wußte, daß Bären sich gern hoch aufrichten, wenn sie angreifen wollen. Das ist zwar dumm von ihnen, man kann sie in die Brust treffen, aber sie glauben, es sehe furchterregender aus.

»Was raten Sie, Semjon Pawlowitsch?« fragte Putkin

mit vorsichtig gedämpfter Stimme. »Sie sind hier der Fachmann. Greift der Kerl an?«

»Nein. Nur wenn er gereizt wird.«

»Wer will ihn denn reizen? Wo fängt das Reizen bei ihm überhaupt an?«

»Fragen Sie ihn mal, Putkin. Vielleicht ist's schon der Klang Ihrer widerlichen Stimme, der ihn tobsüchtig macht. Verstehen könnte man das ...«

»Daß Gelehrte immer Witze machen müssen, über die keiner lacht.« Putkin rührte sich nicht. »Verdammt, sollen wir hier festwachsen? Wie lange hält ein Bär so eine Musterung durch?« Er schielte zu der Susskaja. Sie ging langsam, Schritt für Schritt, zu der erstarrten Nadeshna hinüber. Sie hockte dem Bären am nächsten. Als sie bei ihr war, fielen sie sich stumm in die Arme und umklammerten sich. »Wenn wir jetzt ein funktionstüchtiges Gewehr hätten ...«, knirschte er, »gäbe es morgen Bärenschinken am Spieß! Meine nächste Arbeit ist, einen Kolben zu schnitzen.«

Der Bär war zufrieden. Er tauchte hinter dem Multebeerenbusch weg, es raschelte kurz, ein paar trockene Zweige knackten ... dann verlor sich jedes Geräusch im samtenen, summenden Wind.

»Wir sind ihm sympathisch ...«, sagte Morotzkij. »Trotzdem sollten wir zur Nachtwache übergehen. Jeder von uns zwei Stunden. Bären sind die neugierigsten Geschöpfe der Welt. Sie übertreffen sogar die Frauen.«

»Danke.« Die Susskaja lachte dunkel auf. »Semjon Pawlowitsch, Sie haben es faustdick hinter den Ohren. Von uns hätte keiner den Bären gesehen.«

Als das Feuer brannte, fühlten sie sich alle merkwürdigerweise sicherer. Die vereinfachte Borschtschsuppe, die Nadeshna gekocht hatte, schmeckte so köstlich wie nichts auf der Welt, unvergleichbar mit allen Genüssen. Selbst Benerian aß ein paar Löffel ... Katja fütterte ihn wie einen Säugling und redete ihm gut zu. Er schluckte, strahlte sie an und nannte sie zärtlich ›Mütterchen‹.

Dann brach die Nacht herein, nachdem die Sonne noch einmal die Taiga wie mit Gold übergoß, die Bäume aufflammen ließ und alle Herrlichkeit der Natur bis in den Himmel glänzte. Der Wind erhob sich zu einem lauten Summen, Scharen von Vögeln stiegen dem sterbenden Licht entgegen ... und plötzlich war die Dunkelheit da, als habe eine Riesenhand ein Tuch über die Welt gedeckt.

»Ich übernehme die erste Wache«, sagte Putkin, als die anderen sich in die zusammengeflickten Decken rollten. »Aber wenn Ihr Freund kommt, Semjon Pawlowitsch, wecke ich Sie. Ich beherrsche die Bärensprache nicht.«

»Er ist nicht kleinzukriegen«, sagte die Susskaja leise. Sie lag neben Andreas. Hinter ihr atmete bereits Morotzkij in tiefen Zügen und schlief fest. »Wenn Putkin einmal stirbt, muß man sein Maul extra totschlagen.« Andreas nickte, zog die Decke über sein Gesicht und schlief ein. Er spürte noch, wie die Hand der Susskaja sanft und zögernd über seinen verhüllten Kopf strich ...

Andreas hatte die dritte Wache. Jekaterina Alexandrowna weckte ihn durch leises Schütteln. Er schrak hoch, faßte schlaftrunken um sich und griff in etwas Weiches, Warmes, Angenehmes. Ganz erwacht, sah er, daß er Katjas rechte Brust umfaßt hatte und zog schnell die Hand zurück. Sie war nicht beleidigt, hatte ihn nicht daran gehindert und sagte auch jetzt nichts. Das Feuer glimmte nur noch zwischen den aufgehäuften Steinen. Es war eine merkwürdig warme und helle Nacht für diese Jahreszeit, als atme die Erde noch einmal die ganze eingesogene Sommerhitze aus, bevor sie sich völlig dem Frost ergab.

Alles schlief. Putkin schnarchte mit krachenden Tönen und offenem Mund, Morotzkijs pfeifender Atem mischte sich dazwischen, Nadeshna schlief zusammengerollt wie ein kleines, milchsattes Kätzchen, und selbst der irre Benerian war still und lag auf dem Rücken, die gefesselten Hände auf dem Bauch.

»Sie schlafen unruhig, Andrej«, sagte die Susskaja leise. Ihre dunkle Stimme in dieser hellen, warmen Nacht war noch mehr ein Streicheln als sonst. Es war eine Stimme, die unter die Haut ging ... jedes Haar am Körper sträubte sich, als lade es sich mit Elektrizität auf. »Träumen Sie?«

»Nein ...« Er hielt ihre Decke auf. »Legen Sie sich schlafen, Katja Alexandrowna.«

»Ich bin nicht müde. Wie kann man müde sein in einer solchen Nacht? Die Erde bricht auf und atmet.« Sie beugte sich zu Andreas vor, und ihre Bluse klaffte auf und ließ ihre schönen, runden, festen Brüste sehen. »Warum träumen Sie nicht, Andrej?«

»Ich träume nie. Ich weiß nicht, warum.«

»Haben Sie keine Wünsche? Man träumt von Wünschen oder von erfüllten Wünschen. Selbst jeder Alptraum ist ein Spiegel von Wünschen. Alles auf der Welt ist Wunsch ...«

Sie legte sich zurück auf ihre Decke, schlug sie aber nicht um sich, sondern breitete die Arme aus und berührte mit den Fingerspitzen ihrer linken Hand den Männerschenkel neben sich.

»Schlafen Sie, Katja ...«, sagte Andreas heiser. »Der nächste Tag wird eine einzige Schinderei werden.«

»Sie haben Hunger ...«, sagte die Susskaja und legte ihre Hand auf Andreas' Hüfte. Es klang, als spiele ein Cello mit samtbezogenen Saiten.

»Ich habe keinen Hunger, Jekaterina Alexandrowna. Ich habe viel von der Suppe gegessen ...«

»Sie haben Hunger auf eine Frau, Sie Narr. Warum gestehen Sie es nicht?«

»Man sollte jetzt nicht darüber sprechen, Katja.«

»Warum nicht?«

»Nicht jetzt. Es liegt so viel vor uns.«

»Es liegt noch mehr in uns. Andrej, ich habe Ihre Blikke gesehen. Sie haben mit den Augen meine Brüste geküßt, meinen Leib, meine Hüften, meine Beine und immer wieder mein Gesicht und meine Brüste. Ein Mann liebt mit den Augen, zuerst mit den Augen, dann mit den Händen, zuletzt mit dem Körper. Und jetzt laufen Sie davon, Andrej?«

»Es wäre alles sinnlos, Katja.«

»Liebe ist nie sinnlos. Sie sagen, Sie haben keinen Hunger, aber das ist eine Lüge. Ich habe auch Hunger, und es ist der Hunger auf einen Mann.«

»Katja ...«, sagte er gepreßt. Er spürte, wie seine Haut, dort, wo ihre Hand lag, zu verbrennen begann. Sie lachte leise, und es war jener Ton, den die Frau aus dem Paradies herübergerettet hat.

»Sie sind entsetzt, Andrej? Warum?« Die Susskaja schob sich an seine Seite und legte ihren Kopf in seinen Schoß. Ihr Gesicht, dieses herrliche Gesicht, in dem sich zwei Welten trafen, lag wie eine Scheibe aus Porzellan vor ihm. »Erinnerst du dich? Vor dem Flugzeug, in Suchana, sahen wir uns zum erstenmal an. Dann blicktest du weg und tatest gleichgültig. Aber ich war schon in dir. Ich steckte in dir wie ein feuriger Dorn. Sag nicht nein! Ich weiß es ...«

»Ja ...«, sagte Andreas heiser. »Ja, Katja, so ist es.«

Er umfaßte ihr Gesicht mit beiden Händen, beugte sich zu ihr hinunter und küßte sie. Die Wärme ihrer Lippen und die Wärme ihres Leibes waren rätselhaft wie diese helle, warme, vielleicht letzte Herbstnacht, ein aufbrausender Brand von Leben, hinter dem dann die leblose Asche steht.

»Wie ich dich liebe ...«, sagte die Susskaja und schwamm mit ihrer Stimme davon. »Mein Gott, wie ich dich liebe, Andrejuscha ... Ich bete Sibirien an für diese Liebe ...«

Sie lagen umschlungen vor dem verglimmenden Feuer, wälzten sich über den Waldboden, verglühten ineinander und merkten nicht, daß Nadeshna Iwanowna aufgewacht war. Sie saß, schmal und zerbrechlich, ein Flaum von einem Menschen, neben dem bestialisch schnarchenden Putkin, umklammerte mit beiden Händen einen schweren Hammer und war bereit, mit ihm den herrlichen Schädel von Katja Alexandrowna einzuschlagen.

3

Es war Makar Lukanowitsch Benerian, der arme Irre, der Nadeshna daran hinderte, zur Mörderin zu werden.

Plötzlich, ohne Ankündigung, ohne das bisherige Greinen oder Stammeln, schnellte sein Körper hoch, so wie sich ein Lachs aus den Strudeln der Flüsse schleudert, fiel zurück auf den Waldboden, und Benerian sagte mit einer schrecklich klaren und wohltönenden Stimme: »Kommandant, ich melde: drei Deutsche abgeschossen!«

Katja und Andreas fuhren auseinander, lagen schwer atmend nebeneinander, schwimmend im eigenen Schweiß und im Schweiß des anderen. Ihre nackten Körper zitterten und waren wie Öfen, die von der unhemmbaren Glut auseinandergesprengt worden waren und nun die Hitze über das Land verstreuten.

Jekaterina Alexandrowna wälzte sich auf den Bauch und stützte den Kopf in beide Hände. Sie starrte zu Benerian, der unter der Zeltplane hockte, mit ruckartigen Kopfbewegungen um sich blickte und an den Fesseln zerrte.

»Was war das?« fragte Andreas. Sein Atem zerhackte die Worte. Das war Wahnsinn, durchfuhr es ihn. Mein Gott, welch ein lodernder, herrlicher, himmlischer, zerstörender, alles verbrennender Wahnsinn! Er lag auf dem Rücken mit gespreizten Gliedern wie ein aufgespannter Schmetterling. Die riesigen Bäume, in deren nachtschwarze Kronen er blickte, tanzten vor seinen Augen, verloren die bizarren Formen, verschwammen wie Spiegelbilder auf einer Wasserfläche, in die plötzlich jemand einen Stein wirft. Er hörte Katjas Stimme, aber er verstand kein Wort ... sein Hirn war verglüht, alles an ihm war zerstört. Er wunderte sich nur, daß sein Herz so rasend klopfte und jeder Schlag wie ein Faustschlag in die Kehle war.

Die Susskaja beugte sich über ihn. Ihr schweißnasses langes Haar fiel über sein Gesicht wie ein Vorhang. »Makar Lukanowitsch macht schon Fortschritte, habe ich gesagt.« Ihre Stimme war ein einziges Streicheln und Küssen.

Andreas schloß die Augen und genoß diesen Ton. Rußland ist voller Wunder, dachte er. Das habe ich einmal gelesen und darüber gelacht. Dann bin ich in dieses Land gekommen mit der Kaltschnäuzigkeit des kapitalistischen Herrenmenschen. Ein Mensch vom anderen Stern. Was ist jetzt aus mir geworden? Ich habe mich dagegen gesträubt, Bewunderung zu zeigen. Warum eigentlich? Weil mein Vater in diesem Land 1944 vermißt wurde? Weil irgendwo noch die verdammte Sucht der Deutschen sitzt, Lehrmeister aller Welt zu sein? Freundlich sein, unverbindlich reden, Hände schütteln, ab und zu ein lobendes Wort, aber immer deutlich werden lassen, daß man alles besser kann, daß man überlegen ist, daß jeder Kilometer weiter nach Osten ein Jahr der Rückständigkeit bedeutet — und wieviel Kilometer liegt Sibirien von der Ruhr entfernt, na, man rechne die Jahrhunderte aus, die da zusammenkommen — war das auch bei ihm so gewesen? Wie verbrannt war das jetzt alles. Wenn Rußland nur eine leere Scheibe gewesen wäre ... Jekaterina Alexandrowna bedeutete alle Wunder, die eine Welt erschaffen konnte.

»Hörst du mich?« fragte sie. Sein kindlich-seliges Gesicht unter dem blonden Haargestrüpp begann zu lächeln. »Andrej ... mein Liebling ...« Sie küßte ihn und schüttelte ihn gleichzeitig.

»Makar hat sein Säuglingsstadium verlassen und ist beim Krieg gelandet ...«

»Er ist doch noch viel zu jung. Er war doch gar nicht im Krieg«, sagte Andreas. Er hielt Katjas Kopf fest und zog ihn auf seine schwer atmende Brust. Neben ihnen versteckte Nadeshna den schweren Hammer unter ihrer Decke und biß sich in die geballte linke Faust.

»Ihr seid ein gemeines Volk!« sagte sie heiser. »Ein geiles, fürchterliches, schamloses, verdammtes Volk!«

Die Susskaja löste sich aus den Händen von Andreas und setzte sich. Sie schämte sich ihrer üppigen Nacktheit nicht, sondern kämmte mit gespreizten Fingern ihre Haare über die Schultern.

Auf der anderen Seite unterbrach Putkin sein zersägendes Schnarchen, aber nur, um so tief Luft zu holen, als wolle er den halben Himmel einsaugen. Morotzkij pfiff noch immer im Schlaf, als habe er einen Finken verschluckt, der verzweifelt nach einem Ausweg suchte.

»Wie lange sind Sie schon wach?« fragte Katja. Nadeshna Iwanowna warf sich auf den Rücken und wandte den Kopf zur anderen Seite.

»Lange genug. Ihr seid wie Tiere. Wie Tiere! Ihr beschnüffelt euch und fallt übereinander her. Zum Ekeln ...«

»Haben Sie nie geliebt?« fragte die Susskaja.

»Nicht auf einem Waldboden unter anderen Menschen.«

»Sollen wir uns jede Nacht eine Hütte bauen, nur weil Sie's unter einem Dach als anständig empfinden?«

»Ich sage es ja ... wie die Tiere!« Nadeshnas Körper zog sich zusammen. Sie drückte das Gesicht in ihre Decke und biß in den rauhen Stoff. Liebe, dachte sie, Liebe! Wer hat mich schon geliebt? Ein Student in Perm, mein Schulleiter in Tmosk, dann ein Geologe in Tschajanda ... aber da verteilte ich schon heimlich Bibeln.

Drei Männer, welch eine armselige Bilanz. Warum laufen sie mir nicht nach wie den anderen Weibern? Habe ich keine Brüste, keine Schenkel, keine schönen, schlanken Beine, keine Lippen, die sich beim Küssen öffnen? Bin ich häßlich wie ein verrosteter Eisentopf? Friert man, wenn man mich anfaßt? Warum? Warum? Soll ich mit hochgeschlagenem Rock herumlaufen und jeden anrufen: Hier, guck doch hin, du Affe! Nimm mich! Ich bin bereit! Nadeshna Iwanowna Abramowa ist ein Weib! Guck's dir an, du blinder Esel.

Sie begann leise zu weinen, tastete nach dem Hammer neben sich und wünschte sich den Mut, sich mit ihm selbst den Schädel einzuschlagen.

Benerian hob den Kopf. In der hellen Nacht war sein Gesicht ein geisterhafter Fleck. »Kommandant!« brüllte er. »Kommandant, ich melde: drei Abschüsse!«

Das weckte auch Putkin. Er fuhr hoch, stierte um sich und schrie sofort zurück. Sein Reaktionsvermögen war enorm. »Dreimal in die Hose geschissen, hast du! Katja, wo stecken Sie? Sie sind Ärztin. Kümmern Sie sich um Ihren Patienten. Sonst mache ich das und betäube ihn mit einem Faustschlag.« Dann sah er die Susskaja, nackt und schamlos neben dem ebenfalls nackten Andreas hockend, und wischte sich mit beiden Händen über das Gesicht. »Ach, so ist das?!« sagte er gedehnt. »Wir leben in einer Karnickelkolonie ...«

Die Susskaja antwortete nicht. Sie stand auf, zog sich an und ging hinüber zu Benerian. Putkin hatte ihr wortlos zugesehen, wie sie Stück um Stück über ihren herrlichen Körper streifte, und das war aufregender, als wenn sie sich ausgezogen hätte. Er schnaufte durch die Nase und beugte sich zu Andreas hinüber. Der hatte sich in seine Decke gewickelt und rauchte eine von Katjas Papyrossi. Sie hatte zwei Packungen von ihnen in ihrem kleinen Arztkoffer gehabt ... zwei Goldklumpen, wie Putkin sie nannte.

»Gönnen Sie mir drei Züge?« fragte er jetzt.

»Bitte.« Andreas reichte die Zigarette hinüber.

Putkin machte drei tiefe Lungenzüge und stieß den Rauch wie eine alte Dampflokomotive von sich. Dann gab er die Papyrossi an Andreas zurück.

»Danke, Andrej. Das ändert nichts daran, daß Sie für mich ein unsympathischer Mensch sind.«

»Warum eigentlich, Igor Fillipowitsch?« fragte Andreas und rauchte mit bebenden Fingern weiter. Das Erlebnis mit Katja war nicht so schnell aus seinem Körper zu vertreiben. »Was habe ich Ihnen getan?«

»Sie haben bei der herrlichen Katja gelegen! Den Platz hatte ich mir ausgerechnet.«

»Als Ingenieur müßten Sie logischer rechnen können, Putkin.«

»Ich habe den Fehler, auch noch ein Ideologe zu sein. Eine kommunistische Ärztin legt sich zu keinem Kapitalisten aus dem Westen ins Bett! Aber die Susskaja tut's! Zum Teufel, Andrej, was ist das für eine Frau?«

»Ein Wunder, Igor, ein reines Wunder! Und eben nichts als nur eine Frau.«

»Ich hätte es ahnen müssen. Habe ich Sie nicht lange genug beobachtet? Es ist fürchterlich mit Ihnen. Die Weiber verlieren bei Ihnen den Verstand, als liefen Sie dauernd mit offener Hose herum. Andrej — hätten Sie Nadeshna, das Betschwesterchen, genommen — meinen Segen dazu. Ich hätte neben Ihnen gestanden und Halleluja gesungen. Aber Katja Alexandrowna? Daran zerbrechen Sie, mein Bester! Die bringt einen Felsen zum Schmelzen, wenn sie die Beine um ihn legt. Denken Sie an meine Worte, Andrej. Vor uns liegt die Hölle. Da braucht man nicht noch einen Brand von innen ...«

Mit der Nachtruhe war es vorbei. Benerian mußte beruhigt werden. Seine Aufwärtsentwicklung zum Kriegsflieger, die sich keiner erklären konnte, weil niemand wußte, daß sein Vater ein damals bekannter Jagdflieger gewesen war, der Hauptmann Wladlen Kyrillowitsch Benerian, der dann über Berlin abgeschossen wurde, war nicht mehr mit einigen Pillen zu stoppen, sondern verlangte nach einer massiven Betäubung.

»Womit?« sagte die Susskaja und wühlte in ihrem kleinen Arztkoffer. »Ich habe nichts ...«

»Was haben Sie überhaupt da drin?« schrie Putkin. »Potenzpillen?«

»Ein Blutdruckmeßgerät, ein Stethoskop, eine Wickeltasche mit einem allgemein-chirurgischen Besteck, einige Medikamente gegen Grippe, Fieber und Darmverstimmung ...«

»Wie schön!« krähte Putkin und schlug sich auf die Schenkel. »Scheißen ist also erlaubt ...«

Er war eben ein grober Mensch, was soll man dagegen tun? Die Susskaja beachtete ihn nicht weiter, beugte sich wieder über Benerian und sprach auf ihn ein.

Morotzkij war durch Putkins Gebrüll ebenfalls erwacht und saß lang und dürr neben Nadeshna. Sie hatte die Hände zwischen ihre Schenkel geklemmt. Ihre schönen, schmalen, blaßroten Lippen zuckten wie im Krampf.

»Beim Morgengrauen geht's weiter ...«, sagte Putkin. »Und wenn wir auf unsere Zungen treten ... wir müssen aus dem Wald heraus, bevor es Winter wird.«

»Das ist doch eine dämliche Illusion«, sagte Morotzkij ruhig.

»Wir müssen Menschen erreichen, wollte ich damit sagen!« rief Putkin. »Menschen! Haben Sie schon mal in der Taiga überwintert, Semjon Pawlowitsch?«

»Nein.«

»Aber ich. Nicht allein, natürlich nicht ... mit einer Gruppe von Geologen und anderen Ingenieuren. Wir waren neunundvierzig Mann. Kerle wie Bäume, sage ich. Und trotzdem ... nach vier Monaten Gefangenschaft im Schnee waren wir soweit, uns gegenseitig mit den bloßen Händen umzubringen. Dieses Land ist herrlich, Freunde, es gibt kein schöneres Land auf der Welt als Sibirien ... aber es frißt den Menschen auf.« Putkin beugte sich vor, blies kräftig in die glimmende Asche, bis sich ein kleines Flämmchen zeigte, und legte dann Holz nach. Es prasselte sofort auf, so trocken war es. »Angenommen, wir treffen auf Menschen ...«, sagte er. Seine Stimme war verändert, weicher. Sie merkten es alle und sahen ihn verblüfft an. »Angenommen, wir überwintern bei ihnen ... wollen wir wieder zurück in das, was man Zivilisation nennt?«

»Natürlich«, sagte Morotzkij. »Ich habe einen Forschungsauftrag.«

»Die Verhaltensweise der Nagetiere. Semjon Pawlowitsch, wie kann ein Professor so blöd sein? Wir alle hier ...« — Putkin machte eine weite Armbewegung — »... haben jenseits dieses Waldes nur Dreck zu erwarten. Sie, Morotzkij, haben einen ungesühnten Mord gestanden. Sie, Nadeshna, sind eine Aspirantin fürs Straflager mit Ihren Bibeln und Priestern! Andrej, Ihnen kreide ich an, daß Sie am Olenek Fotos von Militäranlagen gemacht haben. Oha! Ich weiß alles! Und Sie, Jekaterina Alexandrowna, was Sie betrifft, da ist noch Dunkel um Ihre Person, aber in der schwärzesten Nacht kann man Licht machen. Freunde, was wollen wir noch draußen?«

»Nur wir fünf kennen uns jetzt«, sagte Morotzkij. »Und wir werden auseinandergehen und uns nie wiedertreffen ...«

»Irrtum! Ich werde jeden von Ihnen melden ...«

»Man sollte Sie doch töten, Putkin«, sagte Andreas ruhig. »Nicht meinetwegen — ich habe mich in Ihrem Land anständig benommen. Aber die anderen ...«

»Ich bin ein Gerechtigkeitsfanatiker ...«

»Sie sind ein Idiot, Igor!« sagte die Susskaja. »Was wollen Sie eigentlich? Mit Ihrem fürchterlichen Karren nach Süden ziehen oder uns zwingen, in der Taiga zu bleiben?«

»Das eben sollten wir überlegen, hochverehrte Dame.« Putkin warf noch ein paar Knüppel ins Feuer. Der fahl heraufdämmernde Morgen, ein bleiches Licht, das den Himmel unergründlich und fast feindlich werden ließ, brachte einen kalten, unhörbaren Wind mit. Vorbote des Winters. Jeder spürte ihn auf der Haut, jeder zog den Kopf in die Schultern, aber niemand sprach darüber: Morotzkij schien recht zu haben: Der Winter war näher, als man sich ausgerechnet oder befürchtet hatte.

»Was gibt es da zu überlegen?« sagte die Susskaja hart. »Natürlich brechen wir aus diesem Wald aus. Was für Gedanken, Igor Fillipowitsch! Oder wollen Sie ein neues Sibiriengeschlecht gründen?«

»Ich? Womit? Mit der Hand?« Putkin lachte rauh. »Sie haben doch damit schon begonnen, Katja! Es sei denn, die schöne Nadeshna ...«

»Ich würde Sie im Schlaf umbringen ...«, sagte Nadeshna, »Ihnen die Kehle durchschneiden.«

»Also ziehen wir weiter! Gut so!« Er legte sich wieder auf den Rücken. Noch zwei Stunden konnte man sich ausruhen, dann begann die Schinderei von neuem: durch den Wald, eingespannt in die Gurte vor dem Wagen, Meter um Meter nach Süden, im Herzen das stumme Gebet: Gott, laß uns auf Menschen treffen! Gott, laß uns der Freiheit näher sein, als wir ahnen. Gott, führe uns hinaus aus diesem alles verschlingenden Wald ...

Aber Gott hörte sie nicht.

Mit jedem Schritt, den sie sich weiterschleppten, entfernten sie sich mehr von den Menschen.

Denn sie merkten alle eines nicht: Die Richtung war falsch. Sie glaubten, auf geradem Wege nach Süden zu ziehen, und sowohl Putkin als auch Andreas benutzten die ausgebaute Flugzeuguhr, die um Morotzkijs Hals baumelte, als Kompaß, aber sie verliefen sich trotzdem.

Sie krochen nicht nach Süden durch die Taiga, sondern bewegten sich wie eine Spirale in immer größeren Kreisen. Es wäre eine Aufgabe für einen Mathematiker gewesen, auszurechnen, wann sie auf diese Art zur nächsten menschlichen Siedlung kommen mußten.

360 000 Quadratkilometer, und darin immer rund herum. Reichen da zehn Jahre ...?

Am nächsten Morgen, nachdem sie eine Platte Preßtee in heißem Gemüsewasser aufgelöst und muffige Kekse gegessen hatten, spannten sie sich wieder vor den Karren. Benerian schnallten sie oben drauf wieder fest — er hatte jetzt zu singen begonnen. Keine Melodie, sondern nur Töne, willkürlich aneinandergereiht, eine schreckliche, nervtötende Litanei, von der Putkin sagte: »Wenn ich das drei Tage höre, können wir uns brüderlich die Hand drücken, Morotzkij. Dann bin ich auch ein Mörder.«

Morotzkij spuckte den Karren an, bevor er die Leinenschlaufe um seine Schulter streifte. Andreas sah Putkin an, er wartete auf das Kommando: »Ziiieee-het aaan ...«

»Halten Sie durch?« fragte Putkin gehässig. »Weiber höhlen nicht nur Lenden, sondern den ganzen Körper aus.«

»Solange Sie gehen, bin ich an Ihrer Seite, Sie behaarter Muskel«, sagte Andreas. »Mich kriegen Sie nicht klein!«

»Abwarten, mein deutsches Großmaul«, schnaufte Putkin. »Abwarten! Und jetzt — Ziiieee-het aaan ...«

Der neue Tag begann mit Feindschaft. Der Wind wurde stärker und kälter, die Blätter wirbelten durch den Himmel, es gab keine Sonne mehr, sondern nur ein fahles, gelbes Licht, als weine die Sonne hinter einem Schleier. Die Taiga erhob ihre mächtige Stimme ... das war ein dumpfes Brausen und Knacken, ein urweltliches Gesinge auf Millionen sich biegender Hölzer, ein den Himmel eroberndes Rauschen aus einem unendlichen Meer grüner Wipfel.

»Eine Woche noch!« keuchte Putkin. »Verdammt, eine Woche noch! Das genügt! Brüderchen Winter, gönne uns noch eine Woche! Ich rieche Menschen ... Nur eine kleine Woche noch, Brüderchen Winter ...«

Und sie wankten mit ihrem Karren im Kreis herum und merkten es nicht.

Zehn Tage lang quälten sie sich durch den Wald.

Sie bespuckten den schweren Karren, traten gegen seine geradezu aufreizend unzerstörbaren Gummiräder, hieben mit den Fäusten auf ihn ein, als sei es ein Wesen, das man vernichten müßte — aber sie schleppten ihn weiter mit sich herum, zogen und drückten, lagen in der Nacht um ihn herum, ausgepumpt, so leer wie ein ausgelaufenes Faß, mit stehenden, zitternden Muskeln und einer würgenden Übelkeit. Ihre Erschöpfung war nicht mehr meßbar, und wenn sie sich am Abend anblickten, starrten sich Gespenster an, hohläugig, erdfarben. Gestalten aus zerfließendem Lehm.

Am nächsten Morgen aber standen sie wieder vor dem Karren, betrachteten ihre wunden Hände und Schultern und blickten hinauf in den fahlen, immer kälter werdenden Himmel.

»Weiter!« knirschte Putkin dann. »Freunde, weiter! Irgendwo sind Menschen. Holzfäller, Geologen, Fischer an einem Fluß, Jäger, Flößer ... die Taiga ist nicht leer, glaubt es mir. Sie ist lebendiger als ein verlauster Kopf. Wir treffen auf Menschen!«

Diese Hoffnung hielt sie aufrecht, diese verrückte Hoffnung, hier irgendwo in der völligen Einsamkeit auf eine Siedlung zu treffen, auf ein Lager herumziehender Jakuten, die ihre Rentierherde durch den Wald trieben, oder auf ein paar Blockhäuser, in denen eine Gruppe Jäger hauste, bis der Stapel der Felle so groß geworden war, daß es sich lohnte, zu den staatlichen Ankaufstationen zu ziehen.

Bis auf die erste Nacht ihrer wahnsinnigen Liebe gaben Katja und Andreas der lauernden Nadeshna keinen Anlaß mehr, Mordgedanken zu nähren und eigene unerfüllte Sehnsüchte in die Decke zu beißen. Sie lagen nachts nebeneinander, eng unter einer gemeinsamen

Decke, spürten selig die Wärme des anderen und die glatte, vibrierende Haut ... aber sie lagen ganz still, streichelten sich bloß und waren zu erschöpft, um sich zu lieben. Es blieb keine Kraft mehr für die Leidenschaft ... die Taiga und der Karren zerbrachen alles.

Am achten Tag hörten sie zum erstenmal Wölfe. Das Geheul fuhr ihnen in die Knochen, und Putkin sagte ernst: »Einen Tag Pause! Ich muß endlich den Gewehrkolben schnitzen. Wir werden schießen müssen ...«

»Ein Tag ist verlorene Zeit.« Morotzkij, der an der Wagenwand lehnte, jetzt nur noch ein Gerippe mit einer Lederhaut, vor der eingefallenen Brust die dicke Flugzeuguhr an einem Strick, ein geradezu schauerlicher Anblick, als sei er der leibhaftige Tod, der mit der Stundenuhr herumläuft und jedem zeigt: Genosse, du hast nur noch einige Zeigerumdrehungen zu leben, Morotzkij also wies mit ausgestrecktem, bebendem Arm in den grauen Himmel. »Es schneit bald.«.

»Erst kommt der Regen«, keuchte Putkin.

»Noch schlimmer. Dann versinken wir im Schlamm mit unserem verfluchten Wagen.«

»Recht hat er.« Andreas winkte. Er schwitzte nicht mehr ... woher auch? Sie hatten noch kein Wasser entdeckt und lebten nur von dem Saft in den Konservenbüchsen und einigen Schlucken Wein. Jekaterina Alexandrowna teilte das alles genau ein: jeder sieben Schluck am Tag. Wovon soll man da schwitzen? Vielleicht schwitze ich eines Tages Blut, dachte Andreas. Das ist die letzte Feuchtigkeit in meinem Körper. Irgendwann wird uns allen die Haut platzen, und wir bluten aus. Wird das eine Wonne sein! Er blickte wie irr um sich und sah Putkin, wie er irgendein Blatt fraß, das noch grün und daher voll Saft war. Er zermalmte es zwischen den Zähnen wie ein Pferd. »Ich habe einmal einen Regen erlebt. In Suchana! Unvorstellbar, wie das Land dann aussieht. Wir müssen weiter.«

Er spuckte auf die Rückseite der inzwischen zerrissenen und total verdreckten Karte, klebte sie an die Holzwand des Wagens und starrte sie an. Die Karte zu halten, war er nicht mehr fähig. Man konnte nichts mehr sehen, so zitterten seine Hände.

»Hier ist doch ein Fluß!« sagte er und stieß die Faust auf das bunte typographische Bild. »Hier! Verdammt noch mal!«

»Aber wissen Sie, ob wir hier gestrandet sind?« fragte Putkin.

»Hier ist überall Wasser eingezeichnet. Überall. Wir leben mitten im Wasser — aber haben wir bis jetzt nur eine Pfütze gesehen? Etwas stimmt hier nicht.«

»Ein kluges Kerlchen.« Putkin riß die Karte vom Wagen und zerknüllte sie. Dann warf er die Papierkugel in die Luft und trat danach, als sei sie ein Fußball. Nadeshna lief hinter ihr her, holte sie zurück, faltete sie auseinander und strich die Karte wieder glatt. »In einem solchen Sommer wie diesem trocknen die Wasserläufe aus. Nur die großen Flüsse bleiben. Nach der Schneeschmelze, oha, da wachsen Ihnen hier Schwimmhäute zwischen den Zehen.« Er hob den Kopf und schnupperte wie ein wildes Tier. »Aber es ist Wasser in der Nähe. Sie haben recht. Acht Tage geradeaus sind wir gekrochen ... da *muß* Wasser kommen!«

Aber auch am zehnten Tag trafen sie auf keinen Bach. Sie waren wieder im Kreis gezogen und wanderten jetzt nach Osten, statt nach Süden. Eine Orientierung zur Sonne war nicht mehr möglich, denn es gab keine Sonne mehr, sondern nur noch einen milchigen Himmel, in den die sterbende Taiga mit einer unbegreiflichen Schönheit hineinbrannte. Es gab keinen Raum und keine Zeit mehr, nur Tag und Nacht, denn auch Morotzkijs Uhr war am neunten Tag stehengeblieben, nachdem er aus seiner Zugschlinge weggerutscht und auf die Erde gefallen war. Beinahe hätte man ihn überrollt, denn es ging einen leichten Abhang hinunter, und der Wagen drückte sie alle vorwärts. Sie mußten schneller laufen, als sie noch Kraft in ihren Beinen hatten. Unten in der Senke verlor Morotzkij zum erstenmal die Nerven. »Erschlagt mich doch!« schrie er. Seine bisher geradezu vornehme Stimme war schrill und weiberhaft hysterisch. »Los! Haut mir den Schädel ein! Ich kann nicht mehr! Ich kann nicht mehr! Belastet euch nicht mit etwas so Sinnlosem wie mich.«

Die Susskaja brachte Semjon Pawlowitsch mit ein paar Schlucken Muskatellerwein wieder auf die Beine. Später stand Morotzkij hinter dem schrecklichen Wagen und weinte.

Am zehnten Tag nun schrie Morotzkij plötzlich auf und zeigte in den Himmel. Sie schwankten durch ein Tal, der Wald war lichter geworden, Marder, Hermeline und Iltisse huschten vor ihnen her, als seien es winzige Hunde, die sie begleiteten. Kräftige, schöne Silberfüchse schnürten ohne Scheu über ihren Weg und blieben sogar stehen, um die seltsamen Wesen zu betrachten.

»Wasser!« schrie Morotzkij. »Wasser!«

Der Schrei ließ sie alle zusammenzucken. Von hinten kamen Katja und Nadeshna gerannt, sogar Benerian, der in den letzten Tagen fast wortlos auf seinem umgeklappten Flugzeugsessel mitreiste, schien das zu begreifen und kreischte: »Wasser! Hehehe, Wasser ...«

»Wo?« rief die Susskaja. »Semjon Pawlowitsch, wo?«

»Er zeigt in den Himmel!« Putkin röchelte vor Erschöpfung. »Sollen wir ihn neben Benerian auf den Wagen schnallen, Katja Alexandrowna? Er ist soweit.«

»Ihr Blinden«, brüllte Morotzkij. »Da, seht sie doch! Hört sie doch! Kraniche! Und wilde Schwäne! Da ...«

Über die Wipfel der Lärchen und Kiefern flatterten ein paar schemenhafte Gebilde. Erschöpfung und Schweiß vor den Augen trübten jedes Bild ... aber sie sahen wenigstens die Umrisse großer Vögel. Den Flügelschlag hörten sie nicht, denn in ihrem Kopf hämmerte und summte das kochende Blut.

»Wilde Schwäne!« stammelte Morotzkij und umklammerte seinen Schädel. »Da ist Wasser! Wasser! Viel Wasser! Ein Fluß ...«

»Aber wo? Links, rechts oder vor uns?« Andreas beobachtete den kleinen Schwarm. Er zog einen großen Kreis und flatterte nach links davon. Aber das bedeutete nichts, denn die Schwäne kamen wieder, als wollten sie die Richtung verwischen, und strichen nach rechts ab. Putkin fluchte gottserbärmlich. Keiner von ihnen kannte einen anderen Menschen, der so fluchen konnte wie er.

»Wer ist für rechts?« fragte er.

Alle hoben die Hand. Es war ja gleichgültig, in welcher Richtung man zusammenbrach. Die Schwäne waren vom grauen Himmel verschwunden, dafür hoppelte ein fast weißfelliger Hase durch den Wald.

»Der Winter!« sagte Morotzkij fast mit Ehrfurcht. »Leute, der Winter fängt an zu leben. Morgen, übermorgen wird es schneien.«

»Ich bringe ihn um!« knirschte Putkin und spannte sich wieder in die Zugschlinge. »Wer kann dieses Prophetengestammel noch ertragen?«

Sie schwenkten nach rechts ab und zogen nun wieder, ohne es zu wissen, nach Süden. Aber den Fluß fanden sie nicht. Die Schwäne und Kraniche verließen sie, und es wurde kälter und kälter, fast mit jeder Stunde.

Der Wald starb. Die Birken wurden kahl. Wie schreckliche Gerippe stachen sie jetzt schon in den grauen Himmel.

»Kein Regen dieses Jahr?« keuchte Putkin. »Hitze und dann gleich Schnee? Welch eine Verrücktheit. Und wir müssen mitten drin sein ...«

Am Nachmittag des zehnten Tages stand plötzlich ein Rentierhirsch vor ihnen. Ein kapitaler Bursche war's, mit einem kräftigen Körper und einem mächtigen, ausladenden Geweih. Nur war es verkrüppelt ... die linke wuchs in die rechte Stange hinein — es sah erstaunlich aus, wie ein zusammengeflochtener Drahtverhau. Putkin fluchte wieder und schrie: »Wer hat mich daran gehindert, den Gewehrkolben zu schnitzen? Jetzt hätten wir einen Braten in der Pfanne! Sie waren es, Katja Alexandrowna! Nun fangen Sie ihn auch! Los! Strecken Sie das Händchen aus. Er ist ein Hirsch, der schnuppert eine Weiberhand ...«

»Ein Einzelgänger!« Morotzkij stützte sich auf Andreas. »Ein Krüppel! Aus der Herde gestoßen ...«

»Wie wir!« Putkin winkte. »Komm her, Genosse! Laß dich auffressen!«

»Das beweist, daß Sie ein Rindvieh sind, Igor Fillipowitsch.« Morotzkij streckte die Hand aus und schnalzte mit den Fingern. »Einen Knüppel! Schnell! Einen Knüppel! Sie werden's nicht glauben ... aber Ihr Genosse kommt gleich. Ein Einzelgänger ist gefährlich wie ein Tollwütiger. Passen Sie auf ...«

Der riesige Rentierhirsch beäugte sie. Seine großen, braunen, schönen Augen glänzten, und es war ein Blick, der Erstaunen und Sanftheit ausstrahlte. Aber das täuschte. Man erkannte es, als er den Kopf senkte und sein schrecklich verwachsenes, wie mit Eisenspitzen besetztes Geweih vorstreckte. Dann stemmte er die schlanken, sehnigen Beine in den Waldboden und forkelte große Löcher in den Boden, daß die Erdfetzen fast bis zu Putkin flogen, der zwei Schritte vom Wagen entfernt stand.

»Tatsächlich ein Irrer«, sagte Putkin. »Er will angreifen! Nadeshna, beten Sie jetzt keinen Psalm, sondern reichen Sie mir ein Eisenrohr. Schnell! Der Bursche kommt wirklich!«

Der Hirsch setzte sich in Bewegung. Zunächst langsam, dann schneller werdend, griff er die Menschen an, den Kopf gesenkt, bereit, mit dem Geweih alles aus dem Weg zu räumen. Der trockene Boden staubte unter seinen trappelnden Läufen, das Geäse war weit aufgerissen, und ein tiefer, grollender, feindlicher, mutiger Ton quoll aus ihm heraus.

»Einen Knüppel!« kreischte Morotzkij. »Putkin, zurück! Er rennt Sie um! Hinter den Karren!«

Putkin zögerte. Er sah den Hirsch heranbrausen und das Gewirr der spitzen Geweihstangen immer näher kommen. Trafen sie voll seinen Körper, würde er aufgespießt werden wie von dreißig Lanzen. Da warf er sich herum, rannte davon und flüchtete hinter den Wagen, wo schon die anderen standen und von Nadeshna mit Stangen und Knüppeln versorgt wurden. Sie kroch auf dem Karren herum und wühlte alles heraus, was man zum Zuschlagen gebrauchen konnte. Zuletzt war es die kurzstielige Axt ... die Susskaja fing sie auf und umklammerte sie mit beiden Händen.

»Das ist das erste Mal, daß ich davonlaufe!« brüllte Putkin. »Noch keiner, der mich angriff, hat meinen Arsch gesehen!« Er riß die Eisenstange; die Nadeshna ihm reichte, an sich und flitzte wieder um den Wagen herum. Die anderen folgten ihm.

Der Renhirsch hatte mit aller Kraft den Wagen gerammt. Die Erschütterung war so stark, daß selbst der verrückte Benerian es merkte, den Kopf hob und schrie: »Kommandant, ich melde: drei Abschüsse!«

»Schießen!« Putkin schwang die Stange über seinen Kopf. »Jetzt schießen können! Ich schwöre, niemand hält mich mehr davon ab, den Kolben zu schnitzen!«

Er sprang auf den Hirsch zu, der zurückgeprallt war, die Menschen wieder musterte und zu einem neuen Angriff ansetzte.

»Hoiho!« brüllte Putkin und schlug mit dem Eisenrohr gegen den Schädel des Rentiers. Das Rohr prallte von dem Geweih ab, als habe es auf Stahl geschlagen. »Und noch mal! Und noch mal!«

Er hieb mit blinder Wut drauflos, aber der starke Hirsch röhrte nur dumpf, schleuderte den Kopf herum und traf damit Morotzkij, der hinterlistig von der Seite kommen wollte. Der Stoß warf den Dürren wie ein kräftiger Faustschlag zur Erde, aber nicht das setzte ihn außer Gefecht, sondern die Flugzeuguhr. Sie klatschte Morotzkij gegen die Stirn und betäubte ihn. Nadeshna schrie auf, packte ihn unter den Armen und schleifte ihn von dem rasenden Hirsch weg.

Putkins Augenhöhlen röteten sich wieder wie damals, als er Andreas mit dem Knüppel bedrohte. Er stierte um sich, sah Morotzkij als Opfer seiner um den Hals hängenden Uhr und knirschte mit den Zähnen. Unterdessen hatte Andreas mehrmals auf den Hirsch eingeprügelt, aber es war, als trommele man harmlos gegen ein Gebilde aus Stein. Das schöne, große Tier machte ein paar tänzelnde Schritte zur Seite, musterte wieder die Menschen und rannte dann zum dritten Angriff los. Andreas spreizte die Beine, um festeren Halt zu haben. Hinter sich hörte er Jekaterina Alexandrowna etwas rufen, aber er verstand sie nicht. Dafür schrie Putkin um so lauter, und der verrückte Benerian auf dem Karren greinte wieder sein fürchterliches: »Kommandant, ich melde: drei Abschüsse!«

Es war ein ungleicher Kampf: fünf Menschen gegen ein Tier. Aber das Tier war stärker als diese ausgelaugten, zitternden, atemlosen, von der Taiga angefressenen Gestalten. Staub und Erde, Laub und Zweige aufwirbelnd zu einer nebeligen Wolke schleuderte der Hirsch den starken Putkin auf den Boden, senkte dann das stolze Haupt und wollte ihn mit den Spitzen seines Geweihes durchbohren. Putkin kugelte sich weg, trat um sich, von der Seite hieb Andreas auf den goldbraunen Rücken des Ren, aber seine Schläge federten zurück, als träfen sie auf Gummi.

»Er vernichtet uns!« jammerte Nadeshna. Sie saß unter dem Karren, hielt den ohnmächtigen Morotzkij in den Armen und streichelte sein verdrecktes, bleiches Gesicht. »Herrgott, er vernichtet uns ...«

Das alles war schneller geschehen als erzählt, nur Sekunden waren es, aber sie dehnten sich wie vom Löffel tropfender Sirup. So sah auch keiner in diesem Wirrwarr aus Leibern, Erde, Staub und Geschrei, daß die Susskaja ruhig, als wolle sie jemanden begrüßen, an den tobenden Hirsch herantrat. Aber statt der Hand hob sie die Axt und fixierte genau eine Stelle hinter dem dikken muskulösen Hals. Mit zusammengepreßten Lippen und angehaltenem Atem ließ sie dann die Axt heruntersausen, als der Hirsch so gut stand, daß sie seinen Nakken treffen konnte. Er war gespannt, zu neuem Zustoßen gebeugt, und der stachelige Verhau des Geweihes zuckte gegen den herumrollenden Putkin.

Es war ein merkwürdiger Ton, als die Schneide der Axt in die Nackenmuskeln drang. Mit einem Gebrüll, daß das Blut gefror, schleuderte der Hirsch den Kopf empor, starrte fast ungläubig Katja Alexandrowna an, als wollte er sagen: Was ist das ? Ein Weib tötet mich? Mich, einen Hirsch, tötet ein Weib? ..., dann knickte er in den Vorderläufen ein, Blut quoll aus der Nackenwunde, sein verkrüppeltes Geweih fetzte den Boden auf, grub mit drei, vier gewaltigen Schlägen ein Loch in die Erde, und dahinein legte er seinen mächtigen, schönen Kopf, fiel auf die Seite, streckte sich zuckend und ergab sich seinem verlorenen Schicksal.

Putkin war aufgesprungen, riß die Axt aus dem Nakken des Tieres und hieb noch viermal zu. Er trennte fast den Kopf vom Rumpf und schlug noch zu, als der Hirsch längst verendet war. Erst als Katja dem rasenden Putkin undamenhaft in den Hintern trat und ihm die Axt aus den Händen riß, beruhigte er sich, fiel neben dem toten Tier auf die Knie und drückte beide Hände auf sein tobendes Herz.

»Er hat mich zum Feigling gemacht ...«, keuchte er. »Er hat es geschafft. Katja, wo wäre ich jetzt ohne Sie? Als ich auf der Erde lag und er kam über mich ... ich schwöre Ihnen, ich war bereit, vor Angst in die Hosen zu scheißen. So etwas von Tier, so etwas ...«

Er fiel neben dem Hirsch auf die Erde, legte seinen Kopf auf das dampfende Fell und riß den Mund auf wie ein erstickender Fisch. Andreas stand noch immer mit gespreizten Beinen und schwang seinen armseligen Holzknüppel.

»Welch ein Schlag, Katjenka«, sagte er. Sein Atem rasselte, als bestände seine Lunge aus Tausenden Bleikugeln. Er starrte in ihr verdrecktes Gesicht, und die Wildheit dieses Kopfes war so ungeheuerlich, daß ihm der Atem stockte. »Ich habe Angst vor dir.« Eine Schwäche, wie am Rande einer Ohnmacht, durchzog ihn. Der Knüppel fiel aus seinen Händen. »Katjuschka, ich habe Angst vor dir ...«

Dieser Abend wurde ein Fest, anders konnte man es nicht nennen.

Putkin hatte den Renhirsch ausgeweidet und aus der Decke geschlagen, Nadeshna schnitt das Fleisch in handliche Portionen und briet an einem Spieß einen großen Brocken für das Abendessen, die Susskaja schabte die Innenseite des Fells mit einem Messer sauber und überlegte, wie man es gerben könne ohne Salz, Alaun oder Gerbsäuren aus Eichen- und Weidenrinden. Morotzkij hatte eine leichte Gehirnerschütterung behalten und nach seinem Erwachen mit feierlicher Wut die nutzlose Riesenuhr an einem Baum zerschmettert. Andreas schnitzte einen Gewehrkolben ... er hatte dazu den dicken knochigen Wurzelstock einer Zeder herausgehauen und bearbeitete ihn nun mit Beil und Säge, Messer und einer Stahlfeile.

Mit der Nacht wurden auch wieder die Stimmen der Taiga laut. Der Wind schlief ein, nur die Kälte blieb. Der graue Himmel wurde schwarz, die fast leergefegten Lärchen griffen mit ihren Ästen wie Totenfinger in das Dunkel, und deutlich wehte jetzt das jaulende Heulen zu ihnen hin, mal lauter, mal entfernter, wie Wellen, die träge an ein Ufer lecken.

»Wölfe ...«, sagte Morotzkij. Er lag auf einem Kissen mit seinem durchgerüttelten Kopf, und Nadeshna sorgte rührend für ihn. Putkin unterließ eine giftige Bemerkung, was bewies, wie erschöpft auch er war, denn daß Nadeshna sich gerade das Gerippe Morotzkij zum Abfluß ihrer verdrängten Liebe auserwählte, hätte noch vor drei Tagen Anlaß zu schweinischen Bemerkungen gegeben. So aber half Putkin jetzt der Susskaja beim Abschaben des Fells und begutachtete den Gewehrkolben, den Andreas einpaßte.

»Einen Schönheitspreis bekommt er nicht«, sagte er und drückte das Gewehr in die Schulter. »Aber jetzt kann man damit schießen.« Er hielt die Waffe der Susskaja hin. »Hier! Mir mißtrauen Sie ja, Katja Alexandrowna. Ich mag ein grober Klotz sein, aber ein Schuft bin ich nicht. Sie haben mir das Leben gerettet, nehmen wir's an, obwohl ich eine Sekunde später selbst wieder auf den Beinen gewesen wäre. Ich schulde Ihnen also eine gute Tat.«

»Halten Sie das Maul ... das ist genug«, sagte die Susskaja grob. Sie nahm Putkin das Gewehr ab und warf es wieder Andreas zu. »Er wird es tragen.«

»Im Bett und auf der Heide, da hab' ich meine Freude ...«, sang Putkin rauh und lachte brüllend. »Von mir aus, schöne Dame. Streiten wir uns nicht. Wir haben einen Sieg zu feiern. Ich spendiere zwei Flaschen von Makars flüssigem Schatz. Nadeshna, Himmelstöchterchen, was macht der Braten?«

Es wurde ein wahres Fest. Alle aßen, bis sie glaubten, der Bauch platzte ihnen und die letzten Bissen müßten oben wieder aus der Kehle quellen. Der Wein benebelte sie und machte die Glieder wie taub. Putkin lag rülpsend neben dem lodernden Feuer, ärgerte die betrunken kichernde Nadeshna mit seinen unanständigen Reden und warnte sie vor Morotzkij, an dessen spitzen Knochen sie sich die Haut aufstoßen würde.

Es war Jekaterina Alexandrowna, die plötzlich den

Kopf hob und die flache Hand ausstreckte. Sie hielt sie in die Luft, wartete ein paar Sekunden und zog sie dann zurück. Drei winzige weiße Kristalle zerschmolzen auf ihrer Haut.

»Schnee ...«, sagte sie leise. »Es fällt Schnee. Schnee! Ihr betrunkene Bande ... Schnee ...«

Putkin schüttelte sich wie ein nasser Hund und richtete sich auf. Mit vom Alkohol glänzenden Augen starrte er in den schwarzen Himmel. Noch waren es vereinzelte Flocken, die da lautlos herunterfielen, aber jetzt sah auch er sie gegen den Feuerschein. Sie schwebten wie Federchen herab und zergingen, noch bevor sie die Erde berührten.

»Der Winter ...«, sagte Morotzkij. »Ich habe es gesagt. Aber Sie haben mich einen Stiefelpisser genannt, Igor Fillipowitsch. Wir haben den Wettlauf verloren! Kein Mensch weit und breit, kein Fluß, kein Wasser, in drei Tagen sind wir Eisklötze. Sibirien hat uns besiegt.«

Der Himmel pflichtete ihm bei. Es begann stärker zu schneien, die Flocken kamen nicht mehr einzeln, sie verdichteten sich und tanzten wie ein Schleier aus der unergründlichen Schwärze über ihnen. Gleichzeitig nahm die Kälte zu ... sie merkten es trotz des großen Feuers. In ihren Rücken nagte bereits der Winter.

»Spannen wir die Zeltplane auf«, sagte Andreas. »Wir werden morgen sehen, wie es weitergeht.«

»Morgen ist die Welt weiß«, sagte Morotzkij. »Von jetzt ab wird es schneien, schneien, schneien.«

»Das wissen wir auch, Herr Professor!« schrie Putkin. »Ich habe vier sibirische Winter hinter mir! Und Sie? Vielleicht einen, ha? Richten wir uns ein.«

Betrunken, wie sie waren, spannten sie die Zeltplane aus, trugen den apathischen Benerian darunter, rollten sich in ihre Decken und mummten sich völlig zu, daß sie aussahen wie sechs große, handgestopfte Würste. Putkin zog sogar noch das rohe Rentierfell über sich, denn er war der einzige außer dem irren Benerian, der allein schlief.

Katja und Andreas krochen eng zueinander, und Nadeshna holte sich den sichtlich verwirrten Morotzkij in ihre Decke. Sie begründete es damit, daß der beste Schutz gegen Kälte die animalische Wärme sei. Er, als Professor, müsse das doch wissen. Semjon Pawlowitsch bestätigte das, zog Nadeshna nahe zu sich und legte seine Hände auf ihre kleinen, aber wohlgeformten Brüste. Das war der Augenblick, wo man erstaunt hören konnte, daß Nadeshna Iwanowna schnurren konnte wie eine zufriedene Katze.

Und es schneite. Erst zögernd, dann in dicken, fetten Flocken. Der schwarze Himmel schien sich zu öffnen, als sei er ein Sack, den man aufgeschlitzt hatte. Es schneite mit einer lautlosen Gnadenlosigkeit, mit einer solchen Masse weißer Tödlichkeit, wie es nur in Sibirien möglich ist.

Die Taiga erstickte bereits in dieser ersten Nacht im Schnee. Die Bäume entlaubten sich völlig, die Lärchen wurden aufrecht stehende Gerippe, die Kiefern und Fichten bogen ihre Zweige, schwer unter der weißen Last, zur Erde.

Und die Kälte kam ... jener stille Frost, der sich in alles hineinbohrt und dort sitzen bleibt wie eine zweite Seele.

Am Morgen wachten Putkin und Andreas fast gleichzeitig auf. Sie krochen aus ihrer Deckenwurst, Andreas vorsichtig und langsam, um Katja nicht zu wecken, und trafen sich bei dem erloschenen Feuer. Putkin stank nach Alkohol, als habe er in Schnaps gebadet, dehnte sich, daß die Glieder knackten, und spuckte in den Schnee. Der Wald schien erstarrt. Der Tag war kein Tag mehr, sondern eine graue, lichtlose Masse, ein Klumpen Teig aus weißem Quark. Putkin warf sich die rohe Rentierhaut um die Schulter und pustete in seine Hände.

Sein Atem wurde sofort zu einer nebeligen Wolke, die träge davontrieb und dann zerfloß.

»Sagen Sie bloß nicht, Sie wollen mit unserem Mistkarren weiterziehen!« sagte Andreas. Er fror, seine Dekke hatte er um Katja gewickelt.

»Was sonst, he? Wollen Sie hier hocken bleiben?« Putkin stampfte unter der Zeltplane hervor und tappte zum Wagen. Der war fast eingeschneit, ein stiller Wind hatte in der Nacht den Schnee an der Seite hochgetrieben. »Wir werden ihn nur leichter machen. Zuviel Plunder schleppen wir herum. Nur das Nötigste, Andrej! Zum Teufel, was haben Sie?«

Andreas war stehengeblieben und starrte auf eine Stelle hinter dem Wagen. Putkin, der mit beiden Händen den Schnee vom Karren schaufelte, wusch sich kurz mit der kalten Masse das Gesicht.

»Wieder ein Bärchen, he?«

»Waren Sie in der Nacht draußen, Igor Fillipowitsch?« fragte Andreas.

»Ich? Wie käme ich dazu? Ich habe geschlafen wie ein gestopfter Sack.«

»Dann hatten wir Besuch, Putkin!« Andreas' Stimme vibrierte vor Erregung. »Ein Mensch war hier! Begreifen Sie das? Ein Mensch! Ein fremder Mensch! Kommen Sie her ... kommen Sie her! Hier sind Spuren im Schnee. Spuren von einem Stiefel ... Ein Mensch, Putkin, ein Mensch! Wir sind gerettet ...«

Er schrie plötzlich so laut, daß Putkin zusammenzuckte und die Rentierhaut fallen ließ, rannte zurück zum Lager und weckte die anderen mit seinem Geschrei. Sie stoben hoch aus ihren Decken und stierten ihn schlaftrunken an.

»Ein Menschl Ein Mensch! Ein Mensch! Wir sind gerettet! Gerettet!«

Er fiel der Susskaja in die Arme, küßte ihr Gesicht ab und stieß sie ebenso wild wieder von sich und rief: »Wo ist die Axt, Katjuschka? Ein Mensch! Die Axt her! Ich schlage den Wagen zusammen! Ich will ihn zertrümmern! Ich will dieses Biest von Wagen ermorden! Gib mir die Axt ...«

Sie mußten ihn zu dritt festhalten. Wie Glocken hingen Katja, Nadeshna und Morotzkij an ihm, und er schüttelte sie und versuchte, sie mit sich fortzuschleifen. Vom Wagen kam Putkin zurück. Sein Gesicht mit dem wild wuchernden Bart war verzerrt vor Wut.

»Jawohl, ein Mensch!« dröhnte er und ballte die Fäuste. »Aber was für ein Mensch? Er war hier und hat uns einfach liegen lassen! Läßt uns im Schnee liegen und schleicht sich wieder davon! Ist das noch ein Mensch?«

»Wer's auch war ... wir wissen jetzt: Wir sind nicht mehr allein in der Taiga«, sagte die Susskaja. »Igor Fillipowitsch, das ist, als wenn die Sonne auf ein vereistes Herz scheint ...«

4

ABER DIE SONNE SCHIEN NICHT MEHR.

Es schneite unentwegt lautlos, mit dicken Flocken. Ein weißer dichter Vorhang fiel aus dem Himmel und umhüllte das ganze Land. Die Bäume wurden zu bizarren weißen Riesen, die drohend und doch von einer seltsamen Schönheit in die graue, auseinanderbrechende Unendlichkeit ragten. Kaum ein Windhauch unterbrach dieses alles zudeckende Schneien, und Putkin sagte mit bitterem Humor: »Welch ein Glück, daß uns kein Sturm gegen die Bäume bläst! Ein verrücktes Jahr, Freunde. Erst dieser heiße Sommer, daß die Erde aufreißt wie ein Bratapfel, dann plötzlich Winter ohne einen Strahl Regen, und jetzt gibt es noch nicht einmal Wind. Wer hat das schon erlebt? Früher, in normalen Jahren, mußte man sich hier draußen an die Stämme binden, so blies es aus allen Richtungen.«

Nach vier Stunden war der Wagen bis über die Räder eingeschneit. Es war auszurechnen, wann das ganze Gefährt nur noch ein großer, weißer Hügel sein würde. Morotzkij, der seine Gehirnerschütterung pflegte und sich von Nadeshna füttern ließ wie ein aus dem Nest gefallenes Vögelchen, zeigte kauend auf das im Schneeschleier wie schwerelos wirkende Ungeheuer.

»Sagen Sie bloß noch, Igor Fillipowitsch, Sie wollten den Saukarren weiter durch den Wald ziehen. Ich mache nicht mehr mit. Ich bin Professor für Verhaltensforschung, aber kein Lastochse.«

»Ich werde für Sie Ersatz suchen«, knurrte Putkin. Er starrte in den Wald, und jeder wußte, was er dachte. »Ich fange mir diesen Menschen, der hier herumschleicht, und spanne ihn an die Deichsel! Bei Gott, das tue ich!«

»Putkin, Sie haben eben Gott gesagt!« rief Andreas.

»Ich weiß, zum Satan! Ich bin ein Meister der Anpassung ... und da es bei Ihnen besser klingt, nun, sage ich eben Gott!« Er reckte sich. Sie saßen unter den Zeltplanen, die sie von Baum zu Baum gezogen und daran festgebunden hatten, ein armseliges Leinendach, das sich von der Schneelast bereits durchbog. Ab und zu standen Andreas oder die Susskaja auf, hieben mit Faustschlägen unter die Plane und schleuderten den Schnee auf den Boden. Der verblödete Makar Lukanowitsch Benerian hatte es aufgegeben, seine Abschußmeldungen hinauszubrüllen. Putkin hatte ihm viermal die Faust ans Kinn gesetzt, brutal, aber wirksam, und der Ärmste merkte es sich erstaunlicherweise: Immer, wenn er etwas brüllen wollte, starrte er vorher Putkin ängstlich an, biß sich dann in seine gefesselten Hände und schwieg oder stöhnte leise vor sich hin.

»Ein braves Büblein!« knirschte Putkin dann und fuhr sich mit bebenden Händen durch das Gestrüpp seines Haares und seines Bartes. »Aber was soll aus ihm werden? Ich frage es ganz klar. Wir müssen weiter ...«

»Putkin, sagen Sie bloß nicht, daß wir Makar einfach zurücklassen sollen«, warnte die Susskaja. »Ich kann Ihre verdammten Gedanken an Ihren Augen ablesen.«

»Machen Sie einen Vorschlag, meine kluge Jekaterina Alexandrowna.« Putkin hielt die Hände über das glimmende Feuer. Es war eine traurige Wärme ... ein paar Feldsteine, die von den Flammen durchglüht waren und nun die Hitze wieder ausstrahlten. Ein großes Feuer konnte man wegen der niedrigen Zeltplane nicht entfachen, außerdem mußte man jetzt mit dem Holz sparen, so verrückt es klingt, wenn Tausende Kilometer Wald um einen herum sind. Aber war noch am Tage vorher das Holz so staubtrocken, daß jedes große Feuer einen Waldbrand verursacht hätte, so genügten die wenigen Stunden Schnee, um das gleiche Holz so naß werden zu lassen, daß es nur mit Mühe brannte. Es saugte die plötzliche Feuchtigkeit wie ein Schwamm auf, trank sich voll bis zum Zerplatzen, eine Unlogik der Natur, denn wenn der große Frost kam, der sich in alles hineinfraß, würden die Bäume platzen, mit lautem Knallen, als würden sie Kanonen gebären.

Drei Stunden lang hatten Andreas und Putkin deshalb Holz geschlagen, in handliche Scheite zerhackt und um das Feuer gestapelt, damit es trocken blieb. Aber trockenes Holz brennt schnell weg, und es war auszurechnen, wann man auf das nasse Holz zurückgreifen mußte. Dann hieß es beißenden Rauch schlukken, nicht so widerlich, wie damals das bepißte Holz, aber jetzt gab es auch keine Mückenschwärme mehr. Mit der ersten Kälte waren sie wie weggezaubert ... die Luft war herrlich rein und sauber, von einer trockenen Kühle, die sogar die Lunge leerfegte. Man hatte das Gefühl, als stießen die Poren allen eingesammelten Sommerstaub ab, und die Kälte sei wie eine Salbe, die den Körper zu konservieren begann.

»Wir nehmen Makar selbstverständlich mit!« sagte Morotzkij ernst. Putkin nickte grimmig.

»Natürlich! Humanität, gestützt von den Muskeln! Tragen Sie ihn?«

»Wir alle tragen ihn!«

»Und dazu noch unser Gepäck?«

»Welches Gepäck?«

»Wollen Sie mit den Händen in den Taschen durch die Taiga spazierengehen, he? Warum muß gerade ich das Unglück haben, mit lauter Idioten ausgesetzt zu sein? Wir werden alles, was wir brauchen können, auf dem Rücken mitschleppen! Gut, dann hängen Sie sich Makar unters Kinn, Semjon Pawlowitsch!«

»Wir tragen ihn in einer Decke zwischen uns«, sagte Andreas. »Das geht ganz gut.«

Putkin antwortete darauf nicht. Er war seltsam unruhig, starrte immer wieder in den Wald, in dieses aus riesigen weißen Klumpen gebaute Gebilde, das erst wieder seine Form annehmen würde, wenn der Wind den überflüssigen Schnee von den Zweigen wehte und die Bäume wieder zu Bäumen wurden.

»Kommen Sie, Andreas«, sagte er und sprang plötzlich auf. Es schien später Nachmittag zu sein. Man hatte ja keine Uhr, und eine Sonne gab es nicht mehr, nur einen grauen, fast milchigen Himmel, aus dem die Flokken immerfort rieselten. »Suchen wir den gemeinen Menschen, der uns hier dem Schicksal überlassen will. Ich spüre ihn. Er ist in der Nähe. Kennen Sie das Gefühl, Andrej? Nein? Sie sind ein viel zu degenerierter Mensch, ein typisches westliches Gewächs. Wir Männer aus Sibirien haben zehn statt fünf Sinne. Verdammt, ich rieche den Kerl! Er hockt hier in der Nähe herum und beäugt uns wie ein Fuchs. Nehmen Sie das Gewehr und kommen Sie. Wir können einen Mann mehr gebrauchen, und wenn wir ihn mit Arschtritten vor uns hertreiben müßten. Morotzkij ist zu schwach, um Makar zu tragen, und wollen Sie Ihre zauberhafte Katja langsam zerbrechen lassen?«

Andreas klemmte das Gewehr mit dem geschnitzten

Kolben unter die Achsel und folgte langsam Putkin, der sichernd wie ein Wild in den Wald hineinging. Benerian nahm diese günstige Lage wahr und brüllte irr: »Rajetschka, Mütterchen, wo ist mein Schlitten? Es schneit, es schneit, es schneit, es schneit ...« Er brüllte das ›es schneit‹ ununterbrochen, mit einem fast ekstatischen Ton. Putkin blieb stehen und blickte sich nach Andreas um.

»Hören Sie sich das an!« knirschte er mit verzogenen Lippen. »Ich wette, das hält auch Jekaterina Alexandrowna nicht aus. Sie wird ihm so unters Kinn schlagen wie ich.« Makars Gebrüll hörte abrupt auf, wie abgeschnitten. Putkin lachte rauh und stieß Andreas vor die Brust. »Sag ich's nicht? Jetzt hat er seinen Hieb weg. Ein tolles Weibchen, Ihre Katja, Andrej. Nur ihr Geheimnis bohrt in mir. Warum ist sie in Sibirien? Was hat sie verbrochen? Oder ist sie wirklich ein so großer kommunistischer Idealist, daß sie sich freiwillig an den Rand der Welt meldete? Dann ist es um so verwerflicher, sich mit Ihnen unter eine Decke zu legen und zu huren.«

»Wir lieben uns, Igor Fillipowitsch«, sagte Andreas Herr ruhig. »Falls Sie überhaupt wissen, was Liebe ist ...«

»Liebe? Ob ich weiß, was Liebe ist?« Putkin lehnte sich an einen Baumstamm. Über ihm hingen die schneeschweren Zweige wie ein weitgeschwungenes, architektonisch geradezu gewagtes Dach. »Für euch alle bin ich ein unbehauener Klotz, was? Ein gepreßtes Stück Mist!«

»So ähnlich, Putkin. Sie benehmen sich jedenfalls entsprechend.«

»Mein Leben hat mich dazu gemacht, Andrej. Ich habe zweimal so heiß geliebt, daß ich glaubte, ich schmelze auseinander. Nur zweimal, jawohl. Das andere ... Bewegungen des Unterkörpers, weiter nichts. Aber diese zweimal ... die brannten mir das Herz aus. Da entdeckte ich, was es heißt: Ein Mensch hat eine Seele.

Und bei beiden trat man auf dieser offenen Seele herum, als wolle man sich die Stiefel daran abputzen. Malika hieß die eine ... ein blondes Püppchen, Vermessungsingenieurin, ein goldener Schmetterling, ein menschlich gewordener Sonnenstrahl. Himmel und Hölle, wie liebte ich sie. Dann kam ein Oberingenieur ins Lager, ein Studierter, wissen Sie, so einer wie Sie, den Kopf immer im Nacken, die Nase so hoch, daß man Angst haben mußte, ihm regnet's in die Nasenlöcher. Der schnippte mit den Fingern, tat einige gelehrte Sprüche, und Malika hüpfte zu ihm ins Bett. Joi, habe ich getobt! Aber was half's? Man versetzte mich sofort ... der kleine Mann wird immer in den Hintern getreten ... gab mir eine eigene Bohrkolonne, beförderte mich, schmierte mir Honig ums brüllende Maul — aber ich war weg von Malika, und dem stolzen gelehrten Hahn konnte ich auch nicht mehr den Hals rumdrehen.« Putkin wischte sich über das Gesicht und rieb die dicken Schneeflocken weg, die in seinem Haargestrüpp kleben blieben. »Haben Sie noch eine Susskaja-Papyrossi?«

»Noch drei. Die letzten.«

»Teilen Sie eine mit mir, Andrej?«

»Natürlich.«

Andreas steckte sich die Zigarette an, machte drei Züge und gab sie an Putkin weiter. Der inhalierte mit schnaufendem Grunzen und sah Andreas dankbar wie ein beschenktes Kind an. »Nummer zwei hieß Pelageja. Ein merkwürdiger Mädchenname, nicht wahr? Pelageja. Und so sah sie auch aus: wie ein fremder Stern! Haare wie schwarzer Lack, eng um den schmalen Kopf gelegt. Ein Körper wie Jekaterina Alexandrowna ... füllig, mit Brüsten, auf denen ein Wodkaglas ohne zu wackeln stehen konnte. Eine Wonne, so etwas in den Armen zu halten. Andrej, ich wurde zwischen diesen Brüsten verrückt! Sie müßten das verstehen, gerade Sie! Drei Monate lagen wir im gleichen Bett, es war Himmel und Hölle in einem.« Putkin sog wieder wie ein Erstickender an der Zigarette, als sei sie ein Röhrchen mit reinem Sauerstoff. »Nein! Kein Oberingenieur kam dazwischen, keines der gelehrten Schafe. Pelageja erstickte! So einfach ist das. Sie erstickte. Sie aß einen Sterlet — Sie kennen diesen Fisch? — eine Gräte klemmte sich quer in die Luftröhre, und bis man einen Arzt im Lager hatte — der nächste Arzt wohnte in einer Siedlung, zweihundert Werst entfernt —, war Pelageja längst blau und erstickt. Ich sage Ihnen: Ich habe mit dem Taschenmesser ihre Kehle aufgeschnitten. Ja, das habe ich getan. Eine kleine Gräte, verdammt, man wird doch an eine kleine Gräte herankommen, dachte ich! Wenn nicht von innen, dann von außen. Nur Luft muß sie haben. Luft! Mach ein Loch, schrie ich mich an. Igor, mach ihr ein Loch in den Hals, damit sie atmen kann ... Zu spät, Andrej. Als sie dann dalag, blau, leblos, mit dem Loch in der Kehle, mußten sie mich mit fünf Mann festhalten, damit ich mir den Kopf nicht an der Wand einrannte.« Putkin gab nach zwei langen Zügen die Zigarette an Andreas zurück. »So war das mit der zweiten großen Liebe ... und da fragen Sie Idiot mich, ob ich weiß, was Liebe ist ...«

Er drehte sich plötzlich um. Irgendein Gefühl saß ihm im Nacken. Er riß Andreas das Gewehr aus dem Arm und legte es an.

»Sind Sie verrückt, Putkin?« schrie Andreas und erstarrte. »Geben Sie die Waffe her.«

»Stoj!« brüllte Putkin im gleichen Augenblick. »Stoj, du Hundesohn! Stoj!«

Andreas wagte einen verzweifelten Sprung. Putkin stand seitlich von ihm und zielte in den Wald. Aber bevor er gegen ihn prallte, drückte Putkin schon ab, der Schuß zerriß die weiße Stille, und irgendwo hinter den Bäumen antwortete ein leiser Aufschrei. Zusammen stürzten Putkin und Andreas in den Schnee und wälzten sich umeinander.

»Sie entmannter Esel!« keuchte Putkin und stützte

sich auf die Hände. »Da hinten liegt er! Kam herangeschlichen wie ein Füchslein! Sie haben natürlich wieder nichts gesehen! Lassen Sie mich los, Sie ausgeblasenes Faß!«

Putkin schüttelte Andreas ab und erhob sich. Aus dem Wald, hinter dem Schleier aus Schneeflocken, drang das leise Wimmern eines Mannes zu ihnen herüber. Putkin lud das Gewehr wieder durch und hielt es schußbereit vor der Brust. Er war hinter einen Baum gesprungen und lugte um den Stamm herum.

»Bleiben Sie liegen, Sie schielender Affe!« rief er Andreas zu, der sich aus dem zerwühlten Schnee schälte. »Den Kopf runter! Wenn er auch eine Waffe hat, kommt es jetzt darauf an, wer am besten trifft.« Er kniete sich hinter den Baum und schob das Gewehr vor. Das Wimmern gegenüber zerflatterte, dafür hustete jemand, als käme ihm die Lunge aus dem Schlund heraus.

»Sie haben ihm einen Lungenschuß verpaßt ...«, sagte Andreas und blieb im tiefen Schnee liegen. Er lag wie in einer tiefen Mulde aus weißen Gänsedaunen. Putkin schüttelte den struppigen Kopf.

»Unmöglich. Ich habe auf das rechte Bein gezielt. Keiner hat eine Lunge in den Kniekehlen ...« Er schoß noch einmal, jetzt hoch in den milchigen Himmel, und brüllte hinterher. »Komm heraus, du Halunke! Aus dem Versteck, los! Die Hände über den Kopf. Und wenn du nicht mehr gehen kannst, dann krieche! Dawai! Kommst du wohl her?!«

Er schoß zum drittenmal, wieder in die Luft. Gegenüber bewegte sich ein Schneehaufen und schwankte durch die Bäume. Es war ein dürrer Mensch mit großen, dunklen Augen, einem stoppeligen Gesicht und einer Nase, die schief unter den Augen saß, als sei sie vor einiger Zeit zertrümmert worden und dann wieder so zusammengewachsen, wie's ihr gerade gefiel. Der Mensch trug eine Fofaika, jene gesteppte Wattejacke, wie man sie im Winter in Sibirien überall antrifft, und gute, elchlederne Hosen, aus einem einzigen riesigen Fell geschnitten, handgenäht mit dicken Stichen. Die Füße steckten in dicken, aus Leder und gedrehtem Bast geflochtenen halbhohen Schuhen, die mit Lederriemen festgebunden waren und über deren Rand dicke Fußlappen herunterhingen.

Putkin hatte gut getroffen. Aus dem linken (nicht dem rechten) Bein rieselte Blut über das Elchleder, aber der Knochen schien nicht verletzt zu sein. Der Mann ging noch, konnte sich jedoch nur mühsam auf das Bein stützen und hinkte vor Schmerzen.

»Stehenbleiben!« knurrte Putkin. Gegen den Fremden wirkte er wie ein Koloß, zwei Köpfe größer und doppelt so breit. Andreas hatte sich erhoben und tastete den Angeschossenen schnell ab. Er hatte keine Waffen bei sich, nur ein zweischneidiges Messer, das im Gürtel steckte. Putkin senkte das Gewehr und stützte sich auf den Lauf. Der Mann starrte ihn an mit jener flatternden Angst in den Augen, die jede Vernunft erwürgt.

»Du wolltest stehlen, nicht wahr?« sagte Putkin böse. »Abwarten, bis es dunkel ist, und dann wegnehmen, was uns am Leben erhält.« Er packte den Mann, befühlte seine Armmuskeln und schnaubte durch die Nase. »Ein Schwächling! Der gleiche dünnblütige Kretin wie Morotzkij. Warum muß immer ich so ein Unglück haben?« Der Mann schwankte, das angeschossene Bein begann heftig zu zucken. Die Nerven meldeten sich. Der Mann verdrehte die Augen und knirschte mit den Zähnen. Dann überwand er alle Scheu, der Schmerz war stärker als alles andere, und er stützte sich schwer auf Putkin.

»Weiß ich, wer ihr seid?« stöhnte er. »Woher soll ich das wissen? Gut denn, ihr habt mich erwischt. Liefert mich ab ...«

»Wo?« fragte Putkin ehrlich verblüfft.

»Bei der Miliz, wo sonst?« Der Mann schwankte bedrohlich. Das Blut floß stärker aus der Wunde und rann jetzt als breiter Bach über die Elchlederhose in den linken Flechtstiefel. »Wenn ihr vom Suchtrupp seid ...«

»Sehen wir so aus, du Idiot? Mit zwei Frauen?«

Der Mann antwortete nicht mehr. Er fiel plötzlich in sich zusammen, als sei er völlig entknocht. Andreas fing ihn gerade noch auf, ehe er in den Schnee rollen konnte. Putkin und er hielten ihn hoch und sahen sich an.

»Die armen Hunde treffen sich immer«, sagte Putkin. »Man braucht nur zu den Abfallhaufen zu gehen. Los, legen Sie mir den Kerl auf die Schulter.«

Sie hoben den Ohnmächtigen auf Putkins breite Schulter und stapften dann durch den weichen Schnee zurück zum Lager.

Dort hatte man sich wie zur Verteidigung eingerichtet. Die Schüsse konnte sich keiner erklären ... Fleisch brauchte man ja nicht, man hatte jetzt schöne, große, gefrorene Stücke des erschlagenen Renhirsches an Bindfäden rund um den Wagen hängen und brauchte sich keine Sorgen mehr zu machen, wie man soviel Fleisch haltbar machte. Hier half ihnen die sonst so grausame Natur Sibiriens: Sie wurde zum größten Eisschrank der Welt. In wenigen Tagen würden die Temperaturen auf zehn oder zwanzig oder gar dreißig Grad unter den Nullpunkt fallen ... da blieb alles frisch, da verdarb nichts mehr. Nur das menschliche Herz wurde zu einem Kloß aus Angst.

Das Lager unter den ausgespannten Zeltplanen war geräumt. Morotzkij, Nadeshna und die Susskaja lagen hinter dem fürchterlichen Karren, die Axt, Eisenrohre und Hämmer in den Händen, um sich gegen das Unbekannte mit aller Verzweiflung zu wehren. Benerian, den Irren, hatten sie an das linke Hinterrad gebunden ... er saß da im Schnee, lachte in den grauenden Abend und rief Putkin entgegen:

»Brüderchen, die Trommel gerührt! Zum Angriff! Urräääh!«

»Wir haben ihn!« rief Putkin schon von weitem. »Katja, jetzt können Sie ärztlich tätig werden und beweisen, wie tüchtig Sie sind! Ich habe ihn ins Bein geschossen. Aber was wir da gefangen haben, ist kein Bär, sondern eine armselige Ratte.«

Sie legten den Mann unter die Planen ans Feuer und zogen ihm die Lederhose aus. Sogar Nadeshna half mit, obgleich es kein heiliger Anblick ist, wenn man einem Mann die Hose auszieht, vor allem, wenn er darunter nichts mehr trägt.

»Ein schmächtiges Kerlchen«, sagte Putkin denn auch. »Nadeshna Iwanowna, Sie sollten daraus keine vergleichenden Schlüsse ziehen ...«

»Sie bleiben ein großes Schwein«, sagte Nadeshna ruhig. »Sie können mich nicht mehr aufregen, Igor Fillipowitsch.«

Die Wunde sah harmlos aus, aber so klein der Einschuß war, ein Löchlein nur, aus dem Blut floß, konnte er in ein paar Stunden zur Hölle werden, denn es gab keinen Ausschuß. Die Kugel steckte im Schenkel. Die Susskaja schob eine Decke unter den nackten Unterkörper des Mannes und holte aus dem Wagen ihre geheimnisvolle Arzttasche. Putkin wartete auf das Aufklappen der Tasche wie ein Kind unterm Weihnachtsbaum auf die Enthüllung der Geschenke.

»Mußten Sie schießen?« fragte die Susskaja. Sie steckte die Hände in den sauberen Schnee, wusch sie darin, hielt sie dann über die Glut des Feuers und bewegte ihr langen, kräftigen und doch zart wirkenden Finger, als spiele sie auf einem Klavier aus Luft.

»Mit einem Schmetterlingsnetz hätte ich ihn nicht bekommen«, knurrte Putkin. Er kniete sich neben den Ohnmächtigen und sah die Susskaja fragend an. Auch die anderen knieten im Kreis um den Fremden und warteten. Was da vor ihnen lag, war ein ausgezehrter Körper mit einer fast ledernen Haut.

Die Susskaja öffnete die Tasche, holte das in ein Segeltuch eingerollte chirurgische Besteck heraus und eine runde Chromdose mit Watte. Ihr folgten eine Streubüchse mit Penicillinpuder und einige kleine Verbandspäckchen. Ohne zu fragen oder zu zögern, ergriff Nadeshna das verletzte Bein und hielt es fest, wenn es, dem Schmerzreflex folgend, herumzucken sollte. Putkin starrte sie entgeistert an.

»Engelchen, Sie wollen die Kugel doch nicht herausbeten?« fragte er gepreßt.

»Gehen Sie weg, wenn Sie keine Operation sehen können«, sagte die Susskaja grob. »Ich habe etwas dagegen, wenn man auf meine Patienten spuckt.«

»Sehe ich so aus?« schrie Putkin.

»Ja. Ich habe es beim Militär erlebt. Bullen wie Sie fielen mir vor dem Tisch zusammen, wenn sie nur die Typhusspritze sahen.« Sie schraubte eine braune Flasche auf, tauchte einen Wattebausch an einer Pinzette hinein, desinfizierte damit die Wundränder — es war Jod — und reichte die Pinzette an Andreas weiter, der sie weglegte. Dann nahm sie ein Skalpell und schnitt ohne Zögern quer über den Einschuß und erweiterte ihn. Das Fleisch klaffte auseinander, Blut strömte heraus. Putkin schluckte laut, aber er blieb knien und starrte auf die Hände der Susskaja. Die hatte eine lange Pinzette genommen und tauchte jetzt mit ihr in die Tiefe der Wunde, suchte und schien die Kugel gefunden zu haben. Aber die Pinzettenbacken glitten immer wieder von dem Metall ab … das Projektil ließ sich nicht greifen.

Der Ohnmächtige stöhnte, das Bein zuckte wild. Nadeshna setzte sich auf den Unterschenkel, um es still zu halten, und Andreas und Morotzkij hielten den Oberkörper des Mannes fest.

»Ich habe sie!« sagte die Susskaja endlich. Sie steckte das Skalpell in die Wunde, als sei es ein Schuhlöffel, an dem nun die Kugel nach oben gleiten sollte. Und siehe da … sie tauchte auf, zwischen der Pinzette, durch den Blutmantel metallisch schimmernd. Katja warf sie auf die Decke, nickte Nadeshna zu, und diese preßte mit beiden Händen die Wunde zusammen, bis die Susskaja die gebogene Nadel aus einem sterilen Behälter genommen und den Faden eingezogen hatte. Mit drei Stichen war die Wunde verschlossen Penicillinpuder wurde darübergestreut und dann das Bein verbunden.

»So primitiv habe ich noch nie operiert«, sagte die Susskaja. Sie schwitzte etwas, Andreas trocknete ihr die Schweißperlen vom Gesicht und küßte sie hinterher auf die Augen.

»Es war fantastisch«, knurrte Putkin. »Einfach fantastisch. Jekaterina Alexandrowna, ich muß Ihnen etwas gestehen: Ich habe bezweifelt, daß Sie Ärztin sind. Da kann jeder kommen, habe ich gedacht, und sagen: Ich bin Arzt. Wer will das Gegenteil beweisen? Aber jetzt weiß ich, daß Sie eine fantastische Ärztin sind.« Er stand auf und schämte sich sichtbar, daß seine rauhe Schale einen Augenblick ganz weich geworden war. »Um so mehr bleibt Ihr Geheimnis, wie Sie in diese mistige Ecke von Sibirien kommen. Sie erzählen es uns noch einmal ... wir haben jetzt alle unendlich viel Zeit ...«

Es dauerte nicht lange, bis der Verletzte aufwachte. Er schlug die Augen auf, erkannte sofort die Frauen und die anderen Männer und schien in sich zusammenzukriechen. Dann schielte er an sich hinunter, sah, daß er unten nackt und sein angeschossenes Bein verbunden war, und versuchte ein mattes Lächeln.

»Ich habe Sie operiert«, sagte die Susskaja. Sie hielt ihm die Kugel vor die Augen. »Das war sie. Das Leben geht weiter.«

»Danke, Schwesterchen«, sagte der Mann leise.

Vom Wagen kam Andreas zurück. Er hatte eine von Benerians Weinflaschen geköpft und gab dem Verwundeten davon zu trinken. Putkin wollte protestieren, aber als er die Susskaja ansah, schwieg er. Ihr Blick war die Hölle ... man tat gut daran, sie nicht aufzustoßen.

Am Abend saßen sie alle um das lodernde Feuer,

brieten ein Stück Rentierlende und aßen dazu eine Büchse Bohnen, wahrlich ein Festmahl. Um sie herum war das große winterliche Schweigen der Taiga, die weiße Stille, als habe der Schnee jeden Laut erstickt. Noch schwieg der Wind, aber der Himmel war so tief, daß man begriff, was es heißt, der Himmel falle einem auf den Kopf. Es schneite auch nicht mehr, nicht weil die Unendlichkeit über ihnen sich restlos entleert hatte, sondern weil die Kälte heranzog. diese böse, alles zerfressende, alles durchdringende, unaufhaltsame Kälte. Der warme Rauch des Feuers, der sich unter den Zeltplanen sammelte, zog darunter weg ins Freie und verwandelte sich dort zu einer weißen, dichten Dunstwolke, die der Frost zerhackte. Man wunderte sich, daß es nicht laut dabei knackte.

»Ich heiße Tichon Antonowitsch Priwalzew«, sagte der Verwundete. »Ein Name, der nichts sagt, nicht wahr? Warum auch? Ich bin ein Sträfling. Lager V/1492 ... eine Hölle, zwanzig Werst südlich von Nischni Popowka. Ich habe fünf Jahre in Nischni Popowka gelebt, fünf Jahre wie ein vergessener Mensch. Wißt ihr, was das heißt? Eine Laus ist ein Kapitalist dagegen! Eine Wanze ein König aus dem Märchenreich. Fünf Jahre ein Toter unter Toten! Da gelang es mir, beim Straßenbau auszureißen. Wohin? In die Taiga, dachte ich mir. Wo Wölfe, Bären, Hermeline und Füchse leben, kann auch ein Mensch leben. Man muß nur eines tun: keinem Menschen mehr begegnen. Ja, und so lebe ich nun. Ein einsamer, aber zufriedener Wolf. Der Wald ernährt mich ... und ab und zu besuche ich die Holzfällerlager oder die Jagdzelte der Jakuten und ergänze meine Ausrüstung ...«

»Wie vornehm er sich ausdrückt!« schrie Putkin. »Er bestiehlt alle Welt, das ist es! Wie lange läufst du frei herum, he?«

»Drei Jahre.« Priwalzew wischte sich die Lippen, der Rentierbraten war ein Genuß. Nadeshna hatte ihn mit der Brühe von Salzgurken gewürzt. Überhaupt Nadeshna! Seitdem sie bei Morotzkij unter der Decke lag und die magere Wärme des dürren Semjon Pawlowitsch aufsaugte wie eine Spinne das Blut ihrer Opfer, hatte sie sich verändert, betete nicht mehr abends und morgens bei Sonnenaufgang, sondern entpuppte sich als ein brauchbares Weibchen für tausenderlei Handreichungen.

»Trotzdem sie eine Lehrerin ist«, mistete Putkin sie an. »Alle Achtung — sie wächst, je mehr der arme Morotzkij abnimmt. Nannte man früher so etwas nicht Vampir?«

»Und wie soll's weitergehen?« fragte Putkin jetzt. Priwalzew hob die Schultern.

»Ich bleibe in der Taiga. Wißt ihr, wie man entsprungene Häftlinge behandelt, wenn man sie wieder eingefangen hat? Ein Pferd mit durchgetrennten Beinsehnen ist noch ein Springwunder gegen das, was von uns übrigbleibt.«

»Du hast keine Familie?« fragte Morotzkij.

»Eine Frau und drei Kinderchen, o ja. In Schiganowa. Wer kennt Schiganowa? In der Ukraine liegt es, fast auf einem anderen Stern, so weit ...« Er starrte ins Feuer und war nahe daran, zu weinen. Sein eingefallenes Gesicht zuckte mehrmals.

»Sie haben mir nie geschrieben, Frauchen und Kinderchen, das heißt, ich habe nie einen Brief oder eine Karte bekommen. Und was ich geschrieben habe ... wer weiß, ob es nicht im Lagerofen verfeuert wurde? Wer fragt denn danach? Für Schiganowa bin ich tot, und so soll's auch bleiben. Was ist ein einzelner Mensch in Rußland, Freunde? Dieses Land, und darin ein einzelner Mensch! Was will denn der?«

»Jetzt sind wir sieben Menschen, Tichon Antonowitsch«, sagte Andreas.

»Neun!« unterbrach ihn Putkin. »Katja und ich zählen doppelt.«

»Gut, neun. Das ist wie zwei geballte Fäuste, Tichon. Mit denen müßten wir uns durch die Taiga boxen können. Wir nehmen dich mit.«

»Und dann?«

»Es gibt immer Möglichkeiten.«

»Wo ist überhaupt deine Hütte?« fragte Putkin. »Los, führ uns zu deiner Hütte ... dort wird es wärmer sein als unter diesem Planendach.«

»Ich habe keine Hütte«, sagte Priwalzew gleichgültig.

»Wie er lügt! Ist drei Jahre in der Taiga und hat keine Hütte.« Putkin packte ihn am Kragen und schüttelte ihn. »Erzähl das einem, der sich mit Schlamm wäscht! Die Hütte, Kerl! Mach das Maul auf!«

»Ich schlafe in Höhlen oder unter Flechtdächern, glaubt es mir.« Priwalzew ließ sich schütteln und sank dann in sich zusammen, als Putkin ihn losließ. »Im Sommer ziehe ich umher, im Winter grabe ich mich ein wie der Bär. Ich bin ein Stück der Taiga geworden. Glaubt es mir ...«

Sie glaubten es ihm, nur Putkin nicht. Er rollte sich auf die Seite und stieß Andreas an, als sie später alle um das Feuer lagen und schliefen. Putkin sah verwegen aus in seinem Rentierfell, das er um sich geschlungen hatte.

»Lassen Sie mal Katjas Brüste los, Andrej«, flüsterte er und schob den dicken Kopf näher. »Dieser Priwalzew ist der größte Gauner außer mir. Natürlich hat er eine Hütte, hier irgendwo, und wo die Hütte steht, gibt es auch Wasser. Wo Wasser ist, leben auch Tiere, und im Wasser wimmelt es von Fischen. Oh, diese sibirischen Flüsse! Man kann die Fische fast mit Schaufeln herausholen, so dicht sind die Schwärme. Das alles hat der Gauner für sich allein, und er verrät es nicht. Aber wir bekommen es heraus, Andrej. Ob es Katja paßt oder nicht, und ärztliches Ethos hin und her ... morgen früh hänge ich Tichon Antonowitsch so lange an einen Baum, bis er wie ein Vögelchen zwitschert. Diese Hütte ist unsere Rettung, Andrej. Dort überwintern wir. Ha, was ist eine Hütte wert in der Taiga! Eine warme Hütte, mit einem gemauerten Ofen drin, auf den man sich legen kann und sich wohlig ausstreckt, wenn draußen der Eiswind heult und der Schnee an den Blockwänden sich auftürmt. Wir brauchen diese Hütte, Andrej. Verdammt, ich bin bereit, Tichon für diese Hütte umzubringen! Wir sind sechs, er ist allein. Sagt er's nicht selbst? Was ist ein einzelner Mensch wert ...«

»Wir werden ihn friedlich überzeugen, Igor Fillipowitsch«, sagte Andrej leise. Er wollte Katja nicht wekken. Sie lag warm und nackt, mit all ihrer üppigen festen Schönheit, in seinen Armen und schlief so selig wie ein sattes Kind. »Sie wissen doch, ich hasse Gewalt.«

»Sie kennen Sibirien nicht, Sie humanitärer Esel.« Putkin wälzte sich in seinem Rentierfell zurück. »Dieses Land muß man erobern, nicht erbetteln ...«

Am Morgen erlebten sie, wozu ein Mensch fähig ist, der sich von der menschlichen Gesellschaft losgesagt hat.

Tichon Antonowitsch Priwalzew war verschwunden. Trotz seiner Beinwunde hatte er sich in der Nacht — es muß gegen Morgen gewesen sein, als Putkin endlich einschlief — davongeschlichen. Und er hatte einige Konserven, das Beil und vier gute Stricke mitgenommen, dazu eine Decke und Morotzkijs Hose. Ausgerechnet von Morotzkij, der jetzt verwirrt neben Nadeshna unter der gemeinsamen Decke saß und unten bloß war.

Putkin sprang gräßlich fluchend auf und gebrauchte Worte, die selbst die Susskaja zum Staunen brachte. »Wer hatte wieder recht?« brüllte Putkin. »Wer? Na? Aber nein, nein ... da ist eine Ärztin, die schläft auf dem Eid des Hippokrates und vergißt, daß wir es hier mit Mördern zu tun haben, und da liegt ein deutscher Idealist herum und träumt zwischen zwei Brüsten vom Paradies, während um ihn herum die Hölle los ist! Und ihr da« — er starrte Nadeshna und Morotzkij an —, »kein Wort über euch! Jeder Furz wäre zu schade! Wie stehen wir nun da? Allein, beklaut, ohne eine Hütte, ohne Orientierung, ohne Hoffnung ... und alles hatten wir hier am Feuer sitzen. Unser Leben hieß Priwalzew! Jetzt heißt Priwalzew unser Tod!«

So ging es eine Viertelstunde lang weiter, und man ließ ihn toben, denn im Grunde hatte er wirklich recht. Man hatte sich dämlich benommen, jeder sah das ein, und jeder fühlte sich irgendwie schuldig.

Andreas, der aus den Decken gekrochen war und die Umgebung abgesucht hatte, kam bedrückt unter die Zeltplanen zurück. Der blöde Benerian war der einzige, der fröhlich war: Er sang Kinderabzählreime und kreischte dazwischen wie ein Papagei.

»Keine Spuren ...«, sagte Andreas. »Es hat in der Nacht wieder geschneit. Draußen liegt eine glatte Dekke, wie weißer Lack. Wir werden nie die Richtung herausfinden, in die Priwalzew weggelaufen ist.«

»Haben Sie anderes erwartet, Andrej?« Putkin raufte sich die verwilderten Haare. »Dämlichkeit muß leiden, das ist das Gute an der Sache. Auf die Beine, ihr Idioten! Wir stellen unsere Traglasten zusammen! Und dann weiter nach Süden!«

Es blieb Morotzkij keine Wahl — er mußte in Priwalzews zurückgelassene, durchschossene und blutverschmierte Elchlederhose steigen. Das Blut war so fest gefroren, daß Nadeshna das Hosenbein mehrmals wie ein Brett brechen mußte, ehe Morotzkij hineinsteigen konnte. Er sah traurig aus, wie er da wartete, um den nackten Unterkörper die Decke gewickelt, und Nadeshna mit der steifen Hose kämpfte. Nachher war er ganz zufrieden. Die Hose paßte um Bund und Gesäß, nur die Beine waren etwas zu kurz, vor allem aber war sie haltbarer als seine alte Stoffhose.

»Eine typische Handlung ...«, sagte Morotzkij. »Man kann es psychologisch erklären. Drei Jahre in Elchleder, und da sieht man plötzlich eine richtige Hose! Ein Gruß aus der verschwundenen Welt, ein Teil der entflohenen Vergangenheit, jetzt fast ein Heiligtum, eine Reliquie, die man heimholt zum Altar der Erinnerung ...«

»Hören Sie auf mit Ihrem Blödsinn von Verhaltensforschung!« schrie Putkin ihn an. »Nach einer Stunde werden Sie merken, wie Ihnen das Leder den Hintern wundreibt. Dann werden Sie Ihrer Hosenreliquie nachweinen. Los, an den Karren! Jeder von uns kann dreißig Pfund schleppen. Auch Sie, Nadeshna, mit Gottes Hilfe! Ich lade mir fünfzig auf.«

»Wann werden Sie aufhören, den Bullen zu spielen?« sagte Katja Alexandrowna. Sie legte die Decken zusammen und rollte sie dann zu engen Würsten, als habe sie sogar eine militärische Ausbildung gehabt und wüßte, wie man ein Sturmgepäck zurechtmacht.

»Wenn ich anstelle von Andrej mit Ihnen unter der Decke liege, Katja«, rief Putkin und dehnte seinen breiten Brustkorb. »Sie sind das Weib, das sogar mich in die Knie zwingt!«

Sie packten drei Stunden. Es war schwer, zu entscheiden, was man mitnehmen sollte und was man zurücklassen konnte, was man später nötig brauchen würde, oder was nur unnötiger Ballast war. Wenn es um die Verpflegung und die Werkzeuge ging, war man sich einig, aber sollte man, um nur einiges zu nennen, auch Eisenstangen und Blechteile des Flugzeuges mitnehmen? Und da waren die wunderbaren Gummiräder, die zurückzulassen eine wahre Schande war.

»Ein Vorschlag zur Güte«, sagte Andreas, als man sich anschrie und sich gegenseitig der Idiotie bezichtigte. »Ich konstruiere aus den Rädern und den Seitenteilen des Karrens einen flachen Handwagen auf dem wir dann Benerian transportieren. Es ist völlig unmöglich, dreißig Pfund auf dem Rücken zu schleppen und dann noch zwischen uns einen Mann in einer Decke.«

»Ein kluger Gedanke in einer tauben Nuß«, rief Putkin. »So machen wir es: einen Handwagen, der auch als Schlitten fährt. Mir hätte es das Herz gesprengt, die Räder zurückzulassen ...«

So vergingen noch einmal zwei Tage, bis man den flachen Handwagen zusammengehämmert hatte, eigentlich nur ein breites Brett mit vier Rädern, die aber so hoch angebracht waren, daß neben ihnen Kufen aus gebogenen Eisenrohren zuerst über den verschneiten Boden glitten. Durch eine einfache Umsteckvorrichtung konnte man — wenn nötig — die Räder tiefer stellen und die Kufen ausschalten. Putkin umkreiste nach vollbrachter Arbeit den flachen, schlittenähnlichen Handwagen und klopfte Andreas auf die Schulter.

»Zwei Ingenieure, Andrej ... da muß selbst Sibirien kapitulieren. Das hier ist das Land der großen Ideen. Verdammt, wir zeigen, daß wir stärker sind als die Taiga!«

Am Morgen des vierten Tages nach der Rast zogen sie wieder los, jeder seine verschnürten dreißig Pfund Gepäck auf dem Rücken, hinter Andrej und Putkin der Schlitten mit dem singenden verblödeten Benerian. Der Frost war nun voll eingefallen. Das Thermometer, wenn man eines gehabt hätte, mußte jetzt auf mindestens 35 Grad minus stehen. Auch der Wind war gekommen ... noch nicht in voller Härte, sondern nur wie eine Hand, die leichte Backenschläge verteilt. Aber der Schnee wirbelte schon hoch, auf den Lichtungen entstanden kreiselnde weiße Nebel, aus den Bäumen fielen ganze Lawinen klatschend zur Erde. Der Wald sah wieder aus wie ein Wald: Riesenstämme, kahl und gerippig, in den fahlen Himmel greifend, als wollten sie sich in ihm festklammern.

»Wo ist Süden?« fragte die Susskaja, als Putkin das Kommando gab und die Hand hob.

Putkin fuhr zusammen wie unter einem Schlag. Was er nie aussprechen wollte, das Aas von Weib sagte es so leicht dahin.

»Wissen Sie's?« brüllte er zurück.

»Nein.«

»Ich auch nicht, schöne Dame! Süden ist da, wohin wir ziehen, und wenn's Norden ist! Spielt das noch eine Rolle? Jetzt kommt es nur noch darauf an, uns zu bewegen. Und wenn Gott es will — Nadeshna, das geht Sie an —, wenn der alte Mann dort oben wenigstens Sie liebt, läßt er uns an einen Fluß kommen. Dort bauen wir dann unsere Hütte, so wahr ich einen Hintern habe!«

So zogen sie los, wieder in den großen Kreis hinein, in diesen Teufelskreis, der sie nicht losließ. Sie blickten noch einmal zu dem zurückgelassenen Karren zurück, zu diesem Trümmerhaufen ohne Räder — dann stapften sie weiter durch den kniehohen Schnee, umgaukelt von dem kindischen Gesang des irren Benerian.

5

Genau an diesem Tag wurde in Irkutsk in Zusammenarbeit verschiedener Dienststellen und des Militärs die endgültige Erklärung formuliert, die bekanntgab, daß irgendwo auf dem Flug von Suchana nach Irkutsk die Maschine Nr. 14 mit Flugkapitän Makar Lukanowitsch Benerian und fünf Passagieren an Bord verschollen sei. Absturzursache sei unbekannt. Absturzstelle nicht auffindbar, trotz intensiver Suche.

Jetzt, da der Winter gekommen war, schien eine weitere Suche überhaupt sinnlos geworden. Der Baikalsee begann bereits an mehreren Stellen zuzufrieren. Ein Zeichen, daß es einen harten Winter geben würde. Auf den Dörfern verklebte man die Fenster mit Zeitungspapier, in den Städten erkundigte man sich unter der Hand, ob die Kohleversorgung gesichert sei.

»Teilen wir die Namen der Opfer mit«, sagte General

Serikow, der die Leitung der Suche übernommen hatte und die Armee im Raume Irkutsk befehligte. »Es kann keine Überlebenden geben. Wir hätten sie entdeckt, und sie hätten Zeichen gegeben. Nehmen wir an, sie wären zu verletzt gewesen, um sich bemerkbar zu machen ...« Er trat ans Fenster und starrte hinaus in den wirbelnden Schnee. Hier, in Irkutsk, hatte der Wintersturm seine volle Stärke erreicht und rüttelte heulend an den Dächern. »Was ist dann jetzt noch von ihnen übrig?« Seine Stimme wurde leise und fast sanft. »Bei diesem Wetter ... Krendelew, geben Sie die Namen heraus als Helden der Eroberung von Sibirien ...«

»Sofort, Genosse General.« Der Adjutant, ein junger Oberleutnant, wartete noch. Serikow drehte sich erstaunt vom Fenster weg.

»Eine Unklarheit, Krendelew?«

»Der Deutsche. Auch als Held der Eroberung Sibiriens?«

»Ja.« Der General nickte mehrmals. »Auch er. Er arbeitete bei uns für Sibirien. An einer Geste ist noch kein Staat gestorben ...«

Krendelew grüßte und verließ das überheizte Zimmer. Serikow drehte sich wieder zum Fenster und drückte die Stirn an die kalte Scheibe. »Katja Alexandrowna ...«, dachte er und fühlte, wie sein Herz schmerzte, als säße eine Stahlnadel in ihm. »Katjuschka! Ich werde Sibirien verfluchen, solange ich eine Stimme habe. Haben sich jemals zwei Menschen so lieben können wie wir ...?«

Er starrte in den wirbelnden Schnee und schloß dann die Augen. Auch Generäle können weinen ...

6

Sie zogen neun Tage durch die Taiga, und es war leichter, als sie es sich vorgestellt hatten.

Die dreißig Pfund auf dem Rücken, die täglich weniger wurden, weil man ja essen mußte, spürte man nur an den ersten zwei Tagen. Dann hatte sich der Körper an die Last gewöhnt, so merkwürdig es klingt, und wenn man abends das Gepäck abschnallte, kam man sich leer vor und so leicht, daß man die ersten Schritte ganz vorsichtig setzte, weil man glaubte, man könne davonschweben.

Dafür gab Benerian zur Sorge Anlaß. Sein zerstörtes Gehirn hatte sich nicht verschlechtert, er blieb auf dem Stadium eines Kleinkindes stehen — aber seit drei Tagen hustete er, spuckte ungeniert durch die Gegend und bekam einen roten Kopf. Katja diagnostizierte eine stramme Erkältung, was bei der trockenen Kälte fast ein Wunder war, und sagte ernst:

»Er wird eine Pneumonie bekommen ...«

»Wozu sind Sie Ärztin, Katja?« knirschte Putkin und rieb Benerian das glühende Gesicht mit Schnee ab.

»Ich kann ihm eine Lungenentzündung nicht durch den Mund ausblasen. Können Sie Öl bohren ohne Bohrer?«

»Ein kluges Dämchen.« Putkin befahl eine außerplanmäßige Rast. Sie waren gerade durch eine Senke gezogen, die Morotzkij kritisch betrachtet hatte. Außerdem waren vier Schneegänse über sie hinweggeflattert, ehe Putkin das Gewehr vom Schlitten reißen und schießen konnte.

»Wir kommen an einen Fluß ...«, hatte Morotzkij gesagt. »Irgendwo ist Wasser.«

Und Putkin hatte zurückgebrüllt: »Noch ein Wort von diesem Gerippe, und ich muß festgebunden werden, um ihn nicht zu kastrieren! Wasser! Seit vierzehn Tagen heult er uns von Wasser vor! Hier ist Wald, Wald, Wald!«

Man ruhte sich eine Stunde aus und sah zu, wie die Susskaja zu einem verzweifelten Mittel griff, um Benerians Pneumonie zu ersticken.

Sie löste einen Eßlöffel voll Penicillinpuder in Schneewasser auf, bis es einen dünnen Brei gab, und flößte dieses widerliche Zeug Benerian ein. Er schluckte es geduldig, so wie man ein Kind mit Haferschleim füttert.

»Hilft das?« fragte Putkin nachdenklich.

»Ich weiß nicht. Ich habe Puder noch nie so appliziert ...«

»Nadeshna, beten!« rief Putkin. »Wenn jemand Wunder gebrauchen kann, sind wir es jetzt!«

Das letzte Wort war noch nicht verklungen, als alle Köpfe auffuhren. Von weit her, oder von nah, man konnte es nicht sagen, kam ein Klang zu ihnen. Ein fremder, unerklärlicher Klang, von dem man nur wußte, daß er nicht in die Taiga gehörte, nicht in diese einsame, stille Schneewelt, nicht zu diesen scheintoten Baumriesen. Ein Klang, der Erinnerungen wachrief, obwohl man nicht sagen konnte, welche Erinnerungen. Aber sie waren da, lagen plötzlich auf den Herzen und suchten nach einem Namen.

Nadeshna war es, die es ausrief. Sie warf die Arme empor und schrie hell auf, so hell, daß selbst Putkin zusammenzuckte.

»Eine Glocke!« schrie sie. »Das ist eine Glocke! Hört, hört doch ... eine kleine, helle Glocke ... Bim — bim — bim — bim ... eine Glocke ...!«

Putkin starrte sie aus vorquellenden Augen an. Es war, als wolle er Nadeshna erwürgen. Aber es war nicht zu leugnen: Er hörte es auch!

»Das ist Wahnsinn ...«, sagte er dumpf. »Wir sind alle wahnsinnig. In der Taiga eine Glocke! Wir *müssen* verrückt sein ...«

Es gibt wenige Situationen, bei denen man im wahrsten Sinne des Wortes den Atem anhält. Man sagt das so daher ... er hielt den Atem an ..., aber in Wahrheit atmet man weiter, denn Luft ist Leben, und leben will man um jeden Preis. Hier aber hielten tatsächlich fünf Menschen, erschöpft, durchfroren, mit vereisten Haaren und frostgeröteten Gesichtern, den Atem an und lauschten. Nur der verrückte Benerian machte Lärm, aber auch er hatte die Glocke gehört und lallte mit verzerrtem Mund: »Bim-bum ... bim-bum ...«, bis Putkin ihm wortlos aufs Maul schlug. Da schwieg er beleidigt, stierte Putkin böse an und zog an seinen Fingern, daß die Gelenke knackten.

Die Glocke schepperte weiter. Blechern, vom Wind getragen, ein Klang, als wenn eine Menge leerer Konservenbüchsen aneinandergeschlagen würden, und doch ein Tönen, das eine geradezu ergreifende Feierlichkeit enthielt.

»Es *ist* eine Glocke ...«, sagte Andreas leise. »Putkin, und wenn Sie Ihren Kopf spalten: Nadeshna Iwanowna hat recht.«

»Wo eine Kirche ist, ist auch ein Dorf ...«, stotterte Putkin. »Freunde, ein Dorf! Wir sind durch! Wir haben es geschafft! Ein Dorf! Wir haben unser Leben wieder eingeholt! Ein Dorf!« Plötzlich brüllte er, umarmte die verwirrte Nadeshna, drückte sie an sich, küßte sie schmatzend über das ganze, schmale, engelsgleiche Gesicht, machte dann die Runde und küßte jeden ab, sogar den verblödeten Benerian, der darauf laut: »Gut, gut, Rajetschka, Mütterchen«, rief.

»Wo kommt der Klang her?« sagte Putkin sogleich nach seinem Freudenausbruch, der eine völlig andere Seite seines Wesens bloßgelegt hatte. »Still! Schnauft doch nicht wie Nilpferde! Ruhe! Da ... woher kommt es?«

Sie lauschten wieder, aber der Wind, der sich ständig drehte, der den Schnee kreiseln ließ und in den hohen

Kiefern und Fichten rauschte, machte jede Orientierung unmöglich.

»Von dort«, sagte Morotzkij und zeigte nach rechts. »Ganz klar, von dort. Da kamen auch die Schneegänse her. Wer hat wieder die richtige Nase? Ich! Hier muß Wasser sein, habe ich gesagt, aber Igor Fillipowitsch benahm sich wieder wie ein Stier vor dem Schlachthof.«

»Der Mensch ist geboren, sich zu irren.« Putkin drehte den schweren Schädel wie ein witterndes Wild. »Geradeaus ...«, sagte er dann. »Geradeaus ist es.«

»Links!« warf die Susskaja ein.

»Man sollte sich die Haare ausreißen!« schrie Putkin. »Nachher behauptet Nadeshna, es läute bei ihr unter dem Hemd. Aber bitte, bitte, ich will nicht immer der Schuldige sein. Folgen wir dem Professor. Also nach rechts!«

Die Glocke — oder was immer es sein mochte — läutete weiter, als sie mit weiten Schritten nach rechts abbogen und die breite Senke entlangliefen.

Der Boden fiel kaum merklich ab, der Wald wurde lichter, es gab mehr Fichten als Kiefern, und das alles regte Morotzkij an, zu sagen: »Wir gehen durch ein ehemaliges Flußbett. Irgendwann hat der Fluß seinen Lauf geändert ... aber das hier *war* ein Fluß! Wir sind auf dem richtigen Weg.«

Der scheppernde Glockenklang wurde deutlicher. Putkin, der vorauslief, stampfte durch den Schnee und trat eine Spur für Andreas und Katja, die jetzt den Schlitten mit dem schlafenden Benerian zogen. Und dann sahen sie den Fluß: an den Ufern bereits mit einer Eisdecke verschlossen, aber in der Mitte noch mit silbrigem Wasser. Ein wunderbares Strömen, ein Anblick, bei dem Putkin sich ans Herz griff und dumpf röhrte wie ein Hirsch.

»Wasser! Wasser! Morotzkij, ich habe Sie hundertmal einen Idioten genannt. Die Hälfte davon nehme ich jetzt zurück! Wasser!«

Sie blieben stehen wie vor einer Wunderwelt, die hinter einer aufgestoßenen Tür sichtbar wird. Schneegänse und große, weißschwarze, möwenähnliche Vögel mit roten Schnäbeln schaukelten auf den Wellen, stießen mit den Köpfen nach unten und pickten die Fische aus dem Fluß, als seien es herumliegende Weizenkörner. Ein Teil des Flußufers war gerodet. Man sah ganz deutlich, daß hier Menschenhand gewirkt hatte, denn die Stümpfe ragten noch aus dem Schnee, und es gibt keinen Sturm, der Bäume so gleichmäßig und glatt abdreht. Außerdem hingen, an langen Stangen aufgespannt, einige geschabte Rentierfelle zum Trocknen im Wind, und die Holzbank unter einer breitausladenden Fichte war auch nicht von selbst gewachsen.

Nadeshna war an Putkin vorbeigerannt und aus dem Wald getreten. Sie blieb plötzlich mit einem Ruck stehen, schlug das Kreuz und kniete im Schnee nieder. Dann senkte sie den Kopf auf die gefalteten Hände und schien inbrünstig zu beten.

Putkin atmete laut und röchelnd. »Sie hat ihr Ventil ...«, sagte er rauh. »Was habe ich, um mich zu freuen? Ich möchte jedem in den Hintern treten, das ist so meine Art.«

Sie folgten alle, nebeneinander gehend, der Spur Nadeshnas und sahen dann auch links am Flußufer, in einer sanften Krümmung, woher der Glockenklang kam.

Eine winzige Kirche aus roh behauenen Stämmen stand da, mehr ein Blockhaus mit einem rührend krummen, kleinen Türmchen auf dem Dach und einem ebenso schiefen Doppelkreuz, das gelb bemalt war und Gold vortäuschen sollte.

Neben der Kirche, angebaut wie ein Stall, erstreckte sich ein niedriges Wohnhaus mit einem Garten drumherum, eingezäunt wie alle russischen Gärten mit einem Knüppelzaun. Die Fensterläden waren ebenfalls bemalt, die Simse mit ungelenken Schnitzereien verziert, das mit gehobelten Brettern gedeckte Dach gegen den wütenden Sturm mit dicken Flußsteinen beschwert. Aus dem gemauerten Kamin zog eine dünne weiße Rauchfahne in den frostigen Himmel. Die mitgerissene Hitze flimmerte in der Luft, ehe sie kurz danach von der Kälte zerstört wurde.

Die Glocke schepperte noch immer. Sie hing in einem Hohlraum des schiefen Türmchens und war aus einem alten Benzinfaß gebastelt worden. Jemand, den man noch nicht sehen konnte, zog unten in der Kirche an einem dicken Seil, unermüdlich, in einem gleichbleibenden Rhythmus, den man mitzählen konnte ... eins-zwei ... eins-zwei ... bim-bim ... bim-bim ...

»Kein Dorf ...«, sagte Morotzkij mit belegter Stimme.

»Aber ein Mensch ...«, sagte Andreas.

Der blöde Benerian richtete sich im Schlitten auf und lachte gellend. »Glöcklein, Glöcklein in der Nacht, Christus ist heut' aufgewacht ...« schrie er danach. Putkin zuckte wieder zusammen und ballte die riesigen Fäuste.

»Mir das!« sagte er dumpf. »So etwas muß ich erleben! Ich krieche unter bei einem Einsiedler, bei einem religiösen Vollidioten. Ausgerechnet ich muß in der Taiga auf so etwas stoßen. Nadeshna, Schluß mit dem Beten! Ich weiß, Sie glauben an ein Wunder. Vielleicht ist's einer von Ihren Priestern, die Sie nach Rußland geschmuggelt haben. Passen Sie auf ... er begrüßt uns mit einer Ihrer heimlichen Bibeln in der Hand.«

Er trat in den Schnee, als wolle er Fußball spielen, und stapfte dann allen voraus zum Flußufer. Die Schneegänse flatterten auf, die unbekannten Möwenvögel mit den hellroten Schnäbeln verwandelten sich zu einer dichten, kreischenden Wolke, die ruckartig über den Fluß hin und her schwenkte.

Die Glocke schwieg abrupt. Es war plötzlich so still ohne diesen scheppernden Ton, daß sich alle wie nackt vorkamen und die Kälte auf der Haut spürten.

Sie rannten zum Fluß hinunter, Benerian auf seinem Schlitten kreischte, weil ihm die schnelle Fahrt Angst einflößte, und Putkin, in seinem umgehängten Rentierfell wie der sibirische Waldgeist Ljeschi aussehend, wirbelte unter seinen Schuhen den Schnee auf, als sei er ein Schneepflug.

Sie hatten die kleine Blockkirche gerade erreicht, als die Tür aufsprang und ein Wesen heraustrat, das nur auf den zweiten oder dritten Blick als Mensch erkennbar war. Die ganze Gestalt war in einem Pelzanzug verborgen, der aus weißen, braunen, schwarzen und rötlichen Fellstreifen bestand, aus Fuchs-, Wolfs-, Hunde- und Rentierfellen, alles zusammengefügt zu groben Ornamenten, so wie die Tungusen und Jakuten ihre Winterkleidung herstellen. Darüber trug der Mensch eine Docha, einen Überpelz aus langhaarigem Schafsfell, was seiner Gestalt noch mehr an Breite und Höhe verlieh. Die dicken Stiefel waren an den Beinkleidern festgenäht, die Sohlen bestanden aus dem Klauenfell eines Rentiers, was den Vorteil hatte, daß man mit ihnen auch bei Glatteis nicht ausrutschen konnte, denn die wirbelartig nach allen Richtungen gewachsenen Haare waren wie eine Bürste, die sich in das Eis schabt. Auf dem Kopf trug der Mensch außer einer Mütze aus Bärenfell auch noch eine Kapuze aus Hundepelz, und nur der lange, weiße Bart, der aus dem Berg von Tierhaaren heraushing, zeigte die Richtung, wo dieser Mann sein Kinn haben mochte. Erst als sie nahe vor ihm standen, erkannten sie auch seine Augen ... große, gütige, grüngraue Augen unter einem Gestrüpp von dicken Brauen. Aber gerade diese Augen waren es, die sie stumm werden ließen und ihr gemeinsames »Gott grüße dich, Väterchen!« in der Kehle erstickte.

Die Augen blickten über sie hinweg zum Fluß. Sie sahen das silbern glitzernde Wasser, die Schwärme der Gänse und Vögel, den verschneiten, erstarrten Wald und den milchigen, von einer verhangenen Sonne durchhellten Himmel.

»Christus lebt!« sagte plötzlich die Stimme. Sie kam

aus diesem Pelzberg wie aus einer weiten, tiefen Höhle ... dunkel, volltönend, nachhallend. Eine Stimme, die in einen eindrang wie der mächtige Ton einer Orgel.

»Christus lebt! Hört seine Stimme und lobet den Herrn zur Mittagszeit, denn Er schenkt uns den Tag, und Er schenkt uns die Nacht, und den gedeckten Tisch verdanken wir Seiner Gnade ...«

»Es ist also zwölf Uhr ...«, sagte Putkin nüchtern, während Nadeshna wieder die Hände faltete und verzückt den haarigen Riesen anstarrte. »Wo sind wir hier? Wie heißt der Fluß? Wo ist die nächste Siedlung? Zum Teufel, ja, Christus lebt! Aber wir frieren! Sieh uns an, Väterchen Glockenzieher!«

»Lasset uns beten ...«, sagte der Pelzberg. »Brüder in Gott, danket dem gnädigen Herrn ...«

Er hob segnend seine Arme, legte die Hände auf Nadeshnas Haare, die sofort auf die Knie fiel und zu schluchzen begann. Morotzkij kaute verlegen an der Unterlippe, Andreas legte seinen Arm um Katjas Schulter und zog sie an sich.

Diese Augen, dachte er. Diese fernen Augen. Himmel noch mal, dieser Mensch ist verrückt wie der arme Benerian. Wir haben wirklich nichts gewonnen, gar nichts. Wir sind von der rettenden Zivilisation so weit entfernt wie eh und je.

Putkin wollte etwas sagen, winkte dann ab und stapfte hinüber zu der flachen Blockhütte. Er stieß die Tür auf, warf sein Rentierfell ab und reckte sich. »Hierher!« brüllte er. »Der Alte hat einen Ofen, der platzt fast vor Wärme. Hierher! Welche Wonne! Wer hat etwas dagegen, daß ich mich ausziehe? Auf den Ofen lege ich mich und heize meine Knochen auf. Wer beten will ... bitte, keiner hindert ihn ...«

Er verschwand in der Hütte und warf hinter sich die Bohlentür zu.

Der Mann in dem Pelzgewirr drehte sich um und ging wieder in die Kirche hinein. Als er die Tür aufstieß, sah man kurz den Altar: selbstgemalte Ikonen, eine ganze Wand voll, die mit glattgestrichenem Staniolpapier beklebt war. Darüber zwei Petroleumlampen, umhüllt mit rotem Papier. Sie hingen an gedrehten Lederschnüren. Vor einer Christusikone auf einem besonderen Altar aus dicken Flußsteinen leuchtete das Ewige Licht in einer Lampade aus geschnitzten Rentierknochen, ebenfalls umwickelt mit rotem Papier. Ein Ölflämmchen, das einen ranzigen Geruch verbreitete.

»Gehen wir«, sagte die Susskaja leise, nachdem die Kirchentür zugeklappt war. Sie hob Nadeshna aus dem Schnee auf und legte den Arm um ihre zuckende Schulter. »Es gibt keinen Grund, schwach zu werden. Warten wir in dem Haus auf dieses sanfte Ungeheuer.«

Aus dem Kirchenraum drang Gesang, tief, dröhnend, schön. Die Gänse- und Vogelschwärme hatten sich wieder auf dem Fluß niedergelassen und tauchten nach den Fischen. Am anderen Ufer bewegte sich ein fast runder brauner Klotz, wälzte sich ins Wasser und patschte darin herum. Ein Bär.

»Das Paradies ...«, sagte Andreas leise. »Das Paradies in Sibirien ... «

»Ein Paradies bis heute, Andrej.« Die Susskaja schob Nadeshna vor sich her. »Jetzt sind wir da ... eine Handvoll Verdammter ...«

Putkin lag tatsächlich schon auf dem heißen Ofen, oben auf der breiten gemauerten Steinplatte, als sie ins Haus kamen. Er lag nackt und völlig ohne Scham da, winkte mit den Beinen und lachte dröhnend, kratzte dann seine behaarte Brust und wälzte sich wohlig auf der Decke aus weichem geschorenem Rentierfell junger Kälber.

»Ist das ein Genuß!« rief er und klopfte seine muskelbepackten Schenkel. »Andrej, ich schwöre Ihnen ... das ist besser, als auf eine Frau zu kriechen. Jetzt erst merke ich, daß ich bis zu den Knochen durchgefroren war. In mir knackt es wie im Frühjahr das Eis, wenn es auseinanderspringt beim ersten warmen Wind. Nadeshna, Täubchen, zieh dich aus und kriech zu mir. Alles taut bei mir auf, alles, hoiho!«

Er lachte wieder dröhnend, überhörte, daß Morotzkij beleidigt: »Sie Erzferkel!« sagte, und drehte sich auf den Bauch. Andreas, Katja, Nadeshna und Morotzkij warfen ihre steifgefrorenen Decken ab ... sie begannen in der Hitze des Raumes zu schmelzen und zu dampfen.

Sie setzten sich alle, plötzlich zu Tode erschöpft, auf die lange Bank an der Wand und hielten Benerian fest, der nicht sitzen wollte, sondern immer nach vorn kippte und dauernd »hoppla-hei ... hoppla-hei!« lallte. Schließlich ließ man ihn auf den Boden gleiten, wo er liegen blieb und glücklich mit den Absätzen auf die Dielen hämmerte.

»Welch ein Block von Mann!« sagte Putkin oben auf dem Ofen. »Und so etwas wird Einsiedler und Mönch! Eine Schande gegenüber allen Werktätigen!«

»Sie werden wenig Freude an ihm haben, Igor Fillipowitsch«, sagte die Susskaja. Sie zog ohne Zögern ihre Bluse und ihren Rock aus und lehnte sich, nur mit der dünnen Unterwäsche bekleidet, die ihren üppigen Körper kaum verhüllte, gegen den weißgekalkten hohen Ofen. Putkin schob den Kopf über den Rand der oberen Plattform und stierte auf ihre festen Brüste.

»Wieso meinen Sie, schöne Dame?«

»Unser Taiga-Pope ist bereits im Himmel ...«

»Man wird ihn schnell auf die Erde zurückholen. Warten Sie es ab, Katja Alexandrowna. Wenn er sich ausgebetet und ausgesungen hat, werde ich mit ihm sprechen, wie's sich gehört. Und wenn ich an seinem Bart ziehen müßte wie an einem Brunnenseil.«

»Sie rühren ihn nicht an, Putkin!« sagte Nadeshna laut. »Wehe, wenn Sie ihn anrühren! Er ist ein heiliger Mann ...«

»Eher ein heiliger Idiot.« Die Susskaja drehte sich herum und preßte ihre Vorderseite gegen den heißen

Ofen. Auch sie spürte, wie die Wärme sie bis ins Mark durchdrang und für den erschöpften Körper wie neues Blut war. »Das einzige, was ihn von Makar Lukanowitsch unterscheidet, ist, daß er gehen kann und sich nicht selbst zerfleischen will. Habt ihr diese Augen gesehen? Genau gesehen? Ich weiß nicht einmal, ob er uns bemerkt hat ... es war, als habe er uns nur gespürt oder gerochen ...«

»O wie gemein, wie gemein!« schrie Nadeshna. Ihr Gesicht glühte. Morotzkij kam ihr zu Hilfe und zog sie an sich, als müsse er sie vor einem Mörder beschützen. »Ihr besteht alle nur aus Gemeinheit! Nur weil er an Gott glaubt, ist er für euch irr! Aber daß es ein Wunder ist, daß wir ihn mitten in der Taiga gefunden haben, das merkt ihr alle nicht ...«

»Es mußte so kommen! Teufel auch, mir juckt es in den Händen.« Putkin kletterte, nackt wie er war, von der Ofenplattform und setzte sich ungeniert neben Katja Alexandrowna auf die rund um den Ofen befestigte, schmale Holzbank. Er musterte das Gesäß der Susskaja, die schönen Schenkel und die schlanken und doch kräftigen Beine und grunzte anerkennend. »Bevor der Himmelsclown zurückkommt von seinem Benzinfaßglöckchen, sollten wir beraten, wie es weitergeht. Bleiben wir ... oder versorgen wir uns hier mit Winterkleidung und ziehen weiter. Ein Fluß ist ein guter Weg, fast so gut wie eine Straße.«

»Es kommt nur darauf an, wohin er fließt: nach Norden oder nach Süden ...«, sagte Andreas.

»Sibiriens Flüsse fließen nach Norden.« Morotzkij begann nun auch, sich auszuziehen. Das Eis an seiner Kleidung schmolz, und die Nässe drang durch ihn bis unter die Haut. Sogar die Elchlederhose des geflohenen Sträflings hatte sich vollgesogen. »Das ist sogar ein Kinderlied: Großer schöner Strom, der du zum Nordmeer ziehst ...«

»Wir wissen es!« brüllte Putkin. »Natürlich ziehen

wir den Fluß hinauf ... da haben wir dann endlich die Richtung nach Süden. Meine Frage: Überwintern wir hier?«

»Ich bin dafür ...«, sagte Morotzkij.

»Ich auch.« Nadeshna Iwanowna hob die Hand.

»Natürlich. Sie bekommen Ihr Bett unter der Ikonastase. Und Sie, Andrej?«

»Hier haben wir ein Dach über dem Kopf. Sagten Sie nicht, Igor, daß in Sibirien ein Dach das wichtigste ist?«

»Und Sie, Katja Alexandrowna?«

Die Susskaja löste sich von dem heißen Ofen und machte Morotzkij und Nadeshna Platz, die sich nun gegen die warmen Steine drückten.

Sie setzte sich gegenüber auf die Bank an der ›schönen Ecke‹, jener Zimmerecke, wo früher in allen russischen Häusern das Ewige Licht vor einem Heiligenbild brannte und Strohblumen von der ewigen Sehnsucht des Menschen nach Schönheit kündeten. Auch hier gab es das Ewige Licht ... eine Tranlampe mit stinkendem Öl vor einer kleinen Ikone. Es war Öl, das der Einsiedler aus dem Fett gefangener Fische selbst herstellte.

»Halten Sie es sieben Monate bei einem Popen aus, Igor Fillipowitsch?« fragte sie. Putkin zog das Kinn an.

»Ich werde ihn einfach übersehen.«

»Aber er wird sich hören lassen. Jeden Tag viermal das Glöckchen, jeden Tag mehrmals Gebete ... und wenn Weihnachten kommt oder die Osternacht ... Putkin, ich weiß, Sie kennen das auch. Ihre Mutter hat Sie als Kind mitgenommen. Für jeden gläubigen Russen ist Ostern wie eine eigene Auferstehung.«

»Vielleicht bringe ich ihn um«, sagte Putkin finster. »Sicherlich bringe ich ihn um, wenn er immer vor mir steht und mich segnen will. Dann ist Ruhe. Nadeshna Iwanowna kann den Popen spielen und die Glöckchen läuten, das ertrage ich noch, wenn ich als Gegenleistung bei ihr meinen Klöppel gebrauchen kann ...«

»Man sollte Sie im Schlaf erschlagen«, sagte Morotzkij mit großer Überzeugung. »Wirklich, das sollte man. Ihnen den mistigen Schädel spalten.«

Bevor es zu neuen Streitereien kam, flog die Tür auf, und der Pelzberg schob sich ins Zimmer. Er warf seine Docha ab, zog die Mütze vom Schädel und löste die Lederschnüre, mit denen er das durchgehende Fellkleid zusammenhielt. Dann stieg er aus der Haarmasse, und wie aus einer Puppe ein Schmetterling entschlüpft, so schälte sich aus den Pelzen ein Mann in einem grobleinenen, grauen Anzug.

»Wahrhaftig ein Mensch!« sagte Putkin und stand auf.

»Gottes Haus ist aller Haus!« sagte der Einsiedler. Er betrachtete den bulligen nackten Putkin und sah dann die anderen der Reihe nach an. Bei Benerian beugte er sich herunter und segnete ihn. Putkin begann, dumpf zu knurren wie ein angeketteter Hund. »Willkommen bei Gott!«

»Wer sind Sie?« fragte Putkin laut.

»Ich heiße Kyrill Jegorowitsch Kirsta, mein Sohn ...«

»So kann nur ein Priester heißen, das stimmt!« Putkin schien zu merken, daß seine Nacktheit unangebracht war, griff nach einem Fetzen Stoff und hielt ihn sich vor den Bauch. »Wo ist das nächste Dorf?«

»Es gibt kein Dorf, mein Sohn.«

»Die nächsten Menschen.«

»Hier gibt es keine Menschen.«

»Ein Jägerlager? Fischer oder Flößer? Jakutische Nomaden ...«

»Es gibt hier nichts außer Gott ...«

»Das ist mir zuwenig.« Putkin blickte hilfesuchend um sich. Kyrill Jegorowitsch ging zu einem selbstgezimmerten Schrank, holte ein Holzbrett mit Wurst und Brot heraus, stellte es auf den Tisch, fischte dann ein Messer aus einer Truhe und hieb es mit der Spitze in die dicke Tischplatte.

»Esset und trinket, spricht der Herr, und gedenket

meiner in eurer Sattheit, der ich für euch litt am Kreuz und mich labte an einem Essigschwamm ...«, sagte er und fügte hinzu: »Ich koche euch einen Tee aus getrockneten Multebeeren ...«

Es wurde ein merkwürdiger Tag und ein noch merkwürdigerer stiller Abend. Sie saßen alle um den groben Tisch, aßen die selbstgemachte Wurst aus Rentierfleisch und Gänseleber, tranken den herben Beerentee, kauten das harte, graue Brot aus gequetschtem Wildweizen und waren sich einig, daß der Pope Kirsta in den langen Jahren der selbstgewählten Einsamkeit den realen Verstand eingebüßt hatte und hauptsächlich nur noch das sprechen konnte, was er täglich mehrmals aus der Bibel las.

Eines war jetzt klar geworden: Der Fluß hatte keinen Namen. Kyrill nannte ihn ›Das Blut der Ewigkeit‹, was Putkin unnötig aufregte. Menschen gab es im Umkreis von einigen hundert Werst nicht, zumindest hatten sich in den letzten 45 Jahren keine anderen Lebewesen als Bären, Füchse, Biber, Marder, Hermeline, Luchse, Elche, Otter und eine Menge Fluggetier hierher verirrt. Kyrill lebte mit ihnen in einer natürlichen Gemeinschaft: Er fütterte und liebte sie, sprach mit ihnen und war ihnen ein Freund ... und er tötete sie, aß sie auf und nähte aus ihren Häuten seine Kleidung, wenn es nötig war.

»45 Jahre allein in dieser Wildnis ...«, sagte die Susskaja am Abend, als sie alle auf dicken Wolfs- und Bärenfellen auf dem Boden vor dem Ofen lagen. Nur Putkin machte sich wieder auf der Plattform breit, ungeachtet der von allen kritisch betrachteten Tatsache, daß Kyrill Jegorowitsch auch nach oben kletterte und sich neben den nacktem Putkin klemmte. »Ein Wunder, daß er noch wie ein Mensch sprechen kann.«

»Das Gebet hält ihn fest«, erklärte Nadeshna leise.

»Aber verrückt ist er doch«, sagte Morotzkij heiser. »Nichts gegen heilige Männer ... darin war Rußland immer führend. Aber was Kyrill hier vollbringt, ist eine glatte Wahnsinnstat. Wem nützt er damit? Gott in die Einsamkeit tragen, ist keine Kunst. Ihn unter tausend müden, zerschundenen Arbeitern predigen, das ist eine Aufgabe. Flucht in die Anonymität ist immer billig. Ich kann es beurteilen, ich flüchte ja selbst ...«

»So wie ich die Lage sehe, ziehen wir in einer Woche weiter.« Andreas lag auf dem Rücken. Katjas zärtliche Hände streichelten über seinen Leib, aber es war kein aufreizendes, prickelndes Gefühl, das sie erzeugten, sondern eine wohlige Süße, die schwer war wie goldener Krimwein. Er spürte die völlige Einheit mit Katja und begriff, was es heißt, ausgefüllt mit Glück zu sein.

»Putkin und Kyrill zusammen auf dem Ofen ... das kann nicht gutgehen.«

Es ging auch nicht gut.

In der Nacht weckte sie alle ein dumpfer Aufschrei. Putkin sprang von der Ofenplattform und legte sich zwischen die Susskaja und Morotzkij. Im Zimmer war es von den hitzespeichernden Flußsteinen so warm, daß sie alle ohne Decken auf den Fellen lagen. Draußen rumorte der Eissturm, knarrte in den Dachbrettern, schlug gegen die Fensterläden und trieb den Schnee gegen die Bohlentür. Der Fluß fror weiter zu. Es war ein verzweifelter, aussichtsloser Kampf des Wassers gegen eine Erstarrung.

»Es geht schon los!« knurrte Putkin. »Ich liege da friedlich auf dem Ofen und will schlafen, und was geschieht? Schiebt sich der Pope an mich und flüstert mir ins Ohr, wie man einer Jungfrau unanständige Anträge macht. Und was sagt er, der Kyrill Jegorowitsch? ›Mein Sohn, ich erkenne dich im Dunkeln: Du hast verlernt zu beten. Komm, laß uns zusammen den Herrn loben.‹ Und was antworte ich, na? ›Halt die Fresse, Väterchen! Ich habe zwei Fäuste, wozu brauche ich Gott?‹ Und Kyrill, nicht faul, fragt: ›Wer hat dir die Fäuste gegeben?‹ Darauf ich: ›Ich bin so geboren. Frag meine Mutter!‹

Und was antwortet er, der Kretin? ›Alles Leben kommt von Gott, also auch deine Fäuste. Bete, mein Söhnchen.‹ — Was soll man gegen eine solche Argumentation machen? Gestattet, daß ich bei euch schlafe.«

Es war eine kurze Nacht.

Irgendwann, aber bestimmt noch vor dem Morgengrauen, sprang Kyrill Jegorowitsch von seinem Ofen und begann laut und schön mit seinem dröhnenden Baß zu singen. Er zog sich an und wandelte hinaus in die windheulende Nacht, um sich zu seiner Kirche durchzukämpfen und die Glocke zu läuten. »Kasteiet euch, um die Seligkeit des Himmels zu begreifen!« sang er dazu. »Nur der erwirbt das Glück, der leiden kann ...«

»Ich erschlage ihn!« sagte Putkin feierlich, als alle verstört auf der Erde saßen und nicht mehr einschlafen konnten. »Freunde, das ist ein Versprechen. Gut, ich will das Glöckchen ertragen, die Kirche, die Gebete, die Gesänge, das Ewige Licht, alles, alles ... aber in der Nacht muß man mir meinen Schlaf lassen. Ohne Schlaf wird selbst ein Engel zum Satan. Wenn Kyrill zurückkommt, zertrümmere ich ihm die Hirnschale. Hindert mich bloß nicht daran ...«

Putkin tat es nicht ... wie zu erwarten war. Er brüllte den Uralten nur an, nannte ihn einen Idioten im Quadrat, einen durchlöcherten Eisentopf, einen entmannten Esel und handelte sich damit nur einen feierlichen Segen ein. Darüber mußte Andreas so lachen, daß ihm die Tränen über die Wangen liefen, und die Stimmung war an diesem Morgen besser als am Abend vorher.

An diesem Tag gingen Kyrill und Putkin fischen. Der Fluß ohne Namen war bis auf einen schmalen Streifen zugefroren. Das Eis war schon so dick, daß es einen Mann tragen konnte, und wo es zu dünn war, an den Rändern zur Wasserrinne, schoben Kyrill und Putkin Bretter über das Eis, legten sich darauf und starrten in das klare Wasser.

Sie sahen die großen Fische, fleischige Burschen, mit

grünschillernden Schuppen und dicken Köpfen. Sie glotzten die Menschen an, und als Kyrill mit einer Art Dreizack zustach und einen von ihnen herausholte, kümmerten sie sich gar nicht darum, sondern schwammen unbekümmert hin und her.

»Hier ist alles idiotisch, sogar die Fische«, sagte Putkin später. »Aber Kyrill ist ein blitzschneller Knabe. Liegt da wie Neptun und flupp — hat er einen Fisch in den Zinken. Ein Jammer, daß er Priester ist. Man könnte einen brauchbaren Menschen aus ihm machen.« Sie blieben acht Tage bei Kyrill Jegorowitsch Kirsta, dem in 45 Jahren Einsamkeit wunderlich gewordenen Taiga-Mönch. Dann wußten sie, daß wirklich kein anderer Mensch hierher kommen würde, nie und nimmer, selbst jagende Jakuten nicht. »Vielleicht wird auch dieses Gebiet eines Tages von Geologen erforscht«, sagte Morotzkij. »Bestimmt kommt es einmal an die Reihe. Sibirien ist eine Jahrhundertaufgabe. Aber soviel Zeit haben wir nicht. Ich schlage vor, wir ziehen den Fluß hinauf.«

»Und Makar Lukanowitsch?« fragte Nadeshna.

Sie sahen alle auf Benerian, der kindisch mit ein paar Holzscheiten spielte und sie aufeinanderschichtete, um sie dann quiekend wieder umzustoßen.

»Hauptmann der Luftwaffe Benerian ...«, sagte Putkin heiser. »Warum spricht denn niemand aus, was wir alle denken?«

»Wir lassen ihn bei Kyrill zurück«, sagte die Susskaja. Ihre klare Stimme, die so etwas aussprach, wirkte in den Ohren der anderen wie das metallische Zuschlagen eines Fallbeils. »Das wollten Sie doch hören, Igor Fillipowitsch? Ja, wir lassen ihn zurück. Bei Kyrill ist er in den besten Händen. Wenn jemand überlebt, wird es Benerian sein. Bei uns ist es ein Glücksspiel.«

»Zwei Idioten allein in der Taiga ... Ich behaupte, man hat sich die Eroberung Sibiriens anders vorgestellt.«

»Für sie ist hier das Paradies. Ein Fluß, ein Wald, ein Himmel und ein Gott, der sie ernährt. Was brauchen sie mehr?«

»Warum sollen wir uns da durch den Schnee quälen?« Putkin hieb die Fäuste zusammen. »Das Paradies! Brauchen wir denn mehr? Wollen wir nicht hierbleiben? Alle?«

»Wie alt sind Sie, Putkin?« fragte die Susskaja.

»Zweiunddreißig.«

»So wie Sie aussehen, werden Sie hundert. Das sind noch 68 Jahre Taiga ...«

»Wir ziehen weiter!« Putkin raufte sich die Haare. »Katja Alexandrowna, Sie sind ein Biest! Sobald sich der Sturm gelegt hat, gehen wir los.«

»Und bis dahin?« fragte Morotzkij.

»Flechten wir uns Schneeschuhe, Professor. Jakutische Schneeschuhe. Ich werde mich im Schuppen umsehen ... dort scheint der Pope eine ganze Werkstatt zu haben. Vielleicht können wir sogar Skier herstellen. Sehen Sie sich die Bretter an ...« Er klopfte gegen den Tisch und den Schrank. »Alles gehobelt. Der Alte muß also einen Hobel haben. Woher aber, wenn er seit 45 Jahren keinen Menschen mehr gesehen hat? Na, ist das eine Frage? Hier stinkt etwas aus den Ritzen, Genossen! Oder läßt Gott Hobel regnen? Nadeshna, Sie müssen das wissen ...«

»Putkin beginnt zu denken«, sagte Morotzkij. »Und erstaunlich ... er denkt richtig. Fragen wir mal Kyrill gezielt nach diesem Wunderhobel.«

»Zwecklos.« Katja Alexandrowna winkte ab. »Er wird in fromme Sprüche ausweichen. Ich kann es nicht erklären, aber ich fühle, daß diese Einsamkeit nicht vollkommen ist.«

»Sie denken, irgendwo in der Nähe ist doch eine Siedlung?«

»Ja.«

»Ich auch.« Putkin rieb sich die breiten Hände. »Jekaterina Alexandrowna, zum erstenmal kommen wir uns näher. Ein Feiertag ...«

Sie irrten beide. Die Einsamkeit war vollkommen.

7

In diesen Tagen wurden die Hubschrauber der Flugbasis Irkutsk wieder in Alarm versetzt und stiegen wie ein Hornissenschwarm in den grauen Schneehimmel. Sogar General Serikow und sein Adjutant, Oberleutnant Krendelew, flogen hinaus in die schweigende, im Schnee gestorbene Taiga und suchten mit Ferngläsern den grenzenlosen Wald ab.

Ein Pilot der Jagdfliegerstaffel, der sich verflogen hatte, bügelte seinen militärischen Fehler damit aus, daß er meldete: »Ich habe das Wrack eines Flugzeuges gesehen. Es liegt auf einem Windbruch, abseits der Flugstraße von Suchana nach Wiljuisk.«

General Serikow verlor zum erstenmal seine gerühmte Ruhe und Väterlichkeit. Er brüllte herum, gab einen Alarm, als greife der Chinese an, scheuchte die Verwaltungsbeamten aus ihrer winterlichen Ruhe und nannte alle, die ihm in den Weg kamen, blinde Maulwürfe, womit er vor allem die Flieger der Luftaufklärung meinte, die das unauffindbare Verschwinden des Flugzeuges Nummer 14 zu Protokoll gegeben hatten.

Bei pfeifendem Schneesturm landete Serikow auf dem Windbruch, wurde von dem Sturm umgeworfen und kroch auf allen vieren zu den Trümmern. Oberleutnant Krendelew starrte entgeistert seinen General an, ehe er ihm nachsprang, ebenfalls durch eine Windbö in den Schnee geschleudert wurde und dann, von den Flocken gepeitscht, seinem Kommandeur nachrannte.

In dem zerbrochenen Leib des Flugzeuges lag der Schnee nur kniehoch. Serikow saß in einem der schief in den Halterungen hängenden Sitze und hielt mit beiden Händen seinen Kopf umklammert.

»Keiner hat überlebt …«, sagte Krendelew leise. Serikow fuhr hoch, als habe man ihn gestochen.

»Woher wissen Sie das?« schrie er. Die Qual in seiner Stimme hörte selbst der sonst so gefühlsarme Krendelew heraus.

»Wo … wo sind die Leichen, Genosse General?«

»Wir suchen sie! Wenn sie alle umgekommen wären, lägen die Körper herum. Was sehen Sie mich an wie ein durstiges Kamel, Krendelew? Jawohl, ich weiß, was Sie denken. Wölfe, Luchse, Leoparden … aber ich glaube es nicht. Ich will es nicht glauben! Lassen Sie jedes Trümmerstück freilegen. Jedes!«

Krendelew kroch aus dem zerborstenen Rumpf und kämpfte sich durch den Schneesturm zu den Hubschraubern zurück. Es war Wahnsinn, jetzt mit der Arbeit anzufangen, aber wenn ein General befiehlt, soll man nicht denken. Und Serikow war seltsamerweise in einem Zustand, wo Denken eine absolute Gefahr bedeutete.

Während sich draußen zehn Soldaten fluchend über die Trümmer verteilten, kroch Serikow durch den Rumpf des Flugzeuges und suchte. Er fand eine Umhängetasche aus braunem Saffianleder, eine ihm bekannte Tasche, denn er hatte sie selbst in Alma Ata gekauft und Jekaterina Alexandrowna geschenkt. Sie enthielt nicht viel. Einen französischen Lippenstift, ein Parfümflacon, einen Handspiegel und den letzten Brief, den Serikow nach Suchana geschrieben hatte. Der letzte Satz — Ich liebe dich, Katjuschka — war rot unterstrichen, rot mit dem glänzenden Fett des Lippenstiftes. Und mit Lippenstift hatte die Susskaja danebengeschrieben: Dreh die Zeit nicht zurück, Waska …

Serikow starrte auf die wenigen Worte, ehe er begriff,

daß dies hier ein Abschied war, von dem er nichts geahnt hatte. Sechs Worte, wie mit Blut geschrieben. Das Ende einer Liebe, von der er geglaubt hatte, er könne sie mit ins Grab nehmen.

Jekaterina Alexandrowna war von Suchana nach Irkutsk geflogen, um ihm das zu sagen. Sie war nie angekommen, würde auch nie ankommen; und so blieb die volle Erinnerung zurück an eine Liebe, die so grenzenlos gewesen war wie die Taiga, die sie nun begrub.

Serikow steckte den Brief in seine Brusttasche, hängte sich Katjas Tasche über die Schulter und kroch aus den Trümmern. Draußen wühlten die Soldaten in den Schneehaufen und suchten die Leichen. Oberleutnant Krendelew rannte seinem General entgegen und meldete etwas Merkwürdiges: Die Flugzeugräder fehlten! Sie waren nirgends zu finden. Leichen können in Raubtiermägen verschwinden, aber keine Flugzeugräder!

»Vieles ist merkwürdig ...«, sagte Serikow. Er wirkte wie abwesend, wie hypnotisiert. »Alles ist merkwürdig, Krendelew! Lassen Sie weitersuchen ...«

Er kletterte in seinen Hubschrauber, schloß die Kanzel, legte den Kopf auf die Nackenstütze und schloß die Augen.

Katjuschka, warum dieser Abschied? Warum so plötzlich, so spontan, mit Lippenstift auf den Rand meines Briefes gemalt? Was war in Suchana geschehen? In Suchana, diesem elenden Drecknest am Olenek, nördlich des Polarkreises? Wie kann eine so große Liebe ausgerechnet in Suchana sterben? Wer soll das begreifen, Katjanka?

Ein Sack voll Fragen ... es war für Serikow undenkbar, daß es in Katjas Leben einen anderen Mann geben könnte als ihn, den General Waska Janisowitsch Serikow.

Krendelew brach die Suche aus eigenem Ermessen ab, als der Schneesturm so heftig wurde, daß die Soldaten Mühe hatten, sich selbst auszugraben. Den General konnte er nicht fragen ... Serikow saß in seinem verschneiten und zugewehten Hubschrauber und wirkte wie eine Mumie. Er blickte nur kurz hoch, als sich Krendelew in die Glaskanzel schwang. Hinter ihm pfiff der Sturm hinein und ohrfeigte den General.

»Es ist sinnlos!« keuchte Krendelew. »Es gibt keine Überlebenden, keine Spuren, keine Leichen. Es ist sinnlos, Genosse General.«

»Vieles ist sinnlos. Sie haben recht.« Serikows Blick wanderte zurück zu den wirbelnden, tobenden Schneeflocken. »Wir werden der Sache nachgehen, wenn sich das Wetter normalisiert hat.«

Sie kamen erst gegen Abend aus dem Windbruch weg. Der Pilot des Generals wartete so lange, bis sich der Sturm etwas beruhigt hatte und das Aufsteigen keine lebensgefährliche Artistik mehr war. Die anderen Hubschrauber folgten ihm. Als sie wieder landeten, in Wiljuisk, war es Nacht. Eine eisige, stille Nacht, in der der Atem gefror, daß man ihn fast in Stücken vom Mund brechen konnte.

»Funkverbindung mit Suchana!« sagte Serikow, kaum daß er im Warmen saß. »Das Hospital will ich sprechen. Lassen Sie den Chefarzt aus dem Bett holen, wenn er schon drin liegt. Nehmen Sie keine Ausreden an, Krendelew ... ich verlange den Chefarzt!«

Es dauerte zehn Minuten, dann war die Sprechfunkverbindung mit Suchana hergestellt. Auch der Chefarzt war verfügbar. Serikow hörte seine Stimme verzerrt und quäkend im Lautsprecher.

»Lew Diogenowitsch, ich muß Sie etwas fragen ...«, sagte Serikow in das Mikrofon. »Und ich verlange von Ihnen als Freund eine ehrliche Antwort: Was war mit Katja Alexandrowna los?«

»Nichts, Waska Janisowitsch.«

»Sie lügen, mein Freund. Sie lügen bestialisch. Warum hat sie ihren Posten bei Ihnen aufgegeben, von heute auf morgen? Warum flog sie mit diesem Flugzeug nach Wiljuisk und wollte weiter nach Irkutsk? Sagen Sie mir den Grund, warum Katja plötzlich Suchana verlassen hat!«

»Es gibt keinen Grund.«

»Lew Diogenowitsch, halten Sie mich für einen speichelnden Trottel? Katja muß Ihnen gegenüber doch einen Entlassungsgrund angegeben haben. Oder laufen bei Ihnen die Ärzte weg, wann sie wollen?«

In Suchana war Stille. Serikow spürte förmlich auf seiner Haut, wie der Chefarzt nach Worten suchte. Dann quäkte wieder die Stimme aus dem Lautsprecher.

»Es tut mir leid, Waska Janisowitsch ... Es war ein Mann ...«

»Ein — Mann ...?« Serikow umklammerte mit beiden Händen das Funkgerät. »Was für ein Mann?«

»Ein Bergbau-Ingenieur. Katja lernte ihn hier im Hospital kennen, als man ihm vorführte, wie modern ein sibirisches Hospital eingerichtet ist, trotzdem es nördlich des Polarkreises liegt. Da denkt man immer, dort oben hört die Welt auf. Wir beweisen: Bei uns fängt sie neu an!«

»Keine Propagandasprüche, Lew, bitte nicht.« Serikow drückte die Stirn gegen die Bespannung des Lautsprechers. Er spürte, wie er zitterte. Katjuschka und ein anderer Mann. Mit ihm fliegt sie weg, verläßt ihren Posten, verrät ihre Pflicht. Was ist das für ein Mann? »Den Namen ...«, sagte Serikow rauh. »Lew, nennen Sie mir den Namen dieses Mannes ...«

»Andreas Herr hieß er.«

»Andreas Herr? Wieso?«

»Ein Gast aus Deutschland, Waska Janisowitsch.« Die ferne Stimme wurde leiser, fast bedrückt. »Man kann so etwas nicht verhindern, Waska. Man kann alles in eine rote Fahne wickeln, nur das Herz nicht ...«

Serikow schaltete ab. Er starrte auf das Funkgerät, und der Name Andreas Herr brannte in ihm wie damals der deutsche Granatsplitter in seinem Rücken. In einem

Erdloch bei Roslawl ... er wäre fast ein Krüppel geworden.

Serikow erhob sich. Er wirkte müde und alt.

»Warum haben wir 1945 nicht alle Deutschen umgebracht!« sagte er halblaut. »Alle, alle Deutschen!«

Dann stieß er das Funkgerät vom Tisch, zertrat es und verließ als Greis den Raum. In ihm war es kalt und tot wie draußen die Taiga.

8

KEINER SOLL SAGEN, Putkin sei nichts anderes als ein grober Klotz oder Sack, vollgestopft mit unflätigen und obszönen Redensarten. Er bewies das, als er seinen Widersacher Kyrill Jegorowitsch aus dem Fluß zog und nicht einfach ersaufen ließ, was die einfachste Art gewesen wäre, sich Ruhe vor ihm zu verschaffen.

Kirsta hatte sich nämlich vorgenommen, Putkin zu bekehren, und verfolgte dieses Ziel mit dem heiligen Eifer aller Missionare. Nur fehlte Kyrill die Praxis und deshalb die gebotene Vorsicht, denn Putkin war, einmal mit Gott konfrontiert, gefährlicher als ein neuseeländischer Kannibale.

Fünf Tage trommelte Kyrill auf Putkin herum, hängte sich an seinen Rockschoß und ging singend und betend hinter ihm her, weckte ihn nachts, auch wenn er zwischen Andreas und Morotzkij lag, und forderte ihn auf, Gott zu erkennen, bis Putkin brüllend den ersten Knüppel ergriff und nicht Kyrill verprügelte, sondern die ›schöne Ecke‹ zertrümmerte. Er wurde dafür von Nadeshna in blinder Rachsucht angespuckt, was zwar einer Lehrerin unwürdig war, aber bei Putkin waren gesellschaftliche Formen nicht angebracht.

Bis dann die Sache passierte, daß der ›heilige Kyrill‹,

wie Putkin den Taiga-Mönch nannte, bei dem Versuch, einen dicken Hecht aus dem Fluß zu ziehen, selbst in die eisigen Wellen stürzte und sofort unterging. Die Strömung war stark, riß Kyrill mit sich fort und drückte ihn unter die feste Platte des Eises.

Putkin und Andreas, die dabei waren, aus einem Brett einen Ski zu hobeln, sahen nur noch, wie der Pelzberg ins Wasser kippte und versank. Es war, als habe man einen Fleck von dem Weiß des Eises wegradiert.

»Unser Väterchen ...«, sagte Andreas entsetzt. Er war wie gelähmt. Anders Putkin. Er ließ den Hobel fallen, stieß sich ab, wie ein Schnelläufer aus einem Startloch schießt, und rannte zum Ufer, daß der Schnee hoch hinter ihm aufwirbelte.

»Bleiben Sie zurück, Putkin!« schrie Andreas ihm nach. »Sie können doch nicht ohne Brett an den Eisrand! Bei Ihrem Gewicht! Warten Sie doch! Ich bringe ein Brett ...«

Aber Putkin rannte weiter, sprang vom Ufer auf das Eis und schlitterte über die glatte Fläche auf die schmale Rinne zu, durch die der Fluß, vom Frost noch nicht besiegt, gurgelnd und strudelnd dahinschoß.

Es hat sich nichts daran geändert: Eines Mannes Wert mißt man an seinem Mut. Das ist eine fatale Sache, denn der reine Intellektuelle kommt dabei schlecht weg, aber — sehen wir die Sache einmal ganz klar — was nutzt es, wenn man tausend Seiten voll wohlklingender Worte über das Ertrinken schreiben kann, aber selbst nicht den Mut hat, sich ins gurgelnde Eiswasser zu stürzen und den armen, ersaufenden Menschen zu retten?

Putkin war solch ein Mann ... er riß sich beim Schlittern über den zugefrorenen Teil des Flusses bereits die Kleider vom Leib, atmete tief ein, als könne er damit auch Wärme in sich hineinblasen, streckte die Arme vor und sprang in das rauschende Wasser. Die Kälte war so mächtig, daß sie schon wie Hitze wirkte, das Herz begann zu zucken, und in den Kopfadern hämmerte das Blut. Aber Putkin überwand diesen Schock sehr schnell, tauchte unter die Eisdecke und sah den massigen Pelzklumpen Kyrill träge unter dem Eis davontreiben.

Später weiß man nie, wie alles sich aneinanderreihte, es gibt da ein Loch im Gedächtnis bei Taten, in denen natürliche Reflexe eine große Rolle spielen und der Verstand zum Statisten wird. Jedenfalls tauchte Putkin recht schnell wieder auf, zog den Popen hinter sich her wie einen riesigen Fellsack, schob ihn auf die Eisdecke und kletterte hinterher, starrte den mit zwei Brettern heranrutschenden Andreas aus roten weltfernen Augen an und rannte dann zum Haus zurück. Von dort kamen ihm Morotzkij und die Susskaja entgegen. Sie stolperten durch den tiefen Schnee, und im Vorbeirennen schrie ihm Katja Alexandrowna zu: »Reib dich mit Schnee ab! Nicht auf den Ofen, Igor! Bloß nicht auf den Ofen!« Dann rutschten auch sie über die Eisdecke des Flusses und halfen Andreas, den mit Wasser vollgesogenen und in diesem Frost schnell erstarrenden Kyrill an Land zu ziehen.

Als sie wieder ins Haus kamen, den Popen hinter sich herschleppend, rieb Nadeshna gerade den laut mit den Zähnen klappernden Putkin ab, frottierte ihn mit rauhen Decken, bis seine Haut rot glänzte und man glaubte, das Blut quelle nun durch die Poren.

»Schnell, die Pelze weg!« rief die Susskaja. Sie warfen den besinnungslosen Kyrill auf die Dielen, rissen ihm die nasse Fellkleidung vom Körper, und Morotzkij brachte zwei Eimer voll Schnee und kippte sie über den erstarrenden Popen aus. Dann begannen sie alle an ihm zu reiben, bis ihnen der Schweiß in Strömen über Gesicht und Körper floß, aber es war nicht vergebens. Kyrill zeigte neues Leben, seine Haut rötete sich ebenfalls, die eisige Kälte floh aus seinem Fleisch.

»Einen Kerl wie Kyrill weckt man anders!« sagte Putkin, als Kirsta trotz aller Mühe noch in seiner Ohnmacht blieb. »Weg da!« Er beugte sich herunter, hielt mit einer Hand die Decke fest, die Nadeshna über ihn geworfen hatte, und begann langsam, fast genußvoll, aber nicht mit voller Kraft, den Popen zu ohrfeigen.

Nach genau zehn Schlägen öffnete Kyrill die Augen, starrte Putkin an und sagte mit einer provozierend klaren Stimme: »Geheiligt sei der Herr und Lob und Dank Seiner Güte ...«

»Es ist zum Kotzen!« brüllte Putkin, verabreichte Kyrill noch eine Ohrfeige, dieses Mal mit voller Kraft, und zog sich grollend zurück. »Warum habe ich ihn nicht ersaufen lassen?«

Später lagen sie beide oben auf dem Ofen, zwei nackte haarige Riesen, und erholten sich von dem Kampf ums Leben. Nadeshna hatte ihnen einen Tee gekocht aus getrockneten Blättern der Minze und einen Holunderbeerwein, den Kyrill jedes Jahr selbst kelterte. Es war eine greuliche Mischung, sie schmeckte vor allem Putkin wie zum Erbrechen, aber es war ein Tee, der jeden Ansatz einer Erkältung oder Lungenentzündung aus ihnen hinaustrieb.

»Ihr müßt schwitzen, als wäret ihr eine Quelle«, sagte die Susskaja, als Putkin sich weigerte, noch zwei Tassen des Gesöffs zu trinken. »Igor Fillipowitsch, seien Sie kein böses Kind! Soll der verdammte Fluß Sie ins Grab bringen?«

So lagen die beiden Fleischberge nun auf dem Ofen, schwitzten um die Wette und schielten sich gegenseitig an.

»Christus sei Dank ...«, sagte Kyrill fromm. Putkin richtete sich auf und schlug sich auf die dicken, schweißnassen Schenkel.

»Weiß jemand, ob ich Christus heiße?« bellte er. »Hat einer von euch Christus am Fluß gesehen? Ist er getaucht?«

Dann fiel er zurück auf die Plattform und schwitzte weiter.

So ein russischer Bauernofen — das muß man wissen — ist eine schöne Sache. In einer Ecke steht er, meistens gemauert, breit und tief und so hoch, daß zwischen Zimmerdecke und glatt geputztem, ebenem Ofendach genug Platz bleibt, sich dort häuslich einzurichten. Kommt der Winter, zieht die Familie zum Schlafen um ... dann liegt alles, was im Haus wohnt, oben auf dem Ofen, warm und wohlig. Und wenn draußen der Schneesturm heult, das Haus bis zum Dachsims zugeweht wird und nur noch der Schornstein aus dem Schnee ragt, kann man sich räkeln und seine Knochen durchwärmen lassen. Ein schrecklicher sibirischer Winter? Nicht, wenn man auf einem Ofen liegt. Hier oben ist der schönste Platz der Welt.

Am Abend waren sich Kyrill und Putkin zum erstenmal einig. Sie behaupteten gemeinsam, genug geschwitzt zu haben, kletterten vom Ofen, und Kyrill Jegorowitsch kramte aus einer Truhe eine große Flasche hervor, entkorkte sie und schnupperte daran. Ein scharfer, unverkennbarer Duft zog durch die heiße Stube. Putkin trommelte mit den dicken Fingern auf die Tischplatte.

»Was ist es?« fragte er ganz unnötig. Man roch es genau.

»Branntwein!« sagte Kyrill stolz. »Kronsbeerenschnaps, selbst gebrannt. Ein Höllenwässerchen! Aber wir leben ja, um die Hölle zu vertilgen.« Er setzte sich, wischte über den Flaschenhals, hob die Flasche an die Lippen und tat einen tiefen Schluck. Als er sie wieder absetzte, rülpste er zufrieden und steckte den Korken wieder auf. Putkin starrte ihn verwirrt an.

»He, was soll das?« fragte er. »Wie behandelst du deine Gäste? Laß die Flasche herumgehen, Pope!«

Kyrill Jegorowitsch blickte über Putkin hinweg gegen die Wand, wo wieder die reparierte Ikone mit dem Ewigen Licht hing. »Nur der vernichtet die Hölle, der stark ist im Gebet«, sagte er feierlich. Dann blickte er die

Susskaja an und entkorkte die Flasche. Der Duft, der ihr entflog, war herrlich und streichelte Putkins zuckende Nase. »Töchterchen, kannst du beten?«

»Ja, Väterchen«, sagte Katja Alexandrowna.

»Dann nimm ein Schlückchen.«

Die Susskaja trank. Kyrill sah Andreas an. »Und du, mein Sohn?«

»Ich auch.«

»Dann nimm ein Schlückchen.«

So ging es weiter, über Morotzkij zu Nadeshna, die ebenfalls die Flasche an die Lippen setzte und nicht einmal hustete, als der scharfe Schnaps durch ihre Kehle rann. Sieh an, dachte Putkin innerlich knirschend, sieh an! Schleppt heimlich Priester ein, verteilt Bibeln, unterhöhlt unseren schönen Staat ... aber saufen kann sie wie ein Fuhrknecht! Sogar der blöde Benerian bekam einen Schluck ... er nuckelte an der Flasche wie ein Säugling an einem Schnuller.

»Das war's«, sagte Kyrill feierlich und nahm die Flasche wieder an sich. Putkins Augen wurden weit und drangen fast aus den Höhlen.

»Und ich?« fragte er rauh.

»Kannst du beten, mein Söhnchen?«

»Gebt mir ein Beil her, dann schlage ich ihm ein Kreuz über den Schädel!« schrie Putkin. »Kyrill Jegorowitsch, treib es nicht zu weit mit mir!«

Der Pope stellte die offene Flasche vor sich auf den Tisch, so nahe an Putkins Kinn, daß der würzige Branntweingeruch den direkten Weg durch die Nase zum Gehirn nehmen konnte. Es war eine Gemeinheit, das muß man sagen, eine wahre Quälerei, ein glatter Sadismus ... aber wer konnte etwas dagegen tun? Kyrills Fäuste lagen neben der Flasche, und sie waren ebenso groß wie die Fäuste von Putkin. Wenn sie aufeinanderprallten, würde es ein völlig offener Kampf werden.

»Nur wer beten kann ...«, sagte Kyrill ruhig.

Putkin starrte hilflos um sich. Die anderen lächelten ihn an, waren vollgestopft mit Schadenfreude und lauerten auf das Ende dieser Kraftprobe wie auf den Ausgang eines Hahnenkampfes.

Der Duft des Schnapses durchzog Putkin wie eine warme Wolke.

»Kyrill ...«, sagte er heiser. »Kyrill Jegorowitsch, ich kannte einen Mörder im Lager von Magadan, der hatte in einem anderen Lager seinen Bettnachbarn im Schlaf erwürgt, weil ihm ein Hosenknopf fehlte. Nur ein Hosenknopf! Verstehen wir uns, Pope?«

»Alles Leben liegt in Gottes Hand«, sagte Kyrill fromm. »Wer beten kann ... Töchterchen!« Er sah die Susskaja an. »Noch ein Schlückchen?«

Putkin wollte zugreifen, aber Kyrills Faust war schneller und krachte auf Putkins Unterarm. Es gab einen häßlichen, knirschenden Laut, und die Susskaja dachte: Jetzt hat er ihm Elle und Speiche gebrochen. Man muß eingreifen, sonst bringen sie sich tatsächlich gegenseitig um.

Aber Putkin blieb friedlich. Er klapperte nur schaurig mit den Zähnen, seine Augenhöhlen röteten sich wieder, er sah noch gefährlicher aus als ein sich duckender, fauchender Tiger, und dann fragte er mit tonloser Stimme, denn soviel Wut im Leib brennt alles weg:

»Was heißt beten?«

Kyrill Jegorowitsch schielte über den Flaschenhals zu ihm hinüber.

»Du willst tatsächlich?«

»Ja!« brüllte Putkin auf.

»Das genügt.« Er schob die Flasche ganz zu Putkin hin. »Trink, mein Söhnchen. Es ist genug, wenn du spürst, daß man an Gott nicht vorübergehen kann ...«

Putkin nahm fürchterliche Rache für diese fatale Niederlage: Er soff die ganze Flasche aus. Ohne abzusetzen, durch die Nase schnaubend wie ein Nilpferd, mit einem Kehlkopf, der bei jedem Schluck auf und nieder hüpfte wie der Ansaugkolben einer Pumpe.

Niemand hielt ihn auf, denn dann wäre es wirklich zu einem Mord gekommen. Erst als Putkin die Flasche wieder absetzte, mit halbirrem Blick um sich stierte und die Flasche dann an die Wand warf, wo sie zerplatzte wie eine Handgranate, atmeten alle auf, sogar Kyrill Jegorowitsch.

»Welch eine Bande!« sagte Putkin heiser. »Aber ich notiere es mir. Hier, das ist mein Notizbuch, das nichts vergißt.« Er klopfte mit den Fäusten gegen seinen struppigen Kopf. »Ich stunde euch nur die Zahlungen. Einmal kommt der Tag, wo ihr vor euren Rechnungen heulen werdet ...«

Er kletterte wieder auf die Ofenplattform, schlief sofort ein und begann röchelnd zu schnarchen.

»Warum haben Sie das getan, Väterchen?« fragte die Susskaja ernst. »Er hat Ihnen das Leben gerettet.«

»Aber er hat gestern in der Kirche das Bild des heiligen Stephanus angespuckt«, antwortete Kyrill und erhob sich würdevoll. »Jetzt sind wir quitt. Auge um Auge, Zahn um Zahn, heißt es in der Bibel. Schlaft gut.«

Er kletterte auch auf den Ofen, legte sich neben Putkin, deckte diesen sogar mit einem Leinentuch zu und fiel nach wenigen Minuten in Putkins Schnarchen ein. Man hätte sie für Vater und Sohn halten können ...

Nach vierzehn Tagen war man soweit, den Weg nach Süden wieder anzutreten.

Andreas und Putkin hatten für alle Skier hergestellt, Morotzkij hatte unter Anleitung von Kyrill das Flechten von tungusischen Schneeschuhen erlernt, und Nadeshna bewies mit viel Talent, daß eine Lehrerin auch eine vorzügliche Köchin sein kann. Sie briet die besten Blinis, die Putkin je gegessen hatte, kochte aus Eiern, Kohl, Fleischstückchen und saurem Rahm einen Rosolnik, daß sich Putkin an diesem Tag überfraß und Magenschmerzen bekam, und konnte Pasteten aus Hasenfleisch herstellen, bei denen Kyrill sich zurückhalten mußte, damit er sie nicht segnete.

Katja Alexandrowna ging auf die Jagd.

Es zeigte sich, daß sie nicht übertrieben hatte: Sie traf mit jedem Schuß, sie verschenkte keine Munition. Als sie einmal einen Schneehasen und kurz darauf einen Wolf erschoß, obgleich beide mit Hakensprüngen flüchteten, sagte Putkin zu ihr:

»Katja, mich hat noch keine Frau in die Knie gezwungen, aber Ihnen könnte ich aus der Hand fressen wie ein Hündchen. Wer sind Sie wirklich? Wir sind jetzt allein, und was wir reden, bleibt in dieser Brust wie in einem meterdicken Tresor. Sagen Sie was, Katja Alexandrowna.«

»Ich habe nichts zu sagen, Igor Fillipowitsch«, antwortete die Susskaja. Es klang so verteufelt ehrlich, daß Putkin es fast glauben wollte.

»Andrej! Lieben Sie Andrej wirklich?«

»Gibt es einen Tag ohne Sonne?«

»Warum lieben Sie ihn?«

»Wer kann so etwas erklären? Finden Sie Worte für das Wunder, warum aus einem staubfeinen Korn eine herrliche, große, leuchtende Blume wird ...?«

»Aber als Sie in Suchana ins Flugzeug stiegen, kannten Sie Andrej noch gar nicht.«

»Ich hatte ihn einmal gesehen und in einer Gruppe gesprochen. Das war alles, ja. Bei einer Führung durch unser Hospital.«

»Zum Teufel, und das genügte Ihnen?« Putkin kratzte sich die Nase. »Sie sind ihm nachgelaufen, was? Sie haben sich in den Kopf gesetzt: Den kriege ich! Komme, was wolle ... ich erobere ihn mir!«

»Genau so war es. Ich konnte einfach nicht anders denken.«

»Aber Andrej hätte in zwei Monaten wieder nach Deutschland gemußt. Seine Beratertätigkeit endete am

1. Dezember. Was dann? Wollten Sie Rußland mit ihm verlassen?«

»Ja, Putkin.«

»Ihr Vaterland tauschen Sie ein gegen einen Mann? Katja Alexandrowna, ich bin entsetzt!«

»Warum?« Die Susskaja zog das Magazin aus dem Gewehr und füllte es mit neuen Patronen auf. »Alle Menschen sind gleich ... hat man uns das nicht gelehrt, Igor? Die Menschheit ist die einzige Internationale, heißt es nicht so? Wir alle sind Brüder und Schwestern ... singen wir das nicht immerzu? Nur die Liebe soll national sein? Welche schiefe Logik! Wenn ich Andrej liebe, praktiziere ich einen lebendigen Kommunismus. Das müßten gerade Sie verstehen, Igor Fillipowitsch. Aber die meisten denken wie Sie und *wollen* nicht verstehen. Deshalb breche ich aus. Das ist mein ganzes Geheimnis, was Ihnen so zu schaffen macht.«

»Ich werde mit Andrej darüber reden«, sagte Putkin ernst. Die Susskaja klemmte das Gewehr unter die Achsel, und sie hielt es dabei so, daß der Lauf in Putkins Magen drückte. Er machte sich steif, seine Augen bekamen einen hohlen Ausdruck, aber er rührte sich nicht vom Fleck.

»In der Taiga wird es ein Problem, einen Bauchschuß zu versorgen«, sagte sie ruhig, und diese Ruhe war für Putkin noch drohender und fürchterlicher als der Druck des Gewehrlaufes in seinem Magen. »Auch für mich, Igor Fillipowitsch, obgleich ich gern Bauchchirurgie betrieben habe ...«

»Sie würden niemals auf mich schießen, Katja ...«, sagte Putkin heiser.

»Jederzeit, wenn Sie Andrej anrühren oder sich zwischen uns schieben.«

»Und wenn wir aus der Taiga herauskommen. Glauben Sie, ich würde dann schweigen?«

»Ja.«

»Sind Sie sich so sicher, schöne Dame?«

»Wir haben einen ganzen Winter Zeit, uns aneinander abzuschleifen«, sagte die Susskaja. »Wenn wir aus diesem Wald herauskommen, werden wir uns ähnlich sein wie Kieselsteine.«

Sie zog den Gewehrlauf aus Putkins Magen zurück, warf die Waffe über die Schulter, packte das Seil, an dem der Wolf und der Schneehase hingen, und ging mit kräftigen Schritten davon, die Beute hinter sich her durch den tiefen Schnee ziehend.

Putkin sah ihr nach, schlug die Fäuste zusammen und sagte mit geradezu heiliger Feierlichkeit:

»Beim Satan, ist das ein Weib!«

Auch dieser Tag ging nicht ohne ein folgenschweres Ereignis zu Ende.

Es war Morotzkij, der dafür sorgte. Er ging hinaus, um sich den Wolf anzusehen, den die Susskaja geschossen und in den Holzschuppen gelegt hatte.

»Vielleicht reicht der Pelz für den Rücken einer Jakke«, sagte er. »Der Winter wird besonders kalt werden, das sage ich immer wieder.«

»Es ist ein kleiner Wolf.« Die Susskaja schlürfte den abendlichen Tee. Kyrill war wieder in der Kirche und verrichtete seinen Abendgottesdienst. Nadeshna half ihm beim Weihrauchschwenken (es waren getrocknete Schellbeerenblätter, die man abbrannte) und hielt eine der großen, selbstgezogenen Bienenwachskerzen. Putkin und Andreas rieben Wachs in die Laufflächen der neuen Skier und nagelten Lederschnüre auf die Oberseite, mit denen man die Skier später an die Stiefel binden wollte.

Sie schraken zusammen, als Morotzkij schon nach wenigen Sekunden wieder ins Zimmer stürzte und sich mit dem für ihn typischen pfeifenden Atem an die Wand lehnte.

»Man soll es nicht für möglich halten«, keuchte Morotzkij. »Ihnen, Katja Alexandrowna, mache ich keinen

Vorwurf, Sie kümmern sich als Ärztin vornehmlich um den Menschen. Aber er da, dieser Muskelprotz, dieser hohlköpfige Taigaläufer, hätte es sehen müssen! Ja, Putkin, Sie meine ich! Sie leerer Eisentopf!«

»Sind Sie verrückt geworden, Semjon Pawlowitsch?« fragte Putkin verblüfft.

»Bei so viel Dummheit, wen wundert's?« Morotzkijs Arm zeigte zum Fenster. Dahinter lag der Holzschuppen. »Ein Wolf, ja? Ein Wölfchen? Nein, was da liegt, was Sie erschossen haben, Katja, ist ein Hund! Ein verwilderter Hund! Ein ganz normaler, streunender, wildernder Hund. Wissen Sie, was das bedeutet?«

»Menschen ...«, sagte die Susskaja leise. »Himmel noch mal — Menschen! Kyrill hat keinen Hund. Hier gibt es Menschen, die Hunde haben und denen einer davongelaufen ist ...«

»Jetzt hält mich nichts mehr!« schrie Putkin. »Vielleicht sind wir näher am Ziel, als wir denken!« Draußen begann wieder die armselige, aus einem Benzinfaß gehämmerte Glocke zu läuten. Scheppernd, blechern, mißtönend, aber wo steht geschrieben, daß man Gott nur mit schöner Stimme ansingen darf? Nadeshna schwenkte jetzt den ebenfalls aus Blech gefertigten Weihrauchkessel, und Kyrill sang dröhnend einen Psalm, während er gleichzeitig am Glockenseil zog.

Die Einsamkeit der Taiga wurde lebendig.

Ein Tag war wieder vorbei ... und Sibirien hatte einen nicht besiegt.

»Wann können wir losziehen?« fragte Putkin. Die Unruhe in ihm war ungeheuer.

»Von mir aus morgen schon ...«, sagte Andreas.

»Professor?«

»Jederzeit.«

»Katja Alexandrowna?«

»Sie haben Andrej doch schon gefragt.«

»Ach ja ... ein gemeinsames Herz, ein gemeinsames Hirn ...«

»Sie sagen es, Putkin.«

»Also morgen! Machen wir uns ans Packen.« Er blickte auf den seit Tagen immer stiller werdenden Benerian. Keiner konnte sich erklären, was in ihm vorging. Man wußte nur, daß er bei Kyrill zurückbleiben mußte. »Makar Lukanowitsch«, sagte Putkin stockend, »ich verspreche Ihnen, daß wir Sie hier wegholen, sobald wir wieder bei den Menschen sind.«

Und Benerian antwortete mit völlig klarer Stimme: »Reden Sie nicht so viel, Igor Fillipowitsch ...«

Das war an diesem Abend die größte Sensation. Sie schlug ein wie eine Bombe.

9

General Serikow gab keine Ruhe, obgleich er ahnte, daß er sich bei seinen Untergebenen und noch mehr bei seinen Vorgesetzten im Stab lächerlich machte. Er befahl die große Flächensuche, das heißt, er ließ ganze Geschwader aufsteigen und Waldgebiete abfliegen, in denen nach den bisherigen Erfahrungen nie ein Mensch überleben konnte.

Wie skeptisch man ›Serikows Suchwahn‹ — so nannte man es bereits — betrachtete, bewies der heimliche Gegenbefehl der einzelnen Geschwaderkommandeure, die ihre Flugzeuge zwar aufsteigen, aber dann wieder landen ließen. Sechs Menschen bleiben in der Taiga ... das ist eine echte Tragik. Aber was kosten die Tausende Liter von Flugbenzin, die man für diese Suche verbraucht, der Verschleiß an Material bei dieser mörderischen Kälte.

So wurde Serikow betrogen und belogen, wenn abends die Meldungen auf seinem Schreibtisch lagen, jede mit dem gleichen Wortlaut: Bei Einbruch der Dunkelheit Suche abgebrochen, kein Erfolg. Dann zerknüllte Serikow die Papiere, formte daraus kleine Kugeln und warf sie gegen das Foto von Jekaterina Alexandrowna Susskaja, das in einem Silberrahmen auf dem Tisch stand. Ihre großen braunen Augen sahen ihn fragend an.

Begreifst du nicht, Waska Janisowitsch? Ich bin weggegangen. Für immer. Einfach weggegangen wegen eines Deutschen. Unsere Liebe? Vergiß sie, Waska. Du hast es leichter als jeder andere Mann. Du hast eine schöne Uniform mit breiten Schulterstücken und Goldstickerei. In diese Uniform kannst du dich zurückziehen, und für alle Welt siehst du wie ein Held aus. Wer kann das schon?

Serikow wartete. Er hatte beim örtlichen KGB einen Bericht über den deutschen Bergbauingenieur Andreas Herr angefordert, aber die Kollegen vom Geheimdienst wußten nicht viel über ihn. Nun wartete er auf einen Bericht aus Moskau. Moskau mußte diesen Andreas Herr kennen. Man läßt keinen Fremden monatelang ins Land, ohne ihn vorher genau durchleuchtet zu haben. Vor allem ein Bild wollte Serikow haben, ein Foto, ein ganz deutliches. Er wollte sehen, wer ihm Katja Alexandrowna weggenommen hatte. Er wollte wissen, wie ein Mann aussieht, der einen sowjetischen General aus dem Herzen einer Frau wie der Susskaja vertreiben kann.

Oberleutnant Krendelew hatte zwar ein Foto besorgt, aber das war nur eine Gruppenaufnahme, ein Zufallsbild, fotografiert am Tage der Hospitalbesichtigung von einer jakutischen Schwester, die schnell um eine Säule herum die Gäste angeblitzt hatte. Auf diesem Bild sah Serikow nur einen blonden Kopf, verschwommen und halb verdeckt vom Direktor der Klinik. Über den blonden Kopf hatte Krendelew einen Pfeil gemalt, mit Rotstift. Da ist er!

Serikow hatte das Bild in der Faust zerknüllt wie die

täglichen Meldungen, aber das Kügelchen nicht gegen Katjas Bild geschleudert, sondern in den Papierkorb. Nicht einmal diese Berührung gönnte er ihm. Aber wenn das Bild aus Moskau eintraf, würde sich das ändern. Serikow hatte sich vorgenommen, beide Fotos — das von Katja und das von Andreas — nebeneinander auf eine Schießscheibe draußen auf dem Armeeschießstand zu kleben und dann beide mit Schüssen aus dem Präzisionsgewehr der sibirischen Scharfschützen zu durchlöchern.

Eine billige Rache, gewiß, aber Serikow glaubte, danach ruhiger zu werden.

»Es steht jetzt fest, daß die fehlenden Flugzeugräder von nomadisierenden Jakuten mitgenommen wurden«, meldete Krendelew eines Tages. Serikow blickte kaum hoch.

»Hat man sie gefunden?«

»Nein. Aber es gibt auch keine andere logische Erklärung.«

»Logik!« Serikow winkte ab. »Vermeiden Sie in Zukunft dieses Wort in meiner Nähe! Das Leben eines Menschen ist ein Sack voll Unklarheiten ...«

In Irkutsk machte dieser Satz schnell die Runde, und man begann, Serikow zu bedauern. Man wußte keine Erklärung, aber es war offensichtlich, daß der General gemütskrank wurde.

Und auch das meldete man nach Moskau ...

10

Es war fast wie bei ihrer Ankunft: Kyrill Jegorowitsch läutete zum Abschied die Glocke.

Benerian saß vor dem Haus auf einer freigefegten Bank, dick in einen Wolfspelzmantel vermummt, und winkte mit beiden Händen zum Abschied. Er begriff nicht, daß man ihn hier zurückließ, vielleicht für den Rest seines Lebens. Seine geistige Verwirrung hatte sich in den vergangenen Tagen wieder etwas abgebaut, er stand jetzt nicht mehr auf der Stufe eines Säuglings, sondern war bis zum Kleinkind hinaufgeklettert. Deshalb war er auch freundlich gegen jeden, hörte aufmerksam zu, was man ihm sagte, aber ob er es begriff, war nicht festzustellen.

Nur manchmal brach der alte Benerian durch, ganz kurz, für Sekunden, wie das Aufblitzen einer Detonation. Dann starrte er um sich, packte einmal sogar die Susskaja mit hartem Griff an den Arm und sagte: »Wer kann mir sagen, wo ich hier bin? Ich bin Hauptmann der Luftflotte, Makar Lukanowitsch Benerian. Wer sind Sie?«

Aber bevor man ihm eine Antwort geben konnte, sank das Feuer des klaren Denkens wieder in sich zusammen, und Benerian fuhr fort dümmlich vor sich hin zu grinsen.

Am Waldrand, dort, wo der Fluß sich in den ansteigenden Hang gesägt hatte, blieben Putkin, Andreas, Katja, Nadeshna und Morotzkij noch einmal stehen und blickten zurück auf die kleine Blockkirche, die Hütte, den Stall, den eingezäunten Garten und die aufgespannten Felle. Das Glöckchen aus Benzinfaßblech schepperte wie verrückt ... es war nicht zu überhören, daß Kyrill sein ganzes Herz an das Glockenseil hängte. Einen Abschied hatte es nicht gegeben, nicht die üblichen Brüderküsse, die Umarmungen, die Glückwünsche und was man so alles unternimmt, wenn Menschen sich in Frieden trennen. Kyryll war in die Kirche gelaufen und hatte sich dort verbarrikadiert. Er hatte Angst vor diesem Abschied, aber was er selbst nicht aussprechen wollte, das sagte er jetzt mit seiner Glocke.

»Eine Erlösung ...« sagte Putkin heiser. »Ich werde

das schreckliche Ding nicht mehr hören. Jeden Tag viermal das Gebimmel ... das zersägt den dicksten Nerv.«

Aber auch er blieb stehen und blickte zurück, auf die Skistöcke gestützt, den größten und schwersten Sack mit den Werkzeugen auf dem Rücken, die geflochtenen tungusischen Schneeschuhe an einem Strick um den Hals wie zwei riesige Amulette. Andreas und Katja trugen die Verpflegung, Nadeshna den ›Hausrat‹, zwei Töpfe, eine Pfanne, den Arztkoffer der Susskaja, die von Kyrill geschnitzten Holzbestecke und den Spieß zum Braten über dem offenen Feuer. Morotzkij hatte sich die ›Schlafzimmer‹ aufgeladen: Fünf Decken und für jeden ein Paar dicke Fellstiefel aus Bärenpelz. Kyrill hatte sie mitten in das Zimmer gestellt, als Abschiedsgeschenk, ehe er in seine Kirche flüchtete. Die Zeltplanen waren gleichmäßig auf alle verteilt. Man hatte eine Stunde darüber diskutiert, ob man nicht doch den Schlitten mitschleppen sollte, aber da der Weg am Flußufer entlang bergauf führte, ahnte man, daß es eine mörderische Quälerei werden würde, den Schlitten über alle Steigungen hinaufzudrücken oder hinter sich herzuziehen.

»Was ich brauche, packe ich mir auf«, sagte Putkin endlich. »Und auch Sie, Andrej, können noch etwas aufladen. Verhungern werden wir nicht. Der Wald lebt, uns rennen die Tiere fast in den Mund — und verdursten, das wäre absurd bei einer Welt voll gefrorenen Wassers. Aber Werkzeuge, Andrej, die regnet es nicht vom Himmel, und die kann man nicht schießen oder in Fallen fangen. Wir werden vielleicht einmal für jeden Nagel dankbar sein.«

Man packte also noch schnell um, nahm alles mit, was zur Arbeit brauchbar war, und Putkin klaute dem alten Kyrill eine der Äxte, die man in dem Schuppen gesehen hatte. »45 Jahre lang will er allein gewesen sein!« sagte Putkin. »Aber eine Werkstatt hat er wie ein Dorfschmied! Fischt man so etwas aus dem Fluß, he? Ein alter Gauner ist unser heiliger Mann!«

»Können wir uns endlich losreißen?« fragte Putkin jetzt. »Nadeshna, noch ein Gebetchen?«

Morotzkij legte den Arm um Nadeshna und drehte sie um zum Wald. »Komm ...«, sagte er mit einer Zärtlichkeit, die plötzlich allen ins Herz drang, sogar Putkin. »Komm, mein Täubchen ... im Süden ist es wärmer ...«

Es war eine dumme Rede, aber jeder verstand sie. Im Süden! Dort lag das Leben. Am Ende dieses Flusses, irgendwo, hörte die Taiga auf. Was dann geschehen würde, wußte niemand. Es lag eigentlich alles in Putkins Hand: Der heimliche Mörder und Verhaltensforscher Professor Morotzkij, die angesehene Lehrerin Nadeshna Iwanowna Abramowa, die heimlich eingeschmuggelte Bibeln verteilte und Priester in allen möglichen Verkleidungen und Berufen in die Dörfer schleuste, die Ärztin Jekaterina Alexandrowna Susskaja, die Arbeit und Vaterland verriet wegen eines Mannes, und der Deutsche Andreas Herr, der in diesen Strudel von Schicksalen hineingerissen wurde und mitschwimmen mußte.

»Verdammt!« schrie Putkin und knirschte mit seinen breiten Skiern durch den Schnee. »Ist hier denn keiner, der die verfluchte Glocke zum Schweigen bringt? Ich kann's nicht mehr hören!«

Er begann zu singen, blähte dabei die Brust auf und orgelte die Töne aus sich heraus, aber er übertönte das Scheppern der armseligen Glocke nicht. Erst als sie tief im Wald über den Schnee glitten, neben sich, wie in einer Schlucht, das jetzt zugefrorene Eisband des Flusses, wurde der Glockenton von der Stille der Taiga aufgesogen, wie alles hier in der Unendlichkeit von Himmel und Wald seinen Klang verlor und nur eines übrigblieb: Das weiße, erstarrte, herzergreifende Schweigen Sibiriens.

Es wurde ein höllischer Marsch.

Zehn Tage zogen sie am Fluß entlang, und jeder Tag verdoppelte die Qual. Immer ging es bergauf, nicht steil, sondern sanft und stetig, und das war es, was so zermürbte. Die Lasten auf dem Rücken krümmten die Körper nach vorn, die Lungen keuchten, Morotzkij begann wieder, schauerlich beim Atmen zu pfeifen, und hustete in den letzten drei Tagen fast bei jedem Schritt, blieb zurück, lehnte sich an die vereisten dicken Stämme und rollte mit den Augen.

»Semjon Pawlowitsch wird sich die Lunge auskotzen«, sagte Putkin am neunten Tag. »Ich kann ihm nicht helfen.«

»Ihr Tempo ist gemein, Igor Fillipowitsch.« Auch Andreas hatte Mühe, an Putkins Seite zu bleiben. Meistens liefen sie ein paar Meter voraus und brachen durch den hohen Schnee die Spur, auf der die anderen leichter dahingleiten konnten. »Morotzkij ist krank, das wissen Sie. Sein Körper ist geschwächt.«

»Langsamer als bisher geht's nicht.« Putkin wartete wieder, bis Morotzkij nachgekommen war. Er schwankte auf seinen Skiern wie ein Betrunkener. »Merken Sie nicht, wie's immer kälter wird? Wir müssen Kilometer fressen, Andrej! Was glauben Sie, was von uns übrigbleibt, wenn wir in die Zeit der Stürme hineingeraten? Hier oben gibt es menschliche Siedlungen, ich glaube jetzt fest daran. Woher käme sonst der wildernde Hund?«

Die Nächte reichten kaum aus, sich von der Erschöpfung des Tages zu erholen. Meistens suchten sie sich einen windgeschützten Hang, wo sie dann ihre Zeltplanen von Baum zu Baum spannten, den Schnee wegschaufelten, und da man überall unter dem Schnee Steine fand, konnte man sich jeden Abend einen kleinen Ofen bauen und das Holz verbrennen, das Nadeshna als zum ›Hausrat‹ gehörend auf dem Rücken mitschleppte. Armlange Scheite, die jeden Abend erneuert wurden. Das hatte Andreas übernommen. Er schlug mit der von Kyrill gestohlenen Axt dicke Äste ab, spaltete sie und legte sie zum Trocknen rund um den Ofen. Am Morgen waren sie dann trocken genug, daß man mit ihnen das nächste Abendfeuer entfachen konnte.

Wölfe hörten sie nur von ganz fern ... es war das langgezogene, klagende Heulen, das sich selbst dem Mutigsten schwer aufs Herz legt. Dafür scheuchten sie Hermeline und Marder in Massen auf, Schneehasen hoppelten vor ihnen her, und einmal überquerten sie die Fährte eines Luchses. Das sagte Morotzkij, als er die Abdrücke im Schnee untersuchte, und er mußte es ja wissen als Tierforscher.

Es waren stille, eisige und merkwürdig helle Nächte. Putkin schnarchte immer als erster, die Beine zum Feuer, den Kopf tief in den Wolfspelz gedrückt. »Die Beine sind das wichtigste«, sagte er und schlug vor, daß sich alle mit den Füßen zum Feuer schlafen legten. »Da darf nichts erfrieren. Leute, wir brauchen kein Hirn. Wir leben jetzt nur noch mit den Beinen. Denkt daran!«

In einer dieser Nächte wachte Andreas auf, weil er Katja nicht mehr neben sich spürte. Er hatte sich so an ihre Wärme und ihre glatte Haut gewöhnt, daß ihn jede Veränderung sofort weckte.

Katja Alexandrowna saß nahe an dem glimmenden Feuer, Kyrills Fellschuhe an den Füßen, eingewickelt in den langen Mantel aus Fuchspelz. Sie blickte in den gerippeähnlichen Wald und zuckte zusammen, als Andreas sie ansprach.

»Warum schläfst du nicht, Katjuschka?« fragte er.

Sie zog den Pelz dichter über den Kopf und lächelte ihn an. Es war ein wehmütiges Lächeln, so ganz anders als die blutvolle Kraft, die sonst am Tag von der Susskaja ausstrahlte.

»Du bist auch wach, Andruscha ...«

»Weil du nicht mehr neben mir liegst. Die Einsamkeit ist furchtbar, wenn du nicht da bist.«

»Sie werden mich einsperren, wenn wir aus der Taiga herauskommen ...«

»Wer wird dich einsperren?«

»Sie werden mich in ein Straflager verbannen. Nach Magadan oder Workuta — das wäre noch eine Auszeichnung. Das sind große, gut geführte Lager. Aber es gibt andere Straflager. Einsame vergessene Flecken auf der Karte Rußlands. Punkte, über die man sich schämt, als habe jemand Pflaumenkerne über eine weiße Weste gespuckt. Deshalb spricht man darüber nicht, es gibt sie nicht, diese Flecken, die aus Menschen ohne Hoffnung, ohne Zukunft, ohne Gnade bestehen. Dahin wird man mich bringen.«

»Warum denn?« Andreas schälte sich aus seinen Dekken.

»Weil ich dich liebe, Andrej ...« Sie drückte Andreas an sich, als er zu ihr hinkroch, öffnete ihren Pelz und schlang ihn dann wieder um ihn. Sein Kopf lag auf ihren Brüsten, und sie sprach über ihn hinweg, als erzähle sie für ein Kind ein Märchen.

Es war ein schreckliches Märchen.

»Wenn ich Glück habe, findet sich ein Psychiater, der mich für verrückt erklärt«, sagte sie. »Stell dir das vor, Andrej: Die Chirurgin Susskaja läuft aus ihrem Hospital davon, verrät damit ihr Vaterland, sabotiert die ärztliche Versorgung der Werktätigen, rennt einfach hinein ins Blaue, und das auch noch mit einem Deutschen, mit einem Kapitalisten, mit einem Parasiten aus einer verabscheuungswürdigen Gesellschaftsform! Es kann nicht anders sein ... Jekaterina Alexandrowna muß den Verstand verloren haben!«

»Und es ist keiner da, der sagt: Genossen, versteht ihr nichts von Liebe?«

»Nein! Niemand! Nicht bei mir ...«

Sie dachte an Waska Janisowitsch Serikow, der jetzt in Irkutsk in seinem einfachen Holzbett lag, eine Zigarette rauchte, vielleicht zweihundert Gramm Wodka trank und nicht verstehen konnte, daß eine Frau wie Katja Alexandrowna sich selbst in die Luft sprengte.

»Dann muß man es ihnen zuschreien, Katjuschka!«

»Wer will das tun? Du? Mein tapferer Liebling ... sie setzen dich in das nächste Flugzeug und fliegen dich über die Grenze, und wenn du dich wehrst, werfen sie dich über den Zaun wie einen faulen Apfel.« Sie begann, seinen Kopf zu streicheln, nicht zärtlich wie bisher, sondern hart, mit zitternden Fingern, plötzlich von der Angst vor der Zukunft überwältigt. »Daran denke ich, Andrej. Je weiter wir aus dem Wald herauskommen, um so näher sind wir dem Ende.«

»Man wird uns nie auseinanderreißen können, Katja.«

»Sie werden es können, Andrej.«

»Dann werde ich die Weltöffentlichkeit alarmieren. Zeitungen, Rundfunk, Fernsehen ...«

»Und was werden wir dann sein? Eine Tagessensation ... und morgen schon vergessen. Soll sich die Welt aufregen wegen zweier Menschen? Bekommen Ideologien einen Riß, weil sich ein Mann und eine Frau lieben? Andrej, wir sind ein lächerliches Nichts. Zwei Krümel, die man vom Tisch fegt, damit er wieder für das große Staatsessen sauber ist.«

»Und daran hast du nicht gedacht, als du meinetwegen Suchana verlassen hast?«

»Nein. Ich habe nur an dich gedacht. Ich habe nur dich gesehen. Ich habe mit klarem Sinn die Verrücktheit der Liebe in mir entdeckt. Bis zu diesem Tage wußte ich nicht, was es heißt, eine Frau zu sein. Ich war Ärztin, ich schnitt Leiber auf und nähte sie wieder zusammen, ich hielt Reden, stimmte in verschiedenen Komitees ab, wurde Mitglied der Partei, erhielt zwei Auszeichnungen, erfüllte meine biologischen Pflichten in einigen Betten. Aber dann sah ich dich, und ich wußte plötzlich, daß alles Leben bisher nur ein Schattentheater meiner wirklichen Persönlichkeit gewesen war. Und dann bin ich dir nachgelaufen ... ohne zu denken ...« Sie umklammerte seinen Kopf und atmete tief auf. »Mein Gott, warum reden wir soviel darüber? Andruscha, wir müssen von einem Tag zum anderen Tag leben, und wir müssen uns sagen: Jeder Tag ist ein neues Leben. Immer wieder ein neues Leben, immer wieder eine neue Liebe. Nur so halten wir es aus, Andrej, nur so ...«

Später lagen sie eng umschlungen neben dem Feuer, ihre Herzen hämmerten gegeneinander, und jeder dachte diesen fürchterlichen Satz, aber keiner wagte es, ihn auch auszusprechen: Gott im Himmel, laß die Taiga so unendlich sein wie unsere Liebe. Laß uns nicht wieder hinaus ...

Neben ihnen röhrte Putkin im Schlaf, Morotzkij pfiff beim Atmen wie eine angstvolle Haselmaus, und Nadeshna Iwanowna seufzte im Traum, weil sie ihre Beine um die knochigen Hüften von Semjon Pawlowitsch geschlungen hatte.

In dieser Nacht fiel das Thermometer auf 37 Grad Frost ...

II

Am sechzehnten Tag wurde Semjon Pawlowitsch Morotzkij wahnsinnig.

Das kam nicht plötzlich. Seit zwei Tagen kündigte sich die Katastrophe an, ohne daß jemand etwas dagegen tun konnte. Selbst die Susskaja war machtlos mit dem armseligen Inhalt ihrer Arzttasche, denn was nützt ein gut gepflegtes chirurgisches Besteck, wenn jemand den Verstand verliert? Man kann ihm doch nicht einfach den Kopf abschneiden!

Morotzkij veränderte sich erschreckend, als das bisher glatte Land mit dem Wald schroffer wurde, als man Höhen erklettern und Senken durchqueren mußte und der verdammte Fluß sich durch eine wahre Wildnis hindurchfraß, in der es sogar nackte, glatte Felsen gab, mächtige Steinbrocken mitten im Fluß, die das Wasser teilten, und Ufer voll Geröll und zernagten Hängen. Für Morotzkij bedeutete das, daß er um jeden Schritt kämpfen mußte, daß Meter um Meter das Gepäck auf seinem Rücken, diese fünf Decken und eine Zeltplane samt Schnüren und Stöcken, zu einem Berg anwuchs, den er wegschleppen sollte ... irgendwohin, in diese weiße Unendlichkeit hinein, in der es keinen Anfang und kein Ende gab. Sein Atem war wie eine Sirene. Eigentlich bestand dieser Mensch nur noch aus seinem pfeifenden Atem, der aus einem Mund entwich, der weit aufgerissen war und diesen totenkopfähnlichen Schädel völlig beherrschte.

Fünfmal setzte Katja Alexandrowna durch, daß man eine Sonderrast einlegte, und jedesmal behandelte sie Morotzkij mit einer lächerlichen Multivitamintablette, von denen sie eine Schachtel in der Arzttasche hatte.

Morotzkij schluckte sie geduldig, sagte höflich: »Meinen Dank, Katja Alexandrowna, meinen Dank ...«, ließ seinen Atem weiterpfeifen und fauchte seine geliebte Nadeshna an, weil sie zu weinen begann und unbedingt ein Feuer entfachen und etwas von Kyrill Jegorowitschs Kronsbeerentee kochen wollte.

So begann es also: Morotzkij schrie Nadeshna an, raffte sich dann wieder auf und schwankte den anderen nach, trat am fünfzehnten Tag gegen die Felsen, die am Flußufer den Weg erschwerten, boxte gegen herunterhängende Äste und heulte einmal, völlig ohne Grund, schaurig auf.

Jetzt, am sechzehnten Tag, zerbrach etwas in ihm.

Er schleuderte seinen Gepäcksack vom Rücken, riß sich die Fellmütze vom Kopf, warf den Wolfspelzmantel ab, entledigte sich mit zwei Tritten seiner Skier und rannte mit ausgebreiteten Armen auf das Eis des Flusses.

»Schluß! Schluß! Schluß!« schrie er dabei. »Macht doch ein Ende mit mir!«

Putkin und Andreas, die wieder vorausgelaufen waren, fuhren herum. Die Susskaja lag im Schnee, weil Morotzkij sie zur Seite gestoßen hatte, und Nadeshna Iwanownas Stimme überschlug sich, als sie rief: »Semjuscha! Bleib! Bleib!«

»Zurück!« brüllte auch Putkin. »Teufel auch, kann man sich nicht einfacher umbringen?!«

Morotzkij erreichte den schmalen freien Wasserstreifen nicht. Er glitt auf dem Eis aus, rutschte ein Stück mit herumfuchtelnden Armen und Beinen, sah aus wie ein großer, dürrer Käfer, der nicht mehr auf die Beine kommt und nun auf seinem Rücken verenden muß ... dann erst hörte man den markerschütternden Schrei, der nichts Menschliches mehr an sich hatte.

»Jetzt hat er sich die Knochen gebrochen ...«, sagte Putkin heiser und lehnte sich wie erschöpft gegen Andreas. »O Himmel, er hat sich die Knochen gebrochen ...«

Morotzkij lag auf dem Eis in einer seltsam verkrümmten Haltung wie eine aus den Gelenken gedrehte, abgenutzte, farblos gewordene Kinderpuppe. Nach seinem tierischen Aufschrei war er jetzt völlig still und stierte blicklos in den Schneehimmel, diesen grenzenlosen Himmel, der aus einer Milchglasscheibe zu bestehen schien, hinter der die Sonne glänzte. Er rührte sich auch nicht, als Putkin ihn als erster erreichte und neben ihm seinen schweren Sack mit den Materialien und dem Werkzeug abwarf.

»Sie Vollidiot«, schrie Putkin. »Will sich das Leben nehmen, das Professorchen! Wie denn, frage ich, wie denn? In den Fluß fallen? Der ist zugefroren, daß man ihn nur noch mit Bomben aufkriegt! Erfrieren? Welche Fantasielosigkeit! Jeder Strick ist besser als sich vereisen zu lassen!«

Nun waren auch Andreas und die Susskaja heran,

während Nadeshna oben an der Uferböschung kniete, laut weinend und zusammengebrochen vor Entsetzen und totaler Erschöpfung.

»Ich wage nicht, ihn anzurühren ...«, sagte Putkin unsicher, als die Susskaja sich über Morotzkij beugte. »Katja Alexandrowna, wie er daliegt — kann man sich wirklich alle Knochen auf einmal brechen?«

»Er hat sich zweimal überschlagen.« Andreas packte Morotzkij an der Schulter und wollte ihn auf den Rükken drehen. Ein tiefes Stöhnen war die Reaktion. Die Susskaja tastete vorsichtig die Beine ab und drückte und zog mal dort, mal da, und immer brach aus Morotzkijs Brust nichts anderes als dieses dumpfe, gurgelnde Stöhnen. Auch sein Blick veränderte sich nicht ... es waren Augen wie aus Glas, von keinem Gefühl durchleuchtet.

»Beide Beine ...«, sagte Jekaterina Alexandrowna und richtete sich auf. »Beide Beine ...«

»Gebrochen?« Putkin wischte die Eiskristalle aus seinem Bart, die sich beim Atmen gebildet hatten.

»Ja. Mehrmals. Er muß Knochen haben, so morsch wie ein ausgetrockneter Baum. Es ist ein Wunder, wie dieses Gerüst den dreißig Pfund schweren Sack getragen hat.« Sie blickte Putkin fordernd an. »Soll er hier liegenbleiben?«

»Was sonst?« knurrte Putkin.

»Igor Fillipowitsch, wir hätten Sie auch erfrieren lassen können, als Sie Kyrill Jegorowitsch aus dem Wasser holten.«

»Das war etwas anderes. Da hatten wir ein Haus, einen herrlichen warmen Ofen, und ich bin nicht aus Idiotie in den Fluß gesprungen.« Putkin bemühte sich, Morotzkij nicht anzusehen. Oben an der Böschung sammelte Nadeshna jetzt Morotzkijs weggeworfene Kleidung ein und rutschte den Abhang hinunter auf das Eis. »Wie stellen Sie sich das vor, Katja? Benerian war schon eine Last, aber er konnte, wenn es darauf ankam, wenigstens laufen. Sollen wir Semjon Pawlowitsch tausend Werst auf dem Rücken mitschleppen?«

»Wollen Sie ihn auf dem Fluß verrecken lassen?« schrie die Susskaja zurück. Ihr schönes, vom Geheimnis Asiens und Europas klarer Nüchternheit geprägtes Gesicht wurde rot vor Zorn. Nadeshna warf sich neben Morotzkij auf das Eis, umklammerte ihn, zog seinen Kopf an ihre Brust und streichelte ihn. »Mein Liebling«, wimmerte sie dabei. »Mein armer Liebling. Hörst du mich? Ich bin bei dir. Naduschka ist da. Mein Liebling ...«

»Sie würden zwei Menschen töten, Putkin«, sagte Andreas hart.

»Das ist eine gute Rechnung. Wir drei schaffen es, aus der Taiga herauszukommen.«

»Und ausgerechnet Sie halten Vorträge über Kommunismus! Über Kameradschaft. Über Brüderlichkeit!« Die Susskaja riß Nadeshna die Fellkleidung Morotzkijs aus den Händen, schob sie zwischen den verkrümmten Körper und das Eis und deckte den Rest über den fast nackten Leib. »Sie elender Schwätzer!« sagte sie dabei. »Sie widerliches Großmaul! Sie Phrasenposaune! Los, ziehen Sie weiter! Nehmen Sie Ihr Bündel und dann ab! Der Teufel, den Sie als einzigen anerkennen neben Marx und Lenin, soll Sie dahin führen, wohin Sie gehören! Fort mit Ihnen, Putkin!«

»Allein?« fragte Putkin und knirschte mit den Zähnen. Sein breites, wildes Gesicht unter dem Bartgestrüpp verzerrte sich häßlich.

»Natürlich allein! Wir bleiben bei Semjon Pawlowitsch.«

»Hier? Auf dem Fluß? So kalt ist es doch noch nicht, daß alle Gehirne einfrieren?« brüllte Putkin.

»Wir werden Morotzkij ans Ufer tragen, unser Zelt aufbauen und abwarten. Komm, Andrej ... faß ihn vorsichtig unter den Schultern. Ich hebe ihn an den Beinen.« Die Susskaja stieß mit dem Ellenbogen Putkin zur

Seite. Es war ein heftiger Stoß genau in die Magengrube, und Putkin grunzte laut wie ein hungriger Bär. »Zur Seite, sag ich! Nadeshna, leg beide Hände unter Knie und Oberschenkel. Ganz vorsichtig. Und wenn Semjon brüllen sollte ... hör es nicht. Nimm die Hände nicht weg!«

Sie hoben Morotzkij ganz vorsichtig vom Eis, und es zeigte sich, daß selbst morsche Knochen schwer sein können, denn als sie ihn hoch hatten, war er schwerer, als alle vermutet hatten. Er hing in der Mitte durch, Katja hatte alle Mühe, die gebrochenen Beine abzustützen, Nadeshna schob ihre Arme unter die Oberschenkel, und auf Andreas lastete das gesamte Gewicht.

Putkin atmete schwer und stieß die Atemwolken von sich wie eine Dampfmaschine. Er rang mit sich, war zutiefst beleidigt von Katjas Worten, aber als er sah, wie sich die drei abmühten, das zerbrochene Gerippe wegzuschleppen, sagte er einige unanständige Worte über gefühlsduselige Weiber und Männer, die nur unter Weiberröcken leben können, faßte dann Nadeshna an den Schultern, zog die Widerstrebende weg und griff selbst zu. Seine breiten Hände waren wie eine Trage ... Morotzkij lag auf ihnen bequem und schmerzfrei. So erreichten sie wieder das Ufer. Nadeshna breitete eine Decke über den trockenen Schnee, und vorsichtig ließen sie Morotzkij nieder zur Erde.

»Danke ...«, sagte die Susskaja, als Morotzkij so gut gebettet war, wie es im Augenblick möglich war. »Lassen Sie sich nicht aufhalten von vereisten Gehirnen. Gute Wanderschaft, Igor Fillipowitsch.«

»Wie soll es weitergehen?« fragte Putkin und schluckte den neuen Angriff.

»Andrej wird Knüppel schlagen, aus denen wir Schienen machen. Ich werde die Brüche so gut einrenken, wie ich kann ... dabei kann mir nur mein Tastgefühl helfen. Sagen Sie bloß nicht, Putkin: Wozu sind Sie Arzt! Wir leben noch nicht in einer Zeit, in der jeder

Arzt ein tragbares Röntgengerät in der Tasche mit sich führt.«

»Ich schneide die Schienen«, sagte Putkin. »Wie lang und wie viele?«

»Sie verschleudern ein paar wertvolle Stunden, Putkin. Marschieren Sie endlich los!« Die Susskaja holte aus ihrem Tragesack ihren Arztkoffer, Andrej grub die Axt aus Putkins Gepäck.

Putkin wandte sich ab. Er riß Andreas die Axt aus der Hand und wies auf die weggeworfenen Packsäcke. »Schlagen Sie das Zelt auf. Mit der Axt kann ich besser umgehen als Sie. Es ist eine alte Weisheit: Verrückten soll man nicht widersprechen.«

Nach einer Stunde hatten sie das kleine Notlager eingerichtet. Das Zelt stand, unter einem Leinwandsegel lag Morotzkij auf drei Wolfspelzen und wartete auf die ärztliche Kunst der Susskaja. Sein Anfall war vorüber — er erkannte seine Umwelt wieder, ergriff Nadeshnas Hände und hielt sie fest umklammert.

»Warum laßt ihr mich nicht sterben?« stotterte er. »Warum hindert ihr mich daran? Es wäre doch alles so einfach gewesen ...«

Er fror, daß seine Zähne klapperten. Weil er bis zu den Hüften entblößt dalag, breitete Nadeshna eine Dekke über ihn, kroch darunter und wärmte ihn mit ihrem Körper. Putkin war zurückgekommen, dicke und dünne Äste zu einem Bündel verschnürt, legte das Holz um das armselige Feuer, das Andrej entfacht hatte, und ließ die Knüppel auftauen. Dann spaltete er sie, schabte die Rinde ab und drehte sie über den Flammen, um den Frost aus dem Inneren des Holzes zu vertreiben und es zu durchwärmen.

»Kann man's so gebrauchen, Katja Alexandrowna?« fragte er zahm. »Ich habe es erwärmt. Wenn Sie wollen, schnitze ich sogar ›Mit Gottes Hilfe‹ hinein.«

»Weitaus wichtiger ist, wie wir Semjon Pawlowitsch betäuben.« Die Susskaja hatte eine Decke in Streifen geschnitten und rollte sie als Verbände zusammen.

»Der Schmerz wird ihn umwerfen, Katja.«

»Aber vorher wird er brüllen, daß der Schnee von den Bäumen fällt.«

Putkin ging hinüber zu Morotzkij. Er verkniff sich eine Bemerkung über Nadeshna als Wärmflasche, hockte sich neben Morotzkijs Kopf und zeigte ihm einen kurzen, aber daumendicken Ast.

»Gleich geht's los, Semjon Pawlowitsch«, sagte er. Nadeshna starrte ihn an ... der väterliche Ton seiner Stimme verwirrte sie. »Gebrochene Knochen einzurichten, das ist eine gemeine Sache. Ich könnte Ihnen auf die Nuß schlagen, aber dann hätten Sie zusätzlich einen Schädelbruch, und Katja Alexandrowna, dieses wahre Teufelchen, bringt mich noch heute um. Stecken Sie sich den Knüppel zwischen die Zähne. Beißen Sie darauf, wenn Sie brüllen müssen. Es klingt verrückt — aber es hilft. Wir mußten einmal — oben bei Wjerchnje Kolymsk war es — einem Bohrarbeiter die zerquetschte Hand amputieren. Ein Feldscher und ich. Bis zum Lagerarzt war's zu weit, da hätte er die schönste Blutvergiftung gehabt ... also einen Ast ins Maul und losgeschnitten. Der Kerl hat drei Scheite aufgefressen, aber nicht gebrüllt. Können Sie das auch, Professor?«

»Ich will's versuchen, Igor Fillipowitsch.« Morotzkijs Augen trübten sich vor Angst ein. Nadeshna begann, sein knochiges Gesicht zu streicheln, und flüsterte ihm zärtliche Worte ins Ohr. Es war nicht sicher, ob er sie überhaupt verstand oder nur noch an die kommenden Schmerzen dachte.

Die Susskaja kam unter das ausgespannte Zeltdach, mit entblößten Armen und geröteter Haut. Sie hatte die Hände und Arme über dem Feuer erwärmt und bewegte jetzt die Finger, als spiele sie auf einem Klavier, das in der Luft hing. Morotzkij starrte ihr entgegen, als sei er verurteilt worden, von ihr geschlachtet zu werden.

»Muß das sein?« fragte er heiser.

»Wollen Sie lernen, auf den Händen zu gehen, Semjon Pawlowitsch?«

»Opfern Sie einen Schuß für mich, Katja.«

»So einen Blödsinn müssen Sie gerade einem Arzt sagen!«

»Ich werde nie wieder laufen können. Warum sprechen Sie es nicht ehrlich aus? Ich bleibe ein Krüppel.« Er legte den Arm um Nadeshna, die noch näher an ihn herankroch. »Ihre Arbeit ist eigentlich Dummheit, Katja. Sie bringen mich nur wieder auf die Beine, um mir die Möglichkeit zu geben, auf andere Art Schluß zu machen. Das nächste Mal hänge ich mich auf.«

»Bei Ihrem Pech wird der Strick reißen«, sagte Putkin roh.

»Oder ich stürze mich von einem Baum.«

»Dazu müßten Sie ihn erst erklettern. Mit diesen Knochen schaffen Sie das nie.« Putkin hielt das Aststück hin. »Für Sie wird's immer schwerer, Schluß zu machen. Los, nehmen Sie das Holz zwischen die Zähne!«

Er drückte Morotzkij den Ast in den Mund und schlug die Decke zurück. Nadeshna rutschte nach oben und umfaßte Morotzkijs Kopf. Seine Augen stierten sie an, und alle Qual eines Menschen lag in diesem Blick. Vom Feuer kam Andreas. Er brachte die angewärmten Schienen und die Deckenstreifen.

»Haltet ihn fest ...«, sagte die Susskaja mit dunkler Stimme. »Andrej, du die Arme. Igor, Sie sorgen dafür, daß der ganze Körper still liegt.«

»Er wird daliegen wie ein kalter Pfannkuchen.« Putkin legte sich über Morotzkij mit seinem ganzen gewaltigen Gewicht, und es wäre wirklich etwas Unerklärliches gewesen, hätte Morotzkij sich darunter noch rühren können. »Stell dir vor«, sagte Putkin grinsend, »ein Klasseweib läge auf dir, Professorchen. So eine blonde, stämmige Kuh aus der Schwarzen Erde.«

»Das ist unmöglich, wenn ich Sie ansehe, Igor...«, stammelte Morotzkij. »Mein Gott, wann fängt sie an...«

»Sofort...«

Morotzkij wollte noch eine Antwort geben, aber ein Schmerz, der wie ein Blitz durch seinen Körper zuckte, verschlug ihm die Stimme. Er biß auf das Holzstück, seine Zähne gruben sich knackend hinein, der fürchterliche Schrei, der hinauswollte aus diesem gepeinigten Körper, dieser Schrei zerschellte an dem kleinen Stück Ast, das wie ein Riegel den Ausgang verschloß.

Der zweite Schmerz, der dritte ... und dann nur noch Schmerz, höllisches Feuer in allen Adern, die Schwelle des Erträglichen zertrümmernd, Schmerzen, die kein Nerv mehr aufnehmen konnte... Morotzkij bäumte sich auf, er schaffte es, Putkins gewaltigen Körper mit einem wilden Ruck hochzuschleudern und Nadeshnas Hände, die seinen Kopf umklammerten, beiseite zu reißen.

»Ah!« schrie er dumpf, das zerbissene Holz noch immer zwischen den Zähnen. Speichel, durchsetzt mit Blut und Holzsplittern, floß aus seinen Mundwinkeln, die Augen quollen aus den Höhlen ... »Ah! Ah!« Und die Susskaja hörte man keuchen, sie arbeitete gegen die Zeit, gegen diese alles zerstörenden Schmerzen, sie tastete die Brüche ab, zog und bog, streckte und fügte zusammen, nur auf ihre Finger kam es jetzt an, auf dieses Tastgefühl, auf dieses Wissen, daß die verdammten zerbrochenen Knochen jetzt wieder aufeinander saßen, Bruchstelle auf Bruchstelle, und die Beine wieder gerade wurden. Dann mußte sich neuer Kallus bilden, diese segensreiche Brücke zwischen den Frakturspalten, die den Knochen wieder zu einer massiven Einheit machte.

Andreas reichte die Schienen an, wischte Katja den strömenden Schweiß vom Gesicht, half ihr, das rechte Bein auf der Schiene zu umwickeln, legte dicke Äste um das Bein wie einen Knüppeldamm und warf sich dann wieder auf Morotzkij, um die um sich schlagenden Arme festzuhalten.

»Das erste Bein ist fertig«, keuchte er.

Putkin nickte. »Eine Seite ist repariert!« schrie er Morotzkij in das verzerrte, schweißnasse Gesicht. Er zog den zerbissenen Ast aus den Zähnen, und sofort stieß Morotzkij einen gellenden Schrei aus. Er riß den Mund weit auf, aber ehe er zum nächsten Schrei ansetzen konnte, lag bereits der neue Knüppel zwischen den Zähnen. Er hieb mit aller Wucht die Kiefern zusammen und biß sich wieder in dem Holz fest.

Das zweite Bein. Es knackte deutlich, als die Susskaja die Bruchenden auseinanderzog und dann wieder einrichtete. Selbst Putkin fuhr es kalt über den Rücken, er legte den massigen Kopf auf Morotzkijs Brust und hätte ihm nicht übelgenommen, wenn er den Himmel herabgebrüllt hätte.

Aber Morotzkij schwieg. Er lag ganz ruhig, und als Putkin verwundert den Kopf hob, blickte er in verdrehte Augen und ein entspanntes Gesicht. Nur die Nasenflügel zitterten unter dem Atem, ein Beweis, daß Morotzkij lebte.

Putkin drehte seinen Kopf zurück. Er sah die Susskaja mit der Schiene beschäftigt. Sie war vor der Brust entblößt, als habe jemand sie vergewaltigt und ihr die Kleidung aufgerissen. Sie dampfte in der kalten Luft ... um sie herum schwebte ein Nebel gefrierenden Schweißes.

Putkin löste sich von Morotzkij, hockte sich auf den Wolfspelz und wischte sich mit beiden Händen über das behaarte Gesicht.

»Haben Sie keine Angst, Andrej?« fragte er keuchend.

»Vor wem?«

»Vor dieser Frau! Vor diesem Höllenweib! Wie es die Knochen krachen läßt! Ich könnte mir denken, daß sie einem das Rückgrat zerbricht, wenn man im Bett nicht so will wie sie.« Er schneuzte sich, indem er ein Nasenloch zuhielt und durch das andere den Schleim hinausblies. »Ich würde mir darüber Gedanken machen, Andrej.«

Am Abend hatten sie das Lager soweit ausgebaut, daß man es hier für einige Tage aushalten konnte. Wie Roboter hatten Putkin und Andreas stundenlang geschuftet, ohne eine Pause, nur ab und zu unterbrochen durch ein paar Züge an Zigaretten, die sie aus Zeitungen und dem vom Popen Kyrill angebauten Tabak drehten. Sie hatten einen Haufen Holz geschlagen.

Überhaupt der Tabak und die Zeitungen! Der Tabak stank bestialisch, und selbst Putkin hatte Mühe, die ersten Zigaretten von Kyrill zu verdauen. »Als wenn man gekörnte Pisse raucht«, schrie er den Popen damals an, der zufrieden an seiner geschnitzten Pfeife saugte. »Baut einen Tabak an, von dem die Därme zerfressen werden.«

»Dann rauch ihn nicht, mein Söhnchen«, hatte der fromme Kyrill Jegorowitsch geantwortet. »Danke Gott, daß er überhaupt in meinem sibirischen Gärtchen Tabak wachsen läßt. Schon das ist ein Wunder.« Und Morotzkij, der immer und überall sein professorales Wissen herauskehren mußte, bestätigte es ihm. Er behauptete, das sei der einzige Tabak, der in dieser nördlichen Lage gedeihe.

Schließlich gewöhnte man sich an den beißenden Gestank des Qualmes, am vierten Tag rauchte man den Tabak, als sei er beste orientalische Ware. Dafür begann der Kampf um die Zeitungen. Putkin, wer sonst, hatte sie in dem Verschlag entdeckt, in dem Kyrill seine Vorräte lagerte. Ein kleiner Stapel, keiner wußte, warum der Pope sie aufhob, sie nützten hier nichts, was macht man mit einer Zeitung in der Taiga, vor allem, wenn man den Tabak aus einem Pfeifchen raucht?

Aber Kyrill brüllte los, als Putkin mit drei Ausgaben der ›Prawda‹ unter dem Arm erschien, als habe er ein

Diamantenlager geplündert. »Alles vernichtet er, alles!« schrie Kyrill. »Dieser Mensch ist eine Strafe des Himmels!«

»1926 ...«, sagte Putkin und faltete die Zeitungen auseinander. »Seht euch das an! Von 1926! Daraus drehe ich mir jetzt ein Zigarettchen. Eine historische Papyrossi! Da trug mein Mütterchen noch Zöpfe und verteilte Flugblätter der Partei unter die Dorfgenossen. Mein Vater lernte Traktorist und trug am 1. Mai die rote Fahne. 1926 ... Kyrill Jegorowitsch, wie sah Rußland damals aus? Wie konnte damals, in den Jahren des bitteren Aufbaus, ein Mensch wie du Priester werden? Eine nationale Schande! Hat Muskeln wie ein Ochse, und benutzt sie zum Beten! Man sollte dich anspucken!«

»Die Zeitung her!« schrie Kyrill wieder. Und wie so oft in diesen Tagen standen sie sich wieder gegenüber, bereit, aufeinander einzuschlagen und doch wissend, daß keiner gewinnen würde.

»Gu[illegible] schneide dir die Ränder ab ...«, sagte Kyrill endlich. »Die Ränder sind breit genug und unbeschmutztes Papier. Lasse mir den Text ...«

Darauf einigte man sich. Kyrill schnitt mit einem spitzen Messer die Ränder von den Zeitungen, und Putkin steckte die Streifen ein. Jetzt aber zeigte sich, daß er den Alten doch bestohlen hatte. Er zog aus seiner Fellhose eine zusammengefaltete ganze Zeitung und wedelte mit ihr vor Andreas' Augen.

»Eine mehr oder weniger merkt er nicht«, lachte er breit. »Und ich habe die doppelte Freude ... eine gute Papyrossi und eine Lektüre, wenn mir eure Gesichter zum Kotzen werden. Man muß sich bilden, Andrej. Wissen Sie, was 1926 los war?«

»Bei uns war Hindenburg Reichspräsident, und Stresemann führte seine Locarno-Politik durch. Deutschland kam in den Völkerbund ...«

»Bravo, Andrej! Und in Rußland?« Putkin starrte in den trüben Himmel und sog an seiner dicken Zigarette.

»Lenin war tot, Stalin sein Nachfolger. Man kaute an der Theorie des ersten Fünfjahresplanes. Ein Mistjahr, Andrej. Rußland hungerte sich die Seele aus dem Leib, nichts klappte richtig, die bolschewistische Idee ging nur langsam in die Gehirne.« Er hob die Zigarette hoch und betrachtete sie lange. »Und das rauchen wir jetzt. Das Jahr 1926! Welch ein Gefühl, Andrej ...«

Am Abend hatte man gegen den Schnee und den leisen Wind eine Art Zaun aus Holz und Zweigen gebaut und das Zelt sowie die aufgespannte Plane damit abgeschirmt. Man merkte es sofort ... die Wärme des Feuers blieb hängen und verflog nicht mehr in der Weite der Taiga. Es wurde fast gemütlich, wenn man zwischen der Holzwand und dem Feuer saß, draußen die Gerippe der Bäume sah, die eisbedeckten Stämme, den Schnee und den zugefrorenen Fluß. Morotzkij schlief, völlig erschöpft von den heruntergeschluckten oder ins Holz gebissenen Schmerzen, Nadeshna kochte wieder und braute aus den mitgeschleppten Dingen eine Wundermahlzeit, wie die mit Gemüse gefüllten Blinis, deren Duft aus der brutzelnden Pfanne für Putkin fast einen erotischen Reiz bekamen.

Und noch etwas brachte Putkin heran. Mit Andrej hatte er einen dicken Baum umgehackt, eine mörderische Arbeit, denn bis man das Beil ein paar Zentmeter in den gefrorenen Stamm getrieben hatte, verging fast eine Stunde. Dann, als kapituliere der Baum resignierend, ging es schneller... er schrie mit einer fast menschlichen Stimme, als er endlich umfiel. Das dickste Stück dieses Stammes, zwei Meter lang, sägten sie ab und hieben der Länge nach eine flache Höhlung, als wollten sie so wahnsinnig sein, jetzt mit dem Bau eines Einbaumes zu beginnen.

»Was soll das?« fragte Andrej. Er spürte seinen Rükken schon nicht mehr, kniete verkrümmt im Schnee und hatte Angst, sich aufzurichten. Mein Rückgrat wird durchbrechen, dachte er. Dieser Putkin ist kein Mensch mehr, er ist eine alles verändernde, alles in sich hineinfressende Maschine.

»Ein Ofen, Genosse Deutschland«, sagte Putkin und hieb weiter auf den Stamm ein.

»Dieser Baum?«

»Ein sibirischer Ofen. Von tungusischen Jägern habe ich das gelernt.«

Sie trugen den Stamm zum Lager, legten ihn neben das Feuer, und Putkin begann, die Aushöhlung mit massiver Glut aufzufüllen, legte Zweige darüber und freute sich wie ein Kind, als der ganze Stamm in seiner Rinne aufflammte.

»In zwei Tagen ist er durchgeglüht«, sagte er und rieb sich die Hände. »Dann können wir uns an ihm wärmen wie auf einer Ofenbank.«

»Wir sollten eine Hütte bauen, Igor Fillipowitsch«, sagte die Susskaja. Sie betrachtete Putkins sibirischen Naturofen mit Skepsis. »Das hier ist kein vorübergehender Aufenthalt.«

»Was nennen Sie nicht vorübergehend, Katja Alexandrowna?«

»Morotzkijs Beine werden drei Monate brauchen, bis sie wieder fest sind.«

»Unmöglich!«

»Wenn die Kallusbildung gering ist, noch länger.«

»Hier können wir keine drei Monate bleiben, Katja«, sagte Putkin ernst. »Ein paar Tage, ja. Das ist kein Platz für eine lange Dauer. Der große Frost steht noch aus. Und wenn ein starker Wind kommt — Nadeshnas Gott möge das verhüten —, bläst er uns auf den Fluß! Wir müssen weiter ...«

Sie sahen einander an, und da jeder wußte, was der andere dachte, sagten sie nacheinander nur: »Nein!«

»Wer bleibt bei Morotzkij?« fragte Putkin heiser.

»Alle, bis auf Sie«, antwortete Andreas.

»Sie bringen sich damit selbst um!«

»Ist das Ihr Problem, Igor Fillipowitsch?«

»Ich hasse Dummheit. Und das hier ist schon Blödsinn.«

»Es hindert Sie keiner, wegzugehen.« Andreas zeigte hinüber in den abendlichen Wald. »Bitte, die Taiga steht zu Ihrer Verfügung. Wir werden zusammenstellen, was Sie mitnehmen, und Ihnen dann viel Glück wünschen.«

»Man sollte eure Köpfe gegeneinanderschlagen, damit die Dummheit herausfließt«, sagte Putkin, ging um seinen sibirischen Ofen herum, setzte sich auf die andere Seite und begann, sich eine neue Zigarette zu drehen.

12

An diesem Tag wurde in Irkutsk offiziell die Suche nach den vermißten Passagieren eingestellt.

Noch einmal hatte es General Serikow durchgesetzt, daß man die Flugzeugtrümmer durchwühlte und alles aus dem Schnee freischaufelte, als grabe man nach kostbaren Altertümern. Er fand noch einiges, was Jekaterina Alexandrowna gehörte, und er fand auch die Aktentasche des Deutschen Andreas Herr. Sie war mit technischen Papieren gefüllt, Tabellen, Zeichnungen, Fotos von Bergwerksmaschinen, Förderbändern, Abräumhobeln, Berichte und Stenogramm-Protokolle über die Besprechungen mit den sowjetischen Grubendirektoren.

Serikow warf alles weg und behielt nur ein Foto, das ein Straßenfotograf in einer Stadt — vermutlich Moskau — aufgenommen hatte. Es zeigte eine alte russische Kirche — war es das Kloster Jagorsk? — und davor einen kräftigen blonden Mann mit fröhlichen, jungenhaften Augen. Er lachte in die Kamera. Ein Bild voller Freude und Lebenslust.

»Das bist du ...«, sagte Serikow und betrachtete das

Foto lange. »Du hast erreicht, daß Katja wegläuft. Wie hast du das erreicht? Mit deiner Jugend? Mit deinem Lachen? Mit deiner verdammten Siegessicherheit? Mit deinem verfluchten deutschen: ›Da bin ich, der Größte!‹? War es so, Katjuschka?«

Er spürte wieder das Brennen in seinen Kriegsnarben, und die Erinnerung an den damaligen Haß kam zurück. Er hatte geglaubt, das alles überwunden zu haben — die deutschen Jagdflugzeuge, die sich wie Riesenhornissen auf die zurückflutenden Kolonnen stürzten und in deren Kugelhagel auch sein Vater liegenblieb. Oder die Beschießung von Minsk. Nichts Erschütterndes, verglichen mit dem, was der Krieg später noch an Zerstörung brachte ... aber schon diese eine Granate war zuviel, die seine Mutter und seine einzige Schwester auf der Straße erreichte. Was man später beerdigte, waren nur einige gesammelte Fleischfetzen. Er hatte sich ehrlich bemüht, zu vergessen, daß die Deutschen seine ganze Familie ausgelöscht hatten. Die Serikows standen nicht allein, Millionen war es so ergangen, auch in Deutschland, wo später in einer einzigen Nacht mehr Menschen unter den Phosphorbomben verbrannten, als Panzerschlachten an der Front Verluste bei den Soldaten hinterließen. Der Krieg, auch wenn man ihn den Großen Vaterländischen nannte, war eine Erinnerung, auf die kein Volk stolz sein konnte, und er hatte Jahre gebraucht, dieser General Serikow, um das einzusehen. Jetzt aber brach der Haß wieder in ihm auf, und das Wort Deutsch wirkte wie ein Angriffssignal.

Serikow machte seinen Plan wahr: Er fuhr hinaus auf den Militärschießplatz, schnauzte die Wachen an, erreichte, was ausdrücklich verboten war, nämlich, daß niemand, auch ein General nicht, ohne Aufsicht schießen darf, spannte Katjas und Andreas Herrs Fotos in den Zielkartenrahmen und lud seine schwere Armeepistole.

Dann zielte und schoß er ... ruhig, mit der linken

Hand die rechte abstützend, über Kimme und Korn genau die Köpfe im Schußfeld, krümmte langsam den Finger, preßte die Lippen zusammen, zog durch und fing den Rückschlag auf, wie er es gelernt und in 33 Jahren geübt hatte, zielte und schoß noch einmal, ein drittes und ein viertes Mal, schoß das ganze Magazin leer, mit der gleichen eisigen Ruhe wie beim ersten Schuß.

Erst dann drückte er den Hebel, die Schießscheibe fuhr heran, und er nahm die Fotos aus dem Rahmen.

Er war zufrieden. Jeder Schuß in den Kopf. Von Katjas Augen waren nur Löcher übriggeblieben. Andreas Herr erkannte man nicht mehr ... er war ein Mensch ohne Gesicht.

Serikow steckte die Fotos ein, verließ den Schießplatz, fuhr zurück in seine Dienststelle und steckte die zerschossenen Bilder in einen silbernen Rahmen. So fand ihn Krendelew, sein Adjutant ... betrunken, mit dem Kopf auf der Schreibtischplatte, die Hände um den Bilderrahmen gelegt.

Haß ist der Wein des Teufels, sagen die Tataren.

General Serikow wurde noch an diesem Tag in ein Krankenhaus gebracht und in einen Heilschlaf versenkt.

13

Es war warm am Feuer, und der leise, gemeine Wind war auch eingeschlafen.

Putkins sibirischer Ofen funktionierte noch nicht ... die Glut fraß sich zwar weiter durch den Stamm, es qualmte fröhlich aus den Abzügen, die Putkin gebohrt hatte, aber der Stamm strömte noch keine Wärme aus. Man spürte sie nur, wenn man sich mit dem Rücken dagegen lehnte.

Genau das tat Putkin, als mitten in der Nacht Katja

und Andreas aus dem Zelt krochen, weil sie Putkin vermißten. Nadeshna schlief natürlich bei Morotzkij. Unter Fuchs- und Wolfspelzen, wie eine dicke haarige Kugel, lagen sie, und trotzdem klapperte Morotzkij im Schlaf mit den Zähnen. Seine Nerven konnten die Schmerzen nicht vergessen und rebellierten noch.

»Warum kommen Sie nicht ins Zelt, Igor Fillipowitsch? Solange Sie noch bei uns sind, ist das auch Ihr Haus«, sagte Andreas.

»Zu freundlich.« Putkin drehte knurrend den dicken Schädel. Daß er fror, konnte man nicht sagen, es schien im Gegenteil, als koche er wie ein kurz vorm Platzen stehender Dampfkessel. In seinem Mundwinkel hing eine dicke Wurst, eine überdimensionale Papyrossi, aus der er den beißenden Rauch paffte und mit einem Geräusch von sich stieß, als fluche er jedem Atemzug hinterher. »Sind Sie fertig?«

»Was soll das heißen?«

»Bin ich eine taube Nuß? Alle Tiere sind schon geflüchtet, so laut ist Ihre Heckerei. Ein Eber ist dagegen ein flüsternder Kavalier. Ha!« Er drehte sich wieder um und beschäftigte sich mit der Zeitung. Prawda von 1926. Die Wahrheit. Was sie 1926 an Wahrheiten verbreitet hatte, schien Putkin sichtbar zu erregen. »Ich platze!« sagte er laut.

»Vom Zuhören?« fragte die Susskaja giftig.

»Kommen Sie her!« Putkin winkte mit der Zeitung. Er saß am Feuer, und das gab genug Licht, um sie ohne Mühe lesen zu können. »Ich möchte zurück zu Kyrill Jegorowitsch und ihm den Schädel einschlagen.«

»Schmeckt die Prawda nicht?« fragte Andreas. »Ich habe mir sagen lassen, die Istwestija solle besser schmecken ... würziger, nicht so sehr nach Zellulose.«

»Ihre dämlichen Witze sind alt, Andrej. Kommen Sie her, Sie auch, Katja Alexandrowna. Unser heiliges Väterchen Kyrill ist ein ganz großer Gauner, hab' ich's nicht gleich bei seinem Anblick gesagt?! 45 Jahre Einsiedler wegen Gott … alles Schwindel. Ich kann es Ihnen beweisen …«

»Mit der Wahrheit von 1926 …«, sagte Andreas fröhlich.

»Jawohl, mit ihr!« schrie Putkin. »Warum hat der Alte so getobt, als ich das harmlose Blättchen fand? Warum wohl? Er raucht doch eine Pfeife, und den Hintern läßt er im Wind trocknen. Nein! Hier steht es. Unter ›Meldungen aus dem Komitee zur Bekämpfung der Konterrevolution‹.«

»Noch 1926?« fragte Andreas.

»Eine große Idee braucht eben Zeit, ehe sie überall begriffen wird. Kann ich endlich vorlesen?«

»Fangen Sie an, Igor Fillipowitsch«, sagte die Susskaja. Sie hüllte sich und Andreas in eine Decke und lehnte sich gegen den warmen Baumstamm. Putkin faltete die Zeitung so, daß der Artikel oben stand, hustete kräftig, sog wieder an seiner dicken Papyrossi und blies den Rauch von sich, durch Mund und Nasenlöcher.

»Wie dem Komitee aus Rostow gemeldet wurde, ist dort von einem ehemaligen Kosaken der gesuchte Kyrill Jegorowitsch Kirsta gesehen worden.« Putkin machte eine bedeutende Pause und ein noch bedeutenderes Gesicht. Dann las er weiter, als die Susskaja nur mit den Schultern zuckte. »Kirsta war bis 1919 Rittmeister der Donez-Kosaken und kämpfte zusammen mit General Anton Antonowitsch Denikin gegen die bolschewistischen Befreier. Während Denikin die Flucht gelang, tauchte Kirsta in unserem Land unter und hielt sich verborgen. Der Armee und den Organen der GPU gelang es bis heute nicht, die Landesverräter aufzuspüren, die Kirsta versteckten. Kyrill Jegorowitsch, 27 Jahre alt, der Verwandte in Rostow haben soll, ist weiter auf der Flucht. Es ist nur noch eine Frage kurzer Zeit, bis auch dieser letzte Verräter am Sozialismus und Mörder unserer tapferen, für die Idee des Bolschewismus gefallenen Brüder gefaßt sein wird.«

Putkin ließ die Zeitung sinken. Die Zigarette in seinem Mundwinkel bebte gefährlich. Funken rieselten über seinen Pelz. Es stank plötzlich nach verbrannten Haaren.

»Das verschlägt euch die Sprache, nicht wahr?« sagte er und legte die Prawda von 1926 weg. »So einer ist unser heiliges Väterchen, das viermal am Tag die Glocke in der Taiga läutet! Kosakenrittmeister der Weißen! Einer von Denikins Bluthunden ...«

»Vor 45 Jahren, Putkin ...«, sagte Andreas begütigend.

»Das löschen keine Jahre aus!«

»Danach müßte er heute 72 Jahre sein«, sagte die Susskaja. »Man sollte nicht mehr darüber sprechen.«

»Welch eine Auffassung.« Putkin spuckte den Rest der dicken Zigarette ins Feuer. Dann steckte er die Zeitung wieder ein und sah Andreas und Katja sinnend an. »Was habe ich alles vor, wenn wir aus dem Wald herauskommen! Morotzkij des Mordes anzeigen, Nadeshna wegen Bibel- und Priesterschmuggel ins Gefängnis bringen, Katja Alexandrowna, das große Rätsel, wird sich dann von selbst lösen, und Sie, Andrej, bekommen einen Spionageprozeß, von dem man sprechen wird! Und jetzt auch noch ein Priester, der der gesuchte Rittmeister Kirsta ist! Wenn das nicht Kraftpillen genug sind, diesen Mistwald zu besiegen! Was meinen Sie, Katja?«

»Ich meine«, sagte die Susskaja ruhig, »daß Sie ein Schwätzer sind, Igor Fillipowitsch.«

»Sie werden es sehen!«

»Ein Kerl, der so etwas wirklich im Sinne hat, spricht nicht darüber. Aber Sie päppeln sich damit hoch wie ein impotenter Greis an einem geilen Bild.«

»Die Sprache einer Dame, fürwahr«, sagte Putkin. »Messen Sie mich nicht nach Ihren psychologischen Lehrbüchern. Ich bin Putkin! Das heißt übersetzt: Dieser Mensch fürchtet die Hölle nicht. Grinsen Sie nur dämlich, Andrej, Sie deutscher Hammel! In Karaganda vergeht Ihnen das.«

»Alle Beweise sind mit dem Flugzeug zerstört.«

»Ich habe meine Augen und meine Zunge ...«

»Wir werden uns bemühen, daß Sie beides vermissen«, sagte die Susskaja ruhig. »Sie haben wenig zu bieten, Igor Fillipowitsch.«

Sie schälte sich aus der Decke, ging langsam zum Zelt, verschwand darin und trat nach wenigen Augenblicken wieder heraus. In den Händen hielt sie das Gewehr, und der Zeigefinger lag im Bogen des Abzuges.

»Stehen Sie auf, Putkin!« sagte sie scharf.

Andreas sprang hoch, wollte etwas sagen, aber Katjas Augen waren wieder von einer gefährlichen Kälte. Putkin starrte sie mit offenem Mund an und blieb sitzen.

»Stehen Sie auf!« sagte die Susskaja noch einmal.

»Wenn Sie auf einen Menschen schießen können, singe ich: ›Ehre sei Gott in der Höh‹!«

Die Susskaja drückte ab. Der Schuß hallte in der schweigenden Nacht wider, unter dem Zeltdach zuckte Nadeshna empor und begann zu kreischen. Morotzkij, unbeweglich in den Schienen, die ihm bis zu den Hüften reichten, gefesselt, hob den Kopf und blickte mit fiebernden Augen zum Feuer.

Dort hatte sich Putkin jetzt erhoben. Der Schuß war neben ihm in den Baumstamm, seinen sibirischen Ofen, gedrungen, kaum einen Zentimeter von seiner Schulter entfernt.

»Was wollen Sie von mir, Katja Alexandrowna?« fragte er stockend.

»Schnallen Sie Ihre Skier an und rennen Sie los ...«

»Jetzt? In der Nacht?«

»Sofort! Und Sie nehmen nichts mit, nur das, was Sie am Leibe tragen.«

»Katja Alexandrowna, das ist Mord!« sagte Putkin unsicher. »Was bin ich mit bloßen Händen in der Taiga?«

»Sie sind Putkin, der Mensch, der die Hölle nicht

fürchtet. Haben Sie's nicht eben selbst gesagt? Ich zögere nicht, noch einmal zu schießen und dieses Mal in Ihr linkes Bein, wenn Sie nicht sofort Ihre Skier anschnallen ...« Sie legte wieder an und zielte auf Putkins linken Oberschenkel. »Ich schwöre Ihnen: Sie operiere ich nicht hinterher ...«

»Wenn ich durchkomme«, sagte Putkin heiser. Seine Worte rollten wie in Schleim verpackt aus seinem Mund. »Wenn ich durchkomme, Katja Alexandrowna, das schwöre ich Ihnen auch, erzähle ich keinem, wen ich zurückgelassen habe. Aber ich rüste mich aus und kehre zurück, und dann können Sie mir Ihre Brüste und Ihren Leib anbieten für Ihr Leben ... ich werde Sie zertrümmern, Sie Satan!« Er wandte sich zu Andrej und nickte ihm zu. Nadeshna rannte zum Feuer, in ein Fell gewickelt, aussehend wie ein Füchslein, das während des Entbalgens flüchten konnte.

»Schieß ihn nieder!« schrie sie schrill. »Katja, schieß ihn nieder! Er ist kein Mensch ... er ist ein Monstrum, ein Monstrum, ein Monstrum ...«

»Amen!« sagte Putkin. Er tappte zu den Skiern, suchte seine heraus, schnallte sie an den dicken Fellstiefeln fest, riß zwei Äste aus der Schutzwand, um sie als Skistöcke zu gebrauchen und glitt dann zurück zum Feuer. »Sie geben mir nichts mit?«

»Nichts.«

Putkin zögerte. Das Gewehr machte alle seine Bewegungen mit und blieb immer in der Höhe seines Oberschenkels. Da seufzte er, schüttelte den Kopf, als könne er die Welt nicht mehr verstehen, klopfte mit den improvisierten Skistöcken gegen seinen sibirischen Ofen, sagte: »Paßt auf, daß er schön weiterglüht«, und begann dann den einsamen Marsch in die vom Schnee begrabene Taiga.

Er ging langsam, so, als warte er darauf, daß man ihn noch zurückrief ... aber keine Stimme erhob sich. Sie standen alle hinter der Schutzwand und sahen ihm nach, wie er im Wald untertauchte. Dann war nur noch das immer leiser werdende Knirschen der Skier zu hören, das Reiben der Bretter über den verharschten Schnee und das tack-tack-tack der Knüppel, mit denen sich Putkin weiterstieß und jeden Schritt unterstützte. Als auch dieser Laut verflog, blieb eine lastende Stille zurück.

»Ich hole ihn zurück«, sagte Andreas leise.

»Er wird uns alle an den Galgen bringen.« Die Susskaja senkte das Gewehr. »Er ist einer von jenen Menschen, die nur zerstören müssen. Die geboren sind, um andere zu vernichten. Er kann gar nicht anders, es ist sein Charakter.«

»Er hat Kyrill das Leben gerettet.«

»Das würde ihn nicht hindern, ihn jetzt, nach diesem Zeitungsartikel, ebenso grandios zu töten.«

»Ich hasse ihn!« stammelte Nadeshna. »Ich hasse ihn!« Dann rannte sie weg, warf sich neben Morotzkij auf die Felle und weinte laut.

Den Rest der Nacht verbrachten sie draußen, um sofort hören zu können, wenn Putkin heimlich zurückkam. Aber er kam nicht. Als der Morgen graute und das trübe Tageslicht wieder durch den Milchglashimmel fiel, war ihnen bewußt, daß sie Putkin auf die schrecklichste Weise vernichtet hatten, mit der man einen Menschen in der Taiga vernichten kann.

Sie blieben drei Tage in dem provisorischen Lager und warteten ab, wie Morotzkij reagierte. Bekam er Fieber, war es sinnlos, eine Hütte zu bauen. Dann war es nur eine Frage von Stunden, bis seine Kräfte so aufgezehrt waren, daß sein Herz versagte. Nadeshna pflegte ihn rührend, rieb sein Totenkopfgesicht mit Schnee ab, fütterte ihn mit heißen, fettigen Suppen, wusch ihn, wenn er seine Notdurft unter sich gemacht hatte — wie sollte es auch anders gehen? — und sprach ihm Mut zu, wenn er klar bei Verstand war.

Putkins sibirischer Ofen begann, sich zu bewähren. Der Stamm glühte durch, die Glut fraß sich weiter in die Tiefe, das Holz begann, Wärme auszustrahlen und unterstützte das Feuer. Zweimal schoß Andreas einen Schneehasen, was keine Kunst war, denn ohne Kenntnis, welches Raubtier der Mensch ist, waren die Hasen so neugierig, daß man sie fast mit den Händen greifen konnte. Man briet sie an dem eisernen Stecken, es roch köstlich durch den Wald, und wenn die Sorge um Morotzkij nicht gewesen wäre, hätte man sagen können: Es begann, ein schönes Leben zu werden.

Der Druck war weg, das war es. Die ständige Drohung, die von Putkin ausging. Die Gefahr, die einem im Nacken saß: Ist er ein Mensch oder ein Untier? Welche Seite seines zwiespältigen Charakters ist heute an der Reihe? Peinigt oder hilft er uns? Und dann der Gedanke: Liefert er uns wirklich den Behörden aus? Kann ein Mensch, mit dem man so viel Gemeinsames durchlitt, am Ende dieses Weges sagen: Greift sie euch! Ein Haufen schwarzer Sünde sind sie, nur ihre Gesichter sind weiß! Kann das ein Mensch? War Putkin wirklich so?

Eine Frage, von der man erlöst war. Man spürte es, man lachte sogar über nichtige Dinge, wenn Morotzkij schlief und man auch ihn eine Weile vergessen konnte. Der Winter war zahm, ein starker Wind blieb aus, es hatte sogar den Schein, als würde es wärmer, denn am dritten Tag schneite es wieder. Die gleichen dicken Flokken wie immer, flauschiges, gefrorenes Wasser, ein Wunder der Natur.

Sie waren so glücklich und sorglos, daß sie bis in den späten Morgen hinein schliefen, und als sie am vierten Tag aufwachten, saß Putkin im Lager, lehnte sich an seinen sibirischen Ofen und konstruierte aus Ästen eine Art Flechtschlitten. Das war eine lautlose Arbeit, keiner hatte sie im Zelt gehört ... Andreas, Katja und Nadeshna krochen ins Freie und starrten Putkin entsetzt an.

»Ein Morgen zum Hüpfen«, sagte Putkin und strahlte über sein breites, von Haaren zugewachsenes Gesicht. »Der Tee ist fertig. Kriecht hervor, meine Lieben.« Er winkte der Susskaja zu und streckte plötzlich die Hand aus, als wolle er etwas auffangen. »Schießen Sie nicht gleich wieder, Katja Alexandrowna! Ich muß Ihnen etwas Gutes erzählen. Zehn Werst weiter, geschätzt, verschwindet der Fluß, das heißt, er kommt da aus einem Felsen. Dann steigt das Land weiter an, bildet eine Kuppe, fällt zur anderen Seite steil ab, und was sage ich Ihnen: Aus dem gleichen Berg kommt ein anderer Fluß, und der fließt nach Süden! Zwanzig Werst von hier! Und ein Tal ist da, ein Tal mit Felsen und Auswaschungen, und ein breites Ufer. Ha, habe ich mir gesagt. Das mußt du ihnen mitteilen. Das ist etwas für sie. Das ist das beste Winterlager, das ich jemals in der Taiga gefunden habe.«

»Zwanzig Werst hin und zwanzig zurück. Und das haben Sie in diesen drei Tagen geschafft, Putkin?« fragte Andreas zweifelnd.

»Ich bin losgestürmt wie ein Stier in einer spanischen Arena. Das mußt du ihnen sofort sagen, habe ich mir in die Beine gerufen. Sofort! So ein Winterlager! Wir können uns eine Hütte bauen aus festen Felswänden. Nur ein Dach von Wand zu Wand, so einfach ist das.«

Es war rührend, wie er die Susskaja angrinste, dabei nach Andrej schielte, Nadeshna zuwinkte und gleichzeitig auf der Hut und sprungbereit war, falls plötzlich doch das Gewehr auftauchen sollte.

»Und Morotzkij?« fragte die Susskaja. Ihre Stimme war weicher, als Andreas es jetzt erwartet hatte.

»Als wenn man ihn vergessen könnte!« Putkin klopfte auf seine angefangene Flechtarbeit. »Das war mein erster Gedanke, schöne Dame Arzt. Hier kann er gesund werden, dachte ich. Hier brauchen wir der Zeit nicht davonzulaufen. Und wie kommt Semjon Pawlowitsch dahin, na? Wie überwindet er mit zwei gebrochenen Beinen zwanzig elende Werst? Igor Fillipowitsch wird ihn auf einem weichen jakutischen Schlitten hinziehen, bergauf, bergab ... und der Teufel soll mich holen, wenn mir das nicht gelingt. Was sagen Sie dazu, Katja Alexandrowna?«

Er sah sie an, mit einem kindlichen, treuen Blick, ein Berg von Mensch, vollgestopft mit Gemeinheit, überfließend von Biestigkeit, aber in diesen Augenblicken wie ein großes Kind, das in zähem Kampf einen Sack Murmeln gewonnen hat. Als er dann noch begann, seinen sibirischen Ofen zu beklopfen und lobend sagte: »Er brennt, wie Väterchen es vorhergesagt hat. Stellt euch vor, er brennt und glimmt in unserer Hütte am Fluß ...«, ergab sich die Susskaja in das, was man landläufig Schicksal nennt.

»Wo ist der Tee, Igor Fillipowitsch?« fragte sie.

»Im Kesselchen!« Putkin sprang auf, rannte um das Feuer herum, schwenkte den kleinen eisernen Kessel, und der ganze riesige gemeine Mensch war eine einzige Freude. »Reicht eure Becher her!« rief er. »Halten wir uns nicht mit Reden auf, der Tag ist kurz!«

Vier Stunden später trug er Morotzkij wie seinen gelähmten Sohn aus dem Zelt und legte ihn vorsichtig auf den mit Pelzen bedeckten jakutischen Flechtschlitten. Nadeshna umarmte Putkin und verabreichte ihm einen Kuß auf die dicke Nase.

Das Lager war abgerissen, die Säcke verpackt und auf die Rücken geschnallt. Nadeshna, die am leichtesten zu tragen hatte, sollte vorauslaufen.

»Und jetzt ... weiter ... weiter!« rief Putkin und zog langsam den Schlitten mit dem verschnürten und in Pelze gewickelten Morotzkij an. »Genossen, ich könnte singen! Wer hält mich davon ab?«

Und er begann zu singen, grölend, gemein, ordinär, Lieder von Huren und dem ›Weibchen, das Männer nach den Hengsten mißt‹ und weiter solche schweinischen Gesänge. Aber sie kamen dabei gut voran, lachten sogar über Putkins gebrüllte Zoten und merkten, daß es das richtige war. Die Lieder fuhren in die Beine und trieben sie vorwärts.

So zogen sie einem Paradies entgegen, das von dem Augenblick an, wo es diese fünf Menschen betraten, zu einer Hölle wurde.

14

Zwei Tage, von morgens um die Dämmerung herum bis zu den abendlichen Schatten ... das ist eine Zeitspanne, über die man nicht sonderlich redet, die man herunterarbeitet, überall auf der Welt, und wenn auch in diesen Stunden sich Katastrophen ereignen. Kriege ausbrechen, Millionengewinne eingesackt werden, Politiker kommen und gehen, Menschen geboren werden und Menschen sterben ... der große Topf des Alltags, in dem wir alle gargekocht werden, verdampft alles, und die dicke Menschensuppe bleibt zurück ...

Zwei Tage aber können für ein paar wenige zur Ewigkeit werden. O Himmel, was sind zwei Tage in der tief verschneiten, eisigen Taiga — Morotzkij durchlitt sie wie zweihunderttausend Jahre Fegefeuer, an das er zwar nicht glaubte, das er sich aber so und nicht anders vorzustellen bereit war.

Auch wenn Putkin vorsichtig den flachen Flechtschlitten zog, und obgleich Nadeshna immer wieder hinten anpackte und Morotzkijs Beine vom Boden abhob, so daß er nur mit dem Rücken und dem Kopf über den Schnee glitt, es ließ sich nicht vermeiden, daß der Schlitten über Steine und dicke Äste hinweghüpfte, die unter der weißen Decke lagen.

Dann brüllte Morotzkij schauerlich auf, ballte die Fäuste, biß hinein, bis ihm das Blut übers Kinn rann und seine Augen aus den Höhlen quollen. Dieser

Schmerz war nur ein Zucken, er ließ nach, aber was nach dem Aufbrüllen kam, war viel schlimmer: der Husten. Dieser fürchterliche Husten, der Morotzkijs Körper zusammenzog und krümmte und der bis in die gebrochenen Beine fuhr, sie durchrüttelte und so zu einem immerwährenden unerträglichen Schmerz führte.

»Er wird wahnsinnig ...«, sagte Putkin, als sie mitten im Wald ein notdürftiges Lager aufschlugen. Sie waren bald auf dem Kamm der Höhe ... dahinter, das versprach Putkin, würde die Quälerei ein Ende haben. Dann mußte man Morotzkij festhalten, damit er nicht in einer Schußfahrt auf dem neuen Fluß landete oder an den Felsen des Flußtales zerschellte.

»Er muß wahnsinnig werden«, sagte Putkin wieder, während er in die Flämmchen blies, um das Feuer anzufachen. Nadeshna war bei Morotzkij und wusch ihm das Eis vom Gesicht, Andreas baute das Zelt auf und stampfte den Schnee fest. »Ich habe einmal erlebt, wie ein tungusischer Jäger, der in eine Fuchsfalle geraten war, sich selbst mit seinem Jagdmesser den Fuß abschnitt, um von den Schmerzen loszukommen. Katja Alexandrowna, haben Sie wirklich nichts für den armen Kerl?«

Die Susskaja schüttelte langsam den Kopf. »Sie wissen, was ich bei mir habe, Igor Fillipowitsch.«

»Das ist sträflicher Leichtsinn, Katja! Da ist einer Arzt, schleppt eine Arzttasche mit sich herum, und was ist in Wirklichkeit drin? Ein paar Zangen, Pinzetten und Skalpelle, dämliche Hausmittelchen, einige Verbandspäckchen und Zigaretten! Das kann man eigentlich schon Sabotage nennen!«

»Sie haben recht, Igor Fillipowitsch. Aber Sie wissen auch nicht, mit welchen Absichten ich Suchana verlassen habe.«

»Natürlich nicht. Sie spielen hier das große Rätsel.«

»Ich *wollte* nichts mitnehmen, was der Republik gehört.«

»Und was Sie doch mitgenommen haben?«

»Ist mein Eigentum. Habe ich privat gekauft. Alles.«

»Aha!« Putkin hatte das Holz zum Brennen gebracht. Die Flammen prasselten. Nadeshna kam mit dem Kesselchen, um Schnee aufzutauen und Tee aufzubrühen. Andreas mühte sich noch mit dem Zelt ab, seine Hammerschläge, mit denen er die verzinkten Heringe in den vereisten Boden trieb, hallten laut durch den schweigenden Wald und kamen als ganz ferne, leise Echos wider.

»Sie gehören also auch zu denen«, sagte Putkin, »die immer unzufrieden sind? Die zum Ausland schielen und leise sagen: Da müßte man hin! Da habe ich alle Möglichkeiten! Da ist wirkliche Freiheit! Sie gehören zu jenen Russen, die ihr Rußland nicht im Herzen, sondern wie ein Medaillon um den Hals tragen, damit man es abnehmen kann, wenn man ein schöneres Schmuckstück sieht! Vielleicht den Goldklumpen Amerika? Den Brillanten Frankreich? Die Perle Westdeutschland? Katja, dementieren Sie das, oder Sie enttäuschen mich maßlos. Wissen Sie, wie wir Bauern zu solchen Menschen sagten? Er benutzt sein Mütterchen als Scheißhaus. Genau so ist's!«

»Ich wollte nicht in Suchana verschimmeln, Putkin.«

»Überall ist Rußland, und überall braucht man unsere Hände und unsere Intelligenz.«

»Parteirede Nr. 2. Ich kenne das.« Die Susskaja nahm Nadeshna den Kessel mit dem Schnee aus den Händen und hängte ihn an den eisernen Stab, den Putkin in zwei kräftige Astgabeln, die er in den Schnee gerammt hatte, hineinlegte. Da Morotzkij wie ein Kind: »Nadeshna, mein Liebling, wo bist du? Wo bist du?« rief, rannte sie sofort zu ihm zurück.

»Ihnen macht so etwas nichts aus ...«, sagte Katja. Putkin schüttelte den mächtigen Schädel.

»Ich bin einer von denen, die sich in ihrer Haut sauwohl fühlen.«

»Und ich bin eine Frau.«

»Man kann's nicht übersehen, schöne Dame.« Putkin warf einen Blick auf Katjas volle Brüste und das herrlich wilde Gesicht mit den leicht geschlitzten, schwarzbraunen Augen. »Selbst ein Blinder spürt das, wenn er in Ihre Nähe kommt. Aber was soll's?«

»Ich habe Sehnsüchte, begreifen Sie das nicht?«

»Betten gibt es überall.«

»Putkin, Sie sind nichts als ein Haufen Muskeln und Knochen. Ein primitiver Klumpen Leben ...«

»Wenn Sie mich so sehen, Katja Alexandrowna ... ich kann's nicht ändern.« Putkin schüttelte den Kessel, der Schnee schmolz schnell, sank zusammen und wurde zu fadem Wasser. »Aber dieser primitive Klumpen liebt Rußland! Ich ließe mich zerreißen für dieses Rußland, in Stücke reißen, bei vollem Verstand. Katja ... was für eine herrliche Heimat haben wir! Vom Eismeer bis zum Japanischen Meer, von der Ostsee bis zum Schwarzen Meer ... der halbe Himmel dieser Erde gehört uns! Das ist ein Land, wo man tatsächlich gläubig werden könnte ... wenn Gott nicht so ein lahmer Hund wäre. Und da singen Sie mir ein Liedchen von weiblichen Sehnsüchten? Katja, jede Laus an mir ist wichtiger — sie ist eine echte russische Laus, die russisches Blut saugt ...«

Das Zelt stand nun, Andreas und Nadeshna schoben den wieder aufjammernden Morotzkij unter die Plane. Die Susskaja holte aus dem Sack ein Stück gebratenes Rentierfleisch, steinhart gefroren, ein Geschenk von Kyrill Jegorowitsch, dem Popen, der ein flüchtiger zaristischer Rittmeister war. Die Schneehasen, die man auf dem Marsch geschossen hatte, hingen wie bizarre rote Bretter an dem Rucksack, den Andreas getragen hatte.

»Wo wollten Sie hin?« fragte Putkin plötzlich die Susskaja.

»In die Turkmenische Republik. In Aschchabad habe ich Bekannte ... sie hätten mich über die persische Grenze gebracht.« Die Susskaja hatte auf diese Frage gewartet. Sie antwortete deshalb so, als erzähle sie eine gleichgültige Geschichte. Putkin blies durch die Nase wie ein Walroß.

»Und dann?«

»Von Persien nach Deutschland ist kein Problem, Putkin.«

»Also er da.« Putkin zeigte mit dem Daumen nach Andreas, der gerade aus dem Zelt kroch. Dann nahm er das Fleisch aus Katjas Händen und hielt es über das Feuer.

»Ja, mein lieber Igor Fillipowitsch.«

»Und Sie glühen nicht aus vor Scham?«

»Nein. Wenn Sie jemals geliebt haben, Igor Fillipowitsch, könnten Sie so etwas Dummes nicht fragen.«

»Ein Deutscher! Zum Teufel, gibt es nicht genug Russen?«

»Liebt man einen Menschen oder seinen Paß?«

»Das ist eine typisch dämliche Weiberantwort.« Putkin drehte den Fleischklumpen, damit er auftaute, bevor er ihn zum Braten herrichtete. Man konnte es sich leisten, luxuriös zu leben: Kyrill Jegorowitsch hatte ihnen Salz, getrockneten Salbei, geraspelte Zwiebeln und andere getrocknete Gewürze mitgegeben, die vor allem Nadeshna kannte. Mit blankem Erstaunen beobachtete Putkin, wie sich die zierliche Lehrerin mit dem Puppengesicht wandelte, je länger sie in der Taiga herumirrten. Das machte nicht nur die Liebe zu Morotzkij, sondern mit jedem Tag in dieser verschneiten Unendlichkeit von Wald wurde Nadeshna Iwanowna Abramowa ein Quentchen härter, um ein Eckchen kantiger, um einen Atemzug mutiger. Das stand ihr gut ... das Engelsreine blieb an ihr, aber wenn sie jetzt zupackte, war es ein fester Griff. Auch betete sie nicht mehr bei jeder Gelegenheit, was vor allem Putkin beruhigte. Sie fühlte sich sogar so stark, Putkin gegen das Schienbein zu treten, als er einmal zu ihr sagte: »Meine liebe Bibelschleuder, was haben Sie eigentlich an Semjon Pawlowitsch? Er eignet sich besser zum Kleiderhaken als zum Bettwärmer. Jeder Finger von mir tut Ihnen mehr Dienst als er im Ganzen.«

»Sie tritt wie ein wilder Esel«, stöhnte Putkin später, als er sein Schienbein mit Schnee kühlte. »Enorm, wie sie sich entwickelt.«

Auch jetzt war er wieder aus dem seelischen Gleichgewicht geworfen, nicht durch einen Tritt, sondern durch die Feststellung der Susskaja, er habe noch nie richtig geliebt: Habe ich das? dachte er bedrückt. Diese beiden Weiber damals, dieses Glück, das nachher nur noch Abfall war? Natürlich habe ich sie geliebt, aber verdammt noch mal, es waren Russinnen, und ich habe nie daran gedacht, Rußland zu verlassen. Ist ein einzelner Körper so wichtig, daß man seine geliebte Heimat verrät?

»Ein Mensch ist nicht nur Körper, Putkin ...«, sagte Katja.

Putkin zuckte zusammen. »Sie werden mir unheimlich, Jekaterina. Ich habe nicht laut gedacht ...«

»Aber Sie sprechen, wie fast alle Männer, mit den Augen. Sie haben mich gemustert, wie ein Pferdekäufer eine Stute. Es war nicht schwer, zu erraten, was Sie denken.«

Das Fleisch war soweit aufgetaut, daß Putkin es auf einen Stecken spießen und in die zur Seite gekehrte glühende Asche legen konnte. Sofort zog ein herrlicher Duft durch die Nacht, es brutzelte wie in einer Pfanne, und es war erstaunlich, wie Einsamkeit, Kälte und Trostlosigkeit vergehen, wenn man gebratenes Fleisch riecht.

Nadeshna kam herüber, in den Händen das Säckchen mit den Gewürzen. Das Schneewasser kochte, in wenigen Minuten würde es einen herrlichen Tee geben.

Putkin streckte sich auf seinem dicken Wolfspelz aus und legte neues Holz in die Flammen. »Sie werden nie nach Persien kommen ...«, sagte er dann.

»Das weiß ich jetzt auch.«

»Entdeckt man uns in der Taiga und holt uns heraus ... was geschieht dann mit Ihnen? Na? Sprechen wir bloß nicht darüber.« Er winkte ab. »Gelingt es uns, aus eigener Kraft herauszukommen, was dann? Es ist fast unmöglich, daß Sie mit Andrej auf normalem Weg bis nach Aschchabad kommen zu Ihren Bekannten. Schöne Bekannte, das muß ich schon sagen. Helfen bei einer Republikflucht! Was wird also mit Ihnen und Andrej, Jekaterina? Das ewig flüchtende Liebespaar? Zwei Wölfe, die in einer Höhle hausen? Verbrecher, die unter falschem Namen leben und unser Volk schädigen? Was wird?«

»Ich weiß es nicht, Igor Fillipowitsch.« Die Susskaja rührte in dem Tee. Nadeshna hatte die getrockneten Blätter in das sprudelnde Wasser geworfen und rieb jetzt das noch saftige Fleisch mit den Gewürzen ein. Man hatte keine Geheimnisse mehr voreinander ... jeder sprach zu jedem, was immer er wollte; man hörte hin, oder man hörte weg, ganz wie's beliebte. Man war jetzt wie eine kleine Herde, in der jeder seinen Platz hat und so lebt, wie die Natur es erfordert. Dazu gehört auch das Lieben ... Nadeshna biß nicht mehr in die Decken, wenn Andreas und Katja unter ihren Fellen dampften — sie kroch zu dem knöchernen Morotzkij und wärmte ihn mit ihrer glatten, weißhäutigen, verträumt-zärtlichen Jugend.

»Ich weiß es nicht!« wiederholte Putkin dumpf. »Katja, das klingt so hilflos. Sie sind nie hilflos, Sie haben immer etwas in der Pfanne.«

»Dieses Mal hungere ich.« Die Susskaja blickte Putkin lange an.

Er hielt ihren Blick aus, bis er spürte, daß es ihm unter den Schädelhaaren heiß wurde. »Helfen Sie mir ...«, sagte sie endlich.

»Ich?«

»Ja.«

»Ausgerechnet ich? Wie denn, Katja Alexandrowna?«

»Auch das weiß ich nicht. Aber Sie haben die Kraft, es zu tun.«

»Wollten Sie mich nicht umbringen? Allein und ohne Werkzeug in die Taiga jagen?«

»Das werde ich immer tun, wenn Sie Andrej angreifen!«

»Und von mir erwarten Sie Hilfe, Katja? Ist das nicht eine Verrücktheit?«

»Vielleicht.« Sie erhob sich vom Feuer und klopfte den nassen Schnee aus ihrem Pelz. »Es ist nur merkwürdig, daß ich weiß, daß Sie uns helfen werden.«

»Sie denken krumm, Katja, völlig krumm.« Putkin starrte zu ihr hinauf. Ihr Lächeln war so rätselhaft und zwingend, daß er sich in diesem Augenblick wie ein Kind vor ihr vorkam. »Ich bin ein Patriot, der solche Dinge nicht duldet.«

»Ein Patriot!« Die Susskaja lachte leise ihr dunkles Lachen. »Sie haben nach dem Absturz drei Stunden wie tot dagelegen, Igor Fillipowitsch. In diesen drei Stunden durchwühlte ich die Trümmer nach etwas Eßbarem. Dabei fand ich Ihre Kartentasche. Sie wissen doch ... Sie hatten eine Kartentasche über der Schulter hängen. *Unter* den allgemeinen geologischen Karten war auch eine von Ihnen gezeichnete kleine Karte ...«

»Hören Sie auf, Katja Alexandrowna ...«, sagte Putkin unsicher.

»Eine Privatkarte, Putkin. Eine Geheimkarte mit einem nur Ihnen bekannten, von Ihnen entdeckten Goldvorkommen. Eine eigene Goldmine in Rußland, Sie Patriot? Ein Kapitalist von Rußlands Erde? Muß ein patriotischer Geologe so einen Fund nicht sofort melden?«

»Ich habe es gleich gewußt, gleich, als ich Sie am Flugzeug sah, Katja Alexandrowna: Sie sind ein Satan!« Putkin legte sich quer zum Feuer. Die Flammen zuckten über sein bärtiges Gesicht. »Gut! Es war so! Das reinigt die Luft. Jetzt kennen wir uns alle bis auf die Knochen. Keiner ist besser als der andere, und keiner ist schlechter. Welch eine Gesellschaft, ha!« Er richtete sich auf und breitete die Arme aus. Sein riesiger Schädel schien zu zerspringen. »Kommt an meine Brust!« brüllte er. »Kommt heran ... ihr Verdammten der Taiga!«

Vom Zelt näherte sich Andrej. »Ist er verrückt geworden?« rief er Katja zu.

»Er wird endlich ein Mensch ...«, sagte Nadeshna laut. »Endlich ein Mensch. Man sollte beten ...«

Mit einem dumpfen Laut klatschte Putkin seine Hände gegen die Ohren und zog den Kopf in seinen Wolfspelz zurück.

Der zweite Tag — von der Morgendämmerung bis zu den Abendschatten — war eine noch größere Qual für Morotzkij. Daran änderte auch nichts, daß Nadeshna ihm mehrmals Tee einflößte ... man mußte dazu den höllischen Marsch den Hügel hinauf unterbrechen, schnell ein Feuer machen und das Kesselchen darüber halten. Nadeshna trug den verbeulten Topf jetzt immer wie eine Kuhglocke vor dem Hals, um ihn gleich zur Hand zu haben, wenn Morotzkij: »O Hölle! O Hölle!« schrie und nur ein Schluck heißen Tees ihn von seinem Schmerz erlöste. Das war merkwürdig, gegen alle medizinische Erfahrung, wie die Susskaja sagte, aber es war so: Morotzkij wurde ruhiger, wenn er mit verzerrtem Mund ein paarmal das heiße Gesöff in sich hineingeschüttet hatte. Es waren Teeblätter, die der Pope mitgegeben hatte ... eine Spezialmischung von Kyrill Jegorowitsch, die er im Sommer zwischen zwei Eisenplatten zu kleinen Tafeln preßte. Fünf solcher schwarzen Tafeln hatte er mitgegeben, und Putkin hatte noch gesagt:

»Davon saufe ich keinen Tropfen. Weiß man, was der Pope da hineingezaubert hat? Man kann in der Taiga anders sterben als durch Pfaffengift.«

Nachdenklich beobachtete die Susskaja, wie Morotzkij so gierig wie ein durstender Hund den Tee schlürfte und zufrieden auf seinen flachen Flechtschlitten zurücksank. Dann ging es weiter, diesen teuflischen, langgezogenen Hügel hinauf, mitten durch den Wald, der Spur nach, die Putkin bereits auf dem Rückweg von dem neuentdeckten Paradies getreten hatte.

»Noch einen Tag ...«, rief Putkin und zog an einem Strick den Schlitten hinter sich her wie ein Kind eine Holzeisenbahn. Er stapfte durch den verharschten Schnee, seine breiten geflochtenen Schneeschuhe hinterließen Spuren wie die eines urweltlichen Riesen. »Bindet Morotzkij das Maul zu! Was hilft das Schreien? Er muß es ertragen ...«

»Ich denke an Kyrills Tee ...«, sagte Katja, als sie neben Andreas den Hang hinaufstakten. Ab und zu hoben sie den tungusischen Schlitten an und trugen Morotzkij über das Felsgeröll, das jetzt begann. »Ich habe noch nie erlebt, daß Teetrinken allein die Schmerzen dämpft.«

Bei einer neuerlichen kurzen Rast, weil Morotzkij wieder sein fürchterliches: »Hölle! O Hölle, helft mir doch!« schrie und Nadeshna wieder ihren Schneetee aufbrühte, brach Katja eine kleine Ecke der Teeplatte ab und steckte sie wie einen Bonbon in den Mund. Sie kaute darauf, durchfeuchtete ihn mit Speichel, es schmeckte wie Gallensaft, ungeheuer bitter und ätzend, sie hatte das Gefühl, ihr Gaumen werde gegerbt und die Schleimhäute würden zu Leder. Dann schluckte sie den schwarzen Saft samt den Teeblättern hinunter und trank einen kleinen Schluck heißen Schneewassers hinterher.

»Abscheulich!« sagte sie zu Andreas. »Als ob Kyrill getrockneten Mist daruntergemischt hätte.«

»Spuck es aus, Katjuschka ...«

»Es ist schon hinunter.« Sie lächelte verzerrt. »Jetzt müßte ich einen Wodka haben.«

Nach zehn Minuten spürte die Susskaja, wie eine deutliche Veränderung mit ihr begann. Die Beine wurden leicht, und nicht nur die Beine ... der ganze Körper verlor scheinbar an Gewicht, sie spürte bei den schweren Schritten durch den Schnee den vereisten Boden nicht mehr, es war, als schwebe sie über der Erde. Jede Berührung löste kein Gefühl mehr aus. Sie schlug mit der flachen Hand gegen den Schlitten ... nichts. Sie zwickte sich kräftig in den Arm ... kein Schmerz! Sie stieß mit dem linken Bein gegen einen Baumstamm ... es war, als treffe sie ihn durch dicke Watte.

»Halt!« rief sie. Selbst ihre Stimme schien in ihren Ohren wie nach innen gerufen, aber sie mußte laut wie eh und je sein, denn Putkin zuckte herum, blieb stehen und stierte sie an.

Die Susskaja ließ den Rucksack und die Skistöcke fallen und zog die dicken Fellhandschuhe aus. Darauf streifte sie den linken Ärmel der Pelzjacke hoch und kniff sich noch einmal in den nackten Arm. Wohl blieb ein deutlicher Abdruck der Nägel zurück, die Haut rötete sich sofort — aber sie spürte keinen Schmerz.

»Das ist fantastisch ...«, stotterte sie dabei. »Das ist unglaublich.«

Sie riß Putkin, als er nahe genug heran war, das Messer aus dem breiten Gürtel und schüttelte den Kopf, als Putkin sofort zur Abwehr überging und den Knüppel, den er als Skistock benutzte, vorstreckte.

»Was ist denn nun schon wieder?« schrie er. »Sie launisches Luder! Mal streicheln, mal töten, ganz wie's im Gehirn zuckt!«

»Halten Sie den Mund, Igor Fillipowitsch«, sagte die Susskaja. Ihre Stimme war für sie selbst nicht zu hören ... aber sie brüllte offenbar, denn alle starrten sie entgeistert an. »Erleben Sie ein Wunder mit! Sehen Sie her ...«

Sie schnitt sich in den Unterarm. Sofort quoll Blut heraus, Andreas riß ihr das Messer aus der Hand, packte ihren Arm und legte seine Hand auf die Wunde. Aber sie entriß ihm den Arm mit einem wilden Ruck und hielt Putkin die blutende Wunde hin.

»Sie hat den Verstand verloren«, stammelte Putkin. »Andrej, das ist Ihre Frau. Tun Sie doch etwas!«

»Ich spüre keine Schmerzen«, sagte Katja laut und ruhig. »Ich habe nicht das geringste Gefühl gehabt, als ich einschnitt. Es war, als wäre es ein völlig fremder Körper. Ich sehe die Wunde und das Blut, aber ich spüre nichts. Begreifen Sie endlich, Putkin?«

»Nein ...« Putkin brach sich verwirrt die kleinen Eiszapfen aus seinem Bart, die durch den frierenden Atem entstanden. »Ich begreife nur, daß Sie sich selbst verstümmeln ...«

»Der kleine Schnitt heilt schnell.« Sie wandte sich zu Andreas und Nadeshna, die bleich neben ihr standen. »Keine Schmerzen! Seid ihr alle Idioten? Ich habe eine kleine Ecke von Vater Kyrills Teeplatte gegessen ... und das ist die Wirkung! Kyrill Jegorowitsch hat einen Tee gemischt, der die Schmerzen nimmt.« Sie schlug plötzlich mit dem verletzten Arm gegen Putkin, und das mußte sein, als wenn man gegen einen Felsen hämmert. »Nichts! Gar nichts! Als Tee aufgebrüht, in der Verdünnung, wirkt er besänftigend ... als konzentrierter Saft ist er ein Analgeticum Semedium.«

»Warum können Mediziner nie vernünftig sprechen?« brummte Putkin.

»Ein Schmerzmittel, Sie Hohlkopf! Wir haben ein schmerzbekämpfendes Mittel! Das Wichtigste, was uns fehlt zum Überleben ... Wir brauchen keine Schmerzen mehr zu haben!«

»Dieser dämliche Tee?«

»Ja, dieser dämliche Tee! Kyrill Jegorowitsch wußte genau, warum er uns fünf ganze Preßtafeln geschenkt hat.«

»Ein wirklich heiliger Mann ...«, sagte Nadeshna.

Putkin schnaufte laut. »Warum hat er kein Wort darüber gesagt?«

»Vielleicht aus Angst, daß Sie das Rezept aus ihm herausprügeln.«

»Bestimmt hätte ich das getan. Er war ein Bulle, dieser Pfaffe, aber auch Bullen kann man auf den Rücken legen. Ich hätte es vielleicht geschafft.«

Andreas hatte die Arzttasche geöffnet und begann nun, Katjas Unterarm zu verbinden.

Morotzkij auf seinem Flechtschlitten hatte alles mit angehört, und wie nicht anders zu erwarten, begannen zuerst seine Augen, dann seine Lippen zu betteln.

»Ein Stückchen Preßtee, Katja Alexandrowna«, stotterte er. »Bitte, bitte ... die Schmerzen sind nicht mehr zu ertragen.«

»Nur einen Aufguß, Semjon Pawlowitsch. Wie bisher.« Die Susskaja sah Nadeshna fordernd an. Bei ihr befanden sich die fünf schwarzen Teeplatten, sie trug sie in dem Verpflegungssack auf dem Rücken. »Nadeshna, geben Sie die Platten heraus.«

»Nein!« Das war eine mutige Antwort. Nadeshna ballte die Fäuste, mehr hatte sie nicht, um sich zu wehren. Das Gewehr trug Andreas auf dem Rücken, die Beile und die Axt schleppte seit einem Tag wieder Putkin, die Messer hingen an den Gürteln der anderen.

Nadeshna machte zwei Schritte zurück ... ein kleines Tier, in die Enge getrieben, wo aus nackter Angst seltsamer Heldenmut wird. »Ihr müßt mich töten, um an den Tee zu kommen!« keuchte sie. »Kommt, tötet mich ...«

»Als ob das ein Problem wäre!« schrie Putkin. »Ich lege zwei Finger um ihren Schädel und zerquetsche ihn wie ein Ei. Ohne Mühe. Man kann sogar dabei singen.«

»Seien Sie keine Närrin, Nadeshna«, sagte die Susskaja ruhig. »Keiner weiß, wie lange wir in der Taiga bleiben müssen. Wir sind fünf Menschen, und das sind fünf Körper, die irgendwann einmal unter ihren Schmerzen alles Menschliche verlieren. Dafür brauchen wir die Platten. Nadeshna ... Jetzt und hier gibt es nichts Wertvolleres mehr. Und wenn wir eines Tages alles verlieren sollten ... diese fünf Preßteeplatten sind der eroberte

Himmel!« Sie streckte die Hand aus. »Geben Sie sie her ...«

»Und Sie allein bestimmen darüber, wer und wann einen Tee oder ein Stückchen zum Kauen bekommt?«

»Ich bin Ärztin ... Sie sollten Vertrauen haben, Nadeshna.«

»Wer traut hier noch wem?« schrie die kleine zarte Person mit dem Engelsgesicht. »Wollen Sie jetzt der Herr über Leben und Tod sein, Katja Alexandrowna?«

»Wenn Ihnen der Gedanke so unangenehm ist, vertrauen Sie die Platten Andrej an ...«

»Einem deutschen Spion? Nie!« heulte Putkin auf.

»Ich bin kein Spion, Sie Narr!« schrie Andreas zurück. »Ich war nie einer. Was Sie da angeblich über mich gesammelt haben, ist Lüge! Ich bin als Gast in Ihr Land gekommen und wollte es auch so verlassen. Alles, was ich gesehen habe, wurde mir von Ihren Funktionären gezeigt. Ich bin in Ihr Land geschickt worden, um eine Kooperation im Bergbau zu prüfen.«

»Warum brüllen wir uns an, he?« Putkin riß die Pelzmütze von seinem gewaltigen Schädel. »Kaum wissen wir, daß wir keine Schmerzen mehr zu haben brauchen, und schon zerfleischen wir uns. Nadeshna, gib den verdammten Tee dem Deutschen!«

Die kleine Lehrerin stand noch immer geduckt, wie eine kampfbereite Maus vor einem Katzenrudel.

»Nur, wenn Semjon Pawlowitsch jetzt ein Stückchen zum Lutschen bekommt. Nur dann! Sonst müßt ihr mich töten, um an die Platten ...«

»Halt das Maul!« schrie Putkin. »Keiner will dich töten! Natürlich bekommt Semjon Pawlowitsch einen Krümel. Ist es so, Katja Alexandrowna?«

»Ausnahmsweise ...«

»Ausnahmsweise. Du hörst es, schwarzes Schwänchen! Heraus mit dem Tee!«

Nach einer Viertelstunde stapften sie weiter den Hang hinauf.

Andreas trug jetzt die fünf schwarzen Teeplatten in seinem Rucksack und war damit zum wertvollsten Mitglied der Gruppe geworden. Morotzkij lag auf seinem Flechtschlitten, schrie nicht mehr »Hölle! O Hölle!«, wenn er über Steine rumpelte, sondern er lag da mit einem verzückten Lächeln, kaute mit mahlenden Backenknochen auf dem bitteren Tee herum, schluckte den ätzenden Saft und genoß die Seligkeit, nach Tagen keinen Schmerz mehr in seinen zertrümmerten Beinen zu spüren.

So erreichten sie schneller den Hügelkamm, standen dann oben im lichteren Wald und sahen hinunter ins Tal.

Der Fluß. Die Felsenschlucht, wie ein kleiner Canon vom Fluß herausgesägt. Hinter der Felsbarriere das breitere Tal, in dem der befreite Fluß schon ein Strom wurde ... ein glitzerndes Band aus Eis mit sanft ansteigenden Ufern. Und Wald ... Wald, so weit das Auge reichte. Die Taiga in ihrer großartigen Schweigsamkeit, ein Meer aus Bäumen, ein unendlicher Ozean aus Ästen, der hineinfloß in die Unendlichkeit des Himmels.

»Ich liebe Sibirien ...«, sagte Putkin fast feierlich. »Und ich sage es jedem, auch wenn man mich für verrückt hält ...«

15

Nach acht Tagen wurde General Serikow im Militärkrankenhaus von Irkutsk aus seinem Heilschlaf geweckt.

Er lag in einem Einzelzimmer — immerhin war er General —, hatte ein gutes Bett, eine Schwester kümmerte sich um ihn (was er jetzt erst erkannte), zwei Ärzte, davon ein Psychiater, betreuten ihn ... man tat wirklich alles, um den rätselhaften Zustand des hohen Patienten zu ergründen. Man hatte ihn sogar unter Hypnose gesetzt und ausgefragt ... eine kleine Pleite war's geworden, denn Serikow sagte wie eine beschädigte Grammophonplatte: »Ich liebe sie. Sie muß sterben. Ich liebe sie. Sie muß sterben.«

Wer sterben sollte, eben das wußte man nicht. Es war kein Name aus Serikow herauszubekommen. Zwar hatte Krendelew, der Adjutant, vom plötzlichen Nervenzusammenbruch seines Chefs tief erschüttert, die zerschossenen Fotos abgeliefert, aber man konnte mit ihnen nichts anfangen. Die Gesichter waren unkenntlich geworden, durchlöchert. Nur bei einem Foto war ersichtlich, daß es sich um eine Frau handelte, denn unter dem zerfetzten Kopf sah man noch den Ansatz einer schönen, vollen Brust. Das zweite Foto war ein völliges Rätsel. Nur noch Löcher, ein paar Fetzen.

»Das muß ein Mann sein«, sagte der Chefarzt. »Vielleicht kann das Labor des KGB etwas herausholen. Da sitzen Spezialisten.«

Nun, am fünften Tag, war aus Moskau eine Kommission herangeflogen. Ein General Lagutin vom Armee-Oberkommando und ein kleiner, dicker Oberst vom KGB, der sich Bubnow nannte. Die Ärzte schworen, daß es ein falscher Name sei. Sie betrachteten den schlafenden Serikow lange und nickten dann den Ärzten zu.

»Wecken Sie ihn auf, Genossen.«

Nun saß Serikow im Bett, hatte eine kräftige Bouillon mit gequirltem Ei gegessen und stocherte lustlos in einem Teller voll Fleischblinis herum. Es roch verführerisch, aber er verspürte keinen Appetit. Die Ärzte hatten sich diskret zurückgezogen. Wenn Abgesandte aus Moskau kommen, soll man als Nichtbetroffener Augen und Ohren abwenden.

»Wir haben die Fotos im Labor zu rekonstruieren versucht«, sagte der kleine, dicke Bubnow und faltete eine Mappe auseinander. »Die Frau haben wir nicht mehr identifizieren können, aber der Mann ...« Der Oberst lächelte breit. »Ein Stück des Revers blieb übrig, und an diesem Revers steckte eine kleine Nadel mit einem Klubabzeichen: Tennisclub Grün-Weiß von Essen-Steele. Sie sind verblüfft? Mein lieber Serikow, wir haben eine vorzügliche Kartei in Moskau. Frage: Wer ist in Rußland Mitglied des Tennisclubs Grün-Weiß in Essen-Steele? Lächerlich, was? Also war's ein Ausländer! Ein Deutscher. Welcher Deutsche aus dem Gebiet Essen war in letzter Zeit in Rußland? Eine einfache Frage — wir haben unsere Einreiselisten. Vier Namen standen da ... drei schalteten aus, sie hielten sich in Moskau, Leningrad und Wolgograd auf. Nur einer war jenseits des Ural, ein Bergbauingenieur Andreas Herr. Von uns eingeladen, um Vorschläge für neue Abräummethoden zu erarbeiten. Gospodin Herr stürzte über der Taiga mit einem Flugzeug ab ... er ist seitdem verschollen. Man rechnet damit, daß er tot ist. Die Suche nach dem Flugzeug haben Sie geleitet. Frage, Genosse General: Warum zerschießen Sie diesem Andreas Herr den Kopf? Warum ermorden Sie ihn posthum?«

Serikow schwieg. Er aß mit großer Willensanstrengung seine Blinis und schluckte die Bissen hinunter wie Blei. General Lagutin setzte sich neben ihn auf die Bettkante.

»Warum antworten Sie nicht?« fragte er sanft.

»Ich habe nichts zu sagen, Genossen«, antwortete Serikow ruhig.

»Ist es Gospodin Herr?«

»Ich kenne diesen Andreas Herr gar nicht.«

»Aber Sie kennen die Frau, die Sie ebenfalls symbolisch ermordet haben.« Der kleine dicke Bubnow legte Katjas zerstörtes Foto auf die Bettdecke. Serikow zog schaudernd die Schultern hoch, aber dann aß er tapfer weiter. »Trauen Sie uns bitte zu, daß wir logisch denken können. Andreas Herr und diese fremde Frau — eine Russin, nicht wahr? — begannen eine heftige Liebschaft miteinander. Diese fremde Frau war aber auch Ihrem Herzen nah, Genosse General ... Bei hundert Fällen, wo Männer Frauen umbringen, sind 95 Morde aus Eifersucht geschehen. Serikow ... wer ist diese Frau?«

»Ich möchte schlafen.« Serikow rutschte in die Kissen. General Lagutin trug das Tablett mit den halbgegessenen Blinis zu dem kleinen Tisch an der Wand.

»Sie können schlafen, bis Ihre Nerven wieder dick wie Drahtseile sind.« Oberst Bubnow wedelte mit der zerschossenen Fotografie. »Wir haben uns erkundigt. Genosse Serikow war immer ein untadeliger Mensch. Keine Weibergeschichten. Und trotzdem gab es diese Frau! Wie haben Sie sie getarnt? Wer ist sie?«

»Sie gebrauchen eine falsche Zeit, Oberst.« Serikow schloß die Augen. Er sah jetzt aus wie eine Leiche. Lagutin machte sorgenvoll einige Zeichen, aber der kleine dicke Bubnow schüttelte energisch den Kopf. Wo gibt es so etwas, daß jemand während einer Aussprache mit dem KGB einschlafen will? »Nicht *ist* ...«, sagte Serikow müde. »... *war* ist korrekt.«

»Sie haben die Dame wirklich erschossen?« rief Lagutin entsetzt. Bubnow sah den General strafend an. Leidenschaften während eines Verhörs sind die Bremsklötze der Gedanken.

»Aber nein, Genosse.« Serikow faltete die Hände über der Bettdecke. Jetzt fehlte nur noch die Blume zwischen den Fingern, und der Tote war komplett. Bubnow ließ sich durch solche Betrachtungen nicht beeindrukken.

»Was nein?« fragte er sofort, zuhackend wie ein Geier.

»Die Dame gibt es nicht mehr.«

»Für Sie ... oder auch als lebendes Wesen?«

»Wäre das nicht eine schöne Aufgabe für das KGB, dem nachzuforschen?«

»Hören Sie mal zu, Serikow, ehe Sie vollends einschlafen«, mischte sich nun General Lagutin ein. »Was da auch geschehen ist — über diesen Andreas Herr werden wir auch noch an die Identität der Dame kommen! Ihnen sollte eines klar sein: Gospodin Herr war Gast. Ein sehr gern gesehener, geladener Gast. Eine Art Demonstration der neuen Politik: die Öffnung nach Westen ...«

»Weil uns der Chinese im Genick sitzt«, sagte Serikow und lächelte mild.

»Wenn sich dieser Andreas Herr in eine Russin verliebt hatte und sie vielleicht heiraten wollte ... wir hätten in diesem ganz speziellen Fall, entgegen unseren Usancen, einer Heirat zugestimmt, eben zu dem Zweck, diese ost-westliche Liebe propagandistisch auszuwerten. Bei den bekannten Übertreibungen der westlichen Presse wäre daraus ›Das Liebespaar des Jahres‹ geworden ... eine Publicity für die neue Politik, die uns nur eine Unterschrift gekostet hätte. Aber welche Breitenwirkung! Das zur politischen Seite Ihres Privatkrieges gegen Gospodin Herr. Verstehen wir uns, Serikow?«

»Vollkommen.« Serikow drehte den Kopf zur Seite.

»Und was dieser Schwachkopf von Putkin in seinen Meldungen abgegeben hat, ist vollendeter Blödsinn ...«, sagte Bubnow und klappte die Mappe zu. »Ein Wichtigmacher. Ein Brüllochse, weiter nichts. Das Schicksal war ihm gnädig und hat ihn mit abstürzen lassen. Andreas Herr hat nie, zu keiner Minute, eine westliche Spionagetätigkeit ausgeübt. Was er fotografierte, geschah unter unseren Augen.«

»Auch in der Raketenbasis von Jejorssk?«

»Auch das! Er hatte einen unbrauchbar gemachten Film in der Kamera ... zu Hause hätte er's beim Entwikkeln gemerkt. Ein Paradefall des Wohlwollens, General Serikow ... nur Sie haben versagt.« Der kleine dicke Bubnow erhob sich. »Schlafen Sie weiter, Genosse. Es ist das beste, was man Ihnen wünschen kann ...«

Serikow rührte sich nicht. Er hörte nur das Zuklappen der Tür und wußte, daß er jetzt wieder allein war. Er wartete, aber kein Arzt kam zu ihm, nicht mehr die nette, lustige Krankenschwester mit den gekräuselten lackschwarzen Haaren ... niemand kam mehr, um sich um Serikow zu kümmern.

Er war eine Null geworden. — Ein Nichts.

16

Sie hatten den vereisten Fluss erreicht, das schmale Felsental, in Millionen Jahren von dem sprudelnden Wasser ausgesägt. Glatt geschliffene Steinmauern, ausgewaschene Höhlen, schmale Spalten, als könne der Fluß eine Axt schwingen und in die Berge hacken.

Andreas blickte sich um und schüttelte den Kopf. Putkin, der am Ufer stand, beobachtete ihn mißbilligend.

»Was gefällt dem deutschen Herrchen nicht?« rief er. »Ein Fluß, ein Wald und massive Felsen, was wollen Sie noch mehr? Hier überwintern wir ... und wenn die ersten Bären herauskommen und die Fische aus dem Fluß holen, wissen wir, daß es Zeit ist, weiterzuziehen.« Er warf seinen Fellsack in den Schnee und setzte sich darauf. »Ich bleibe.«

»Putkin, Sie sind Ingenieur wie ich.« Andreas sah den Fluß hinauf, dort, wo er mächtig aus dem Berg kam, als spucke die Natur ihn aus. Jetzt war das alles eine Eisdecke, unter der es rumorte. Aber wenn die Eismauer brach und der Fluß sich wieder frei bewegen konnte, mußte er wie ein breiter Wasserfall herunterkommen, sich in das Felsental zwängen lassen, um erst ein paar hundert Meter südlich in seiner ganzen majestätischen Breite dahinfließen zu können ... träge und doch kraftvoll, einer der sibirischen Flüsse, die wie Adern diesem mächtigen Leib das unsterbliche Leben gaben. »Fällt Ihnen nichts auf?«

»Nein.«

»Auch wenn Sie nur nach Öl bohren, können Sie unmöglich geologisch ein völliger Idiot sein! Sehen Sie sich diese Felsbarriere an. Seit Millionen Jahren kämpft der Fluß dagegen an. Jedes Jahr siegt er ein bißchen mehr, bricht Ecken ab, gräbt neue Löcher, unterhöhlt, läßt einstürzen, verbreitet die Furchen, bohrt in den Höhlen ... und wenn die Schneeschmelze kommt, wird der Fluß um das Doppelte mindestens ansteigen und sich tosend durch diesen Engpaß stürzen. Da hinten, da hat er endlich Platz, da atmet er auf. Aber hier? Und wir sitzen dann dort in den Felsen und ersaufen wie altersschwache Ratten.«

»Andrej hat recht«, sagte die Susskaja. Sie küßte Andreas in den Nacken. »Geben Sie es zu, Igor Fillipowitsch.«

»Er hat immer recht, weil er die Teetafeln trägt!« brüllte Putkin.

»Sie Kindskopf!«

»Aber bitte, bitte ... ziehen wir weiter! Hinunter ins weite Tal. Je breiter das Land, um so kräftiger weht uns der Wind an. Aber der Deutsche muß es ja wissen! Der studierte Herr Ingenieur! Ich beuge mich dem Blödsinn, aber wer mich später für das Wegfliegen der Zelte verantwortlich macht, wenn die Stürme kommen, dem trete ich die Gedärme aus dem Leib.«

Er warf seinen Sack auf den Rücken und stapfte am Fluß entlang abwärts.

Andreas spannte sich vor den Flechtschlitten und zog Morotzkij weiter. Es war eine leichte Arbeit, der Boden war glatt, vor allem direkt am Fluß, und wenn es Steine gab, dann waren sie so groß, daß man sie umgehen konnte. Zudem schlief Morotzkij. Zum erstenmal schlief er richtig, ohne hochzufahren und »Hölle! O Hölle!« zu brüllen. Der konzentrierte Teesaft hatte ihn anscheinend betäubt. Er spürte keine Schmerzen mehr, und ein schmerzloser Mensch liegt wie in den Falten von Gottes Mantel.

Am Abend erreichten sie endlich das weite Tal. Der Wald rückte wieder bis an den Fluß vor … nur ein Streifen von etwa zwanzig Metern blieb zwischen Wasser und Bäumen. Ein sanft sich senkendes Ufergelände, von dem Putkin lauthals behauptete, unter dem Schnee liege Sand. Noch einmal blickte Andreas kritisch zurück, war mit dem ›Sicherheitsabstand‹ zu der Felsenröhre einverstanden und stach seine Skistöcke in den Schnee.

»Hier! Putkin … hier!«

»Lob und Preis sei dem Kolumbus von Sibirien!« sagte Putkin und warf seine Lasten ab. Er hatte zwei Säcke getragen, weil Nadeshna nur noch schwankend, mit weit offenem Mund, ihnen hatte folgen können. Nachdem Putkin ihr den Verpflegungssack abgenommen hatte, war es besser gegangen. Es war unheimlich, welche Kraft dieser Kerl besaß. Wie allen mußte die Müdigkeit auch ihm bis in die Knochen gedrungen sein, aber keiner sah es ihm an. »Ich muß Ihnen widerwillig recht geben, Andrej: Das ist ein schöner Platz. Wenn es Sommer ist, muß es sich hier leben lassen wie an der Riviera von Sotschi.«

Sie setzten sich erschöpft auf die Säcke, sahen über den zugefrorenen Fluß, zurück zu dem Felsental und dem Hügel, an dem sie bald zerbrochen wären, und erkannten erst jetzt, was sie hinter sich gebracht hatten.

»Es ist unglaublich, was ein Mensch leisten kann«, sagte Nadeshna. Ihre helle Stimme vibrierte stark. »Aber jetzt ist es zu Ende. Ich werde in den Schnee fallen und schlafen …«

Es war nur so dahergesagt … Nadeshna tat es nicht. Der heranziehende Abend ließ es nicht zu, sich endlich auszustrecken. Putkin und Andreas schlugen die Zelte auf … nicht am Ufer, sondern im Wald, zwischen den

Stämmen, in sicherer Entfernung vor einem Hochwasser, das man im Frühjahr erwartete.

Im Frühjahr ... welch ein Gedankensprung! Der Winter hatte gerade begonnen, die Monate, die noch kommen würden, bargen genug Überraschungen.

Katja und Nadeshna bauten die Feuerstelle. Steine lagen genug herum, gutes, glattes Urgestein, das nicht in der Hitze zerplatzte. Sie schichteten sie zu einem runden Herd, füllten den Hohlraum mit Holz und bliesen dann Kopf an Kopf in die noch schwachen Flammen.

»Unsere Freude sollte uns nicht verleiten, planlos zu leben«, sagte Putkin später. Sie saßen um das hochflammende Feuer, aßen ein Stück von einem der Schneehasen, köstlich gewürzt mit Nadeshnas Kräutern, und tranken dazu heißes Wasser. Andreas hatte sich geweigert, Tee zu opfern, und Putkin wiederum hatte es abgelehnt, die Flasche Schnaps, die ihm Kyrill Jegorowitsch geschenkt hatte, anzubrechen. Erst zum Richtfest, hatte er gesagt. Es sei doch klar, meinte er, daß man jetzt ein festes Haus baue.

»Was tun wir zuerst?« fragte er. Morotzkij schlief noch immer, lag jetzt im Zelt und war mit Fellen gut zugedeckt. »Ich will nichts sagen, sonst heißt es wieder, ich habe die Schnauze vorn. Aber bedenkt, Freunde: Wir werden hier, an dieser Stelle, fünf Monate bleiben! Das ist eine Zeit! Da muß man überlegen, was alles geschehen kann mit uns, und darauf vorbereitet sein. Was also ist zu tun?«

»Wir bauen eine Hütte«, sagte Andreas. »Eine richtige, feste Blockhütte.«

»Mit einem großen, warmen Ofen aus Flußgestein«, sagte Nadeshna, als zähle sie ihre Wünsche für Weihnachten auf.

»Mit Bettgestellen und drei Kammern ... für jede Familie eine. Putkin gilt allein als Familie«, sagte die Susskaja.

»Ein gutes Wort.« Putkin biß in den Hasenschlegel,

riß das heiße, dampfende Fleisch vom Knochen, schlang es hinunter, schmatzte, wischte sich das Fett aus dem Bart und trank glucksend ein paar Schlucke des erhitzten Schneewassers. Es schmeckte nicht ganz so fad... Nadeshna hatte ein Gewürz hineingestreut, das einen säuerlichen Geschmack ergab. »Ein Haus! Ein starkes Haus! Andrej, seien Sie ehrlich: Wartet in Deutschland jemand auf Sie?«

»Meine Firma ...«

»Keine lauwarme Antwort, Schurke.« Putkin stieß ihn mit dem halb abgenagten Hasenknochen an. »Ein Weib, meine ich.«

»Nein.«

»Lüge! Ein Kerl wie Sie, der unter jeden Weiberrock guckt, hat in der Heimat eine leere Matratze? Pfui Teufel, wie er lügt!«

»Es wartet niemand auf mich.« Andreas legte den Arm um Katjas Schulter. Sie kam ihm entgegen, drückte sich an ihn und schmiegte den Kopf an seine Schulter. Putkin betrachtete es mit einem innerlichen Knurren. »Wirklich niemand. Vielleicht, weil ich zuviel Frauen kenne ...«

»Würden Sie in Rußland bleiben, Andrej?«

»Man würde es nicht zulassen.«

»Wissen Sie, was Katja Alexandrowna mit Ihnen vorhat? Quer durch Rußland in die Turkmenische Republik und dann nach Persien ...«

»Sie sind ein ekelhafter Schwätzer, Igor Fillipowitsch!« sagte die Susskaja hart. »Und ein Hohlkopf dazu. Sie glauben wirklich alles, was man Ihnen sagt.«

In der Nacht — die anderen schliefen längst, und Putkins gewaltiges Schnarchen drang volltönend aus dem Zelt — saßen Katja und Andreas noch am Feuer, gegen die beiden Materialsäcke gelehnt, und streichelten ihre aufgetauten, jetzt von der Hitze der Flammen geröteten Gesichter, küßten sich oder sahen sich bloß stumm an, weil es keiner Worte bedurfte. Diese Augen, dachte Andreas. Diese Lippen! Diese Fingerspitzen, die wie glühende Punkte über mich gleiten. Ich werde nichts vergessen können, nichts mehr ... an dieser Frau werde ich zugrunde gehen.

»Könntest du wirklich in Rußland bleiben?« fragte sie plötzlich. Er fuhr unter ihren Worten zusammen, als habe sie ihn geschlagen. Ihr Kopf lag jetzt in seinem Schoß, die Haare flossen über seine Schenkel, es war heiß vom Feuer her, sein um die Schulter gelegter und ausgebreiteter Fellmantel hielt die Wärme fest wie eine aufgespannte Wand, und Katja hatte ihre Pelzjacke geöffnet, seine Hände über ihre Brüste geschoben, und er spürte das Schlagen ihres Herzens, ein starker Schlag, voll von herrlichem Leben.

»Nur, wenn du bei mir bist, Katjuschka ...«

»Ich bin bei dir, Andruscha ...«

»Immer?«

»Bis zum letzten Atemzug.«

»Dann ist es gleichgültig, wo wir leben ...«

»Auch in der Taiga?«

»Auch da.«

»Sollen wir hierbleiben, Andrej? Hier an diesem Fluß? In dem Haus, das wir bauen werden?«

»Und Putkin? Nadeshna und Morotzkij?«

»Sie können weiterziehen, wenn sie Lust dazu haben. Unsere Welt ist klein geworden, Andrej. Nur noch du und ich ... aber es wird eine herrliche Welt sein. Wollen wir in der Taiga bleiben?«

Er nickte und suchte nach einem Wort, aber er fand es nicht. Er blickte von Katjas seligem Gesicht weg in die Dunkelheit. Das Eis des Flusses glitzerte im fahlen Licht eines verschleierten Mondes, die Gerippe der Bäume stachen in die Finsternis hinein, das Gurgeln des gefangenen Flusses klang zu ihnen wie das verzweifelte Atmen eines Erstickenden.

»Ja ...«, sagte er. »Wir wollen es versuchen ...«

»Es wird unser Land sein.« Sie zog seinen Kopf zu

sich hinunter und drückte ihn an ihre Brüste. »So weit du blicken kannst: unser Land! Und keiner wird uns stören ...«

Er roch ihren Körper, zerteilte alles, was auf ihm lag, mit den Händen und vergrub sein Gesicht in das volle, duftende Fleisch ihrer Brüste. So saß er eine ganze Zeitlang, betäubt von dem, was er gehört und geantwortet hatte und noch mehr betäubt von der Vorstellung, ein ganzes Leben lang in der Taiga, unter Bäumen und an einem Fluß verbringen zu müssen.

»Ich liebe dich, Andrej ...«, sagte die Susskaja. »Mein Gott, ein Mensch kann nur einmal so lieben ...«

Das war es, was ihn besiegte. Es löschte alles in ihm aus, was einmal Andreas Herr gewesen war. Er war nur noch Andrej, der Verdammte, und da war nur noch Katjuschka ...

17

Schon am nächsten Tag begannen sie mit dem Bau des Hauses.

Andreas hatte auf ein Stück Sackleinwand den Grundriß gezeichnet und hielt den Plan Putkin unter die Augen, als dieser seinen morgendlichen Tee — das heiße Wasser mit den säuerlichen Kräutern — getrunken hatte.

»Diese deutsche Gründlichkeit!« sagte Putkin und schob Andreas' Hand weg. »Sie bekommen es fertig und machen auch noch eine statische Berechnung. Ein Blockhaus ist das selbstverständlichste Ding von der Welt: Ein Steinkranz als Fundament, darauf die Ringbalken, und schon geht's in die Höhe. Stamm auf Stamm in Kerbe, damit es schön dicht wird. Dann die Ritzen ausgestopft mit Moos oder was man gerade hat, sehen Sie da Probleme?«

»Ja.« Andreas betrachtete seine Zeichnung. »Beim Dach und bei den Bodendielen. Ihre Fäuste mögen wie Dampfhämmer sein, aber hobeln können sie nicht.«

»Es ist alles nur eine Zeitfrage, Andrej.« Putkin schmatzte an seinem Fladen herum, den Nadeshna in der Pfanne aus Weizenmehl, Wasser und Honig gebakken hatte. »Wir haben eine Axt und zwei Beile, zwei Feilen und drei Schraubenzieher. Das genügt.«

»Es wird eine Sauarbeit, Putkin.«

»Wozu haben wir den Fluß und seine Steine? Wir werden uns einen Hobel aus Steinen machen. Oder wollen Sie das Haus bei einem Schönheitswettbewerb melden? Die Stämme spalten wir, und dann geht's los mit dem Schaben, bis sie halbwegs glatt sind.« Er putzte die Hände an seinem dicken Fellmantel ab und begann, sich aus Kyrills fürchterlichem Tabak und einem Stück der letzten Seite der Prawda eine Zigarette zu drehen. »Sie auch, Andrej?«

»Bitte, aber keine solche Riesenwurst wie Ihre Papyrossi.« Sie steckten die Zigaretten am Feuer an, husteten die ersten vier Züge, bis sie sich an den beißenden Qualm gewöhnt hatten, und warteten auf die Frauen. Sie waren noch im Zelt bei Morotzkij. Die Susskaja erneuerte den Verband und legte bessere Schienen an. Man hörte Morotzkijs Stöhnen bis zum Lagerfeuer und Nadeshnas zärtliche Worte, die ihn beruhigen sollten. Für den Fall, daß die Schmerzen unerträglich wurden, hatte Andreas ein ganz kleines Stückchen des Wundertees geopfert.

»Was haben Sie die ganze Nacht gemacht?« fragte Putkin plötzlich.

»Geschlafen ...«

»Der Bursche lügt schamloser, als ein Kalmücke furzt«, sagte Putkin böse. »In der Nacht bin ich einmal aufgewacht ... da waren Sie und Katja nicht im Zelt. Ist Ihnen das nicht zu kalt draußen im Schnee? Sie können's wohl überall, was? Selbst ein Schneehasen-

Rammler würde sich's überlegen, das auf gefrorenem Boden zu machen.«

»Katja und ich haben über die Zukunft gesprochen, Putkin.«

»So kann man's auch nennen. Diskussion auf Nut und Feder ...«

»Wer so viel und dämlich darüber spricht wie Sie, muß impotent sein. Können Sie sich keine andere nächtliche Unterhaltung vorstellen?«

»Mit Jekaterina Alexandrowna? Nein!« Putkin putzte mit einem Lappen seinen Bart ab. Aus dem Zelt klang Wimmern und Nadeshnas beruhigende Stimme. »Andrej, reizen Sie mich nicht. Impotent! Ein Putkin! Wenn es mir einfällt und ich kümmere mich um unsere Betschwester, dann sollen Sie mal die Jubelchöre hören, die sie singt!« Er beugte sich vor, hielt die Hände über das Feuer und drehte sie. »Teilen wir die Arbeit ein. Nach Plan arbeiten — ich meine damit nicht Ihre dumme Zeichnung, sondern den Arbeitsablauf — ist auch in der Taiga notwendig. Also, was wollen Sie: Verpflegung schießen oder Bäume fällen?«

»Ich fälle mit Ihnen die Bäume, und Katja schießt, wenn sie etwas findet.«

»Einverstanden.« Putkin erhob sich. Es war ein trüber Tag, der Himmel hing bis in die Spitzen der Bäume. Der Wind schlief noch, es würde sicherlich bald wieder schneien. »Da Sie ja alles besser wissen: Wo soll das Haus stehen?«

»Am Waldrand, ein paar Meter von der Böschung entfernt. Wenn im Frühjahr Schnee und Eis weg sind, bauen wir in den Hang eine schöne breite Treppe.«

»Mit breitem Geländer und Marmorstatuen drauf wie in Zarskoje Selo ...«

»Vielleicht. Sie können ja einige Tiere ausstopfen, Putkin. Wir werden viel Zeit haben.«

»Glauben Sie! In einer Woche sind Sie krumm wie ein rheumatischer Hund, Andrej. Sie wissen nicht, was es heißt, vereiste Bäume zu fällen. Sie haben als Grubeningenieur Ihre Stützstempel immer sauber zugeschnitten geliefert bekommen. Hier müssen wir alles allein machen.«

Es wurde ein schwerer Tag.

Katja gelang es, einen Hasen und gegen Mittag sogar ein kleines Rentier zu schießen. An einem Strick schleifte sie es hinter sich her und rief schon von weitem:

»Hier steht eine ganze Herde! Ich habe das Kleine geschossen, weil es lahmte: Gibt es eigentlich so etwas wie ein Winterlager wilder Rentiere?«

»Eigentlich nicht. Rentiere sind Nomaden.« Putkin begutachtete das geschossene Tier. Er schwitzte gewaltig von der Arbeit an den vereisten Bäumen, aber den Pelz auszuziehen, wäre jetzt tödlich gewesen. So dampfte er, wie aus einem Waschkessel gezogen, und Andrej lehnte schwer atmend an einem Baum, dessen Stamm sie bis zur Mitte durchgehackt hatten. Sechs Bäume lagen schon gefällt im Schnee, wahre Riesen, an denen Andrej zaghaft emporgeblickt hatte, als Putkin sie mit einem Axthieb zeichnete: Das sind sie! »Wenn die Herde hier steht«, sagte Putkin, »dann ist das hier ein guter Platz. Ein Tier merkt das sofort ... wir Menschen sind in dieser Beziehung die dümmsten Geschöpfe. Lassen wir uns überraschen.«

Am Nachmittag gab Andreas auf. Er konnte das Beil nicht mehr halten, es rutschte ihm einfach aus den Fingern, so fest er sie auch zusammenpreßte. Putkin nickte und schulterte die Axt.

»Brechen wir ab, Andrej. Sie haben sich gut geschlagen. Nach dem zweiten Baum dachte ich: Jetzt wirft er sich daneben. Aber nein ... wir haben noch neun Bäume umgelegt. Sie sind ein zäher Kerl. Das Training bei den Weibern muß doch einen Sinn haben.«

Im Lager hatten Katja und Nadeshna gut gearbeitet. Das Ren war ausgeweidet und zerteilt und schon zu eisenharten Stücken gefroren. Das Fell hatten sie an

Pflöcken und in den Schnee gesteckten langen Aststangen aufgespannt, geschabt und ließen es nun vom Frost konservieren. Aber das war es nicht, was Andreas und Putkin zum Staunen brachte. Schon von weitem hörten sie rhythmisches Hämmern, so, als wenn jemand Blech bearbeitete. Dann sahen sie die Susskaja unten am Fluß sitzen, vor sich einen der dicken, rundgeschliffenen, zentnerschweren Steine, und auf diesem Stein bearbeitete sie das Stück Leichtmetall, das Putkin stur, wie er war, mitgeschleppt hatte. Zuletzt hatte Morotzkij darauf gelegen, es diente als glatte Unterlage zwischen Flechtschlitten und Pelzdecken.

Putkin schüttelte den Kopf. Was Katja da fabrizierte, sah rund aus ... mit Hammerschlägen trieb sie die Leichtmetallplatte zu einer Art Rohr.

»Was soll denn das?« fragte Putkin.

»Wenn Sie Fantasie hätten, könnten Sie erkennen, daß es ein Ofenrohr wird.«

»Aha! Wo Weiber sind, beginnt der Luxus! Wozu brauchen wir ein Ofenrohr?«

»Wie lange dauert der Hausbau, Putkin?«

»Einige Wochen ...«, sagte Putkin vorsichtig.

»Und solange leben wir in einem kalten Zelt? Warum? Nadeshna und ich bauen einen Steinofen, und den Rauch leiten wir mit diesem Rohr durch ein Loch im Zelt ins Freie. Ist das keine gute Idee?«

Putkin sah Andrej entgeistert an. »Haben Sie daran gedacht, Andrej?«

»Nein. Und dabei wäre es das Nächstliegende gewesen.«

»Ich nehme einen Teil meiner Philosophie zurück ...«, sagte Putkin, tätschelte das halbfertige Ofenrohr und dann Katjas erhitztes Gesicht. »Es ist doch ein gewisser Nutzen, daß es Weiber gibt ...«

Sie ließen die Susskaja bei ihrem Steinamboß und stapften zum Lager. Dort war Nadeshna mit dem Abendessen beschäftigt, während Morotzkij neben dem

Feuer lag, von Katja so steif geschient, daß er sogar protestiert hatte und sich zu der Frage hinreißen ließ: »Wie, Dr. Susskaja, soll ich mit diesem Holzpanzer Nadeshna lieben? Erklären Sie mir das?« Und Katja hatte geantwortet: »Überlassen Sie das Nadeshna. Ich traue ihr genug Fantasie zu, dieses Problem zu lösen.«

»Sie haben mir immer noch nicht erklärt«, sagte Putkin, während sie müde durch den Schnee stapften, »was Sie mit Katja Alexandrowna über Ihre Zukunft besprochen haben.«

»Das ist schnell gesagt, Putkin: Wir wollen hierbleiben.«

Putkin blieb stehen, als wäre er gegen eine unsichtbare Wand gelaufen.

»Hier? In der Taiga?«

»Ja.«

»An diesem Fluß? Auf diesem Platz hier?«

»Er ist ideal, Putkin. Weit weg von den Menschen, wie es sich für ein Paradies gehört. Wir werden Rentiere einfangen und abrichten ... und im Sommer wird es keine Höllenwanderung sein, wieder den Hügel dort zu überklettern und Väterchen Kyrill zu besuchen. Wenn er 45 Jahre hier glücklich war, warum können wir das nicht auch?«

»Haben Sie das den anderen schon gesagt?«

»Nein. Im Frühjahr kann jeder machen, was er will.« Andrej blickte hinüber zu Katja. Ihr Hämmern hallte laut durch die Stille. »Sie schlagen sich selbstverständlich durch, Igor Fillipowitsch, nicht wahr?«

»Natürlich! Was soll ich hier?«

»Und wenn Sie draußen sind, kassieren Sie einige tausend Rubel Kopfgeld für uns. Es kommt allerhand zusammen: Der gesuchte Kosakenrittmeister Kyrill Jegorowitsch Kirsta, der Mörder Morotzkij, die Bibel- und Priesterschmugglerin Nadeshna Abramowa, die flüchtige Ärztin Susskaja ... da klingelt es in der Handfläche.«

»Trauen Sie mir das zu?« fragte Putkin dumpf.

»Ja.«

»Diese dämliche Ansicht der Deutschen, wir Russen seien alle Untiere! Das hängt fest, was? Das läßt sich nie korrigieren! Das ist euer historisches Marschgepäck! Wann lernt man endlich begreifen, daß auch hinter der Oder Menschen leben? Welch ein Schwachsinn: Rubel für eine Anzeige. Man wird mich brüderlich küssen, mir eine Belobigung aussprechen, mich vielleicht zum Oberingenieur befördern, es kann auch sein, daß ich einen Vortrag anhören muß über die Pflichten eines Sowjetbürgers und seinen ständigen Kampf gegen reversible Kräfte ... Andrej, warum halten Sie mich für ein Ungeheuer?!«

»Weil Sie undurchschaubar sind. Mal sind Sie ein Berg aus Gemeinheit, mal ein Klumpen reiner Kindlichkeit. Dann wieder sind Sie gefährlich wie eine geschärfte Sprengladung, und plötzlich traut man Ihnen zu, daß Sie weiße Mäuse streicheln.«

»Bin ich so?« Putkin sah Andreas staunend an. Die Augen in diesem von Haaren überwucherten Gesicht waren von einem tiefen Blau. Verblüfft sah Andreas das zum erstenmal. Ein so klares Blau, daß er unwillkürlich zum Himmel blickte, ob es nicht eine Spiegelung sein könnte. Aber der Himmel war grau und trübe und voll von Schnee. Warum er nicht platzte, war ein Rätsel. »Das hat mir noch keiner gesagt.«

»Sie hatten alle Angst.«

»Und Sie haben keine Angst, Andrej?«

»Nein.«

»Aha! Aha! Warum nicht?«

»Ich bin glücklich, Putkin. Und es ist verdammt hart erobertes Glück ... und es werden Monate kommen, in denen Katja und ich um dieses Glück kämpfen müssen. Ein ständiger Kampf gegen diese gewaltige Natur: gegen den Wald, den Fluß, den Himmel, die Tiere ... gegen die Krankheiten, die uns befallen werden, und gegen die eigene Schwäche, doch noch aufzugeben. Wenn man das alles durchsteht, Putkin, aus Liebe durchsteht, wo bleibt da noch Platz für die Angst vor einem Monstrum wie Sie?«

»Andrej, Sie sind wirklich ein glücklicher Mensch.« Putkins Augen kamen näher. Ehe sich Andreas wehren konnte, fühlte er sich gepackt, an die breite Pelzbrust gezogen und spürte Putkins dicke Lippen auf seinen Wangen. Links, rechts, links ... drei Bruderküsse, die schon mehr drei Schläge waren, so intensiv und kräftig demonstrierte Putkin seine Zärtlichkeit. »Sie haben Katja Alexandrowna ...«, sagte er nach diesen gewaltigen Küssen. »Wenn ich Nadeshna, die Betschwester, wäre, würde ich sagen: Danken Sie Gott ...«

Vom Feuer zog der würzige Duft des Hasenbratens herüber. Katja hämmerte noch immer an ihrem Ofenrohr. Der graue Himmel schwärzte sich von innen heraus. Es wurde Abend, und es würde in dieser Nacht wieder schneien. Der Himmel konnte die Last unmöglich länger halten.

»Ich trete auf meinen Magen ...«, sagte Putkin. »Haben Sie jemals einen köstlicheren Duft eingesogen? Nadeshnas Hasenbraten, mit Thymian eingerieben. Ha, ich könnte sie aus Dankbarkeit notzüchtigen!« Er hielt Andreas fest, der weitergehen wollte, und zog ihn zurück. »Andrej, noch kein Wort zu den anderen. Laß es erst Frühling werden.«

Andreas nickte. Wann ist Frühling? dachte er. In fünf oder sechs Monaten. Wie sehen wir dann aus ...

18

Das Haus wuchs schneller empor, als man berechnet hatte. Putkin und Andreas schufteten wie Maschinen, bei denen der Maschinist nicht mehr weiß, wie man sie abstellen kann. Die Bäume krachten zur Erde, riesige Berge Astwerk türmten sich rund um das Zelt, und Nadeshna bemühte sich wirklich, daraus Reisigbündel zu machen, sie zu trocknen und für Wochen Brennmaterial zu schichten. Sogar der eingeschiente Morotzkij half mit. Er schnitt, auf dem Rücken liegend und die Äste über sich ziehend, mit einem Messer, das Putkin an einem Stein scharf geschliffen hatte, lange Zweige ab und schichtete sie neben sich.

Die Schmerzen hatten nachgelassen, die Knochen begannen, wieder zusammenzuwachsen.

»Sie sind ein medizinisches Rätsel«, sagte die Susskaja einmal zu Morotzkij. »Ihre Knochen sind morsch wie bei einer Mumie, aber wenn sie gebrochen sind, produzieren sie genug Kallus, um sich wieder zu festigen. Das ist Unlogik in Ihrem Körper, Semjon Pawlowitsch. Wenn das so weitergeht, können Sie in sechs Wochen wieder stehen.«

Das Ofenrohr war ein Gebilde eigener Art geworden. Da sie weder löten noch nieten konnten, hatte Andreas ein paar Nägel geopfert und damit notdürftig die übereinandergebogenen Blechenden zusammengehalten. Bei einer Probe aber zeigte es sich, daß die ganze ›Naht‹ entlang der Rauch entwich und damit der Sinn eines Rauchabzuges nicht erreicht war.

»Weint nicht, Kinderchen«, sagte Putkin, als man um das der Länge nach qualmende Rohr hockte und überlegte. Er stellte einen Brei aus Erde und Gras her — wozu man erst einen Flecken Erde freischaufeln mußte — und schmierte damit die Naht des Rohres zu.

»Man muß es ab und zu erneuern«, sagte er dann.

»Aber wir haben jetzt Zeit, uns etwas Geniales einfallen zu lassen.«

Der Ofen in dem Zelt, ein schöner, dicker Steinkranz mit flachen, breiten Steinen als Ofenplatte, erwies sich als ein wahrer Segen. Der Rauch zog tatsächlich durch das Rohr ab, es verbreitete sich eine herrliche Wärme, man konnte ohne die Pelze leben, ja, man zog sich bis aufs Hemd aus und genoß es, in einer überheizten Luft zu leben, während draußen die Bäume unter dem Frost aufbrachen und Stämme sich spalteten, als sei der Blitz in sie gefahren. Als zum erstenmal Feuer im Zelt brannte, standen sie alle draußen vor dem Ofenrohr, und als die erste Rauchwolke hervorquoll und weißgrau in die kalte Luft schwebte wie ein abgerissener langer Bart, umarmten sie sich alle, lachten wie die Kinder und gaben Morotzkij zur Feier dieses Tages ein Stückchen Preßtee zum Kauen.

An diesem Abend lag Putkin nackt im Zelt und badete sich in der Wärme. Er lag da ohne Scham, ein Muskelberg, säuerlich nach Schweiß stinkend, behaart wie ein Riesenaffe, streckte alle viere von sich, grunzte tief und zufrieden und ließ erst von dieser wahren Orgie der Zufriedenheit ab, als Andreas sagte:

»Igor Fillipowitsch, mit Ihrem Hintern verhindern Sie, daß Nadeshna eine Suppe kocht.«

Und Putkin antwortete: »Man soll mich steinigen oder enthäuten, wenn ich Nadeshna hindern sollte, mir etwas zu essen zu machen!«

Diese schöne Eintracht dauerte drei Tage ... dann war man wieder soweit, sich die Köpfe einzuschlagen. Putkin lauerte Nadeshna hinter dem Zelt auf, wo sie den Topf mit Sand auskratzte und dann mit Schneewasser nachspülte, griff ihr wortlos in die Bluse, dann mit der zweiten Hand unter den Rock, hob mit diesem Spezialgriff die vor Schreck Erstarrte hoch und schnaufte: »Hoiho! Es reiten die Kosaken nicht nur dem Pferd im Nacken ...«

Weiter kam er nicht. Nadeshna, die noch den Topf in der Hand hielt, schlug zu, es schepperte laut, der zweite Schlag traf Putkins Stirn mit der Kante und riß eine Platzwunde auf. Bevor sie zum drittenmal zuschlagen konnte, ließ Putkin sie in den Schnee fallen und trat nach ihr wie nach einem streunenden Hund. Nadeshna schrie auf, wurde von dem Tritt weggeschleudert, blieb neben den aufgestapelten Reisigbündeln liegen und krümmte sich im Schnee. Ihre Beine zuckten und wirbelten weiße Wolken auf.

Aus dem Zelt krochen Katja und Andreas. Sie sahen zunächst nur Putkin, dem das Blut über das Gesicht strömte. So eine Platzwunde am Kopf blutet gewaltig und verbreitet weit mehr Schrecken, als es nötig ist. Erst dann sahen sie Nadeshna, ein kleines, verkrümmtes, zuckendes Bündel, das den Schnee aufwühlte.

»Das Untier!« sagte Andreas und kam langsam auf Putkin zu. »Vorgestern ein Kind, gestern ein Freund, heute eine Bestie! Die vielen Gesichter des Igor Fillipowitsch. Wäre es nicht am besten, nur noch eins zu haben ... ein ruhiges, friedliches, totes Gesicht?«

»Bleib stehen, Andrej!« schrie die Susskaja hinter ihm. Dann rannte sie an ihm vorbei, stieß im Vorbeilaufen Putkin mit beiden Fäusten gegen die Brust, daß es dröhnte wie auf einer Kesselpauke, erreichte Nadeshna und drehte sie auf den Rücken.

»Ja, bleib stehen, Andrejuscha!« schnaufte Putkin. »Du verdammter, speichelnder Zwerg! Bist du ihr Vorhängeschloß? Ich habe sie angefaßt, jawohl! Nacht für Nacht höre und sehe ich euch, wie ihr wie die Katzen aufeinanderhängt ... und wer kümmert sich um mich? Bin ich kein Mann, he? Soviel Bäume kann ich gar nicht fällen, um lahm in den Lenden zu werden. Aber keiner hat Mitleid, keiner denkt daran ... und jeden Abend das gleiche. Nadeshnas zuckender Hintern, Katjas pendelnde Brüste ... und ich liege dazwischen und kaue an meinem Bart herum! Ist das eine gerechte Verteilung? Ist das ein echtes Kollektiv? Eine Hölle ist das! Wundert euch nicht, wenn ich euch eines Tages erschlage, um die Weiber allein zu haben!«

Die Susskaja hatte Nadeshna aufgehoben. Schwankend kamen sie jetzt zum Zelt. Katja stützte die wimmernde Abramowa und trug sie fast über den Schnee.

»Er hat sie getreten …«, sagte Katja, als sie an Andreas vorbeiging. »Dieses Vieh hat sie in den Leib getreten …«

»Was nun?« sagte Putkin. Er schüttelte die gespreizten Hände und stand da wie ein Koloß. »Gehen wir aufeinander los, Andrej? Komm her, mein Brüderchen. Es wäre eine gute Lösung … du bist der einzige, der mir im Wege steht. Morotzkij … ihn knacke ich wie einen Floh. Aber du hast Kraft, ich hab's an den Bäumen gesehen, du bist ein gefährlicher Bursche, mein Hengstchen … Kennst du die Geschichte von den beiden Bären, die sich so lange um ein Weibchen rauften, bis ihnen vor Altersschwäche die Zähne ausfielen? Soll's so bei uns werden?«

»Was bist du bloß für ein Mensch, Igor?« sagte Andreas leise.

»Jetzt bin ich ein Mann, dem die Hose zu eng ist. Wie willst du das abstellen, du Klugscheißer?«

Sie standen sich gegenüber wie damals vor den Flugzeugtrümmern, nur war alles jetzt viel ernster und auswegloser. Damals regierten nur der Jähzorn und die Wut auf alles, was Kirche heißt … an diesem Mittag aber machte sich eine Urkraft frei, die mit nichts mehr zu besänftigen war.

Putkin sah schrecklich aus.

Aus seiner Platzwunde an der Stirn rann noch immer das Blut, lief über sein behaartes Gesicht und gefror in seinem Bart zu roten Eiszapfen.

»Soll ich mich aufs Eis werfen und den Fluß lieben?« schrie Putkin.

»Vielleicht hilft es, Igor Fillipowitsch …«, sagte Andreas heiser vor Entsetzen. Was wird nun kommen, dachte er. Werden wir uns umbringen? Ich habe keine Angst mehr, habe ich einmal zu Putkin gesagt. Das war ein großes Wort. Natürlich habe ich jetzt Angst. Nicht um mich, ich war nie ein feiger Mensch ... aber welch eine Hölle hinterlasse ich Katja, wenn Putkin mich jetzt tötet ...

Im Zelteingang erschien wieder die Susskaja. Sie hielt das Gewehr vor sich und zielte auf Putkins Brust.

»Tiefer, mein Täubchen, tiefer!« schrie Putkin. »Schieß ihn weg, damit es Ruhe gibt!« Er griff in die Tasche, holte die alte ›Prawda‹ heraus, riß von der letzten Seite einen Fetzen ab und klebte ihn sich auf die Platzwunde. Dann ging er langsam auf Katja zu, mit hängenden Armen, gesenktem Kopf und den Händen in den Taschen seines Pelzmantels. »Warum schießt du nicht?« sagte er dabei. »So schieß doch, mein wildes Schwänchen! Ich werde es immer wieder tun, immer wieder. Ist das kein Grund für einen Mord?«

Er ging tatsächlich weiter, als die Susskaja den Finger am Abzug krümmte und nur ein winziger Ruck ihn noch vom Tod trennte. Das war so erschütternd, wie ein Mann kraftvoll in seine eigene Hinrichtung hineingeht, daß Katja das Gewehr absetzte und mit einem Blick zu Andreas hilflos die Schultern hob.

»Keiner kann mir helfen ...«, sagte Putkin und blieb stehen. »Kein Weib und keine Kugel. Was soll ich tun? Warum weiß denn keiner eine Antwort ...«

In der Nacht versuchte der bis zur Hüfte in Holz eingeschalte Morotzkij, sich Zentimeter um Zentimeter an den schnarchenden Putkin heranzuschieben. Nadeshna lag mit leise röchelndem Atem neben dem Ofen. Putkins Tritt hatte keine inneren Verletzungen hinterlassen, die Susskaja hatte sie genau untersucht und immer wieder die Schleimhäute nachgesehen, ob sie blaßrosa würden, was auf eine innere Blutung hindeutete. Aber nichts geschah ... der Schmerz wurde mit ein paar Krümeln von Kyrills Tee betäubt, nur der Schock blieb zurück und der Haß.

Leise, mit zusammengebissenen Zähnen, rutschte Morotzkij auf Putkin zu. Es war der Weg einer Schnecke von Moskau bis Leningrad, so kam es Morotzkij vor. Jeder Zentimeter, den er mit seinen steifen, eingeschienten Beinen überwand, verdoppelte seinen Entschluß, bis er neben seinem lahmen Leib auch noch einen Berg aus Rache und Mordbereitschaft mit sich vorwärtsschleppte.

Da er die Hände brauchte, um sich abzustoßen und weiterzuschieben, hatte er das Messer zwischen die Zähne geklemmt und biß darauf, als wolle er eine Rille in die Klinge pressen. Ein paarmal hob er den Kopf und starrte durch die Dunkelheit des Zeltes. Putkin war nicht zu verfehlen ... sein weißer Kopfverband schimmerte durch die Finsternis. Drei Handbreit tiefer, dachte Morotzkij. Da ist die Kehle, eine gute Stelle. Das Herz kann man verfehlen, aber die Kehle, da ist er garantiert zu töten. Ein Stich und ein schneller Schnitt mit der von ihm selbst so herrlich geschärften Klinge. Das wird auch ein Putkin nicht überleben. Und dann ist Ruhe um uns, endlich Ruhe.

Er rutschte weiter, stieß an einen Körper und sagte sich, daß es Katja Alexandrowna sein müsse. Um an Putkin heranzukommen, mußte man um sie herumkriechen, sie lag quer vor Putkin wie ein Wall, ein Hindernis, das mit seinen geschienten Beinen nicht zu übersteigen, sondern nur zu umgehen war.

Morotzkij starrte durch die Dunkelheit auf den weißen Kopfverband. Welch ein neuer Weg, dachte er. Unendlich wie von Moskau zum Kap Deschnew. Aber er ist zu überwinden, die Nacht ist noch lang, und Zentimeter reiht sich an Zentimeter, und jeder Zentimeter ist ein Tropfen Haß mehr.

Um Katja Alexandrowna herum ... und dann hinein in diesen dicken, widerlichen, ewig brüllenden Hals!

Morotzkij schaffte es nicht. An Katjas Füßen gab er auf. Seine Beine besiegten ihn, die Schmerzen in seinen Knochen zerschlugen seinen Mut. Er preßte das Gesicht auf den mit Fellen belegten Zeltboden, krallte die Hände in die Pelze und weinte lautlos in sich hinein.

Andreas, der zuerst erwachte, fand ihn am Morgen, nur eine Armlänge von Putkin entfernt, in einem ohnmächtigen Schlaf. Das Messer lag noch unter Morotzkijs Kopf.

Nach sieben Wochen stand das Haus.

Es war kein Tag der Freude ... man stand um das etwas schiefe Bauwerk herum und wußte, daß dieses Haus, diese stabile, massige Blockhütte mit dem merkwürdigen Dach, das aus Rundstämmen, buckeligen Brettern, dazwischengezogenen Zeltplanen und großen flachen Steinen bestand, die Hälfte ihrer Kräfte gekostet hatte. Ob die andere Hälfte ausreichte, ein Leben in der Taiga zu führen, wußte man nicht.

Putkin hatte sein Versprechen gehalten: Er hatte die einzige, wie ein Heiligtum gehütete Flasche Schnaps von Väterchen Kyrill geöffnet und ließ sie kreisen. Auch Morotzkij stand vor dem Haus ... seit einer Woche konnte er auf Krücken stehen, die natürlich Putkin geschnitzt hatte. Noch hielten Schienen seine Beine steif, aber wenn er vorsichtig auftrat, die Krücken etwas lokkerte, hatte er das Gefühl, sich selbst wieder tragen zu können. Vor allem aber konnte er jetzt mitarbeiten. Er schwang sich auf seinen Krücken hin und her, flocht Matten aus aufgetauten, biegsam gemachten und angewärmten Zweigen, nahm Fische aus und hatte eine ganz raffinierte Tierfalle konstruiert.

Überhaupt Fische!

Wenn die Flüsse in Sibirien zugefroren sind, heißt das nicht, daß nun die Fische wie in einem Paradies leben.

Die Jagd geht weiter, denn so ein dicker Fisch aus einem sibirischen Strom hat alles, was ein Mensch im Winter braucht: Fett und Eiweiß. Und so schlägt man Löcher in die Eisdecke, legt sich daneben, hängt einen Faden mit dem Köder hinein oder wartet still und unbeweglich wie eine Katze vor dem Mauseloch, bis unten im klaren Wasser ein schöner, gutmütiger und sich sicher wähnender Fisch vorbeischwimmt. Dann stößt man blitzschnell mit einer Art Dreizack zu und hebt den zappelnden Kerl auf das Eis. Aber gelernt muß das sein! Man muß zustoßen können wie ein fallender Habicht, man muß genau zielen und den Fisch sofort durchbohren, sonst macht er eine schnelle Bewegung und taucht in die Tiefe.

Putkin entwickelte darin keine Meisterschaft, er war nicht schnell genug. Hier war ihm Andreas überlegen, der mit jedem Stich etwas aus dem Eisloch holte und mühelos das Mittagessen zusammenbrachte. Putkin beschränkte sich auf seine Schnüre, aber er tat es mit System. Im Laufe der Wochen hatten sie beide zehn Löcher in die Eisdecke gehackt ... zwei große für Andreas' Dreizack, den er sich selbst aus einem Eisenrohr gehämmert hatte, und acht kleinere, in denen Tag für Tag Putkins Schnüre hingen mit kleinen Rentierstückchen als Köder.

Sieben Wochen Kampf mit dem Holz ... er war nun gewonnen. Das Haus stand, hatte wirklich drei kleine Zimmer, eine Tür, die an Lederriemen hing, einen Ofen, der — wie Morotzkij gelehrt sagte — in seiner urbanen Kraft das Schönste sei, was er je an Ofen gesehen habe; es gab eine Eckbank, einen Tisch und Nägel in den Balken, an denen man endlich seine Kleider aufhängen konnte. Draußen waren sieben Rentierfelle aufgespannt, neun Schneehasenbälge pendelten im Wind, in der Vorratskammer, einem Iglu aus festgeklopftem Schnee, lagen Fleisch und Fisch, vom Frost konserviert. Der Winter war nicht mehr der tödliche Gegner, er war wieder zu einer Jahreszeit geworden, deren Ende man abwarten konnte.

»Nun ist das Haus begossen«, sagte Putkin, nachdem die Schnapsflasche halb geleert war. Morotzkij, der noch nie ein großer Trinker gewesen war, zeigte schon glasige Augen und grinste blöd. »Wer betritt es zuerst?«

»Sie, Igor Fillipowitsch«, sagte die Susskaja. »Sie haben den Wald besiegt.«

»Aber ich bin ein Junggeselle, schöne Dame. Zuviel Ehre für mich, so ein schönes Nest in Besitz zu nehmen. Andrej, Sie haben noch vieles vor, wie man weiß ... gehen Sie zuerst.« Putkin hob die Flasche hoch und hielt sie gegen das fahle Tageslicht. »Ich erlaube mir als Gegenleistung, den Rest zu saufen.«

Andreas blickte Katja an. Sieben Wochen Arbeit hatten auch sein Gesicht geprägt. Sieben Wochen Kampf gegen diese gefrorenen Stämme hatten ihn verändert. Er sah jetzt aus wie ein kleinerer Bruder Putkins, ging wie dieser, hatte die gleichen, vom Baumharz gegerbten, schwarzbraunen schwieligen Hände und dachte oft schon wie Putkin nur an das unmittelbar Gegenwärtige.

»Bleibt es dabei?« fragte er leise.

Die Susskaja nickte. Ihr Lächeln hatte nichts von dem unwiderstehlichen Zauber verloren, aber es war fraulicher geworden.

»Es bleibt dabei, Andrejuscha.«

»Unser Haus?«

»Bis an unser Ende ...«

Sie faßten sich an der Hand und gingen auf die Tür zu, die weit offen stand. Der Ofen brannte noch nicht, aber seine Brennkammer war mit trockenem Holz gefüllt und wartete auf das Feuer. Hinter ihnen begann Nadeshna zu singen, natürlich ein frommes Lied, und Putkin brüllte seltsamerweise nicht dazwischen und übertönte sie nicht mit schweinischen Versen. Auch

Morotzkij sang, und das klang schauerlich, denn er hatte eine zwar laute Stimme, aber sie klang, als wenn man zwei Feilen aneinanderreibt.

An der Tür blieb Andreas stehen, hob Katja mit einem Schwung auf seine Arme und trug sie ins Haus hinein. Vor dem Ofen setzte er sie wieder ab, sie umarmten und küßten sich und fuhren erst auseinander, als Putkin mit wirklichem Zartgefühl Andreas das Knie in den Hintern stieß.

»Das Feuer, du romantischer Idiot!« knurrte er. Er hielt ein flammendes Holzscheit in der Hand und drückte es Katja in die zitternden Finger. »Das ist Ihre Arbeit, Katja Alexandrowna. Ein Ofen, der nie ausgeht, ist ewiges Leben. Man sagt das so, auch wenn es Quatsch ist.«

Er wandte sich ab und ging hinaus. Er schämte sich seiner Weichheit und Rührung, stapfte hinunter zu seinen Eislöchern und kontrollierte die Fischschnüre. Erst als aus dem Kamin der dichte Rauch quoll, Katja in der Tür erschien und ihm zuwinkte, warf er die gefangenen Fische über die Schulter und kam zurück.

Und noch etwas geschah an diesem Tag: Nadeshna hängte ein Gemälde auf.

Man sei darüber nicht so verwundert ... Holzkohle hatte man genug, wenn das Feuer verglommen war, und ein Stück Leinwand konnte man sich aus einem Sack schneiden, der nach dem Einsatz der Werkzeuge im Wald leer geworden war. So hatte Nadeshna mit einer schönen Kohlezeichnung begonnen, ohne daß es die anderen — außer Morotzkij natürlich — merkten. Jetzt aber, zum Einzug in das neue Haus, heftete sie ihr Werk an die Wand neben der Eckbank, und Morotzkij reichte ihr die Nägel an, die sie einschlug.

Es war ein schönes Bild, ohne Zweifel. Nadeshna Iwanowna Abramowa war ein begabtes Mädchen, das zeigte sich jetzt. Wäre sie nicht Lehrerin geworden, hätte sie eine Zukunft als Malerin gehabt. Nur hatte das

Bild — in dieser Umgebung vor allem — einen Fehler: Es zeigte das falsche Motiv.

Nadeshna hatte eine Madonna gemalt. Eine von Blumen umgebene, lächelnde, sanfte, sehr irdische und doch dem Himmel nahe Madonna.

Schweigend sahen die anderen zu, wie sie das Bild an die Wand heftete. Dann schielten sie alle wie auf ein Kommando zu Putkin. Betrachtete er es als persönliche Provokation, oder begriff er, daß in diesem Bild die ganze Sehnsucht einer in der Taiga gefangenen Seele steckte? Stürzte er sich auf das Bild, riß es von der Wand und zerstampfte es unter seinen klobigen Stiefeln? Oder tat er nur eins, was für Nadeshna noch schlimmer war: Trat er heran und bespuckte die Madonna?

Putkin zog das Kinn an und stierte auf das Bild. Morotzkij legte schützend den Arm um Nadeshna. Katja und Andreas suchten in Putkins Gesicht jenes verräterische Zucken, das immer einem Ausbruch vorauslief.

Aber nichts geschah. Putkin betrachtete das Bild, wiegte den Kopf hin und her und sagte dann ruhig: »Nadeshna, wo haben Sie das gesehen? Die Madonna hat links eine größere Brust als rechts!«

Sie hielten alle den Atem an, aber dann platzte das Lachen aus ihnen heraus wie eine Explosion. Sie bogen sich vor Lachen, die fürchterliche Spannung nicht nur dieser Stunde, sondern aller Wochen entlud sich in diesem brüllenden Gelächter. Es war fast schon hysterisch und an der Grenze des Irrsinns.

Aber es war nicht daran zu deuteln, es stimmte, was Putkin sagte: Nadeshnas Madonna hatte links eine größere Brust.

19

ZUFÄLLE SIND ES MEISTENS, die unser Leben bestimmen.

Das hört niemand gern, denn jeder will irgendwie und irgendwann sein Leben selbst geformt haben, aber wenn man's genau überlegt, waren es doch immer die nicht eingeplanten Dinge, die einen weitertrugen oder festhielten, in eine andere Richtung wiesen oder zur Umkehr zwangen. Genau betrachtet ist das Leben eines Menschen eine Anhäufung gelebter Zufälle. Zarte Gemüter nennen Zufälle poetisch Schicksal, religiöse bezeichnen so etwas als Gottes Fügung ... was Igor Fillipowitsch Putkin an diesem Nachmittag auf dem Eis des noch unbekannten Flusses erlebte, konnte weder Schicksal sein, denn so hinterlistig ist das Schicksal nicht, und schon gar nicht Gottes Fügung, denn so gemein ist kein Gott. Es war eben nur ein Zufall — aber was für einer!

Es begann mit der nüchternen Überlegung, daß die Fische nun langsam wußten, was die Löcher im Eis zu bedeuten hatten und deshalb einen anderen Weg unter der Frostdecke nahmen. Putkins Schnüre blieben immer öfter unberührt, und Andreas lag oft eine Stunde bäuchlings auf dem Eis, starrte ins Wasser und sah nichts, was er stechen konnte.

»Schlagen wir neue Löcher«, sagte Putkin. »Keiner soll sagen, Fische seien dumm. Sie haben uns durchschaut. Wir verlegen jetzt die Plätze mehr zum Ufer. Ich schwöre bei meiner Sehnsucht nach Weibern: Dort müssen ein paar fette Burschen stehen!«

Am Nachmittag begann Putkin mit dem Aufschlagen der Eisdecke, während Andreas Holz hackte und die Scheite an der Hauswand aufschichtete. Morotzkij schwebte in sieben Seligkeiten ... Katja Alexandrowna hatte ihm von einem Jagdausflug eine dicke Krähe mitgebracht. Nicht geschossen, sondern lebend. Ein

Prachtexemplar von Krähe, das sich das linke Bein gebrochen hatte und Morotzkij sofort zur Begrüßung in den Finger hackte.

»Eine Krähe, die sich das Bein bricht ... genau das paßt zu Ihnen, Professor«, hatte Putkin gesagt. »Fragen Sie sie mal, wie dämlich man als Krähe sein muß, damit so etwas passiert.«

Genau das tat Morotzkij. Er schiente das Bein der Krähe, band sie mit dem anderen Bein fest und begann, sich in der Lautmalerei der Krähensprache mit ihr zu unterhalten. Das klang absurd, Putkin sagte voraus, daß er das schwarze Biest bald erwürgen würde, bellte die Krähe an wie ein riesiger Hund und erreichte dabei, daß das Tier jedesmal herzerweichend kreischte, wenn es Putkins ansichtig wurde.

Das Krachen der Schläge hallte hell durch die stille Landschaft, als Putkin begann, in Ufernähe sein viertes Loch in die Eisdecke zu schlagen. Es war keine große Arbeit, das Eis brach schnell ein, und unter dem Eis war kein Wasser, sondern Ufersand. Es mußte eine Sandbank sein, die in den Fluß hineinragte und die gerade überspült worden war, als der Frost einsetzte.

Fluchend warf Putkin die Axt weg, bückte sich, griff in den Sand und riß ein großes, gefrorenes Stück los. »Sand!« brüllte er zu Andreas hinüber, der gerade neue Scheite stapelte. »Habe ich es nicht gesagt? Sand! Hier werden wir im Sommer liegen wie die Pensionäre am Schwarzen Meer!«

Er spielte mit dem Sandklumpen, als wäre er ein Ball, warf ihn hoch in die Luft, fing ihn wieder auf und hauchte ihn dann mit seinem dampfenden Atem an, um ihn aufzutauen. Das schien zu gelingen, goldgelbe Körner rannen durch seine Finger, aber plötzlich stutzte Putkin, ballte die Faust um den Rest Sand und blickte über den Fluß.

»Das ist nicht wahr«, sagte er leise. Und dann lauter und immer lauter werdend, bis es zu seinem typischen

Gebrüll wurde: »Das ist nicht wahr! Andrej! Andrej! Das ist nicht wahr! Andrej!«

Er rannte zur Hütte zurück, die geschlossene Faust vorgestreckt; die Susskaja stürzte aus dem Haus, Nadeshna folgte ihr, komischerweise das Gewehr in den Händen, dann erschien sogar Morotzkij, an einer Krükke humpelnd, in der anderen Hand ein langes Messer. Andreas griff sein Beil fester. Ging es wieder los? War der andere Putkin, das Monster, denn schon wieder erwacht?

Putkin rannte wie um sein Leben, die geschlossene Faust noch immer vorgestreckt, hielt dann vor den anderen an und öffnete die Hand. »Was ist das?« schrie er. »Andrej, was ist das? Sag es laut, ganz laut, mein Brüderchen ...«

»Sand.« Die Susskaja starrte den wie irren Putkin an. »Sand ...«

»Seid ihr denn alle blind?« Es war fast ein Heulen, das aus Putkin herausbrach. »Sand! Sand! Was für ein Sand? Habt ihr denn keine Augen?«

Andreas ergriff Putkins Hand, holte sie zu sich heran und zerteilte die jetzt trockenen Körner. Dann stutzte auch er und beugte sich tiefer über Putkins Hand.

»Na?« brüllte Putkin außer sich. »Sag es, Andrej, sag es. Sprich es aus! Was ist das?«

»Gold ...«, sagte Andreas gepreßt. »Mein Gott ... goldhaltiger Sand ...‹

»Jawohl, Gold!« Putkin warf die Hand empor und ließ den Sand über seinen Kopf regnen. Er blieb in seinen Haaren hängen und rieselte in seinen Bart. Gelber Sand, in dem es ab und zu matt leuchtete. »Wir leben auf einer goldenen Erde!« schrie Putkin. »Wir haben unser Haus auf Gold gebaut. Halleluja in der Höhe!«

Er umarmte die Susskaja und Andreas und küßte sie ab, umarmte Nadeshna und Morotzkij und küßte sie gleichfalls unter lautem Schmatzen und vollführte dann einen Tanz durch den Schnee wie ein Ungeheuer aus der Urzeit.

Gold — Gold — Gold —

Putkins irre Begeisterung war berechtigt, wie sich schnell herausstellte. Zwei Stunden lang schlugen sie das Eis vom Uferrand weg, sogar Morotzkij beteiligte sich daran, obwohl er keuchte wie ein lahmer Esel und auf seinem verkürzten Bein herumhumpelte, als vollführe er einen zuckenden Tanz. Die Susskaja sammelte den Sand in einem großen Rentierfell, er war gefroren, mußte mit der Axt abgehackt werden, und Nadeshna taute ihn im Kochtopf über dem Herdfeuer auf.

»Na?« schrie Putkin in Abständen von wenigen Minuten immer wieder. »Na? Ist es Gold? Bringt es her, liebe Freunde, zeigt es mir, laßt es durch meine Finger rinnen ... hier liegen Millionen Rubel, wir brauchen sie nur aufzuheben! Das ist jungfräuliches Land, zwischen den Schenkeln noch voller Geheimnisse. Andrej, dieser verfluchte Fluß hat goldene Ufer ...«

Schwitzend, aus allen Poren dampfend, saßen sie dann vor der Hütte und suchten die kleinen Goldkörner zusammen, die Nadeshna aus ihrer Sandsuppe herausseihte. Sie ließ alles durch ihr grobgewebtes Unterhemd laufen, und was zurückblieb, waren neben Kieseln und Sandglimmer eine Menge gelber Körnchen.

»Das alles gehört dem sowjetischen Staat ...«, sagte Morotzkij geradezu provozierend. »Das ist Ihnen doch klar, Igor Fillipowitsch?«

Putkin trat unter den leeren Kochtopf, schloß die Faust um die Goldkörner und hielt sie dem grinsenden Morotzkij unter die Nase. »Wo ist der Staat?« sagte Putkin laut. »Hier, meine Faust ... das ist ein Staat!«

»Bis heute gab es keinen besseren Kommunisten als Sie, Putkin. Und plötzlich ist das anders, nur weil Sie ein paar gelbe Körner in der Hand halten? Was soll man davon denken? Ist die ideologische Decke so kurz, daß immer etwas hervorguckt, wenn man sich damit zudeckt? Mal der Kopf, mal die Füße?«

»Andrej, sagen Sie dem Idioten, er soll das Maul halten!« sagte Putkin böse. »Wenn ich ihn selbst anspreche, muß ich ihn anspucken. Aber ich bin ein gut erzogener Mensch. Ein Mörder sollte nicht so in die eigene Tasche spucken.«

»Seien wir uns darüber doch im klaren, Igor Fillipowitsch«, sagte nun auch die Susskaja. Ihr schönes, wildes Gesicht war von der Eishackerei gerötet, die Haare hingen in lockigen Strähnen über ihre Augen. Ihre großen Brüste hoben sich beim Atmen, als fingen sie die Luft ein und drückten sie in den Körper hinein: »Sie werden viel Gold finden, vielleicht einen solchen Haufen, daß Sie sich damit ein Kissen und eine Matratze füllen können. Aber was nutzt es Ihnen, he? Wo leben wir denn? Um uns sind Tausende von Werst Einsamkeit. Sie können Ihr Gold nur ansehen, in ihm wühlen, es in die Sonne tragen und glänzen lassen, vielleicht wird es Ihr Privatgott, und Sie beten es an ... aber damit ist schon alles an Möglichkeiten erschöpft. Nicht einmal fressen können Sie das Gold ...«

»Der Fluß ...«, sagte Putkin dumpf. Er öffnete die Faust, die Goldkörner leuchteten, sauber ausgewaschen und in Nadeshnas Kochtopf blank gekocht, im trüben Schneelicht. »Der Fluß fließt nach Süden. Irgendwo mündet er in einen größeren Fluß, und an diesem Fluß leben Menschen. Jekaterina Alexandrowna, wir sind doch nicht auf einem anderen Stern ausgesetzt worden. Wir leben doch inmitten der Welt.«

»Sie sagen es, Igor Fillipowitsch.« Katja nahm ein paar Goldkörner und ließ sie auf ihrer Handfläche auf und ab springen. »Und Semjon Pawlowitsch bekommt recht: Sie müssen den Reichtum abgeben. Er ist Volkseigentum.«

»Bin ich ein Idiot!« schrie Putkin.

»Ich erinnere mich« — sagte die Susskaja — »daß ein

Genosse Putkin die Absicht hatte, sofort nach Erreichen der nächsten Siedlung eine Anzeige loszulassen, daß die Lehrerin Abramowa Bibeln und Priester nach Rußland schmuggelt, ein Professor Morotzkij gestanden hat, ein heimlicher Mörder zu sein, der Deutsche Andreas Herr der Spionage verdächtig ist und ...«

»Sie sind ein nachtragendes Aas, Katja!« sagte Putkin unsicher. »Sehen wir es doch logisch: Wir alle sind Genossen. Wir sind verdammt, in der Taiga zu überleben. Wir werden das erreichen mit Händen und Zähnen, wir werden uns durch diesen Winter beißen, verdammt noch mal! Und wenn wir hier viel, viel Gold finden, werden wir hier an diesem Fluß bleiben und soviel aus der Erde holen, wie sie hergibt. Was sind zwei oder drei Jahre, Freunde? Hängt ihr so an der Zeit? Wenn wir eines Tages auf einem Floß den Fluß hinabtreiben, werden wir alle Millionäre sein! Andrej, sag auch etwas! Du bist Bergbauingenieur. Liegt hier Gold genug, um die Taiga zu ertragen?«

»Es müßte genug hier liegen«, antwortete Andreas vorsichtig. »Hier hat der Fluß in Jahrtausenden Gold abgelagert. Ihr müßt das besser wissen als ich, ihr seid Russen. Der Traum aller Eroberer Sibiriens war das Gold der Taiga. Wir haben solch ein sagenhaftes Goldfeld gefunden.«

»Und da diskutiert man noch über Volkseigentum?« rief Putkin. »Katja Alexandrowna, können Sie in Ihrem Gehirn etwas auslöschen? Das, was ich einmal gesagt habe?« Er hielt ihr seine riesige Hand hin, auf der die Goldkörner wie auf einem Tablett lagen. Sein vom Bart überwuchertes, schwitzendes, jetzt in der Kälte langsam wieder sich mit kleinen Eiszapfen überziehendes Gesicht war von einer fast kindlichen Treuherzigkeit. Es war der zweite Putkin, der gutmütige Bär, der Koloß mit dem Butterherzen ... undenkbar, daß sich diese sanft blickenden Augen wieder in böse funkelnde, Gemeinheit ausspeiende, vom Jähzorn gerötete Augen verwandeln konnten. »Jetzt haben wir alle ein Ziel: Gold! Katja ... haben Sie bisher gewußt, wofür Sie leben?«

»Fragen Sie nicht so dämlich, Igor Fillipowitsch«, sagte sie grob und wandte den Kopf zur Seite.

Habe ich es gewußt, dachte sie. Die Liebe zu Waska Janisowitsch Serikow, dem General, der sich von ihr die Narben küssen ließ, die ihm die Deutschen zugefügt hatten? Oder die Nächte mit anderen Männern, meistens Arztkollegen, flüchtige Liebesräusche, mehr biologische Notwendigkeit als eine Angelegenheit der Seele ... hatte es sich gelohnt? Die Arbeit in den Krankenhäusern, die Vorträge in den Akademien, die politische Agitation auf Versammlungen, die winzige Zweizimmerwohnung, die schon eine große Belohnung war, denn sie durfte sie allein bewohnen, zwei Zimmer ganz allein für sich, mit einem Bad, einem Elektrobadeofen, einem Radio und in der Küche sogar mit einem Mixgerät. »Sie Kapitalist«, hatte einmal ein Besucher scherzhaft zu ihr gesagt. Aber sie war zusammengezuckt wie unter einem Peitschenhieb.

Hatte es sich gelohnt, zu leben?

Sie hatte nie darüber nachgedacht, aber jetzt gab sie sich eine klare Antwort:

Ja, es hatte sich gelohnt ... und wenn es nur deswegen war, einmal in diesem Leben Andrej zu begegnen. Für jeden Menschen spart das Schicksal Überraschungen und Belohnungen auf ... daran glaubte sie jetzt und war nun zufrieden.

Putkin wandte sich an Morotzkij. Der dürre Bursche, trotz Nadeshnas liebevoller Pflege aus dem Stadium des lebenden Totenkopfes nie herauskommend, hatte sein zerfleddertes Tagebuch auf den Knien liegen und rechnete. Der Bleistift war so weit abgeschrieben, daß er den winzigen Stummel nur noch mühsam festhalten konnte. Seit Wochen war er sparsam mit seinen Eintragungen, um den Bleistift, das einzige, womit er schreiben konnte, so lange wie möglich auszunützen. Er hatte es schon mit Holzkohlestückchen versucht, aber die Schrift verschmierte zu leicht und wurde so dick, daß ein Blatt Papier schnell voll war. Jetzt aber opferte er ein paar Millimeter Bleistift, um auszurechnen, was sie erwartete.

»Legen wir zugrunde ...«, sagte er, als Putkin ihn mit dem Ellenbogen anstieß, »daß ein Gramm Feingold 4 Rubel kostet ...«

»Mehr, Semjon Pawlowitsch, mehr! Für 4 Rubel scheißt nicht einmal der Teufel.«

»Vier Rubel Staatspreis, und zwar pro Gramm. Bei einem Kilogramm sind das 4000 Rubel. Bei zehn Kilogramm ...«

»Ich bin kein Analphabet!« schrie Putkin. »Worauf wollen Sie hinaus?«

»Um aus uns allen Millionäre zu machen, müßten wir ein paar Zentner Feingold aus dem Sand holen.«

»Der Fluß stinkt vor Gold!«

»Und Sie müßten es erst absetzen, Igor Fillipowitsch.« Morotzkij stellte seine Rechnung ein. »Was — das frage ich — geschieht wohl, wenn wir jeder mit einem Sack voll reinen Goldes auf dem Rücken irgendwo erscheinen und ausrufen: Herbei, Genossen, herbei! Haltet Rubelchen bereit. Jeder bekommt für 4 Rubel ein Gramm Gold! Kauft keinen Salat, keine Kartoffeln, keine Äpfel, keine Gurken ... kauft Gold! Was geschieht wohl dann?«

»Er hat nicht nur ein verkürztes Bein, er hat auch ein geschrumpftes Hirn«, sagte Putkin wegwerfend. »Andrej, erklär es ihm. Wie wechselt man Gold ein?«

»Auf einer Bank.«

»Aha!«

»Aber die Bank gehört dem sowjetischen Staat und wird sofort die Miliz rufen, wenn wir Goldklumpen auf die Theke legen.«

»Ich schlage vor ...«, sagte Morotzkij mit einer Gehässigkeit, für die ihn Putkin hätte erschlagen können,

»daß wir, wenn wir genug gewaschen haben, uns statt eines Schneemannes einen Goldmann bauen und dreimal täglich drumherum tanzen wie die Kinder Israels um das Goldene Kalb. Dann hat's noch einen Sinn ... Gymnastik festigt die Lungen und Muskeln.«

»Andrej, entferne diesen verrosteten Eisentopf aus meiner Nähe!« knurrte Putkin böse. »Ich durchlöchere ihn sonst und nehme ihn als Sieb für die Goldwäscherei. Natürlich müssen wir das Gold außerhalb der Sowjetunion einwechseln.«

»Sie wollen Ihr Vaterland verraten, Igor Fillipowitsch?« fragte die Susskaja genüßlich. »Warum haben Sie eigentlich als Ölbohrer noch keine eigenen Ölfelder?«

»Kann man Öl in der Hosentasche wegtragen?« Putkin legte die Goldkörner neben sich auf ein Brett. »Wir haben Zeit genug, uns alles zu überlegen. Fünf trainierte Gehirne ... und uns sollte nichts einfallen? Wir sollten vor Scham umfallen, Genossen ...«

»Lassen Sie in Zukunft dieses Wort weg, Putkin!« sagte Katja streng. »Es beleidigt die Idee, wenn Sie es aussprechen. Wir sind Kumpane, weiter nichts. Wir sind dabei, unser Vaterland zu betrügen, es auszubeuten, den Fortschritt zu sabotieren und den Nutzen in die eigene Tasche zu stecken ...«

Entgeistert starrte Putkin die Susskaja an. »Sie redet wie ein Politruk! He, Katja Alexandrowna, ist das Ihr Geheimnis? Sind Sie eine große politische Nummer? Hat man Sie, außer Leiber zu flicken, auch noch zur ideologischen Schulung nach Suchana geschickt? Und dann sahen Sie Andrej, und Lenin rutschte tief in die Hose, was? Gestehen Sie es.«

»Sie bleiben ein grober Klotz«, sagte die Susskaja. »Aber es beruhigt mich, daß Sie sich selbst spalten werden. Das Gold, Putkin, ist die Axt, die Sie auseinanderschlägt ...«

Später, am Nachmittag, als Nadeshna einen Schneehasen briet, den die Susskaja oberhalb des Lagers bei den Felsen geschossen hatte, und Morotzkij interessiert Schneegänse beobachtete, die schreiend über dem vereisten Fluß hin- und herflogen, standen Putkin und Andreas an den aufgeschlagenen Uferstellen und rauchten zusammen eine der Zigaretten aus Kyrills höllischem Tabak und einem Fetzen ›Prawda‹. Der Qualm gerbte die Schleimhäute, aber er hatte auch eine verblüffende Wirkung: Er machte das Hirn frei, als räuchere er es aus.

›Ich werde das Gold industriell abbauen«, sagte Putkin. »Andrej, wir zwei sind keine Dummköpfe. Wir werden eine Waschmaschine konstruieren, getrieben mit Wasserkraft, eine Reihe Schüttelrinnen, in denen der Sand sortiert wird ... aber die Hauptarbeit bleibt uns und unseren Händen. Wir haben keine Siebe, und Nadeshnas Unterhemd ist jetzt schon morsch. Wir müssen uns etwas einfallen lassen, mein Freund. Im Frühjahr, nach der großen Schneeschmelze, müssen wir uns diesen Fluß erobert haben.«

»Du redest, als sei es sicher, daß wir alle hierbleiben«, sagte Andreas. Er gab die dicke, stinkende Zigarette an Putkin zurück und rollte den Rauch noch einmal durch die Mundhöhle, ehe er ihn ausstieß.

»Wer geht weg, wenn er auf Gold schläft?«

»Katja und ich. Wir wollen zusammenleben.«

»Ist die Taiga nicht ein Platz, dem Himmel am nächsten? Ihr wolltet doch hierbleiben, sogar ganz allein!«

»Wir wollen nach Deutschland. Ich habe geglaubt, ich könnte die Taiga ertragen. Ich glaube es nicht mehr. Nur ein Russe kann sich in diese grenzenlose Einsamkeit verlieben. Für mich wird die Taiga ein Gefängnis mit grünen Gitterstäben.«

»Du stehst vor Millionen, Andrej!« rief Putkin und saugte an der Zigarette wie ein Säugling an seinem Schnuller. »Scharr mit der Stiefelspitze, und schon hast du hundert Rubel an der Sohle! Was willst du in Deutschland? Katja Alexandrowna wird am Operationstisch stehen, und wenn sie abends nach Hause kommt, stinkt sie nach Lysol, und was wird sie dir erzählen zwischen Schinkenbrot und Bier, na? Heute habe ich eine Lunge herausgenommen, Andruscha, eine total verjauchte Lunge, sage ich dir. Die hat gestunken, daß der zweite Assistent in die Knie ging ... Und du? Was erzählst du? Ich habe heute einen Streb abstützen lassen, neunte Sohle, ganz schön heiß da unten. Und wie wir die Stempel einhauen, beginnt die Lampe zu flakkern und Gas bricht ein. Da sind wir gelaufen bis zum Wetterschacht. — Andrej, ist das ein Leben? Wollt ihr so die Jahre wegschmeißen?« Putkin dehnte sich, und es sah aus, als könne er sich um das Doppelte aufblasen. »Aber hier, die Taiga. Sieh sie dir an, Brüderchen! Eine Geliebte, die du zu jeder Zeit besitzen kannst. Und sie gibt, gibt und gibt, sie ist unerschöpflich. Sie verlangt nur eins: Kraft! Andrej, sind wir nicht zwei kräftige Burschen?«

»Wie lange noch, Igor Fillipowitsch?«

»Solange wir aufrecht stehen können.«

»*Eine* Blinddarmentzündung, *eine* Lungenentzündung, *eine* lächerliche Krankheit, die außerhalb dieses Waldes mit ein paar Tabletten zu kurieren wäre, degradiert uns zu einem Häufchen Dreck.« Er trat nahe an den Fluß. Die Löcher, in denen sie fischten, sahen wie aufgebrochene Geschwüre auf einer weißen Haut aus. »Wenn wir in der Nähe von Menschen wären ... wenn wir im Notfall die Möglichkeit hätten ...«

»Hier andere Menschen! Bei diesem Gold? Das wäre eine Beschäftigung für einen Massenmörder, und er käme dabei ins Schwitzen. Andrej ...« Putkin warf die Zigarette auf den vereisten Fluß. »Überlegt es euch. Ich bleibe hier, und ich krümme nicht mehr eine Fingerkuppe, um euch zu helfen, hier wegzukommen. Versucht es allein.«

In der Nacht lagen Katja und Andreas auf dem warmen Ofen und hörten den Wind um das Haus singen.

Der Schnee trieb über den Fluß und häufte sich an der Hauswand empor. Nebenan träumte Morotzkij an Nadeshnas Seite, rief unverständliche Worte und wurde erst ruhig, als Nadeshna ihm den Traum wegküßte. Putkin schnarchte wie immer mit weit offenem Mund. Er lag auf einem Berg von Fellmänteln vor dem Ofen auf der Erde, ein Koloß aus Muskeln und Knochen, neben sich — wie ein Kind sein Lieblingsspielzeug mit ins Bett nimmt — eine Tonschale, gefüllt mit den glitzernden Goldkörnern.

»Im Frühjahr ziehen wir weiter ...«, sagte Andreas und streichelte Katjas Brüste. Ihr nackter Leib war etwas angewinkelt, und ihr rechtes Bein hatte sich über Andreas' Hüfte geschoben.

»Vielleicht ...«, sagte sie. »Vielleicht, Andruscha. Der Frühling ist noch so weit. Der Winter hat ja noch gar nicht richtig begonnen.«

Die Taiga bog sich unter dem Wind. Die gefrorenen Stämme ächzten, als seien es Tausende von Geschlagenen, die unter Peitschenhieben durch den Schnee zogen. Das Holzhaus knarrte; durch einige Fugen, die man vergessen hatte, mit Gras und Moos auszustopfen, trieb der pulverfeine Schnee ins Innere, als blase jemand Mehl in die Räume. Aber das Haus hielt stand. Es war ein gutes, massives Haus aus dicken Rundstämmen. Und auch das Dach hielt stand, obgleich auch hier dünne Schneefäden hindurchrieselten und auf dem Boden kleine Haufen bildeten, die in der Wärme schnell zu Pfützen schmolzen.

»Putkin will eine Goldwaschmaschine bauen«, sagte Andreas und kämmte mit gespreizten Händen Katjas lange, schwarze Haare aus ihrem Gesicht. »Mit Wasserkraft.«

»Zuzutrauen ist ihm alles.« Sie legte die Hände flach gegen seine Brust, und die Wärme ihrer Finger, die rätselhafte Elektrizität in ihren Fingerspitzen sprang auf ihn über. »Willst du ihm dabei helfen?«

»Ich weiß es nicht.« Andreas starrte gegen die nahe Decke. Über ihm heulte der Wind. Es war wunderbar, jetzt auf einem warmen Ofen zu liegen und Katja an sich zu spüren. »Ich habe schon eine Idee ...«, sagte er schläfrig.

Vier Tage mußte man im Haus bleiben, so lange tobte draußen der Sturm.

Putkin versuchte zwar, hinauszugehen, aber er kam schnell wieder zurück, mit Schnee überzogen und einem vereisten Gesicht, fluchte mit Ausdrücken, die keiner niederschreiben kann, und wärmte sich am Ofen wieder auf.

Vier Tage zusammen auf engstem Raum, um den Ofen hockend und gezwungen, sich immer anzusehen ... wer hält das aus? Vor allem Nadeshna fiel Putkin auf die Nerven: Sie hatte ihr Talent für Schnitzen entdeckt, nachdem die Malerei mit der Maria und ihren ungleichen Brüsten einen vorläufigen Höhepunkt erreicht hatte. Jetzt saß sie am Ofen, hatte ein Stück Holz zwischen die Knie geklemmt und schnitzte daran herum. Der Form nach mußte es einmal eine menschliche Gestalt werden.

»Was wird das, mein Täubchen?« fragte Putkin noch zahm am zweiten Tag der Gefangenschaft. »Sitzt da mit einem Stück Holz zwischen den Beinen. Nana ... läßt sich für diesen Ort nichts Besseres finden?« Das war schon ein Angriff, aber da man Putkin jetzt gut genug kannte, überhörte man es.

»Josef ...«, sagte Nadeshna gleichgültig und säbelte weiter an dem Holzklotz.

»Was, bitte?« Putkin beugte sich vor. Sein struppiger Bart schien sich zu sträuben wie das Nackenfell eines wütenden Wolfes.

»Der heilige Josef.« Nadeshna hielt das Holz hoch. Tatsächlich, man konnte schon die Form erkennen: ein Mann, der sich auf einen Hirtenstab stützt.

»Nadeshna, geben Sie keine Antwort mehr«, sagte Katja ahnungsvoll.

»Der heilige Josef!« brüllte Putkin. »Und den klemmt sie sich zwischen die Beine! Semjon Pawlowitsch, lassen Sie sich vom heiligen Josef betrügen?«

Morotzkij wollte etwas sagen, aber Nadeshna kam ihm zuvor. »Wir haben keinen Kalender geführt«, sagte sie. »Aber ich habe nachgerechnet, daß wir über den Hausbau vergessen haben, daß Weihnachten gewesen ist. Ich will es nachholen ... ich schnitze eine Krippe, und wir werden um sie herumsitzen, uns beschenken und uns allen Frieden wünschen. Igor Fillipowitsch, haben Sie etwas gegen den Frieden?«

Das war eine Frage, auf die Putkin schlecht mit einem unflätigen Gebrüll antworten konnte. Er schnaufte, lehnte sich zurück an die dicken, warmen Flußsteine, aus denen man den mächtigen Ofen gebaut hatte, und streckte die gewaltigen Beine von sich.

»Als wir uns kennenlernten, damals, auf der verdammten Lichtung, in die wir hineingefallen waren, hat jeder von uns sein Leben erzählt«, sagte er nach einer Weile Stille. Es war eine Ruhe, die sich auflud mit Spannung. »Setzen wir das fort, Freunde. Draußen wird es noch lange toben, ich kenne das. Ich habe einmal in einem Erdloch zehn Tage aushalten müssen, weil der Sturm mich sonst wie ein welkes Blatt übers Land getrieben hätte. Wir haben jetzt Zeit, uns weiter zu entblößen. Morotzkij, Professorchen mit blutigen Händen, der Tiere beobachtet, wie sie sich begatten: Wie stellen Sie sich Ihr Leben weiter vor?«

»Ich werde Nadeshna heiraten.« Morotzkij legte den Arm um die Schulter der zierlichen Lehrerin Abramowa. »Ich werde ein bürgerliches Leben führen. Ich habe keine blutigen Hände, wie Sie meinen, Igor Fillipowitsch. Ich habe meine Frau getötet in einem Rausch von Enttäuschung und tiefster seelischer Qual. Ich habe meine Frau geliebt. Nadeshna weiß, wie ich darunter gelitten habe, bis sie in mir einen neuen Lebensmut erweckte.«

»Aber nicht mit der Bibel«, sagte Putkin gehässig. »Nun ist plötzlich aber alles anders. Sie werden aus der Taiga zurückkommen mit einem Sack voll Gold auf dem Rücken. Nadeshna, Josefschnitzerchen, werden Sie das schöne Gold der Kirche stiften?«

»Ja, sie wird es«, sagte die Susskaja an Nadeshnas Stelle. »Und wenn sie's nicht tut, ist es auch nur menschlich. Was wollen Sie provozieren, Putkin?«

»Ich will die verdammte Heuchelei von euch herunterreißen. Das ist es!« Er wälzte sich auf die Beine, trat gegen den Holzklotz, er flog Nadeshna aus den Fingern und prallte gegen die Wand. »Ihr alle versteckt euch hinter Masken! Potemkinsche Dörfer auf zwei Beinen. Der einzige, der sich hier frei bewegt, bin ich. Und ich sage euch: Wenn wir alle in ein paar Monaten vor unseren Goldhaufen sitzen, werden wir wie Tiere sein, die alle Tricks anwenden, um ihre Beute in Sicherheit zu bringen.«

Er ging in den kälteren Nebenraum, drehte sich eine der höllischen Zigaretten und begann, mit getrocknetem Gras die Ritzen auszustopfen, durch die noch der Schnee wehte.

Andreas, der ihm ein paar Minuten später folgte, blieb unter der Tür stehen, sah ihm eine Weile zu, kam dann näher und beteiligte sich an dem Verstopfen der Ritzen.

»Igor Fillipowitsch, ich warne dich ...«, sagte er leise.

»Wovor?« knurrte Putkin und raschelte mit den Händen in dem Haufen von getrocknetem Gras.

»Ich habe deinen Blick gesehen, mit dem du Nadeshna betrachtet hast. Laß sie in Ruhe! Rühr sie ja nicht an ...«

»Ich werde sie eines Tages niederwalzen. Was hat sie an Morotzkij, das frage ich dich? Ein Gerippe, an dem man sich blaue Flecken stößt. Hast du ihn nackt gesehen, Andrej? Man muß schon mit einer Lupe an ihn herangehen, um zu sehen, wo er ein Mann ist. Und so etwas hat ein Recht, Nadeshna unter der Decke zu haben? Das ist gegen die Natur!«

»Sie liebt ihn, Igor ...«

»Sie liebt ihn nur, um mich damit dauernd zu provozieren.«

»Das bildest du dir ein. Sie hat Angst vor dir ...«

»Und die Josefschnitzerei, he? Das Marienbild mit der schiefen Brust? Kommt es aus dem Herzen? Tritte sind es, Andrej, Tritte in meinen Hintern. Stiche mit der ganzen List weiblicher Satanerie. Es macht ihr einen höllischen Spaß, mich mit dem Himmel zu ärgern. Warum wohl? Weil sie an mich denkt, wenn Morotzkij sie wie eine vertrocknete Fledermaus beflattert. Das ist es!«

Andreas sah Putkin lange an.

Der wich seinem forschenden Blick aus, griff in den Grashaufen und stopfte weiter die Ritzen. Aber er drückte die Büschel in Stellen, wo es gar nicht mehr nötig war.

Mein Gott, dachte Andreas, das durfte nicht auch noch hinzukommen. Zum Leben in der Taiga verbannt, mit Gold geködert ... und nun noch dies.

»Igor Fillipowitsch ...«, sagte er gedehnt, »du verdammter Narr! Seit wann liebst du Nadeshna?«

»Halt das Maul!« schrie Putkin und warf Andreas einen Haufen Gras an den Kopf. »Sag kein Wort mehr. Ich bin in der Stimmung, den Teufel zu erwürgen!«

Er hieb mit beiden Fäusten gegen die dicke Wand aus Rundstämmen, und es klang, als schlage jemand auf eine riesige Pauke. Draußen heulte der Sturm dazu, und wenn man das Keuchen Putkins hinzunahm, war das ein Konzert von elementarer Wucht.

In dieser Nacht schlief Andreas neben Morotzkij und Nadeshna auf der Erde. Katja hatte das Gewehr mit auf den Ofen genommen und ließ es in ihrer Armbeuge liegen. Putkin verstand diese neue Verteilung genau, legte sich auf die andere Seite neben den Ofen und schielte zu Andreas hinüber, der sich wie ein Wall zwischen ihn und Nadeshna geschoben hatte.

»Es ist schon vorgekommen«, sagte Putkin später, als das ruhige Atmen bewies, daß Semjon Pawlowitsch und Nadeshna schliefen, »daß man ganze Völker ausrottete, um an eine Frau zu kommen. Denken Sie an Cleopatra ...«

»Aber Sie sind weder Cäsar noch Marc Anton, Igor Fillipowitsch«, antwortete die Susskaja vom Ofen herab. »Sie sind nichts als ein unbeherrschter Mensch.«

»Das ist genug.« Putkin wälzte sich auf die Seite. »Ich rieche Frauen. Verflucht, dieser Geruch bringt mich um den Verstand. Ich werde mir eine eigene Hütte bauen. Wer kann das aushalten ... zwei nackte Weiber im Zimmer, man hört sie, man sieht sie, man riecht sie ... und hat unter sich nur die Dielen! Das ist die Hölle, Katja Alexandrowna. Wenn Sie das nicht einsehen, haben Sie kein Herz.«

Er hieb wieder mit der Faust gegen die Hauswand, seufzte tief und schwieg dann.

Keiner wußte, wann er endlich einschlief.

20

Am fünften Tag konnten sie endlich das Haus verlassen. Draußen war es so still, als habe der Sturm alles getötet, als habe er alles weggefegt, und die Erde wäre wieder kahl und leer wie zu Urbeginn.

Aber die Taiga stand noch. Die riesigen Bäume stachen in den blauen Himmel, es schien sogar die Sonne, die Schneeberge glitzerten, wie mit Diamantstaub eingepudert, das Eis des Flusses leuchtete bläulich-weiß; als wäre es aus Glas. Die Kälte traf sie wie ein Schlag, als sie nach langem Drücken endlich die Haustür aufstoßen konnten und durch einen Spalt hinausschlüpften, ein klirrender, von der Sonne vergoldeter Frost, der sich sofort in ihre Gesichter fraß und die Haut erstarren ließ.

»Welch ein Tag!« sagte Putkin und dehnte sich. »Das ist Sibirien, Freunde! Die Majestät der Kälte! Ich habe Lust, auf den Fluß zu gehen, ein Loch zu schlagen und die Fische heranzulocken. Andrej, nimm die Axt ...«

»Bleibt stehen ...«, sagte Morotzkij plötzlich leise. »Rührt euch nicht! Putkin, dämpfen Sie die Stimme ...« Er war ein Stück vorausgehumpelt und hatte hinter das Haus geblickt. Nun kam er zurück, Schritt für Schritt mit dem Rücken zur Tür, als käme es darauf an, sich zu bewegen, ohne eine Bewegung zu zeigen.

»Er sieht wieder irgendein Vieh«, sagte Putkin gedämpft. »Katja, holen Sie das Gewehr. Was ist's denn, Semjon Pawlowitsch?«

»Ihr werdet es nicht glauben.« Morotzkij hatte die Tür erreicht und war damit anscheinend aus dem Blickfeld seiner Entdeckung. »Neben dem Haus steht eine Elchkuh.«

»Was steht da?«

»Eine Elchkuh.« Morotzkijs knöchernes Gesicht glänzte wie mit Öl eingerieben. »Das ist eine Sensation! Nicht nur, daß es hier kaum Elche gibt ... ein Elch sucht die Nähe von Menschen! Wer hat das schon gehört? Der Sturm muß sie weggetrieben haben. Putkin, bleiben Sie stehen! Die Elchkuh lehnt an der Hauswand ...«

»Ein kluges Tier! Elchkeule in saurer Sahne ... das ist ein Genuß.« Putkin streckte die Hand nach hinten aus. »Das Gewehr, Katja Alexandrowna.«

»Sie werden die Elchkuh nicht schießen! Ich werde sie einfangen.«

»Wollen Sie sie melken, Morotzkij?«

»Ich werde sie ans Haus gewöhnen und dressieren. Wer holt das Seil? Andrej, helfen Sie mir? So ein Elch ist ungeheuer stark. Er würde mich mitreißen. Aber zu zweit schaffen wir es.«

Während Nadeshna ins Haus schlüpfte und das lange Seil holte, ging Morotzkij wieder schrittweise vor und lugte um die Hausecke. Die Elchkuh stand noch immer da ... sie war jetzt von der Hauswand weggetreten und sah Morotzkij mit ihren großen braunen Augen neugierig an. Aber sie flüchtete nicht ... sie senkte nur den Kopf, blies mit den dicken Nüstern in den Schnee und scharrte mit dem rechten Vorderlauf.

Andreas hatte das Seil genommen, eine Schlinge geknüpft und tastete sich lautlos an Morotzkijs Seite. »Können Sie ein Lasso werfen?« fragte er leise. »Wenn der erste Wurf danebengeht, sehen Sie nur noch eine Schneewolke.«

»Können Sie es?« flüsterte Morotzkij zurück. »Welch ein Exemplar. Eine versprengte Kuh. Warum steht sie hier? Es gibt nichts Mißtrauischeres als einen Elch. Los, werfen Sie das Lasso! Mir zittern die Hände ...«

Andreas hob den Arm. Die Elchkuh starrte ihn an, der schöne große Kopf zuckte hoch. Ein paar Schwünge, die Schlinge flog und legte sich um den Hals des Tieres, bevor es begriffen hatte, daß das Unbekannte vor ihm Gefahr bedeutete. Die Schlinge zog sich zu, und Andreas stürzte, mitgerissen von der Kraft des sich herumwerfenden Elches. Sein Gesicht schabte über die verharschte, gefrorene Schneedecke, aber er hielt das Seil fest, wurde mitgeschleift und hinterließ eine Spur, durchsetzt mit roten Flecken.

»Festhalten!« kreischte Morotzkij. »Festhalten! Helft doch, helft doch!«

Er erwischte noch Andreas' Beine, hielt sich daran fest, wurde ebenfalls mitgerissen und rutschte brüllend durch den Schnee.

Um das Haus rannten Putkin und Katja Alexandrowna. »Man soll es nicht für möglich halten!« schrie Putkin. »Zwei Männer, und gehen vor einer Elchkuh zu

Boden! Aber wen wundert es, wenn man alle Kraft bei den Weibern läßt?«

»Reden Sie keinen Blödsinn, sondern halten Sie sie auf!« schrie Katja zurück. Sie war auf dem glatten Schnee ausgeglitten und sprang nun wieder auf. Putkin rannte hinter der Elchkuh her, bekam Morotzkij zu fassen und stemmte sich in den Schnee.

»Nicht loslassen!« schrie er. »Semjon Pawlowitsch, beißen Sie sich in Andrej fest. Nur ein fester Ruck ... jetzt ...«

Andreas hatte das Gefühl, seine Arme würden ausgerissen, als die Elchkuh mit verzweifelter Kraft sich noch einmal gegen die Schlinge warf. Das war ihr Ende ... die Schlinge zog sich zu, würgte ihr die Luft ab, sie begann zu zittern, knickte in den Vorderläufen ein und fiel dann seitlich in den Schnee. Mit ein paar Sprüngen war Putkin bei ihr, band ihr die Läufe zusammen und sah sich erst dann nach Andreas und Morotzkij um. Sie lagen hintereinander im Schnee, mit dem Gesicht nach unten, wie Erschossene. Die Susskaja hatte gerade Andreas erreicht und drehte ihn jetzt auf den Rükken.

Sein Gesicht war blutverschmiert, wie über ein Reibeisen gezogen. Morotzkij versuchte, aufzustehen, aber sein linkes Bein wollte nicht. So blieb er liegen und rief nur Nadeshna zu, die durch den tiefen Schnee hüpfte wie ein Hase.

»Wir haben sie! Wir haben sie.« Und als sie neben ihm im Schnee kniete, warf er die knochigen Arme um ihren Hals und zog sie zu sich herab. »Sie wird uns aus dem Wald hinausführen, Nadeshna«, flüsterte er und küßte das Ohr, in das er hineinsprach. »Verrat es den anderen nicht. Ich werde sie so abrichten, daß sie uns im Sommer zurück zu den Menschen führt ...«

Die Bestandsaufnahme nach diesem sibirischen Cowboyakt war deprimierend.

Andreas' Gesicht war zerschabt, und die Susskaja

schmierte den letzten Rest Vaselinesalbe darauf, den sie noch in ihrer Arzttasche hatte.

Morotzkijs linkes Bein war verstaucht, und er ertrug es mit Freuden, weil es nicht wieder gebrochen war, was eigentlich hätte der Fall sein müssen.

»Seine Heilkraft ist unheimlich ...«, sagte Putkin, nachdem er Katja geholfen hatte, einen elastischen Verband anzulegen. »Kein Saft in den Knochen, aber sie wachsen zusammen, wie mit Mörtel verschmiert. Haben Sie als Arzt dafür eine Erklärung?«

»Nein.«

Nadeshna brühte für die Verletzten eine Tasse von Kyrills schmerzstillendem Plattentee, sie schliefen danach wie betäubt, und Putkin kümmerte sich um die Elchkuh, die er — nur er konnte das mit seiner ungeheuren Kraft — hinter das Haus schleifte und mit einer der alten Zeltplanen zudeckte.

»Jetzt hat jeder sein Spielzeug ...«, sagte Putkin am Abend, als er mit den beiden Frauen am Ofen saß. »Semjon Pawlowitsch seine dämliche Elchkuh, Nadeshna ihre Schnitzerei, ich meine Goldwäscherei, Andrej seine Pläne für die Waschanlage. Was haben Sie, Katja Alexandrowna? Nur Andrejs Männlichkeit?«

»Vielleicht genügt das, Igor Fillipowitsch ...?«

Es genügte wirklich.

Zwei Wochen später — Andreas' Gesicht verschorfte sich, aber er sah noch immer aus, als habe man seinen Kopf wie eine geriebene Kartoffel behandelt — hatte Putkin so viel Gold aus dem Flußufersand gewaschen, daß Morotzkij ihm zu den ersten 1000 Rubeln gratulierte.

Andreas besuchte Putkin, der neben dem Goldwaschen auch noch seine kleine eigene Hütte baute, abwechselnd Holz fällte, in drei neuen Löchern auf dem Fluß Fische fing und im Umkreis von zwei Werst Fallen aufbaute, um Pelze zu gewinnen, aber dabei Munition zu sparen.

»Morgen helfe ich mit«, sagte Andreas und setzte sich auf einen großen Flußstein, den Putkin ausgegraben hatte und den er seinen ›Sessel‹ nannte. »Sollen wir einen neuen Vertrag machen oder genügt es, uns die Hand zu geben?«

»Worüber einen Vertrag?« fragte Putkin vorsichtig.

»Über das Gold. Wir schürfen gemeinsam, und wir teilen gemeinsam.« Er hielt seine Hand hin. »Bleibt es dabei?«

»Ist Putkin ein Lump, he? Wenn wir Verdammten nicht zusammenhalten, wo ist dann noch Ordnung in der Welt?« Er schlug in Andreas' Hand ein, aber dann hielt er sie fest. »Wer wollte denn im Frühjahr abwandern, wenn ich mich erinnere?« fragte Putkin. »Nach Deutschland fahren und leben wie ein Hosenwetzer?«

»Es hat sich etwas geändert.« Andreas setzte sich wieder, seine Hand noch immer in der Tatze Putkins. »Wir bleiben in der Taiga. Wir müssen für eine Zeitlang umdenken ...«

»Das Gold, Andrej, hat dich endlich erreicht, was?« lachte Putkin.

»Nein, Igor Fillipowitsch.« Andreas blickte hinüber zu seinem Haus. Die Susskaja saß draußen in der kalten Sonne, dick in ihren Pelz vermummt, und schabte das Fell eines Schneehasen sauber. »Sie hat es mir vorhin gesagt ... wir bekommen ein Kind, Putkin. Wir bekommen ein Kind ...«

21

Erst beim gemeinsamen Fischen in den neugeschlagenen Eislöchern äußerte sich Putkin über das plötzliche Kinderkriegen der Susskaja. Er lag, unter sich ein dickes Bärenfell, auf dem Eis, beobachtete die großen Fische, die in geradezu blöder Zahmheit herumschwammen, und wartete, bis einer anbiß. Drei Meter neben ihm lag Andreas auf einem Rentierfell und stierte in das blauweiße Wasser, das unter der Eisdecke kräftig dahinströmte. Das Wasser war so klar, daß er den Grund sehen konnte, einen sandigen Boden, durchsetzt mit Kieseln. Putkin schien recht zu behalten: Dieser Fluß hatte das Gold von Jahrtausenden angesammelt, man brauchte es nur aufzuheben. Eines der Wunder Sibiriens, von denen er gelesen und die er immer als Propaganda angesehen hatte, als die Idealisierung eines Landes, das Märchen nötig hatte, um es zu lieben.

»Wie kann man so blöd sein, Andrej ...«, sagte Putkin plötzlich. Er hatte einen großen zappelnden Fisch mit dem Kopf auf die Eisdecke geschmettert und dadurch getötet.

»Ich wußte, daß dich das nicht in Ruhe läßt«, antwortete Andreas.

»Kann es das, he?« Putkin richtete sich auf den Knien auf. Sein Bart, das ganze bärtige, von Haaren überwucherte Gesicht war eine Landschaft aus Eiszapfen. Jeder Schweißtropfen gefror sofort, jeder lange Atemzug setzte sich als Reif nieder. »Ein Kind! Jetzt! Was willst du mit einem Kind?«

»Es ist nicht mehr zu ändern, Igor Fillipowitsch.«

»Hätte ich das geahnt, ich hätte dich amputiert, Freundchen. Was soll ein Kind, wenn wir Gold waschen? Und wenn die Geburt Schwierigkeiten macht? Wie alt ist Katja Alexandrowna? Nicht mehr die Jüngste. Ein reifes Frauchen ist sie.«

»Sie wird einunddreißig ...«

»Und dann das erste Kind. Sie wird Mühe haben, Andrej. Ein Weibsbild, das geboren ist, Kinder zu kriegen, mit einem Becken, in dem ein ganzes Haus voll Kinder Platz hat, Brüste, die eine ganze Generation ernähren könnten ... aber doch kritisch, mein Freund, sehr kritisch. Hat sie dir auch erzählt, daß sie eine große Sportlerin ist? Noch in Suchana? Leichtathletik, Geräteturnen, schwang sich über den Barren wie eine Olympiaturnerin ... das sind genau die Frauen, die beim Kinderkriegen Schwierigkeiten machen. Muskeln, die sich verkrampfen, die nichts durchlassen ...« Putkin beugte sich wieder über das Loch in der Eisdecke, nahm seine Schnur und lauerte auf einen neuen dicken Fisch. »Was willst du machen, wenn sich das Kind im Becken festklemmt? Es mit dem Messer rausholen?«

»Daran wollen wir nicht denken, Igor Fillipowitsch.«

Andreas blickte hinüber zu Katja. Sie spannte das Schneehasenfell zwischen vier Stangen, damit der Frost es trocknete. Im Frühjahr würde man dann versuchen, aus Rinden eine Lohe zu kochen, um die Häute haltbar zu machen. »Noch haben wir sieben Monate Zeit.«

»Ist das eine Lösung der Problem? Warten und hoffen? Und nachher dasitzen und die Sonne anheulen: Hilf mir, o hilf mir, mein Gott ...«

»Dumm reden war schon immer deine Stärke ...«, sagte Andreas böse.

Putkin verzichtete darauf, noch einen fetten Fisch aus dem Fluß zu holen, richtete sich wieder auf und setzte sich auf sein dickes Bärenfell. Er sah jetzt selbst wie ein Bär aus mit seinem zotteligen Mantel, der breiten Pelzmütze und dem Gesicht, das vor lauter Haaren und Eiszapfen nicht mehr zu erkennen war.

»In der Taiga muß man sich selbst helfen, sonst frißt einen dieses herrliche Land.«

»Ich kann zu dem Kind nicht sagen: Los, marsch, verwandele dich wieder in ein Ei!« sagte Andreas laut.

»Aber man kann verhindern, daß es eines Tages in diese Mistwelt rutscht.«

»Putkin ...«, rief Andreas warnend.

»Mach es weg, Andrej ...«, sagte Putkin ungerührt.

»Mit den bloßen Händen?«

»Das muß durchdacht werden, Freundchen.« Putkin schlitzte den toten Fisch auf, nahm ihn aus und warf die Innereien zurück in das Eisloch. Es war eine ungewollte schreckliche Demonstration dessen, was er dachte, und Andreas zog schaudernd die Schultern nach vorn. »Katja Alexandrowna wird es nie zulassen, das weiß ich. Obwohl sie Ärztin ist und weiß, was passieren kann. Jetzt wird der Mutterinstinkt stärker sein als die Vernunft. Wir müssen sie überlisten.«

»Sag kein Wort mehr, Igor Fillipowitsch!« rief Andreas und preßte die Hände gegen die Ohren. »Du bist ein Satan!«

»Sie könnte stürzen. Ja, das wäre etwas! Warten wir ab, bis sie dicken Leibes ist, dann wird sie unglücklich fallen, und alles ist vorbei. Ich habe das einmal in Tobolsk erlebt, bei einer Frau, die hatte neun Kinder, und der Mann, ein Kerl, der sich schon auf der Treppe aufknöpfte, ließ nicht ab. Was tat die Frau? Sie fiel dreimal hintereinander die Treppe hinunter, es war glatt, keiner konnte ihr das übelnehmen, das Eis hing im Treppenhaus in Zapfen, und die Stufen waren wie eine Schlittenbahn. Also, sie kugelte hinunter, und schon war das Problem gelöst. Ich wohnte damals nebenan und half ihr, aufzustehen. Zweimal geschah nichts, beim drittenmal klappte es. ›Sie Rindvieh!‹ habe ich damals geschrien. ›Genossin, warum wickeln Sie nichts um die Schuhe, damit Sie nicht rutschen?‹ Und sie lachte, während sie blutete, und flüsterte mir zu: ›Igorenka, Sie Idiot, was verstehen Sie schon von Frauen?‹« Putkin zog einen Faden durch das Fischmaul und hängte ihn sich über die Schulter. »Man könnte Katja etwa im Frühjahr das Flußufer hinunterrollen lassen ...«

»Ich bringe dich um, Igor, wenn du sie hinunterstößt!« schrie Andreas zornbebend und sprang auf. »Ich freue mich auf mein erstes Kind.«

»Er freut sich!« Putkin beugte sich wieder über das Loch im Eis. Ein neuer Fisch zappelte an seiner Schnur. »Katja wird bei der Geburt sterben, das sage ich dir.«

Verwirrt ging Andreas zum Haus zurück. Morotzkij stand in einem Gatter, das er mit Nadeshnas Hilfe gebaut hatte, ein hoher Zaun aus Knüppelholz, und beschäftigte sich mit der Elchkuh. Sie war in den Tagen ihrer Gefangenschaft zutraulicher geworden, aber auf die Lockungen Morotzkijs fiel sie nicht herein, so sehr und so vorzüglich er auch die Laute eines lockenden Elchhirsches nachahmte. Er streckte die Hand vor, und bis zu den Fingerspitzen schnüffelte die Elchkuh, strich mit den weichen, dicken Nüstern über seine Hand, aber dann war der menschliche Geruch für sie doch zu penetrant, sie stakte rückwärts weg und drückte sich gegenüber an den Zaun.

»Na komm ...«, lockte Morotzkij. »Na komm ... rouh ... na komm ...«

Nadeshna hockte außerhalb des Geheges im Schnee und bewunderte ihren Geliebten. Ihr Engelsgesicht war in diesen Wochen etwas kantiger, aber noch schöner geworden, von einer reifen Zufriedenheit erfüllt.

Katja kam von dem aufgespannten Fell zurück, in ihrem schwarzen Haar glitzerten die Eiskristalle.

»Wieder Streit mit Putkin?« fragte sie, als sie Andreas mit verkniffenem Gesicht herankommen sah.

»Ich mache mir Sorgen, Katjenka.« Er umarmte sie, und als sie im Haus waren, die Mäntel abgeworfen hatten und die Hitze, die der mächtige Steinofen verströmte, ihre mit Reif überzogenen Gesichter auftaute, küßten sie sich und setzten sich auf die Bank vor den heißen Flußsteinen. »Das Kind ...«

»Es wird groß und stark werden, Andrejuscha.«

»Zuerst muß es geboren werden.«

»Ich habe Hunderte Geburten geleitet«, sagte Katja Alexandrowna. »Da soll ich bei der eigenen versagen?«

»Wenn es soweit ist, kannst du dir nicht mehr selbst helfen.«

»Ich werde dir sagen, was du tun mußt. Und Nadeshna ist da und Semjon Pawlowitsch. Er hat Tieren bei der Geburt geholfen ... der Mensch ist nur eine andere Ausgabe davon. Hast du Angst?«

»Ja«, sagte Andreas ehrlich. »Putkin hat eine Menge Möglichkeiten aufgezählt.«

»Wenn er nicht reden kann, würde er zerplatzen«, sagte die Susskaja und lachte dunkel. »Immer weiß er alles besser. Ich werde mein Kind bekommen wie jede Burjätenfrau in der Taiga.«

»Aber du bist weder eine Burjätin noch eine Jakutin.«

»Bin ich anatomisch anders als sie? Andrej, rede keinen Unsinn.« Sie küßte ihn wieder, kümmerte sich dann um den Herd und rührte in dem Kochkessel. Es gab heute eine Suppe aus Fisch und Büchsengemüse, mit gebräuntem Hasenfett verfeinert.

Später, als Andreas und Morotzkij im Wald waren und Holzstangen schlugen, ging die Susskaja hinüber zu Putkin, der eine große Holzfalle konstruierte, mit der er Hermeline und Nerze fangen wollte.

»Es ist mein Kind ...«, sagte sie mit einer Härte, die Putkin die Gefährlichkeit dieser Unterredung bewies. »Was kümmerst du dich darum?«

»Gut! Gut! Streiten wir uns nicht darüber.« Putkin bohrte mit der Messerspitze Löcher für die Fallklappen. »Wenn du an dem Kind verreckst — es ist dein Tod. Aber sind wir nicht eine Gemeinschaft? Ein Kollektiv, das die Hölle erobern will? Ist nicht jeder auf den anderen angewiesen? Braucht man nicht jede Hand in diesem Wald? Und was wird wirklich? Der eine hält sich eine Elchkuh und benimmt sich wie ein stammelnder Idiot, macht rouh-rouh und verdreht die Augen, die andere schleppt sich eines Tages mit einem dicken Bauch herum, der dritte wird blaß bis auf die Knochen, wenn er an die Geburt denkt und ist zu keiner vernünftigen Arbeit mehr fähig, die vierte betet, schnitzt heilige Josefs und Jesuskinder und baut Krippen auf ... Katja Alexandrowna, soll man da nicht aus der Haut fahren? Da im Fluß liegen Millionen Rubel, draußen wartet auf uns ein herrliches Leben; wir sind Menschen, die vom Schicksal geküßt wurden, auch wenn es uns in die Verbannung gestoßen hat ... und was macht ihr? Ihr zeugt Kinder! Ihr spuckt eurer Zukunft ins Gesicht!«

»Ein Kind, Igor Fillipowitsch, ist durch keine Million zu ersetzen.« Die Susskaja lehnte sich gegen die Hauswand. »Ein Kind von Andrej ... ich könnte Gott danken, wenn ich an Gott glauben würde.«

»Geh zurück zu Vater Kyrill und laß dich taufen!« knurrte Putkin.

»Du bist ein Eisenklotz, weiter nichts, Igor Fillipowitsch.«

Putkin warf die halbfertige Falle in den Schnee und stützte die Arme auf die gespreizten Knie. »Ich erinnere mich ...«, sagte er, »... daß jemand den Plan hatte, Rußland zu verlassen und nach Deutschland zu gehen ...«

»Es bleibt unser Ziel.«

»Das heißt Flucht aus Rußland, Katja Alexandrowna.«

»So wird es kommen.«

»Mit einem Säugling, du hirnlose Wachtel?« Putkin schnaufte durch die Nase. »Heimlich in Güterwagen zur Grenze, nachts über Gebirge ins fremde Land ...«

»Wenn es sein muß, werde ich mir das Kind auf den Rücken schnallen oder in einem Beutel vor der Brust tragen. Du ahnst nicht, wozu ich fähig bin ...«

»Wer dich genau ansieht, weiß es, Katja Alexandrowna. Man muß Angst haben vor dir ...«

Die Susskaja blickte hinüber zum Wald. Morotzkij und Andreas stapften durch den hohen Schnee zurück, schwer beladen mit Stangen. Sie schleppten auch noch ein junges Ren mit, erwürgt in einer der bestialischen Schlingen, die Putkin gelegt hatte.

»Laß Andrej in Ruhe«, sagte sie hart. »Wir werden auch das Kind überstehen.«

Sie lief davon, Andreas entgegen, um ihn beim Tragen des jungen Rens zu unterstützen. Putkin starrte ihr nach und wetzte die Messerklinge am Innenleder seines Wolfsmantels. »Sie wird über die Böschung fallen«, sagte er zu sich. »Sie überblickt die Wirklichkeit nicht mehr. Sie ist nur noch ein Weib ... das ist ein gefährliches Ding in unserer Lage.«

22

Erinnern wir uns noch an Waska Janisowitsch Serikow, den General in Irkutsk? Er war in einen Heilschlaf versenkt worden, nachdem er die Fotos von Katja Alexandrowna und Andreas Herr zerschossen hatte, man hatte ihn durch einen Kollegen vom KGB verhört, ihm den Marsch geblasen und dann wieder in Schlaf versetzt, damit sich seine angegriffenen Nerven erholen konnten.

Wer die Dame war, deren Gesicht er so zerfetzt hatte, wußte man noch immer nicht; man hatte große Mühe aufgewandt, sein Privatleben zu durchleuchten, aber Serikow hatte anscheinend kein Privatleben gehabt. Er war der vollendete Uniformträger, Vater und Sohn des Militärs, der geborene Held, der selbst im Schlaf noch stramm im Bett liegt und sich befiehlt: ›Genosse, einschlafen! Um sechs Uhr wach werden!‹

Waska Janisowitsch Serikow blieb ein Rätsel. Und da man Rätsel nicht löst, indem man sie weglegt, wurde er aus seinem Heilschlaf wieder geweckt und aus der Klinik entlassen. Allerdings kam er vorerst nicht in sein Kommando zurück, man bewilligte ihm einen Urlaub und bot ihm an, diesen am Schwarzen Meer in einem der Volkserholungsheime zu verbringen. Für hohe Offiziere hielt man dazu eine ehemalige zaristische Villa bereit, wo sie von Ordonnanzen bedient wurden, nicht anders als in einem kapitalistischen Land. Nur die Bezeichnung war volkstümlicher.

Serikow lehnte die Erholung ab. Er blieb auf seinem Zimmer in der Kommandantur, das offiziell seine Wohnung war, ein spartanischer Raum mit Schrank, Tisch, Stuhl und Feldbett. Das Klosett teilte er mit drei anderen Offizieren, das Bad mit zehn Kollegen.

Wer ahnte schon, daß Serikow in Irkutsk, in der Bratstnaskaja Nummer 9, eine kleine Zweizimmerwohnung besaß, ausgestattet mit usbekischen Möbeln und Teppichen aus Samarkand und Aschchabad. Der Mieter hieß auch nicht Serikow, sondern Anatol Nikolajewitsch Sibujanow, von Beruf Beauftragter für den Handel mit Landesprodukten, was so gewaltig und ehrfürchtig klang, daß niemand fragte, zumal dieser Sibujanow beim Mieten der Wohnung ein Schriftstück vorlegte, das ihn auch als Lieferant der Armee auswies. Unterzeichnet mit General Serikow. Und den kannte jeder dem Namen nach in Irkutsk.

In dieser kleinen Wohnung, ein Liebesnest wie aus einem usbekischen Märchen, hatten sich die Susskaja und Waska Janisowitsch getroffen. Monatelang ... Nächte, in denen der Himmel herunterfiel und ihre Unterlage wurde, auf der ihre glühenden Körper sich wälzten. Es waren Monate, in denen die Truppen, die Serikow unterstanden, einen so gütigen und väterlichen General erlebten wie nie zuvor. Er sprach mit dem kleinsten Rekruten, hörte sich seine billigen Sorgen an und genoß es sichtlich, als seine Offiziere ihm zutrugen, daß seine Soldaten ihn ›Väterchen Waska‹ getauft hatten. Damals war Serikow wie verzaubert; er spürte nicht mehr die dicken roten Narben, die ihm die Deutschen hinterlassen hatten, er nannte sich den glücklichsten Menschen der Welt und träumte von jenem Tag, an dem er mit großen Ehren aus der Armee verabschiedet werden würde, um sich dann ganz Katja Alexandrowna zu widmen.

Was er nicht verstand, war die Heimlichkeit ihrer Liebe, auf der Katja merkwürdigerweise bestand. Sprach er von Heirat, küßte sie das Wort von seinen Lippen weg, und fragte er geradeheraus, warum man sich verstecken mußte, antwortete sie ebenso offen: »Weil ich es so will!« Das war zwar keine Erklärung, aber um Katja nicht zu erzürnen, schwieg Serikow und spielte den wichtigen Mann Sibujanow weiter.

Das alles war jetzt eine wehmütige Erinnerung. Serikow hütete sich, die Wohnung in der Bratstnaskaja Nummer 9 wieder zu betreten. Er ahnte, daß man ihn beobachtete und jeden Schritt außerhalb der Kasernen überwachte. So leistete er sich nur einige Opernbesuche, spielte mit dem Kommandeur der Luftflotte Mittelsibiriens ein paarmal Schach oder ging am Ufer der Angara spazieren, saß auf der Bank in der kalten Sonne, eingemummt in einen dicken Fuchspelz, und sah den Schlittschuhläufern auf dem Eis des Flusses zu. Ein harmloser Nichtstuer, der sich darauf vorbereitete, ein Staatspensionär zu werden.

Aber ungesehen von den Augen, die ihn verfolgten, bereitete Serikow eine ganz große Sache vor. Die Schachabende beim Kommandeur der Luftflotte verbrachte er nicht nur aus Freundschaft und der Spielleidenschaft, die Serikow mit Millionen Russen teilte, sobald sie ein Schachbrett sahen ... heimlich schaffte er Kanister mit Flugbenzin zur Seite und versteckte sie in einem Schuppen, in dem allerlei Gerümpel herumlag, wertlose, ausgebaute, zerbrochene Maschinenteile, die verrosteten. Auch inspizierte er die Flugzeuge und fand großen Gefallen an einem kleinen, wendigen Aufklärungsflugzeug, wie es auch die Geologen und Forscher benutzen: eine leicht gebaute, zweisitzige Maschine mit breiten Schneekufen statt Rädern, die überall auf dem verschneiten Land landen konnte, wo etwas ebener Boden war.

Sechs Wochen spielte General Serikow Schach und sammelte Benzin und Verpflegung, Werkzeuge und eine Winterzeltausrüstung, Waffen und Munition, bis er nach seiner Ansicht einen langen Winter in der Einsamkeit überleben konnte.

Dann — in der siebten Woche, in der seine Beobachter an die KGB-Zentrale meldeten, der General sei ein harmloser Mensch, der die erzwungene Ruhe gut auszunutzen verstehe — kam der Tag, an dem Serikow alle seine Freunde verblüffte.

Wie immer fuhr er zum Schachspiel, schwenkte aber auf dem Flugplatz gleich hinüber zu den Hangars, lud seinen Moskwitschwagen mit dem gesammelten Material voll, schleppte alles in das kleine Flugzeug und schnauzte den Monteur an, der entgeistert diesem Tun zusah.

»Sie sehen aus, als hätten Sie die Hose voll!« brüllte Serikow. »Wo ist der Schlüssel?«

»Er steckt, Genosse General«, stammelte der Monteur. Er hatte die Maschine gerade überprüft, weil in einer Stunde eine Patrouille damit aufsteigen sollte, um die Radarstellungen in der Taiga abzufliegen.

»Das Tor auf!« Serikow kletterte auf den Pilotensitz. Seine Flugausbildung war lange her ... in den ersten Kriegstagen hatte jemand die Idee gehabt, den Oberleutnant Serikow zur Luftflotte abzustellen und aus ihm einen Piloten zu machen. Das hatte fehlgeschlagen. Serikow erwies sich als typischer Erdenmensch ... war er in der Luft, wurde ihm speiübel, er verlor die Orientierung, Schwindel packte ihn, und jeder Blick nach unten auf die zusammengeschrumpfte Erde regte ihn an, hinunterzuspringen. Nach drei Monaten schickte man ihn zur Infanterie zurück. Aus ihm einen Flieger zu machen, war unmöglich. Aber die Grundbedingungen des Fliegens hatte man ihm bereits beigebracht. Er wußte, was ein Höhensteuer war, ein Seitensteuer und wie man ein Flugzeug in der Waagerechten hält; er hatte gelernt, wie man startet und wie man landet.

In der Zwischenzeit hatte sich vieles geändert in den Flugzeugen, aber im System war alles gleich geblieben. So fand sich Serikow auch sofort zurecht, als er auf dem Pilotensitz saß und den Motor anließ. Der Propeller drehte sich träge, der Motor verbreitete einen Höllenkrach in der Halle.

Serikow winkte energisch zum Tor. Der Monteur hielt seine Mütze fest, lief davon, drückte die Schiebetür auf und beruhigte sein Gewissen damit, daß ein General immer recht hat mit dem, was er tut. Langsam rumpelte Serikow auf den Kufen ins Freie, freute sich, als er den festgestampften Schnee unter sich hatte, und verzichtete darauf, erst hinüber zur Startbahn zu gleiten. Ein so kleines Flugzeug hat keinen langen Startweg, er gab Vollgas, der Motor heulte auf, die Maschine raste über den Anfahrtsweg, hob sich auf und stieß steil in den sonnigen Winterhimmel.

»Genosse General ...«, stammelte der Monteur.

So war noch keiner gestartet. Er drückte seine Mütze ins Gesicht, warf sich herum und rannte zum nächsten Telefon. Der wachhabende Offizier, der sich meldete, hatte große Mühe, das Gestammel am anderen Ende zu verstehen.

»Was?« brüllte er dann. »General Serikow ist davongeflogen? Mit der Pe 56? Sie kommen sofort herüber! Ich warne Sie! Wenn Sie mich anhauchen und Sie stinken nach Wodka, schicke ich Sie ins Außenkommando Holzlager! Herkommen!«

Es war nicht zu leugnen ... General Serikow war wirklich in der Luft, und ehe man das in seiner vollen Auswirkung begriffen hatte, befand sich Serikow bereits auf nördlichem Kurs und überflog das Berjsew-Gebirge. Zur Lena, dachte er. Und dann hinauf in die Einsamkeit nördlich des Wiljuj. Es wird eine lange Suche werden, ein Flug ohne Wiederkehr. Das Leben lohnt sich nicht mehr ohne Katja Alexandrowna. Sagt mir einen schöneren Tod als den, bei der Suche nach ihr unterzugehen ...

In Irkutsk stiegen zwei Staffeln Jagdflugzeuge auf, blitzschnelle MIG-Jäger, um den anscheinend nun völlig irre gewordenen General Serikow vom Himmel zu holen. Vom KGB lief sogar der Befehl ein, ihn einfach abzuschießen, wenn er der Aufforderung, zu landen, nicht folgen würde.

General Lagutin sagte es ganz klar: »Dieser Skandal muß unter uns bleiben, Genossen. Waska Janisowitsch ist nervenkrank, das wissen wir jetzt. Ein Unglück in der Luft hilft uns allen. Lassen wir ihn verunglükken ...«

Aber Serikow war nicht mehr zu finden. Nach einer halben Stunde Flug war er so listig, mitten im Wald zu landen, auf einem Stück Wiese, das jetzt ein schönes, weiches Schneefeld war, über das die Kufen glitten wie auf Watte. Er ließ das Flugzeug ausrollen, steuerte es an den Waldrand, sprang aus dem winzigen Cockpit, nahm die Axt, hieb eine Menge Tannenzweige ab und deckte damit die kleine Maschine zu. Wer sie jetzt noch aus der Luft sehen wollte, mußte nicht mehr mit menschlichen Augen sehen.

Und so ging es weiter nach Norden ... immer in Sprüngen von einigen hundert Werst, immer wieder Verstecke unter Tannenzweigen, die Nächte im Wald an einem kleinen Lagerfeuer, nur so lange flammend, daß er Wasser für den Tee kochen und eine Dose Fleisch aufwärmen konnte, dann das unruhige Schlafen in einem wattierten Schlafsack auf dem Flugzeugsitz, den Kopf in einen Pelz gewickelt, von Katja träumend, die irgendwo dort oben in der einsamsten Taiga lebte, gefangen zwischen Millionen Baumstämmen, zum Tier degradiert, das Moose aß und rohes Fleisch.

Für Serikow war es sicher, daß Katja noch lebte.

Er hatte in den langen, einsamen Wochen seines Nichtstuns immer wieder vor seinem geistigen Auge die Situation wiederholt, die man nach der Entdeckung des Flugzeugwracks vorgefunden hatte: ein zerplatztes Flugzeug, aber keine Toten. Abmontierte Räder, keinerlei Werkzeug, leere Kartons, in denen früher Konserven verpackt gewesen waren. Das sah ganz danach aus, daß

Überlebende sich auf den Weg gemacht hatten, die Taiga bis zur nächsten Siedlung zu durchziehen. Die Version der anderen Offiziere, hier hätten Jakuten alles mitgenommen, was sie gebrauchen konnten, und die Toten irgendwo verscharrt, um alle Spuren zu verwischen, nahm er wortlos hin, um seine eigenen Gedanken nicht zu verraten.

Fliegen wir zunächst zum Ausgangspunkt zurück, dachte Serikow, als er am fünften Tag den Wiljuj überflog und in der unendlichen Weite des Waldes die vereiste Marcha in der Sonne leuchten sah, ein bläuliches Band inmitten eines erstarrten Grüns. Sie werden nach Süden gezogen sein, sie haben sicherlich eine Karte bei sich ... ich werde so dicht über die Bäume fliegen, daß ich ihr Winken nicht übersehen kann.

In Irkutsk traf aus Moskau wieder General Lagutin ein. Das Offizierskorps war vollständig versammelt, man hatte sogar die Urlauber und die Kranken herangeholt. Auch der kleine, dicke Teufel, der Oberst Bubnow, war mitgekommen, setzte sich einfach hinter den Tisch, der dem Kommandeur gehörte, musterte die Offiziere, als seien es Zuchtbullen, und sagte:

»Genossen, man kann nicht verstehen, wie man eine so langsame Maschine mit einem so schlechten Piloten wie dem General Serikow nicht finden kann. Es ist beschämend, wie unfähig man geworden ist! Der Frieden weicht alles auf, das ist eine Wahrheit, obgleich sie von einem Zaren stammt. Wie war es überhaupt möglich, daß Waska Janisowitsch so eingehende Vorbereitungen treffen konnte?«

»Er kam immer zum Schachspielen«, sagte der Luftflottenchef bedrückt. »Ein guter Spieler, ein blendender Taktiker, ein Genie am Brett.«

»Das hat er bewiesen ...«, sagte Bubnow sarkastisch. »Er macht uns alle zu Hampelmännern! Gut. Sie haben gesucht, Genossen. In allen vier Winden, und nichts gefunden. Überlegen wir einmal: Was ging in Serikow vor? Er durchlöcherte das Bild einer Frau. Wer war diese Frau? Wir haben daran gedacht, die Personen zu überprüfen, die damals mit dem Flugzeug verschollen sind. Der Deutsche Andreas Herr ... er war das zweite Bild, das Serikow zerschoß. Weil er ein Deutscher war, sagte er. Gibt es eine Verbindung zu der unbekannten Frau?« Bubnow blätterte in einem Schnellhefter. »Da war die Lehrerin Nadeshna Iwanowna Abramowa an Bord. Eine gute Kommunistin, bester Leumund, im Beruf fleißig, ein Mädchen ohne Vorleben, keine Liebschaften ... streichen wir sie sofort. Dann Katharina Alexandrowna Susskaja. Ärztin. Chirurgin. Schulungsleiterin der Sektion III Suchana. Klinikerin, genial begabt, vorgesehen, einmal in die Akademie berufen zu werden. Eine Frau ohne Tadel. Liebschaften mit einigen Arztkollegen ... bleibt das aus bei solch einem Weib?« Der kleine, dicke Bubnow lächelte mokant. »Nirgendwo also eine Verbindung zu General Serikow oder zu Andreas Herr. Eine zufällig zusammengekommene Gesellschaft, die auch zusammen untergeht. Hier ist also die Frau nicht zu suchen, die Serikow symbolisch tötete. Wo aber ist sie? Wer ist sie? Wissen wir das, kennen wir auch die Flugrichtung, die Waska Janisowitsch genommen hat.« Bubnow blickte hoch, sein Blick war kalt, diese grauen Augen durchdrangen einen wie ein Röntgenstrahl. »Wer hat Beobachtungen gemacht, Genossen? Die kleinste Merkwürdigkeit ist jetzt wichtig. Das unwichtigste Detail. Strengen Sie sich an, Genossen. Das hier ist ein Fall, der an unsere Ehre geht. Wo hat es das schon gegeben, daß ein sowjetischer General ein Flugzeug stiehlt und damit verschwindet?«

Man erinnerte sich an diesem Tag an vieles, was Serikow gesagt und getan hatte ... aber alles war so normal, daß Bubnow nach vier Stunden resigniert aufseufzte. Auch General Lagutin starrte ins Leere und spürte in sich eine träge Müdigkeit.

»Er muß ein Engel gewesen sein, dieser Waska Janisowitsch!« sagte Bubnow und rieb über seine feuchte Glatze. »Ein wahrer Ausbund an Moral und Sitte ... das ist im höchsten Maße verdächtig. So vollkommen ist kein Mensch. Welch ein glänzender Schauspieler muß er gewesen sein ...«

General Serikow hatte unterdessen die Absturzstelle erreicht und landete. Der Schnee war hoch über die Trümmer geweht und hatte alles in eine gewellte Landschaft verwandelt. Serikow hielt sich nicht damit auf, noch einmal das Wrack auszugraben. Er übernachtete in seinem gesteppten Schlafsack und versuchte am Morgen, sich in die verzweifelte Lage der Abgestürzten zu versetzen.

Es gab bei logischem Denken — und Katja dachte immer logisch — nur eine Richtung, in die sie gezogen sein mußten: Hinüber zum Tjunjan und den Fluß entlang bis Assykol am Wiljuj.

Serikow studierte die Karte ... es war im Winter ein höllischer Weg. Hier gab es nichts als Wald, ein hügeliges Land, überwuchert von Bäumen und verfilzten Büschen.

»Ich werde dich finden, Katja Alexandrowna ...«, sagte Serikow, faltete die Karte zusammen und trat das Lagerfeuer aus. »Wenn du lebst, werde ich dich finden ...«

Wie konnte er wissen, daß sie damals in großen Kreisen herumgezogen waren und jetzt weiter im Norden hausten, an einem Fluß, den sie nicht kannten und der Tjung hieß? Ein Fluß voll Gold, sich in vielen Windungen in die Hügel einsägend, vorbeifließend an der einsamen Faktorei Jakuttorg, bei der die jakutischen Jäger ihre Felle ablieferten und eintauschten gegen Waffen, Munition, Petroleum, Kerzen, Salz und Wodka.

Ein Fluß, der geradewegs in die Freiheit führte ... aber das wußten die da oben am goldenen Ufer auch nicht.

23

Putkin nahm das Thema Kind nicht mehr in seine Reden auf. Dafür beschäftigte er sich intensiv mit Nadeshna und ihrer Schnitzkunst.

Der Josef war fertig und wurde von Morotzkij mit flüssigem Baumharz bemalt, das Jesuskind lag in der Krippe, ein Schaf blickte dümmlich in die Gegend, und jetzt war eine Figur an der Reihe, die Putkin mit Mißtrauen entstehen sah.

»Der König Balthasar…«, sagte Nadeshna. »Wenn Sie nicht Hände wie eine Dampframme hätten, Igor Fillipowitsch, könnte ich Ihnen zeigen, wie man den Melchior schnitzt.«

»Sie bringt mich um den Verstand…«, sagte Putkin am Abend hinter dem Haus zu Andreas. Sie holten Holz für die Nacht. »Es wird Zeit, daß meine eigene Hütte fertig wird. Ich muß ausziehen, sonst schände ich sie vor Morotzkij und dem beharzten Josef…« Er streckte das dicke Bein aus und hielt Andreas damit fest, als er an Putkin vorbeigehen wollte. »Brüderchen, du hast einmal gesagt, ich sei in die Betschwester verliebt…«

»Das ist die Wahrheit, Igor Fillipowitsch. Leugne es nicht.«

»Wer leugnet es denn, he?« Putkin lehnte sich gegen die Hüttenwand und drückte die Holzkloben an seine breite Brust. »Aber wird es besser, wenn man es ausspricht? Jede Nacht geht es los… bei euch oben auf dem Ofen, bei Morotzkij neben mir auf dem Boden. Jeder Hase hat mehr Schamgefühl, jeder Rammler treibt die Häsin in eine Ackerfurche. Nur ihr liegt schamlos herum, als sei ich ein Eunuche. Das geht nicht gut, Andrej!«

Es waren immer die gleichen Reden, man hatte sich daran gewöhnt. Anschließend tobte sich Putkin dann immer aus, hackte Löcher in die Eisdecke des Flusses, fällte Bäume, entastete sie, kerbte sie ein und setzte den Bau seiner Hütte fort, die — wenn sie fertig war — einer Festung gleichen würde.

»Mein Kreml«, sagte Putkin einmal, als er den anderen im Schnee sein Haus aufzeichnete. »Ein Millionär kann sich das leisten! Freunde, wir werden nicht ewig unentdeckt bleiben. Auch hierher kommen einmal jakutische Jäger ... und was dann? Sie sehen das Gold, und schon beginnt der Krieg! Die Hölle beginnt, wo mehr als zwei Menschen zusammen sind ...«

»Ein wahres Wort, Igor Fillipowitsch«, sagte die Susskaja und sah ihn dabei mit einem Blick an, daß er knurrte, sich erhob, den Grundriß seines Hauses im Schnee zertrat und sich zum Fluß absetzte.

Das Haus wuchs von Tag zu Tag. Putkin verwendete jede freie Minute daran, und das hatte seinen Grund nicht allein darin, daß er weg wollte aus der gemeinsamen Hütte, in der man sich paarte, als gehöre das zum Nachtisch, wie er einmal brüllte.

Ein anderer Grund war Morotzkij. Es entstand so etwas wie ein Wettrennen: denn Putkin hatte mit Morotzkij gewettet, daß er sein Haus schneller gebaut haben werde, als dieser die Elchkuh zum Reittier dressieren könne.

»Die Wette gilt!« hatte Morotzkij gesagt. »Sie verlieren sie, Igor Fillipowitsch. Maruta frißt mir schon aus der Hand ...«

»Er nennt das Vieh Maruta!« schrie Putkin und warf die Arme in die Luft. »Maruta! Als ob es ein zierliches Mädchen wäre!« Aber von da an begann er, im Wald zu wüten, hackte Bäume um mit einer Wut die an einen Urmenschen erinnerte, benutzte die Essenspausen dazu, Morotzkij bei der Arbeit mit der Elchkuh zuzusehen und beobachtete, wie das große Tier fröhlich mit den langen Lauschern wackelte, wenn Morotzkij in das Knüppelgehege trat.

»Es ist unheimlich ...«, sagte Putkin einmal zu Andreas. »Ob Nadeshna oder die Elchkuh, die Weiber ergeben sich diesem Gerippe Semjon Pawlowitsch. Was ist das bloß, Andrej? Jeder, der ihn ansieht, würde für ihn sammeln, damit er mehr zu essen kriegt, und wer ihn sogar nackt sieht, ist versucht, ihn tröstend an sich zu ziehen und zu sagen: ›Auch das Winzige hat Berechtigung auf der Welt!‹ — Aber nein. Morotzkij kriegt die Weiber hin! Sieh dir die dämliche Kuh an! Wie sie schnaubt und ihm die fürchterlichen Hände leckt. Nur weil er rouh-rouh ruft ...«

»Er hat's studiert«, lachte Andreas. »Beeile dich mit deinem Haus, Igor Fillipowitsch ... sonst kommt Morotzkij eines Tages zu dir an die Baustelle geritten. Du hast nicht mehr viel Zeit. Semjon Pawlowitsch und Nadeshna konstruieren bereits aus Fellen einen Sattel ...«

In den folgenden Tagen geschah Merkwürdiges.

Während Nadeshna und Morotzkij in seliger Umarmung schliefen und oben auf dem Ofen Andreas und die Susskaja, nackt wie immer, als die Hausherren die schwere Wärme durch ihre Glieder strömen ließen, schien Putkin von einem krankhaften Harndrang befallen zu sein.

Er verließ mehrmals in den Nächten das Haus, kehrte aber schnell wieder und rollte sich wieder an der Wand in sein Fell. Am nächsten Morgen hatte Morotzkij dann Mühe, seine Maruta zu beruhigen. Sie flüchtete vor ihm, blähte die Nüstern und benahm sich so, als sei sie gerade eingefangen worden. Am vierten Tag senkte sie sogar den Kopf und ging in Angriffsstellung.

Morotzkij verstand das nicht, setzte sich außerhalb des Geheges auf einen Stein und beobachtete die Elchkuh. Sie trabte unruhig hin und her, und wenn er die Hand hob und rouh-rouh rief, brach sie aus und flüchtete wieder.

»Tierpsychologisch ist das rätselhaft ...«, sagte Morotzkij zu den anderen. »Maruta ist in eine Phase der

Angstpsychose gekommen. Aber warum? Keiner tut ihr etwas, das Fressen ist wie früher, unser Geruch hat sich nicht verändert, die gleichen Stimmen sprechen sie an ... ihre Verhaltensweise kann man nur durch einen Schock verursacht haben. Aber woher bloß? Woher?«

Am sechsten Tag fand die Susskaja die Antwort auf Morotzkijs verzweifelte Frage. Ein Zufall war's, wie ja die Zufälle meistens das Leben würziger machen, gleich Pfefferkörnern in einer Wurst. Wieder erhob sich Putkin mitten in der Nacht, warf seinen Pelz um und schlurfte leise hinaus. Katja lag wach neben dem tief atmenden Andreas, es war eine stille Stunde, ganz allein für sie, in der sie an das Kind dachte, das in ihr wuchs, und an die Jahre, die kommen würden. Jahre in der Taiga, von denen Andrej nichts ahnte, denn dieses Kind war eine Wurzel in Rußlands Boden, die niemand mehr herausreißen konnte, auch Andrej nicht mit seinem Traum von einem Leben in Deutschland.

Was ist Deutschland, dachte sie. Ist es anders als Rußland? Fließen dort Milch und Honig von den Dächern, und sind die Straßen mit Broten gepflastert? Was braucht der Mensch, um glücklich zu sein? Ein Dach, einen Ofen, ein Stück Land, eine Handvoll Saat, den Glauben an die eigene Kraft und den Mantel der Liebe. Wie kann er da noch hungern und frieren? Und braucht man Deutschland dazu, um so glücklich zu sein?

Sie schob den Kopf über den Ofenrand und sah Putkin nach, der auf Zehenspitzen, wie ein Tanzbär, davonschlich. Es war jetzt das dritte Mal, daß er verschwand, und für die Susskaja begann Putkin ein medizinischer Fall zu werden. Man soll mit einer Blasenentzündung nicht umgehen wie mit einem Schnupfen.

Sie glitt vom Ofen, warf ihren Pelzmantel über, schlüpfte in die Fellstiefel und ging Putkin nach. Draußen schlug ihr der Frost entgegen, und sie wollte schon rufen, daß es Irrsinn sei, bei dieser Kälte zu urinieren, als sie Putkin schnellen Schrittes zum Gehege stampfen sah. Er schob das Gatter auf, betrat das kleine Viereck, die Elchkuh schnaubte, stieß einige dumpfe Laute aus und flüchtete im Kreis. Aber Putkin war ihr gewachsen, rannte ihr nach und trat ihr ein paarmal kräftig in die Weichen. Es klatschte laut, als wenn man auf einen Sack schlägt, dann verließ Putkin wieder das Gehege, schloß das Gatter und kam zufrieden zum Haus zurück.

Dort prallte er gegen die Susskaja, die an der Tür stand und ihn stumm ansah.

»Hoho!« sagte Putkin und wollte sich an ihr vorbei ins Haus drängen. »Ist es schon so weit, Katja Alexandrowna, daß Sie die Männer beim Pinkeln beschleichen? Ihr Interesse ehrt mich ...«

»Bleiben Sie stehen, Sie Schwein!« sagte die Susskaja kalt. »Morotzkij verliert den Glauben an die Tiere, weil er sie nicht mehr versteht ... und Sie schleichen nachts herum und mißhandeln Maruta und machen Morotzkijs Arbeit zunichte. Welch ein Lump sind Sie doch, Putkin!«

»Das ist ein legitimes Mittel, Katja. Wir stehen in einem Zweikampf, bei dem alle Tricks erlaubt sind. Warum liegt Semjon Pawlowitsch auf Nadeshna, statt mein Haus in dieser Zeit zu vernichten?«

»Weil er zu anständig ist. Sie aber sind ein Dreck!«

»Werden Sie es Morotzkij sagen, Katja Alexandrowna?«

»Natürlich.«

»Wie Sie wollen!« Putkin schob die Susskaja von der Tür. »Morotzkij wird mit Messern nach mir werfen, ich werde ihm deshalb den Schädel zerdrücken, es wird ein lustiges Treiben werden, bei dem wir uns alle gegenseitig vernichten. Katja, Sie sind ein humorloser Mensch. Ich habe Semjon Pawlowitsch nur einen Streich spielen wollen ...«

Die Susskaja schwieg über die Begegnung, aber sie wachte zwei Nächte lang und lauerte auf Putkin. Er verlor plötzlich seinen Harndrang und blieb im Haus. Aber

Putkins Vorsprung im Hausbau gegenüber Morotzkijs Elchkuhdressur war nicht mehr aufzuholen ... Igor Fillipowitschs ›Kreml‹ wuchs zu einem klobigen Gebäude heran, und nach sieben Tagen fehlte nur noch das Dach.

Was allerdings dann geschah, war ein neuer Beweis von Putkins eigenem Humor. An diesem Morgen war niemand mehr am Fluß als Nadeshna und Putkin. Morotzkij wagte ein großes Experiment: Er ging mit Maruta spazieren, führte sie an einer Art Halfter hinter sich her und hinkte in den Wald hinein. Es war klar, daß Morotzkij verlieren würde, wenn die Elchkuh sich losreißen würde, die Weite und die Freiheit witternd. Sie blickten ihm alle nach, schweigend, um Maruta nicht zu erschrecken, und bewunderten Morotzkij, der mit seinem röhrenden rouh-rouh der Elchkuh voraushumpelte wie ein Clown.

Dann machten sich Andreas und die Susskaja auf den Weg, um die Fallen abzugehen und die Beute einzusammeln. Mit Putkins großer Klappfalle hatten sie schon zwei Füchse gefangen, dick im Fell, große Burschen, die verzweifelt um sich bissen, ehe Katja sie erschoß. Sie tat das ruhig, mit gespreizten Beinen dastehend, wie ein alter jakutischer Jäger, mitleidlos ... und Andreas starrte sie an und erkannte sie in diesen Momenten nicht mehr.

Nun waren also Putkin und Nadeshna allein, Putkin hämmerte in seinem Haus herum, und Nadeshna briet einen Hasenrücken, gespickt mit Rentierspeck. Es roch bis zu Putkin hinüber, und es war ein Duft, der ihn an Geborgenheit erinnerte, an Zufriedenheit, an eine Frau, die für ihn da war.

»Nadeshna!« rief er und winkte aus dem breiten Loch in der Hauswand, wo einmal die Tür eingesetzt werden sollte. »Das ist ein Haus! Sieh es dir an, solange noch der Himmel hineinblickt. Ist erst ein Dach drauf, kommt nur ein Weib rein, das seinen Rock hochhält ...«

Er lachte dröhnend, winkte mit beiden Armen, und

Nadeshna ging zu ihm hinüber, das Wunderwerk zu betrachten.

Putkin empfing sie mit einer tiefen Verbeugung, gab die Tür frei und ließ Nadeshna an sich vorbeigehen. Kaum hatte sie ihm den Rücken zugedreht, packte er sie von hinten, preßte seine Hände um ihre Brüste, zerriß dabei ihr Kleid und drückte seine Knie zwischen ihre Beine.

Nadeshna wollte schreien, aber Putkin klatschte ihr die linke Hand auf den Mund, und obgleich sie sofort hineinbiß und Blut herausspritzte, ließ er sie nicht los, warf sie mit dem Gesicht in den Schnee, riß ihr den Rock hoch und zerfetzte ihre Unterwäsche.

»Mein Kätzchen!« schrie er dabei. »Beiß, beiß, mein Pantherchen! Wie lange haben wir darauf gewartet, nicht wahr? Warum lügst du so, mein Krällchen? Schnitzt den heiligen Josef, ein Schäfchen und den Balthasar, klemmt sie sich zwischen die Beine, und woran denkt sie, ha? Bin ich blind? Kann ich deine Augen nicht lesen? Ich höre dein Gehirn, wenn du bei Semjon Pawlowitsch liegst, und es schreit Igor — Igor ... Warum verstecken wir uns? Diese Heuchelei, diese verdammte Heuchelei. Betet und bekreuzigt sich und guckt mir auf die Hose! Mein Kätzchen, verdammtes ...«

Sie rollten in den Schnee, Nadeshna biß noch einmal zu, erwischte Putkins dicke Nase und hieb die spitzen Zähne hinein. Er jaulte auf wie ein angeschossener Wolf, zerriß völlig ihr Kleid, packte ihren schmalen nackten Körper wie ein gebleichtes Stück Holz und warf ihn dreimal in den Schnee, bis er ausgestreckt liegenblieb, von Putkins Blut besprüht, und sich ergab.

Nach drei Stunden kamen sie zum Fluß zurück.

Zuerst tauchte Morotzkij auf ... man hörte ihn schon von weitem. Sein ständiges ›rouh-rouh‹, dieser kehlige Ruf der Elchhirsche, flog ihm voraus.

Igor Fillipowitsch Putkin hatte sich in seinem halbfertigen Blockhaus verschanzt. Er hatte dicke Steine gesammelt, einige gewaltige Knüppel bereitgelegt und war somit gerüstet, sein Leben so gut wie möglich zu verteidigen. Daß sie alle gemeinsam über ihn herfallen und ihn totschlagen würden, war ihm klar ... es war nur eine Frage der Zeit, daß die Meute der Rachsüchtigen die Oberhand über ihn gewann.

Nadeshna hatte er nach zwei Stunden Liebe gnädig entlassen. Sie hatte sich nach der ersten Überwältigung nicht mehr gewehrt. Sie weinte nur in den zerstampften und blutbefleckten Schnee, und später, als Putkin sie umdrehte und auf ihr lag wie ein Felsblock, den ein Erdbeben durchrüttelt, tropfte sein Blut aus der aufgebissenen Nase über ihr Gesicht. Sie schloß die Augen und ertrug stumm und fast demütig die Leidenschaft dieses Bären. Aber dann erlebte Putkin fast ein Wunder. Als er schon fürchtete, Nadeshna sei unter ihm gestorben, grub sie plötzlich ihre langen Fingernägel in seinen Nacken und seinen Rücken, bewegte sich unter ihm wie eine Schlange auf einem heißen Felsen, schrie ihn an mit Ausdrücken, die eine so gebildete Frau wie die Abramowa eigentlich nicht kennen durfte, nannte ihn Hurenbock und Stutenstößel, Schwarzschwanz und Wassersack, und das alles aus einem so schönen Mund, von so roten, fein geschwungenen Lippen, die bisher nur Gebete gesprochen hatten. Putkin war so überrascht, daß er von da an nicht mehr der Sieger, sondern der Besiegte war, und Nadeshna verfuhr mit ihm wie mit einem jugendlichen Liebhaber, der verwirrt die Kraft seines Körpers erkennt.

Jetzt saß Nadeshna in der Hütte und versuchte, ihre zerrissenen Kleider zu nähen. Das war nicht einfach ... man hatte nur die Fäden zur Verfügung, die man aus anderen Stellen der Kleidung herauszog, und als Nadel dienten einige stabile Gräten, in die Morotzkij — praktisch wie immer — die Nadelöhre gebohrt hatte. Es war eine Quälerei, damit zu nähen, aber wo es nichts gibt, muß selbst der Teufel vom eigenen Schwanz leben.

Putkin schob den dicken Kopf über die Wand aus groben Stämmen und beobachtete Morotzkij und die zahme Elchkuh Maruta, die von ihrem Spaziergang zurückkamen. Morotzkij allein war keine Gefahr. Andreas und die Susskaja hatten das Gewehr und die Messer mit; es gab jetzt nur eine Axt im Haus, und die hatte Putkin sich geholt. Griffbereit lag sie neben ihm, in seinen gewaltigen Händen eine Waffe, die man erst einmal überwinden mußte. Morotzkij allein konnte das nicht, er konnte nur vor Wut brüllen, wenn Nadeshna ihm alles erzählt hatte.

»Das ist eine Festung!« sagte Putkin zu sich selbst und spürte plötzlich, daß es die Angst war, die ihn zu Selbstgesprächen führte. »Dieses Haus ist ein Kreml. Kommt her und erobert es!« Er legte das Kinn auf die obere Balkenschicht, in jeder Hand einen großen Stein, und sah Morotzkij zu, der vergnügt mit seiner Maruta aus dem Wald kam.

»Igor Fillipowitsch!« rief er, als er Putkins struppigen Kopf über der Hauswand sah. »Ich habe gewonnen! Maruta geht herum wie ein Hündchen. Sehen Sie sich das an!« Er hinkte voraus, ließ plötzlich den Lederriemen los, mit dem er Maruta geführt hatte, und die Elchkuh trottete ihm nach, selbst als Morotzkij sein lockendes ›rouh-rouh‹ einstellte. Die Dressur war vollkommen.

»Ein Geschöpf ohne Hirn … wie alle Weiber!« schrie Putkin zu ihm hinüber. »Gut, Sie haben die Wette gewonnen, Semjon Pawlowitsch! Stecken Sie sich Ihren Stolz an die Mütze wie eine Feder!«

In zehn Minuten wird er herumrennen und die Sonne anheulen, dachte Putkin und stützte das Kinn wieder auf die Holzstämme. Jetzt bringt er Maruta erst in das Gehege, dann wird er nach seiner Nadeshenka schreien, aber sie wird nicht aus dem Haus kommen, wie sollte sie auch, das zierliche, blonde, engelsgleiche, raffinierte geile Aas, und er wird hineingehen, sofort erkennen, was losgewesen ist — wozu ist er Verhaltensforscher —, und dann wieder heraushinken und zu mir herüberbrüllen. Von da ab wird die Belagerung losgehen …

Putkin wurde es heiß. Er schob die dicke Wolfspelzmütze in den Nacken und schluckte den Speichel laut hinunter, der sich in seinem Mund ansammelte.

Wird die Susskaja schießen? dachte er. Natürlich wird sie … sie ist eine Höllengeburt. Wenn jemand gnadenlos ist, dann ist es Jekaterina Alexandrowna. So eine kann Lagerärztin sein, in Workuta, Karaganda oder Magadan, die personifizierte Todesnachricht, die jeden Morgen die sich krank Meldenden mit der Peitsche aus dem Lazarett treiben läßt und ›arbeitsfähig‹ sagt. Mit ruhiger Stimme und einem Lächeln auf den vollen Lippen, hingegeben, dem Genuß, mit einem Wort das Grauen herbeizurufen. So eine ist sie, wahrhaftig … Ist das ihr großes Geheimnis? Ärztin in einem Straflager?

Putkin wischte sich über das vereiste Gesicht. Daß man daran noch nicht gedacht hat, sagte er sich. Sie schleppt die Schuld von Tausenden ›Toter Seelen‹ mit sich herum, und sie wird nicht zögern, auch einen Putkin zu erledigen, breitbeinig im Schnee stehend, zielend wie auf einem Schießstand. Und sie kann schießen, das hatte sie oft genug bewiesen.

Morotzkij hatte seine Maruta in das Knüppelgehege geführt, gab ihr jetzt einen Kuß auf die dicken Nüstern und humpelte mit seinem verkürzten Bein hinüber zu Mandrejs Hütte.

Wie erwartet rief er: »Nadeshna! Nadeshenka! Mein Liebling! Komm heraus, sieh dir das an … Maruta ist zahm wie ein Hirtenhund!«

Die Tür blieb zu. Morotzkij nahm die Fellmütze von seinem schmalen, dürren Kopf und blickte hinüber zu Putkin. Die kalte, aber ungemein strahlende und durch den Schnee blendende Sonne umrandete Morotzkijs Haupt wie mit einem glitzernden Rahmen.

»Wo ist sie?« rief er.

»Im Haus!« rief Putkin zurück. »Gehen Sie hinein, Semjon Pawlowitsch. Aber übereilen Sie nichts ...«

Das war eine rätselhafte Bemerkung. Morotzkij zuckte mit den Schultern, schüttelte den Schnee von seinen Stiefeln und betrat das Blockhaus.

Jetzt, dachte Putkin. Zählen wir ganz langam bis zwanzig ... dann muß Morotzkij brüllend wieder in der Tür erscheinen.

Er legte die Steine auf die Balken, griff nach der Axt und atmete tief ein. Sein Körper glühte von innen. Schweiß rann an ihm herunter, als wäre er in heiße Tücher gewickelt.

Eins — zwei — drei —

Bei zehn sah er Andreas und die Susskaja zurückkommen. Sie hatten einen Weißfuchs und drei Schneehühner bei sich; Andrej trug sie aufgereiht an einer Schnur über dem Rücken. Die Susskaja hatte das Gewehr in der Armbeuge liegen und ging voraus, mit kräftigen Schritten, den Pelzmantel offen, die langen schwarzen Haare quollen unter der Fellmütze über die Schultern ... ein Weib, um das sich Gott und der Satan bekriegen konnten.

Putkin hörte mit dem Zählen auf und betrachtete die Susskaja wie ein Delinquent, dem sich sein Henker vorstellt. Vielleicht kann man noch verhandeln, dachte Putkin. Ich habe es immer und immer wieder gesagt: Man kann einen Mann wie mich nicht zwischen zwei Paare legen, die jede Nacht herumdonnern, als gelte es, eine Felswand zu durchbrechen. Mindestens eins der Weiber hat eine menschliche Verpflichtung, den Einsamen vorm Verrücktwerden zu bewahren. Das könnte man ihnen sagen, das wäre eine Diskussionsgrundlage, das fällt in das Gebiet des praktischen Sozialismus.

»Deine Fallen sind gut, Igor!« rief Andreas zu Putkin

hinüber. »Der Fuchs saß drin. Ein Prachtkerl! Wir werden das Fell verlosen ...«

»Ich schenke es Katja!« schrie Putkin zurück. »Eine schöne Mütze gibt's!«

Er blickte hinüber zum Haus. Warum kommt Morotzkij nicht heraus? Was erzählt Nadeshna denn alles, daß es so lange dauert? Oder hat ihn der Schlag getroffen, als er's hörte? Ist umgefallen, das Gerippenmännchen, und liegt jetzt da auf dem Boden, und das blonde Schwänchen reibt ihm die Brust und kriegt das Herz nicht mehr in Gang?

»Wo ist Semjon Pawlowitsch?« rief die Susskaja. Sie bot Putkin ein strahlendes Gesicht, so herrlich schön in seiner geröteten Wildheit, daß es ihm kalt über den Rücken lief.

»Im Haus! Er hat Maruta herumgeführt wie einen Blindenhund.« Putkin umklammerte die Axt. Sie nutzte wenig, wenn Katja gleich schießen würde, aber erst mußte sie herankommen, in das halbfertige Haus hinein, denn er hatte vor, sich hinter die dicken Stämme zu verkriechen. Es würde sich dann zeigen, ob man über alles diskutieren konnte oder sich zusammenschießen ließ.

Er sah, wie Andreas und die Susskaja ins Haus traten, und wartete mit angehaltenem Atem. Jetzt mußten sie Morotzkij sehen, wenn er wirklich leblos auf der Erde lag, und jetzt mußte Nadeshna ihnen entgegenschreien: »Putkin ist das größte Schwein, das Rußlands Sonne beschienen hat.« Dann würde die Tür wieder auffliegen, und die schwerste Stunde für sie alle hatte begonnen.

Aber es geschah nichts. Die Tür blieb zu, die Ruhe legte sich über Putkin mit der Unheimlichkeit einer nicht sichtbaren würgenden Hand. Er begriff das nicht, dachte an eine besondere Taktik und nagte an der Unterlippe. Um seine aufgebissene Nase hatte er einen Fetzen Stoff gebunden, damit der Frost nicht in die

Wunde kam und seine ganze Nase auffraß. Die Minuten rannen davon, es blieb still im Haus ... dafür quoll dichter Rauch aus dem Kamin und trug den Geruch von gebratenem Fleisch in die stille, sonnendurchglitzerte Kälte.

Sie wollen mich mürbe machen, dachte Putkin und lehnte sich an die Hauswand. So gemein und feige sind sie also ... auf die Nacht warten, nicht auf die kommende, auf irgendeine Nacht, in der ich schlafen werde, denn einmal falle auch ich um, man kann nicht immer wachsam sein ... und dann werden sie auf leisen Sohlen kommen und mich abschlachten. Ganz ohne Mühe, ein kleines Kind könnte das tun. Sie haben ja Zeit, natürlich haben sie Zeit! Sie machen es mit der alten russischen Weisheit: Die Uhr regelt alles.

Er schnaufte vor Wut, biß in seine Handschuhe und wartete weiter.

Eine Stunde später erschien Andreas in der Tür. Putkin straffte sich. Jetzt kommt das Todesurteil! Und wie er dasteht, dieser Andrej ... barhäuptig, in Hemdsärmeln, in der Kälte seine Zimmerwärme ausdampfend ... eine widerliche Art zu töten.

»Igor Fillipowitsch!« rief Andreas zu dem halbfertigen Blockhaus hinüber. »Hör auf mit Arbeiten! In zehn Minuten serviert Nadeshna einen Braten ...«

Putkin antwortete nicht. Wer fällt darauf herein, du Idiot, dachte er bloß. Mich herauslocken, was? Mich aus der sicheren Deckung holen? Kommt her, ihr Mörder! Holt euch euer Opfer! Mir das duftende Fleisch unter die Nase halten und dann das Gewehr abdrücken! Bin ich ein Blödel? Wer hat die dämliche Idee gehabt, einen Putkin auf so primitive Weise überrumpeln zu wollen?!

Andreas ging zurück ins Haus. Jetzt beratschlagen sie wieder, dachte Putkin. Und die Susskaja steht mit dem Gewehr bereit und lauert auf mich wie auf einen streunenden Wolf. Er hieb mit den Fäusten gegen die Holzwand, heulte dann in seine dicken Handschuhe hinein und wartete weiter. Die Angst hatte ihn jetzt voll erobert, er litt eine Qual, die unsagbar war. Er starb bereits in kleinen Stücken, und das war ein Gefühl, das selbst einen Berg wie Putkin aushöhlte.

Als nächster humpelte Morotzkij vor die Tür. Auch er in Hemd und Hose, in der Kälte von Dampf umgeben.

»Der Braten wird kalt!« rief er fast fröhlich.

»Legt mein Stück auf einen heißen Stein!« brüllte Putkin zurück.

»Dann wird es zäh wie eine Schuhsohle.«

»Auch Schuhsohlen sind knapp.«

Ihr Hohlköpfe, dachte Putkin. Wird ein Trick besser, wenn man ihn wiederholt? So harmlos könnt ihr gar nicht dreinblicken, um mich aus meinem Haus zu lokken. Zurück, Semjon Pawlowitsch, sonst bekommst du's an der Lunge!

Morotzkij humpelte ins Haus zurück, dafür erschien wieder eine Viertelstunde später die Susskaja. Unbewaffnet, mit offener Bluse ... sogar auf diese Entfernung erkannte er ihre strotzenden Brüste und dachte: Das Kind wird eine Mörderin zur Mutter haben. Was geht jetzt in Katja Alexandrowna vor? Was denkt sie? Ha, wie sie dasteht mit ihren kräftigen Beinen und dem Rock, der beginnt, sich über dem Leib zu spannen. Ihre Schenkel drücken sich durch den Stoff, das schwarze Haar weht im eisigen Wind ... in keinem Märchen ist der Todesengel so schön wie die Susskaja.

»Schluß mit der Arbeit!« rief sie. »Man kann's übertreiben, Igor Fillipowitsch.«

»Ich habe keinen Hunger!« brüllte er. Seine Stimme klang heiser vor Angst. »Ich halte es hier noch aus!«

Dann legte er die Stirn auf die gefrorenen Stämme und begann heftig zu zittern. Diese Freundlichkeit, schrie es in ihm. Diese teuflische Freundlichkeit! In Bratenduft getauchte Einladung zum Sterben. Wie höllisch ist dieses Weib, wie höllisch! Er spürte wieder dieses stückweise Sterben in sich und drückte die Hände gegen seinen Mund, um die gurgelnden Laute aus seiner Brust zu ersticken.

Am Abend — Putkin saß in seinem halbfertigen Haus und starrte auf die in der Dunkelheit verschwimmende Blockhütte — kam plötzlich Nadeshna heraus und ging auf ihn zu. Er riß die Axt an sich und blickte ihr mit hochgezogenen Schultern entgegen.

Sie allein, dachte er. Wie will sie's wohl machen? Hat sie das Gewehr unter dem Mantel? Mutig, mutig, mein blondes Kätzchen ... hat dir Katja Alexandrowna in den vergangenen Stunden das Schießen beigebracht? Eigentlich ist es ganz einfach: Anlegen, das Kinn fest auf den Kolben pressen, zielen, mir mitten zwischen die Augen, den Finger dort krümmen, wo der stählerne Haken ist. Schluß! Auch wenn du hinterher vom Rückstoß umfällst ... du hast's geschafft, Nadeshna. Nur sag mir vorher noch eins: Was war das für eine Stunde, in der du mir den Nacken und Rücken zerkratzt hast und mich einen Hurenbock nanntest und keine Ruhe gegeben hast, bis ich zu dir sagte: Luderchen, verdammtes, jedes Fahrzeug, selbst der krüppligste Bauernwagen, hat eine Bremse. Zieh sie an, mein goldenes Teufelchen ... Was war das für eine Stunde, he?

Nadeshna blieb im Eingang der halbfertigen, großen Hütte stehen und blickte Putkin lange und wortlos an. Ihre blauen Augen tasteten ihn ab.

»Was ist?« knurrte er.

»Der Braten ist so schön geworden, Igor ...«

»Erstickt daran!« Putkin schnaufte tief auf. »Was ist? Worauf wartest du? Warum kommst du allein?«

»Die anderen essen.«

»Sie essen wirklich?« Putkin spürte das Hämmern seines Herzens bis unter die Kopfhaut. »Sie sitzen da und fressen, reißen mit den Zähnen das Fleisch von den Knochen, schmatzen und kauen, und du gehst hinaus, und sie wissen es und essen weiter ... Die Hölle ist ein Abstellplatz armseliger Lumpen gegen euch!«

»Komm ...«, sagte Nadeshna und streckte Putkin die Hand hin. »Du hast doch Hunger, Igor ...«

Er starrte auf ihre Hand und konnte dabei nicht verhindern, daß ein wildes Zucken über sein Gesicht lief. »So also töten Engel ...«, sagte er ganz leise.

»Wer tötet?«

»Nicht so«, sagte Putkin dumpf. »Nicht auf diese widerliche Art. Kommt her und bringt mich standesgemäß um. Verdammt, habt den Mut, mich Auge in Auge zu töten. Aber nicht mit einem Braten in der Hand, das Maul von Fett triefend ... nicht so ... Ich bin ein ungeheurer Schuft ... aber bei allem: Das habe ich nicht verdient!«

»Du hast Angst, Igor?«

Er sah Nadeshna an; ihr kindliches Gesicht mit den großen Augen unter den blonden Haaren, ihr schmaler Körper und die schlanken Beine wirkten so zerbrechlich, daß er nicht verstand, wie sie seine Kraft hatte überstehen können. Und noch weniger begriff er, daß dieses zierliche, wie gläserne Geschöpf ihn um den Atem und seine männliche Ausdauer gebracht hatte.

»Ja ...«, sagte er langsam. »Verdammt ja — ich habe Angst. Macht endlich ein Ende.«

»Warum? Wir wollen nur mit dir essen, Igor.«

Putkin beugte sich vor. Jetzt hat sie ihr Ziel, dachte er. Meine Stirn liegt frei. Aber sie muß erst den Mantel aufreißen und anlegen. Sie ist zu weit für mich entfernt. Aufspringen und sie überwältigen, dazu reicht's nicht mehr.

Nadeshnas Hand war ihm noch immer entgegengestreckt, und das war etwas, was ihn verwirrte. »Ihr Heuchler ...«, sagte er heiser. »Ihr ekelhaften Heuchler!«

»Warum sollen sie heucheln?« Nadeshna kam unbefangen näher, Putkin hielt wieder den Atem an. Jetzt trat sie in seine Sprungnähe, jetzt konnte er sie erreichen — wenn sie nun unter den Mantel griff, hatte sie verloren. Er spannte jeden Muskel in sich und wartete, den Blick fest auf ihr Gesicht geheftet. Ihre Augen werden sie verraten, dachte er. Jede Tat wird erst mit den Augen signalisiert.

Aber Nadeshnas Augen blieben groß und klar.

»Komm ...«, sagte sie.

»Was hast du den anderen erzählt?« Putkin rang an diesen Worten, als habe er keine Zunge mehr. Der Schweiß brannte in seiner Nasenwunde. Nadeshnas Biß.

»Nichts ...«

»Du hast ihnen nichts erzählt?«

»Nein.«

»Sie sollen mich nicht töten?«

»Brauche ich sie dazu?« Sie stand vor ihm, winzig fast gegen das riesige Pelzbündel Putkin. »Igor Fillipowitsch, ich werde es allein tun, wenn die Zeit dafür gekommen ist. Willst du jetzt meinen Braten essen?«

Putkin nickte, warf die Axt weg und trottete Nadeshna voraus zur Hütte. Sie hat ihnen nichts gesagt, dachte er dabei und schwankte wie ein Betrunkener. Sie haben keine Ahnung. Warum hat sie nichts gesagt, warum? Ist es möglich, daß sie mich liebt? Mein Gott — verdammt ja, ich nenne deinen Namen — gibt es so etwas? Nadeshna Iwanowna liebt einen Putkin?

Er trat ins Haus, die heiße Luft schlug ihm entgegen und der köstliche Duft des gebratenen Fleisches. Er warf seinen Pelz ab, setzte sich an den Tisch und streckte die dicken Beine aus. Die anderen starrten auf seine Nase, von der der Lappen abfiel ... sie war mächtig geschwollen, und die Bißwunde glänzte bläulich.

»Nageln Sie neuerdings mit der Nase?« fragte Morotzkij witzig.

Und als sie alle lachten, lachte Putkin mit, schielte hinüber zu Nadeshna, griff sich das größte Stück Fleisch und biß hinein, daß ihm der Bratensaft durch den Bart rann.

24

Die Suche nach General Serikow gestaltete sich zu einer Groteske.

Wie eine dicke, kahlköpfige Spinne hockte Oberst Bubnow im Hauptquartier von Irkutsk, und selbst General Lagutin, der provisorisch Serikows Befehlsbereich übernommen hatte, wagte es nicht, unnötig in das überheizte Zimmer zu treten und den häßlichen Giftzwerg anzusprechen. Manchmal aber war das nötig, nämlich immer dann, wenn die Suchflieger zurückkamen und man schon an ihren Gesichtern ablesen konnte, was sie mitbrachten: nichts!

»Wir sind enttäuscht«, sagte Bubnow dann mit seiner teuflisch ruhigen Stimme. »Wir sind sehr enttäuscht!«

Wir ... das bedeutete: das KGB! Und wenn das KGB enttäuscht ist, bedeutet das wiederum, daß Moskaus Auge sehr kritisch auf die Garnison Irkutsk blickt. Die Folge würde sein: Verschärfte Inspektionen, Kontrollen aller Offiziere, Beförderungssperren, Einsetzen neuer und schärferer politischer Schulungsleiter, kurzum ein Dienst, der nicht mehr die Freude machte wie bisher.

Aber auch Bubnows Enttäuschung half nicht weiter ... General Serikow blieb in der Weite der Taiga verschwunden. Die Radarstationen verzeichneten kein unbekanntes Flugobjekt, weil Serikow so niedrig über die Waldgipfel huschte, daß ihn kein Radar erfassen konnte. An der Absturzstelle der Maschine aus Suchana zu suchen, kam keinem in den Sinn. Es wäre auch zu unlogisch gewesen. Was wollte Serikow im Norden? In der eisigen, tief verschneiten Einsamkeit?

Bubnow faßte in einigen Leitsätzen zusammen: »Versetzen wir uns in die Lage von Waska Janisowitsch. Er ist nervenleidend, man hat ihn hier behandelt, er geht in eine wohlverdiente Pension, mit allen Ehren, schließlich war er ein Held, Genossen, das wollen wir anerkennen. Aber er fühlt sich unverstanden, seine Nerven diktieren ihm Dinge außerhalb der Vernunft. Wer auf Fotos schießt, nur weil sie einen Deutschen zeigen ... man kann einen kranken Menschen nicht verurteilen, man muß ihn behandeln. Aber welcher Nervenkranke sieht das ein? Also flüchtet er. Wohin? Dort, wo er meint, in die Freiheit zu kommen. Das ist nur der Süden. Das sind China, Afghanistan und der Iran. Für die beiden letzteren reicht aber das Benzin nicht ... und nach China? Genossen, ich traue dem General Serikow trotz seiner schwachen Nerven eine solche Geschmacklosigkeit nicht zu. Er muß also zwischenlanden, sich Flugbenzin verschaffen oder irgendwo im Lande bleiben und sich verstecken. Und das sind alles Möglichkeiten, die wir im Griff haben müßten.« Bubnow hob die Stimme, und die versammelten Offiziere zuckten zusammen. »Haben wir sie im Griff? Genossen, keiner von uns dürfte mehr den Blick vom Boden erheben, so sollten wir uns schämen ...«

Serikow hielt unterdessen an der Absturzstelle vier Tage aus, um seine Spur völlig zu verwischen. Neuer Schneefall deckte die breiten Kufenrillen der Landung zu, und die Zeit, je länger sie wurde für die Suchstaffeln, saugte auch Serikow auf. Das war es, was Bubnow befürchtete ... mit jedem Tag entfernte sich Serikow mehr, selbst wenn er nebenan in einem Keller gehockt hätte.

Tagsüber saß Serikow im dichten Wald an einem kleinen Feuer und las in alten Zeitungen, in die er seine Lebensmittel gewickelt hatte. Der schwache Rauch und der weißliche Dunst, der zurückblieb, wenn die Wärme mit dem Frost zusammenprallte, blieben unter den hohen Bäumen hängen und drangen nicht bis in den freien Himmel. Nachts schlief er in der Flugzeugkanzel, eingemummt in dicke Fellmäntel, über das Gesicht eine Pelzmütze gestülpt. Und immer wieder studierte Serikow die Karten und strich mit dem Zeigefinger über die Gebiete, in denen Jekaterina Alexandrowna verschwunden sein mußte ... das waren die Augenblicke, in denen Serikows Herz schwer von Liebe und Haß wurde, und seine Seele in die schwere Armeepistole rutschte, die an seiner Seite am Gürtel hing.

Am fünften Tag, in der Frühe, bei fahler Dämmerung, wärmte er den Motor des kleinen Flugzeuges mit einigen niedrigen Feuern und mit über heißen Steinen erhitzten Decken an, ließ ihn dann ein paar Minuten laufen und startete, als der schneeschwere Himmel sich grau färbte und der Tag damit begann.

Er flog wieder dicht über den Wipfeln der Bäume zunächst nach Norden, zog dann eine Schleife und flog nach Osten. Eingeschnitten in die Taiga wie ein Band, das zwei Teile zusammenhält, sah er später den Tjunjan, bläulich leuchtend mit seiner Eisdecke. Er folgte dem Fluß nach Norden bis zum Wiljujskij-Gebirge, drehte dort ab, nannte sich einen Narren, der nur Benzin verschenkt, und flog zurück nach Süden, über ein rauhes, felsiges, mit Urwald bedecktes Land, in dem jedes menschliche Leben unmöglich war. Erst als das Land sich wieder senkte und ein neuer Fluß aus gespalteten Felsen hervorkam — es war der Tjung, wie Serikow auf der Karte feststellte — wurde die Taiga wieder lichter, aber die völlige Einsamkeit erfaßte Serikow selbst hoch oben in seinem Flugzeug.

Welch ein Land, dachte er. Kann der Mensch es jemals Meter um Meter erobern? Das ist es, was Rußland unbesiegbar und unsterblich macht: die Weite, in der der Mensch sich verläuft. Welche Geheimnisse liegen dort unten, welche unbekannten Schätze, welche Möglichkeiten, mit ihnen die ganze Welt zu verändern!

Wer Sibirien sieht, lernt in Jahrhunderten denken.

Serikow drehte noch weiter nach Süden ab, flog den Tjung entlang und achtete nicht weiter auf das Land unter sich.

Das war ein Fehler, denn nur durch einen Zufall entdeckte er eine winzige, weiße Wolke, die träge über die Baumwipfel schwebte, eine Wolke, die nicht hierher gehörte, wo alles stumm und unbeweglich war, eisig und starr, im Schnee erstickt.

Serikow, mit dem kleinen Flugzeug jetzt vertraut, wagte einen engen Bogen, zog die Maschine tiefer und flog den Tjung entlang wie auf einer Straße.

Und da war ein Blockhaus, aus dessen Kamin jetzt kein Rauch mehr quoll, ein halbfertiges Haus ohne Dach, ein Gatter mit einem Elch, Stangen mit aufgespannten Fellen, und er sah auch die Fischlöcher, die jemand in die Eisdecke geschlagen hatte, und die an Land gezogenen, primitiven Reusen.

Vor dem Felsental zog Serikow das Flugzeug wieder hoch, wendete, kam zurück und setzte auf dem Eis des Tjung zur Landung an. Es war ein wahnsinniges Unternehmen, mit Schneekufen auf einem vereisten Fluß zu landen, aber Serikow gelang es leidlich, die Maschine rutschte, nachdem sie aufgesetzt hatte, über das Eis wie ein Schlitten, drehte sich ein paarmal um sich selbst wie ein Riesenweib, das Pirouetten tanzt, schleuderte dann gegen die Uferböschung und blieb dort endlich stehen. Eine Kufe zersplitterte an den Steinen, und Serikow duckte sich in seiner gläsernen Kanzel aus Angst, die Splitter könnten, wie bei einer detonierenden Granate, ihn noch im letzten Augenblick treffen.

Hier sind Menschen, dachte er jetzt erst, als die Stille so stark war, daß er sein Herz wie ein Hammerwerk hörte. Menschen! Hier! Das ist doch gar nicht möglich! Wovon leben sie? Was trieb sie an, hier zu siedeln? Katja und die anderen Vermißten können es nicht sein ... sie hätten sich kein Haus gebaut, hängen keine Felle zum Trocknen auf, schlagen nicht Löcher zum Fischen ins Eis. Sie wären nach Süden gezogen, 400 Werst den Fluß hinunter liegt die Faktorei Jakuttorg ... das hier werden Jäger sein, Jakuten, die Hermeline, Nerze und Füchse schießen. Aber wenn das Glück weiter anhält, werden sie mir vielleicht sagen können, ob sie einer Gruppe Menschen aus dieser vollkommenen Einsamkeit herausgeholfen haben.

Serikow schob die Glaskanzel auf, steckte die Armeepistole in die äußere Tasche seines Pelzmantels und kletterte aus dem Flugzeug. Er tappte vorsichtig über das Flußeis, erklomm die Uferböschung und blickte hinüber zu dem Blockhaus, das jetzt so leblos schien wie der erstarrte Wald. Aus dem gemauerten Kamin quoll kein Rauch mehr, aber unter dem Dach hingen an langen Schnüren dicke Stücke steinhart gefrorenen Fleisches.

Serikow wartete. Er stand hinter dem Leitwerk seines Flugzeuges, das über die Uferböschung hinausragte. Die Feindlichkeit dieser Stille verwirrte ihn. Ein Sibirier ist ein freundlicher Mensch. Trifft er auf einen anderen Menschen, so ist das in dieser Einsamkeit wie ein Fest. Hier aber breitete man nicht die Arme aus ... man lag einander gegenüber wie im Feindesland.

Er war kein Feigling, dieser Serikow. Er war es nie gewesen. Das machte seine Veränderungen auch unbegreiflich, gab Bubnow und Lagutin und allen anderen Offizieren, selbst dem getreuen Krendelew unlösbare Rätsel auf. Wer dachte schon daran, daß die Liebe zu einer Frau wie Jekaterina Alexandrowna Susskaja einen Mann bis zum Wahnsinn treiben kann?

Langsam setzte sich Serikow in Bewegung kam aus der Deckung des Leitwerkes hervor und ging am Ufer entlang auf das Blockhaus zu.

Putkin hämmerte an seinem ›Kreml‹ herum und kerbte mit der Axt einige Baumstämme ein, als das kleine Flugzeug plötzlich zum erstenmal über den Felsen erschien und den Fluß überquerte. Er hatte das Motorengeräusch bei seinen Axthieben nicht gehört, Andreas war wieder im Wald und ging die Fallen ab, in der Hütte hämmerte

Morotzkij aus einem Blechstück, das sie damals mitgeschleppt hatten, eine neue Bratpfanne für Nadeshna, da die alte durchgebrannt war und das wertvolle Fett ins Feuer tropfte. So überhörten sie auch dort das Flugzeug.

Putkin ließ die Axt fallen, rannte das Ufer entlang, stürzte ins Haus und brüllte schon beim Türaufreißen: »Das Feuer aus! Das Feuer aus! Ein Flugzeug ist über uns!«

Er stieß Nadeshna zur Seite, riß der Susskaja ein dikkes Renfell, in das sie gerade mit einem Schraubenzieher Löcher stanzte, durch die man später Schnüre zog, und fertig war ein Mantel aus der Hand, warf es über die Glut und erstickte sie. Es stank bestialisch. Putkin drückte mit seinen gewaltigen Händen das Feuer zusammen, ohne Rücksicht, daß seine Handflächen heiß wurden wie eine Herdplatte.

»Ein Flugzeug ...«, rief Morotzkij, sprang auf und warf die halbfertige Pfanne auf den Boden. »Das ist ja wunderbar! Das ist unsere Rettung! Man hat uns gefunden! Man hat uns endlich gefunden! Nadeshenka, deine Gebete sind erhört worden.«

»Wenn sie das gebetet hat, sollte man ihr das Gehirn aus dem Schädel pusten!« brüllte Putkin. »Wir sitzen auf Gold! Auf Gold!«

»Behalten Sie Ihre Millionen Rubel, Igor Fillipowitsch!« schrie Morotzkij hysterisch zurück. »Ich will aus dem Wald heraus! Ich will nicht in dieser verdammten Taiga verrecken!«

Er sprang, so gut es ihm sein verkürztes Bein erlaubte, zur Tür, aber dort prallte er gegen die Susskaja, die ihm den Weg versperrte wie ein großer Klotz. Morotzkij starrte sie ungläubig an und spreizte die Hände.

»Ein Flugzeug, Katja Alexandrowna ...«, kreischte er. »Da draußen kreist ein Flugzeug! Hören Sie es? Es ist Schluß mit dieser Hölle hier! Schluß mit einem Leben neben diesem Putkin! Lassen Sie mich hinaus!«

»Nein, Semjon Pawlowitsch«, sagte die Susskaja ruhig. »Wir melden uns nicht.«

»Hat das Gold auch Sie verrückt gemacht? Gut, wenn Sie wollen, bleiben Sie und Andrej und Putkin hier. Nadeshna und ich aber wollen hier nicht krepieren!«

»Sie will wieder Bibeln und Priester verteilen, ha?« schrie Putkin vom Herd. Er hatte das Feuer erstickt, seine Hände waren rot wie gesotten. Er hielt sie von sich und schüttelte sie. »Soll man es denen sagen, die da oben herumschweben? Laß sie herunterkommen, laß sie nur kommen. Ich werde ihnen entgegengehen und zurufen: Genossen, da drinnen ist die Lehrerin Abramowa, die systematisch gegen den sowjetischen Staat sabotiert, und da drinnen ist ein Professor, der seine Frau ...«

»Nichts wirst du sagen, Igor Fillipowitsch ...«, sagte Nadeshna sanft. Sie blickte Putkin an, und ihre blauen Augen hieben ihn um wie eine Axt einen Baum. Er lehnte sich gegen den heißen Ofen und wischte sich mit dem Unterarm über das Gesicht. »Du kannst mich doch nicht töten ...«

Er starrte sie an, holte tief Luft und wußte, daß er es wirklich nicht konnte. Die Liebe hing so schwer an seinem Herzen, daß er sich umdrehen mußte, um nicht nach Morotzkij zu greifen und ihn einfach an die Wand zu werfen. Das lebende Gerippe wäre dann zerplatzt, aber gleichzeitig hätte er auch Nadeshna verloren.

Die Susskaja war zur Tür gegangen und spähte durch einen Spalt hinaus. Dann zog sie die Tür wieder zu, griff nach dem Gewehr, das an der Wand lehnte, lud es durch und drehte sich zu den anderen herum.

»Es landet«, sagte sie dunkel. »Es ist ein Militärflugzeug. Eine kleine Kuriermaschine mit Kufen. Es ist endgültig vorbei, Freunde ...«

»Es fängt erst an!« Putkin stieß sich vom Ofen ab und streckte beide Hände aus. »Katja, gib mir das Gewehr.«

»Ich habe bewiesen, daß ich schießen kann«, antwortete die Susskaja plötzlich tonlos.

»Auf Tiere! Aber auf Menschen? Das ist etwas anderes, Katja Alexandrowna. Da ist einer wie du und ich ... und der wirft dann plötzlich die Arme hoch, und Blut spritzt aus seinem Körper. Vielleicht sieht er dich noch einmal an, und diesen Blick vergißt du nie. Gib das Gewehr her!«

»Kannst du es, Igor?« Die Susskaja drückte das Gewehr an ihre Brust.

»Ja. Für mich ist es Notwehr.«

»Und ich töte für Andrej.«

Draußen erstarb das Motorengeräusch. Das Flugzeug sauste über das Eis des Flusses, kreiselte und prallte krachend gegen die Böschung. Etwas zerbrach mit einem kreischenden Ton.

»Metall!« sagte Putkin. »So schreit Metall auf, wenn es bricht. Kein guter Flieger, Freunde. Wie viele mögen es sein?«

»Zwei, höchstens drei, mehr faßt die Kanzel nicht.«

»Sie kennen sich gut aus in militärischem Gerät, was? Erstaunlich, Katja Alexandrowna, sehr erstaunlich!« Putkin griff plötzlich zu, entriß der Susskaja das Gewehr und verbarg es hinter seinem Rücken. Man mußte diesen Berg von Mensch jetzt schon zertrümmern, um wieder an die Waffe zu kommen. Morotzkij schrie erneut mit sich überschlagender Stimme unverständliche Worte, benahm sich wie ein Epileptiker, zuckte mit dem ganzen Körper und wollte sich tatsächlich auf Putkin stürzen.

Nadeshna hielt ihn fest. Und jetzt geschah etwas, was niemand verstand: Sie riß Morotzkij zurück, ohrfeigte ihn rechts und links und trieb ihn zu der Bank am Tisch zurück. Es war ein seltsames Bild, wie die schmale, zierliche Person auf den langen, dürren Morotzkij einschlug, die Schläge klatschten an seine eingefallenen Backen, und er hinkte nach rückwärts davon, sank schließlich auf die Bank, umfaßte seinen Kopf mit beiden Händen und starrte wie von allem Leben verlassen mit leeren Augen in die Gegend.

Putkin hatte die Tür wieder einen Spalt geöffnet und blickte hinaus.

»Es ist nur einer ...«, sagte er fast mit Bedauern. »Nur einer in einem Pelzmantel, aber darunter trägt er Uniform. Freunde, er hat sich verflogen, das ist es. Er hat sich verirrt wie wir. Ein Leidensgenosse. Bedauerlich, daß er eine Uniform trägt ... er muß erschossen werden.«

»Er sucht unsere Hilfe«, sagte die Susskaja und spähte neben Putkin ins Freie. Der Flieger stand hinter dem Leitwerk seines Flugzeuges und beobachtete das Haus. Sein Gesicht war nicht zu erkennen, die Pelzmütze hatte er tief in die Stirn gezogen und den Mantelkragen hochgeschlagen. »Igor Fillipowitsch, wie lange sind Sie schon in Sibirien?«

»Ich weiß, ich weiß, schöne Dame!« Putkin schnaufte erregt. »In Sibirien sind alle Menschen Brüder und Schwestern. Aber es geht auch anders herum: Wer seinen Bruder verrät, dem wird der Kopf eingefroren. Was da gelandet ist, wird so ein Fall ...«

»Können Sie hellsehen, Igor?«

»Ich sehe eine Uniform, Katja Alexandrowna. Müssen wir uns darüber unterhalten, was in unserer Lage einer bedeutet, der eine Uniform trägt?«

»Er ist wehrlos. Sein Flugzeug ist zerbrochen.«

»Eine Kufe. Ich habe genug einbeinige Männer tanzen sehen.« Putkin schob den Lauf des Gewehres durch die Türritze. »Ich werde ihn treffen, wenn er breit und unverfehlbar vor mir steht. Nur ein Schuß, Katja Alexandrowna ... es gibt Probleme, die man nur mit Überwindung aller Moral lösen kann. Denken Sie an Ihre Chirurgie ... wie oft haben Sie menschliche Körper aufgeschnitten und Gliedmaßen abgetrennt, weil es nötig war und weil Sie damit ein Leben retten konnten. Hier geht es um fünf Leben, Katja Alexandrowna ... und die diese Leben gefährdende Krankheit kommt da auf uns zu. Habe ich recht?«

»Sie haben für jede Gemeinheit einen Lorbeerkranz, Putkin«, sagte die Susskaja dumpf. »Man sollte vorher mit dem Mann sprechen.«

»Das macht das Töten schwerer. Wenn ich seine Stimme höre, wird er ein Mensch — bis jetzt ist er für mich nur ein Ding, das mich bedroht.«

»Ich werde mit ihm sprechen!«

»Katja!«

Putkin gelang es nicht mehr, die Susskaja festzuhalten. Er griff ins Leere, als sie plötzlich die Tür aufstieß und an ihm vorbeischlüpfte.

»Diese Ärzte!« brüllte Putkin und stampfte vor das Haus. »Wenn sie einen Menschen sehen, juckt es ihnen in den Fingern, ihn abzutasten!«

Er baute sich in der Tür auf, legte das Gewehr an und zielte auf den Mann, der langsam und ohne sichtbare Furcht auf das Haus zukam.

Serikow blieb ruckartig stehen, als die Tür des Blockhauses aufflog und eine Gestalt in einem dicken Pelz herausstürzte. Er griff in die Manteltasche, umklammerte den Griff der Pistole und schob mit dem Daumen den Sicherungsflügel zurück. Im gleichen Augenblick aber erkannte er, daß über dem Pelzkragen schwarze Haare wehten, und er wußte, daß dies nur Katja Alexandrowna sein konnte. Sein Herz blähte sich auf und nahm den ganzen Brustkorb ein, machte das Atmen schwer und lähmte die Beine.

Ich habe sie gefunden ... ist so etwas möglich? durchfuhr es ihn. In der riesigen Taiga finde ich sie an einem kleinen Fluß! Katjuschka, meine Liebe ...

Er setzte sich wieder in Bewegung, rannte dann mit ausgreifenden Schritten durch den knirschenden, verharschten Schnee, breitete beim Laufen die Arme weit auseinander und schrie plötzlich, als habe seine gefangene Seele jetzt alle Dämme gebrochen:

»Katja! Katjenka! Katja …«

Und während er rannte und schrie und die Arme ausbreitete, dachte er gleichzeitig: Wo ist ihr Geliebter? Wo steckt dieser Deutsche? Lauert er dort drüben im Haus? Zum Tode habe ich sie verurteilt, beide, Katja und ihn, erschossen sind sie schon, standrechtlich, auf dem Schießplatz von Irkutsk … in Abwesenheit … muß ich jetzt die Vollstreckung nachholen?

»Katja! Katja!«

Und er rannte, sein Mantel wehte hinter ihm her, und die Uniform leuchtete in den kalten Tag, die Reihe der Ordensbänder, die goldenen Knöpfe des Generals.

Putkins Lippen waren schmal geworden. Hinter ihm standen jetzt Nadeshna und Morotzkij in der Tür, und auch sie schienen zu begreifen, welche Tragödie sich jetzt in dieser Einsamkeit vollendete.

»Ihr Geheimnis …«, sagte Putkin heiser. »Das ist ihr Geheimnis! Sie war die Geliebte eines Generals und trat ihn in den Hintern, als sie Andrej sah. Sie tötete die Seele eines Russen, um einen Deutschen zu lieben. Das wird man ihr nie verzeihen …«

Die Susskaja blieb stehen, gleich nach dem ersten Aufschrei Serikows. Sie strich sich mit beiden Händen das Haar aus dem Gesicht und rührte sich nicht, als Serikow wie ein Riesenvogel mit ausgebreiteten Flügeln auf sie zustürzte. So sah es nämlich aus … ein Adler stürzt sich auf seine Beute.

»Bleib stehen!« sagte die Susskaja laut, als Serikow vier Schritte von ihr entfernt war. »Bleib stehen!«

Serikow ließ die Arme sinken und blieb stehen. Er riß die Pelzmütze von seinem Schädel und warf sie seitlich in den Schnee.

»Katjuschka, ich habe dich endlich gefunden …«, sagte er schwer atmend. »Sie haben mich in eine Klinik gesperrt, in einen Heilschlaf versenkt, sie haben mich für verrückt erklärt, in Pension geschickt, sie haben mich zerstört ... aber ich wußte, daß du noch lebst. Ich wußte, daß ich dich wiedersehe! Nie hat ein Mensch an etwas fester geglaubt als ich an diese Stunde. So hat man noch nie Gott angerufen wie ich das Schicksal! Katja ...«

»Warurn bist du gekommen, Waska Janisowitsch?« fragte die Susskaja. Ihre dunkle Stimme schwang wieder wie eine Glocke ... es war die Stimme, mit deren Klang in der Seele Serikow jeden Abend einschlief. »O Gott, warum?«

»Nur du weißt, wie ich dich liebe ...«

»Mein letzter Brief ...«

»Ich habe ihn verbrannt und die Asche in den sibirischen Wind gestreut ...«

»Es gibt kein Zurück mehr, Waska Janisowitsch. Mein Gott, was hast du getan! Konnten wir nicht auseinandergehen, als hätte uns ein Nebel getrennt?«

»Nein!« Serikow steckte die rechte Hand in die Manteltasche und umklammerte die Pistole. »Erinnere dich an die Nacht, als die Sternschnuppe vom Himmel fiel. Es war im Sommer, wir standen am Fenster und rangen nach Luft, wir waren wie betäubt von unserer Liebe ...«

»... und du hast gesagt: Wie dieser Stern in der Einsamkeit verglüht, gehe auch ich unter ohne dich ...«

»Ich bin untergegangen, Katjenka.«

Er zog die Hand aus der Manteltasche. Die schwere Pistole blinkte in der kalten Sonne, aber er hob sie nicht, sondern sah Katja in die schwarzen Augen, in denen weder Angst noch Erstaunen lagen, sondern nur maßloses, unüberwindliches Mitleid.

»Wohin hast du mich gebracht ...«, sagte er leise. »Um unter einem Deutschen zu liegen, zerstörst du einen sowjetischen General. Katja Alexandrowna Susskaja ... ich trage heute zum letztenmal meine Uniform ...«

Er wollte noch einmal die Arme ausbreiten und von seiner Liebe sprechen, aber Putkin drüben am Haus verstand es falsch. Er sah die Pistole, die Hand hob sich, hinter ihm piepste Nadeshna entsetzt auf, und Morotzkijs Gebiß knirschte schauerlich ... da zog er den Finger durch, der Schuß hallte durch die gefrorene Stille und pflanzte sich als Echo fort, als hüpfe er über die Wipfel der Taiga.

Serikow warf die Arme hoch, fiel in die Knie und sank nach vorn in den Schnee. Wie eine Statue stand die Susskaja vor ihm, und Putkin wollte sie schon anrufen, aus Angst, sie sei stehend gestorben und von einer Sekunde zur anderen erstarrt — man war an Unmögliches ja gewöhnt —, da sank auch sie ganz langsam in sich zusammen, warf sich über Serikow, nahm seinen Kopf zwischen beide Hände und küßte ihn.

»Jetzt müßte Andrej kommen!« sagte Putkin so blechern, als blase er in ein Rohr. »Wenn er jetzt kommt ... Nadeshna, bete, daß er noch weit weg ist ...«

Er war nicht weit weg. Er stand am Waldrand hinter einem dicken Baum, und niemand sah ihn dort. Vor seinen Füßen lag ein großer, grauer Wolf, den er in einer Grubenfalle gefunden und mit einem Knüppel totgeschlagen hatte.

25

Um allen Mutmassungen vorzugreifen: General Waska Janisowitsch Serikow war nicht tot. Putkin hatte ihm zwar in die Brust geschossen, aber in der Erregung in die falsche Seite.

»Natürlich weiß ich, daß das Herz nicht rechts liegt, auch nicht bei einem sowjetischen General«, schrie er, als Morotzkij ihm mit satanischer Schadenfreude und einem Ast die menschliche Anatomie in den festgetretenen Schnee zeichnete. »Aber Sie haben mit den Zähnen geklappert wie eine spanische Tänzerin mit ihren Kastagnetten, und Nadeshna hat gepiepst wie eine Haselmaus. Wie kann man da einen klaren Kopf behalten, he?«

Das aber war schon Stunden später ... was vorher geschehen war, lag noch wie eine schwere Müdigkeit in ihnen, so als seien sie wieder zehn Stunden auf ihren Flechtschuhen durch die Taiga gelaufen.

Die Susskaja hatte mit schnellen Griffen die Uniform aufgerissen, nachdem sie die Küsserei beendet hatte, zerfetzte Serikows Unterhemd und drückte den Stoffballen auf die Wunde. Es sickerte nur wenig Blut hervor, dafür bildeten sich vor Serikows Lippen schaumige Blasen. Er war bei voller Besinnung, starrte Katja Alexandrowna aus klaren Augen an, aber sobald er etwas sagen wollte, quoll der rote Schaum aus seinem Mund.

»Lieg ganz still, Washenka«, sagte sie leise. »Rühr dich nicht. Sprich kein Wort. Du wirst es überleben ... ich verspreche dir, daß du es überlebst ...« Dann zuckte ihr Kopf herum, die schwarzen Haare wehten über ihr wie ein aufgerissenes, verbranntes Gesicht, und sie schrie zum Haus hinüber mit einer Stimme, bei der es sogar Putkin kalt über den Rücken lief: »Komm her, Igor Fillipowitsch! Komm her, du Mörder! Trag ihn ins Haus, du Teufel!«

Sie nahm wieder Serikows Kopf in beide Hände, wischte mit dem Handrücken den blutigen Schaum von seinen Lippen und zog den Fellmantel dichter um seinen Körper.

Hinter dem Baum hervor trat Andreas ins Freie. Den großen, grauen Wolf schleifte er an einem Seil hinter sich durch den Schnee. Er ging langsam, als müsse er eine ungeheure Last hinter sich herziehen und ließ den Blick nicht von der Susskaja, die sich wieder um die Schußwunde kümmerte.

»Da ist er!« sagte Putkin dumpf. »Dein Gott, Nadeshna, ist ein perverser Bursche. Konnte er Andrej nicht eine Stunde länger im Wald lassen? Aber nein ...

er läßt ihn kommen! Was soll man jetzt tun? Soll ich Andrej auch erschießen? Ein Aufwaschen wär's: Die Liquidierung von Katjas Liebhabern — und Ruhe ist auf der Welt!«

»Putkin«, schrie die Susskaja wieder. »Komm her, du Lump! Nadeshna ... Semjon Pawlowitsch ... hilft mir denn keiner?«

»Einen Namen hast du vergessen ...«, sagte Andrej hinter ihr. »Aber ich bin da.«

Sie warf den Kopf herum, starrte zu ihm hinauf, und ihr verzerrtes Gesicht war die nackteste Qual, die er je gesehen hatte.

»Hilf mir ...«, sagte sie leise. »Bitte ...«

»Wer ist das?« fragte Andreas und rührte sich nicht.

»Der General ...«

»Ich sehe, daß er ein General ist«, unterbrach er sie grob. »Was ist er für dich? Du umarmst ihn, du küßt ihn, du zitterst um sein Leben ...«

»Er muß ins Haus!« schrie die Susskaja. »Zu Erklärungen haben wir ein ganzes Leben lang Zeit ... aber er hat nur noch einen Hauch von Leben! Hilf mir tragen ...«

»Wer ist er?« fragte Andreas wieder und rührte sich nicht.

»Ich werde ihn doch erschießen müssen ...«, sagte Putkin am Haus. »Die Probleme werden unüberblickbar. Man kann sie nur so lösen ...«

»Nur immer töten, töten, töten«, sagte Morotzkij heiser. Er putzte seine beschlagene Brille mit einem Hemdzipfel. »Etwas anderes fällt Ihnen nicht ein?«

»Dann machen Sie doch einen Vorschlag, Semjon Pawlowitsch. Mit ›rouh-rouh‹ ist hier nichts mehr getan. Und wie sich Beutelratten bei der Paarung benehmen, ist jetzt völlig blödsinnig. Los, einen Rat, Sie Sprüchescheißer! Töten gehört zum Urtrieb des Menschen ... und wir leben doch hier wie am Uranfang der Menschheit.«

»Siehst du nicht, daß er einen Lungenschuß hat?« sagte die Susskaja und ließ Serikows Kopf auf den Pelz sinken. Er starrte nun Andreas an, mit wachen Augen. Die Schmerzen hatten sich noch nicht geballt, es war zu ertragen, daß ein Loch in seiner Brust war, die Kugel in der Lunge stak, plattgedrückt, nachdem sie eine Rippe zersplittert hatte, aber darum doppelt so grausam, denn welch ein Loch reißt eine plattgedrückte Kugel in eine Lunge!

Das ist er, dachte Serikow seltsam klar. Das muß er sein. Der Deutsche Andreas Herr. In Abwesenheit von mir erschossen auf dem Schießplatz von Irkutsk. Nun bin ich hier; um aus einem Symbol eine Tat zu machen. Katja Alexandrowna, habe ich noch Zeit genug, einmal die Pistole zu heben und abzudrücken?

Seine Hände begannen, über den Mantel und den Schnee zu tasten und zu suchen. Sie muß hier sein, dachte er. Ich hatte sie in der Hand, als ich zusammensank. Katja, hilf mir, sie zu finden ...

»Lieg ruhig, Washenka ...«, sagte die Susskaja wieder. »Ganz ruhig. Wenn keiner uns helfen will ... ich schleppe dich auch allein ins Haus. Aber es wird weh tun ... beiß die Zähne zusammen, hörst du, beiß die Zunge ab, wenn's sein muß, aber bleib ein Held ...«

»Waska also heißt er«, sagte Andreas ungerührt. »Und weiter? Heißt er auch Liebling, mein Bärchen, mein starker Wolf, mein aufgebrochener Himmel, mein Leben, mein alles, meine Sonne, du Gott in meinen Armen ...?«

Es waren die Worte, die Katja ihm ins Ohr schrie, wenn sie im Glück davonschwammen und ihre Körper in der Leidenschaft dampften. Worte, die nie ausreichten, das unsagbare Glück zu benennen.

Die Susskaja antwortete nicht. Sie stand auf, packte Serikow an den Stiefeln und begann, ihn über den verharschten Schnee zu ziehen. Sein Pelzmantel wirkte dabei wie ein Schlitten ... es war leichter, als sie geglaubt hatte. Serikow, der jetzt den Schmerz in seiner Brust spürte, begann mit den Zähnen zu knirschen.

Sie schleifte ihn fünf Meter weit, und Andreas ging neben ihr her. In gleicher Höhe wie der General zog er seinen großen grauen Wolf durch den Schnee. Das Gebiß mit den starken, spitzen Reißzähnen bleckte in der kalten Sonne, und die Schnauze war genauso blutverkrustet wie der Mund Serikows, über dem noch immer die blutigen Blasen sich aufblähten.

»Nimm den Wolf und überlaß ihn mir«, sagte Andreas und hielt Katja an. Sie schüttelte seine Hand ab, mit einer so wilden Bewegung, daß es fast wie ein Wegschlagen war.

»Ich brauche keine Hilfe mehr!« schrie sie hart. »Ich schaffe es allein.«

»Bis zum Haus ist er tot.«

»Wäre das nicht ein Grund, eine Wolfkeule zu braten? Feiert diesen Sieg, ihr Kreaturen!«

»Katja.« Er riß ihr die Arme weg, als sie wieder nach Serikows Stiefeln griff. Sie schlug um sich, traf Andreas voll ins Gesicht und hieb ihm die Pelzmütze vom Schädel.

»Wer hindert mich jetzt noch, zu schießen, he?« stöhnte Putkin in der Tür. »Sie zerfleischen sich ja selbst ... ich erlöse sie nur.«

»Faß mich nicht an!« sagte die Susskaja dunkel. »Andrej, ich warne dich. Faß mich nie mehr an! Du hast den großen Augenblick, ein Mensch zu sein und mir zu vertrauen, verspielt. Geh aus dem Weg!«

Sie bückte sich wieder, griff nach Serikows Beinen und zog sie hoch. Waska Janisowitsch stöhnte laut, schloß die Augen, kniff die Lippen zusammen, aber der Blutschaum drang aus seinen Mundwinkeln und rann über seinen Hals.

Mit einem Ruck riß Andreas die Susskaja zurück. Sie wollte mit den Fäusten auf ihn losgehen, aber er packte sie, schleuderte sie von sich weg in den Schnee, doch wie eine tollwütige Katze schnellte sie wieder hoch, warf sich auf ihn und hieb auf ihn ein mit einer Kraft, die ihn überraschte.

»Man kann das nicht länger mit ansehen«, sagte Putkin schwer atmend. Er gab sein Gewehr Morotzkij, rannte hinüber zu den miteinander Ringenden, packte die Susskaja um die Taille, hob sie hoch wie ein Paket, sie schrie, trat um sich, ihre Arme hämmerten wie Dreschflegel, aber wer kann damit einen Riesen wie Putkin einschüchtern. Über seinem Kopf, mit hochgestreckten Armen, trug er die Susskaja zum Haus, als wäre sie ein leichtes Püppchen ... es war die Demonstration einer Kraft, die Morotzkij nicht erklären konnte und die in Nadeshnas Augen kleine, goldene Punkte erzeugte.

»Mein Täubchen ...«, sagte Putkin, als er Katja Alexandrowna am Haus absetzte und gegen die Wand drückte. »Verhalte dich still! Andrej bringt den General ins Haus — aber du wirst es schwer haben, eine gute Erklärung abzugeben. Überleg's dir gut ... jetzt ist es nicht mehr möglich, die geheimnisvolle schöne Dame zu spielen.«

Andreas hatte sich gebückt und trug jetzt Serikow auf seinen Armen zur Hütte. Noch war der General bei Besinnung, und es mochten die schrecklichsten und entwürdigendsten Minuten seines Lebens sein, von diesem Deutschen, der seine schöne, geordnete Welt zerstört hatte, wie ein Kind getragen zu werden.

»Du ...«, sagte Serikow mühsam. Das Wort blähte sich im Blut, aber es war zu verstehen. »Du ...«

»Was wollen Sie sagen, General?« fragte Andreas. Drüben am Haus schob Putkin die Susskaja ins Innere, Nadeshna rannte ihnen nach, Morotzkij blieb draußen mit dem Gewehr — er sah mit der Waffe einfach lächerlich aus, sie paßte nicht zu ihm, und er hielt sie auch so, als wolle er gerade einen Knüppel über den Knien zerbrechen.

»Du Hund!« sagte Serikow mühsam. In seiner Brust pfiff und rasselte der Atem. Das Gesicht verfärbte sich bläulich. »O ... du ... Hund ...«

26

Sie hatten Serikow gewaschen und nackt auf den rohen Holztisch gelegt.

Mit Mühe hatte die Susskaja ihn dazu gebracht, daß er ein Stück von Kyrills Preßtee kaute, dieses geheimnisvolle Wundermittel, das die Schmerzen betäubte. Es schien auch jetzt zu wirken ... Serikow wurde ruhiger, seine Augen blickten wieder klarer, er verlor nicht das Bewußtsein und nahm wieder Anteil an seiner Umwelt.

»Ob das nun ein Segen ist ...«, sagte Putkin roh. »Jetzt hört er sich selbst pfeifen und weiß, wie's um seine Lunge bestellt ist.«

»Halt das Maul, Igor Fillipowitsch!«

Katja Alexandrowna drehte ihre schlanken, aber kräftigen Hände in dem Kessel mit heißem Wasser, den Nadeshna vom Herd gebracht hatte. Es war die einzige Möglichkeit, sich zu desinfizieren. Neben Serikows Kopf lag das Stecktuch mit dem chirurgischen Besteck, ein paar lächerliche Zangen und Pinzetten, auswechselbare Skalpellmesser, Klemmen, Scheren und sogar ein Raspatorium, was völlig sinnlos war.

»Warum soll ich die Schnauze halten?« bellte Putkin und trat an den Tisch. Er beugte sich über Serikow und sah ihm in die weit offenen Augen. »Ich habe auf Sie geschossen, General! Und wenn Sie krepieren, kommt's auf mein Konto. Es belastet mich aber nicht.«

»Du willst ihn wirklich operieren?« fragte Andreas leise. Er stand hinter Katja und zerriß das Hemd von Morotzkij, um daraus Binden zu drehen.

»Nein«, antwortete die Susskaja kurz.

»Aber warum dann …«

»Er soll das Gefühl haben, daß ich ihm helfe. Verstehst du das nicht? Er soll mit dem Gefühl sterben, daß ich sein Leben gerettet habe. Wie kann er schöner sterben …«

»Und es gibt keine Möglichkeit?«

»Nein. Soll ich ihm die Brust aufschneiden und die Kugel herausholen? Aus der freigelegten Lunge? Ohne Überdruck? Weißt du, was ein Pneumothorax ist? Ein offener Pneumothorax?«

»Ich bin nicht blind, Katja.«

»Ich kann die Wunde schließen, das ist alles. Vielleicht wird er nach innen verbluten, vielleicht wird er eine Sepsis bekommen … wenn er zu husten beginnt, wird es schneller gehen. Er wird sich die zerstörte Lunge herauswürgen …« Sie sah ihn groß und forschend an. »Freut dich das?«

»Nein, Katja. Ich bedauere ihn nur, wenn er länger am Leben bleibt, als es nötig ist … Wie lange wird er sterben?«

»Es kann schnell gehen … aber es kann auch Tage dauern.«

»Laß es schnell gehen, Katjuschka.«

»Soll ich ihn umbringen? Als Arzt!«

»Was kannst du als Arzt noch tun, Katja?«

»Ihm das Sterben erleichtern, ohne ihn zu ermorden. Verstehst du das, Andrej?« Sie zog die Hände aus dem heißen Wasser, sie waren krebsrot und begannen zu schwellen. »Ich werde das Loch in seiner Brust nähen, damit die Luftdruckunterschiede aufhören.«

»Und er hat keine Chance?«

»Es wäre ein Wunder, Andrej.«

Andreas blickte hinüber zu dem Tisch und dem langausgestreckten nackten Serikow. Putkin sprach mit ihm. Er erklärte ihm gerade ungerührt, warum er Uniformen haßte und Offiziere im besonderen.

»Haben wir uns nicht schon an Wunder gewöhnt, Katjenka?« fragte Andreas. Sie schüttelte den Kopf. Nadeshna hatte ihr die langen schwarzen Haare hochgebunden und den dicken Knoten mit einem Bindfaden umwickelt. Es sah erschütternd lächerlich und doch schön aus.

»Waska Janisowitschs rechte Lunge ist völlig zerstört ...«

Sie ging zu Serikow, beugte sich über ihn, streichelte über sein bläuliches Gesicht und trat gleichzeitig Putkin, der nicht zur Seite rücken wollte, mit aller Wucht gegen das Schienbein.

Putkin grunzte, spuckte auf den Boden und trottete zum Ofen. Dort ließ er sich auf die Bank fallen, streckte die dicken Beine von sich und gönnte sich den Genuß, laut zu furzen. »Mein Protest!« sagte er dabei. »Ich habe dem General erklärt, daß ich auf alles Militärische scheiße.«

»Es sind alles Kreaturen, Washenka ...«, sagte die Susskaja mit einer Zärtlichkeit, die Andreas weh tat. Nur das Wissen, daß Katja mit letzter Kraft eine Liebe vorspielte, um Serikow das Ende zu erleichtern, besänftigte seine seelische Unruhe.

»Hör sie nicht an und vergiß, was sie zu dir gesagt haben. Ich werde dich operieren, ich werde dich retten. Du weißt, ich bin eine gute Ärztin. Erinnerst du dich noch, wie du gesagt hast: Von dir ließe ich mir den Kopf abschneiden ... ich weiß, du nähst ihn mir richtig und vielleicht noch besser an ... Weißt du das noch, Washenka?«

Serikow nickte. Seine Augen, diese verflucht klaren und noch voll Leben steckenden Augen, streichelten die Susskaja. Sprechen konnte er nicht mehr ... seine Mundhöhle hatte sich schon mit Blutschaum gefüllt, aber er zeigte seine Angst nicht, daran zu ersticken.

»Wenn die Wunde genäht ist, kannst du auch wieder

sprechen«, sagte sie. »Ich sauge dir den Mund leer von diesem Blut. Hast du Schmerzen?«

Serikow schüttelte den Kopf. Er spürte wirklich nichts, nur dieser ständige Druck in der Brust und die Lichtverschiebungen vor seinen Augen störten ihn. Die Helligkeit im Zimmer wechselte ständig ... von strahlendem Licht zu fader Dämmerung.

Der Tod faßte Serikow an, aber er wußte es nicht.

»Soll ich helfen?« fragte Andreas vom Herd her.

»Nein.«

»Ich kann die Instrumente anreichen ...«

»Ein Loch vernähen kann ich allein ...«

Sie beugte sich wieder über Serikow, riß mit einem Ruck das Stoffknäuel weg, das bisher die Wunde notdürftig verschlossen hatte, und setzte schnell zwei Klammern, bevor sich die Lunge durch den Luftdruckunterschied weiter aufblähte. Die einsetzende Blutung stand auch, aber das war nur optisch ... jeder wußte, daß dem Blut nur der Weg nach außen verschlossen worden war und alles jetzt in den Brustraum sickerte. Stumm standen die anderen an den Wänden herum und beobachteten die Susskaja, wie sie die Fäden in die Nadeln zog. Fäden aus einem Schal, den Nadeshna bisher um ihren Hals geschlungen hatte. Einen Schal aus Kunstseide, gemustert mit einem persischen Motiv. Nur Putkin hatte kein Gefühl für diese Stunde, in der ein Mensch mit der Liebe betrogen wurde und deshalb glücklich starb ... er rumorte auf der Ofenbank herum, kratzte sich die breite, behaarte Brust, schnaufte böse, als die anderen ihn strafend ansahen, und sagte schließlich:

»Warum soll man leise sein wie ein Dieb? Operieren ist genauso eine Arbeit wie nach Öl zu bohren. Hat man jemals gehört, daß man beim Bohren auf Socken um den Bohrturm schleichen muß?«

»Fertig ...«, sagte die Susskaja, als sie die Wunde vernäht hatte. Serikow hatte sie die ganze Zeit über angesehen. Das wechselnde Licht störte ihn nicht mehr … kam die Dämmerung, so schwebte Katja wie ein Engel über ihm … strahlte die Helle, war sie wie von einem Sonnenkranz umflossen. Immer war sie herrlich, war die Erfüllung aller Träume, die Hoffnung auf das Leben.

Dann wurde Serikow müde, die Augen fielen ihm zu, sein Mund klaffte auf, der Blutschaum hatte freien Lauf. Katja Alexandrowna trocknete den Gaumenraum mit einem Teil der Binden aus, die Andreas gewickelt hatte. Für ein Verbinden der vernähten Wunde brauchte man sie nicht mehr … als er die Binden hinhielt, schüttelte sie langsam den Kopf.

»Lassen wir ihn auf dem Tisch?« fragte Morotzkij.

»Ich kann nie wieder von ihm essen, wenn ein Mensch darauf gestorben ist«, stotterte Nadeshna. Sie war bleich und zitterte am ganzen Körper.

»Welch ein dämliches Luder!« rief Putkin. »Sie kann nicht mehr davon essen! Weißt du, in wie vielen Betten du schon gelegen hast, in die irgendeiner seinen letzten Schiß getan hat? Was sie glotzt! Semjon Pawlowitsch, halt sie fest, sie fällt gleich um! Welch ein Seelchen! Verteilt Bibeln bei den Bauern und weiß nicht, daß in Betten Menschen sterben! Ein Beweis mehr von der Unzulänglichkeit dieser reaktionären Religion.«

»Er bleibt auf dem Tisch!« sagte die Susskaja so laut, daß Putkins Redeschwall sofort verstummte. Und dann leiser: »Er schläft jetzt … und er wird nicht wieder aufwachen …«

»Darf ich beten?« fragte Nadeshna zaghaft.

Sie wandte sich dabei zu Katja Alexandrowna, aber aus den Augenwinkeln schielte sie zu Putkin hinüber.

Igor Fillipowitsch grunzte laut. Man weiß ja nun, daß er kein feiner Mensch war, aber war es nötig, jetzt wieder einen kräftigen Wind streichen zu lassen und hinterher genußvoll »Amen!« zu sagen? Nadeshna zuckte zusammen, ging hinüber zu dem schlafenden Serikow und faltete die Hände.

»Auch das war Gottes Wille, Menschen mit dem Gemüt von Säuen zu machen ...«, sagte sie laut. »Man muß es ertragen.«

»Bravo!« rief die Susskaja. Putkin antwortete nichts. Er zog sich aus, was er immer tat, wenn er schlafen wollte, legte sich auf seinen Fellmantel neben den Ofen und drehte sich auf die Seite. Sein dicker, nackter Hintern wölbte sich mächtig in das trübe Licht, das vom offenen Feuer her den Raum erhellte. Man hatte keine Kerzen mehr, die von Väterchen Kyrill mitgegebenen echten Bienenwachsstangen waren verbraucht ... das flammende Holz war die einzige Lichtquelle. Putkin und Andreas hatten zwar sehr harzhaltige Äste aus dem Wald mitgebracht, um sie als Fackeln abzubrennen, aber bald gab man das auf. Es stank und qualmte fürchterlich, man mußte mehrmals lüften, und was der Ofen an Hitze ausgestrahlt hatte, wurde dann von der hereinflutenden eisigen Kälte wieder aufgesaugt.

Nadeshna verrichtete ihre Gebete und legte sich zu Morotzkij, der das Nachtlager bereitet hatte. Vorher hatte er noch Maruta, seine Elchkuh, besucht, sich mit ihr unterhalten, was ›rouh-rouh‹ in verschiedenen Tonarten und Höhen bedeutete, hatte sie gefüttert und gestreichelt und ihr in die großen Lauscher gesagt: »Du wirst uns zurück zu den Menschen bringen, mein Liebling, nicht wahr? Du kennst den Weg aus diesem mistigen Wald. Nächste Woche werden wir dich an einen Sattel gewöhnen. Du wirst meines Wissens die erste Elchkuh sein, die einen Sattel tragen wird. Brave Maruta, braves Tierchen. Rouh-rouh ...«

Dann schliefen sie alle, auf ihre Plätze verteilt, wie seit Wochen. Oben auf dem Ofen lagen nackt Andreas und Katja Alexandrowna, und es war wirklich nur ein Zufall, daß in dieser Nacht Jekaterina vorne lag und Andrej hinten an der Hüttenwand.

Der einzige, der nicht schlief, war General Serikow. Er lag bewegungslos auf dem Tisch, auf dem er sterben sollte, der Schmerz war erträglich, er atmete so wenig und so flach wie möglich, um die Blutblasen nicht wieder in den Mund zu bekommen, und er wußte, daß Katja Alexandrowna ihn zum zweitenmal belogen hatte. Er war nicht gerettet, er würde nicht überleben ... er war in den Augen der anderen schon tot.

Nur weil Putkin einen gewaltigen Schnarchton ausstieß, fuhr die Susskaja aus dem Schlaf empor und beugte sich über den Ofenrand. Sie hatte einen Schuh ergriffen, holte schon aus und wollte ihn auf Putkin schleudern, als ihr Blick hinüber auf den Tisch in der ›schönen‹ Ecke fiel. Ihr erhobener Arm erstarrte wie plötzlich versteinert.

Serikow war vom Tisch gerutscht. Er stand, nach vorn gekrümmt, die linke Hand gegen die Wunde gepreßt, und lehnte sich gegen die Plattenkante. Er sah erbärmlich aus in seiner Nacktheit, und der Feuerschein, der vom Herd herüberleuchtete und diese nackte Gestalt umflackerte, verstärkte noch das Schauerliche der Erscheinung. Was aber Serikow zu einem gefährlichen Gespenst machte, war die schwere Armeepistole, die er in der rechten Hand hielt. Keiner hatte daran gedacht, sie wegzustecken ... sie hatte neben Serikows Pelz auf der Bank gelegen, geradezu lockend griffbereit, und stundenlang hatte Serikow sie angestarrt, bis er die Kraft fand, diese letzte Kraft des Hasses, sich vom Tisch rutschen zu lassen und sie an sich zu nehmen.

Jetzt sammelte er erneut Kraft, um die paar Schritte zu tun, die ihn vom Ofen trennten. Dort oben lagen Katja und Andrej in schamloser Nacktheit, lagen vor seinen Augen, als hätte es ihn nie gegeben ... eine Russin mit einem Deutschen, zwei Menschen, die einen sowjetischen General vernichtet hatten und nicht wert waren, zu leben.

Seine Brust war schwer wie ein Mehlsack und zog ihn nach vorn. Das ist das Blut, dachte er. Das viele geronnene Blut. Klumpen von Blut. Und es hört nicht auf zu fließen, es rinnt und rinnt ... ich löse mich nach innen auf. Aber dieses bißchen Kraft habe ich noch, die Pistole zu heben und zweimal abzudrücken. Diese Kraft habe ich noch!

Er schwankte vorwärts, nach vorn gekrümmt, und jeder Schritt war das Wegstemmen von Zentnerlasten. Wie habe ich Jekaterina Alexandrowna geliebt, dachte er. Ein Mann, der in diesen Armen gelegen hat, kann das nie vergessen.

Er stand vor dem Ofen und hob langsam, unendlich mühsam, den Kopf. Die Augen der Susskaja waren nahe vor ihm, große, schwarze Höhlen, in denen der Widerschein des Herdfeuers flackerte. Dann erkannte er ihr Gesicht, dieses aus Europa und Asien gemischte Traumbild, in dem die Wildheit des Sturmes und die traurige Weite der Steppe verewigt waren.

»Katjenka ...«, sagte Serikow mit schwerer Zunge. Das Wort blähte sich in einer Blutblase auf und zerplatzte vor seinen Lippen. »Kat ...«

Wortlos, mit weiten Augen, die ganze Kraft von Verzweiflung und Ausweglosigkeit hineinlegend, schlug die Susskaja mit dem Schuh zu. Sie traf Serikows Hirnschale, der Absatz krachte auf den Knochen, Serikow schwankte, die Pistole polterte zu Boden, und er wollte mit beiden Händen an seinen Schädel greifen. Aber zum zweitenmal und noch einmal schlug die Susskaja zu, die Kopfhaut platzte auf, ein Blutstrom rann über Serikows Gesicht, aus seinem Mund brach ein Röcheln ... dann fiel er um und klatschte auf den nackten Putkin.

Mit einem Fluch zuckte Putkin hoch. »Ha!« brüllte er noch im Halbschlaf. Er griff um sich, fühlte nacktes Fleisch und brüllte wieder. »Wer ist die Hure?«

Auf dem Ofen kniete die Susskaja und drückte den blutigen Schuh gegen ihre Brust. Andreas hatte sie von hinten gepackt und zurückgerissen. Neben dem Ofen krochen Nadeshna und Morotzkij zur Wand und sprangen dort auf.

Putkin schleuderte Serikow von sich weg, gab ihm einen Tritt und war dann so schnell auf den Beinen, als habe er Federn unter den Sohlen.

»Er wollte mich töten!« schrie er. »Seht euch das an! Er wollte ...« Erst dann sah er, daß er einen Toten weggetreten hatte und daß sein Körper mit dem Blut des Generals bespritzt war. Er starrte wild um sich, spreizte die Hände und benahm sich wie ein Hund, der das Wasser aus seinem Fell schüttelt.

»Ich habe ihn erschlagen wie eine Ratte ...«, sagte die Susskaja tonlos. »Mit einem Schuh erschlagen ... wie eine Ratte ...«

Morotzkij kam aus seiner Ecke gehumpelt, bückte sich und hob die schwere Armeepistole auf. Er hielt sie hoch, und jeder verstand, was das bedeutete.

»Sie haben sich nur verteidigt, Jekaterina Alexandrowna ...«, sagte er dabei. »Keiner wird Ihnen einen Vorwurf machen, selbst Ihre eigene Seele nicht. Sie haben sich nur verteidigt ...«

»Mit einem Schuh ... den Kopf zertrümmert ...« Die Susskaja ließ den Schuh fallen, drehte sich herum und preßte ihr Gesicht laut weinend an Andreas' Brust.

Sie standen alle herum, blickten auf den verkrümmt daliegenden Serikow, und die Stille, nur durchbrochen vom Knistern des Feuers und dem Weinen der Susskaja, lag drückend auf ihnen.

»Soll er als Denkmal herumliegen?« sagte Putkin plötzlich. Manchmal konnte man fast dankbar sein für seine viehische Grobheit. »Lassen Sie die Heulerei, Katja Alexandrowna. Endlich gehören Sie in unseren Kreis: Sie haben einen Menschen umgebracht. Berechtigt, wie Semjon Pawlowitsch schon sagte, und eine Erklärung, warum ein General Ihnen nachfliegt, steht noch aus ... Sie sollten also das schöne Maul schließen und Ihrem Liebhaber — oder was er auch war — ein gutes Grab gönnen. Andrej, laß sie los! Steigen Sie vom Ofen, Katja ... wir brauchen einen Arzt, der amtlich den Tod feststellt.«

»Er ist tot!« schrie die Susskaja und klammerte sich an Andrejs Körper. »Ich kann ihn nicht mehr ansehen ... ich kann es nicht ... Tragt ihn weg ... weg ... weg ...«

Sie heulte auf wie ein geprügelter Hund, verkroch sich auf dem Ofen an die Wand und preßte die Hände gegen ihre Ohren.

»Sie wird wie alle Weiber hysterisch«, sagte Putkin zufrieden. »Das macht sie sympathisch. Das beruhigt mich. Sie ist nicht anders als andere Weiber. Welche Angst hatte ich denn nur, daß sie so eine Art Wunder sei ...«

Er hob Serikows schlaffen Körper vom Boden, trug ihn wieder zum Tisch und klatschte ihn auf die Platte wie ein großes Stück Schlachtfleisch. Nadeshna schauderte zusammen, Morotzkij — kenne sich einer aus in dem Gemüt eines Verhaltensforschers! — holte die Generalsuniform und einen Eimer mit warmem Wasser vom Herd. Wortlos begann er, das Blut von Serikow abzuwaschen. Die Susskaja drückte sich noch immer auf dem Ofen an die Wand und weinte laut. Andreas saß am Rand, ließ die Beine herabhängen und starrte auf den Toten.

»Er wäscht Leichen, als sei er in einem Leichenkeller zur Welt gekommen«, sagte Putkin anerkennend. »Semjon Pawlowitsch, das ist heute eine gute Nacht. Wir kommen uns alle näher.« Er zog Serikow die Generalshosen an und knöpfte peinlich genau den Bund und den Schlitz zu. »Er muß verdammt leise gewesen sein. Sonst wachen Sie doch von jedem Furz auf.«

»Ich war wach ...«, sagte Morotzkij gleichgültig und hob den Oberkörper Serikows hoch, damit Putkin die Uniformjacke überstreifen konnte.

»Sie waren ...«

»Ich habe alles gesehen. Wie er sich aufrichtete, vom Tisch glitt, die Pistole in die Hand nahm ...«

»Und Sie haben geschwiegen, Sie feiger Ochse?«

»Ich hatte das Gewehr in der Hand.« Morotzkij knöpfte die Uniformjacke zu. »Ich hätte ihm in den Rükken geschossen, wenn er die Pistole erhoben hätte.«

»Haben Sie überhaupt schon mit einem Gewehr geschossen?«

»Ja.« Morotzkij legte Serikow zurück auf den Tisch. Er sah in seiner Uniform feierlich und unnahbar aus. Ein sowjetischer General ... mit drei Reihen Ordensspangen auf der Brust ... ein Held der Nation ... erschlagen mit einem Weiberschuh — Man kann, wie Putkin und Morotzkij, das Militär hassen ... in ihrer russischen Seele blieb ein Tropfen Säure zurück: Das hat er nicht verdient. »Ich bin ein paar Augenblicke zu spät gekommen, Igor Fillipowitsch. Leider. Er hätte wie ein Mann sterben können ...«

Man war sich schnell einig: Der General sollte ein schönes Grab bekommen.

»Es gebührt ihm«, sagte sogar Putkin. »Wer bereit ist, für Katja Alexandrowna sein Leben herzugeben, könnte sogar mein Freund sein. Wenn er bloß keine Uniform getragen hätte ... Ich bin ein durch und durch allergischer Mensch, wenn ich Uniformtuch sehe.«

Auch die Susskaja hatte sich endlich beruhigt. Sie war vom Ofen heruntergekommen, hatte ihren nackten Körper in die Felldecke gewickelt und hockte nun auf der Bank hinter dem Tisch, auf dem Serikow aufgebahrt war ... schön anzuschauen, wahrhaftig, denn die Pelzmütze bedeckte seine zertrümmerte Hirnschale, und auf den Einschuß im Uniformrock hatte Nadeshna die holzgeschnitzte Maria ihrer Krippe gelegt. Sogar Putkin hatte nichts dagegen, nicht, weil sein Herz plötzlich aufgeweicht war, sondern weil solch ein heiliges Drecksding — wie er es nannte — weniger im Haus war, wenn Serikow es mit ins Grab nahm.

»Wie begraben wir ihn?« fragte Andreas plötzlich. »Wir bekommen mit unseren Werkzeugen kein Loch in die gefrorene Erde. Putkin, wie tief ist hier der Boden gefroren?«

»Er ist immer gefroren, nur im Sommer taut eine Schicht auf. Der Frost geht metertief.« Putkin setzte sich auf den Tischrand und schob Serikows Beine zur Seite, weil sie ihm im Weg waren. »Freunde, Andrej hat recht. Wir bekommen das Generalchen nicht unter die Erde. Um ihm ein anständiges Grab zu machen, müßten wir mit Dynamit diesen Boden aufsprengen. Haben wir Dynamit? Was also tun? Macht Vorschläge, Genossen!«

Es war Morotzkij, der einen ganz vernünftigen Gedanken hatte. »Wir können ihn im Fluß begraben«, sagte er. »Haben wir nicht Fischlöcher im Eis? Erweitern wir sie und schieben den General unter die Eisdecke ...«

»Nie und nimmer!« sagte die Susskaja laut. »Das lasse ich nicht zu. Erst erschießen, dann erschlagen, jetzt noch ersäufen ... das ist zuviel.«

»Er spürt's doch nicht mehr, mein Seelchen!« rief Putkin und tätschelte Serikow die Wange. Es war wieder einer jener Momente, wo man Putkin mit Wonne hätte erschlagen können. »Selbst Admirale werden so begraben ...«

»Er war ein General!« sagte die Susskaja hart. »Er bekommt sein Grab in der russischen Erde.«

»Dann leg dich drauf mit deinem heißen Leib und tau sie auf!« schrie Putkin. »Und wenn wir zehn Tage lang ein Feuer auf einem Fleck brennen lassen — wie tief kommt man dann wohl, he? Ich weiß es, ich habe in der Taiga nach Öl gebohrt, ich kenne diesen gottverfluchten Boden! Nach einer Handbreit ist's zu Ende.« Er sah den toten Serikow an und hob die breiten Schultern. »Genosse General wir können Sie leider wegen technischer Schwierigkeiten erst nach der Schneeschmelze begraben ...«

»Und bis dahin?«

»Der Fluß ...«

»Nein!« schrie die Susskaja. »Kein Wort mehr von dem Fluß!«

»Dann frieren wir ihn ein.« Putkin richtete sich auf. »Warum soll ein General nicht auch so konserviert werden wie unsere Fleischvorräte?« Er verbeugte sich vor der Susskaja, die ihn haßerfüllt anstarrte. »Erlauben Sie, schöne Dame, daß ich den General hinaustrage? Wie heißt er überhaupt ... stirbt dahin, ohne sich vorzustellen. Ein unhöflicher Mensch.«

»Waska Janisowitsch Serikow, aus Irkutsk.«

»Waska Janisowitsch!« Putkin legte die Hand an die Stirn. »Der Sergeant Putkin erlaubt sich, Sie zur ewigen Ruhe zu bringen.«

»Gebt mir die Pistole«, sagte die Susskaja dumpf. »Ich halte es nicht mehr aus ...«

»Gehen Sie endlich!« schrie auch Morotzkij mit seiner hellen Stimme. »Sie perverses Schwein, Sie ...«

Putkin faßte Serikow unter, bettete ihn auf seine starken Arme und trug ihn hinaus. Andreas hielt die Tür offen, und als Putkin verschwunden war und die Tür wieder zufiel, lehnte die Susskaja den Kopf gegen die Hüttenwand und warf beide Hände vor ihr Gesicht.

So saß sie eine ganze Weile, während alle schwiegen, bis sie spürte, daß jemand sie unentwegt ansah. Sie ließ die Hände fallen und blickte in Andreas' Augen. Er saß auf der Tischkante und rauchte eine selbstgedrehte Zigarette.

»Warum fragst du nichts?« sagte sie leise.

Er ließ den beizenden Rauch durch seine Nase fließen und schüttelte den Kopf.

»Was sollte man da noch fragen?«

»Ich habe Waska deinetwegen verlassen, Andruscha.«

Morotzkij winkte hinüber zu Nadeshna. Sie verstand, warf den Pelz um sich, und sie verließen so leise das Haus, als schlichen sie sich von einem Kranken weg.

»Du hast ihn geliebt?« fragte Andreas.

»Nicht so wie dich. Bevor du kamst, wußte ich nicht, was Liebe ist. Ich nannte es nur Liebe, wie ein Kind den Mond bewundert, weil es nicht weiß, daß er seinen Glanz von der Sonne bekommt. Als ich dich sah, wurde Waska nur noch ein Name ...«

»Und jetzt?«

»Habe ich ihn nicht getötet, um dich zu retten?«

Ihr Kopf sank nach vorn. Andreas fing ihn auf, küßte ihre geschlossenen Augen, hob sie dann hoch und trug sie hinüber zur Ofenbank. Dort legte er sie nieder, küßte ihren nackten Körper, legte seinen Kopf auf ihre Brüste, und so warteten sie schweigend, bis zuerst Morotzkij und Nadeshna und später auch Putkin zurückkamen.

»Er hat einen schönen Platz ...«, sagte er und schüttelte die Eiszapfen aus seinem Bart. »Mit Blick über den Fluß und zu den Felsen. Katja Alexandrowna, sei zufrieden: Er hat Rußland vor sich liegen ...«

Putkin war ein Saustück von Mensch ... das zeigte sich in den nächsten Tagen wieder.

Niemand fragte, wo er Serikow hingetragen hatte, nicht einmal Andreas. Niemand sprach auch mehr von Waska Janisowitsch, nur Morotzkij sagte einmal: »Ein Gutes hatte es doch. Wir haben jetzt auch noch eine Pistole und zweihundert Schuß Munition.«

Andreas und Putkin besichtigten das Flugzeug und trafen dabei auf eine große Überraschung. Es war völlig intakt, nur die rechte Kufe und das dazugehörende Eisenrohrgestänge waren an der Uferböschung zerbrochen.

»Sieh mich nicht von der Seite an, Andrej!« sagte Putkin und begann, sich eine Zigarette zu drehen. Man hatte jetzt Papier genug ... im Flugzeug lagen ein Stapel Zeitungen, sogar ein Buch, Gorkis ›Die Mutter‹ und andere Erzählungen. Eine große Blechdose besten Tabaks hatte Serikow ebenfalls mit auf die Reise genommen, dazu die köstlichsten Konserven, Dauerwürste, Fettbüchsen, Platten schwarzen Tees, Dosen mit gemahlenem Kaffee, vier Flaschen Wodka ... ein Flugzeug aus dem Schlaraffenland.

»Wie sie da draußen leben!« brummte Putkin, nachdem man diese Schätze aus der Kanzel getragen und am Ufer geordnet hatte. »Es ist, als wenn der Satan einem das schönste Weib ins Bett legt, aber wenn man dranwill, ist sie unten zugewachsen. Andrej, lassen wir uns nicht verführen durch diese Dinge aus unserer Erinnerung.«

Er köpfte eine Wodkaflasche, nahm einen tiefen Schluck, rülpste vor Wohlbehagen und zeigte mit der Flasche wieder auf das Flugzeug. »Ich weiß, was du denkst! Die Maschine ist flugfähig. Zwei Ingenieure wie wir ... was ist da eine zerbrochene Kufe und ein Gestänge? Das flicken wir ohne ein Stück Werkzeug, wenn's sein muß. Aber wir haben Werkzeug ... Serikow hat einen ganzen Werkzeugkasten mitgebracht. Und du denkst weiter, Söhnchen: Wenn wir alles geflickt haben, brauchen wir nur den Propeller anzuwerfen und hui, geht's hinauf in die Wolken und hinaus in die Freiheit. Sag es ehrlich, Andrej: Du hast daran gedacht!«

»Ja, Igor Fillipowitsch.«

»Kannst du ein Flugzeug bedienen?«

»Ich war Segelflieger.«

»Das ist etwas anderes.« Putkin klopfte gegen die Glaskanzel. »Aber ich kann fliegen. Nicht eine Iljuschin ... aber solch ein Ding da. Ich habe Material und Verpflegung herangebracht, wenn wir in der Taiga trokken saßen. Einen Hubschrauber und ein Sportflugzeug besaß unser Lager, und ich konnte beide bedienen. Wir könnten also weg ... ich am Steuer, die Weiber hinten, Morotzkij und dich binden wir rechts und links draußen an der Kanzel an. Du könntest es überleben, Morotzkij, das Gerippe, nicht ... aber wir wären draußen! Nur ...« Er blickte über den Fluß, die in das Eis geschlagenen Löcher, die aufgerissene Uferböschung, die fertige Hütte und seinen noch ungedeckten ›Kreml‹. »Das Gold, mein Söhnchen! Das Gold! Millionen Rubel! Sollen wir es liegen lassen? Andrej, wir haben das Glück zur Geliebten: Wir werden Gold schürfen, bis wir jeder ein reicher Mann sind ... und wir haben ein Flugzeug, es auch wegzubringen!«

»Gold und wir alle? Das trägt die Maschine nicht.«

»Das Gold ist da.« Putkin kratzte mit den Stiefeln über die Erde. »Aber weiß man, wer später von den Menschen noch da sein wird?«

Das war eine Drohung, und Andreas beschloß, es Katja sofort zu sagen und auch Morotzkij und Nadeshna zu warnen.

In den nächsten Tagen baute Putkin sein Haus weiter. Er konnte es sich leisten, das Dach mit Brettern zu dekken; denn im Werkzeugkasten des Flugzeuges lag auch ein Hobel, über den man sich sehr wunderte, denn an einem modernen Flugzeug gibt es nichts zu hobeln.

Ein paarmal strich Putkin um die Maschine herum und beobachtete mit großem Mißtrauen, wie Andreas in der Kanzel saß und die Instrumente studierte.

»Ich weiß, du bist kein Idiot ...«, sagte er einmal. »Aber du wärst der dümmste Mensch auf der Welt, wenn du versuchen würdest, den Motor anzulassen. Von heute ab schlafe ich in der Kanzel!«

Das alles aber war es nicht, was Putkin in Andreas' Augen zu einem Saukerl machte ... es war eine Entdekkung, die er zufällig machte.

Niemand — das hatte man sich vorgenommen — fragte mehr nach Serikow. Wo Putkin ihn hingebracht hatte, wollte keiner wissen. Er mußte ihn weit weggetragen haben, denn weder Morotzkij, der mit seiner Elchkuh Maruta und Nadeshna weite Spaziergänge machte und viel Mühe darauf verwandte, Maruta zunächst den Druck eines Sattels auf dem Rücken anzugewöhnen, noch Andreas und die Susskaja, die ihre Fallen kontrollierten und auf Jagd gingen, entdeckten den toten General.

Bis zu jenem Vormittag, an dem Andreas wieder aus der Flugzeugkanzel kletterte, in der er das ›Fliegen‹ geübt hatte und sich nun bald zutraute, mit den Instrumenten zurechtzukommen. Putkin war nicht da ... er war über den Fluß in den gegenüberliegenden Wald gegangen, um besonderes Holz zu holen. Bis jetzt hatte noch keiner von ihnen den zugefrorenen Fluß überquert ... bis zur Mitte, wo sie Fischlöcher geschlagen hatten, war der weiteste Vorstoß gewesen. Der hochragende Wald auf der anderen Seite reizte sie nicht ... er war tot, vereist, feindlich wie der Wald, an dem sie ihre Hütten gebaut hatten.

Aber nun kam Putkin zurück, ein Stück Stamm über den Schultern, und Andreas bemerkte verblüfft, wie er den Schritt wechselte, einen Militärmarsch hinlegte, den Kopf ruckartig zur Seite riß und stramm grüßte. Dann trottete Putkin nach ein paar Schritten weiter, überquerte das Eis des Flusses und warf den Stamm vor seinem ›Kreml‹ in den Schnee.

»Das ist ein Holz!« rief er zu Andreas hinüber. »Besser als Stahl. Das hänge ich über die Tür, und jeder, der in mein Haus kommt, kriegt es in den Nacken.«

Er grölte sein gewaltiges Lachen, packte die Axt und hieb auf dem Stamm herum, daß die Späne herumsurrten wie Granatsplitter. Andreas ahnte etwas Schreckliches. Als Putkin im Inneren seines Hauses herumhämmerte, überquerte Andreas den Fluß und betrat zum erstenmal das andere Ufer. Es war flach, der Wald wuchs fast bis an den Fluß. Hier mußte seichtes Wasser stehen, weil die Strömung, aus dem Felsenspalt hervorschießend, nur die gegenüberliegende Bucht traf und sich in das Land fraß.

Langsam ging Andreas den Spuren nach, die Putkin im tiefen Schnee hinterlassen hatte. Der Wald trat in einem sanften Bogen zurück — vielleicht war hier nach dem Wegtauen des Frostes ein Sumpfgelände? — und ließ ein freies Stück Erde wie eine Halbinsel in sich hineinragen.

Und hier stand Waska Janisowitsch Serikow. Er lehnte, steif gefroren, an einem dicken Baum, aufrecht, eine Säule aus Eis, von den Klammern des Frostes festgehalten. Seine Generalsuniform war mit vereistem Schnee überstäubt, aber die breiten Schulterstücke leuchteten noch unter dem Reif hervor, das bleiche Gesicht blickte fast stolz über Fluß und Wald ... aber das war es nicht, was Andreas einen Schauer über den Rücken jagte. Putkin hatte Serikow, bevor er ihn hier aufstellte und einfrieren ließ, die rechte Hand hoch an die Pelzmütze gehalten ... so war sie erstarrt, und so stand der General Serikow grüßend in der Taiga, hoch aufgerichtet, und jedesmal, wenn Putkin an ihm vorbeiging, fiel er in einen Parademarsch und grüßte zurück.

»Warum hat man bloß die Hemmungen«, sagte Andreas nachher zu Putkin. Sie standen sich in dem halbfertigen Haus gegenüber und belauerten sich wie zwei japanische Ringer. »Warum hält mich irgendein dummes Gefühl ab, dich umzubringen? Du bist kein Mensch mehr, Putkin, und auch jedes Tier hat mehr Herz als du. Ich werde Serikow morgen im Schnee verscharren ...«

»Du rührst ihn nicht an, Söhnchen ...«, antwortete Putkin mit schwerer Stimme. »Andrej, rühr ihn nicht an. Er ist mein Denkmal. Wie er so dasteht, erinnert er mich jeden Tag daran, was wir zu erwarten haben, wenn wir aus dem Wald herauskommen. Bin ich an ihm vorbeimarschiert, dann bin ich immer glücklich, in der Taiga zu leben. Kannst du das verstehen, Hohlkopf?«

Es war schwer, Putkin zuzustimmen ... aber er verstand ihn. Wortlos verließ Andreas das Haus und ging hinüber zu seiner Hütte. Morotzkij führte Nadeshna und Katja gerade vor, wie sich Maruta an den geflochtenen Sattel gewöhnt hatte: Er platzte fast vor Stolz.

Ich muß verhindern, daß Katja über den Fluß geht,

dachte Andreas und blieb in einiger Entfernung stehen. Das Lachen der Susskaja, dieses dunkle, herrliche Lachen kam ihm entgegen. Sie darf es nie sehen, dachte er weiter. Diesmal wird sie Putkin erschießen, und keiner kann sie daran hindern, wie man den Sturm nicht daran hindern kann, die Blumen zu köpfen ...

27

Drei Wochen lang war es nicht möglich, daß jemand die Nase aus der Hütte steckte, geschweige, daß jemand Lust gehabt hätte, über den Fluß zum anderen Ufer zu gehen.

Der Teufel schien in den Himmel gefahren zu sein und brachte nun die Natur völlig durcheinander. In der Nacht begann es ohne jedes Anzeichen. Plötzlich traf ein Windstoß das Haus, daß es in allen Fugen knirschte, das Dach klapperte, und dann war nur noch ein Heulen da, ein schauerliches Gekreische, als zögen tausend streitende Weiber sich gegenseitig an den Haaren durch die Taiga. Schnee fiel in ungeheuren Massen auf den Wald, zerbrach die stolzen Bäume, amputierte Äste, türmte sich zu Mauern an den Stämmen empor und drang trotz aller Moosausstopferei durch die Balkenritzen in das Haus hinein.

Putkin, Andreas und Morotzkij hatten alle Hände voll zu tun, diese Ritzen auszufüllen, während Nadeshna und die Susskaja die Pfützen wegwischten, die sich sofort bildeten, wenn der eingedrungene Schnee in dem überhitzten Raum schmolz. Außerdem lief das Wasser von den Wänden, als seien sie berieselt ... die Feuchtigkeit, die der Sturm mit ungeheurer Wucht hineindrückte, war nicht mehr zu besiegen.

»Lassen wir's verdampfen«, sagte Putkin, der für alles seine dummen Bemerkungen bereit hielt. »Dann haben wir ein Dampfbad, können nackt herumsitzen, schwitzen uns die unheiligen Gedanken aus den Poren und singen fromme Lieder.«

»Er will sich nur wieder zeigen, der haarige Hengst!« sagte Morotzkij. »Muskeln sind nicht alles, Igor Fillipowitsch.«

Die Luft lud sich langsam wieder auf mit Hochspannung. Drei Wochen zusammen mit Putkin, gefangen in einem Raum, beraubt aller Möglichkeit, auch nur für eine Stunde seinem Anblick und seiner stets redenden Schnauze zu entrinnen, das zehrte an den Nerven. Nicht nur Morotzkij litt darunter, selbst Andreas, für den Putkin eine seltsame Sympathie entwickelt hatte und den er ›mein Söhnchen‹ oder ›lieber kleiner Idiot‹ nannte, sah mit Schrecken den Tag kommen, an dem man sich mit Wonne gegenseitig die Schädel einschlug.

Draußen tobte der Sturm, brach der Himmel auf und schüttete Schneeberge über das Land, nur das Eis des Flusses war immer blankgefegt; hier spielte der Wind Schlittschuhlaufen und vertrieb alles, was auf die bläulich leuchtende Decke herabrieselte.

Am meisten von allen klagte Morotzkij, saß am Fenster, das man mit einem Fell vernagelt hatte, nachdem man drei Lagen Bretter davorgehämmert hatte, rannte dann wieder unruhig hin und her und rang die knochigen Hände.

»Maruta ...«, jammerte er. »Wie wird es Maruta gehen? Steht da schutzlos in ihrem Pferch, und der Sturm wirft sie vielleicht zu Boden, sie bricht sich ein Bein oder gar den Hals. Und wie sie hungert, wie sie hungert ...«

»Sie ist fett gefüttert wie eine Sau!« brüllte Putkin. »Maruta! Maruta! Zum Teufel, warum muß ich mit Menschen leben, denen man das Hirn ausgeblasen hat? Eine Elchkuh ist kein Verhaltensforscher ... die friert sich keinen Schwanz ab!«

»Sie hat ein zartes Gemüt!« schrie Morotzkij zurück.

»Was hat sie?« fragte Putkin dumpf. »Wiederholen Sie das langsam, Semjon Pawlowitsch. Eine Elchkuh hat ein zartes Gemüt?«

»Maruta ist ein sehr sensibles Tier. Klug, gelehrig, aber ungeheuer empfindsam. Ihr Instinkt ist mit einigen primitiven Denkvorgängen gepaart ... aber das ist es ja, was sie von anderen Elchen abhebt. Hätte sie sich sonst so schnell uns angeschlossen? Wäre sie sonst — von der Herde abgesprengt — zu uns, den Menschen, gekommen?«

»Das nennt er ein Wunder, was, der Hohlkopf?« rief Putkin. »Das Vieh hat noch nie einen Menschen gesehen, das ist es! Lebt hier wie im Paradies und denkt, wir seien auch solche lieben Gotteskinder. Aber wer uns einmal gesehen hat, der verzichtet auf weitere Bekanntschaft. Was Sie Intelligenz nennen, Morotzkij, ist Ahnungslosigkeit.«

»Igor Fillipowitsch hat recht«, mischte sich die Susskaja ein. Sie saß am Tisch und putzte ihr chirurgisches Besteck, nachdem sie es in einem Kessel mit sprudelndem Wasser ausgekocht hatte. Sie tat das jede Woche, wie ein Soldat sein Gewehr putzt, legte dann alle Instrumente nebeneinander, blickte stumm über das Blitzen und Glitzern, das die verchromten Scheren, Pinzetten, Klemmen und Haken ausstrahlten, und war wie versunken in Gedanken. Dachte sie an das Krankenhaus, an den Operationssaal, an die Zimmer mit den Patienten, an diese weiße, saubere Welt, aus der sie weggelaufen war, um Andrej zu lieben?

Putkin, der sie bei einer solchen Gedankenreise einmal unterbrach, erlebte verblüfft und machtlos, wie die Susskaja explodieren konnte. Er fragte ganz höflich: »Jekaterina Alexandrowna, so in Gedanken? Erinnern sich wohl an den Tag, an dem Sie einen lieben Genossen entmannt haben?« Und sie sprang auf, wie vom Stuhl abgeschossen, hieb ihm die Faust auf die Nase, die gerade von Nadeshnas Biß geheilt war, und setzte sich dann wieder, als sei nichts geschehen.

Von da an unterbrach Putkin nicht mehr Katjas stille Instrumentenstunde, wie er sie brummend nannte und Andreas ins Ohr flüsterte. »Es wird ein schweres Leben werden«, sagte er leise. »Sie bleibt eine Ärztin, auch wenn sie Kohl ziehen müßte. Ich wette, wenn sie einen Braten aufschneidet, bindet sie sich ein Mundtuch um. Paß auf, daß sie eines Tages nicht bei dir mit einer Pinzette etwas anhebt ...«

»Wieso hat er recht?« bellte Morotzkij jetzt.

»Wer Putkin einmal gesehen hat, muß vor den Menschen flüchten.«

»Das ändert nichts daran, daß Maruta sich von mir verraten fühlen muß. Hört euch diesen Sturm an! Und sie steht allein im Pferch ...«

»Er bringt mich um den Verstand!« stöhnte Putkin, als Morotzkijs Klagegesang nicht abriß. Es war in der zweiten Woche, Morotzkij saß wie ein Häuflein Asche auf der Bank, und es fehlte nicht viel, da hätte er zu weinen begonnen. »Maruta ist in der Taiga geboren, Sie Rindvieh! Sie kennt nichts anderes. Nur Sie, mit Ihrer Verhaltensforschung, machen ein Püppchen aus ihr!«

»In der Taiga kann sie sich verkriechen!« brüllte Morotzkij zurück. »Sie kann sich unterstellen ...«

»Jawohl! Die sozialistische Regierung hat ja auch überall Wärmehallen in der Taiga aufgestellt!« schrie Putkin. »Wie ist das eigentlich, Nadeshna? Wenn Semjon Pawlowitsch auf Ihnen liegt, brummelt er dann Ihren Namen, oder nennt er Sie auch Maruta?«

Nadeshna, die am Herd stand und kochte — und sie kochte fabelhaft, von Tag zu Tag besser, erfand neue Arten, Fleisch zu würzen und zauberte aus den Verpflegungsbüchsen von General Serikow wahre Wunder an Eßbarem —, blickte Putkin an mit einem jener Blicke, wie sie nur Frauen zu werfen verstehen und die einem Mann ins Herz fahren wie ein Blitz.

»Und wenn er Maruta sagen würde«, antwortete sie, »wäre es noch immer zärtlicher als der kleinste Finger von Ihnen, Igor Fillipowitsch.«

»Mit Fingern halte ich mich auch nicht auf«, sagte Putkin und starrte in die Ecke.

Nadeshnas Blick rumorte unter seiner Hirnschale. Dieser verfluchte Schneesturm warf ihn mit dem Bau seiner Hütte zurück, und damit auch mit der Hoffnung, Nadeshna unter seinem eigenen Dach zu empfangen, während Morotzkij seine dämliche Elchkuh dressierte.

Es wurde so schlimm mit Semjon Pawlowitsch, daß Putkin kurz nach dem Mittagessen, in dem Morotzkij traurig herumstocherte, als habe Nadeshna Sägemehl gekocht, aufsprang, seinen dicken Wolfspelz überwarf, die hohe Fellmütze auf den Schädel stülpte und zur Tür stapfte.

»Wohin?« fragte die Susskaja.

»An die Luft. Morotzkij stinkt vor Wehleidigkeit. Ich ertrage das nicht länger.«

Er stieß die Tür auf, aber sie bewegte sich nur ein paar Zentimeter, dann stemmte sich der Schnee dagegen, ein Berg von Schnee, der sofort vom Wind in das Zimmer getrieben wurde.

»Seien Sie nicht kindisch, Igor Fillipowitsch!« rief die Susskaja. »Die Natur ist stärker als Sie. Es gibt wirklich etwas, was auch Sie bezwingt.«

Das hätte sie nicht sagen dürfen. Putkin stieß einen bärenhaften Laut aus, warf sich gegen die Tür, drückte sie wirklich mit seinen ungeheuren Kräften so weit auf, daß er sich hinauszwängen konnte, und trat sie dann von außen wieder zu. Man hörte ihn noch im Schnee fuhrwerken, und Andreas sagte: »Er kriegt es fertig und boxt sich buchstäblich durch den Schneeberg.«

»Sie sollten ihm nachlaufen, Andrej«, ließ sich Nadeshna vernehmen.

»Warum?« Die Susskaja schüttelte den Kopf. »Igor

Fillipowitsch kennt sich am besten. Er braucht die Abkühlung dringend.«

»Wo will er denn hin bei diesem Sturm?«

»Vielleicht läuft er dreimal ums Haus und brüllt sich aus.« Morotzkij schaufelte den hereingewehten Schnee in eine Schüssel und brachte ihn zum Herd. So feindlich die Taiga war ... verdursten ließ sie einen nicht. Wenn man ein Feuer hat, hatte man auch Kipjatok — heißes Wasser. Man glaubt es nicht, was man mit heißem Wasser alles anstellen kann, es ist ein wahres Lebenselexier, wenn man nichts anderes hat. »Koch ihm einen Tee, Nadeshenka. Wir müssen Igor Fillipowitsch auftauen.«

Es dauerte nicht lange — aber das will nichts heißen, denn man hatte hier in der Eingeschlossenheit den Zeitbegriff verloren, und eine Stunde war wie ein halber Tag oder ein halber Tag wie eine Stunde, es kam ganz auf die Laune des einzelnen an — vermischte sich das Heulen des Sturmes draußen vor der Tür wieder mit dem typischen Rumoren eines Menschen, wie es Putkin war.

»Er kommt«, sagte die Susskaja. »Er wird ein Eiszapfen sein, der Dickkopf.«

»Der Tee ist fertig!« rief Nadeshna vom Herd. »Ein Schuß Wodka ist auch drin.«

Die Tür flog wieder auf. Zunächst wehte ein Vorhang von Schnee ins Haus, die eindringende Kälte bildete sofort einen Nebel, als sie gegen die Hitze prallte, die Gewalt des Windes machte sich Platz, stürmte in den Raum und überfiel alle mit einem eisigen Schlag. Dann tauchte aus dem Nebel ein Kopf auf ... nicht der von Putkin, sondern ein dicker, eisbehangener Schädel mit Glotzaugen, langen Nüstern, ebenso langen Ohren, Eisfäden hingen wie Lametta an dem dicken Hals, und von hinten erschien jetzt Putkin, ein Riese aus Schnee und Haaren, drückte und hieb mit der Faust auf das Hinterteil dieses Wesens und brüllte: »Vorwärts! Vorwärts! Du dämliches Vieh ... rouh-rouh-rouh ...«

»Maruta ...«, stammelte Morotzkij. Er breitete die Arme aus, als laufe ihm eine Geliebte entgegen. »Er hat Maruta geholt ...«

Die Tür krachte zu, Putkin verriegelte sie, gab Maruta noch einen Tritt in den Hintern und lehnte sich dann erschöpft an die Wand.

»Da haben Sie Ihre fette Sau, Semjon Pawlowitsch!« sagte er schweratmend. »Ein Seelchen nennt er das Aas! Ein sensibles Lämmchen! Nicht aus dem Pferch wollte es, hat sich gewehrt und ging auf mich los, um mich zu beißen. Aber ha, mich beißen! Ich habe ihr eine Ohrfeige gegeben, und da wurde sie kusch. So geht man mit den Weibern um!«

»Igor Fillipowitsch, das vergesse ich Ihnen nie«, stammelte Morotzkij. »Sie haben Maruta gerettet. Wie soll man sich in Ihrer Seele auskennen?«

Er umarmte die Elchkuh, drückte den dicken vereisten Kopf, der jetzt auftaute, an sich, streichelte den gewaltigen Körper, an dem das Wasser herabrann, als habe Maruta einen Strom durchschwommen, und küßte sie sogar auf die geblähten Nüstern. Die Elchkuh hielt still, stand wie ein Denkmal mitten im Zimmer, unbeweglich, anscheinend überwältigt von der Wärme und der Gegenwart so vieler Wesen, die ihr zu fressen gaben und sie gleichzeitig ohrfeigten. Nur die Ohren spielten nach vorn und nach hinten, und die Glotzaugen betrachteten abweisend Andreas, die Susskaja, Nadeshna und vor allem Putkin. Lediglich Morotzkij duldete sie ... er war wie ein Verblödeter, sprang um sie herum, wischte sie mit einem aufgetrennten Sack ab, putzte ihr das Gesicht, klaubte die Eiszapfen aus ihrem Fell und tätschelte ihr immer wieder den Hals.

»Es ist anzunehmen ...«, sagte Putkin, schälte sich aus dem steif gefrorenen Pelzmantel, stellte ihn an die Wand und ließ ihn dort langsam auftauen, »daß Semjon Pawlowitsch heute nacht mit Maruta schläft. In diesem Falle, Nadeshna Iwanowna, empfehle ich mich Ihnen als potenter Ersatz.«

Und Nadeshna lachte laut, brachte ihm einen großen Becher Tee, und schon auf Entfernung roch Putkin den Wodka darin. Als er den Becher nahm, griff er auch — ganz zufällig natürlich — nach Nadeshnas Hand und hielt sie fest. Ein Griff wie eine stählerne Klammer, aus der man sich nicht befreien konnte. Aber Nadeshna hatte auch gar nicht die Absicht, sich loszureißen.

»Eine Portion Lebenswässerchen ...«, sagte Putkin mit einer Stimme, deren Zärtlichkeit so greifbar war, daß die Susskaja die Brauen hochzog. »Hat die schöne Dame Jekaterina es erlaubt und freigegeben?«

»Über die Küche regiert Nadeshna allein«, sagte die Susskaja. »Der Wodka ist eine Sonderzuteilung aus der eisernen Reserve.«

»Ich bedanke mich.« Putkin ließ Nadeshnas Hand los, nahm einen vorsichtigen Schluck des herrlich duftenden, glühheißen Tees, rollte ihn im Gaumen herum und schluckte ihn erst dann hinunter mit einer sichtbaren Wonne. »Ich kann nicht antworten mit einem Gebet, aber ich sage: Es würde selbst einen taubstummen Bock wieder zum Meckern bringen.«

Später hockte er auf der Ofenbank, ließ sich aufwärmen, trank den Wodka-Tee mit lautem Schmatzen — Eßmanieren konnte man von Putkin wirklich nicht erwarten — und sah Morotzkij zu, der noch immer mit seiner Elchkuh beschäftigt war. Er rieb sie, jetzt wo sie aufgetaut war, ab, sprach mit ihr in einer röhrenden, für menschliche Ohren ziemlich dämlich klingenden Lautsprache, und Maruta, dieses gewaltige Tier der Taiga, schien ihn zu verstehen, legte ihre Scheu ab, blies Morotzkij mit halb geöffneter Schnauze an und wackelte fröhlich mit den Ohren.

»Ich werde sie in das kleine Nebenzimmer stecken«, sagte Morotzkij und trank auch ein paar Schlucke von Nadeshnas starkem Teegebräu. Er hustete, starrte Nadeshna entgeistert an, trank weiter und bekam einen roten Kopf. Kurz danach schwitzte er, seine Augen bekamen einen hellen Glanz, und sein Schritt wurde unsicherer. Der heiße Wodka begann, in seinem Hirn zu kreiseln. »Wer hat etwas dagegen, frage ich?«

»Keiner!« rief Putkin. »Aber viel bewegen kann sie sich dort nicht. Und kalt ist es auch.«

»Wir werden die Tür offen lassen.«

»Auch ein so goldiges Schätzchen wie Maruta muß pissen und scheißen!« rief Putkin. »Wohin damit? Sollen wir in einer Kloake schlafen?«

»Ich werde alles wegwischen«, sagte Morotzkij glücklich. Er schwankte um die Elchkuh herum, küßte sie wieder auf die Nüstern und kraulte sie zwischen den Augen. »Was heißt hier stinken? Seit Sie im Hause sind, Igor Fillipowitsch, haben wir uns an Gestank gewöhnt ...«

»Man soll nie Gutes tun ...«, knurrte Putkin, aber es klang nicht böse. Morotzkij war betrunken, lehnte an seiner Elchkuh und sang ihr rouh-rouh in die wackelnden Ohren. »Nadeshna, diese ganze christliche Nächstenliebe ist ein Mist. Was handelt man sich dafür ein? Einen Hagel von Ohrfeigen. Wie sinnvoll ist da der Kommunismus. Sein Zeichen ist die gehobene geballte Faust ... das ist etwas Reales, das versteht jeder, da weiß jeder, woran er ist. Kraft und Energie, Mut und Unbeugsamkeit, das ist es, womit man eine schlappe Welt wieder auf die Beine stellen kann.«

Putkin wartete auf ein Echo, aber sie waren alle zu müde, um mit ihm zu diskutieren. Der Wodka in dem Tee — oder war's ein bißchen Tee im heißen Wodka — hatte sie träge und ziemlich albern gemacht. Sie fütterten Maruta mit dem Moos, das sie zum Ausstopfen der Wandritzen gesammelt hatten, lachten über jeden Satz, den irgendeiner von ihnen sprach, wie über einen zotigen Witz, und Morotzkij wurde zu einem Clown, tanzte um seine Elchkuh herum und sang dabei Studentenlieder, die zu der Zeit, als er die Universität besuchte, verboten gewesen waren. Schließlich fiel er einfach um, legte sich auf die Eckbank und schlief ein. Putkin führte die etwas verstört blickende Maruta ins Nebenzimmer, hatte Mühe, die Tür zu schließen, und sagte dann: »So ab und zu einen Wodka, das hebt die Psyche. Sie sollten in kritischen Situationen immer ein paar Schlucke verteilen, Katja Alexandrowna. Sie als Ärztin müssen doch wissen, wie wichtig ein Stimulans ist.«

»Ich bin erschüttert, daß Sie es überhaupt aussprechen können«, antwortete die Susskaja. Sie lag schon auf dem Ofen, nackt wie stets, und ordnete das Lager für Andreas. Nebenan keilte Maruta aus, bumste gegen die Wände und die Tür und hatte das Bedürfnis, sich aus der Enge zu befreien. Es schien so, als habe sie sich draußen in der Freiheit wohler gefühlt, trotz Schneesturm, Vereisung und durchdringendem Frost.

»Das wird eine schöne Nacht«, brummte Putkin. »Semjon Pawlowitschs Seelchen wird das ganze Haus demolieren.«

Er rollte sich wieder in seinen getrockneten Pelz und tat so, als sei er sofort eingeschlafen. Aber er blieb wach, sah hinüber zu Nadeshna, die allein unter ihrem Fell lag und darauf verzichtete, den betrunkenen Morotzkij zu sich zu holen. Es war seit Wochen das erste Mal, daß sie allein schlief. Sie trug nur ihr Unterhemd, am Hals bogenförmig ausgeschnitten, und wenn sie sich hinsetzte, um noch einen Kloben in den Ofen zu schieben, leuchtete das Feuer über den Ansatz ihrer weißen, kleinen, aber festen Brüste und über ihren Hals, der sich biegen konnte wie der eines Schwans.

Putkin starrte sie unentwegt an. Sein Herz war schwer. Nur drei Meter lagen zwischen ihm und Nadeshna, aber oben auf dem Ofen lag die Susskaja, und sie sah und hörte alles, dieses schwarze, schöne Aas. Er seufzte, hob den Kopf, und Nadeshnas Blick prallte mit dem seinen zusammen. Es war wie eine Explosion, die zurücksprang in ihre Seelen.

Wenn das so weitergeht, dachte Putkin grimmig, wird

Morotzkij kein langes Leben haben. Das sind mörderische Gedanken, zum Teufel ja, aber kann einen diese Frau nicht um den Verstand bringen? Malt Marien mit schiefen Brüsten, schnitzt Krippenfiguren, betet jeden Morgen: Dank dir, Gott, daß die Sonne wieder scheint ... aber im Leib hat sie den Satan und behängt ihn mit Priestergewändern! Wie kann ein Mann da vernünftig bleiben?

Sie sahen sich lange wortlos an, und es war eine Vereinigung, die sie beide in sich spürten. Das Haus! Das Haus muß fertig werden! Putkins Kreml! Dann wird sich vieles ändern. Vielleicht wird man sich mit Nadeshna hinter den dicken Stämmen verschanzen müssen, bis sich die anderen daran gewöhnt haben, daß das starke Leben immer das schwache Leben besiegt. So ist's immer gewesen, in der Natur gibt es keine anderen Gesetze ... und wo gibt es mehr Natur als hier in der Taiga?

»Wir steuern auf eine Tragödie zu«, flüsterte oben auf dem Ofen die Susskaja kaum hörbar in Andreas' Ohr. Es klang nach unten, als wisperte sie im Schlaf. Sie hatte sich vom Ofenrand weggerollt, über den sie, von den Schatten geschützt, Putkin und Nadeshna beobachtet hatte. Als Frau, die für ihre Liebe ihr ganzes bisheriges Leben aufgegeben hatte, erkannte sie sofort, was sich da vor ihren Augen vorbereitete. Sie wußte ja nicht, was bereits in Putkins halbfertigem Haus geschehen war, und es war auch nicht mehr nötig, das zu wissen. »Putkin hat sie erobert ...«

»Wen?« fragte Andreas schläfrig zurück. Sie hielt ihm den Mund zu und biß ihm ins Ohr.

»Leise. Leise! Nadeshna ...«

»Putkin und Nadeshna? Blödsinn ...«

»Es mußte so kommen, ich habe immer darauf gewartet. Nadeshna ist ein kleines sanftes Biest ...«

»Dann geschieht's ihr recht.«

»Nicht sie bedauere ich ... Putkin! Igor Fillipowitsch

wird sich zu einem Tanzbären an ihrer Leine degradieren lassen. Er ist genau der Mann, der vor einer Frau auf die Knie fällt ...«

Sie drückte sich an Andreas, legte die Arme um seine Hüften und schob ein Bein über seine Lenden. »Ich liebe dich, Andruscha ...«, sagte sie dunkel.

»Ich weiß.« Er nickte im Halbschlaf. »Ich weiß. Der Wodka war wunderbar ...«

Durch den dunklen Raum pfiff und röchelte Morotzkijs asthmatisches Schnarchen.

Viel später, und dieses Mal schlief sogar die Susskaja, kroch Putkin wie ein Lurch lautlos die drei Meter über die Dielenbretter zu Nadeshna. Er mußte sie vorsichtig umarmen und ihr den Mund zuhalten, als sie laut und ungehemmt seufzen wollte ...

Plötzlich war der Sturm vorbei.

Niemand hatte es bemerkt ... in der Nacht hörte das Heulen auf, das Dach klapperte nicht mehr, es war alles so lautlos, als habe der Schnee nun wirklich die Welt erstickt. Es war nach drei Wochen, an einem Freitag, wie Morotzkij sagte, denn er führte Kalender, indem er an einem Balken die Tage abstrich. Ob es wirklich Freitag war, sei dahingestellt ... Morotzkij hatte einfach mit einem Montag begonnen, indem er sagte: »Heute ist Montag!« Von da ab galt seine Zeitrechnung. Man hatte hier eine eigene Welt erschaffen, also konnte man sich auch einen eigenen Kalender halten.

An diesem Freitag wachten sie fast gleichzeitig auf, weil Maruta nebenan einen Höllenspektakel aufführte, laut brüllte und gegen die Wände donnerte. Sie hatte als erste bemerkt, daß der Sturm vorbei war und mit ihm ihre Gefangenschaft in dieser warmen hölzernen Höhle.

»Stille«, sagte Nadeshna. Sie saßen alle auf ihren Schlafplätzen und lauschten. »Vollkommene Stille ... die Welt ist untergegangen.«

Sie schlief wieder bei Morotzkij ... eine heimliche

Nacht mit Putkin, wie diese vom heißen Wodka berauschte, war nicht wiedergekommen. Aber Nadeshna hatte sich verändert, nur merkte es Morotzkij nicht. Er war mit Tieren vertrauter als mit der Seele einer Frau. Er fühlte Nadeshnas Körper unter seinen knochigen Händen, ihm genügte die Wärme ihres zarten, glatten Leibes ... daß ihre Küsse flüchtiger wurden, ihr Seufzen gequälter, ihre Mitarbeit in der Liebe völlig aufhörte und sie nur noch ein Stück Fleisch war, das er abtastete, das merkte er nicht. Maruta, die Elchkuh, umsorgte er dafür um so mehr. Er brachte ihren Kot jeden Tag weg, auch wenn er jedesmal gegen die Faust des Sturmes ankämpfen mußte, er wischte den Urin vom Boden und wusch den aufgetrennten Sack, den er als Scheuerlappen brauchte, im Schnee aus. Er saß stundenlang bei Maruta, erzählte ihr aus seinem Leben und ›verkindischte‹ immer mehr, wie Putkin es nannte.

»Es ist vorbei«, sagte Putkin jetzt. »Freunde, wir haben es überstanden. Wetten, daß draußen die Sonne scheint? Die schönste Sonne, als habe nicht drei Wochen lang der Teufel gewütet?«

Er zog sich an, warf den Pelz über und drückte die Tür auf. Wenn auch ein neuer Schneeberg den Ausgang versperrte ... das helle Licht des Tages flutete in das Haus, eine goldene Helligkeit, die wie Medizin wirkte. Alle sprangen auf, rannten zur Tür und sahen hinaus.

Ein Himmel, leuchtend blau wie ein geschliffener Aquamarin, wölbte sich über die in Schnee und Eis gestorbene Landschaft. Die Eisdecke des Flusses strahlte so blendend, daß sie alle die Augen zusammenkniffen und die Hände vor das Gesicht legten.

Putkin sog tief die reine kalte Luft ein. Sein mächtiger Brustkorb wölbte sich. Als er ausatmete, quoll eine dichte weiße Wolke aus seinem Mund. »Welch ein Leben!« sagte er dann. »Begreift ihr nun, wie schön die Welt ist?«

Ihr erster Weg war zu dem Flugzeug. Wie eine bizarre

Plastik stand es da, unter Schnee und Eis fast unkenntlich. Andreas ging um die Maschine herum und schüttelte den Kopf.

»Wir werden sie nie mehr zum Fliegen bekommen, Igor Fillipowitsch. Das hat sie nicht ausgehalten«, sagte er.

»Beleidigen Sie nicht die Qualität sowjetischer Arbeit!« entgegnete Putkin steif. »Natürlich fliegt sie wieder. Lassen Sie erst mal Frühling werden. Wenn die erste Knospe aufbricht, dreht sich auch der Propeller.« Er lehnte sich an den unversehrten Rohrrahmen der linken Kufe und zeigte auf den Motor. »Aber er muß früher laufen, Andrej. Ich brauche ihn als Antriebskraft. Glauben Sie, ich hätte in den vergangenen Wochen nur herumgelegen und gefressen? Ich habe Pläne entwickelt und Konstruktionen erdacht. Plan eins: Wir benutzen den Drehkopf, der den Propeller rotieren läßt, als Triebwerk für einen Treibriemen. Der Treibriemen wiederum wird eine Art Schaufelbagger antreiben, mit dem wir die Uferböschung auskoffern. Damit haben wir einen Arbeitsgang gespart. Das Durchsieben des Sandes und des Gerölls müssen wir leider noch von Hand machen. Was halten Sie davon?«

»Ein guter Gedanke ... solange wir Benzin genug haben. Was Serikow mitgebracht hat, hält vielleicht für hundert Flugstunden.«

»Auf der Erde verbrauchen wir weniger, Andrej.«

»Gut. Dann zweihundert. Und dann? Dann steht das Förderband still, wir haben vielleicht ein Säckchen voll Gold ... aber die Chance, unseren Reichtum mit dem Flugzeug wegzubringen, ist dahin. Auch sowjetische Flugmotoren laufen nur mit Benzin.«

»Die letzte Bemerkung hättest du dir sparen können.« Putkin blickte über den Fluß. Der Rückweg über das Wasser war eine Möglichkeit. Ein starkes Floß — und dann hinab mit der Strömung. Irgendwo mündete er in einen größeren Strom, und irgendwo war auch eine menschliche Siedlung. Sibirien ist nicht so einsam, wie man denkt. Zwei Lebensadern gibt es: die großen Ströme und die Eisenbahnlinien.

Aber auch das hatte seine Probleme. Nanu, wird jeder denken, was kommt da aus dem Norden herangeschwommen? Ein Floß mit Männlein und Weiblein! Kommen so einfach daher aus der Wildnis, als sei's normal, auf einem Holzbrett durch die Taiga zu reiten! Da wird es viele Fragen geben, und da es überall kritische Gemüter gibt, wird man sagen: »Hört her, Genossen! Wer seid ihr? Eure Ausweise bitte. Ihr seid Russen, keine Jakuten oder Burjäten. Wie kommt ihr in die Taiga? Wo habt ihr überwintert? Was habt ihr vor allem in den Säckchen aus Fellen? Ha, sie sind schwer. Transportiert ihr Steine aus der Taiga, kleine Idioten? Laß uns einmal in die Säckchen sehen, Genossen! Nana, wer wird denn Geheimnisse haben in einem sozialistischen Land? Ist's etwa Gold, he? Sind's Diamanten?«

Dann wird man grob werden müssen, vielleicht sogar die Köpfe gegeneinanderschlagen oder sonst etwas ... auf jeden Fall wird es einen großen Wirbel geben, und das Gold wird konfisziert werden. Das kann man sich nicht leisten, wenn man als Millionär aus dieser einsamen Welt herauskommen will ...

»Plan Nummer eins ist gestrichen«, sagte Putkin und spuckte gegen das Flugzeug. »Wir brauchen das Flugzeug, um uns abzusetzen. Aber vergessen wir nicht, Andrej: Es trägt nur drei Personen einschließlich Gepäck. Zwei Menschen sind zuviel in unserer Gruppe.«

»Morotzkij und Nadeshna werden im Frühjahr versuchen, allein wegzukommen ...«

»Nadeshna wird bei mir bleiben!« sagte Putkin dumpf.

»Dann sind wir vier ...«

»Einer zuviel!«

Sie starrten sich an und waren sich plötzlich über die Grausamkeit dieser Rechnung im klaren. Einer mußte vernichtet werden ... Putkin, Andreas, Nadeshna oder Katja Alexandrowna.

»Du bist verrückt, Igor Fillipowitsch«, sagte Andreas leise. »Mein Gott, du bist verrückt.« Er wischte sich über das Gesicht, auf dem sich wieder dicker Reif gebildet hatte. Die blanke Sonne war nur Licht ... auf der Erde zerbarst alles im Frost. Man sah es an den kleinen Uferstellen, die der Sturm vom Schnee freigefegt hatte ... dort riß die Erde auf, und jeder Riß war begleitet von einem leisen, knallenden Knirschen. Der Boden schrie ... Sibiriens Erde weinte.

»Katja erwartet ein Kind, das weißt du ...«

»Jeder Mensch wird von den Problemen erwürgt, die er sich selbst an den Hals hängt.« Putkin griff in die Tasche seines Mantels, holte Serikows Tabaksbeutel hervor und drehte sich eine Zigarette. »Ich habe angeboten, dir einen Knoten reinzumachen.«

»Es wird eine Möglichkeit geben, daß wir alle herauskommen«, sagte Andreas, aber es klang nicht sehr überzeugend. »Wir wollen uns nicht auf die Zahl drei festlegen.«

»Bist du ein Ingenieur? Hast du rechnen gelernt, he? Du weißt genau wie ich, wo die Grenze der Tragkraft dieser kleinen Maschine liegt. Das ändert sich nicht, indem man wartet.«

»Das Flugzeug, Putkin, ist eine neue Variante unseres Wegkommens. Weiter nichts. Hast du jemals damit gerechnet, daß wir ein Flugzeug haben könnten? Wir hatten andere Pläne.«

»Wir hatten gar keine Pläne, kleiner Idiot.«

»Eben!«

»Aber nun ist es da, das Flugzeug. Vom Himmel gefallen. Ob es euer Gott oder mein Satan geschickt hat, das wird sich herausstellen, wenn es eingesetzt wird.«

»Ist das eine Drohung, Igor Fillipowitsch?« fragte Andreas heiser.

»Nimm es, wie du es hörst.«

Putkin steckte die Zigarette an, machte drei tiefe Züge, hielt sie Andreas hin und stapfte dann zurück zu seinem Haus, das jetzt ein mächtiger Schneeberg war.

Andreas rauchte hastig weiter. Man wird diesen Menschen nie verstehen, dachte er. Er sagt einen Mord voraus und bietet seinem Opfer eine Zigarette an. Oder will er Katja umbringen und das Kind? Irgend etwas wird er tun, wenn er seine Million Rubel in Goldkörnchen aus dem Fluß gewaschen hat. Da gibt es nur eine Chance — ihm zuvorkommen. Im Frühling oder im Sommer wagen, nachts mit dem Flugzeug zu starten.

Im Sommer.

Wer dachte jetzt schon an den Sommer?

Nach Morotzkijs Kalender mußte es Mitte Februar sein. Vielleicht auch Ende Februar. Bis Mai blieb der Schnee liegen, krallte sich der Frost in Bäume und Boden fest: Bis Mai ... und im Juli mußte Katjas Kind zur Welt kommen.

Andreas rauchte so erregt weiter, daß er sich die Finger verbrannte nach einem langen Zug, der die Zigarette wie Schnee auf der Ofenplatte wegschmelzen ließ. Er schüttelte die Hand und steckte den verbrannten Finger in den Mund.

Das Kind.

Auf dem Tisch vor der Eckbank würde es geboren werden. Nadeshna würde heißes Wasser bringen, Putkin große Reden loslassen und Morotzkij die Geburtshilfe übernehmen. Davon hat er als Verhaltensforscher Ahnung ... er hatte schon bei Hunderten Tieren die Geburten unterstützt, er würde es auch bei Katja können. Für ihn, Andrej, blieb nichts übrig, als Katjas Hand zu halten.

»Putkin will zwei von uns umbringen, wenn es nötig ist«, sagte er am Abend zu der Susskaja. »Das Flugzeug trägt nur drei Personen ...«

»Ich weiß.« Sie lächelte und kämmte sich ihr langes, schwarzes Haar durch. Sie hatte es gewaschen, und nun flog es um ihren Kopf wie gesponnene Seide. »Er rechnet zuviel, Andruscha. Sollen wir uns jetzt schon Gedanken darüber machen? Wieso denkt Igor Fillipowitsch, daß er im Sommer mit dem Flugzeug davonkommen kann?«

»Es steht ja draußen am Fluß.«

»Und wie will er im Sommer mit den Schneekufen starten?« sagte sie fast heiter. »Ihr seid mir die rechten Ingenieure. Andrej, mein Liebling, die große Stunde, der letzte Kampf, hat noch nicht begonnen. Warum schon darüber reden? Ich weiß, wie verwundbar Putkin ist.«

»Er wird zur Bestie werden, wenn er Nadeshna ganz für sich hat.«

»Sicherlich. Aber Bestien schießt man ab.«

»Das sagst du so leicht daher ...«

»Wir werden ein Kind haben, Andrenka. Ein schönes kräftiges Kind. Ich fühle, wie es von Tag zu Tag wächst. Unser herrliches Kind.« Sie legte den Kamm weg, nahm die Haare nach hinten und band sie mit einem Strick im Nacken zusammen.

»Glaubst du nicht«, sagte sie zärtlich, »daß ich für mein Kind einen Putkin töten könnte? Du kannst es auch, Andruscha .... Du kannst die halbe Welt zerstören, wenn du dein Kind auf den Armen wiegst ... Was ist ein Putkin gegen unser Kind?«

28

Man kann sich auch an Einsamkeit gewöhnen, so unglaublich das ist. Die Tage gingen herum, als tickten die Uhren schneller oder die Erde hätte begonnen, einen rasenden Lauf um die Sonne zu unternehmen.

Morotzkij hatte geweissagt: Wir werden in dieser

Verlorenheit wahnsinnig werden ... das Gegenteil war der Fall. Die Zeit war zu kurz für all das, was man an einem Tag erledigen wollte, solange diese herrliche kalte Sonne schien, der Himmel azurblau leuchtete und der Fluß gefroren war, belebt mit einer solchen Fülle freßgieriger Fische, daß Putkin und Andreas ihre Angelschnüre gar nicht so schnell wieder präparieren konnten, wie sie anbissen.

So gab es ein abwechslungsreiches, fettes Essen ... mal Braten und Gulasch aus Schneehasen oder Hühnern, mal Bratfisch oder gekochten Lachs, daß einem das Fett aus den Mundwinkeln tropfte. Nadeshna kochte mit einer Hingabe, wie sie überhaupt alles, was sie einmal übernommen hatte, mit einem übersteigerten Idealismus tat ... früher ihre Schule und die heimliche Verteilung von Bibeln, jetzt das Braten und Brutzeln und ihre geradezu verrückte und selbstzerstörerische Liebe zu Putkin.

Igor Fillipowitsch baute an seinem Haus, als wolle er ein Wettrennen gewinnen. Das Dach wurde gedeckt, wobei ihm Andreas half, alles lief jetzt von der Hand wie in einer richtigen Schreinerei, nachdem die Werkzeugkiste im Flugzeug ihnen Hobel, einen Bohrer und mehrere Hämmer beschert hatte. »In zehn Tagen ziehe ich ein!« sagte Putkin an einem Nachmittag, als sie das letzte Dachbrett gedeckt hatten. Sie saßen oben auf dem vorderen Tragbalken und schauten über den Fluß. »Wie weit ist Semjon Pawlowitsch mit seiner idiotischen Maruta?«

»Er hat sie gestern zum erstenmal geritten.« Andreas lachte. »Sie sprang herum wie ein Ziegenbock, aber Morotzkij blieb oben, das ist wie ein Wunder.«

»Er wird sich mit einigen seiner spitzen Knochen in sie eingegraben haben.« Putkin griff in die Tasche und holte eine kleine Blechflasche hervor. Als er sie öffnete, roch es nach Wodka. »Nichts Katja sagen«, brummte er. »Nadeshna hat ihn mir heimlich gegeben ...«

»Was ist mit dir und Nadeshna?«

»Was soll sein? Wir hassen uns wie zwei räudige Hunde.«

»Keine dummen Reden, Igor. Wir sind nicht blind.«

Putkin trank einen langen Schluck und hielt dann Andreas die Blechflasche hin. »Sauf und halt's Maul ...«, sagte er dabei.

»Ich habe dich bisher nie als einen Feigling gesehen, Putkin. Aber jetzt läufst du weg wie ein Klatschmaul, hinter dem die Beleidigten her sind mit Stöcken und Steinen.«

»Sieh an, sieh an, wie er schon russisch denken kann.« Putkin riß Andreas die Flasche aus der Hand und trank sie leer. Sein dicker Kehlkopf zuckte auf und ab wie eine Pumpe. »Was sagt Katja Alexandrowna?«

»Nichts«, log Andreas. »Sie hört nur noch nach innen ... unser Kind ...«

Putkin sah Andreas groß an. Es ist der andere Putkin, dachte Andreas. Der Riese mit dem Buttergemüt. Das Kind in einem Mammutkörper. Jetzt hat er Augen wie ein Schaf, dem man eine Handvoll Blumen hinhält.

»Ich will's dir sagen, Söhnchen ...«, sagte Putkin plötzlich. »Ja, ich liebe Nadeshna.«

»Und Morotzkij?«

»Warten wir's ab.«

»Und sie?«

»Ein herrliches Teufelchen im Körper eines Engels. Sie liebt mich auch. Glotz mich nicht an wie ein toter Hering ... ist es so unmöglich, daß mich ein Weib lieben kann?«

»Das ist es nicht, Igor Fillipowitsch.«

Andreas nahm die leere Blechflasche, setzte sie an die Lippen und ergatterte so noch ein paar Tropfen Wodka. »Aber wie soll es weitergehen?«

»Wenn ich Millionär bin, werde ich Nadeshna heiraten. Was sonst?«

»Ganz offiziell?«

»Ganz offiziell.«

»Vor einem Standesbeamten?«

»Meinst du vor einem Hufschmied, du Idiot?«

»Und die Kirche?«

»Was für eine Kirche?« Putkins Blick verfinsterte sich.

»Nadeshna wird auf einer kirchlichen Hochzeit bestehen. Mit Brautkleid und Schleier, in Weiß. Und der Pope wird beten, und ein Kirchenchor wird singen, und du mußt dich niederknien und wirst gesegnet mit dem Kreuz.«

Putkin starrte über den Fluß. Sein von Haaren überwuchertes Gesicht zeigte keine Regung. »Na und?« sagte er endlich.

»Igor Fillipowitsch!«

»Igor Fillipowitsch! Igor Fillipowitsch! Was soll's? Ich knie hin, und der Pope soll das Kreuz über mich schwingen.«

»Ohne getauft zu sein?«

»Was bist du doch für ein einfältiger Mensch ...«, sagte Putkin ruhig. »Wozu ist Nadeshna Lehrerin, he? Kann sie mir keinen Religionsunterricht geben? Bin ich dümmer als ihre Schulkinder? Es ist unergiebig, mit dir zu diskutieren.«

Er kletterte vom Dach und ließ einen lachenden Andreas zurück. Knurrend zog er sich in sein großes, noch nicht eingerichtetes Haus zurück, lehnte sich an den kalten, gewaltigen Ofen aus Flußsteinen und kaute an der Unterlippe.

Nadeshna in Weiß, mit einem langen Schleier ... und die Glocken läuteten, und der Chor sang, und der Pope empfing sie an der Kirchentür mit erhobenen Händen.

Welch ein Tag!

Der Millionär Igor Fillipowitsch Putkin heiratet ...

Das war der eine Putkin. Der andere kam am nächsten Tag zum Vorschein. Dieser giftige Zwillingsbruder seiner Seele.

Putkin tappte mit fellumwickelten Stiefeln über das

glatte Eis des Flusses und sah nach seinem Denkmal General Serikow.

Der Sturm hatte Serikow nicht umgeweht, dazu stand er zu vereist und wie mit dem Stamm, an dem er lehnte, verwachsen — aber das Schneetreiben hatte ihm arg zugesetzt, nur sein Kopf ragte stolz aus einer Schneewehe heraus. Darunter türmte sich eine weiße Pyramide.

Putkin legte in einer Arbeit von drei Stunden den General frei, klopfte die Uniform ab, brach die Eiszapfen weg, säuberte ihn gründlich, bis er wieder mit glänzender Uniform in der kalten Sonne stand, die rechte Hand an die Mütze gedrückt.

»Nie vergessen!« sagte Putkin zu dem schrecklichen Standbild. »Ich bin ein Kommunist, und du warst ein Kommunist. Aber uns trennt vieles. Ich hatte einen Vater, General, jeder anständige Mensch hat einen Vater. Und ich habe ihn geliebt, verehrt, er war mein Vorbild, ein Parteigenosse, von 1925 an! Er zog in den Großen Vaterländischen Krieg, und als er ausrückte mit seinem Bataillon, lief ich neben ihm her und schwenkte rote Fähnchen. Wie stolz waren wir, General! Aber dann hatte mein Vater das Unglück, in deutsche Kriegsgefangenschaft zu geraten, und als er 1945 zurückkam, war er sehr still, sah sich alles an in unserem Dorf, fuhr in die Stadt, sah sich dort um und kam noch stiller zurück. Und dann sagte er zu den anderen im Dorf: ›Genossen, wir haben ein ganz falsches Bild vom Westen. Ich habe drei Jahre in Deutschland gelebt, im Ruhrgebiet, in einem Bergwerk bei Rheinhausen. Ich habe viel gesehen ... der Kommunismus ist eine schöne Sache, nur glaube ich, wir denken zu sehr um die Ecke.‹ Vier Tage später holten sie ihn ab. NKWD-Männer mit ihren grünen Schirmmützen. Du kennst sie ja, General. Und es gab gar keinen Prozeß ... irgendeiner sagte zu meinem Vater: ›Du Defaitist! 25 Jahre Straflager!‹ Und mein Vater kam weg, keiner weiß, wohin, keiner hat mehr von ihm gehört, er ist einfach verschwunden. Ausgelöscht. Ich frage dich nun, General: Kannst du verstehen, daß mir beim Anblick einer Uniform das Blut unter den Haaren brodelt? Auch wenn ich später in der Roten Armee Sergeant wurde ... als ich die Uniform endlich ausziehen durfte, habe ich sie erst bepißt und dann auf der Kammer wieder abgegeben. So ist das, General.«

Er ging ein paar Schritte zurück, marschierte dann an dem toten Serikow vorbei, grüßte stramm und trottete zurück über den Fluß in sein großes, dunkles Haus.

Nach zehn Tagen, wie versprochen, hatte Putkin seinen ›Kreml‹ eingerichtet. Die Einweihung konnte stattfinden. Nadeshna hatte schon zwei Tage vorher gebakken und gebraten, die Susskaja wollte eine Felldecke schenken, Morotzkij schmückte seine Elchkuh Maruta wie einen Pfingstochsen mit Bändern und selbstgedrehten Papierblumen ... es sollte ein wirkliches Fest werden, weil niemand ahnte, was die Fertigstellung des Hauses für Nadeshna und Putkin bedeutete. Nur Andreas wußte es, aber er schwieg, sogar gegenüber Katja.

Es war am Vorabend des großen Tages, als Putkin die Gelegenheit wahrnahm, daß Morotzkij wieder mit seiner Maruta Reitübungen veranstaltete. Er zog Nadeshna, die in der Nähe herumstrich wie eine Katze, die Baldrian riecht, mit einem Ruck ins Haus und preßte sie an sich. Sein Atem rasselte in der Brust, die Sehnsucht sprengte ihn fast auseinander. Er schloß seine mächtigen Hände um Nadeshnas Blondkopf und hob ihr schmales Gesicht zu sich empor.

»Sag es ihm«, stammelte er mit schwerer Zunge. »Nadjenka, sag es ihm ... Er muß es endlich wissen.«

»Was soll er wissen?« fragte die Abramowa.

»Daß wir uns lieben, zum Teufel! Daß wir zusammenbleiben werden! Daß ich dich heiraten werde ... o Himmel, ja, vor einem Popen sogar.«

»Werden wir das?« sagte Nadeshna. Und plötzlich

lachte sie, lachte Putkin in das riesige, bärtige Gesicht und entwand sich seinen Händen. »Werden wir das?« lachte sie schallend. »Heiraten? Du willst mich heiraten? Wirklich?«

»Ja, wirklich«, sagte Putkin in erbarmungswürdiger Naivität. »Mit weißem Kleid und Schleier ...«

Dann schwieg er. Nadeshna lachte noch immer, sie bog sich zurück und stemmte die Hände in die Hüften wie ein Marktweib. Und lachte, lachte, lachte. Ein fürchterliches, schönes, engelsgleiches, satanisches Weibchen.

Da begriff auch Putkin endlich, warum sie so lachte. Er kniff die Augen zu, lehnte sich an den Ofen, in dem das Holz geschichtet war, damit es Nadeshna anzünden sollte, diese heilige Handlung: Das ist mein Ofen, mein Haus ... und er spürte, daß irgend etwas in ihm zerriß, zu bluten begann und in ihm anstieg, heiß und erstikkend.

Nicht wahnsinnig werden, dachte er krampfhaft und stützte sich am Ofen ab. Igor Fillipowitsch, nicht wahnsinnig werden. Bring sie nicht um, das lachende Luder, bring sie jetzt nicht um ... Igor Fillipowitsch, halte dich fest ...

Es dauerte einige Zeit, bis Putkin die innere Ruhe gefunden hatte, mit Nadeshna wieder zu reden. Ihr Lachen hatte plötzlich geendet, als er zugriff und ihr mit seinen beiden riesigen Händen den Hals zudrückte ... nur ganz leicht, so, wie man ein lahmes Vögelchen im Winter zwischen den Fingern wärmt, aber wenn Putkins Zartheit mit anderer Menschen Vorsicht verglichen werden soll, dann war dieser Griff bedenklich nahe an einem Totschlag. Nadeshna taumelte gegen die Wand, atmete schwer und tastete mit zitternden Fingern ihren Hals ab.

»Du lebst!« knurrte Putkin. »Frag deinen Gott, warum du noch lebst. Wert bist du es nicht. Kriecht des

Nachts zu mir auf den Pelz, heiß bis zum Bersten, und jetzt lacht sie ... lacht mich aus! Für wen habe ich das Haus gebaut, he? Mit wem will ich die Millionen Rubel teilen, die ich aus dem Fluß hole? O du Teufelsaas!«

Die Stimme stockte ihm, Galle stieg wieder in ihm hoch, und er mußte wieder an sich halten, um sie nicht doch noch mit einem einzigen Schlag gegen die Wand zu werfen.

Nadeshna schwieg. Und das war klug. Ein Wort nur von ihr, in dieser Minute gesprochen, hätte ihr Ende bedeutet. Sie schien es zu spüren, ihr Instinkt ließ sie schweigen. Nur ihre großen, das schmale Gesicht beherrschenden Augen starrten Putkin an. Sie rührte sich auch nicht, stand an der rohen Blockhauswand, hatte die Hände um ihren Hals gelegt, und die Welt war plötzlich so leer, als habe der große Sturm sie saubergefegt und diese zwei Menschen vergessen.

»Geh ...«, sagte Putkin heiser. Er wischte sich über das bartüberwucherte Gesicht. Wie soll das weitergehen, dachte er dabei. Es kann so ja nicht weitergehen. Ich liebe sie, und ich muß mit ansehen, wie sie mit dem Gerippe Morotzkij ins Bett geht und mich schamlos auslacht. Was war denn das alles in den vergangenen Wochen? Kann man einen Menschen so hassen, daß man versucht, ihn durch Liebe verrückt zu machen? Nadeshna, ich hätte sogar in einer deiner verfluchten Bibeln gelesen, wenn du mir eine gegeben hättest. Ich hätte ...

»Geh!« sagte er wieder. Seine Stimme grollte tief. »Ich bin kein Mörder ... aber du hast das Zeug, einen aus mir zu machen ...«

Er gab die Tür frei, nickte nach draußen, und Nadeshna rannte an ihm vorbei aus dem Haus. Erst draußen in der klirrenden Kälte und dem leuchtenden Schnee zerbrach ihre Beherrschung ... sie schrie so laut auf, als habe Putkin ihr einen Teil aus dem Körper gerissen warf die Arme hoch und hetzte hinüber zu Andreas'

Hütte. Dort fiel sie kraftlos in sich zusammen, noch bevor sie die Tür erreicht hatte, und Andreas schleifte sie, unter die Achseln packend, ins Haus.

Wenig später erschien die Susskaja bei Putkin. Sie hatte das Gewehr schußbereit in den Händen und blieb in der Tür stehen. Putkin saß auf der breiten Ofenbank, die Arme zwischen den gespreizten Beinen hängend, stierte vor sich hin und kaute auf einem Stück Holz herum.

»Schießen Sie, Katja Alexandrowna ...«, sagte er mit einer Ruhe, die bei ihm erschreckend wirkte. »Sie tun ein gutes Werk damit. Ich will nicht mehr ...«

»Was haben Sie mit Nadeshna gemacht, Igor Fillipowitsch?« Die Stimme der Susskaja war kalt wie der stählerne Lauf ihres Gewehres, den sie auf Putkin richtete.

»Nichts: Das ist es ja. Ich hätte sie zerreißen sollen.«

»Sie ist ohnmächtig. Andrej mußte sie hineintragen. Jetzt liegt sie da, hat einen Schreikrampf hinter sich, ihre Nerven vibrieren wie Bandura-Saiten, ich habe ihr Kyrills Wundertee geben müssen, aber sie beruhigt sich nicht. Selbst in der Ohnmacht klappert sie noch mit den Zähnen. Heute abend wird sie hohes Fieber haben. Und das alles von nichts? Putkin, was haben Sie mit Nadeshna gemacht?«

»Ich schwöre Ihnen, Katja Alexandrowna ...« Putkin hob den Kopf. Diese Augen, diese traurigen Kinderaugen! Die Susskaja senkte das Gewehr. »Nadeshna strich hier herum, ich holte sie rein, zeigte ihr das Haus ... hier, den zum Anheizen hergerichteten Ofen, das Bett, die ›schöne Ecke‹ ... sie hätte ihre Maria da aufhängen können, ihren geschnitzten heiligen Josef und die Könige und das Jesuskind und alles, alles, was sie wollte ... Katja, ich habe dieses Haus doch für sie gebaut ...«

»Ich weiß es, Igor Fillipowitsch.«

»Und ich sage zu ihr: ›Ich will dich heiraten, gesteh es endlich dem Semjon Pawlowitsch ...‹, und was tut sie?

Sie lacht mich aus. Lacht, daß mir die Ohren dröhnen, daß mein Herz zersplittert, daß meine Knochen aufweichen. Sie lacht, Katja Alexandrowna ... noch nie habe ich einen Menschen so grausam lachen hören!« Er nickte mehrmals und senkte wieder den Kopf. »Und so sitze ich nun da. Ein ausgelachter Idiot. Ein verprügelter Narr. Und Sie werden auch lachen, wenn ich Ihnen sage, wie sehr ich Nadeshna liebe ...«

»Ich lache nicht, Igor Fillipowitsch.«

»Gut. Dann bedauern Sie mich. Das ist fast noch schlimmer. Mitleid mit einer Vase, die für eine Rose geschaffen ist, aber in die man jetzt hineingeschissen hat. Mehr bin ich nicht mehr, Katja Alexandrowna. Ein leeres Gefäß. Machen Sie ein Ende: Zerschießen Sie dieses unnütze Möbel!«

»Haben Sie wirklich geglaubt, Nadeshna zu besitzen?« fragte die Susskaja. Sie betrachtete den völlig zerbrochenen Putkin und begriff, wie groß dieser Schlag gewesen sein mußte, daß er einen Mann wie Putkin so demoralisierte. Was niemand geschafft hätte, kein Eissturm, kein Frost, keine Wanderung durch die Taiga, niemals ein Mann oder die Anstrengungen und Entbehrungen bei den Ölbohrungen in Sibirien ... ein zarter, blonder Engel, ein weißhäutiges Körperchen wie Nadeshna hieb Putkin von den Füßen.

»Ja ...«, sagte Putkin langsam. Selbst seine Zunge schien wie gelähmt. »Wenn sie nachts über mich kroch ...«

»Nadeshna?« fragte die Susskaja baß erstaunt.

»Wer sonst? Ihr habt es alle nicht gemerkt, ihr habt geschlafen wie die Biber. Vierzehnmal war sie bei mir. Oh, ich habe jede Zahl vor mich hergebetet ... neun ... zehn ... elf ... Ich habe damit die Stämme bearbeitet: Morgen ist es zwölfmal! Morgen ist es zwölfmal! — Es hat dem Haus gut getan, es ist ein großes, schönes Haus geworden. So schnell ist es emporgewachsen. Morgen ist es dreizehn! Dreizehn. Dreizehn! Das war meine ganze Kraft!« Er rutschte zur Seite und zeigte auf den gewaltigen Ofen aus Flußsteinen. Es waren ausgesuchte Brocken aus Gneis und Basalt. »Blicken Sie genau hin, Katja Alexandrowna. Die größten, schönsten Steine haben Kerben. Hier: zwei Kerben. Dort: vier Kerben. Für jede Nacht mit Nadeshna einen Gedenkstein in unserem Ofen. Ein Kalender der Liebe. Aber war es Liebe? Sie steht da und lacht mich aus! Schöne Frau, ich habe keine Kraft mehr ...«

»Wir sprechen noch darüber, Putkin«, sagte die Susskaja. Sie zögerte, aber dann trat sie nahe an ihn heran und fuhr ihm mit der Hand durch die krausen, struppigen, dreckigen Haare.

Er zuckte zusammen, warf den Kopf in den Nacken, schlug ihre Hand weg, ergriff sie dann wieder und drückte sie an seine wulstigen Lippen. Plötzlich wurde der Handrücken naß, und durch das Herz der Susskaja brannte sich eine Flamme.

Putkin weinte. Das war unbegreiflich, aber dennoch Tatsache. Er behielt Katjas Hand an seinen Lippen, seine Tränen tropften über ihren Handrücken, die breiten, bärenähnlichen Schultern zuckten, kein Laut kam aus ihm heraus, er weinte still und einsam über diese Frauenhand, die ihn gestreichelt hatte und die ihn verstand.

»Morgen ist alles vorbei, Igor Fillipowitsch ...«, sagte die Susskaja leise und voller mütterlicher Sanftheit. »Wir weihen das Haus ein ...«

»Ich sprenge es mit mir in die Luft, Katjenka ...«, stammelte Putkin über ihrer Hand. Er war völlig am Ende, ein Mensch ohne Lebenswillen.

»Dazu fehlt Ihnen das Dynamit.«

»Ich stecke es an. Ich übergieße es mit Serikows Benzin.«

»Und sich selbst auch.«

»Ja.«

»Sie haben keine Anlagen, ein buddhistischer Mönch

zu werden, Igor Fillipowitsch. Seien Sie doch kein Idiot! Sie geben einer Frau wegen auf?«

»Es gibt nichts auf der Welt, was ich mehr liebe als Nadeshna. Ich habe nie richtig geliebt, Katja Alexandrowna. Immer dachte ich: Die ist es! Und was war sie? Ein Flittchen, eine Hure. Nur auf meinen gesparten Lohn aus. Ich habe nur Weiber gehabt, die für einen nötig waren wie ein neues Hemd oder eine neue Hose. Aber Liebe? Ich kam mir vor wie schwerelos, wenn Nadeshna in meiner Nähe war. Ich hätte mich wie ein Vogel in die Luft heben können. Kennen Sie das Gefühl, Katja?«

»Ich kenne es, Igorenka. Es ist ein wunderbares Gefühl.«

»Und da kommt sie und lacht mich aus!« Er ließ Katjas Hand los, stieß sie von sich und drehte sich zu seinem gewaltigen Ofen. »Es gibt nur zwei Möglichkeiten, Katja Alexandrowna: Ich töte Morotzkij und Nadeshna ... oder ich töte mich! Was ist Ihnen lieber?«

»Mir ist am liebsten, daß wir morgen das große Festessen in Ihrem Haus einnehmen, Putkin.«

»Betrachten Sie es als Leichenschmaus für die eine oder die andere Möglichkeit.«

»Nein!« Die Susskaja setzte sich neben Putkin. Sie sah, wie sich die Muskeln in seinem Rücken strafften, wie er sich wie ein Raubtier zum Sprunge vorbereitete.

»Stehen Sie auf, Katja ...«, sagte er dumpf. »Und gehen Sie hinaus!«

»Ich will Ihr Ehrenwort, daß Sie keine Dummheiten machen.«

»Das können Sie haben. Mord an Nadeshna und Morotzkij ist keine Dummheit.«

»Wo ist Ihr Stolz geblieben, Igor Fillipowitsch? Sie wollen an einer Frau zugrundegehen?«

»Ja. Was soll ich mit den Millionen, die ich aus dem Fluß holen werde? Ich werde mir Weiber kaufen können, unzählige, eine immer schöner als die andere, willige Weiber, die den stinkenden Putkin ablecken, weil er sich mit Gold eingepudert hat. Ist das das Glück, Katja? Hier in der Taiga war ich ein Nichts wie ihr alle, und dieses Nichts wurde von Nadeshna in vierzehn Nächten besucht. Kann man sich da nicht einbilden, das sei endlich die Liebe? Aber nein ... sie lacht mich aus!« Er sprang auf, packte Katja, bevor sie zurückweichen konnte, mit seinen riesigen Händen vorn am Pelz, hob sie empor, als wäre sie ein Püppchen und trug sie vor die Tür. Dort ließ er sie in den Schnee fallen und warf das Gewehr hinterher, das ihr aus den Händen geglitten war.

»Sie sind Chirurgin, Katja Alexandrowna«, sagte er. »Ihr Ausflug in die Psychologie ist mißlungen. Bleiben Sie beim Messer. Schneiden Sie alles im Leben weg, was unnütz und nur Ballast ist.« Er schnaufte, preßte mit einem Daumen das linke Nasenloch zu und rotzte mit dem rechten in den Schnee, dicht neben Katjas Kopf. Es war, als befreie er sich damit vom letzten Überrest seiner zurückgehaltenen Tränen: Der alte Putkin war wieder da. »Ihr Mitgefühl kotzt mich an, schöne Dame!«

Damit drehte er sich um und stampfte in seinen ›Kreml‹ zurück.

Andrej bemühte sich noch immer um Nadeshna, als die Susskaja zurückkehrte. Morotzkij ritt noch mit seiner Elchkuh Maruta durch den lichten Wald am Ufer des Flusses, unterhielt sich mit ihr in verschiedenen Tonhöhen und rouh-rouh und war selbst verblüfft über das hohe Maß an Dressur, das ihm bei Maruta gelungen war. Er konnte sich nicht erinnern, jemals gelesen zu haben, daß ein Mensch auf einer wildeingefangenen Elchkuh mit Sattel und einer Art Trense geritten war.

»Sie ist wach ...«, sagte Andreas, als Katja ihren Pelz abwarf und das Gewehr auf den Tisch legte. »Aber sie sieht mich an, als erkenne sie mich nicht mehr.«

Nadeshna lag auf der Ofenbank, die Bluse aufgeknöpft, ein in warmes Wasser getauchtes Tuch auf der Stirn. Ihre kleinen, aber festen, straffen Brüste waren entblößt, es roch stark nach Alkohol, Andreas hatte ihren Oberkörper mit verdünntem Wodka eingerieben. Er schien Erfolg gehabt zu haben. Sie lag ganz ruhig da, mit einem weißen, porzellanähnlichen Gesicht, sehr zerbrechlich und sehr schön, eingebettet in ihre goldenen Haare.

»Steh auf!« sagte die Susskaja laut und grob.

Nadeshna bewegte den Kopf etwas zur Seite. Ihre großen blauen Augen flehten die Susskaja an.

»Laß diesen Engelsblick!« sagte Katja. Sie griff nach dem Lappen auf Nadeshnas Stirn und schleuderte ihn gegen die Wand. »Soll ich dich auch hochwerfen?«

»Katjenka ...«, stotterte Andreas betroffen. »Sie ist doch nicht ansprechbar.«

»Und wie gut man sie ansprechen kann! Du wirst es gleich begreifen. — Los! Steh auf!« Sie packte Nadeshna an den Schultern und riß sie hoch. Nadeshna saß jetzt, ihre Brüste wippten aus dem Blusenspalt, das Porzellangesicht war unbeweglich und wie durchsichtig. Ein blutleeres Antlitz, weiß bis in die Tiefe hinein.

»Du kannst gehen ...«, sagte die Susskaja kalt. »Und du weißt, was ich jetzt weiß! Es gibt keine Flucht mehr in das Gebet, mein spitzschnabeliges Täubchen, kein Verstecken hinter dem getretenen Seelchen, kein Verkriechen in die vom Himmel geschützte Höhle der Reinheit! Steh auf, sag ich!«

Das Kommando kam so zwingend und hart, daß Nadeshna zusammenzuckte und aufstand. Fassungslos starrte Andreas zu Katja hinauf. Er wollte etwas fragen, aber die Susskaja zeigte bereits zur ›schönen Ecke‹.

»Dorthin ...«

»Katja Alexandrowna ...«, stammelte Nadeshna. Ihre Stimme war so kindlich und kläglich, daß jeder andere sie sofort an sich gedrückt hätte.

»Dorthin!«

Wie eine aufgezogene Puppe marschierte Nadeshna zur ›schönen Ecke‹. Erst am Tisch blieb sie stehen und klammerte sich an der Plattenkante fest. Ihr gegenüber hing das Marienbild, die Muttergottes mit den schiefen Brüsten ... und auf einer Art Konsole stand die schöne geschnitzte Krippe mit der Heiligen Familie, den drei Königen, den Hirten, den Schafen, Eseln und Rindern. Und ein Spruch hing da, den Morotzkij mit schöner Zierschrift auf ein Stück blankgeschabten Fells geschrieben hatte, nachdem Nadeshna lange in ihrem Gedächtnis nach einem guten Wort zum Segen des neuen Hauses gesucht hatte: ›So aber spricht der Herr: Liebet einander, denn ich habe euch geschaffen, daß ihr die Liebe erkennt.‹

Als damals der Spruch an die Wand genagelt wurde, hatte Putkin laut gerülpst und gesagt: »Mein Kommentar. Verzeiht, Freunde, daß die Luft oben herausgekommen ist ... sie sollte einen kürzeren Weg nehmen ...«

»Wir sind ehrliche Menschen«, sagte die Susskaja. Ihre dunkle Stimme hatte wieder diesen Glockenton, vor dem man nicht wegrennen konnte. Er hüllte einen ein, er fesselte jeden dort, wo er stand. »Wir haben bis jetzt alles Leid miteinander ertragen, wir haben uns unser Leben von der Taiga zurückerobert, wir sind die Verdammtesten der Verdammten und aufeinander angewiesen wie die linke Hand auf die rechte Hand. Wir haben gemeinsam einen Kampf ums Leben vor uns, von dem keiner weiß, ob wir ihn gewinnen werden. Aber wir werden ihn mit Sicherheit verlieren, wenn der eine den anderen belügt. Es gibt nichts Ehrlicheres als die Taiga — sie zeigt uns, wie sie ist. Warum zeigen wir uns nicht, wie wir sind?«

»Katjenka ...«, stammelte Nadeshna Iwanowna. »Verlang es nicht von mir ... bitte, bitte ... Ich flehe dich an ... Soll ich auf die Knie fallen ...«

Die Susskaja griff nach vorn, riß den schönen Wandspruch ab und hielt das bemalte, geschabte Fell Nadeshna vor die Brust.

»Los!« sagte sie mit einer Kälte, die in Nadeshna eindrang wie ein Dolch. »Los, du Engel aus billigem Gips ...«

Mit zitternden Händen griff Nadeshna zu, mit geschlossenen Augen zerriß sie das dünne Fell. Sie ließ die Fetzen fallen, als würden sie in ihren Fingern brennen und drückte die Hände flach gegen ihre bloße Brust.

»Weiter ...«, sagte die Susskaja mitleidlos. »Ich reiche es dir an ...«

Zuerst die Schafe der Krippe ... das dünne Holz zersplitterte in Nadeshnas immer heftiger bebenden Händen. Die Esel ... die Kühe ... die knienden Hirten ... die Könige Kaspar ... Melchior ... Balthasar ... der heilige Josef ... alles zerbrach unter Nadeshnas Händen. Die Splitter und Holzstücke regneten an ihr herunter oder blieben zwischen ihren Brüsten und in der Bluse liegen.

»Nicht weiter ...«, stammelte sie, als die Susskaja ihr die Maria reichte. »Katjuschka, peitschen Sie mich aus ... nicht weiter ...«

»Hast du Mitleid mit Igor Fillipowitsch gehabt?« Sie drückte ihr die Marienfigur in die Hand. »Los, zerbrich es ...!«

»Katja!«

»Es gibt für uns in der Taiga nichts Tödlicheres als die Lüge! Los!«

Nadeshna lehnte sich an die Tischkante, drückte die Figur an ihre Brust und brach den Kopf der Maria ab. Als sie das leise Knacken hörte, schrie sie gellend auf und ließ die Geköpfte aus ihren Fingern fallen. Mit weiten Augen starrte sie auf die Hand der Susskaja. Auf der flachen Handfläche lag das kleine, nackte Jesuskind.

»Und noch einmal ...«, sagte Katja kalt.

»Nein!« Nadeshna warf den Kopf weit zurück. »Putkin soll mich töten! Jawohl, er soll mich töten! Aber das nicht, das nicht!«

»Putkin kann dich nicht mehr töten. Ein Toter verzeiht den Lebenden.«

Nadeshna fuhr herum. Ihr Mund riß auf in einem stummen Schrei. »Igor Fillipowitsch ist tot?« röchelte sie.

»Er hat seine Seele herausgeweint ... in diese Hand hat er sie hineingeweint, auf der jetzt deine göttliche Lüge liegt! Zerbrich sie!« Die Stimme der Susskaja klang wie Peitschenschläge, die Worte klatschten und knallten auf Nadeshna nieder. Andrej stand am Ofen und erkannte sie nicht wieder ... es war wieder eine jener Stunden, in denen er sich fragte, wie viele Gesichter und Welten in dieser einen Frau vereinigt waren.

Nadeshna nickte. Sie fiel auf die Knie, die Susskaja kippte die Hand, das Jesuskind fiel auf Nadeshnas Kopf, rollte über ihr Gesicht in ihre wie Schalen aufgeklappten Hände, und wie sich die Türen einer Gruft schließen, klappten die Hände zu. Ein ganz leises Knirschen nur war zu hören, ein Laut wie ein winziges Seufzen ... dann sank Nadeshna um, wälzte sich auf das Gesicht, drückte die geschlossenen Hände gegen ihren Mund und begann zu schreien.

Es war nur ein einziger, langgezogener Schrei, der plötzlich abbrach wie mit einem Messer abgetrennt. Der schmale Körper streckte sich. Nadeshna war ohnmächtig geworden.

»Warum hast du das getan, Katja?« fragte Andreas heiser. »Mein Gott, wie konntest du so grausam sein?«

»Geh hinaus und kümmere dich um deinen Freund Putkin!« sagte sie, nahm das Muttergottes-Bild mit den schiefen Brüsten von der Wand und warf es über Nadeshna. »Dann verstehst du es ...«

29

Das Festessen zur Einweihung von Putkins ›Kreml‹ fand natürlich statt. Bei aller verschmähten Liebe und allem Seelenkummer, man konnte doch die so herrlich duftenden Speisen nicht verkommen lassen, und sie wieder einfrieren war eine Qual für Gaumen und Magen.

Putkin war ein fröhlicher, dröhnender, saufgieriger Gastgeber.

Mit keinem Wort, mit keinem Blick, mit keiner Bewegung zeigte er seinen Kummer. Hörte er Nadeshnas helle Stimme, mußte er ein Zähneknirschen verbeißen, leuchtete der Schein der Fackeln oder des Herdfeuers über ihr wie Gold aufblitzendes Haar, mußte er wegsehen und in eine dunkle Ecke starren. Ganz schlimm wurde es, als Morotzkij, voll des Weines (die letzten Flaschen aus Makar Lukanowitschs heimlichem Besitz) und des ungewohnten Wodkas, Nadeshna um die Hüfte nahm und mit ihr zu tanzen begann, während die Susskaja und Andreas die Melodie summten. Er hüpfte wie ein Bock mit ihr herum, was er Walzer nannte, wackelte auf seinem verkürzten Bein, und es war verwunderlich, daß bei soviel Bewegung nicht seine Knochen klapperten oder dieses ganze lange Gerippe einfach aus den Fugen sprang und in der Pergamenthaut zusammenfiel zu einem Häufchen.

Ab und zu ging Putkin hinaus und stellte sich draußen in den erbarmungslosen Frost, ohne Mantel, ohne Mütze, nur so, wie er war, und starrte über den Fluß und in den schweigenden, schneebegrabenen Wald hinein. Andrej folgte ihm dann immer und boxte ihm in den Rücken, die einzige Art, mit Putkin unter Freunden zu reden.

»Du kommst darüber hinweg, Igor Fillipowitsch«, sagte er jedesmal.

Und jedesmal antwortete Putkin dumpf: »Ich glaube es nicht, Söhnchen.«

»Die Welt besteht nicht nur aus Nadeshna.«

»Die andere Welt habe ich bis zum Kotzen satt. Der General hat es gut. Er ist von Jekaterina Alexandrowna erlöst. Andrej, ich kann ihn jetzt verstehen. Wenn er Katja so geliebt hat wie ich Nadeshna ... und sie ist ihm weggelaufen, um mit einem herumstrolchenden Deutschen zu huren ...«

»Danke, Igor Fillipowitsch.«

»Versteh mich, Söhnchen. Ich habe nichts gegen dich. Im Gegenteil, ich habe dir einen Platz in meinem Herzen eingeräumt. Aber die Sache mit Katja, sie war gemein. Ich kann das jetzt begreifen.«

»Ich habe nichts dazu getan. Katja ist von selbst gekommen.«

»Ist das eine Entschuldigung? Ein Hund wedelt mit dem Schwanz und sagt hinterher: Kann ich dafür, daß mir die Hündinnen nachlaufen, nur weil ich mit dem Schwanz wedele? So primitiv ist das Leben nun doch nicht.«

Aber auch dieser Tag ging zu Ende.

Da Nadeshna die heilige Handlung des Feueranzündens nicht mehr übernehmen konnte, machte es Andrej, und Putkin stand breit und groß vor seinem langsam sich erwärmenden Riesenofen und hörte die Scheite knacken und die Steine stöhnen, wenn sie sich mit Hitze anluden. Die Geschenke wurden abgegeben, Nadeshna und Morotzkij brachten das Festessen hinüber, dann folgten die Sauferei und der Tanz und schließlich das unvermeidliche Ende, an dem Andrej und Katja den volltrunkenen Morotzkij unter den Armen packten und hinaustrugen. Er sang mit einer schauerlich blechernen Stimme, schrie ab und zu: »Wir haben Maruta vergessen! Maruta wollte auch gratulieren! Ich habe ihr einen Kopfputz geflochten! Holt meine Marutuschka!« und sang dann weiter das unanständige Lied von dem Kosaken, der jeden Weiberrock hochhob, um ›Partisanen im Gebüsch‹ zu suchen. Was beweist, wie besoffen Morotzkij war, denn singt solche schweinischen Lieder ein ehrbarer Professor der Verhaltensforschung?

An der Tür zögerte Andrej und sah Katja fragend an. Nadeshna allein zurücklassen bei Putkin? Sie verstand seinen stummen Blick und — nickte. Erst draußen, als sie Morotzkij durch den Schnee schleiften, sagte sie: »Es muß sein, Andrejenka. Nicht nur heute müssen sie weiter miteinander leben, sondern vielleicht immer. Hast du Hoffnung, aus der Taiga herauszukommen?«

»Ja.« Andrej blieb stehen und hielt mit der anderen Hand Morotzkijs Kopf fest, der immer wieder auf die Brust schlug, als sei sein Genick gebrochen. »Wir haben ein Flugzeug.«

»Mit Kufen.«

»Ich werde hölzerne Schwimmer konstruieren und an das Gestänge montieren. Das ist eine Arbeit, von der ich als Ingenieur etwas verstehe. Wir werden auf dem Fluß starten können und irgendwo auf einem Fluß oder einem See wieder landen. Schon morgen beginne ich mit der Arbeit. Putkin und ich werden die Maschine aufs Ufer ziehen.«

»Du hast mit ihm darüber gesprochen?«

»Wir teilen uns die Winterarbeit jetzt. Er baut seine geradezu verrückte Goldwaschmaschine, ich kümmere mich um das Flugzeug. Wenn die Schneeschmelze vorbei und der Fluß eisfrei ist, soll alles einsatzbereit stehen.«

»Und unser Kind, Andrej?«

Er lachte und hielt wieder Morotzkijs lallenden Kopf fest. »Wir werden ihm später erzählen, wie es im Alter von drei Monaten über das grüne Meer der Taiga geflogen ist ... in eine bessere Welt.«

»Ist sie wirklich besser, Andrejuscha?« Sie ruckten wieder an Morotzkij und schleiften den Betrunkenen weiter. »Was habt ihr im Westen zu bieten?«

»Freiheit, Katja, Freiheit.«
»Was ist Freiheit?«
»Daß der Mensch ein Mensch sein darf.«
»Absolut?«
»Absolut.«
»Kann der Mensch das überhaupt vertragen?«
Das war eine teuflische Frage ... wie soll man darauf eine Antwort finden?
Sie erreichten die Hütte, schleiften Morotzkij auf sein Fellager und setzten sich dann schwer atmend auf die Bank in der nun kahlen, schmucklosen ›schönen Ecke‹. Morotzkij begann sein pfeifendes Schnarchen, grinste schauerlich in einem anscheinend seligen Traum und gab ein paar bestialische Winde von sich.
»Ich habe Angst um Nadeshna ...«, sagte Andreas.
»Ich nicht. Wir sollten schlafen gehen.«
»Ohne auf Nadeshnas Rückkehr zu warten?«
»Ist sie ein unmündiges Kind?« Die Susskaja begann, sich zu entkleiden, streifte Rock und Bluse ab und lief nackt zum Ofen, neues Holz anzulegen. Ein herrlicher Mensch, an dem man sich nie sattsehen konnte.
»Aber Putkin ist ein Büffel!« sagte Andreas stockend. »Wenn er Nadeshna niedertrampelt ...«
»Er wird sie nicht anrühren.« Sie kletterte auf den Ofen und machte oben auf der Plattform das Lager zurecht. Dann kämmte sie ihr langes Haar nach hinten und band es im Nacken mit einer Kordel zusammen. Das Feuer auf dem offenen Herd flackerte bis zu ihr hinauf und tauchte ihren nackten Körper in zuckendes Rot. »Ich habe mir etwas überlegt«, sagte sie, »wie man den Mangel an Nähgarn überwinden kann. Ich werde von allen größeren Tieren, die wir fangen und schießen, die Sehnen herauspräparieren und zum Nähen verwenden. Außerdem verliere ich so die Übung im Operieren nicht.« Sie klopfte auf die ausgebreiteten Felle und lächelte Andreas zu.
»Komm zu mir, mein Liebling.«

Putkin lief in seinem großen Haus herum wie ein Raubtier in einem Käfig, von Ecke zu Ecke, von einem Schatten zum andern. Nur in die Mitte kam er nicht, denn dort stand Nadeshna wie eine in die Wildnis Ausgesetzte.

Sie hatten bisher noch kein Wort miteinander gesprochen, und daß man sie jetzt allein ließ, war eine Gemeinheit, die Putkin — das schwor er innerlich mit schauerlichen Eiden — Andrej und Katja heimzahlen wollte. Er hatte sich auch schon eine schöne Quittung überlegt: Man konnte den General Serikow aus dem Eis heraushacken, hinübertragen zu Andrejs Hütte, vor die Tür stellen, anklopfen, ein paarmal rufen: »Katja Alexandrowna, komm heraus, mein schwarzes Schwänchen, ein guter Freund sehnt sich nach dir ...!«, und wenn sie dann die Tür aufmachte, würde sie den General vor sich stehen sehen, in voller Uniform und stramm grüßend. Sie würde aufschreien und in eine lange Ohnmacht fallen.

Es waren so schöne Gedanken, daß Putkin sich endlich überwand, stehenblieb, allerdings in der Ecke, die den meisten Schatten hatte, und fragte:

»Warum stehst du so herum, he? Semjon Pawlowitsch braucht dich. Vielleicht gehört er zu den Besoffenen, die sich singend in die Hose pissen?«

»Ich habe dich belogen«, sagte Nadeshna leise. Ihre kindliche Stimme, so zart und rein wie ihr Engelsgesicht, bohrte sich in Putkins Seele. Er stöhnte verhalten auf. »Igor Fillipowitsch, ich ... ich habe dich nie geliebt ...«

»Das weiß der Idiot Igor Fillipowitsch mittlerweile!« knirschte Putkin. »Dazu braucht man nicht zurückzubleiben.«

»Ich bin in den Nächten zu dir gekommen, weil es mir Freude machte. Das war alles. Ich bin ein Luder, Igor Fillipowitsch.«

»Wahrhaftig, ja!« Putkin schlug die großen Fäuste

zusammen. Aber im Grunde war er jetzt völlig hilflos, total entnervt durch die Selbstbezichtigung Nadeshnas.

»Man sollte in dein böses Ding einen Fleischerhaken treiben und dich daran aufhängen.«

»Ich habe noch nie einen Mann gekannt wie dich, Igor. Ich will auch nie wieder einen solchen kennenlernen. Ich werde auch nicht mit Semjon Pawlowitsch zusammenleben ... wir werden uns alle zerstreuen und nie mehr wiedersehen, wenn wir aus der Taiga heraus sind. Und das ist gut so, Igor Fillipowitsch. Es ist die Hölle, ohne Lüge und ohne Maske zu leben. Welcher Mensch hält das auf die Dauer aus? Ich weiß das jetzt ... und das wollte ich dir sagen.«

»Zugegeben, Nadeshenka.« Putkin kroch noch tiefer in die Schatten seiner Ecke. »Aber wer hindert uns daran, zusammenzuleben und uns gegenseitig zu belügen? Ich könnte es wirklich ertragen, wenn du nur um mich bist.«

»So liebst du mich?« fragte sie kaum hörbar.

»Ja ...«

»Das ist schrecklich.« Sie ging langsam zur Tür, und Putkin knirschte mit den Zähnen, spreizte die Hände und hielt sich mit einer irrsinnigen Gewalt zurück, nicht vorzuspringen und Nadeshna zurückzureißen von dem Ausgang. Wenn sie das Haus verlassen hat, habe ich sie verloren, schrie es in ihm. Warum hat sie mir das alles gesagt, warum ist sie zurückgeblieben, wo soll da ein Sinn liegen ... wenn nicht der, daß auch sie mich liebt? Wie kann man die Mauer durchbrechen, die zwischen uns liegt? Was ist das überhaupt für eine Mauer? Warum ist denn keiner da, der uns hilft? Warum sind wir jetzt so allein. Hilf mir doch einer ... mein Gott, hilf mir doch ... mein Gott ...

Putkin drückte die flachen Hände gegen die Brust und spürte, wie sein Herz hämmerte. Nach Gott hatte er gerufen. Er, der Kommunist, der Marienbespucker, der aufrechte Atheist, der Altarzertrümmerer. Nach Gott gerufen. Hilf mir, hilf mir ...

»Nadeshna ...«, stöhnte er laut. »Das ist doch alles nicht wahr! Ich kann ein Mensch sein wie jeder andere, ich verspreche es dir. Was soll ich dir denn noch sagen?«

»Nichts mehr, Igorenka, nichts mehr.« Sie stieß die schwere Tür auf, der Nachtfrost wallte herein, die heiße Feuchtigkeit im Raum wurde zu einem Nebel, der Nadeshnas Gestalt wegtrug wie ein Geisterbild. »Wir zwei zusammen ... wir wären das unglücklichste Paar unter dem Himmel.«

Dann war sie weg, und Putkin tappte zur Tür, zog sie zu, ging zu seinem riesigen Ofen, legte sich auf die breite Ofenbank und starrte gegen die runde Balkendecke.

Es gab noch eine Hoffnung, die große, ständige Verbündete der Russen: die Zeit. Bis zum Frühling waren es noch drei Monate, vielleicht sogar noch vier hier oben in der wüsten Einsamkeit. Vier Monate können vieles verändern, auch die geheimnisvolle Seele einer Frau.

Putkin beschloß, ab sofort ein anderer Mensch zu werden.

Schon der nächste Morgen brachte die erste Überraschung:

Der überwucherte Felsklotz Putkin, der über und über behaarte Riesenbär, dieses Ungeheuer aus Muskeln und Haaren, hatte sich rasiert. Andreas und die Susskaja starrten ihn fast entsetzt an, als sie ihn am Morgen draußen am Flußufer trafen, um aus einem der in die Eisdecke gehackten Löcher klares Wasser zu schöpfen. Nadeshna und Morotzkij schliefen noch.

»Warum glotzt ihr so?« brüllte Putkin sofort. »Nur weil ein Mensch mit Kultur sich sauberhält, fallt ihr auf den Rücken? Seht euch mal an! Eine Schande ist das, eine Verhöhnung der Zivilisation! Lauft herum wie das Läusepack! Man muß sich schämen, mit euch zu sprechen!«

Putkins Kampf mit seinem Bart hatte bereits in der Nacht begonnen. Er hatte Serikows Gepäck, das er bis auf die Lebensmittel in Verwahrung hielt, durchwühlt und gefunden, was er suchte. Ein General ist ein kultivierter, anständiger Mann, auch wenn er mit einem entführten Flugzeug in die Taiga fliegt. Als solcher hat er ein komplettes Rasierbesteck bei sich: Pinsel, Seife und einen Klingenapparat, sogar einen Spiegel, den man mittels eines verchromten Drahtbügels aufstellen kann. Es stellte sich heraus, daß Serikow auf dem neuesten Kulturstand gewesen war — er besaß einen Rasierapparat modernster Prägung. Und der Spiegel — o Genossen — hatte zwei Seiten, eine normale und eine, die vergrößert.

Als Putkin hineinschaute — und er hatte ahnungslos die Vergrößerungsseite aufgestellt — prallte er entsetzt zurück, denn was ihm entgegenschaute, war eine riesige, rote, großporige, mit Haarbüscheln überwucherte Nase.

»Das ist nicht möglich!« sagte Putkin erschüttert und tastete nach seiner Nase. Er fand sie normal, durchaus nicht unmäßig vergrößert, aber da Spiegel nicht irren, mußte sein Tastsinn in Unordnung geraten sein. Er biß die Zähne zusammen, schob das Gesicht wieder in den Spiegelbereich und starrte hinein.

Augen, so groß wie Suppenteller. Ein Haarwald, dick wie ein Dschungel. Die Nase wie eine urweltliche Keule.

»Zum Teufel, bist du ein Scheusal, Igor Fillipowitsch!« sagte Putkin zu seinem Spiegelbild. »Man muß Nadeshna um Verzeihung bitten. O je, ist das ein Anblick!«

Auch als er erkannte, daß die andere Seite des Klappspiegels sein normales Gesicht zeigte, blieb die Erschütterung über sich selbst in ihm. Zwar war jetzt alles kleiner, aber deshalb nicht weniger häßlich. Er verstand, wie der Anblick sein mußte, wenn dieses Gesicht so nahe an dem zarten Köpfchen eines Engelchens wie Nadeshna lag, wie es der Fall war, wenn man aufeinanderlag und sich abküßte. Er begriff die geradezu ungeheuerliche Beherrschung, die man aufbringen mußte, diese geballte Häßlichkeit zu streicheln, mit den Lippen zu berühren, zu kosen und lustvoll in sie hineinzustöhnen. Daß es Nadeshna vierzehnmal gekonnt hatte, erschien ihm jetzt wie ein Wunder. Gegen das, was er nun so klar in Serikows Spiegel sah, war das Gerippe Morotzkij fast von der lichten Schönheit eines Märchenprinzen.

Hat schon jemand versucht, einen Haarwald wie den von Putkin, in Monaten wild gewachsen, abzutragen? Haare wie Eisenstoppeln, dick und riesig wie alles an diesem Klotz von Menschen? Was ist da ein modernes Rasierapparätchen mit einem dünnen, wenn auch scharfen Messerchen? Ein lächerliches Ding, sage ich euch, ein Spielzeug.

Putkin begann mit der Schur, wie man ein gut gemästetes Wollschaf schert. Mit einer langen Schere aus dem Werkzeugkasten des Flugzeuges schnitt er erst die gröbsten Haare ab. Dann begann er die Feinarbeit, noch immer mit der Schere, schnippelte an sich herum, so nahe an der Haut entlang, wie es vertretbar war, ohne sich zu verletzen, und seifte sich erst darauf gründlich ein, ließ den Schaum einwirken, schäumte noch einmal nach und setzte den Rasierapparat an.

Er machte es gründlich, rasierte sich dreimal, wusch sich dann den Kopf in einem Fellsack mit heißem Wasser und ließ sich am heißen Ofen trocknen.

»So!« sagte er, strich um den aufgestellten Spiegel herum wie eine Katze um eine Schüssel süßer Milch und setzte sich so langsam, als habe er auch seinen Hintern rasiert und sich ausgerechnet dort tief geschnitten. »Jetzt wollen wir einmal sehen, wie häßlich du wirklich bist, Igor Fillipowitsch. Die Menschen sind eine Bande, sage ich dir! Niemand hat dir jemals zugezwinkert und dich beiseite genommen, und dir zugeflüstert: ›Brüderchen, du solltest etwas für dein Äußeres tun. Die Weiberchen fallen ja um, wenn sie dich anblicken.‹ Nein, da war keiner da, der so freundlich gewesen wäre. Wie kann man das selbst merken, wenn es einem niemand hinterbringt? Da läuft man durch die schöne Welt und ist selbst ein Ausbund von Häßlichkeit. Igor Fillipowitsch, du hast an Nadeshna eine ganze Weltanschauung gutzumachen.«

Er holte den Spiegel heran, atmete tief auf und blickte wieder hinein. Es war ihm, als verlese man ein Urteil: Verdammt für alle Zeiten wegen unheilbarer Häßlichkeit.

Aus dem Spiegel sah ihm ein fremder Mensch entgegen. Ein zwar kräftiges, aber glattes, etwas gerötetes Gesicht — das kam von der Wärme der trocknenden Flammen — helle, blaugraue, forschende Augen, ein so verdammt verjüngtes Gesicht, daß er sich zunickte und ehrfürchtig sagte: »Guten Abend, gospodin! Wie kommen Sie vornehmer Mensch in die Taiga?« Und dann lachte er, lachte mit seinem dröhnenden Baß, riß den Spiegel an sich, küßte ihn, drückte ihn an seine Brust und begann mit ihm herumzutanzen. Stampfend, die säulenartigen Beine von sich werfend, so wie sie immer in den Ölcamps getanzt hatten, am Sonntag, wenn ein Lastwagen aus der nächsten Siedlung ein paar willige Weibchen geholt hatte und nun jeder dieser Stiere den anderen übertreffen wollte an Demonstrationen seiner Kraft.

Nun also trafen sich Putkin, Katja und Andreas unten am Fluß, es war früher Morgen, und Putkin stand da mit gestutzten Haupthaaren, einem glatten Gesicht und nach Serikows Rasierwasser duftend. Sogar seinen Pelzmantel hatte er ausgebürstet und die Fellstiefel gereinigt.

»Ihr werdet euch daran gewöhnen müssen!« brüllte Putkin, als Katja und Andreas noch immer schwiegen, aber in ihren Mundwinkeln das mühsam zurückgehaltene Lachen zuckte. »Ich warne euch! Beim Satan, lacht nicht! Ich werde jeden erschlagen müssen, der jetzt lacht, und wenn's meine eigene Mutter wäre!« Dann ging er zu dem Wasserloch, tauchte seinen Wassersack hinein und zog ihn gefüllt heraus. Aber er stampfte nicht zurück zu seinem Haus, sondern blieb auf dem Eis stehen und schielte zu Katja und Andreas hinüber.

»Macht die Mäuler endlich auf!« schrie er. »Wie sehe ich aus?«

»Ich wollte Sie gerade fragen, mein Herr, wer Sie sind ...«, sagte die Susskaja. »Aber so voll von unflätigen Reden kann nur ein Igor Fillipowitsch Putkin sein.«

»Haben Sie gewußt, Katja Alexandrowna, daß ich ein ganz passables Gesicht habe? Seien Sie ehrlich.«

»Ich habe Sie bisher nur als stoppelbärtiges Untier und zuletzt als herumrennenden Urwald gesehen. Sie sind wirklich kein übler Mann, Putkin.«

»Danke, Katja.« Putkin blickte zu Andrejs Hütte hinüber. »Ob ich ihr jetzt auch gefalle?«

»Darüber müssen wir reden«, sagte die Susskaja. Es war wieder der mütterliche Ton in ihrer Stimme, der Putkin erschreckte und nachdenklich stimmte. Wenn Katja Alexandrowna so sprach, war die Welt nicht mehr in Ordnung, das kannte er jetzt.

»Was fehlt noch?« brummte er. »Katja, seien Sie mutig und schonungslos mit mir. Mich hat ja noch nie eine Frau, die etwas davon versteht, beraten.«

»Es ist nicht allein eine Sache des glattrasierten Gesichtes, ob ein Mann einer Frau gefällt, Igor Fillipowitsch. Und wenn Sie jetzt sagen: Dazu habe ich aber auch noch meine Millionen, ich stehe darauf, im Frühjahr fließt das Gold durch meine Finger wie beim Bäcker das Mehl ... auch darauf kommt es nicht an.«

»Worauf denn? Was fehlt noch an mir? Kenne sich einer aus mit den Weibern! Katja, ich bin sogar bereit, einem Popen die Hand zu küssen! Was will man mehr?«

»Es steckt in der Seele, Putkin.« Katja ging auf ihn zu,

faßte ihn unter, und in diesem Augenblick war ihr so elend zumute, daß das Heulen in ihrer Kehle kitzelte. Auch Andreas blickte weg, über den Fluß, wo über den hohen Bäumen die Sonne in einem milchigen Himmel schwamm. »Liebe ist ein Rätsel, Igor Fillipowitsch. Ewig unbegreifbar. Man kam die Seele einer Frau nicht zwingen oder bestechen oder kaufen — man kann damit nur ihren Körper bekommen. Genügt das Ihnen?«

»Nadeshnas Seele gehört dem klapprigen Morotzkij?« fragte Putkin rauh. »Auch jetzt noch, wo ich so ... so menschlich aussehe? Andrej, steh nicht herum wie ein Hosenpisser, sag etwas! Verstehst du das? Warum laufen dir die Weiber nach wie Bienen einer Zuckerstange?«

»Man kann es nicht erklären, du hörst es ja.« Andreas wandte sich ab und ging schnell zu seinem Haus zurück.

»Er kneift«, murmelte Putkin und hielt Katjas Arm an sich gepreßt. »Immer kneifen alle vor mir. Höre ich nie auf, ein Scheusal zu sein?«

Was die Susskaja eine Stunde lang zu Putkin sagte, hat man nie erfahren. Aber als Nadeshna ihm gegenüberstand, war er ruhig, wartete nicht auf eine Reaktion von ihr oder stellte schicksalsschwere Fragen.

»Sie sehen gut aus, Igor Fillipowitsch«, sagte Nadeshna und lächelte ihn an. Sein Herz wurde zu einem Ballon und zerplatzte dann in seiner Brust. »Das glatte Gesicht steht Ihnen vorzüglich. Sie sollten es so lassen ...«

Und Morotzkij sagte wenig später: »Putkin, erstaunlich, erstaunlich. Bereiten Sie sich schon darauf vor, ein Kapitalist zu werden?«

»Ein ekelhafter Gnom!« knirschte Putkin später, als er es Andrej erzählte. »Seit gestern spreche ich mit Gott. Glotz nicht so dämlich, ja, ich habe es entdeckt. Ihm kann man alles sagen, ohne daß man in so degenerierte Menschengesichter blicken muß wie deins. Und was habe ich vorhin zu ihm gesagt? ›Gott, tu mir einen großen Gefallen: Laß Semjon Pawlowitsch, wenn er mit seiner Maruta herumreitet, aus dem Sattel fallen und das Genick brechen.‹«

»Eine fromme Rede ...«, sagte Andreas und grinste.

»Nadeshna hat gesagt, ich sehe gut aus.« Putkin blickte über den Fluß. »Das ist ein guter Anfang. Laß erst einmal Frühling werden.«

30

Und der Frühling kam.

Auch in Sibirien kann sich die Zeit nicht ausruhen, sie hat nur andere Größenordnungen. Da klammert sich der Winter in die Erde und in die Wälder und will das Land nicht loslassen, wenn woanders schon die Bäume blühen, die Menschen Blumen pflücken oder langgestreckt in der warmen Sonne liegen. Aber plötzlich ist es dann vorbei mit dem Frost, warme Winde streichen über die Taiga, der Schnee wird wieder feucht, unter der Eisdecke beginnt der Fluß zu rumoren und donnern die Wasser wie tausend Fäuste gegen eine Eisentür.

Morotzkij, der alles besser wußte, sagte es schon eine Woche voraus. Er kam von einem seiner ausgedehnten Ritte auf Maruta zurück und rief schon von weitem: »Es gibt Frühling! In ein paar Tagen beginnt die Schmelze! Ich habe drei Bären gesehen. Und ein ganzer Schwarm Gänse strich zwei Werst flußabwärts über eine Bucht.«

Man merkte es wirklich. Die Sonne war so warm, daß man draußen auf der Bank sitzen konnte, ohne sich völlig in die Pelze einmummen zu müssen. Vor allem Katja nahm jede Gelegenheit wahr, in der Sonne zu sitzen. Sie liebte es, sich dann weit zurückzulehnen, den Kopf gegen die Hüttenwand zu stützen und in dem herrlichen Licht zu baden. Ihr Leib wölbte sich hoch, und sie spürte die Bewegungen des Kindes, legte Andrejs Hände auf die harte Wölbung und sagte glücklich: »Wie es strampelt, Andrejuscha. Wie gesund es ist! Es will meinen Leib durchbrechen ... die Ungeduld hat es von dir ...«

Am Fluß war ein wahres Monument aus Holz entstanden. Schütten, Rüttler, zwei Schaber, Wasserrinnen, Auffangbecken, alles aus Holz ... Putkins Goldwaschanlage, ein Meisterwerk, ja fast ein Wunder, wenn man bedenkt, mit welch primitiven Mitteln er sie gebaut hatte.

Auf dem Land stand das Flugzeug, durch Baumstämme in der Schwebe gehalten, wie aufgehängt ... hier waren lange und breite Schwimmer aus gehobelten Brettern an das Gestänge befestigt worden, klobige Dinger, aber die Hauptsache war, daß sie das Flugzeug einmal über das Wasser gleiten ließen. Andreas war stolz auf diese Arbeit. Wenn der Wald vom Schnee befreit war und die Bäume wieder lebten, wollten Putkin und er die Stämme ›melken‹. Das war eine Redensart von Putkin. Er meinte damit, daß man sich Harz beschaffen wollte, um die Schwimmer abzudichten.

Am weitesten war Morotzkij mit seiner Arbeit: Die Elchkuh Maruta gehorchte wie ein gutmütiges Reitpferd. Selbst als Nadeshna hinter Morotzkij aufsaß, trabte sie ohne Widerstreben herum und leckte beiden hinterher die Hand. Morotzkij überschlug sich vor Freude.

»In drei Wochen sind wir soweit«, sagte er eines Tages zu Nadeshna, als sie bei einem Ausritt mit Maruta eine Rast einlegten. »Dann nehmen wir Abschied von dieser Hölle ...«

Nadeshna nickte, blickte in den schon frühlingsblauen Himmel und schwieg.

Als der erste warme Wind kam, als die Temperatur über Nacht emporschnellte, der Schnee von den Zweigen geweht wurde und alles, das ganze Land mit Bäumen, Felsen und Erde zu fliegen begann, sprengte auch der Fluß zum erstenmal seine Eisdecke und sprudelte das Wasser befreit aus den tiefen Rissen. Wie Kanonenschüsse krachte es zwischen den Ufern, die Schollen schoben sich übereinander, mit ungeheurer Gewalt preßte das Wasser seinen Panzer auf, hob die Eistrümmer hoch, schichtete sie wie glitzernde Stahlplatten und zerbrach sie dann mit Donnergetöse.

Es war ein Schauspiel, das Andreas mit angehaltenem Atem beobachten konnte. Seine Ahnung damals bei der Suche nach einem sicheren Platz hatte sich bewahrheitet. Wo Putkin bauen wollte, zwischen den Felsen, war bereits alles überflutet. Dort staute sich das Wasser und hieb wie mit Faustschlägen das losgerissene Eis durch die enge Schlucht.

»Noch eine Woche ...«, sagte Morotzkij wieder. Er stand mit Nadeshna im Pferch und putzte Maruta das Fell. »Du kannst schon überlegen, was wir mitnehmen. Wir werden den Fluß entlangreiten, das ist der sicherste Weg.«

Und Nadeshna nickte wieder, blickte über die donnernden und sich übereinanderschiebenden Eisschollen und schwieg.

Der warme Wind blieb ihr Freund.

Der Schnee taute schneller, als selbst Putkin es mit allem Optimismus erwartet hatte. Das Eis auf dem Fluß, in den letzten Tagen von der Gewalt des sich befreienden Wassers Scholle um Scholle aufgeschichtet wie ein weißes Gebirge aus Terrassen, trieb stromabwärts, zuerst träge, dann sich drehend wie verrückte Kreisel, die Ufer rammend und Wunden in die Erde schlagend. Putkin stand oben auf der flachen Böschung, schüttelte die Fäuste und brüllte, als drehe man ihn am Spieß.

»Der Mistfluß!« schrie er und rannte herum mit fuchtelnden Armen. »Er reißt mir mein Gold weg! Er macht uns arm, Andrej! Sieh dir das an! Ganze Fetzen frißt er aus dem Land! Und da ist Gold drin ... unser Gold!« Er raufte sich die Haare und bedauerte jetzt, daß er sie sich gestutzt hatte und nur noch an kurzen Strähnen ziehen konnte.

Die jahrhundertealten Bäume, wahre Riesen von Kiefern und Fichten, erwachten aus ihrer Erstarrung. Der Wind begann, ihre vom Frost befreiten Zweige zu bewegen, es rauschte wieder in der Taiga, der Wald begann zu singen, tief und kraftvoll wie ein Chor von tausend Popen in der Ostermette. Haselhühner und Wildgänse flatterten über den Fluß, in den Fallen hingen jetzt Marder und schöne dicke Füchse, graugrüne Märzenten wasserten zwischen den polternden Eisschollen, und ein Schwarm Mandarinenten, mit in der Sonne blitzendem und schimmerndem Gefieder, umkreiste die beiden Blockhütten am Ufer. Andrej und Putkin brauchten nur in die Luft zu schießen ... sie trafen immer, so reich war der Segen des Frühlings. Sogar mit Serikows schwerer Militärpistole, der Tokarew, holte Putkin mühelos einen Goldfasan herunter, der mit einem flammend roten Schopf neugierig an der Böschung vorbeirauschte.

»Für Nadeshna ...«, sagte er zu Andrej, als sie den Goldfasan aus dem Gestrüpp holten, in das er hineingefallen war. »Ich werde aus seinen schönsten Federn für Nadeshna einen Hut machen. Glotz mich nicht so an, Andrej. Haben sie dir auch gesagt, daß sie wegreiten? Ein Wahnsinn ist das! Semjon Pawlowitsch kennt sich mit der Psyche der Tiere aus, aber Taigaerfahrung hat er keine. Und Nadeshna, was weiß sie, welche Gefahren auch dieser schneefreie Wald birgt? Eine Lehrerin ist sie, eine Theoretikerin ... und will mit einer Elchkuh die weite Einsamkeit durchbrechen! Kannst du sie nicht zurückhalten? Andrej? Auf dich hört sie ...«

»Ich habe es versucht, Igor Fillipowitsch.« Andreas hämmerte weiter an seinem linken Schwimmer herum. Das Flugzeug war wieder flugtüchtig, der Motor hatte den Winter überlebt ... Putkin hatte ihn ganz kurz angeworfen und durchdrehen lassen. Ein wundervoller Klang, ein sattes Donnern, das in ihrer aller Ohren wie Fanfaren klang: Freiheit! Freiheit! Freiheit! »Sie antwortet überhaupt nicht. Sie ist wie hypnotisiert, seitdem sie weiß, daß es nur noch Tage sind, bis sie wegreiten.«

Er blickte zu Putkin hinauf. Der Riese, das jetzt immer glattrasierte Gesicht mit Dreck beschmiert, weil er gerade von seiner Goldabräummaschine herübergekommen war, nagte an der dicken Unterlippe. Er litt innerlich ungeheuer unter der bevorstehenden Trennung von Nadeshna. Andreas erwartete jeden Tag eine Katastrophe, die nur so aussehen konnte, daß Putkin in einem Anfall von Leidenschaft Morotzkij kurzerhand umbrachte.

Die Erde weichte auf, wurde schlammig und schwappte unter den Sohlen. Jetzt sah man auch, daß gegenüber einige kahle Flecken im Wald tatsächlich Moor waren, wie Putkin es geahnt hatte. Das bedeutete, daß dort bald ein reges Tierleben erwachen würde, daß Biber und Bisamratten auftauchen würden, ein vor der Nase lebendes Kapital, denn in den Fellsammelstellen und Faktoreien, die von den jakutischen Jägern besucht wurden, zahlten die staatlichen Aufkäufer 2 Rubel für ein ungegerbtes Bisamfell. In den Zirbelkiefern turnten schon die Eichhörnchen, und an einem frühen Morgen, als Andreas sich im Fluß an einer strömungsschwachen Stelle wusch, sah er ein Rudel von sieben Wölfen ohne Scheu und anscheinend auch satt vorüberziehen. Und gegen Mittag landeten im Fluß eine Menge Krickenten.

»Der Tisch ist gedeckt!« sagte Putkin. Er war aus seinem ›Kreml‹ gekommen, eine Axt und eine Schaufel auf dem Rücken. Katja Alexandrowna stand vor der Hütte an einem neu gezimmerten, langen und schmalen Tisch und sezierte mit Skalpell und Klemmen zwei Füchse und einen Luchs, den Andreas gestern geschossen hatte, als er sich zu der ängstlich schnaubenden Maruta schleichen wollte. Morotzkij schlief da noch und war außer sich, als Andreas das berichtete.

»Ich nehme sie wieder in die Kammer!« rief er und hinkte erregt hin und her. »Ich habe sie nicht sechs Monate lang abgerichtet, damit sie jetzt gefressen wird! Ihr könnt machen, was ihr wollt ... ich nehme sie ins Haus«

»Ist sie verrückt?« fragte Putkin jetzt und zeigte hinüber zu der Susskaja. »Obduziert sie jetzt Tiere? Ich habe es doch geahnt — sie kann ohne Messer in der Hand nicht leben.«

»Sie präpariert die Sehnen heraus und will mit ihnen nähen«, sagte Andreas. »Ein guter Gedanke, wenn man kein Garn hat. Wir sollten uns ansehen, Igor Fillipowitsch: Spätestens im Sommer fallen uns die Kleider vom Leib. Es sind ja nur noch Fetzen.«

»Komm mit ...«, sagte Putkin und wandte sich zum Gehen.

Andreas blieb stehen. »Wohin?«

»Über den Fluß. Serikow taut auf. Wir müssen ihm ein anständiges Grab machen. Hast du schon mal einen Menschen gesehen, der unbeerdigt verwest? Nein? Sei froh drum, mein Söhnchen! Es dreht einem den Magen herum, aber auch das Kotzen hilft nicht mehr. Wir haben durch Zufall mal einen gefunden, oben in Nowo Susskeist. Muß ein Jäger gewesen sein, den der Schneesturm überrascht hat, bevor er in seine Schutzhöhle flüchten konnte. Als wir ihn im Sommer bei der Wanderung zu einem Bohrgebiet fanden, saßen die Schmeißfliegen auf ihm wie eine schwarze klebrige Wolke. Irgendein Biest hatte ihm das rechte Bein abgefressen, der Leib war aufgebissen und die Gedärme herausgezerrt. Seitdem bin ich dafür, Tote zu beerdigen.«

Andreas blickte über den gurgelnden Fluß. Die Eisschollen tanzten, sie waren noch dick und fest, aber in der Mitte hatte die Strömung sich schon freie Bahn gerissen.

»Du willst jetzt über den Fluß?« fragte er unsicher.

»Warum nicht? Morgen sieht er schon wieder anders aus. Bist du ein lahmer Esel? Wir werden von Eisscholle zu Eisscholle springen. Los! Wenn du in die Hose machst, kannst du sie im Fluß gleich auswaschen.«

Er sprang voraus mit einer Eleganz, die Andreas sprachlos machte. Leichtfüßig, für einen so klobigen Bären wie Putkin geradezu schwebend, turnte er von Scholle zu Scholle, ohne auszugleiten, obwohl sie durch das Tauwetter naß und damit doppelt glatt waren, benutzte Schaufel und Axt als Balancestangen und stand dann an der Strömungsrinne, wo der befreite Fluß brausend dahinschoß und quirlige Wirbel von Wasser über die Schollen drückte.

Andreas war ihm gefolgt. Er war nicht so standsicher, glitt ein paarmal aus, rutschte über einige Eisschollen bis an den Rand des Wassers und fing sich in den letzten Zentimetern immer wieder. Zum Glück bemerkte Katja, ganz in ihre Sezierarbeit vertieft, diese wahnwitzige Wanderung erst, als Nadeshna aus der Hütte kam, die Hände vor den Mund schlug und vor Entsetzen nur noch seufzen konnte.

Die Susskaja ließ Skalpell und Klemmen fallen, warf die Arme hoch empor und schrie auf. »Zurück! Andrej, bist du wahnsinnig? Zurück!« Ihr hoher, schwerer Leib, in dem das Kind sich schon zu senken begann, bebte und zitterte, als sei sie von Krämpfen durchschüttelt. Vom Pferch humpelte Morotzkij herbei, warf seine Mütze in die Luft und rief: »Sie haben wirklich den Verstand verloren! Was wollen sie denn jetzt auf der anderen Seite?« Und um das Chaos vollzumachen, sank Nadeshna gegen die Wand, einer Ohnmacht nahe, und stammelte, nur für Katja hörbar: »Gott, mein Gott, laß Putkin leben! Ich liebe ihn doch, ich liebe ihn ...«

»Hör nicht hin, Andrejenka!« knurrte Putkin, als Andreas endlich neben ihm auf der schwankenden Eisscholle stand. »Man kann ihnen ja nicht erklären, wie notwendig diese Tour ist. Ha, da kommt etwas, was uns fehlt. Andrej, verpaß sie nicht. Sie ist unser Trittbrett ...«

Eine breite Eisscholle trieb langsam durch die Strömung ... sie war genau das Zwischenstück, mit dem man die Rinne überqueren konnte. Nur eines durfte man jetzt nicht: ausrutschen und in den Fluß stürzen.

»Zuerst du«, sagte Putkin. »Wenn du dich nämlich anstellst, kann ich dich rausholen. Du mußt sofort weiterspringen ... hopp-hopp-hopp ... wie bei einem Dreisprung in der Leichtathletik. Hast du schon einmal Dreisprung gemacht?«

»Nein.« Andreas schätzte die Entfernungen. Es mußte gelingen.

»Natürlich nicht. Woher auch die Zeit nehmen? Sport wurde nur im Bett betrieben — ich weiß, so einer bist du. Brustkraulen und Auf-und-Nieder. Verdammt, stoß dich jetzt ab!«

Andreas sprang. Er schnellte auf die treibende Scholle, machte einen Schritt vorwärts, stieß sich wieder von dem glatten Eis ab, warf die Arme und seinen Oberkörper nach vorn und kugelte am anderen Ufer der Stromrinne über eine höckrige Eisscholle. Von der Hütte begleitete ihn ein neuer Aufschrei der Susskaja.

Putkin sprang hinterher. Unter ihm wackelte die treibende Scholle, Wasser überflutete sie, als sie etwas kippte, aber dieser massige Mensch war nicht zu erschüttern. Er schaffte es glatter als Andreas, stand auf dem festeren Eis und bückte sich, um Andreas hochzuziehen.

»Idioten!« schallte es vom anderen Ufer. »Idioten!« Katja Alexandrowna stand am Fluß und schüttelte die Fäuste.

»Alles in Ordnung?« fragte Putkin und hielt Andreas fest.

»Alles, Igor Fillipowitsch.«

»Jetzt ist es nur noch ein Spaziergang ...«

Sie tauchten in dem vom Schnee befreiten Wald unter

und überquerten das noch halbgefrorene, aber schon schwammige Moor, erreichten die Lichtung und sahen General Serikow noch immer an dem dicken Stamm stehen. Seine grüßende Hand war etwas heruntergesunken und schwebte halbhoch an der Schulter, als wolle er gerade den Gruß absetzen.

»Er weicht schon auf«, sagte Putkin ungerührt, während Andreas mit Schaudern auf den Toten starrte. Serikow hatte die Augen halb geöffnet, sein starrer glasiger Blick schien Andreas festzunageln. Vom Frost konserviert, sah Serikow auch jetzt nach Monaten noch stolz und geradezu vornehm aus. Ein schöner Mann ... Andreas hatte es in den dramatischen Stunden seines Todes gar nicht bemerkt.

Putkin untersuchte den Toten und nickte zufrieden. »Er steht noch gut!« sagte er. »Ich habe ihm einen schönen Eisklumpen an die Stiefel gepappt.«

Er warf Andreas die Schaufel zu und zeigte auf den Rand des Moores. »Mach ein Grab, Andrej. Du wirst nicht tief kommen, aber wir müssen ihn so weglegen, daß er bedeckt wird. Später wird ihn dann der Sumpf langsam einsaugen. Kann er ein sichereres Grab haben, he?«

Er begann, Serikow aus dem Eisklumpen loszuhakken, schwang die Axt und ließ das Eis klirren und spritzen. Dann, als Serikow von seinem kalten Sockel befreit war, legte er ihn sich über die Schulter wie einen kurzen Baumstamm und marschierte hinüber zu Andreas. Dabei pfiff er ein Liedchen, das sich so anhörte, als stamme es aus einem Militärgesangbuch.

Das Grab war tatsächlich flach. Der Frost klammerte sich noch in die Erde, das Tauwetter hatte nur eine dünne Oberschicht erfaßt. Putkin lehnte Serikow gegen eine schlanke Birke, die bereits — welch ein Wunder der Natur! — überhaucht war von einem zarten, kaum wahrnehmbaren Grün. Dieser Wille zum Leben, dieses Erwachen der erstarrten Taiga, war unheimlich und ergreifend zugleich. Aber es war auch beruhigend: Seht, das Leben geht weiter. Man muß nur lernen, alles zu ertragen. Ein wahrhaft russischer Spruch.

Putkin half mit der Axt, bis das Grab so tief war, daß man Serikow hineinlegen konnte. Sie betteten ihn auf den Rücken, und es wäre auch ganz gut gegangen, mit zehn Zentimeter Erde über ihm, wenn nicht die grüßende Hand im Wege gestanden hätte.

»Das kann man nicht«, sagte Putkin nachdenklich. »Wir können die Hand nicht herausgucken lassen.«

Er holte ein paar trockene Äste aus dem Unterholz, entfachte ein Feuerchen und schob es so nahe an den lang ausgestreckten Serikow heran, daß ihn die Hitze voll traf. Schon nach einer Viertelstunde sank der Arm herunter, die Hand fiel auf die Brust. Putkin zertrat das Feuer und spuckte in seine breiten Pranken.

»Ruhen Sie wohl, Waska Janisowitsch Serikow, General der Roten Armee!« sagte er mit militärischer Strenge. Dann stand er stramm, legte die Schaufel wie ein präsentiertes Gewehr an die Brust und blickte in das bleiche, schöne Antlitz des Toten. »Ich verstehe Katja Alexandrowna nicht«, sagte er dabei ernst. »Sie paßt viel besser zu Serikow als zu dir, Andrej. Nichts gegen dich, aber er da und sie sind eine Welt. Verstehst du das? Und trotzdem läuft sie ihm davon! Man wird die Weiber nie verstehen ...«

Um eine Ausrede für ihren Ausflug in den gegenüberliegenden Wald zu haben, stöberten sie eine Hasenfamilie auf und schossen drei davon. Der Rückweg über den Fluß war ebenso abenteuerlich wie der Hinweg, aber er hatte seine unbekannten Schrecken verloren. Man wußte jetzt, wie man springen mußte. Nachdem sie die Strömungsrinne überwunden hatten, schwenkten sie die drei Hasen und kamen lachend ans Ufer zurück.

»Das war doch Ihre Idee, Igor Fillipowitsch!« schrie die Susskaja und schlug mit der Faust nach ihm wie ein

Fischweib, dem man die frischen Fische bespuckt hat. »Nur wegen der Hasen Andrejs Leben aufs Spiel zu setzen ... ich glaube, ich höre nie auf, Sie zu hassen!«

Putkin lachte, warf die Hasen wieder über seinen Rücken und ging pfeifend zu seinem Haus. Auf die Idee, wieso Putkin wußte, daß drüben am anderen Ufer Hasen waren, kam auch die Susskaja nicht. Sie hakte sich bei Andrej unter und war glücklich, ihn wiederzuhaben.

31

Nun war der Tag gekommen. Der Tag, den Putkin nie erleben wollte, den er schon im voraus verflucht hatte, der eigentlich nicht sein durfte, denn er hatte jeden Abend, allein in seinem Haus, auf der breiten Ofenbank gesessen, eine von Nadeshna auf ein Stück glatter Rinde mit Holzkohle gemalte Ikone vor sich gegen ein Hockerbein gelehnt, und hatte tatsächlich zu Gott gebetet. Leise, als könne man ihn trotzdem noch draußen hören, hatte er gesagt: »Hör einmal zu, Gott! Das ist ein reelles Geschäft: Du läßt mir Nadeshna, und ich werde dich mit aller Inbrunst ansingen, wie es der heuchlerische Kyrill Jegorowitsch Kirsta nicht besser kann.«

Aber Gott war anscheinend nicht zu Geschäften in der Taiga aufgelegt. Er bevorzugte Morotzkij, der am Abend eines schönen warmen Tages sagte: »Morgen früh reiten wir los, Freunde, laßt uns jetzt nicht mehr darüber sprechen. Der Abschied zerreißt mich schon, wenn ich nur daran denke ...«

Bevor sie alle sich zum Schlafen niederlegten, fütterte Morotzkij seine Elchkuh Maruta noch einmal, bis sie schier platzte, dann tranken sie die letzte Flasche von Makar Lukanowitschs Wein und eine halbe Flasche von Serikows Wodka und nahmen still, ohne viel Worte und mit keiner Silbe den kommenden Morgen erwähnend, Abschied voneinander. Putkin war nicht dabei ... er hatte sich in seinen ›Kreml‹ verkrochen, lief wie ein gefangener Tiger hin und her, riß dann die Ofenklappe auf, warf die Rindenikone in den Kamin und lachte irr, als sie in hellen Flammen aufging und im Nu verglühte.

Morotzkij trank und trank und besoff sich wieder so, daß Andrej und Nadeshna ihn zum Lager schleifen mußten und bis auf Hemd und Unterhose entkleideten. Die Susskaja saß auf der Bank in der ›schönen Ecke‹, die nun kahl war; ohne Ikone oder Kreuz, ohne Strohblumen und Kerzenlicht. Eben eine Zimmerecke wie jede andere. »Er schläft jetzt, unser tapferer Semjon Pawlowitsch«, sagte Katja plötzlich. »Der Abschied nimmt ihn gewaltig mit. Er ist ein guter Mensch. Vergessen wir, daß er ein heimlicher Mörder ist. Was damals geschehen ist ... er muß sehr verzweifelt gewesen sein und hat seine Frau geliebt. Morotzkij hat ein gutes Herz. Darüber wollte ich mit dir sprechen, Nadeshna ...«

»Ich weiß, daß er ein edler Mensch ist«, sagte Nadeshna bedrückt.

»Und du?«

»Bin ich ein schlechter Mensch, weil ich in einem Land, das die Kirche verbieten will, Bibeln verteile?«

»Wer redet davon!« Die Susskaja winkte ab. »Was soll aus Semjon Pawlowitsch und dir werden? Willst du ihn heiraten?«

»Ja.«

»Aus Liebe? Aus wirklicher großer, reiner Liebe?«

Nadeshna schwieg. Sie blickte starr auf ihre schmalen Hände, die von der ungewohnten monatelangen Arbeit rissig und bis in die Poren schmutzig geworden waren. Man würde sie auskochen müssen, um diesen Dreck aus der Haut herauszubekommen. Vor allem das Baumharz hatte sich wie hineingefressen.

»Ich werde ihm mein Leben verdanken«, antwortete sie.

»Dankbarkeit ist nicht genug für ein ganzes Leben zu zweit. Das weißt du, Nadeshna.«

»Was willst du denn von mir, Katja Alexandrowna?« Die Abramowa fuhr auf, ihre schönen blauen Augen flackerten. »Soll ich hierbleiben? Hier, in dieser Hölle? Ich will leben, versteht ihr das nicht? Ich will leben, nicht vegetieren! Ich bin noch so jung ... ich habe einfach Angst, in dieser Einsamkeit verrückt zu werden. Nur ihr, nur eure Gesichter, eure Reden, eure Stimmen, euer Streiten und Brüllen, euer Liebesstöhnen und eure Haßgesänge. Nur Tiere und Wald und einen Fluß und einen unendlichen Himmel über mir ...«

»Das ist das wahre Rußland, Nadeshna.«

»Das redet ihr euch ein! Ihr spielt auch selbst das unglaubwürdigste Theater vor und klatscht den Beifall. Ihr belügt euch doch alle. Ihr wollt hier weg wie ich und Semjon ... nur habt ihr keine Maruta, die euch wegträgt. Warum heuchelt ihr bloß so gemein ...?«

Sie sprang auf und lief aus dem Haus. Andrej, der hinter ihr her wollte, wurde von der Susskaja an der Jacke festgehalten. »Laß sie ...«, sagte sie und lächelte. »Ich habe sie nur provoziert, damit sie einen Grund hatte, wegzulaufen. Du bist auch nur wie andere Männer: Das Herz einer Frau ist für euch ein Labyrinth, in dem ihr euch heillos verirrt ...«

Putkin lag nackt auf seinem breiten Ofen und schlief. Nachdem er die Ikone verbrannt und Gott einen Verräter geschimpft hatte, war ihm leichter geworden. Er fiel schneller in einen tiefen Schlaf, traumlos und ruhig, die einzige Gnade, die man ihm zuteil werden ließ.

Irgendwann in dieser Nacht wachte er auf, weil ihn etwas beengte. Er grunzte, tastete nach seiner Brust, auf der etwas Schweres lag wie ein gefällter Baum, aber was ihm da den Atem abdrückte, war kein Stamm, sondern er griff in glattes, festes Fleisch, in seidige Wärme, in herankriechendes atmendes Leben, eingehüllt in den Pfirsichduft sehnsüchtiger Haut.

Nadeshna, wollte er sagen. O Himmel, Nadeshna ... aber eine Hand legte sich auf seinen Mund, und ihre kleine, zarte, kindliche Stimme flüsterte ihm zu: »Sei still, du Bär, sei bloß still ... Kein Wort ... kein Wort ...« Spitze Zähne knabberten an seinem linken Ohr, ein Mund tastete ihn ab, ein Atem, köstlicher als der wärmste Frühlingswind, der die Knospen auftreibt, wehte über ihn ... er blieb langgestreckt und unbeweglich liegen und seufzte nur auf, als sie, auf ihm hockend, von ihm Besitz ergriff und ihr helles, piepsendes Stöhnen die Dunkelheit ausfüllte wie mit hingestreuten, winzigen, goldenen Sternen ...

Am nächsten Morgen, nach einem kräftigen Frühstück aus Hasenbraten und einer Dose Bohnen aus Serikows Beständen, sattelte Morotzkij zum letztenmal im Pferch seine dressierte Elchkuh Maruta.

Nadeshna hatte das Gepäck vor das Haus getragen ... nicht viel, nur ein paar Lebensmittel, meistens gebratenes, haltbares Fleisch und fünf Büchsen mit Gemüse und eingekochter Leberwurst. »Nimm sie mit ...«, hatte die Susskaja gesagt. »Wir werden hier nie verhungern. Die Braten fliegen uns ja in den Mund, und im Fluß wimmeln die Fische, als gäbe es in Sibirien nur dieses eine Wasser ...«

Und Andreas sagte: »Wir werden deine herrlichen Blinis vermissen, Nadeshna. Und wie du eine Schneehuhnbrust in Kräutersoße machst ... das ist unvergeßlich.« Dann schwieg er. Aus Putkins dunklem Haus schallten gewaltige Hammerschläge ... er schlug auf irgend etwas drauf, mit all seiner ungeheuren Kraft, um seine Verzweiflung zu betäuben.

Morotzkij kam um das Haus herum. Der Pferch stand offen, Maruta war gesattelt, und Semjon Pawlowitsch hockte auf ihr, als habe man ein Gerippe festgebunden.

Sein langes trauriges Gesicht mit der einfachen, runden, dämlichen Brille war noch länger als gewohnt, er hatte den Pelz um die knochigen Schultern gelegt, die Fellkappe weit in den Nacken geschoben und schnalzte anfeuernd mit der Zunge, aber es klang, als spucke er seine ganze Traurigkeit aus. Vor dem Haus hielt er, bewegte sich nicht aus dem Sattel und sah schweigend zu, wie Andrej das Gepäck hinten an die dafür angenähten Lederschlaufen band und dann Nadeshna in den Sattel hob. Als sie hinter Morotzkij saß und sich an ihm festklammerte, sank ihr Kopf nach vorn gegen seinen Rükken, sie vergrub das Gesicht in den Pelz und begann zu weinen.

»Reitet los!« sagte die Susskaja rauh. »Los, Semjon Pawlowitsch, gib Maruta einen Tritt in die Weichen. Haltet euch nicht auf mit dem Abschied. Viel Glück!«

»Ich werde euch nie vergessen!« sagte Morotzkij tonlos. Er schluckte bei jedem Wort, denn seine Stimme schwamm in Tränen. »Sehen wir uns im Leben einmal wieder? Wo werde ich euch finden, wenn ihr aus dieser Hölle herausgekommen seid?«

»In Deutschland.« Andrej legte den Arm um Katjas Schulter. Ihr runder, praller Busen sprengte fast die Bluse. Den Rock hatte sie erweitert mit dazwischengesetzten Fellstücken, sonst hätte sie bei dieser Fülle nackt gehen müssen.

»Wir werden in Essen wohnen. Dort habe ich meine Anstellung als Ingenieur.«

Morotzkij sah ihn lange an. Hinter seinen Brillengläsern tropfte es jetzt hervor. Es ließ sich nicht mehr zurückhalten.

»Glaubst du wirklich? Deutschland?«

Zum erstenmal in diesen langen gemeinsamen Monaten sagte er du. Man brauchte jetzt nicht mehr den inneren Halt, den Distanz merkwürdigerweise bei den Menschen schafft. Für ihn war die Taiga überstanden. Der Weg, der vor ihm lag, hatte seinen Schrecken verloren. Marutas Instinkt würde sie hinaustragen aus der Einsamkeit.

»Bestimmt Deutschland, Semjon Pawlowitsch. Du hast meine Adresse?«

»Ich habe sie mir auf den Oberarm geschrieben. Und ich habe sie auswendig gelernt.« Morotzkij versuchte ein Lächeln, es mißklang kläglich. »Telefon 13677818. Ja?«

»Ja. Vorwählnummer 0201. — Gott segne euch ...«

»Reite los!« schrie die Susskaja wie toll. »Verdammt, du schielendes Gerippe, reite los!«

Morotzkij trat mit den Absätzen Maruta in die Seiten. Die Elchkuh wackelte mit den langen Ohren, blies die Luft durch ihre Nüstern und setzte sich in Bewegung. Sie watschelte davon, und Nadeshna kroch in sich zusammen, blickte nicht zurück und biß Morotzkij vor unerträglichem Kummer in den Rücken, als sie an Putkins Haus vorbeiritten und die Hammerschläge sie begleiteten, bis sie den Waldrand erreicht hatten.

Es war gut, daß Semjon Pawlowitsch so klug war, hier nicht noch einmal anzuhalten, zu winken und einen letzten Blick zurückzuwerfen ... Nadeshna wäre abgesprungen, trotz aller Sehnsucht nach Leben, und wäre weggelaufen. So aber verschwanden sie zwischen den dunklen Fichten, die Zweige schlugen hinter ihnen zusammen und trennten sie endgültig von den Zurückbleibenden.

Nach einer Stunde kam Putkin aus seinem Haus gestolpert. Er sah fürchterlich aus, starrte mit blutunterlaufenen Augen um sich und ließ befürchten, daß er sich in die donnernde Strömung des jetzt fast eisfreien Flusses stürzen würde. Andreas hatte auf ihn gewartet und hielt etwas in der Hand, als er zu ihm kam.

»Geh weg!« bellte Putkin ihn an. »Kein Wort, Söhnchen, oder ich erschlage dich!«

»Sie haben etwas zurückgelassen, was du pflegen sollst ... hat Morotzkij gesagt. Sieh es dir wenigstens an.« Er hielt die Hand hin. Auf einem Finger saß die Krähe, die Morotzkij gleich zu Beginn ihres Einsiedlerdaseins mit gebrochenem Bein gefunden, geheilt und gezähmt hatte. Jetzt klapperte sie mit dem Schnabel und sah Putkin mit ihren kleinen, schwarzen, glänzenden Augen nachdenklich an.

»Nadeshna hat sie jeden Abend gestreichelt ...«, sagte Andreas leise. »Sie ist zahm wie ein Singvögelchen. Und sie heißt Soja ...«

»Gib her.« Putkin streckte seine riesige Hand hin. Soja hüpfte auf seinen dicken Zeigefinger und klammerte sich an ihm fest. »Was hat Nadeshna gesagt?«

»Nichts.«

Putkin starrte die Krähe an, spitzte die Lippen, und der Vogel streckte den Hals vor und piepste leise. »Soja!« Putkins Stimme schwankte gefährlich. »Du schwarzes Aas ... hat sie dich auch geküßt? Komm ins Haus, Vögelchen ... komm in mein Haus ...«

Er drehte sich um, gab Andrej mit dem Ellbogen einen Stoß, daß er auf den Boden fiel, knurrte: »Geh aus dem Weg, du Rindvieh!« und stampfte zu seinem ›Kreml‹.

Man hat nie wieder etwas von Semjon Pawlowitsch Morotzkij und Nadeshna Iwanowna Abramowa gehört.

Wie sagen die Jakuten: Die Taiga ist eine Geliebte, die man nicht verläßt ...

32

Wer seinen Kummer betäuben will, kann zweierlei tun: Er kann sich besaufen oder Vergessen in der Arbeit suchen.

Zum Betrinken reichte der Vorrat nicht, und die Birken waren noch nicht wieder so im Saft, daß man sie anzapfen konnte. Aus Birkensaft macht man in Sibirien nämlich einen Wein, eine Spezialität der Jakuten, Ewenken und Burjäten, ein süffiges Zeug, das in die Beine fährt und das Gehirn lähmt. Zunächst schmeckt es völlig harmlos, man spürt nicht das geringste, aber dann fällt es einen, als wäre man ein morscher Baum im Sturm. Auch Kartoffeln waren nicht zur Hand, aus denen man einen Schnaps brennen konnte, der einen normalen Menschen paralysiert. Putkin, der Serikows kleinen Kartoffelsack wie ein Heiligtum gehütet hatte, war vier Tage lang damit beschäftigt, ein Kartoffelfeld anzulegen, um diesem Mangel im nächsten Jahr abzuhelfen.

Die Arbeit ... sie war es, die Andreas und Putkin miteinander verband, als seien sie ein Körper. Igor Fillipowitsch schuftete wie ein Wesen vom anderen Stern. Was er täglich leistete, überstieg alle Maßen, aber es war die einzige Möglichkeit, nicht ins Denken zu geraten und Nadeshna nachzujammern.

Der Fluß war breit mit einer herrlichen kräftigen Strömung. Der Wald stand satt unter der Sonne, die Birkenknospen brachen auf, auf dem Moor blühten Moose und Beeren, Putkin entdeckte Sträucher von wilden Himbeeren, Kronsbeeren, Multebeeren, Schellbeeren und kleinen Erdbeeren. Er verfolgte Bienenschwärme und fand ihre Stöcke in hohlen, verfaulenden Baumstämmen. An seichten Stellen wuchs Kalmus, dessen Wurzeln man kandieren konnte, wenn man Zucker hatte, und den hatte man, wenn man den Honig aus den Waben schleuderte.

»Ein Paradies!« sagte Putkin immer wieder. »Andrej, das ist mein Rußland. Ein hartes Land, aber es pflegt die, die es lieben, wie die zärtlichste Mutter. Was wollen wir mehr, he? Fleisch aus dem Wald, Fische aus dem Fluß, Beeren, Wurzeln, Kartoffeln und Gemüse aus der Erde, Gold aus dem Sand und Geröll ... und um uns herum die absolute Freiheit und den herrlichsten Himmel der Welt über uns! Willst du wirklich noch nach Deutschland?«

»Es wird an Katja liegen«, sagte Andreas und beobachtete die Susskaja. Ihr Leib war unförmig geworden, selbst der erweiterte Rock zwängte sie ein. So ging sie jetzt immer mit offenem Bund oder oft auch ohne Rock, stolz die Frucht in ihrem Leib der Sonne hinhaltend. »Ich habe Angst vor der Geburt, Igor.«

»Und sie?«

»Sie spricht nicht darüber. Aber sie putzt ihre chirurgischen Bestecke wie nie zuvor. Hast du schon eine Geburt gesehen, Igor?«

»Mehrere. Bei Kühen und Schweinen.«

»Katja ist weder eine Kuh noch ein Schwein.«

»Es ist erstaunlich, wie ein so dämlicher Mensch ein Ingenieur sein kann. Ist es im Grunde nicht das gleiche, he? Nehmen sie nicht den gleichen Weg, ob Kalb oder Mensch? Haben beide nicht eine Nabelschnur? Was soll bei Katja komplizierter sein als bei einer Kuh ...«

Die Arbeit ... sie ließ auch diese Sorge im Augenblick vergessen. Andreas hatte die Flugzeugschwimmer fertig, Putkin setzte seine Goldwaschmaschine in Gang, indem er über ein hölzernes Rutschensystem Wasser von einem kleinen Wasserfall ableitete, der sich nach der Schneeschmelze bei den Felsen gebildet hatte. Es strömte gurgelnd heran und wusch das Geröll, das Putkin in verschiedene hölzerne Becken schaufelte, schwemmte es in primitive Siebe aus Holzböden, in die Putkin mit unendlicher Geduld Loch neben Loch gehauen hatte.

Als diese Maschine zum erstenmal klapperte und zitterte, und das Wasser heranrauschte, umarmte Putkin stumm Andreas und drückte ihn an seine Brust. »Was wäre die Welt ohne menschlichen Geist«, sagte er gerührt. »Zugegeben, der feine Goldsand geht verloren, aber wir haben auch genug an den Körnern, die hängenbleiben.«

Drei Wochen nach Morotzkijs Wegritt ließen sie das Flugzeug an einer seichten Flußstelle zu Wasser.

Es schwamm. Die Schwimmer trugen es, und wenn es auch etwas schief im Wasser lag, man konnte wagen, mit ihm zu starten. Fröhlich schaukelte die Maschine in der schwachen Strömung, mit vier Lederseilen festgehalten. Von der Hütte klatschte Katja Beifall. Sie hatte wieder keinen Rock an, und aus dieser Entfernung sah man von ihr nur die im Wind wehenden schwarzen Haare und die Kugel ihres Leibes.

»Theoretisch sind wir gerettet«, sagte Putkin, nachdem sie im Wasser um das Flugzeug herumgetanzt waren. Sie lachten wie die Verblödeten, stießen sich mit den Fäusten in die Rippen und faßten sich an den Händen wie Kinder, die Ringelreihen spielen. »Motor an, Propeller rrrrr und hinauf in den Himmel!« schrie Putkin euphorisch. »Und dann ... und dann ...« Er glotzte Andreas an und brach mit seinem Geheul abrupt ab. »Ja, Söhnchen, wohin? Ich kann doch nicht mit nach Deutschland.«

»Warum nicht, Igor Fillipowitsch?«

»Wie kann man so blöde Fragen stellen? Mit dem Treibstoff kommen wir nicht einmal bis zur Grenze. Ha, nicht mal bis Irkutsk! Wo sind wir denn hier? Wo hat uns der verkindischte Makar in den Wald gesetzt? Deutschland! Warum sagst du nicht: zum Mond?«

»Wir werden uns in der nächsten Siedlung melden und ganz legal ausreisen.«

»Mit dem Gold, was? Das lassen sie dir, glaubst du? Und Katja Alexandrowna lassen sie auch so einfach mitgehen? Gut, gut, werden sie sagen. Zwei liebende Täubchen — fliegt nur dahin, wo ihr hinwollt. Winke, winke ... Weißt du, was Katja ist? Eine sowjetische Beamtin! Eine Militärärztin, abgestellt für den Zivildienst. Im Range eines Kapitäns! Und sie werden fragen: Wo ist General Serikow? Wie kommen Sie, Andrej Herr aus Essen in Deutschland, an den Kapitän und Chefchirurgen Katja Susskaja? Sie gehört dem sowjetischen Staat, nicht Ihnen! Wollen Sie die Sowjetunion schädigen? Sabotieren? Und wupp, haben sie dich im Gefängnis, verurteilen dich und schicken dich in ein Lager, wo du verfaulst. Wer kräht nach dir? Keiner! Nicht dein Botschafter in Moskau, kein Rotes Kreuz, keine Menschenrechtskommission. Absolut keiner! Du bist ja nur ein einzelner, kleiner, unbedeutender Mensch. Ingenieure gibt es genug wie Steine im Berg. Sich wegen Andrej Herr aufregen und die politischen Beziehungen belasten? Warum muß der blöde Hund auch eine sowjetische Militärärztin lieben? Gibt es nicht Weiber genug? Aber nein, nein, es muß die Susskaja sein, und ein Kind macht er ihr auch noch! Sabotage! SABOTAGE! Laßt ihn verschwinden, Genossen, diesen ekelhaften Kerl!« Putkin holte pfeifend Luft. »Das ist dein Traum von Deutschland, Andrej! Rußland hat dich geschluckt ...«

Drei Tage später — es regnete in Strömen, der Fluß schwoll an, Putkin und Andreas hatten das Flugzeug gerettet und wieder an Land gezogen, und die ganze Taiga begann dumpf zu singen unter diesem Regen — legte sich Katja Alexandrowna hin, preßte die Hände auf den hohen Leib, Schweiß trat auf ihre Stirn und überschwemmte im Nu ihr verzerrtes Gesicht, und die Augen wurden tellergroß.

»Es kommt, Andrejuscha ...«, sagte sie abgehackt. »Da sind die Wehen ... Koch Wasser, viel Wasser ... Nimm die Tücher, die dort eingewickelt liegen, sie sind sauber ... Mach sie heiß ... Hol das chirurgische Besteck ... Andrej ...«

Sie stöhnte, krümmte sich, preßte knirschend die Zähne aufeinander und spreizte weit die Beine.

Andreas setzte den Topf aufs Feuer, wischte Katja den Schweiß aus dem Gesicht und hetzte dann aus dem Haus. Er rannte durch den Wolkenbruch hinüber zu Putkin, der auf seiner Ofenbank hockte und mit der Krähe ›Soja‹ spielte. Sie hackte ihm in die Fingernägel, und er grunzte dazu wie ein Schwein.

»Das Kind kommt!« schrie Andreas. Durchgeweicht,

als habe er tagelang im Wasser gelegen, stand er auf der Schwelle. In Bächen lief der Regen von ihm ab. »Sie krümmt sich vor Schmerzen! Der ganze Körper … der ganze Körper … Igor, hilf mir …«

Sie stürzten beide wieder in die Hütte, triefend und vom Rennen schwer atmend, als Katja eine neue Wehe bekam, sich aufbäumte, die gespreizten Beine anzog und den Kopf hin und her drehte. Putkin ließ sich neben sie auf die Knie nieder und legte seine klobige Hand auf ihren nackten Leib.

»Es wird kommen, Vögelchen …«, sagte er. Seine tiefe Stimme hatte die Wirkung, daß Katjas Kopf zu ihm herumschnellte. »Man muß das einfach durchstehen. Es ist noch keines drin geblieben … Beiß die Zähne zusammen! Eine Ärztin wie du und dann so ein Theater! Kriegen andere Frauen ihre Kinder im Schlaf, na? Bist du anders als andere Frauen? Was sie können, kannst du schließlich auch …«

»Warum muß ich in dieser Stunde dich sehen, gerade dich, du Scheusal?« sagte die Susskaja und krallte die Finger in Putkins Arme. Sie knirschte dabei wieder mit den Zähnen, und ihr hoher Leib zuckte wild.

»So ist es …«, lachte Putkin. »Schimpf nur! Spuck mich an! Das befreit und macht dich leichter. Jetzt ist auch die stolze Susskaja ein Weib wie alle anderen.«

»Sie ist es nicht!« Eine neue Wehe, neue Schmerzen. Andreas kam mit den heißen Tüchern und dem heißen Wasser. Dann rannte er wieder weg, brachte das Stecktuch mit dem chirurgischen Besteck und rollte es auf. Ihm war völlig unklar, was man bei einer Geburt mit einem Skalpell, Aderklemmen und den anderen blitzenden Instrumenten machen sollte.

»Du bist es nicht? Aha!« Putkin drückte auf Katjas Bauch. Sie stöhnte auf, aber verstand, daß er nur helfen wollte. »Bekommen Ärztinnen ihre Kinder anders?«

»Mein Becken ist zu eng.« Sie hob den Kopf und sah zu Andreas hinüber, der einen starken Tee aus Kyrills

Wunderteeplatten kochte. Der wertvollste Besitz, den sie hatten, mit keinem Gold aufzuwiegen. »Verstehst du nun endlich, du Hornochse?«

»Ich verstehe.« Putkin drückte wieder auf den Leib. »Das hast du von Anfang an gewußt, nicht wahr? Und hast es nicht gesagt ...«

»Andrej hätte die Nerven verloren ...«

»Und was wird er jetzt? Ha! Soll ich ihn betäuben? Katjenka, wir zwei schaffen es allein ... er irrt nur herum wie ein blindes Huhn. Der typische Vater! Sein Weib hat die Qual, aber er fällt vom Stuhl. Zum Teufel, schrei doch ...«

Die erste Preßwehe, gewaltig, den Körper durchschüttelnd, Schweiß austreibend, an der Grenze des Erträglichen. Die Susskaja stöhnte laut und schlug mit dem Hinterkopf auf das Fell, auf dem sie lag.

Andreas kniete an ihrer anderen Seite und starrte Putkin an, der ihren Leib massierte. »Du bringst sie um«, stammelte er. »Du bringst sie ja mit deinen Händen um!«

Er flößte Katja den Tee ein, zwang sie dann, ein großes Stück der gepreßten Teeplatte zu kauen, und küßte ihre flatternden Augen, als neue Wehen ihren Körper fast vom Boden hoben.

»Die Tücher her!« knurrte Putkin. Er schob sie unter Katjas Gesäß, lächelte sie an und nickte ihr zu. »Ich hab' es ihm erklärt ...«, sagte er. »Aber er glaubt es nicht. Es ist wie bei einer Kuh ... man muß nur warten können ...«

»Du Scheusal!« keuchte die Susskaja, aber ihre Augen wurden ruhiger. »Du mistiger Bock ... du Hurenbastard ...«

»Nur weiter, weiter so, mein Engelchen ... Das gibt Luft. Soll ich dir mit schönen Ausdrücken aushelfen? Ich kann garantiert mehr als du ...«

So ging es weiter ... eine Stunde, zwei Stunden, drei Stunden. Draußen rauschte der Regen, trommelte auf das Dach, quoll die Erde auf und saugte sich voll, bis das Wasser aus dem Himmel mit dem Eis im nie ganz auftauenden Boden aufeinanderprallte. Da ging es nicht mehr weiter, und die Taiga wurde ein einziger Sumpf.

Katja Alexandrowna war ruhiger geworden. Der Wundertee Kyrills wirkte, die Schmerzen wurden überdeckt von dem betäubenden Extrakt, aber die Wehen stießen noch immer durch den Körper und preßten dem Kind den Ausgang frei zum Licht der Welt.

Putkin und Andreas knieten zwischen Katjas angezogenen und gespreizten Beinen und massierten ihren Leib. Hände und Arme klebten vom Fruchtwasser, und als plötzlich ein Blutstrom aus Katja hervorbrach, wurde Andreas bleich wie ein Tuch und schwankte.

»Halt die Beine fest, du schlaffer Sack!« schrie Putkin. »Es kommt! Es kommt! Da ist der Kopf. Siehst du ihn? Sie hat kein zu enges Becken! Sie kriegt es wie jede andere Frau. Katja! Hörst du mich? Es ist da! Ha, bist du eine miserable Ärztin! Ein zu enges Becken! Es reicht vollkommen aus. Drück, mein Engelchen, drück ...«

Der Kopf trat hervor, ein blutiges, schleimiges Gebilde. Andreas faßte es vorsichtig und zärtlich mit seinen Händen, um die er warme Tücher gewickelt hatte, und zog langsam, bis die winzigen Schultern hervorkamen, dann der Leib, die Beinchen und dann, mit einem letzten Ruck, der ganze kleine Mensch. Er hielt ihn auf seinen Händen, starrte ihn an und das Wissen: Das ist mein Kind ... war so überwältigend, daß er zu zucken begann und lautlos weinte.

»Ein Mädchen ...«, sagte Putkin laut und lachte Katja zu. »Andrej, flenn nicht! Es ist ein Mädchen. Und schwarze Haare hat es wie Katjenka. Keine deutschen blonden! Gelobt sei Gott: Es ist eine echte Russin!«

Er nabelte das Kind ab und tat das so geschickt mit Klemmen und Skalpell, als hätte er nie etwas anderes getan. Dann nahm er das Neugeborene Andreas aus den Händen, trug es zum Tisch, wusch es mit warmem

Wasser, packte es an den Füßen, ließ es nach unten hängen und klatschte ihm auf den runden Hintern.

»Er bringt es um!« brüllte Andreas und sprang auf.

»Bleib da!« brüllte Putkin zurück. »Kümmere dich um die Nachgeburt, du Idiot! Sie wird dir ähnlich sehen.«

Plötzlich war völlige Stille im Raum. Putkin schwieg, Andreas sank wieder in die Knie, und Katja hob etwas den Kopf, noch am ganzen Körper zitternd, aber doch in einer seligen Befreiung schwimmend.

Ein Schrei! Ein heller, kräftiger Schrei. Ein gesunder Schrei aus einer sich weitenden, kleinen Lunge.

Ein neuer Mensch war auf der Welt. Erst jetzt war er vollkommen.

»Wie schön sie schreit ...«, sagte Katja schwach. Ihre schweißnassen Hände tasteten nach Andrej. Sie lag zwischen Blut, Tüchern, Nabelschnur und Fruchtwasser und lächelte das unendliche Glück aller Mütter. »Hör sie dir an, unsere Amalja ... hör sie nur ... Andrejuscha, ich liebe dich ...«

Auf dem Tisch wickelte Putkin das Kind in ein warmes Tuch. Noch nie hatte jemand den Riesen so zärtlich gesehen.

33

Der Sommer kam.

Das hört sich so harmlos an, das klingt nach Sonne, Wärme, Blütenduft, reifenden Früchten, Sonnenblumenfeldern und Rosenbeeten, wogendem Korn und süßem Nichtstun.

Sommer. Wer weiß, was ein Sommer in der Taiga ist? Sagt man sonst auch Winter, dann verbinden sich schöne Gedanken mit ihm, Schneeflöckchen, Schlittschuhlaufen, Skiwanderungen, kalte klare Sternennächte, Glöckchengebimmel an fröhlichen Schlitten ... aber was ein Winter in der Taiga ist, das wissen wir jetzt. Mit dem

Sommer ist's nicht anders. Erstarrt im Winter die Taiga im Frost, dann wird sie im Sommer gebraten wie ein Ei in der Pfanne. Das Land wird pulvertrocken, die Äste fallen von den Bäumen, beraubt allen lebenden Saftes, und was der Frost nicht geschafft hat, erreicht die Sonne: Der Wald kämpft wieder um sein Überleben, und dieses Mal mit weniger Chancen.

Man hat viel darüber philosophiert, wo das Geheimnis der russischen Seele liegt ... sie bleibt kein Geheimnis, wenn man die Taiga kennt. In dieser grandiosen, sich ständig gegen den Himmel wehrenden und doch immer wieder den Himmel anbetenden Natur muß auch der Mensch seine Kräfte aus dem Zwiespalt schöpfen.

Sommer in der Taiga.

Da schwirren aus den sumpfigen Niederungen Myriaden Mücken über das Land, entzünden sich Waldgebiete von der Größe europäischer Staaten, und keiner weiß, woher es kommt. Alles lebt nur von dem Wasserreichtum der Flüsse, diesem Segen Gottes, der durch Sibirien die größten Ströme der Erde fließen läßt.

Putkins Goldgewinnung war fast ein Märchen. Er schaufelte tonnenweise Sand und Geröll in seine Wasserrutschen, und unten hockte Andreas und klaubte aus den Sieben und dem trüben Waschwasser die kleinen Goldkörner heraus ... jeden Tag fast eine Handvoll. Ein schier unbegreiflicher Reichtum.

Katja ging wieder auf die Jagd, wenn sie Amalja gestillt hatte. Sie hatte viel Milch, ihre Brüste waren herrlich straff und prall voll Leben. »Ein Urweib!« sagte Putkin anerkennend. »Wahrhaftig, ein Urweib! Und so etwas bleibt bei dir hängen! Es ist wirklich eine Schande für das ganze sowjetische Volk!«

Grob geschätzt hatten sie Ende August — nach Morotzkijs Strichkalender, den nun Andreas weiterführte — Gold im Wert von fast hunderttausend Rubel in den Fellsäcken. Was flußabwärts noch in Sand und Geröll verborgen lag, war gar nicht abzuschätzen.

»Wer ist im Westen der reichste Mann?« fragte Putkin, nachdem Andreas nach den bisher abgetragenen Tonnen Erde eine Art Hochrechnung versuchte, um sich an den Zahlen zu berauschen.

»Getty. Oder Onassis. Oder die arabischen Ölscheichs. Oder Gulbenkian. Es gibt viele, Igor.«

»Alles Zwerge! Alles Stiefelpisser!« Putkin machte eine weite Armbewegung über Fluß und Wald. »Die reichsten Männer heißen Putkin und Herr! Los, rechne weiter, ich will mit den Millionen jonglieren ...«

Am Abend nannte Andreas eine Zahl, die Putkin fast umwarf. Er stierte Andreas an und nahm ihm den Zettel aus der Hand. »Phänomenal!« sagte er leise. »So viel kann man in einem einzigen Leben nicht versaufen und verhuren. Ich muß einen Erben zeugen! Warum hat Nadeshna das nicht eingesehen?«

Es war das erste Mal nach Monaten, daß er ihren Namen wieder nannte. Es bewies, daß er noch immer an sie dachte. Sie saß in seinem großen Herzen wie ein festgeklemmter goldener Blutstropfen.

»Um dieses Gold wegzubringen, müßten wir einen Zug mit vier Güterwagen haben«, sagte Andreas und zerriß die Rechnung. »Verstehst du nun, Igor, wie sinnlos das alles ist, was wir hier machen? Wir sitzen auf Goldbergen und können doch nichts damit anfangen. Wir können nur soviel mitnehmen, wie wir tragen können. Und dieses Ziel haben wir schon längst überschritten.«

Putkin verstand ihn sofort. Mit schief geneigtem Kopf sah er Andreas lange an.

»Du willst weg?«

»Willst du graben und sieben, graben und sieben, um die Goldhaufen um die Bäume zu legen? Jede Hilfe von anderen alarmiert die Behörden. Du kennst eure Gesetze besser. Was wir hier ausgraben, ist sowjetisches Gold, es gehört dem Sozialismus. Mit jedem Griff in die eigene Tasche werden wir Verbrecher. Igor Fillipowitsch. Wir haben bereits 25 Jahre Straflager auf dem Buckel ...«

Putkin gab keine Antwort. Er lief hin und her, trat wütend gegen seine geniale Goldwaschmaschine, lehnte dann lange Zeit an den Rutschen und starrte über den sonnenglitzernden Fluß. Als er zurückkam zu Andreas, der noch einmal mit Baumharz die Schwimmer strich — das heiße Harz im Kessel über dem offenen Feuer stank grauenvoll — und das Flugzeug pflegte, als müsse es bei einer Parade vorgeführt werden, war sein breites Gesicht von einer geradezu kindlichen Hilflosigkeit. Der Bart wucherte wieder überall um seinen Kopf herum ... seit Nadeshnas Wegzug rasierte er sich nur mit größtem Widerwillen oder nur, wenn ihn Katja beschimpfte.

»Wann fliegen wir, Andrej?« fragte er.

»Im Herbst. Amalja muß erst etwas kräftiger werden.«

»Drei erwachsene Menschen und ein Kind. Das ist eine schöne Last. Bekommen wir genug Gold mit?«

»Was heißt genug?«

»Für jeden von uns eine Million. Das sind vier Millionen in Goldkörnern.«

»Unmöglich. Igor, das ist eine leichte Aufklärungsmaschine, kein Transporter.«

»Dann war alles umsonst?«

»Ein paar Hunderttausend sind auch schön, Igor.«

»Ein Bettelbrot für den reichsten Mann Rußlands! Andrej ... laß uns nicht weiterdenken ...«

Er ging wieder weg, blieb an dem Flugzeug stehen, klopfte gegen die Kanzel und stapfte dann weiter. Andreas blickte ihm nachdenklich nach. »Putkin!« rief er dann. »Noch eine Feststellung: Den Anlasserschlüssel habe ich in der Tasche. Begrab die Gedanken, die du gerade hattest ...«

Ohne Antwort verschwand Putkin in seinem Haus.

An diesem Abend — nach einem Tag glutheißer Sonne — badete Putkin im Fluß. Er prustete wie ein Nilpferd, tauchte und planschte und wollte gerade versuchen, gegen die Strömung zu schwimmen, als aus dem Wald ein großer, fahlgelber, völlig mit Staub überzogener Körper sich herausschob und im Baumschatten stehenblieb. Putkin sah ihn zufällig, schwamm mit gewaltigen Stößen an Land und kletterte ans Ufer. Das Wesen löste sich aus dem Schatten, bekam vier kräftige Beine, einen dicken Kopf mit langen Ohren und hängenden Lefzen.

Durch Putkins Kopf zuckte das Erkennen wie ein Blitz. »Maruta!« brüllte er auf. »Es ist Maruta! Maruta!« Er rannte auf die Elchkuh zu, mit ausgebreiteten Armen, als stürze er einer Geliebten entgegen, aber als er vor Maruta stand, begriff er erst, daß sie allein war, daß sie zurückgekommen war ohne Morotzkij und ohne Nadeshna. Der Sattel hing zerfetzt auf ihrem Rücken, im Nacken schwärte eine eitrige Wunde, auf der sich Schwärme von schwarzen Fliegen klumpten.

»Maruta ...«, stammelte Putkin. »Wo kommst du denn her? Wie siehst du denn aus? Maruta!« Er drückte den dicken, staubigen Kopf an seine nasse Brust und spürte, wie alles an ihm bebte. »Was ist denn geschehen? Was willst du hier? Warum kannst du nicht sprechen? Warum bist du nur ein stummes Vieh? Wo ist Nadeshna? Maruta, wo ist meine Nadeshna?«

Er drückte den Kopf wieder an sich, blickte über den Rücken der Elchkuh und sah deutlich unter dem Staub große, eingetrocknete, dunkle Flecken. Blut!

»Wo ist Nadeshna?« schrie Putkin. Er klammerte sich an Maruta fest, und es war das erste Mal in seinem Leben, daß seine Beine schwach wurden und einknickten. »Nadeshna! Nadeshna! Was haben sie mit dir gemacht, Nadeshna ...?«

Und er lehnte sich an die Elchkuh, triefend vor Nässe, und wischte mit der rechten Hand den Staub vom Sattel, weichte den Blutfleck auf und taumelte dann, die rote Handfläche von sich haltend, hinüber zu Andrejs

Hütte. Maruta folgte ihm wie ein zahmes Hündchen und trottete in den offenen Pferch.

»Nadeshna!« schrie Igor Fillipowitsch noch einmal und stürzte dann mit seiner blutigen Hand ins Haus.

Putkin war nicht mehr zu beruhigen. Es war unmöglich, ihm einzureden, das Blut am Sattel könne eine ganz harmlose Erklärung haben, vielleicht sogar Marutas Blut, denn die Wunde in ihrem Nacken ...

»Ja, die Wunde!« schrie Putkin und rannte mit seiner blutbefleckten Hand herum, roch an ihr, als könne er aus dem Blut Nadeshnas weiblichen Geruch herausschnuppern, hielt die Handfläche vor sich her wie eine Handikone und grunzte böse, als die Susskaja mit Wasser kam, um sie abzuwaschen. »Woher hat sie die Wunde, he? Sieh sie dir genau an, Katja, du bist doch Ärztin! Hat man so eine Wunde, wenn man sich das Fell abschabt? Hinterläßt ein Bremsenstich solch eine Wirkung? Sieh nach, sag ich dir, geh! Das ist Nadeshnas Blut! Nadeshnas Blut!«

Er ließ sich auf die Ofenbank fallen, stierte vor sich hin, die Hand von sich wegstreckend, und knirschte schauerlich mit den Zähnen.

Katja Alexandrowna ging hinaus zu der Elchkuh. Sie trottete im Pferch herum, offensichtlich völlig glücklich, blies mit einem leisen Trompetenton durch die Nüstern und kam sofort an die schiefen Zaunlatten, als sie die Susskaja bemerkte. Andreas blieb in der Hütte zurück. Es war jetzt zu gefährlich, Putkin allein zu lassen. Ein Mann in solchem Zustand, selbst wenn er ein Kerl wie Putkin ist, verirrt sich in die verrücktesten Taten.

»Igor Fillipowitsch ...«, sagte Andreas vorsichtig.

Putkin zuckte mit den dicken Augenbrauen. Das Blut an seiner Hand trocknete langsam.

»Halt's Maul, Söhnchen!«

»Man kann es aber auch anders sehen. Nadeshna und Semjon Pawlowitsch haben eine menschliche Siedlung erreicht und Maruta zurück in die Freiheit geschickt.«

»Morotzkij? Nie! Für ihn war Maruta wie ein Kind.« Putkin starrte wieder auf seine Hand; das Blut, nun eingetrocknet, klebte auf der Haut, bekam Risse und fiel in kleinen Körnchen ab. »Ich will dir sagen, was geschehen ist: Man hat sie überfallen und ausgeraubt ... Man hat sie einfach abgeschlachtet.«

»Igor Fillipowitsch, sie hatten doch nichts bei sich ...«

»Hatten sie nicht?« brüllte Putkin auf. »Sie hatten, Söhnchen! Ich habe Nadeshna meinen ganzen damaligen Goldanteil mitgegeben. Ein pralles Säckchen voll Goldstaub und Körnern! Ein Wert von 10000 Rubeln vielleicht. Das lohnt sich, ha, und wie sich das lohnt für einen armseligen Jakuten oder schiefmäuligen Nerzjäger.«

Er begann wieder zu stöhnen, als zerschneide man ihn bei lebendigem Leib, lehnte sich an den Ofen zurück, legte die blutige Handfläche gegen sein Herz und stierte an die Decke. Hier zu sitzen und nichts zu wissen und gar nichts tun zu können, war für ihn das Fürchterlichste. Er war in der Stimmung, ganze Jakutendörfer auszurotten, jeden Fremden, dem er jetzt in der Taiga begegnen würde, einfach den Schädel einzuschlagen mit der Begründung: Du kannst es gewesen sein, wer weiß es? Du wirst es nie sagen, ich werde es nie erfahren, darum hinweg mit dir! Je länger er hier saß, um so gewaltiger wurde sein Rausch nach einer schrecklich ungehemmten Rache. Aber er konnte nichts tun, er konnte nur herumsitzen, die Hand wie ein Heiligenbild beim Osterfest vor sich hertragen und in seinem Inneren mit qualvoller Stimme den Namen Nadeshna rufen.

Seien wir ehrlich: Kann ein Mann daran nicht zerbrechen? Die Susskaja kam vom Pferch zurück. Ihr Gesicht war sehr ernst ... sie brauchte eigentlich kein Wort zu sagen, man las alles an ihren Augen ab.

Putkin schob den dicken Schädel vor. Seine wulstigen Lippen zitterten.

»Was ... was ist es, Katja Alexandrowna?« fragte er heiser.

»Eine Wunde. Eine Schußwunde. Hier ...« Sie öffnete die Hand. Eine Gewehrkugel schimmerte metallen auf. »Ich habe es mit der Pinzette aus Marutas Nacken geholt. Es gibt keine Zweifel mehr.«

»Ich rotte sie aus!« sagte Putkin dumpf. »Ich rotte die ganze Menschheit aus mit Ausnahme von euch beiden. Ich werde der größte Massenmörder aller Zeiten werden. Das schwöre ich.« Er sprang auf, tauchte die blutige Hand in den Wassertopf und wusch sie ab. »Jeder Mensch, der mir ab heute über den Weg läuft, wird getötet! Ohne ihn zu fragen, ohne zu diskutieren ... er wird einfach getötet.«

»Du bist verrückt, Igor Fillipowitsch!« sagte Andreas laut.

»Ja. Ich bin verrückt. Ich will verrückt sein!« Er starrte die Gewehrkugel auf Katjas Hand an, schlug darunter, daß sie hochflog, gegen die Decke prallte und dann irgendwohin rollte. »Sie haben Nadeshna umgebracht ... wie kann ich den Menschen das vergessen?«

Er tappte hinaus, ging hinüber zu Maruta und betrat den Pferch. Die Elchkuh, von der Kugel befreit, kam zu ihm und rieb die Nüstern an seiner Schulter. Da begann Putkin laut zu heulen, wie ein angeschossener Wolf, der sich ins Gebüsch schleppt, um dort zu sterben.

Man brauchte nicht lange zu warten, um Igor Fillipowitschs Mordlust zu befriedigen.

Am Fluß tauchten Menschen auf.

34

Dort, wo seit Entstehung der Welt nie ein menschlicher Fuß durch die Taiga gegangen war, wo die Natur so unberührt war wie am siebten Schöpfungstag, wimmelte es plötzlich von Menschen. Aber sie kamen nicht, um den drei Verdammten um den Hals zu fallen, sie brüderlich zu küssen und zu rufen: »Freut euch, Genossen! Eure Zeit der Einsamkeit ist vorbei! Seht, wir holen euch ab! Wir haben euch endlich gefunden, Morotzkij und die Lehrerin Abramowa haben uns den Weg erklärt, vorbei ist's mit dem Robinsonspielen, das schöne Leben geht weiter!« O nein! Sie tauchten wie große Schatten zu beiden Seiten des Flusses auf, auf kleinen, schnellen, fast gelben Pferdchen, die schlitzäugigen Köpfe an den Hals der Gäule gedrückt, zusammengehockt im Sattel, und sie schrien grell, galoppierten über die aufstaubende Erde und schossen vorbei auf die beiden Hütten.

Andreas hatte sie zuerst gesehen. Er stand am Fluß und angelte, während Putkin an seiner Goldmaschine die Ernte von drei Waschladungen einsammelte, als am Waldrand zunächst ein Reiter auftauchte, hinüberspähte zum Ufer, dann schnell wendete und zwischen den Bäumen wieder untertauchte.

Andreas warf die Angel weg und rannte die flache Uferböschung hinauf. Vor dem Haus saß ahnungslos Katja in der Sonne und stillte glücklich ihre Amalja. Die Sonne beleuchtete ihre vollen Brüste, eine wundersame Quelle des Lebens. Am Tag ging sie jetzt oft mit bloßem Oberkörper herum, weil alles zu eng war und sich über diesen Brüsten spannte.

»Welch ein Weib ...«, sagte Putkin immer zu Andreas, wenn sie von weitem die Susskaja beobachteten, wie sie neben dem Haus Holz hackte, während Amalja in einer Art Hängematte aus Bast und Zweigen unter dem vorgeschobenen Dach baumelte. »Das ist russische Fruchtbarkeit, Andrej. Das ist unsere unverbrauchte Kraft, die noch einmal die Welt verändern wird.«

Jetzt zerriß Andreas mit seinem Alarmschrei die paradiesische Ruhe.

»Jakuten!« brüllte er und rannte mit herumfuchtelnden Armen zur Hütte. »Katjenka, ins Haus! Ins Haus! Jakuten! Sie stehen schon am Waldrand!«

An seiner Riesenmaschine tauchte Putkin auf, schob mit einem Fausthieb die Wasserrinne weg, so daß der ständige Wasserstrom aus der Felsenquelle, der das Geröll wusch und das Gold freilegte, die Uferböschung hinabstürzte, und warf sich flach auf den Boden. Seit seiner Ahnung, daß man Nadeshna irgendwo hier in der Taiga überfallen und erschossen hatte, trug er Serikows schwere Tokarev, diese unverwüstliche Militärpistole, ständig im Hosenbund, geladen und schußbereit. Er riß sie heraus, feuerte auf den Waldrand und kroch dann mit einer an ihm unbekannten Gewandtheit zu seinem Haus.

Aus dem Wald antwortete ihm vielstimmiges Gebrüll. Die kleinen Reiter auf ihren wieselschnellen gelben Pferden jagten mit Gekreisch am Ufer entlang und schossen wild und ungezielt um sich. Ein wahrer Höllenlärm zerstörte die bisherige Stille, der Boden dröhnte und vibrierte unter den jagenden Pferdehufen, und die Kugeln schlugen in die dicken Holzbalken der Hütte und in Putkins geniale Goldwaschmaschine.

Heulend umkreisten die schlitzäugigen Reiter mit ihren spitzen Filzmützen die beiden Häuser und galoppierten dann zurück zum Wald. Auf der anderen Seite des Flusses sammelten sich andere Reiter, lenkten ihre Pferde langsam über den sumpfigen Boden und spähten über das Wasser.

In der Hütte blickten sich Andreas und Katja kurz an, ehe er ihr das Gewehr aus der Hand nahm. Es war ein Blick, der keine Unklarheit mehr zwischen ihnen ließ:

Das Leben war zu Ende. Ein paar Stunden noch, ein paar verzweifelte Stunden, um kämpfend und tapfer unterzugehen.

»Die Sache ist klar ...«, sagte Andreas rauh. »Sie haben Morotzkij und Nadeshna gegriffen, haben sie so lange gequält, bis sie verraten haben, woher sie das Gold haben ...«

»Gold?« fragte die Susskaja. Sie hatte Amalja an die nackten Brüste gedrückt, das Kind schlief, sattgetrunken und zufrieden. Andreas spürte, wie das Würgen in seinem Hals ihm die Luft abdrückte.

»Putkin hat ihr einen ganzen Sack voll mitgegeben. Jetzt sind sie hier, alles zu holen.«

Die Tür flog auf, Andreas riß das Gewehr hoch. Aber es war nur Putkin, der mit einem mächtigen Satz ins Haus stürzte. Er fiel auf den Boden, rappelte sich aber sofort hoch und lief zur Tür zurück.

»Sie stellen sich erneut auf!« keuchte er. Der Schweiß rann an ihm herunter, als wäre sein Körper mit Quellen übersät. Er hatte nur seine Hose an, die dicken Muskelstränge an seinem Oberkörper waren gespannt wie Stahlseile. »Wißt ihr jetzt, was mit Nadeshna geschehen ist?«

»Ja, Igor.« Andreas trat an Putkins Seite. Die Reiter gegenüber verständigten sich mit Armzeichen und schrillen Schreien mit den anderen am hiesigen Ufer. »Uns bleiben noch ein paar Minuten Zeit. Ich muß dir etwas sagen.«

»Sie haben Nadeshna gefoltert. Sie haben sie Teil für Teil gefoltert!« sagte Putkin mit fürchterlicher Stimme. »Weißt du, wie man in Sibirien die letzten Geheimnisse herausholt? Weißt du das, Söhnchen? Hast du schon einmal gesehen, wie ein Asiate foltert? In Chabronowska war's, im Süden, vierzig Werst vom Ussuri entfernt. Wir suchten dort nach Erdöl und Kohlen. Neun Monate lang und alles umsonst. Neun Monate in einem Waldlager, ohne Weiber, aber mit viel Schnaps. Da entdeckte einer von uns einen Aul der Burjäten. Weißt du, was ein Aul ist? Ein Dorf aus Filz- und Fellzelten, das wandernde Dorf der Nomaden. Und was macht der Idiot? Er schleicht des Nachts herum, holt sich ein Burjätenmädchen vom Fluß, trommelt mit ihm die ganze Nacht bis zur Morgensonne und läßt es dann laufen mit den Worten: ›Grüß mir dein Väterchen und sag ihm, das gibt einen echten Russen!‹ Und was macht das Väterchen? Es schleicht sich auch heran, klaut Dementi Gawrilowitsch — so hieß der geile Bursche — mitten aus dem Lager, schleppt ihn weg und sagt zu ihm Dankeschön. Vier Tage später finden wir ihn im Dickicht: Söhnchen, er sah nicht mehr menschlich aus. Man hatte große Löcher in sein Fleisch gebrannt, den Penis abgeschnitten und in seinen Mund gesteckt, die Hoden in seine ausgestochenen Augenhöhlen gestopft und jeden Finger einzeln abgehackt, mit denen er das Burjätenweibchen angefaßt hatte. Wir haben drei Wochen lang die Burjäten gesucht, aber ihr Aul tauchte nie mehr auf. Wer kann in der Taiga jemanden finden?« Putkin blickte aus der Tür. Gegenüber auf der anderen Flußseite schoß man auf ihn, aber die Kugeln zischten weit von ihm entfernt durch die heiße Sommerluft. »Weißt du jetzt, was sie mit Morotzkij und Nadeshna gemacht haben?«

Er spreizte die Beine, hob schnell die schwere Pistole und drückte ab. Ein Jakute, der anscheinend als Späher zu der Goldwaschmaschine geschlichen war, warf die Arme hoch und sank in sich zusammen. Von allen Seiten antwortete ein ohrenbetäubendes Geheul.

»Nummer 1!« sagte Putkin zufrieden und trat zurück. »Serikow hat uns vierhundert Schuß hinterlassen. Ein guter General, der Waska Janisowitsch.«

»Es geht zu Ende, Igor Fillipowitsch. Sie werden uns überrennen.« Andreas krallte seine linke Hand in Putkins Arm, mit der rechten hielt er das Gewehr. »Du bist mein Freund, nicht wahr?« sagte er stockend.

»Notgedrungen, Deutscher.«

»Putkin! Wir haben keine Zeit mehr für dumme ideologische Streitereien. Wir kennen uns beide jetzt zu gut. Ich weiß, wer du bist und wie es wirklich in dir aussieht. Laß das Versteckspielen sein, Igor.«

»Was willst du, Söhnchen?«

Er lehnte in der Tür und beobachtete die kleinen Reiter auf ihren gelben Pferdchen. Ein paar der Spitzmützen suchten am Ufer nach einer Furt. Aber das war vergebens. Putkin kannte den Fluß genau ... dort gab es nur das wirbelnde, gurgelnde, schäumende Wasser, das durch die Buckelfelsen im Flußbett schoß. In der Mitte lag eine flache Insel aus nackten, glatten, vom Wasser geschliffenen Steinen. Er war ein paarmal zu ihr geschwommen, gegen die kräftige Strömung ankämpfend, und hatte sich dort an einigen Felsen festgeklammert, bis zur Schulter im donnernden Fluß stehend. Das war die einzige Stelle, an der man Boden unter den Füßen hatte, aber der Fluß hämmerte auch dort pausenlos auf einen ein. Strudel quirlten dort das Wasser auf, und Putkin war froh gewesen, jedesmal mit heiler Haut wieder zum Ufer zurückkehren zu können. Es gab keine Furt ... die Reiter gegenüber waren keine Gefahr.

»Du mußt mir helfen, Igor ...«, sagte Andreas leise. »Ich kann es nicht.«

»Was kannst du nicht ...«

»Katja ... und das Kind ...« Andreas lehnte den Kopf gegen Putkins schweißnasse Schulter. »Igor, hilf mir! Sollen sie umkommen wie Nadeshna ...«

»Es ist deine Frau und dein Kind.« Putkin hob wieder die Tokarev. Auf seine Goldwaschmaschine zu bewegte sich ein kleiner Reitertrupp. »Wer liebt und Kinder zeugt, muß auch das andere können.«

»Ich kann sie nicht erschießen«, stammelte Andreas. »Ich kann doch Katja und Amalja nicht ... Igor, ich kann es nicht ...«

Er wandte den Kopf. Die Susskaja hatte das Kind in eine Decke gewickelt und auf die Ofenbank gelegt. Jetzt zog sie sich an, knöpfte die Bluse über ihrem kräftigen Busen zu und holte unter der Bank einen Kasten hervor. Putkin schlug sich mit der flachen Hand gegen die Stirn.

»Jekaterina Alexandrowna, das habe ich glatt vergessen. Serikows Handgranaten. Her damit! Bevor wir zur Hölle fahren, wollen wir noch auf Erden kräftig einheizen. Wieviel sind es, schöne Dame?«

»Zehn.« Die Susskaja brachte die Kiste zur Tür. Sie wirkte ruhig und entschlossen. Von Angst lag nichts in ihrem Blick, als sie Andreas ansah, den Kopf hob und ihn auf die Wange küßte.

»Damit rechnen sie nicht.« Sie sagte es völlig ohne Beben in der Stimme. »Vielleicht gelingt es, sie damit einzuschüchtern.«

»In die Hosen werden sie sich scheißen und aus dem Sattel rutschen, so glatt wird's unter ihren Hintern.« Putkin lachte rauh. Er griff in die Kiste, nahm zwei Handgranaten heraus und zog die Schutzhülle von den Reißleinen. »Jetzt laß sie kommen! Wir sind kein Füchslein, das man mit ›Hoi! Hoi!‹ so einfach aus seinem Bau treibt!«

Er sprang aus dem Haus, blickte um die Ecke, sah, wie einige kleine Gestalten heranschlichen, zog die erste Leine und warf das Teufelsei den Jakuten vor die Füße. Noch bevor er wieder die Tür erreicht hatte, erfolgte die Explosion, ein puffendes Krachen, dem ein Atemzug lang Stille folgte. Dann erst klangen die Schreie auf, Gebrüll, Hilferufe, Schmerzenslaute und Wimmern. Irgend jemand heulte schauerlich, mit der ganzen Qual eines zerrissenen Leibes.

Putkin lehnte sich an die Wand und beobachtete die Reiter jenseits des Flusses. Sie ritten zu einem Haufen zusammen, gestikulierten wild, zeigten immer wieder hinüber und schrien dann unverständliche Worte zu der anderen Gruppe.

Andreas hatte sich bei der Explosion herumgedreht und war zu Amalja gelaufen, um sie zu beruhigen, wenn sie von dem Knall aufwachte. Aber sie schlief fest, die winzigen Fingerchen zu Fäusten geballt und gegen den Mund gedrückt.

»Ich habe ihr etwas von Väterchen Kyrills Tee gegeben ...«, sagte die Susskaja. Sie war lautlos gefolgt, und Andreas zuckte zusammen, als ihre dunkle Stimme hinter ihm aufklang. »Sie wird lange schlafen ...«

»Katjenka ...«, stotterte Andreas. »Mein Gott, was hast du getan?«

Sie schüttelte den Kopf und versuchte ein Lächeln. »Du verstehst es falsch, Andrej. Sie schläft wirklich. Das ... das andere hat noch Zeit. Diese paar Sekunden bleiben uns immer.« Sie umfaßte ihn und zog seinen Kopf zu sich herunter. »Es war eine schöne Zeit mit dir, Andrejuscha ...«

»Soll das der Abschied sein, Katja?« stammelte er.

»Hast du noch eine Hoffnung?«

Er schwieg. Was sollte er darauf antworten? Sollte er ihr gestehen, daß er Putkin gebeten hatte, sie und das Kind zu erschießen? Er zog sie an sich, legte die Arme um sie, streichelte ihren Rücken und war so leer, als wäre er nur ausgebrannte Schlacke. Nicht einmal denken konnte er mehr ... er stand da, preßte Katja an sich, stierte in den Raum, aber die Dinge nahm er nicht mehr wahr, und seine Augen warfen kein Bild mehr in seinen Verstand.

An der Tür machte Putkin die Handgranaten scharf, lud die Pistole nach und griff nach dem an der Wand lehnenden Gewehr.

»Von allein schießt's nicht!« rief er mit seiner groben Stimme. Aber jetzt war sie richtig, sie weckte Andreas aus der Erstarrung und riß ihn in die Wirklichkeit zurück. »Man soll es nicht für möglich halten! Stehen da herum wie ein Liebespaar hinterm Busch und lecken sich ab. Andrej, Söhnchen, an die Kanone! Die Jakuten kommen wieder. Ich kenne sie. Ein zäher Menschenschlag. Sie werden sich eine neue Teufelei ausdenken.«

»Ich komme …«, sagte Andreas schwer atmend. Er ließ Katja los, drückte sie auf die Ofenbank neben das Deckenbündel, in dem Amalja schlief, und lief zurück zur Tür. Die Reiter gegenüber hatten einen Entschluß gefaßt. Sie waren abgesessen, die schnellen gelben Pferdchen standen brav herum und zupften an den Büscheln des harten trockenen Grases. Die Sommerglut lag träge über der Taiga, kein Windhauch bewegte die Äste der turmhohen Bäume. Wo der Sumpf aufhörte, war die Erde bereits aufgerissen. Daß nur ein paar Zentimeter tiefer der Dauerfrost im Boden saß, war fast undenkbar. Backofenhitze und Eis in traulicher Gemeinschaft …

Putkin wagte es, das schützende Haus zu verlassen und hinauszutreten. In der Linken hielt er die Tokarev, in der Rechten eine Handgranate. Andreas folgte ihm mit angelegtem Gewehr. Niemand belästigte sie … die Jakuten am jenseitigen Ufer hockten auf dem Boden und sahen zu ihnen hinüber, eine Ansammlung von spitzen Mützen, als wären dort drüben reihenweise große zerzauste Pilze aus der Erde geschossen. Die andere Gruppe hatte sich zum Waldrand zurückgezogen. Sie saß noch auf den Pferden. Zwischen ihnen und dem Haus lagen die Toten … zerfetzte Leiber, verkrümmt, rot leuchtend in der Sonne, einer mit einem aufgerissenen Leib, aus dem die Därme quollen. Wolken dicker, schwarzer Schmeißfliegen und surrender Mücken umschwirrten sie bereits und ließen sich auf den Leichen nieder.

»Nur heran!« brüllte Putkin. Seine gewaltige Stimme dröhnte zum Wald hinüber. Er legte alle Kraft hinein, und wie er brüllen konnte, das wissen wir. Dabei hob er die rechte Faust und zeigte die Handgranate, lachte schallend und provozierend und schwenkte die Arme. »Heran! Wir haben einige Kisten davon da! Es wird mir ein Vergnügen sein, diese Eier zu legen! Was wollt ihr von uns, Genossen? Schickt einen Unterhändler rüber, wenn ihr ein Gespräch wollt. Man kann über alles verhandeln, auch, wie man euch zur Hölle schickt!«

Putkin schwieg abrupt. Mit ungläubigem Staunen sahen sie, wie ein kleiner Reiter sich aus der Reihe löste und langsam herantrabte. Er schwenkte dabei einen weißen Lappen und ritt dann nur mit Schenkeldruck, weil er beide Arme vorstreckte zum Zeichen seiner völligen Waffenlosigkeit. Putkin grunzte wie ein eingekesselter Bär. »Ein Trick ...«, sagte er zu Andreas. »Diese Kerle sind die Hinterlist in Person. Irgendwo am Sattel hat er seine Waffe, und so schnell, wie er nach ihr greift, kannst du gar nicht reagieren. Laß ihn rankommen, und brenn ihn dann von seinem Gaul.«

»Er schwenkt ein weißes Tuch, Igor ...«, sagte Andreas zögernd. »Das ist ein internationales Zeichen.«

»Ein Trick ist es, du Rindvieh. Das sage ich dir.« Putkin krümmte den Finger am Abzug der Tokarev. »Wer kümmert sich in der Taiga um internationale Bräuche, he? Willst du ihn fragen, was er von der Genfer Konvention hält? Nein, so etwas! Er denkt an Paragraphen, *jetzt* denkt er an Paragraphen. Als Gott — wenn er's war — die Menschen schuf, hat er auch zwei Gehirne geschaffen: ein normales und das deutsche Beamtengehirn ...« Er hob die Pistole und streckte sie dem Reiter entgegen. »Stoj! Keinen Meter weiter!«

Der kleine Jakute hielt sein Pferd an, ohne die Hände zu senken. Es mußte bei ihnen einen Gedankenstrom zwischen Pferd und Reiter geben. Das breite gelbliche Gesicht des Mannes grinste verlegen. Auf die zerfetzten Toten warf er keinen Blick.

»Gib das Gold her!« sagte er mit einer hohen Stimme. »Wo ist das Gold?«

»Aha!« Putkin kniff die Augen zusammen. Seine Stimme bekam jenen Klang, den Andreas kannte. Der ›andere‹ Putkin erwachte wieder ... die Bestie, die nur noch Vernichtung kannte. »Woher weißt du denn, daß wir Gold haben?«

»Ihr habt es«, sagte der kleine Jakute eigensinnig. »Wir wissen es.«

»Von Nadeshna Iwanowna, nicht wahr? Habt ihr sie gefoltert? Was habt ihr mit ihr gemacht? Zwischen zwei Bäume gehängt und ihr den Leib aufgeschlitzt wie einem Stück Vieh? Und sie hat dabei gebetet, nicht wahr? Sie hat gebetet: Gott hilf mir! Gott hilf mir! Und sie hat geschrien, und ihr habt um sie herumgehockt und habt sie langsam weiter aufgeschlitzt. War es so, du schlitzäugiger Kretin, war es so?«

»Igor ...«, sagte Andreas mahnend. »So kommen wir nicht weiter. Gib ihnen das Gold. Nur eins ist wichtig: daß Katja und Amalja überleben. Morgen fliegen wir von hier weg. Ich verzichte auf alles Gold.«

»Halt das Maul, Söhnchen!« sagte Putkin dumpf. »O Hölle, halt das Maul! Das ist jetzt nicht mehr deine Sache.« Er trat einen Schritt vor. Der kleine Reiter musterte den Riesen lauernd. Es schien, als habe er noch nie einen solchen Berg von Mensch gesehen, eine solche Ansammlung von Muskeln wie in diesem entblößten Oberkörper.

»Was habt ihr mit Nadeshna gemacht?« brüllte Putkin plötzlich. Der Jakute zuckte erschrocken zusammen. »Wie habt ihr sie getötet?«

»Alles Gold!« antwortete der kleine Reiter stur. »Alles Gold. Dann für uns arbeiten für weiteres Gold ...«

»Hast du das gehört?« Putkin zog die breiten Schultern hoch. »Der schielende Zwerg verurteilt uns zu Zwangsarbeit. Die sibirische Zauberformel: Arbeite, bis du krepierst! Wie kann man zu einem Putkin von Zwangsarbeit sprechen? Und er plappert es so daher, als spucke er zerkaute Sonnenblumenkerne aus. Gold! Für euch Gold? Für dieses verdammte, verfluchte, vom Teufel gesegnete Gold habt ihr meine Nadeshna umgebracht!«

Es war zu spät, Putkin in den Arm zu fallen. Er zuckte hoch, der Schuß peitschte, und der kleine Reiter verdrehte die Augen, wurde nach hinten geworfen und rutschte aus dem Sattel. Das gelbe Pferdchen wendete sich gelangweilt und trabte zum Waldrand zurück.

In den Reihen der wartenden Jakuten rührte sich nichts. Sie schrien nicht einmal auf ... unter ihren spitzen Filzmützen starrten sie nur stumm zu den beiden Männern hinüber und unternahmen auch nichts, als Putkin sich bückte, den toten Reiter an den Rentierlederstiefeln packte und hinter sich herschleifte zur Hütte. Dort erst drehte er ihn um, tastete ihn ab und zog einen Krummdolch und einen alten Revolver aus den Taschen.

»Wieder sechs Schuß mehr«, sagte er mit einer noch nie bei ihm gehörten monotonen Stimme. Dann gab er dem Toten einen gewaltigen Tritt und schleuderte ihn damit den flachen Abhang hinab zum Ufer.

»Das ist unser Tod, Igor Fillipowitsch ...«, sagte die Susskaja. Sie stand vor der Tür und nahm ihm den Revolver des Jakuten ab.

»Er hat damit uns alle ermordet!« schrie Andreas unbeherrscht. Putkin verabreichte ihm einen Stoß, der Andreas gegen die Wand warf.

»Erklär es ihm, deinem hirnlosen Männchen!« sagte er. Am Waldrand stieg Rauch auf. Die Jakuten hatten ein Feuer entfacht, bei dieser Trockenheit fast ein Selbstmord. »Er glaubt alles, was man ihm sagt. Der typische Deutsche. Man kann ihm das Fell verhauen, aber wenn man ihm erklärt, das sei nur eine heilsame Massage, nimmt er es hin und bedankt sich noch dafür.«

»Sie werden uns töten, mit oder ohne Gold, Andrejenka«, sagte die Susskaja ruhig. »Damit müssen wir uns abfinden.« Sie drehte die Trommel des Revolvers, kontrollierte, ob alle Kammern voll waren, und nickte zufrieden. »Sie können gar nicht anders, wenn sie tatsächlich Nadeshna und Morotzkij umgebracht haben. Wir wären die einzigen Ankläger.«

Am Waldrand flammten neue Feuer auf. Putkin knirschte mit den Zähnen und lief unruhig hin und her.

Er ahnte als einziger, was die Jakuten planten. Immer wieder sah er hinüber zu dem kleinen Flugzeug, das auf seinen hölzernen, schiefen Schwimmern im Wasser schaukelte … der einzige Weg zurück ins Leben.

Es gelingt nicht, dachte Putkin und zwang sich, das Flugzeug nicht mehr anzusehen. Auch wenn wir es schaffen, bis an die Maschine heranzukommen … um den Motor anzuwerfen, um die Geschwindigkeit zu erlangen, mit der man starten muß, fehlen jetzt die Minuten. Man würde uns abschießen wie auf einem Schießplatz, eine schöne, sich bewegende Zielscheibe, die der erste Volltreffer in ein Flammenmeer verwandelt. Bleibt eine große Auswahl des Sterbens? Verbrennen oder erschossen werden … das ist keine Frage mehr. Lebendig zu verbrennen, ist ein scheußlicher Tod.

»Ihr solltet in den Fluß gehen«, sagte Putkin plötzlich. »Bindet Amalja in der Decke fest, hebt sie auf euren Kopf und dann hinein ins Wasser …«

»Bist du völlig verrückt geworden?« schrie Andreas.

»So ein hirnloser Mensch! Bist du geboren worden, um als Schmorbraten zu enden?« Putkin zeigte zum Waldrand. Die Jakuten hatten die Feuer niedrig gehalten, sie hockten um sie herum und beschäftigten sich mit etwas, was man von hier aus nicht erkennen konnte. »Warum haben sie Feuer gemacht, ha? Frieren sie etwa in dieser Sonne? Ist für ihre Hintern der durch die Hitze gerissene Boden zu kalt? Geh hinüber und frag sie mal, welchen Paragraphen der Genfer Konvention sie jetzt verletzen wollen …«

Die Susskaja verstand Putkin sofort. Ihr schönes Gesicht mit den Mandelaugen wurde kantig und merkwürdig männlich. »Das können sie nicht tun, Igor Fillipowitsch, das ist unmöglich …«, sagte sie rauh.

»Sie bereiten es in aller Ruhe vor.« Putkin rannte wieder wie ein gefangenes Tier hin und her. »Sie können alles, mein Täubchen. Die Taiga gehört ihnen. Sie können sie abbrennen lassen, wann sie wollen.«

»Was wollen sie?« fragte Andreas tonlos.

»Uns braten, du Idiot!« schrie Putkin. »Sie sitzen da und drehen Brandfackeln! Der ganze Wald ist ein einziger Zunder. Geht ins Wasser, sage ich euch! Ha! Was sage ich: Sie sitzen auf! Die Hölle ist offen!«

Er drängte Andreas und die Susskaja zurück ins Haus und schob mit dem Fuß die Kiste mit den Handgranaten vor seine Beine. Von allen zog er die Schutzkappen ab und kippte die massive Sitzbank um, die neben der Tür stand. Dahinter ging er in Deckung, ein für seine Größe geradezu lächerlicher Schutzwall, aber es war immer noch besser, als frei herumzustehen und als Kugelfang zu dienen.

Und dann kamen sie ... in drei Wellen ritten die Jakuten heran, schreiend und eins mit ihren kleinen schnellen Pferdchen, schwangen Fackeln aus Ästen, mit Gras umwickelt, über ihren Köpfen und schleuderten sie auf die Häuser und die Goldwaschmaschine.

Putkin lag hinter der Bank und schoß die Tokarev leer. Viermal traf er, die Reiter flogen von den galoppierenden Pferden, überkugelten sich und blieben dann liegen. Die reiterlosen Pferde rannten weiter, wendeten mit den Reihen der anderen und kamen wieder zurück, an Disziplin gewöhnt, auch ohne Reiter nicht ausbrechend aus dem Kollektiv.

Aus der Tür schossen jetzt auch Andreas und die Susskaja, aber der Wirbelsturm aus Pferden und Reitern war so erdrückend, daß sie nur ziellos in die Gegend schießen konnten, allein nur von dem Gefühl erfüllt, nicht kampflos unterzugehen.

Putkin verstreute seine Hölleneier wie ein Sämann die Saat. Er warf die Handgranaten mit großem Schwung um das Haus herum, kroch, die Bank als Deckung vor sich herschiebend, von einer Seite zur anderen, riß die brennenden Fackeln von den Wänden und schleuderte sie weg, reichte Katja seine Pistole ins Haus und brüllte: »Nachladen! Schnell, schnell!« und gab erst diesen sinnlosen Kampf auf, als er seinen schönen, großen, mit so viel Schweiß gebauten ›Kreml‹ brennen sah und die Feuerlohen aus dem Dach schlugen. Am Fluß züngelten die Flammen an der Goldwaschmaschine empor. Statt Wasser hüpften jetzt Flämmchen die Rinnen hinauf und fraßen sich in dem trockenen Holz der Gestänge weiter. Auch die Außenwände von Andreas' Hütte begannen zu knacken ... vom Dach her, wohin sie nicht mehr gelangen konnten und wo ein Haufen der Brandfackeln lag, kroch das Feuer in die Ritzen der Stämme und ließ das trockene Moos, mit dem man sie ausgestopft hatte, wie Zunder auflodern.

Die jakutischen Reiter hatten sich zurückgezogen. Noch einmal waren sie vorbeigejagt, und Putkin hatte seine letzte Handgranate unter sie geworfen. Es war ein Volltreffer. Fünf Pferde und sieben Reiter bildeten ein schreiendes Knäuel aus Leibern und Gliedmaßen, und vor allem die Todesschreie der Pferde übertönten das Prasseln des Feuers und das kanonenartige Zerbersten der dicken, trockenen Stämme unter der Kraft der Flammen.

»Meine Maschine!« brüllte Putkin. »Mein Gold! Mein Haus!«

Er stand ungeschützt vor Andreas' Haus, rauchgeschwärzt, aus Wunden blutend, die er gar nicht spürte, und starrte auf den feurigen Untergang. Nun brannte auch um sie herum der Wald ... die turmhohen Bäume verwandelten sich in riesige Fackeln, die Luft war erfüllt vom Knattern und Zerspringen der flammenden Äste. In diese Laute der Vernichtung mischten sich der herbe, fast betäubende Geruch des in der Gluthitze verdunstenden Harzes der brennenden Kiefern- und Fichtennadeln und der süßliche Duft der Birken ... ein grandioser Leichengeruch der sterbenden Taiga am Fluß Tjung.

»Ins Wasser!« brüllte Putkin. Er riß die Susskaja an sich, und obwohl sie sich wehrte und um sich schlug, ihm auf die Nase boxte und ins Gesicht biß, trug er sie zum Fluß und warf sie mit einem Schwung, wie es nur Putkin konnte, in die hier noch träge Strömung.

»Amalja!« kreischte Katja Alexandrowna. Sie war nicht mehr wiederzuerkennen, ihr verzerrtes Gesicht wirkte von der unerträglichen Hitze, die jetzt von der brennenden Taiga herüberwehte, wie zerschmolzen und bis auf die Knochen bloßgelegt. Sie schwamm zurück zum Ufer, kämpfte gegen die Wellen an und schrie ohne Unterbrechung: »Amalja! Ich will mein Kind! Amalja!«

»Bleib im Wasser!« brüllte Putkin zurück. »Ich hol dir deinen Balg! Bleib doch im Wasser, Katja!« Er rannte zurück zu dem jetzt hell brennenden Haus. Andreas kam ihm schwankend und blutverschmiert entgegen. Er trug das Kind in der Deckenrolle an seine Brust gepreßt. Ein niederbrechender Balken hatte seinen Kopf getroffen. Mit Amalja im Arm war er ein paar Sekunden ohnmächtig gewesen und hatte unter dem brennenden Holz gelegen.

»Lebt sie?« keuchte Putkin. Er blickte auf das Kind. Die Decke war angesengt, das Säuglingsköpfchen dunkel vom Rauch.

»Sie lebt ...«, stammelte Andreas. »Sie lebt, Igor.« Er starrte auf den Wald ... eine riesige, den Himmel erfassende flammende Wand, die ihre Glut wegblies auf diese vier armseligen Menschen.

Die Jakuten waren weggaloppiert, selbst vor dem Feuer flüchtend, das sich riesig über den trockenen Boden, die ausgedörrten Büsche und die pulvertrockenen Zweige weiterfraß. Auch die Reiter am anderen Ufer waren weggeritten ... die Pferde scheuten nun doch vor dieser himmelhohen Feuerwand und drohten in Panik zu geraten und den Gehorsam zu verweigern.

»Igor ...«, stammelte Andreas. Er hielt Putkin das angesengte Bündel mit Amalja entgegen. »Igor Fillipowitsch ... ich flehe dich an ... die Zeit ist da ... Igor ...«

»Ins Wasser, du Narr!« Putkin faßte Andreas an der Schulter, drehte ihn um, gab ihm einen Tritt in den Hintern, und Andreas stolperte weiter, hinunter zum Fluß, aus dem Katja gerade herauskam.

»Andrej!« schrie sie und breitete die Arme aus. »Du hast sie ... du hast Amalja ... O Andrej — Andrej ...«

Sie liefen sich entgegen, blieben kurz voreinander stehen, warfen sich dann herum und flüchteten zurück in den Fluß. Bis zum Hals wateten sie hinein, das Kind über ihre Köpfe tragend, aber auch hier erfaßte sie der Glutatem; so weit sie sehen konnten, bis zu dem Felsental und auf der anderen Seite bis zu der großen Flußkrümmung, gab es nur noch eine Feuerwand, ein einziges Zischen und Prasseln, Zerbersten und Flammenrauschen, sie sahen keinen Himmel mehr, denn wo einmal der Himmel gewesen war, leuchtete nur rote Glut und zogen feurige Nebel träge über den Fluß.

Plötzlich war Putkin neben ihnen, ein Monstrum aus Ruß, Asche, Blut und Haaren.

»Wir müssen zu der verdammten Steininsel!« rief er. »Hier braten wir im Wasser! Nur in der Mitte des Flusses sind wir sicher.« Er griff nach oben, nahm Amalja aus Andreas' Händen und drückte sie Katja auf den Kopf. »Halt sie fest!« sagte er dabei. »Ganz fest. Die Strömung ist stark. Aber ich habe eine Stelle gefunden, wo man zwischen den Steinen stehen kann und nicht weggeschwemmt wird.«

Er schwamm voraus, mit kräftigen Armzügen und einem Schlagen der Beine, als könne er den Fluß und seine Strömung aus der Richtung treten. Als er die Stelle gefunden hatte, schwamm er zurück, nahm der Susskaja das Kind ab und hielt es hoch über seinen Kopf, legte es dann auf die glatte Felsenkuppel mitten im strudelnden Wasser und wartete, bis Katja ihn erreicht hatte.

»Hier«, sagte er. »Hier kannst du stehen. Klemm dich mit dem Rücken in den Spalt, und halt das Kind immer auf dem Felsen fest.« Die Strömung packte sie, das Wasser schäumte um die kleine Steininsel und spritzte über Katja und das Deckenbündel mit dem Säugling. »Es wird nicht ersaufen«, keuchte Putkin, als Katja ihn stumm aus weit aufgerissenen Augen anstarrte. Sie war unfähig, noch zu sprechen ... der Anblick des bis zum Himmel lodernden Waldes brannte auch ihre Stimme weg. »Halt es nur immer fest, laß es nicht herunterrutschen.«

»Wo ... wo ist Andrej ...«, sagte die Susskaja kaum hörbar. Das Prasseln der Flammen und das gurgelnde Rauschen des Flusses übertönten alles. Aber Putkin las ihr die Frage von den Lippen ab.

»Zurück zum Flugzeug!« rief er.

»Was ist er?« Diesen Schrei hörte er ... »Igor, das hast du nicht verhindert?« Sie wollte sich herumwerfen, aber Putkin drückte sie in den schützenden Felsenspalt zurück.

»Bleib stehen, du schwarzes Luder!« rief er. »Ich schwimme ihm nach. Soll das Flugzeug auch verbrennen? Wir werden versuchen, es hierher zu ziehen.«

»Gegen die Strömung?«

Ein neuer Wasserschwall ergoß sich über die Susskaja. Sie fragte nicht mehr, umklammerte ihr Kind, hielt es auf dem Steinbuckel fest und drückte den Kopf gegen die Oberarme. So blieb sie stehen, von den Strudeln umquirlt, mit den Schultern gerade aus der Strömung ragend, aber es war kühl, die von der Glut ausgetrocknete Haut schien sich vollzusaugen. Sie fühlte, wie neue Kraft in sie hineinfloß. Eine herrliche Kühle, die begann, ihr ein falsches Bild von Hoffnung und Rettung vorzugaukeln, und sie dachte, so wie eine Platte mit einem Riß immer das gleiche Wort abspielt, nur noch: Ich lebe ... ich lebe ... ich lebe ... Amalja lebt ... Andrej lebt ... wir leben ... leben ... leben ...

Um sie herum verendete die Taiga mit einem Gebrüll von Lauten, wie es nur die Natur ausstoßen kann.

Es war ein Kampf gegen den Fluß, der sie völlig auslaugte.

Auf den schwankenden hölzernen Schwimmern, die Andreas montiert hatte, drückten Putkin und Andreas das Flugzeug gegen die Strömung zur Insel. Solange sie im seichten Wasser blieben, gewannen sie einige gute Meter. Aber hier traf sie die Glut des brennenden Waldes, der feurige Hauch lag auf ihnen wie ein heißes Tuch, das die Haut versengt, sie rangen nach Luft, tauchten die Köpfe in den Fluß, kühlten sich ab und stemmten sich dann erneut gegen Glut und strömendes Wasser.

Je weiter sie aber in den Fluß hineinkamen, um so härter packte sie die Strömung, das Flugzeug tanzte herum, drehte sich zur Seite, schwankte wie ein Betrunkener und drückte sie immer wieder unter Wasser. Putkin hing nach kurzer Zeit an seinem Schwimmer, spuckte ihn an, hieb mit der Faust darauf und brüllte: »Du Hurenaas! Vor den Flammen sind wir sicher, sollen wir jetzt im Fluß verrecken?«

Sie ruhten sich ein paar Minuten aus, sorgten nur dafür, daß sie nicht zu weit abtrieben, sammelten neue Kraft, und sie kam fast von allein, wenn sie hinüber zum Wald blickten, zu diesem feurigen Inferno mit seinen roten Rauchschwaden, den knackend und zischend flammenden Ästen und den zusammenbrechenden Stämmen der jungen Zirbelkiefern. Die Hitze wurde immer unerträglicher, sie tauchten wieder die Köpfe in den Fluß, ließen sie abkühlen und stemmten sich dann wieder mit dem Flugzeug gegen die Strömung.

»Wir schaffen es so nie!« schrie Putkin. Er hing wieder an dem linken Schwimmer und trat das Wasser unter sich weg. »Du bist gegen mich ein Vögelchen, Andrej. Klettere in die Kanzel, dort liegt ein Seil, bind es um das Gestänge, und ich schwimme voraus zur Insel. Ich ziehe, du drückst ... dann muß das Mistding kapitulieren!«

Es dauerte eine Stunde, bis Andreas das Seil befestigt und Putkin wieder zurück zur Insel geschwommen war, das Seil um seine Bärenbrust geknotet. Die Susskaja stand noch immer bis zum Hals im strömenden Wasser und hielt ihr Kind mit beiden Händen auf dem glatten, flachen Felsenbuckel fest. Die Wirkung von Kyrills Wundertee hatte nachgelassen, Amalja weinte leise, greinend, so wie eben ein Säugling weint, der gerade aus dem Schlaf erwacht ist und sich in seiner Welt noch nicht zurechtfindet.

»Geht es noch?« keuchte Putkin. Er zwängte sich neben Katja und stemmte die dicken Beine gegen die Steine. »Du mußt allein durchhalten, Täubchen! Jetzt kann dir keiner helfen.«

Die Susskaja nickte. Das Wasser spritzte immer wieder über ihren Schädel, die langen Haare pappten um ihren Kopf wie dicke schwarze Sirupsträhnen, nahmen ihr die Sicht, verklebten ihr die Augen, aber sie konnte sie nicht wegstreifen, ohne Amalja loszulassen. So stand sie im Wasser, nur an das Kind denkend, nur noch eine Kraft in sich: Wir müssen leben! Wir müssen leben!

»Wo ist Andrej?« schrie sie kurz. Putkin hatte mit beiden Händen das Seil gefaßt und begann zu ziehen.

»Er hängt am Flugzeug! Ihm geht es gut! Noch zwanzig Meter, zum Teufel, dumme zwanzig Meter, und wir sind alle Sorgen los! Ziiieeehet an! Ziieeehet an!«

Er brüllte sich diesen alten Schlepperruf zu, mit dem früher die Schiffe an langen Tauen die Ströme hinaufgezogen wurden, von Station zu Station. Lange Reihen nach vorn gekrümmter, sich in die Seile stemmender Männer, Meter um Meter angetrieben von dem Aufschrei: Ziiiieeehet an! Oder begleitet vom dumpfen Gesang der Flußsklaven.

Es gelang ... Putkin zog. Andreas drückte. Und das Flugzeug trudelte auf die Felseninsel zu, die hölzernen, primitiven, mit Baumharz abgedichteten Schwimmer stießen gegen die Steine und zerbarsten nicht.

»Eine gute Arbeit!« schrie Putkin zu Andreas hinüber, der röchelnd von Erschöpfung die letzten Meter wegdrückte. Er konnte jetzt stehen, hatte Grund unter sich und stemmte sich gegen die schäumenden Wasser. »Die Schwimmer sind stabil. Meine Gratulation! Aber es ist ja auch sibirisches Holz, Söhnchen!«

Dann lachte er, sein breiter Mund klaffte auf, seine Augen strahlten, er legte sich in das Seil, zog die trennenden fünf Meter, als gelte es, den Nabel der Welt herauszuziehen, und benahm sich direkt kindisch vor Freude. Als er das Flugzeug in das ruhigere Wasser zwischen den Steinen gezogen und festgebunden hatte, umarmte er Andreas, küßte ihn auf beide Augen und erdrückte ihn fast.

»Sind wir Kerle, Andrej, was?« schrie er. »Wer macht uns das nach? Wir haben uns selbst neu geboren!«

Andreas nickte stumm. Die Erschöpfung ließ keine Worte mehr zu. Er watete hinüber zu Katja, strich ihr die festgeklebten nassen Haare aus dem Gesicht und küßte sie. Dann packte er das Deckenbündel mit der weinenden Amalja und lehnte sich gegen den großen, glatten Stein.

»Ruh dich jetzt aus«, sagte er mit kurzen, pfeifenden Atemstößen. »Halt dich an mir fest. Ich habe Amalja sicher im Griff ...«

Sie nickte, umklammerte von hinten seinen Leib und drückte sich an ihn. Die schäumende Strömung klatschte wieder über ihre Köpfe, sie zogen die Schultern hoch und hielten den Atem an, solange das Wasser über sie herfiel.

Die Glutschwaden zogen jetzt bis zu ihnen hinüber. So weit sie sehen konnten, brannte nun der Wald, das Feuer kroch hinter dem Felsental den Berg hinauf, eine flammende Schlange, die sich von Baum zu Baum schwang und sie wie riesige Fackeln anzündete. Der sonnige, tiefblaue Himmel war unsichtbar geworden ... nur noch heißer Rauch, rötlicher Nebel wallte über die sterbende Taiga.

Putkin starrte hinüber zu den Häusern. Andreas' Hütte war zusammengefallen, Putkins mächtiger dicker ›Kreml‹ stand noch, ein gewaltiger Scheiterhaufen, aus dem prasselnd die Flammen schlugen. Ab und zu knallte es laut, wie eine kleine Explosion ... dann verzog Putkin das Gesicht und schlug ein Kreuz.

Serikows Schnapsflaschen. Der gute Wodka. Er war es wert, daß man sich bekreuzigte. So sparsam war man mit ihm gewesen, hatte sich immer nur ein Schlückchen gegönnt. Der Teufel hole die Mäßigung, da hat man es wieder!

Plötzlich hob Putkin den Kopf und lauschte. Ein fremder Laut hatte sich in das Prasseln des Feuers und das Rauschen des Flusses gemischt. Ein merkwürdiger, durchdringender, alle Töne des Unterganges übertönender Schrei. Auch Andreas und die Susskaja hatten ihn gehört und drehten die Köpfe zum Ufer.

Da war er wieder. Langgezogen, klagend, erschütternd, wie aus einer verbeulten, verrosteten Trompete. Putkin begann unruhig zu werden und löste sich von dem Stein und dem linken Flugzeugschwimmer. Und plötzlich begriff er, was es war, fuhr es ihm in die Knochen wie ein feuriger Strahl und ließ seinen Mund qualvoll aufreißen.

»Maruta!« schrie er Andreas zu. »Maruta! Wir haben Maruta vergessen! Sie verbrennt! Maruta verbrennt ...«

Er stieß sich ab und warf sich in den Fluß. Ebenso flink schnellte sich Andreas vorwärts, während die Susskaja wieder nach Amalja griff und das Bündel auf dem Stein festhielt.

»Zurück, Igor!« brüllte Andreas. »Du bist ja wahnsinnig! Du kannst doch jetzt nicht mehr an Land! Igor!«

Er erreichte Putkin, bevor er die schützenden Steine verließ und in den freien Strom schwimmen konnte. Mit beiden Händen klammerte er sich an ihm fest und wollte ihn hindern, weiterzuschwimmen.

Putkin wandte den Kopf. Er sah schrecklich aus, ein Gesicht, von der Verzweiflung zerstört. »Laß mich los, du Idiot!« keuchte er. »Laß mich sofort los! Maruta verbrennt!«

»Du kannst doch nicht wegen einer Elchkuh in die Flammen zurück!«

»Laß mich los, sag ich! Was verstehst du davon? Es ist Nadeshna ... es ist das Letzte, was ich von Nadeshna habe. Auf Maruta ist sie geritten ... auf Maruta haben sie sie erschossen! Nadeshnas Blut klebt in ihrem Fell. Nadeshnas heiliges Blut! Laß mich los!«

»Zurück, Igor!« brüllte Andreas noch einmal. Er versuchte, sich auf Putkins breiten Rücken zu werfen und ihn damit unter Wasser zu drücken. Aber der Riese erkannte diese Absicht. Er warf sich im Wasser herum, hob die Faust und schlug sie Andreas gegen die Stirn. Es war kein voller Schlag, denn der hätte Andreas getötet, ein Schlag von Putkin beulte Baumstämme ein ... so aber genügte er, daß Andreas losließ, halb betäubt in der schäumenden Strömung trieb und unfähig war, Putkin weiter festzuhalten. Er konnte sich nur noch an einen der dicken Steine treiben lassen und zwängte sich in einen Spalt, wo er wieder Grund fand und sich an die Felsen pressen konnte. Alles um ihn herum drehte sich, der flammende Wald und der gurgelnde Fluß zerflossen zu einer Einheit, zu einem rötlich milchigen Brei, durch den ganz fern Katjas entsetzte Stimme tönte.

»Andrej! Halt dich fest! Halt dich fest! Igor! Bleib hier! Bleib hier! Igor ...«

Wohl noch nie hat ein Mensch mit so kräftigen Armschlägen einen Fluß durchschwommen wie Igor Fillipowitsch Putkin den sibirischen Tjung. Er warf sich mit aller verzweifelten Angst um Maruta gegen den Strom, tauchte weg, schoß wie ein riesiger Fisch vorwärts und kletterte am Ufer an Land, kroch auf Händen und Knien vorwärts, nach Atem schöpfend und doch nur die glühheiße Luft einsaugend, taumelte dann an dem lodernden Aschenhaufen von Andreas' Hütte vorbei und sah Maruta in ihrem Pferch hin und her rennen. Das Feuer hatte sich über den Boden vorwärtsgefressen, züngelte über das trockene Gras und die harten Schilfbüschel wie an einer Lunte entlang, hatte die Stämme des Pferches bereits erfaßt und wie Fackeln entzündet. In diesem Feuerkreis irrte Maruta herum, den Kopf in den Nacken gebogen, mit hervorquellenden Augen und schrie ... schrie ... schrie ihre schauerliche Todesangst heraus.

Putkin schwankte weiter. Er spürte nicht, daß unter seinen Füßen das Gras brannte, daß er mit nackten Sohlen durch das Feuer ging ... er sah und hörte nur Maruta und dachte: Nadeshna ruft! Sie verbrennt! Meine Nadeshna! Die einzige Liebe, die ich im Leben hatte ... sie verbrennt ...

Mit seinem riesigen Körper durchbrach er, einer Ramme gleich, den brennenden Pferch, Maruta rannte zu ihm, noch fürchterlich schreiend, er umfaßte ihren Kopf, drückte ihn an sich und sagte atemlos: »Ich bin hier, mein Liebling, hier bin ich ja. Sei still, mein Tierchen, sei still. Wer wird denn Angst haben, wenn Igor Fillipowitsch bei dir ist? Rouh-rouh-rouh ... ganz still, Maruschka! Was kümmert uns der brennende Wald, ha? Was geht er uns an? Wir sind ja wieder zusammen ...«

Er packte die Elchkuh an den langen Halshaaren, zerrte sie hinter sich her und durchbrach wieder den Feuerkreis des Pferches. Aber selbst Putkin hatte nicht mehr die Kraft, die vor Angst wahnsinnige Maruta noch länger festzuhalten. Kaum hatten sie die Feuerwand durchstoßen und liefen nur noch über das brennende Gras, stieg Maruta auf die Hinterläufe und machte einen wilden Satz vorwärts. Putkin hing an ihrer Mähne, er wollte etwas schreien, aber die Angst des Tieres war größer als Putkins Gewicht und seine sich festkrallenden Finger. Mit einem einzigen Kopfschütteln und einem gewaltigen Ruck befreite sich Maruta, schleuderte Putkin von sich und rannte hinunter zum Fluß und am

Ufer entlang den Strom abwärts, wo sie in den roten Rauchschwaden verschwand.

Putkin aber war durch die Luft geflogen wie ein großer Klotz. Krachend landete er in dem glühenden Aschenhaufen von Andreas' Hütte, mitten hinein stürzte er, eine Funkenwolke und flammende Balkenteile hüllten ihn ein. Es war, als bräche dort ein kleiner Vulkan aus, feurige Schwaden aus brennender Asche staubten auf und bildeten einen Pilz, der mit schrecklicher Langsamkeit wieder in sich zusammenfiel.

Putkin kroch durch die glühenden Haufen ins Freie. Er schrie nicht, er sah auch nichts mehr, er kroch nur, weil sein Instinkt, diese Urkraft, leben zu wollen, ihn dazu trieb ... Geschwärzt von der Asche, mit brennenden Holzteilen auf seinem Rücken und glühendem fettem Staub über dem ganzen Körper, wälzte er sich zum Fluß, rollte und kroch durch das glimmende Gras, erreichte das Flußufer und warf sich in das seichte Wasser.

Hier blieb er liegen, das Feuer auf seiner Haut verzischte, Dampf stieg von seinem zerstörten Körper auf, er drehte sich auf den Rücken — und jetzt erst spürte er die Schmerzen, die ihn völlig zerrissen, die so unerträglich waren, als sei die ganze Sache auf seinen Leib gefallen. Da begann er zu brüllen, ungehemmt, mit geblähten Lungen ... er brüllte und starrte in den Himmel, aber der Himmel war nicht mehr da, sondern nur eine bis in das Hirn bohrende, stechende Schwärze. Er trommelte mit den Beinen auf das Wasser, warf sich hoch, krümmte sich in der Luft und stürzte wieder zurück in den Fluß, und in den leergebrannten Augenhöhlen blieb das Wasser stehen wie in kleinen schwarzen Kratern.

Katja Alexandrowna und Andreas hatten sich umarmt und das Bündel mit Amalja zwischen sich genommen, preßten ihre Gesichter gegen die Schulter des anderen und kniffen die Augen zu, als Putkin drüben in die flammenden Trümmer des Hauses geschleudert wurde.

Der Fluß schäumte über ihre Köpfe, sie duckten sich, krochen fast ineinander und warteten, daß Putkins fürchterliches Schreien die brennende Taiga übertönte. Aber nichts geschah. Nach einigen Minuten wagte es Andreas, den Kopf zum Ufer zu drehen. Er sah noch, wie sich Putkin in das seichte Wasser wälzte, aus ihm wieder herausschnellte wie ein harpunierter Riesenfisch, der ganze brennende Körper nur noch ein zuckender Schmerz, und dann zurückfiel auf den Rücken und langgestreckt liegenblieb mit ausgebreiteten Armen.

Andreas hielt das Kind an sich gepreßt, starrte auf Putkin und begriff nicht, daß ein Mensch, der so verbrannt war, noch herumkriechen konnte und versuchte, sich in das Leben zu flüchten. »Er lebt noch ...«, stammelte er. »Katja, er lebt noch ...«

Er drehte sich um. Aber wo die Susskaja eben noch am Felsen gehangen hatte, war der Platz leer. Sie war aus den schützenden Steinen hinausgesprungen und schwamm bereits gegen die Strömung zur Mitte des Flusses.

»Katja!« brüllte Andreas in höchster Angst! Er drückte das Kind an sich und mußte es wieder hoch auf den glatten großen Stein legen. Die Wellen klatschten über ihn hinweg, er war zur Untätigkeit verurteilt. »Katja! Das kannst du nicht tun!«

Sie wandte den Kopf und ließ sich treiben. Ihre Stimme war so deutlich, als schreie sie Andreas ins Ohr.

»Er hat es verdient, Andrej! Er war unser Freund! Einer muß jetzt bei ihm sein.«

»Du kannst doch nicht mehr helfen, Katja!« schrie Andreas zurück. »Katja! Sei doch vernünftig!«

Sie antwortete nicht mehr, drehte sich wieder auf den Bauch und schwamm weiter. Unterhalb der verbrannten, noch glühenden Goldwaschmaschine kam sie an Land, watete durch das seichte Wasser bis zu Putkin und fiel neben ihm in die Knie. Sie hatte schon viele Tote gesehen in den Kliniken, zerfetzte Menschen, durch

Unglücke und Explosionen verstümmelte Leiber … doch dies hier war der grausigste Anblick, den sie je ertragen mußte. Sie faßte Putkins zuckende rechte Hand, einen der wenigen Körperteile bei ihm, die man noch anfassen konnte, hielt sie fest und beugte sich über seinen zerstörten, einstmals so grandios urweltlichen Kopf. Die ausgebrannten Augenhöhlen glotzten sie an.

»Igor Fillipowitsch …«, sagte sie tonlos. Es war nicht mehr ihre Stimme, es war irgendein fremder Ton, der Worte wegtrug. »Igorenka … was kann ich noch für dich tun?«

Und das Unbegreifliche geschah: Diese verbrannte Masse im schwabbenden Wasser riß den Mund auf und antwortete ächzend: »Tu ein gutes Werk, Täubchen … nimm einen großen Stein und erschlag mich …«

»Ich werde es tun, Igorenka …«, sagte die Susskaja leise. »Bei Gott, ich werde es tun.«

Sie wußte nicht, ob Putkin es noch hörte … er lag ganz still, seine riesige Hand wurde schwer in Katjas Fingern, und sie rührte sich nicht, aber mit den Augen suchte sie wirklich nach einem Stein, der groß genug war, um Putkins Kopf mit einem Schlag zu zertrümmern. Hätte sie noch das Gewehr oder die Pistole gehabt … sie hätte Putkin sofort von seiner unerträglichen Qual befreit.

Die Gluthitze prallte jetzt wieder gegen sie. Ihre nasse Haut trocknete schnell, und sie spürte, wie sie zu verdorren begann. Der Brand fraß sich überall weiter, er mußte schon eine Fläche von vielen Werst erreicht haben und kam vielleicht erst zum Stehen, wenn er an einen anderen Fluß gelangte. Das konnten Hunderte von Werst sein … die Taiga brannte ungehemmt wie ein weit verstreutes Feld voller Stroh …

Katja Alexandrowna wußte nicht, wie lange sie neben Putkin kniete, seine Hand hielt und hinüber zu der Steininsel starrte, auf der Andreas stand, das Deckenbündel mit Amalja auf dem hohen Stein festhaltend, umschäumt von dem Gischt des sich brechenden Wassers. Erst als die Susskaja sah, daß Putkins Mund weit geöffnet war und eine Flußwelle in sich hineinspülte, ohne daß er zu schlucken, zu husten oder zu würgen begann, erkannte sie, daß er gestorben war. Sie ließ seine Hand fallen, stand auf, schob den schweren verbrannten Körper in den Fluß, bis ihn die schnelle Strömung erfaßte und aus ihren Händen riß ... »Geh hinein in deine Taiga!« schrie sie Putkin nach, als er abtrieb. »Geh in deine geliebte Taiga ...«

Dann schwamm sie zur Insel zurück und drückte ihr Gesicht an Andreas' Rücken. Ihr Schluchzen übertönte selbst das Gurgeln und Schäumen des Wassers.

»War er schon tot?« fragte Andreas später. Sie standen wieder nebeneinander und hielten Amalja gemeinsam auf dem hohen Stein fest.

Die Susskaja blickte mit starren Augen zu dem brennenden Wald. »Laß uns nicht mehr von ihm sprechen, Andrej ...«, sagte sie nach einer ganzen Zeit. »Er war ein Scheusal ... aber daß euer Gott ihn so sterben ließ, war eine billige Rache!«

Am Abend kam ein Wind auf, ein scheußlicher Wind nach Wochen fast völliger Windstille. Er trieb mit einem höllischen Singen Wolken von Funken über den Fluß, weckte die verglühenden Stämme zu neuem Flammenleben und trug den Brand tiefer ins Land.

Als es Nacht geworden war, brannte auch die andere Uferseite.

Der Feuerkreis war vollkommen. Es gab nur noch einen Ort, wo man überleben konnte: der Fluß.

Aber kann man stundenlang oder tagelang in einem Fluß stehen?

35

Sie standen drei Tage und zwei Nächte im strömenden Wasser und begriffen selbst nicht, wie das möglich war.

Sie standen bis zu den Schultern im Wasser, immer wieder von höheren Wellen überspült, und hielten abwechselnd das Kind auf dem flachen, glatten Stein fest. Ihre Beine, ihre Körper schwollen an, schwemmten auf, wurden gefühllos ... wenn sie ihr Fleisch anfaßten, fühlte es sich wie Brei an, der leimig an den Knochen klebte. Aber sie standen und hielten das Kind über den Fluß ... und nur das Kind gab ihnen die Kraft, ihren vom Wasser durchweichten, unterkühlten Körper zu spüren.

Um sie herum verbrannte die Welt. Der Wind jagte die Flammen weiter und blies die Funkenwolken über Hunderte von Werst ins ausgetrocknete Land.

In Wiljuisk und Suchana, in Shigansk an der Lena und in den Geologenlagern am Olenek hatte der riesige Brand schon Alarm ausgelöst. Militärflugzeuge stiegen auf und kreisten über dem in Feuer und heiße Nebel gehüllten Gebiet. Die Distriktkommandantur in Jakutsk gab Befehl, alle aus der Taiga flüchtenden Nomaden, Jäger und Geologen in Notlagern zu sammeln. Herden wilder Rentiere hetzten aus dem Brandgebiet, Bären, Luchse, Marder und Iltisse, Füchse und Biber, ganze Wolken wilder Schwäne und Sumpfhühner, Haselhühner und Krickenten, Gänse und Kraniche flohen vor dem Feuer zu den großen Flüssen Lena und Wiljuj, Olenek und Markuoka. Aus den Beobachtungsflugzeugen wurden die Planquadrate der von der Zerstörung betroffenen Taiga gefunkt.

»Bis jetzt stehen 2025 qkm Wald in Brand«, sagte der für die Forstwirtschaft zuständige Beamte in Jakutsk gleichgültig. »Wir haben schon Schlimmeres erlebt, Genossen. Wissen Sie noch ... vor ein paar Jahren ... dieser riesige Flächenbrand? Die meteorologische Station in Suchana meldet, daß der Wind morgen wieder abdreht und einschläft. Damit ist die größte Gefahr vorbei. Rechnen wir damit, daß dann rund 5000 qkm Taiga zerstört sind. Die Ursache? Immer das gleiche. Selbstentzündung oder irgendwo ein Idiot von Jäger, der seine Papyrossi wegwirft, ohne sie auszutreten. Wer kann das jemals nachprüfen? Nennenswerter Schaden ist jedenfalls nicht entstanden.«

5000 qkm Taiga ... was ist das schon? Man hat genug davon. Kein nennenswerter Schaden. Wie treffend. Was war ein Igor Fillipowitsch Putkin schon wert?

Laßt es brennen, Genossen. Alles auf Erden beruhigt sich einmal, auch das Feuer. In ein paar Jahren wachsen aus der Asche schon wieder Millionen neuer Fichten, Kiefern und Birken. Dieses Land, unser Sibirien, lebt ewig ...

Nach der ersten Nacht im Wasser hatte Andreas allerhand zu tun. Der Wind trieb immer dichtere Funkenwolken über den Fluß zum anderen brennenden Ufer und überschüttete damit auch das zwischen den Steinen festgeklemmte und angeseilte Flugzeug.

»Es wird explodieren!« schrie er Katja ins Ohr. »Die Benzintanks sind voll! Wir werden in die Luft fliegen!« Er gab der Susskaja ihr Kinderbündel und kletterte durch die Steinhaufen und die Strömung zu dem schaukelnden Flugzeug. Dort zog er sein zerfetztes Hemd aus, stemmte sich an dem Gestänge der Schwimmer hoch und hängte das nasse Hemd über den Motor. Es war ein erbärmlicher Schutz, er sah das ein, zog deshalb auch noch seine Hose aus und begann damit, als sei sie eine große Fliegenklatsche, die Funken wegzuschlagen, die der Wind herüberblies. Immer und immer wieder klatschte die nasse Hose auf das Flugzeug. Andreas stand nackt auf einem der hölzernen Schwimmer, sprang ab und zu zurück ins Wasser um sich abzukühlen, und nahm erneut den Kampf gegen die Funken wieder auf.

Bis zur totalen Erschöpfung schlug er mit der nassen Hose um sich, lehnte sich dann mit keuchendem, pfeifendem Atem an die Maschine und kapitulierte vor dem Feuer und dem Wind. Er blickte mit traurigen Augen hinüber zu Katja und seinem Kind und nickte ihnen zu.

Es ist soweit, Katjenka. Wir haben den Kampf verloren. Die Taiga ist stärker. Hat sie nicht selbst einen Putkin umgebracht? Was sind wir gegen Igor Fillipowitsch? Du kannst nicht beten ... du willst nicht beten ... Katja, tu es jetzt um unseres Kindes willen. Tu es ... Bete ... In einer Feuerwolke werden wir untergehen. Das Flugzeug ist randvoll mit Benzin ... und hinten liegen die Kanister ... Katja, ich habe keine Kraft mehr, auch nur einen Funken noch auszuschlagen ... Ich habe keine Kraft mehr ...

Doch dann ließ der Wind allmählich nach, die Funkenwolken erreichten nicht mehr die Insel und das Flugzeug, sie staubten glühend in den Fluß und trieben als Aschenflecken stromabwärts. Andreas zog seine Hose wieder an, riß das Hemd vom Motor, ließ es noch einmal mit Wasser vollsaugen und warf es wieder über die Maschine.

Die Susskaja hörte nicht, wie er zurückkam. Sie stand im Wasser, festgeklemmt in einer Steinspalte — nur so konnte sie nicht umfallen —, hielt mit beiden Armen Amalja auf dem Felsen und hatte die Augen geschlossen. Sie schlief im Stehen. Andreas nahm ihr das Kind ab, ihre Arme fielen vom Felsen, klatschten an ihren Körper zurück, aber sie merkte auch das nicht. Sie schlief weiter, von der Erschöpfung in eine Art Ohnmacht versenkt.

Amalja war ruhig. Sie hatte sich ausgeschrien. Den ganzen Tag hatte ihr helles Schreien auf Andreas eingehackt, hatte ihn mit jedem Ton aufgespalten.

»Sie hat Hunger«, sagte Katja. »Sie muß etwas haben …«

»Ich werde versuchen, einen Fisch zu fangen«, keuchte Andreas. »Kann man mit den bloßen Händen einen Fisch fangen? Igor Fillipowitsch konnte es, er konnte einfach alles. Ich will es versuchen …«

»Fisch! Sie kann doch keinen rohen Fisch essen! Willst du sie umbringen?«

Die Susskaja riß ihre Bluse auf und wickelte Amaljas Köpfchen aus den nassen Decken. Ihr Gesichtchen war nur Mund, ihr Leben nur ein einziger Schrei. »Mein armes Vögelchen«, sagte Katja leise und drängte den schreienden Kopf an ihre Brust. »Trink, mein Liebling, trink. Deine Mamuschka ist doch da … sie ist immer da, mein Schwänchen, immer … sie wird immer für dich da sein … trink, mein Liebling …«

Amalja preßte die Lippen auf Katjas volle Brust. Und dann trank sie, als sei sie ein Schwamm, schmatzte und sog, und die kleinen Fäustchen ballten sich und öffneten sich, die Fingerchen griffen zu der anderen Brust und krallten sich in sie fest, und während den winzigen Körper noch das Schluchzen schüttelte, war es, als quelle das Kind auf wie eine Trockenfrucht, die man ins Wasser legt.

Die Brandung an den Steinen schäumte über Katja und Amalja hinweg, aber jetzt gab es den Fluß nicht, nicht die Strömung, nicht den flammenden Wald und über ihnen die heißen, roten Wolken. Sie waren ganz allein mit sich, eingebettet in ein stilles, gemeinsames Glück. Eine Mutter und ihr Kind … was war gegen sie die Taiga? Ein Wald, ein Stück Land, nichts Nennenswertes …

Fünfmal am Tage wiederholte sich das: Katja stillte mitten im Fluß ihr Kind. Fünfzehnmal in diesen drei Tagen stand sie mit bloßen Brüsten in der Strömung, schob sich an den Steinen empor, die Zehen in irgendwelche Ritzen verkrallt, und Andreas stützte sie von unten. Manchmal saß sie auf seinen vor dem Leib gekreuzten Armen und stemmte die Füße gegen die Felsen, und er biß sich die Lippen blutig vor Erschöpfung. Ich kann dich nicht mehr halten, Katja! Ich kann nicht mehr ... meine Arme werden lahm ... Katja. Ich kann nicht mehr!

Er konnte. Er mußte es können ... denn anders konnte Amalja nicht trinken, Katja mußte mit den Brüsten aus dem Wasser heraus, aber die flachste Stelle, an der sie standen, ließ immer noch den Fluß bis unter ihre Achseln spülen. Und wenn eine größere Welle kam, überrauschte sie auch immer ihre Köpfe.

Drei Tage und zwei Nächte standen sie im Fluß.

Ihre Körper waren keine Körper mehr, ihre Gedanken verirrten sich, manchmal lachten sie sich an, wenn die Wellen sie überspülten, ein Lachen voller Irrsinn, oder sie preßten sich nebeneinander an den Felsen, hielten Amalja weiter über das Wasser und keuchten so sinnlose Dinge wie: »Erinnerst du dich, wie Nadeshna den Hasenrücken mit Salbei briet? Ich rieche ihn, Katjenka ...« Und sie antwortete ebenso voll irrer Fröhlichkeit: »Und die Blinis aus Gänseeiern, gefüllt mit gebratenem Fisch. O ja, sie konnte kochen, unsere Nadeshna Iwanowna ...«

Drei Tage und zwei Nächte in einem Fluß. Und sie lebten weiter.

Wer sagt da, es gäbe keine Wunder mehr?

Am Abend des dritten Tages war das Feuer weitergezogen. Die Taiga um sie herum stand wie eine Mauer aus schwarzen Gerippen, himmelragende, angekohlte Stämme, nur noch Pfähle, zweiglos und kahl ... aber sie standen.

Das rasende Feuer hatte sie nicht fällen können, sie starben aufrecht und lebten doch weiter, denn in ihrem Inneren floß der Saft weiter, und die Wurzeln staken unversehrt in der ewigen russischen Erde.

Man frage nicht, wie Katja und Andreas, die kleine, schreiende Amalja über ihre Köpfe haltend, zurück an Land kamen ... sie wußten es selber nicht. Sie durchschwammen noch einmal die Hälfte des Flusses und krochen dann die flache Uferböschung hinauf, legten sich nahe bei Putkins verkohltem und zusammengebrochenem Wunderwerk von Goldwaschmaschine auf die Erde und überließen sich der Sonne und der unbegreiflichen Erkenntnis: Wir leben! Wir liegen auf einem festen Boden. Wir atmen brandgeschwängerte Luft — aber es ist Luft, die kühl ist gegen den Glutatem des Brandes. Wir liegen auf dem Rücken auf einer mit Asche überzogenen Erde, und der erste Vogel zieht über uns hinweg ... eine Wildgans, den Fluß hinaufschwebend mit peitschenden Flügelschlägen.

Die Welt ist neu erschaffen worden.

Sie lagen ein paar Minuten schwer atmend in der noch warmen Asche, hörten auf das leise Prasseln und Knacken noch kleinerer Brände und ausglühender junger Bäume und tasteten dann zur Seite, suchten ihre Hände, hielten einander fest und sahen sich mit einem matten Lächeln an.

»Wir müssen etwas essen«, sagte die Susskaja schwach. Sie zog Amalja zu sich heran. Das Kind schlief, vom Schreien total erschöpft. »Andrej, wir müssen etwas essen. Wo haben wir hier zu essen?«

»Im Flugzeug. Ein paar Konserven.« Sie hoben die Köpfe und starrten hinüber zu der zwischen den Inselfelsen schaukelnden Maschine. Sie schien ihnen jetzt so weit, so unendlich fern. Der Fluß vor ihnen wurde riesig, dehnte sich von Ufer zu Ufer wie die gewaltige Lena. Unmöglich, ihn noch einmal zu durchschwimmen. Unmöglich, an das Flugzeug heranzukommen.

»Ich habe keine Beine mehr ...«, sagte Andreas. Sein Kopf fiel in die Asche zurück. »Keine Arme, keinen Rumpf ... ich bin nichts mehr ...«

»Wir werden mit einem spitzen langen Ast einen

Fisch stechen. Einen großen Fisch, Andrej.« Sie streichelte seine aufgequollene Hand. »Braten werden wir ihn. Ein herrlicher Fisch wird es sein. An einem Stecken braten. Was wir genug haben, ist Feuer ...«

»Ich werde mich nie mehr bewegen können.« Andreas lag in der warmen Asche und blickte Katja mit tief eingesunkenen Augen an. Flacher und elender konnte kein angeschwemmtes Brett sein als er. »In einer Stunde bin ich weg, Katjenka ... von der Sonne aufgesaugt wie eine Qualle ...«

Das Reden hatte sie erneut erschöpft. Sie schwiegen, hielten sich noch an der Hand fest, schlossen die Augen, lauschten auf den Flügelschlag der einsamen Wildgans und auf das ruhige, von kleinen Schluchzern unterbrochene Atmen des Kindes.

»Du mußt hinüber zum Flugzeug, Andrej ...«, sagte die Susskaja nach langer, langer Zeit. »Du mußt!«

»Ich weiß, Katjuschka. Vier Büchsen mit Bohnen, eine Büchse Gulasch und zwei Büchsen mit Sauerkraut.«

»Das sind vierzehn Tage Leben, Andrej. In vierzehn Tagen sind wir wieder Menschen ...«

»In vierzehn Tagen liegen wir in einem sauberen weißen Bett in einem Krankenhaus, und Amalja bekommt Möhrensaft und Griesmilch und Vitamine ...«

»Du fantasierst, Andrej ...«

»Wir werden Hühnerfrikassee essen und gebratene Leber und herrlichen Rosolnik.«

»Und ein Radio wird neben uns Tschaikowskij spielen ...«

»Vielleicht. Vielleicht auch Beethoven oder Schubert. Ein Klavierkonzert von Chopin ...«

»Du bist verrückt, Andrej. Wir liegen in der Asche einer verbrannten Welt ...«

»Nur heute noch.« Andreas hob den Kopf. Er hatte Mühe, sich auf die Seite zu wälzen und Katja Alexandrowna mit seinen aufgequollenen Lippen zu küssen. Sie umfaßte seinen Nacken und zog seinen Kopf auf ihre Brüste. »Nur noch heute, Katjuschka. Morgen versuche ich, zu fliegen ...«

So blieben sie liegen, Andreas' Kopf zwischen Katjas Brüsten, bis sich Amalja mit piepsenden Lauten meldete. Und welch ein neues Wunder: Da hatten sie wieder die Kraft, sich aufzusetzen, wickelten das Kind aus der Decke und waren selig vor Glück über den kleinen, nackten, strampelnden Körper.

Noch vor Einbruch der Dunkelheit ging Andreas hinunter zum Fluß und schwamm hinüber zum Flugzeug. Als er sich in das Wasser warf, wußte er nicht, ob er es jemals erreichen würde. Und er blickte sich auch nicht mehr um, weil er ahnte, daß er dann nie in den Fluß springen würde. So warf er sich mit einer geradezu wütenden Verzweiflung in die Strömung, und die plötzliche Kälte des Wassers tötete seinen schrecklichen Gedanken: Das ist der endgültige Abschied! Ich werde Katja und Amalja nicht wiedersehen ...

Später hockte er triefnaß in dem Kunstledersitz des Cockpits, die Sonne brannte mit letzter Kraft rotgold und schräg genau durch die Fenster, ehe sie in dem schwarzen Gewirr der Baumgerippe versank und die verbrannte Taiga in ein so rätselhaftes Rot tauchte, als ströme Blut aus den verkohlten Stämmen.

Uhren ... Zeiger ... Meßinstrumente ... Hebel ... Knöpfe ... Schalter ... ein ovales, oben offenes Steuerrad ... Pedale ... vor dem Fenster der Motor und der geschwungene Propeller ... darüber, jetzt knochentrokken, das zerfetzte Hemd ... Andreas' Kopf begann zu summen und zu brummen, vor seinen Augen hob und senkte sich der Fluß, als rausche er über große Buckel, und die Strömung, von der sinkenden Sonne violett beleuchtet, schien auf ihn zuzugurgeln und ihn mitsamt dem Flugzeug in die Höhe zu drücken.

Wie hat es Igor Fillipowitsch erklärt? dachte er angestrengt. Man startet das Ding wie ein Auto, läßt den Motor warmlaufen, auf Touren kommen, schiebt dann ganz langsam an diesem Hebel, und irgendwo reagiert dann etwas, das dem Flugzeug den Befehl gibt: Fahr geradeaus. Dann mehr Gas geben, auf den Drehzahlmesser achten, den Steuerknüppel langsam anziehen und dabei auf den Horizontkreisel sehen, daß das Flugzeug in waagerechter Lage bleibt ... und steigen ... steigen ... immer über dem Fluß, bis man die richtige Höhe erreicht hat, um über den Bäumen zu schweben ...

So einfach ist das ... so verdammt höllisch einfach — wenn man es kann. Aber wenn man dasitzt, ohne ein einziges Instrument zu kennen, wenn man nur den Willen hat: Du mußt hier weg, du mußt es wagen, in die Luft zu kommen, ganz gleich wie, und du mußt auch wieder herunterkommen, jenseits dieses verfluchten Waldes, wieder auf einem Fluß oder auf einem See, und du mußt sanft aufsetzen, ganz sanft, denn du hast deine Frau und dein Kind hinter dir ... dann ist dieses Gewirr von Uhren und Schaltern ein Labyrinth, aus dem man nie wieder herauskommt. Nur eines hilft: der Mut der Verzweiflung.

Andreas kletterte aus dem Cockpit, nahm sein Hemd vom Motor und streifte es sich über. Drüben am Ufer stand Katja und hielt die kleine satte Amalja hoch in das Abendrot.

»Wie sieht es aus, Andrej?« rief sie hinüber.

»Sehr gut.« Es fiel ihm nicht schwer, jetzt zu lügen. »Morgen früh starten wir. Alles ist in Ordnung. Paß einmal auf!«

Er kehrte in das Cockpit zurück, drehte den Anlaßschalter und ließ den Motor aufbrummen. Träge drehte sich der Propeller, dann schneller, immer schneller, bis man ihn nicht mehr sah, sondern nur einen schattenhaften, donnernden Kreis. Andreas lachte und gab sich Mühe, wirklich fröhlich auszusehen, und Katja Alexandrowna winkte vom Ufer zurück, und ihre langen schwarzen Haare wehten über das Kind.

Andreas stellte den Motor ab, der Propeller kreiselte

aus, und die Angst kam wieder mit der plötzlichen Stille: Wird es gelingen? Ist es nicht ein Wahnsinn, fliegen zu wollen, ohne fliegen zu können?

Er blieb vor dem Gewirr der Instrumente hocken und stierte in den strudelnden Fluß. Sollten sie im verbrannten Wald verhungern? Oder weiterziehen wie damals vor einem Jahr ins Unbekannte hinein, Amalja auf den Rücken geschnallt, Werst um Werst zuerst durch die tote Taiga, dann vielleicht durch einen unberührten Wald? Ein neuer Winter, ohne Hütte, ohne Pelze, ohne Waffen, ein halbes Jahr klirrender Frost mit einem Säugling, dessen einzige Wärme nur die Körper von Vater und Mutter sind ... konnte man das überleben? Wie einfach ist dagegen so ein Flugzeug. Man steigt auf, und entweder bleibt es oben, oder es fällt herunter ... dieser Tod ist schnell und gnädig gegen das erbärmliche langsame Sterben in der Taiga ...

Vom Wald hatte die Susskaja verkohltes Holz geholt, das noch an den Enden glühte. Ein paar kräftige Atemstöße, und es brannte wieder lichterloh, rauchlos, ein richtiges Holzkohlenfeuer. Andreas hatte in einem kleinen Sack vier Büchsen vom Flugzeug herübergebracht. Mit einem spitzen Stein schlug er die Deckel auf, denn auch alles Werkzeug war in Putkins Haus und an der Goldwaschmaschine verbrannt. Die offenen Büchsen stellten sie in das Feuer, und als der Geruch des Gulaschs und der Bohnen den Brandgeruch um sie herum durchdrang, war es für sie der höchste Feiertag ihres bisherigen Lebens.

Sie aßen langsam, mit einem Genuß und einer fast exaltierten Eßkultur, als säßen sie im seidenbespannten Maxim in Paris und zwei ebenso vornehme Kellner im Frack reichten ihnen die einzelnen Gänge an. Neben ihnen schlief Amalja in ihrer getrockneten Decke mit zusammengekniffenen Augen und zitternden Lippen.

»Noch etwas Gulasch, gospodin?« fragte die Susskaja. Mit einem flachen Holzstück hielt sie ein paar

Fleischstückchen hoch. Sie hatten auch keine Löffel, Gabeln oder Messer mehr ... sie tafelten mit Astgabeln und platten länglichen Steinen.

»Sehr gern. Nehmen gnädige Frau noch etwas Gemüse?«

Dann lachten sie laut, fielen sich in die Arme und küßten sich.

Eine verzweifelte Fröhlichkeit am Vorabend der letzten Entscheidung. In der Nacht wachte die Susskaja auf und sah sich um. Andreas lag nicht mehr neben ihr. Er stand am Ufer, die Hände in den Hosentaschen vergraben, und sah über den Fluß. Gegenüber, auf der anderen Seite, glomm noch die Glut an den Bäumen. In der Ferne war der Nachthimmel gerötet ... dort fraß sich das Feuer weiter durch die Taiga.

Sie stand auf, ging zu ihm und umarmte ihn von hinten. Er fühlte sich kalt an, als habe er auf Eis gelegen, und er schauderte zusammen, als Katjas warme Zärtlichkeit in ihn überfloß.

»Wir müssen es wagen ...«, sagte sie leise. Sie wußte genau, was er dachte. »Es gibt wirklich nur diesen einen Weg.«

Seine Stimme klang ebenfalls wie vereist. »Katjuschka, wir werden es nicht schaffen ...«

»Ich habe in Moskau, als ich noch Assistenzärztin war, einen amerikanischen Botschaftsrat gekannt«, sagte sie und streichelte seinen Nacken. »Er gab mir heimlich amerikanische Zeitungen zu lesen, und einmal stand darin — bei uns verschweigen sie das ja —, daß aus der Tschechoslowakei zwei Männer, zwei Frauen und vier Kinder mit einem Sportflugzeug nach Westdeutschland geflohen sind, obgleich keiner von ihnen jemals in einem Flugzeug gesessen hat. Und trotzdem gelang es ihnen. Auf einer Wiese in Bayern landeten sie, das Flugzeug zerbrach, aber sie kamen unverletzt heraus. Warum soll es dir nicht auch gelingen, Andrejuscha?«

Er schwieg, nahm ihre Hände und küßte sie.

»Ich habe Angst ...«, sagte er stockend. »Um euch Angst. Katja, ich bin kein Held. Ich war nie ein Held. Ich bin ein ganz normaler, kleiner, ängstlicher Mensch.«

»Und hast doch die Taiga besiegt ...«

»Was blieb mir anderes übrig?«

»Was bleibt dir morgen anderes übrig, Andrej?«

Er nickte und wandte sich ab vom Ufer. »Ich werde immer den Fluß entlang fliegen«, sagte er. »Immer in der Mitte. Wenn wir abstürzen, dann haben wir noch eine winzige Chance. Der Fluß fließt nach Süden — und dort werden Menschen sein.«

Sie lächelte zustimmend und versuchte, ihm damit Mut zu geben. Wie einfach wäre das alles gewesen, wenn sie gewußt hätten, daß dieser Fluß Tjung hieß und im Süden in den Wiljuj mündete. Und genau an der Mündung lag die Stadt Wiljuisk mit ihren großen Sägewerken, der Zentrale der nordsibirischen Geologen, einer Forschungsstelle für die Erschließung der Taiga, einem Materiallager für die Außenstellen der Versuchsbohrungen. Ein kleines Theater gab es da, einen Heiratspalast, ein Parteihaus, eine kleine Kongreßhalle, Schulen, ein Strandbad am Strom, ein Stadion für alle Sportarten, eine Tanzschule und ein Krankenhaus.

Sechshundert Werst den Tjung hinunter. Was sind sechshundert Werst in der Taiga? Man spricht nicht darüber. In Sibirien redet man nicht über Entfernungen.

»Du mußt schlafen, Andrejenka ...« sagte die Susskaja zärtlich. »Ein müder Flieger ist schrecklicher als ein müder Liebhaber.«

Sie führte ihn zum Feuer zurück, er legte sich auf die aschebedeckte Erde, schloß die Augen und schlief ein unter dem beruhigenden und mütterlichen Streicheln ihrer Hände.

36

Beim Morgengrauen war er wieder wach. Er blies das Feuer an, holte in einer leeren Konservendose Wasser aus dem Fluß, machte es heiß und weckte dann Katja Alexandrowna. Sie tranken das heiße Wasser — der Russe nennt es Kipjatok —, aßen den Rest der kalten Bohnen und des Gulaschs, Katja gab Amalja noch einmal die Brust, und Andreas löschte unterdessen das Feuer mit mehreren Büchsen Wasser.

»Das letzte Mal durch den Fluß«, sagte er. Sie standen am Ufer und blickten zu dem Flugzeug. Die Morgensonne blinkte auf dem roten Stern am Leitwerk und blitzte in den Scheiben des Cockpits. Ich hätte die Maschine gestern abend ans Ufer ziehen müssen, dann wäre das Einsteigen jetzt leichter, dachte Andreas. Aber wieviel Kraft hatte ich gestern noch?

Er zuckte zusammen. Neben ihm war Katja in den Fluß gestiegen. Sie hielt Amalja über ihren Kopf, ging weiter, das Wasser erreichte ihre Schultern, dann verlor sie den Grund und schwamm.

»Gib mir das Kind!« rief Andreas. »Katja! Du kannst es nicht mehr halten!« Er sprang mit einem weiten Satz hinterher, tauchte eine lange Strecke, kam prustend neben ihr hoch, nahm ihr Amalja ab und schwamm mit kräftigen Beinschlägen zur Insel. Sie waren so weit oberhalb in den Fluß gegangen, daß die Strömung sie genau auf die Steine zutrieb.

Katja Alexandrowna erreichte als erste das Flugzeug, kletterte an einem der Schwimmer hoch und nahm Amalja an, die Andreas ihr entgegenhielt. Dann stiegen sie in das Flugzeug, ließen sich auf die Sitze fallen und sahen sich schweratmend an. Die Morgensonne überstrahlte den verbrannten Wald. Die schwarzen Gerippe der Bäume begannen geheimnisvoll zu leuchten.

»Du mußt noch mal hinaus, Katja ...«, sagte Andreas heiser. »Die Leine losknoten.«

Sie nickte, kletterte zurück auf den Schwimmer, löste den Mehrfachknoten, den Putkin geschlungen hatte — eine schwere Arbeit, bei der sie sich die Handflächen aufschabte — aber dann war auch das geschafft. Das Flugzeug schaukelte träge im Fluß und begann abzutreiben. Andreas wartete, bis Katja wieder hinter ihm saß und Amalja, die zu schreien begann, auf ihrem Schoß wiegte.

»Ich starte ...«, sagte er kaum hörbar. »Wenn es schiefgeht, Katja ...«

»Man muß nicht daran denken, Andrej ...«

Sie wiegte das Kind, sang mit leiser, warmer Stimme ein altes russisches Wiegenlied und streichelte dem Kind das schwarzhaarige Köpfchen.

Der Motor brüllte auf, die Propellerflügel drehten sich, zaghaft drückte Andreas den Hebel, den Putkin ihm bezeichnet hatte. Und wirklich ... das Flugzeug glitt vorwärts, verließ das Gewirr der Steine, die hölzernen Schwimmer schabten ein paarmal hart über die Felsen, aber sie zerbrachen nicht. Dann schwammen sie im freien Wasser, und Andreas wußte, daß er jetzt mehr Gas geben und in die Luft steigen mußte.

Was muß ich jetzt tun, dachte er. Mein Gott, welcher Hebel, welches Pedal, welches Kontrollinstrument ist jetzt maßgebend? Worauf muß ich achten? Diese Uhren und Zeiger, dieses Ticken überall, dieses Pendeln von Richtungsmessern, diese in der Sonne wie höhnisch blinkenden Hebel und Schalter. Was muß ich zuerst tun? Was?

Er schob den Gashebel nach vorn, der Motor heulte auf, der Propeller raste im Kreis. Das Flugzeug glitt über den Fluß und hoppelte über die Wellen, die Ufer mit dem toten Wald rasten an ihnen vorbei ... die Biegung des Flusses, man muß nach rechts in eine Kurve ... wie geht das, wo muß man drücken ... kann man das mit den Pedalen, läßt sich der Steuerknüppel nach rechts bewegen ... Gott im Himmel, wir rasen auf das Ufer zu, wir werden gegen das Ufer prallen und explodieren.

Katja! Katja!

Er biß die Zähne zusammen, gab noch mehr Gas und zog den Steuerknüppel an sich. Mit einem Ruck reagierte die Maschine, sie wurden in die Sitze gedrückt, das Flugzeug zog steil hinauf in den Himmel, das unendliche Blau mit der Sonne darin kam auf sie zu, es gab keinen Fluß mehr, nicht mehr die verkohlten Gerippe der Taiga ... es gab nur noch das strahlende, wolkenlose Blau, in das sie hineinstießen, als wollten sie in der Unendlichkeit untergehen.

»Wir fliegen!« schrie hinter ihm Katja. Sie beugte sich vor und trommelte mit den Fäusten auf seinen Rücken. »Andrej! Wir fliegen! Wir sind in der Luft! Andrej, mein Held, mein Engel ... wir fliegen ...«

Schweißüberströmt starrte Andreas auf den Horizontkreisel, den Querneigungszeiger und den Höhenmesser. Er begriff es nicht ... der Zeiger pendelte über die Skala, 50 Meter ... 70 Meter ... 100 Meter ... und er stürzte nicht ab, er neigte sich nicht zur Seite und fiel herunter wie ein Stein. Er flog in den blauen Himmel hinein und ließ die Erde unter sich ...

Vorsichtig brachte Andreas das Flugzeug in die Waagerechte. Die Instrumente gehorchten ebenso wie alle Steuerungen: Der Himmel war wieder oben, unten schimmerte wie ein silbernes Band der Fluß, und so weit er jetzt sehen konnte, dehnte sich das tote, verbrannte, verkohlte, schwarze Land. Ein Wald aus leeren Stangen, zwischen denen es noch immer glühte, Rauchschwaden aufquollen oder kleine Flächenfeuer loderten.

Er hielt den Steuerknüppel ganz fest, korrigierte mit den Pedalen und einem leichten Druck an der Steuersäule die Richtung, flog nun mitten über den Fluß und wagte nicht, seine Augen auszuputzen, in denen der Schweiß brannte.

»Es ist unbegreiflich, Katja ...«, stammelte er. »Es ist unbegreiflich ... wir bleiben oben ...«

»Du bist ein Genie, mein Liebling.« Die Susskaja lachte. Sie wischte ihm das Gesicht mit ihrer Bluse, küßte seinen Nacken und blickte dann hinunter auf das unter ihnen wegziehende verbrannte Land.

Die Schönheit des Flusses inmitten dieser toten Natur war atemberaubend. Unter ihnen strich ein Schwarm Krickenten den Strom hinauf und suchte sich einen neuen Platz. Weit in der Ferne links und rechts von ihnen brannte noch immer die Taiga, aber vor ihnen lag schon wie eine grüne Mauer der unberührte Wald, ein dunkler Streifen am flimmernden Horizont.

Freiheit! Freiheit! Leben!

Die Susskaja beugte sich wieder vor. »Siehst du es auch?« fragte sie.

»Ja. Wir fliegen aus der Hölle hinaus.«

»Laß uns jetzt an Putkin denken.« Sie legte den Kopf gegen seine Schulter. »Warum durfte Igor Fillipowitsch diese Stunde nicht erleben? Es gibt keine Gerechtigkeit, nirgendwo gibt es sie ... auch in deinem Himmel nicht! Wie sollen da die Menschen gerecht sein? Putkin war ein Scheusal ... aber er war trotzdem menschlicher und ehrlicher als viele andere Menschen.«

Sie dachten an Putkin. Mit jedem Blick über den schimmernden Fluß und das verkohlte Land, mit all ihrer Hoffnung auf die in der Ferne auftauchende grüne, kraftstrotzende Taiga gedachten sie Igor Fillipowitschs. Der Strom dort unten hatte ihn irgendwohin getragen, in einer Bucht abgeladen, an ein seichtes Ufer geschwemmt. Sein geliebtes Sibirien hatte ihn aufgenommen.

»Ich bin so glücklich«, sagte Katja Alexandrowna. »Versprich mir, daß wir in Rußland bleiben. Versprich es mir. Andrej, liebst du mich?«

Er starrte in die Ferne. Die grüne Taiga kam näher und näher und damit das neue Leben.

»Das weißt du doch, Katja ...«, sagte er laut.

»Wenn du mich liebst, mußt du auch Rußland lieben! Ich bin Rußland, Andrejenka. Ich und dein Kind Amalja ...«

Er nickte und beobachtete den Fluß. In Rußland bleiben, dachte er. Kann ich das? Bin ich ein Mensch, der hier leben könnte?

Er korrigierte die Flugzeuglage und blickte wieder über das unendliche Land.

Zuerst müssen wir wieder auf die Erde, dachte er. Im Himmel ist es leicht, Fragen zu stellen. Wir müssen hinunter, wieder auf diesem Fluß landen. Das ist eine größere Frage als die, ob ich in Rußland bleibe. Ob Katja und Amalja wirklich Rußland sind.

Denn: Wie landet man?

Sie hatten noch immer den Fluß unter sich, die einzige Orientierungsmöglichkeit. Einmal erkannten sie Hütten, einen aus der Taiga geschlagenen Platz mit einer Ansammlung von Pferdewagen, Lastautos und Traktoren. Menschen starrten zu ihnen herauf, der Sonnenglanz lag auf ihren Gesichtern. Winzige Flecke wie glitzernde Körper.

Die Faktorei Jakuttorg. Die Sammelstelle für die Pelzjäger. Das Warenhaus der Jakuten in der Taiga.

»Willst du hier landen?« fragte Katja Alexandrowna.

Andreas gab keine Antwort. Er hatte einfach Angst, jetzt die Maschine herunterzudrücken und es dem Zufall zu überlassen, ob sie wirklich auf den Schwimmern aufkam. Er zog wieder hoch und setzte sich über die Mitte des Flusses. Einmal ist dieses Spiel zu Ende, dachte er dabei. Spätestens, wenn das Benzin verbraucht ist.

Er suchte die Benzinuhr. Sie zeigte noch einen halbvollen Tank an, es war ein sparsames Flugzeug. Eine Galgenfrist von zwei Stunden vielleicht ... dann gab es kein Ausweichen mehr, keine Flucht in die Feigheit ...

Und plötzlich sahen sie die Stadt. Der Fluß unter ihnen wurde breit und träge, und wie ein stählernes Band leuchtete in der Ferne quer zu ihnen ein großer Strom. Jenseits der Mündung ihres Flusses breitete sich das Häusergewirr aus, schnurgerade Straßen, Gärten und Parks, steinerne hohe Bauten und flache hölzerne Bauernkaten, Fabrikschornsteine, Lichtmasten und die hohen Strommasten aus Stahl, Werkhallen und, den großen Strom entlang, saubere sandige Ufer, Felder, der Taiga in den Leib geschlagen, aufgerissene Erde, wo neue Straßen sich in die grüne Unermeßlichkeit fraßen.

Kopf an Kopf starrten Andreas und Katja Alexandrowna auf dieses Zauberbild in der Ferne. Amalja lag hinter ihnen und schlief.

»Das ist der Wiljuj ...«, sagte die Susskaja leise. »Andrej, der Wiljuj. Und die Stadt ist Wiljuisk ... ich kenne sie ... ich war ein paarmal dort ... Andrejuscha, wir leben ... wir leben ... wir leben weiter ...«

Die letzten Minuten.

Andreas drückte den Steuerknüppel vorsichtig zur Seite. Das Flugzeug machte eine sanfte Kurve und zog einen Bogen über dem Fluß. In Wiljuisk tickten bereits die Telegrafen, klingelten die Telefone, wurde nach Irkutsk und Jakutsk gemeldet, daß ein Flugzeug der sowjetischen Luftwaffe, ein Aufklärer, von Norden herankam und sich reichlich merkwürdig benahm.

»Er schwankt wie ein Betrunkener!« berichtete der sowjetische Oberst, bei dem alle Meldungen zusammenliefen. »Über der Faktorei hat er fast einen Looping geschlagen. Der Kerl, der da am Knüppel sitzt, muß bis zum Hals voll Wodka sein. Außerdem hat er Schwimmer am Gestänge, die unmöglich zur Standardausrüstung dieses Typs gehören können. Das sind unförmige Wannen, so etwas habe ich noch nie gesehen. Wie sollen wir uns verhalten? Sollen wir die Maschine zur Landung zwingen oder unter Feuer nehmen?« Er las die neuen Meldungen durch, die man ihm auf Zetteln hinschob. »Er kreist jetzt über dem Zusammenfluß von Tjung und Wiljuj und zieht tiefer. Anscheinend will er landen. Ich schicke Boote auf den Fluß. Wenn wir den Kerl haben, melde ich mich wieder. Ende!«

»Sie haben uns gesehen!« sagte Andreas und zeigte nach unten. Auf dem großen Fluß flitzten drei Schnellboote aus einem kleinen Hafen und zogen weiße Schaumstreifen hinter sich her. Von einer Anlegestelle kamen zwei andere Motorboote und fuhren in den Tjung hinein. »Jetzt muß ich hinunter.«

Die Susskaja nickte stumm. Ihr Gesicht war fahl geworden, die großen, schwarzen Augen starrten auf die breite, glitzernde Wasserfläche. Sie begriff, was Andreas unter ›muß‹ verstand. Jetzt waren sie dem Tode nahe wie nie zuvor.

»Es wird gelingen, Andrejuscha ...«, sagte sie und strich über sein schweißverklebtes Haar. »Ich glaube daran.«

»Küß mich noch einmal, Katja ...«

Er drehte sich um, und sie umarmten sich und küßten sich lange und mit einer verzweifelten Innigkeit.

Dann riß er sich mit einem wilden Ruck los und umklammerte wieder den Steuerknüppel.

»Jetzt!« schrie er hell. »Jetzt, Katja!«

Er drückte die Maschine nach unten. Die glitzernde Wasserfläche raste auf sie zu, es war, als fielen sie in einen Kessel mit geschmolzenem Silber.

Gas weg, Gas weg, schrie sich Andreas zu. Die Landeklappen betätigen. Mein Gott, wo muß man die Landeklappen betätigen? Wie hat Putkin das erklärt? Muß man sie nach unten oder nach oben stellen? Wie bremst man den Flug ab, ohne durchzusacken und hinunterzufallen wie ein Stein? Und das Wasser kommt näher, wächst zu einer silbernen Brühe ... Katja, wir werden in diesen schillernden Kessel eintauchen ... Katja ...

Der Propeller drehte sich langsamer, das Flugzeug

schwebte über der Flußmitte, ein Boot raste unter ihnen vorbei, so greifbar nahe, daß Andreas glaubte, er stürze hinein, und auch die Männer in dem Boot dachten es und warfen sich flach hin ... dann war der Fluß da, klatschend und rumpelnd setzten die großen hölzernen Schwimmer auf dem Wasser auf, und im selben Augenblick drehte Andreas den Zündschlüssel herum und stellte den Motor ab.

Noch einmal krachten die Schwimmer auf den Fluß, das Flugzeug sprang über das Wasser wie ein flach geschleuderter Stein ... sechsmal, siebenmal ... ehe es sich beruhigte, der rechte Schwimmer abbrach, sich die Maschine auf die linke Seite legte und mit dem Flügel abstützte.

Mit heulenden Sirenen rasten die Schnellboote heran und kreisten das Flugzeug ein. Froschmänner sprangen in den Fluß, schwammen zu dem treibenden Wrack und kletterten an dem Gestänge hinauf.

Im Cockpit lagen eine Frau und ein Mann. Sie waren beim Aufprall übereinandergefallen und hatten sich die Köpfe aufgeschlagen. In der Ohnmacht noch umklammerten sie sich, und diese Umklammerung war so fest, daß man sie nur mit Gewalt voneinander trennen konnte.

Hinter ihnen aber lag, in einer dreckigen Decke, ein winziges, schwarzhaariges Kind. Und es lachte die Männer in den schwarzen Gummianzügen an, bewegte die kleinen Ärmchen und krähte vergnügt. Es lachte auch weiter, als man es als erstes vorsichtig in das Boot hinüberschob und unter Deck trug. Es war ein freundliches, hübsches Kind mit großen, blauen Augen, und der Kommandant nahm es selbst auf den Arm und lachte mit ihm und war so närrisch vor Freude wie alle Russen, die ein Kind herumtragen.

»Aufklärer gelandet ...«, sagte der Oberst in der Zentrale in die beiden Telefone nach Irkutsk und Jakutsk. »Keine militärische Besatzung. Eine Frau, ein Mann und ein Säugling. Sie werden ins Krankenhaus gebracht. Die Untersuchungen beginnen morgen. Ende.«

Was hatte Andrej gestern noch gesagt? Wir werden in einem weißbezogenen Bett liegen, und man wird uns füttern mit Hühnerfrikassee, gebratener Leber und herrlichem Rosolnik ... Und Katja Alexandrowna hatte gesagt: Und am Bett wird ein Radio stehen und Tschaikowskij spielen ...

Sie wachten nach vier Stunden aus der Narkose auf. Ihre Köpfe waren dick verbunden, ihre Rippen mit einem festen Stützverband umwickelt. Am Bett saßen eine breitgesichtige Schwester, ein Arzt, drei Offiziere von Armee und Luftwaffe und ein Hauptmann des KGB. Es roch nach Sauerkraut und Braten, und aus einem Radio klang gedämpft ein Walzer von Chopin.

Auch die Erde kann ein Paradies sein ...

Ein halbes Jahr später durften Andreas Herr, Katja Alexandrowna Susskaja und ihr Kind Amalja Andrejewna nach Westdeutschland ausreisen.

Es war ein seltenes Entgegenkommen und eine Verbeugung der sowjetischen Regierung vor den heldenhaften Verdammten der Taiga.

HEYNE BÜCHER

MARY HIGGINS CLARK

Die Bestseller-autorin Mary Higgins Clark gehört zu den angesehensten Schriftstellern psychologischer Spannungs-romane.

01/6826

01/7602

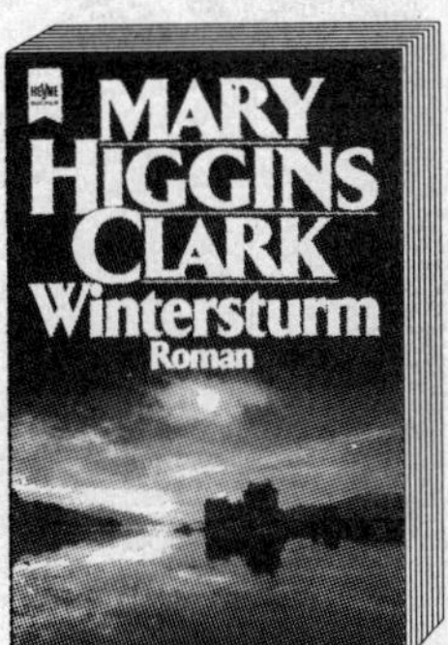

01/7649

01/7734

01/7969

Wilhelm Heyne Verlag München